MINHA IRMÃ, MEU AMOR

Joyce Carol Oates

MINHA IRMÃ, MEU AMOR

A história íntima de Skyler Rampike

Tradução
Vera Ribeiro

Alfaguara

ALFAGUARA

Editora Objetiva Ltda.
Rua Cosme Velho, 103
Rio de Janeiro — RJ — Cep: 22241-090
Tel.: (21) 2199-7824 — Fax: (21) 2199-7825
www.objetiva.com.br

Título original
My sister, my love

Capa
Dupla Design

Imagens de capa
© Lisa Thornberg/Istockphoto
© Spxchrome/Istockphoto

Revisão
Ana Kronemberger
Raquel Correa
Ana Julia Cury

Editoração eletrônica
Abreu's System Ltda.

CIP-BRASIL. CATALOGAÇÃO-NA-FONTE
SINDICATO NACIONAL DOS EDITORES DE LIVROS, RJ

O11m

Oates, Joyce Carol
Minha irmã, meu amor / Joyce Carol Oates ; tradução Vera Ribeiro. - Rio de Janeiro : Objetiva, 2011.

Tradução de: *My sister, my love*
620p. ISBN 978-85-7962-081-2

1. Romance americano. I. Ribeiro, Vera. II. Título.

11-2808. CDD: 813
CDU: 821.111(73)-3

Em Memória de Minha Irmã Bliss
(1991-1997)

Nota/advertência da autora

Embora *Minha irmã, meu amor: a história íntima de Skyler Rampike* tenha tido sua gênese num notório "caso policial verdadeiro" do fim do século XX nos Estados Unidos, trata-se unicamente de uma obra da imaginação, que não pretende representar pessoas, lugares nem acontecimentos históricos reais. Isso inclui todos os personagens da família Rampike, seus advogados e seus amigos. A forma como o livro retrata o "Inferno dos Tabloides" também não pretende ser uma descrição literal da reação dos meios de comunicação ao crime.

O desespero é uma doença do espírito, do eu, e por isso pode assumir três formas: o desespero por não se ter consciência de ser um eu; o desespero pelo desejo de não ser um eu próprio; o desespero pelo desejo de ser um eu próprio.

SØREN KIERKEGAARD
O desespero humano

A morte de uma linda menina de não mais de dez anos é, incontestavelmente, o assunto mais poético do mundo.

E. A. PYM
"A estética da composição", 1846

Sumário

I
Coração de tinta vermelha

Minha irmã, meu amor

SKYLER, ME AJUDE SKYLER, ESTOU TÃO SOZINHA neste lugar, Skyler, estou com tanto medo Está doendo muito, Skyler você não vai me deixar sozinha neste lugar terrível, vai Skyler?

Nove anos, dez meses e cinco dias.

Essa voz de criança na minha cabeça.

"Sobrevivente"

AS FAMÍLIAS DISFUNCIONAIS SÃO TODAS IGUAIS. IDEM QUANTO aos "sobreviventes".

Eu. Sou eu o filho "sobrevivente" de uma famigerada família norte-americana, mas é provável que, depois de quase dez anos, você não se lembre de mim: Skyler.

Nome chamativo, não é? *Skyler: sky*, o que roda pelo céu.

Um nome especificamente escolhido por meu pai, que esperava grandes feitos de mim, como seu primogênito e seu filho varão.

Um nome, acreditava meu pai, Bix Rampike, para destacar seu portador do meramente corriqueiro.

Meu sobrenome, "Rampike", esse fez as suas pálpebras tremerem, não foi? *Ram-pike*. Dele — a menos que você seja propositalmente obtuso, ou finja estar "acima disso tudo" (isto é, da devastação da América dos tabloides), ou tenha uma deficiência mental, ou seja muito, muito jovem — você com certeza já ouviu falar.

Rampike? Aquela família? A garotinha patinadora, aquela que foi...

E quem fez aquilo nunca...

Os pais, ou um maníaco sexual, ou...

Lá pelos lados de Nova Jersey, anos atrás, já deve ter pelo menos uma década...

Razão por que — finalmente! — eu me fiz começar seja lá o que isto vier a ser, uma espécie de documento pessoal, um "documento pessoal singular": não um simples livro de memórias, mas (talvez) uma confissão. (Já que, em alguns círculos, Skyler Rampike é *suspeito de homicídio*, talvez você pense que tenho muito que confessar, não é?) Como é apropriado, este documento não será cronológico/linear, mas seguirá uma trilha de associações livres organizadas por uma lógica interna inabalável (se bem que não detectável): será não literário, despretensioso, desconcertantemente tosco/amadorístico, repleto de culpa, adequado ao "sobrevivente" que abandonou sua irmã de seis anos à própria "sorte", em algum momento da "manhãzinha" de 29 de janeiro de 1997, em nossa casa em Fair Hills, Nova Jersey. *Sim, eu sou aquele Rampike.*

Irmão mais velho da mais famosa criança de seis anos da história dos Estados Unidos, se não de toda a América do Norte, se não do mundo inteiro, porque, pense bem: quantas crianças de seis anos, meninos ou meninas, americanos ou não, você já ouviu dizer que tenham tamanho "reconhecimento" do nome e do rosto como Bliss Rampike? Quantas têm mais de 500 mil citações na Internet? E quantas foram imortalizadas por mais de trezentos sites/home pages/blogs da Web, mantidos por cultuadores fiéis/enlouquecidos? Isto são fatos.

A ironia é que essa celebridade, pela qual os pais de praticamente todas as crianças de seis anos do país seriam capazes de morrer, só chegou postumamente para minha irmã.

E quanto a mim, Skyler? Anônimo e esquecível como uma bolha de sabão. Está certo, uma bolha de sabão de aparência esquisita. Se você acompanhou o caso de Bliss Rampike, o mais provável é que só tenha vislumbrado o Skyler de passagem. O irmão foi ignorado, na sua pressa de devorar com os olhos, entre cenhos franzidos pudicos e desaprovadores, os documentos excitantes divulgados na Internet, as fotos pirateadas da família Rampike, as fotos da cena do crime e do necrotério e os laudos de autópsia, todos ilicitamente adquiridos, além de um suprimento aparentemente inesgotável de vídeos de Bliss Rampike no auge de sua breve mas deslumbrante carreira como a "mais nova" Princesinha do Gelo de Jersey "de todos os tempos", em 1996, patinando para a vitória no rinque cintilante e gelado do Memorial de Guerra de Newark. "Parecia um anjo" em seu traje de patinação morango, todo de cetim e lantejoulas, com um saiote petulante de tule e uma calcinha de renda branca aparecendo por baixo, e lampejos minúsculos — "purpurina" — no lindo cabelo louro e cacheado, assim como nos olhos úmidos e arregalados de menina; chega a dar um aperto no coração ver aquela criancinha sozinha no gelo, na fria paisagem lunar que cintila sob as lâminas reluzentes dos patins, ah!, aquele salto que provoca um suspiro coletivo na plateia, o giro sobre dois patins, agora o giro sobre um só, são manobras complicadas até para campeões de patinação mais velhos, são manobras cronometradas com precisão, nas quais a menor hesitação, tropeço ou estremecimento de dor seriam desastrosos, e, apesar de já ter assistido inúmeras vezes a essa gravação (isto se você tiver a infelicidade de ser eu, Skyler Rampike), você começa a sentir aquele proverbial suor frio ao ver a garotinha no gelo, e reza para que ela não escorregue e caia... Mas então aparece a nota de Bliss: 5,9 dos 6 pontos possíveis.

E tudo isso ao som da batida de um rock suave de discoteca da década de 1980, *Do What Feels Right*.

(HÁ ALGUM IRMÃO OU IRMÃ AÍ QUE TAMBÉM SOFRA DE SCR* entre meus leitores? Se houver, há de se solidarizar com minha necessidade incorrigível de repetir, rever e revisar *ad nauseam* certos episódios do meu passado/do passado de minha irmã.)

NO AUGE FRENÉTICO DA FAMA/INFÂMIA DE MINHA FAMÍLIA, NOS anos aproximados de 1997-1999, você dificilmente deixaria de ver fotografias comoventes da patinadorinha-"prodígio" assassinada em sua própria casa, numa comunidade abastada de Nova Jersey, menos de 130 quilômetros a oeste da ponte George Washington. Dificilmente conseguiria não ver fotografias da menininha com sua família, em especial a favorita da mídia, tirada pouco antes do Natal de 1996, que mostrava os Rampike sentados diante do pinheiro de 3 metros, extravagantemente decorado, na sala de sua mansão colonial "parcialmente restaurada" em Fair Hills, Nova Jersey: Bruce Rampike, o "Bix", espadaúdo e bonitão, que era o pai de Bliss; Betsey Rampike, com uma roupa de arrasar e um sorriso ansioso, a mamãe de Bliss; a pequena Bliss, com um vestido de veludo vermelho debruado de pele (arminho) branca, a faiscante tiara de Princesa do Gelo de Jersey na cabecinha, meias de renda branca, luzidias sapatilhas de verniz preto e aquele famoso sorriso de anjinho meigo e tímido, entre o papai e a mamãe, cada um dos quais

* "Síndrome de Compulsão à Repetição", patologia autoexplicativa só recentemente reconhecida pela Associação Norte-Americana de Profissionais de Saúde Mental.

a envolve com firmeza na dobra de um braço;* e, na beirada do retrato de família, numa posição vulnerável que pode ser convenientemente podada da foto, vê-se o irmão mais velho e sem talento, Skyler.

Por "mais velho" eu quero dizer com nove anos em dezembro de 1996. Três anos mais velho do que Bliss.

E agora, espantosamente, sou treze anos mais velho do que era Bliss ao morrer. *Skyler, que aconteceu com você? Skyler, que coisa terrível aconteceu com você também?*

Acho que não vou descrever minha aparência, ainda não. Um "narrador invisível" me parece uma boa ideia.

Na fotografia dos Rampike *en famille* no Natal de 1996 — que foi posteriormente impressa como cartão de Natal e viria a ser usada por mamãe como a foto oficial da família Rampike, substituindo uma foto anterior e ultrapassada, tirada antes de minha irmã ser coroada Princesinha do Gelo de Jersey de 1996 —, sou um garoto baixote, com um sorriso tão ansioso que parece ter sido cortado à faca. Em resposta à entediante e reiterada ordem do fotógrafo, *Sorriam, por favor! De novo, sorriam, por favor!*, o garoto baixinho sorri como se seu queixo se tivesse soltado. Acho, sem falsa modéstia — foi o que me disseram —, que eu era "bonitinho", "adorável", até "um pequeno cavalheiro", mas ninguém me chamava de "angelical" e muito menos de "magicamente fotogênico", como minha irmã, e também não me mostro "fotogênico" nessa imagem. Nada de roupa natalina para mim! Nada de tiara de prata. Deus sabe que camisa amarrotada, gravata de nó pronto com presilha e blazer e calças de lã, daqueles que dão coceira, mamãe juntou para eu vestir, depois de passar uma hora de ansiedade maquiando o rosto de Bliss, que precisava de maquiagem para exsudar aquele ar de beleza, fragilidade e inocência de boneca de biscuit pelo qual se tornara conhecida, e arrumando o cabelo finíssimo e mole de Bliss numa cascata de cachos, para destacar a tiara, e depois vestindo, despindo e tornando a vesti-la, para não falar nos minutos ainda mais ansiosos que mamãe foi obrigada a gastar consigo mesma, para exalar o ar glamoroso e elegan-

* Se você examinar de perto essa foto tantas vezes baixada na Internet, usando uma lente de aumento e tendo o escrúpulo monomaníaco exigido de um cultuador de Bliss Rampike, verá que Bix Rampike, o "papai", também está com a mão esquerda em concha sob o pé de Bliss, como que sem querer.

te, mas calorosamente maternal, que Betsey Rampike desejava.* Feito isso, ela passou uma escova às pressas em meu cabelo, abaixando-se para espiar meus olhos evasivos e implorando em voz baixa: *Skyler, por favor, querido, pela mamãe, procure não se contorcer nem fazer essas caretas horrorosas! Procure parecer contente, faça isso pela mamãe, é Natal na casa dos Rampike e o papai está conosco outra vez, e nós queremos que o mundo inteiro veja como nos orgulhamos da Bliss e que família linda e feliz nós somos.*

Eu tentei, pela mamãe. Você vai ver com que empenho tentei.

Você não diria que eu era aleijado, quer dizer, não numa foto posada desse jeito, mas nessas fotografias festivas de família, dou a impressão de ser aleijado ou deformado, acocorado num canto do enquadramento como se estivesse prestes a cair. Você sente um impulso de me espiar de perto, para ver se haveria suportes reveladores nas minhas pernas ou, quem sabe, se eu me encolhia numa cadeira de rodas tamanho infantil, mas *não é o caso.*

É claro, eu tinha problemas "físicos". "Mentais" também. E era "medicado", quando menino. (E quem não era, em Fair Hills, Nova Jersey?)

Tudo de que você se lembrará sobre Skyler Rampike, presumindo-se que tenha alguma lembrança de mim, é uma entrevista no horário nobre da televisão na qual não apareci. Foi a notória entrevista com uma grande celebridade da televisão, B..... W....., que foi ao ar meses depois da morte de minha irmã, numa ocasião em que, seguindo a orientação de seus advogados, meus pais não estavam "disponíveis" para entrevistas com a polícia de Fair Hills. A astuta Sra. W..... cumprimentou Bix e Betsey Rampike, com uma demonstração de calorosa solidariedade por "sua perda trágica", e, em seguida, passou a confrontá-los com a "realidade" de que nunca se havia encontrado, no local da morte de minha irmã, nenhuma prova sugestiva de que alguém de

* Nessa fotografia, Betsey Rampike tem apenas 33 anos, porém parece mais velha, não tanto no rosto (que é um rosto rechonchudo de menina de Renoir, com as faces ruborizadas), mas no corpo. Como mamãe confidenciara a Skyler nos primeiros anos, antes que Bliss entrasse na vida deles feito um cometa, ela sempre havia "batalhado" com o "problema do peso". Nessa época, mamãe usava seu cabelo escuro num sedoso estilo "bufante" de penteado, por medo de que sua cabeça fosse vista como "pequena demais" para o corpo. E, quando o cabelo começou a ganhar uns fios grisalhos, ela o pintou de imediato. Mas isso veio depois.

fora da família Rampike, um intruso ou "sequestrador", houvesse matado a filha deles: "Como vocês explicam isso?" Dizem que meus pais reagiram chocados a essa pergunta, porque B..... W..... tinha realmente parecido muito afável, a princípio; e, antes que meu pai se recompusesse para falar, minha mãe sorriu com bravura e disse: "A única coisa que podemos 'explicar' é que Deus pôs à prova a nossa fé, e não falharemos nessa prova. Um estranho entrou na nossa vida e levou de nós a nossa querida Bliss — é só isso que sabemos, Sra. W....! Porque eu não assassinei a Bliss, e meu marido não assassinou a Bliss, e..." — nesse ponto ela fez uma pausa, formando um vinco fundo e rápido entre as sobrancelhas e exibindo nas faces um rubor condizente — "nosso filho, Skyler, não assassinou a Bliss". E B..... W..... exclamou: "O 'seu filho Skyler', ora, Sra. Rampike, o menino só tem nove anos!", e minha mãe retrucou depressa: "Bem, de qualquer modo, ele não a matou."

MESMO ASSIM, EU A AMAVA. AMAVA OS DOIS. ERA TERRÍVEL. É.

*

* Buraco negro em que o "memorialista" desesperado parece ter desaparecido por um período inexplicável: aproximadamente 48 horas de paralisia catatônica e amnésia irrecuperável, perdidas para sempre no esquecimento.

QUEM SOU EU E POR QUE SOU QUEM SOU — I

EU GOSTARIA QUE ESTE FOSSE UM "TEXTO INSPIRADOR" — MAS não é.

Os norte-americanos anseiam por saber *como fazer*; tudo que posso oferecer é um relato em primeira mão de *como não fazer*. (Meu título original para este documento era *Nem todos sobrevivem: A história não expurgada de Skyler Rampike*. Título alternativo: *Entrando pelo cano com Skyler Rampike*.) Não se trata de uma edificante história cristã de pecado-sofrimento-esclarecimento-redenção, daquele tipo de rememoração "contundente", "emocionante" e "verdadeiramente transformadora", exibida nos programas de entrevistas no torpor feminino e suculento dos fins de tarde na televisão, antes da sobriedade masculina do noticiário noturno.

COISAS *NAS QUAIS* ACREDITO:
pecado (original & derivados)
maldade (com as dimensões do Holocausto & a mesquinha/ordinária/banal)
crime/atos criminosos (conforme a definição da lei)
"indiferença depravada pela vida humana" (idem)

E acredito em redenção/perdão. Para vocês, se não para mim.

A única pessoa cujo perdão poderia me "redimir" terá morrido, ao chegarmos à meia-noite de hoje, há nove anos, dez meses e dezesseis dias.

Skyler onde você está, Skyler, por favor me ajude

O décimo aniversário da morte de minha irmã se aproxima depressa. O que dá ensejo a este documento. Estou agachado nos trilhos do trem enquanto a locomotiva se precipita para mim. Estou olhando para os faróis ofuscantes como se fossem uma visão de Deus, hipnotizado/paralisado/incapaz de me mexer.

Skyler, está muito escuro aqui

Skyler, não me deixe sozinha aqui

Skyler, você quer morrer no meu lugar?

E essa é a pergunta crucial, não é? *Quer morrer no meu lugar.*

Pergunte-se, leitor: há alguém por quem você daria a vida? Não um (mero) transplante de rim, mas um transplante de coração. Para salvar a vida de *um ente querido*?

ASSINALE AQUI:

- ☐ **Daria a vida sem hesitar por qualquer *ente querido***
- ☐ **Daria a vida com hesitação por qualquer *ente querido***
- ☐ **Daria a vida por qualquer *ente querido* que tivesse o meu DNA**
- ☐ **Daria a vida – talvez – por um ou dois *entes queridos* muito especiais que tivessem o meu DNA.**
- ☐ **Só daria a vida por um *ente querido* muito especial que tivesse o meu DNA**
- ☐ **Sinto muito, *entes queridos*: minha vida é preciosa demais**

(Esta é uma pesquisa confidencial, não se assuste! Basta você assinalar o quadrado apropriado, arrancar a página incriminadora e se desfazer dela, e quem vai saber da verdade preocupante que você descobriu a seu respeito?)

(Que estranha atração estou sentindo por terminar prematuramente este documento: encharcar-me de querosene, riscar um fósforo. Uma morte saneadora, com toques ritualísticos, que é também muito vistosa/excelente material para a televisão sensacionalista.)

(Nós, os Rampike, veteranos do Inferno dos Tabloides, sabemos que botões apertar.)

(Não se preocupe, leitor: posso ser um cara egocêntrico, mas não sou um garoto cruel que queira pôr fogo numa casa inteira e incendiar outras em minha pira fúnebre; com certeza, eu tomaria o cuidado de me "incinerar" ou "imolar" num ambiente ao ar livre. De preferência, num cenário sombrio e romântico ao lado do imprevisível rio

Raritan, que não fica longe demais para eu capengar até lá.) (Para ser franco, sim, eu preferiria uma flamejante cena de morte numa das margens altas do rio Hudson, que é mais pitoresco, majestoso e assombroso, sob um céu hibernal sacudido pela tempestade, mas o rio Hudson é longe pra diabo e eu teria que pedir emprestado o carro de alguém.) (Mais prático: atrás de uma residência dilapidada na margem sul do extenso campus da Rutgers há um beco de latas de lixo, de caçambas transbordantes, um carrossel (será que se escreve *carroussel*?) de lixo como numa misturada de cenas externas de um filme de David Lynch, temperado com um odor pungente de esgotos; e ainda — que maravilha! —, a menos de 400 metros de distância, na avenida Livingstone, reluzindo bravamente, paira a cruz de imitação de ouro da Igreja Evangélica Nova Canaã de Cristo Ressuscitado, onde, todas as manhãs de domingo e todas as quartas-feiras à noite, e em outras datas não marcadas, cristãos fervorosos vão cultuar seu Deus esquivo e o Único Filho d'Ele. Esse beco, com a visão sugestiva da cruz de ouro falso de uma insondável seita cristã, que cenário poderia ser mais apropriado para Skyler Rampike se apagar da história, tal como sua irmã Bliss foi apagada, quase dez anos antes?)

SUSPEITO DE LONGA DATA DA MORTE DA IRMÃ IMOLA-SE EM NEW BRUNSWICK. REABRE-SE O CASO NÃO SOLUCIONADO DE BLISS RAMPIKE DE 1997?

Quem sou eu e por que sou quem sou — II

AS NOITES SÃO DIFÍCEIS. AS "PRIMEIRAS HORAS" DA MADRUGADA, entre 1h e 4h30, que foram quando o médico legista do condado de Morris, Dr. Virgil Elyse, determinou que minha irmã de seis anos, Bliss, havia morrido de "lesão craniana traumática", embora o corpo dela só viesse a ser encontrado quase às 8h30 da manhã e o "esfriamento" do cadáver tivesse sido impedido pelo calor do lugar em que ele foi encontrado (sala das caldeiras de aquecimento). E assim, durante essas "primeiras horas da manhã", pelo menos nas noites sem medicação, o "suspeito de longa data" não consegue dormir — e nem sequer tento.

Os amadores não sabem contar histórias, nem mesmo a de sua vida, transbordando feito lágrimas em seus olhos tristonhos de cachorro. Reconheço isso, porque meu instinto é soltar tudo de uma vez só, sem guardar nada, mas escrever é *linear* e *diacrônico*, o que significa que, se a primeira carta que você joga é X, essa primeira carta X desloca todas as outras cartas possíveis — Y, Z, A, B etc. Se revelo que tenho 19 anos — 19, quase fazendo 90! —, isso bloqueia um fato possivelmente mais crucial: o de que, desde a morte de minha irmã, nas "primeiras horas" de 29 de janeiro de 1997, nunca houve nenhum assassino indiciado, muito menos processado e condenado; o famoso caso continua "em aberto", "não solucionado", ou, na linguagem da moda em nossos dias, "arquivado". E por quê? Por que, a despeito de mais de 30 mil páginas de documentos policiais (Departamento de Polícia de Fair Hills, escritório do xerife do condado de Morris, Polícia Estadual de Nova Jersey) e do FBI, laudos médicos e relatórios judiciais? Leitor, você verá por quê.

Não é que eu tenha lido esses relatórios. Grande parte do material é sigiloso, mas até ao que se acha disponível o meu acesso é vedado. É que tenciono abordar esse assunto puramente por dentro, como alguém que o vivenciou. Confie em mim, juro que só direi a verdade, *tal como a vivi.*

SKYLER?   ME AJUDE   POR FAVOR

É tarde demais, porque Bliss já foi acordada em sua cama. Alguém entrou furtivamente em seu quarto. O abajur da Mamãe Ganso na mesinha de cabeceira está aceso, à meia-luz. Apenas iluminação suficiente para se orientar. Depois de iniciado, isso não poderá ser interrompido.

Não poderá ser impedido por Skyler, que dormia em sua cama nessa hora. Um garotinho baixote de apenas 9 anos.

Skyler, que continua com 9 anos.

A boquinha dela em protesto já foi coberta por uma fita adesiva, para que ela não possa gritar. Seus pequenos pulsos e tornozelos já foram amarrados com fita isolante, para que não possa se debater. Uma criança tão pequena, de 19 quilos e meio (como nos informaria o Dr. Elyse), ela foi embrulhada num cobertor (de caxemira cor-de-rosa) retirado de sua cama e carregada às pressas por um corredor escuro — passando pelo quarto de seu irmão Skyler — para uma escada escura, e desceu essa escada até outra ainda mais escura nos fundos da casa, e continuou descendo até o porão, lutando para se soltar e para respirar, desesperada para respirar, um animal se debatendo violentamente, desesperado para respirar, o coração batendo de um jeito frenético que dava para sentir, feito um pequeno punho, *Skyler, me ajude   me ajude!*, mas ele não ajudará, porque Skyler está dormindo na cama em seu quarto, desatento à luta da irmã, num sono tão profundo/sem sonhos/pesado que daria para imaginar (possivelmente) que o menino de 9 anos foi drogado, porque sua mãe apavorada teria dificuldade para acordá-lo, horas depois, e agora já se passaram nove anos, dez meses e vinte dias e o maldito garoto ainda não acordou direito.

"Uma menininha muito valente"

... E AGORA, NOSSA PRÓXIMA PEQUENA CONCORRENTE A MISS PATINação de Atlantic City de 1995, aqui no fan-tás-ti-co novo Hotel & Cassino Trump, em Atlantic City, Nova Jersey, senhoras e senhores, apresentamos uma menininha patinadora que é pequena de verdade, não há outra palavra para ela senão primorosa! angelical! fan-tás-ti-ca! há uma exclamação abafada na plateia, que visão sedutora: cabelo louro platinado feito algodão-doce numa cascata de cachos ela está usando uma mantilha espanhola de renda negra, é assim que se chama? um traje tremendamente dramático para uma menina de cinco anos um dos mais chamativos desta noite fan-tás-ti-ca o público está claramente encantado! essa pequena patinadora é mesmo uma profissional ombro esquerdo ousadamente descoberto, colete justo de lantejoulas pretas saia preta de tafetá, muito, muito curta calcinha de renda preta combinando, aparecendo por baixo meias de renda preta vazadas e patins sexy de couro preto, iguais a botas de cano alto com apliques de rosas vermelhas! Vejam só como brilham as lâminas dos patins a menina está patinando e dançando ao som do ritmo latino acelerado de "Begin the Beguine" aplausos para a Srta. BLISS RAMPIKE, de Fair Hills, Nova Jersey Miss Debutante dos Patinadores Mirins de 1994 Miss StarSkate-Mirim de 1995 segunda colocada, no mês passado, no Concurso de Patinação Artística Miss Nova Inglaterra que forma esplêndida de patinação, senhoras e senhores! olhem só a graça com que desliza a Srta. Bliss, ela é decididamente angelical o público a adora ah! uma pirueta quase perfeita! arabescos triplos em forma de oito, e essa é uma pirueta com salto? e a Srta. Bliss Rampike executou essa manobra complicada bravamente este talvez seja o ponto alto de nossa noite até o momento, aqui no Hotel & Cassino Trump o público

está sentado na beirada das cadeiras   uma concorrência feroz pelo troféu de ouro, o prêmio de 5 mil dólares, a foto e o currículo em todos os materiais promocionais do Hotel & Cassino Trump durante um ano inteiro Dizem que o próprio dono está na plateia   in-cóg-ni-to   *quem sabe, senhoras e senhores, tenhamos aqui uma futura medalhista olímpica de ouro, uma futura Sonja Henie (a Sonja Henie conquistou dez títulos mundiais)   opa, acho que falei muito cedo, não é?   foi só uma falhazinha de nada   uma hesitação momentânea   a patinadora já se recuperou do desequilíbrio, agora está girando nos dois patins sem   oscilação   e agora um* travelling spin   *prendam a respiração, senhoras e senhores, isso pode ser   complicado   os juízes estão tomando nota   os juízes estão impressionados   eles levarão em conta a dificuldade dessas manobras em sua pontuação   e agora...   será?   um rodopio iniciado por um salto   que sorriso meigo!   mas a mantilha parece estar escorregando da cabeça da Bliss opa, parece um... rodopio no ar, será?... executado com um pouquinho de insegurança   será que a Bliss está poupando o tornozelo esquerdo?   há boatos sobre uma lesão anterior nesse tornozelo   está aí uma menininha valente   escutem só esses aplausos   a Srta. Bliss Rampike, junto com a incrível Srta. Kiki Chang, a campeã do ano passado na Patinação Artística do Hotel & Cassino Trump, na divisão de juniores, são claramente as favoritas do público esta noite, até agora   ah, puxa! a droga da mantilha está no gelo, vamos torcer para que os patins da Bliss não se enrosquem nessa porcaria   agora um* flying spin *sem hesitação ela fez uma careta ao pousar sobre o patim esquerdo   o ritmo pulsante de "Begin the Beguine" bate cada vez mais forte, mais alto   um segundo salto antes do rodopio, ah! que pena!   é uma menininha valente essa Srta. Bliss Rampike, já recuperou a pose, não é de desistir   as lágrimas estão correndo por esse rostinho de boneca,* ela não é de desistir   *o público está calado   o público está profundamente emocionado   o público prorrompeu em aplausos   o público está de pé   tomara que o dono do hotel esteja mesmo entre nós hoje,* in-cóg-ni-to *ou não   uma apresentação fan-tás-ti-ca, vamos dar uma última salva de palmas para a Srta. Bliss Rampike, de cinco anos, de Fair Hills, Nova Jersey   uma menininha muito valente, com um grande futuro*

Coração de tinta vermelha

FAZ UM CORAÇÃOZINHO VERMELHO PRA MIM,   SKYLER?   FAZ pra mim um coraçãozinho vermelho igual ao seu, Skyler?   por favor

Dali a dois dias, Bliss faria sete anos. E eu tinha nove. Na hora de deitar, em 28 de janeiro de 1997.

Skyler, por favor   a mamãe não vai saber

Mamãe franzia o cenho diante das pequenas tatuagens em tinta vermelha que eram minha especialidade nessa época.* Não era absurdo por parte dela, como de qualquer outra mãe, especialmente qualquer mãe de Fair Hills, Nova Jersey (onde as superfícies imaculadas, os polidores luzidios e as despesas "subestimadas" eram a norma), objetar a que houvesse no corpo dos filhos tatuagens "vulgares", "sujas" e "difíceis de lavar". Por isso, desenhar um minúsculo coração vermelho na palma da mão esquerda de Bliss, para combinar com o meu, tinha que ser feito em segredo, assim como em segredo eu tatuava figurinhas em minhas mãos e noutras partes menos visíveis do corpo (axilas, barriga, o buraquinho do umbigo).

Segredos, quantos!

---

* Devia ser porque, já aos 9 anos de idade, o Skyler era dominado pelo comportamento "ritualístico", "obsessivo-compulsivo", especialmente no tocante a seu corpinho miúdo de menino. Não eram só corações minúsculos que esse psicopata incipiente desenhava à tinta na pele, mas cobras de um roxo iridescente, com as presas à mostra, luzidias aranhas e escorpiões pretos, adagas gotejando sangue, caveiras rindo e até, numa imitação descarada de um bando de garotos mais velhos do Externato Fair Hills, suásticas nazistas. (Como é difícil "tatuar" uma suástica do tamanho de uma unha, usando uma esferográfica preta, numa parte escondida de um corpo de garoto! Nunca desenhei a suástica direito.) Como mamãe ficaria horrorizada, e como papai ficaria enojado! Mas eles nunca souberam.

Papai viajava. Cada vez mais, papai viajava: para Cingapura, Tóquio, Bangcoc, Sydney — ou talvez apenas para Nova York, onde ele tinha um apartamento. Ou então, misteriosamente, ele ficava em algum lugar mais próximo, porém estava *fora*.

Não devíamos falar de papai nessas ocasiões, era essa a mensagem nos olhos furiosos de mamãe. Não devíamos perguntar por papai.

No entanto, de repente ele podia chegar. Como num filme de transformações e reviravoltas fantásticas da Disney, lá podia vir papai subindo a escada aos saltos, bem a tempo de ajeitar as cobertas do pequeno Skyler e da pequena Bliss em suas camas; podia chegar o papai arrependido, o papai de sorriso radiante, o papai de olhos lacrimejantes de amor e (quem sabe? essas eram as ocasiões mais felizes) papai e mamãe de mãos dadas, e mamãe sorrindo bravamente, como se papai nunca tivesse viajado e ela nunca se houvesse trancado no banheiro, soluçando e falando sozinha, e se recusando a abrir a porta em que Skyler batia timidamente: "Ma-*mãe*?"

Skyler   às vezes eu me sinto muito mal

Ninguém me ama, Skyler   você gosta de mim,   Skyler?

Na casa dos Rampike, naqueles anos cruciais, havia dois tipos de ocasiões: quando Bliss estava patinando e quando Bliss não estava patinando. Quando Bliss patinava, havia uma animação no ar, feito a eletricidade estática antes de uma tempestade, e quando Bliss não patinava — quando "se machucava", por exemplo, ou ficava de fora por causa da "dor fantasma" —, havia no ar um sentimento de pavor, feito a eletricidade estática antes de uma tempestade.

Logo, sempre havia a eletricidade estática de antes de uma tempestade!

O coração de tinta vermelha a protegeria, acreditava Bliss.

Sky-ler, por favor! A mamãe não vai saber

Mamãe tinha treinado Bliss a arregalar os olhos azul-cobalto e a sorrir de um certo jeito — não a "rir" nem "fazer caretas", mas a sorrir timidamente, lindamente. Sorrir apenas o bastante para mostrar seus lindos dentes de pérolas. *Faz um coraçãozinho vermelho igual ao seu pra mim, Skyler, por favor!*

Em nossa aula de física da última série, em Basking Ridge, nosso professor nos disse, espirituosamente, que o tempo é

— finito; ou

— infinito; ou
— "fluido", carregando-nos com ele; ou
— "estático": uma quarta dimensão na qual tudo o que acontecerá um dia já aconteceu e continua a acontecer, e não podia ter deixado de acontecer, e sendo assim, como é que alguma coisa poderia ter sido evitada?

A carreira teve início com o Campeonato de Patinação Mirim em Meadowlands, no Dia dos Namorados de 1994. Chegaria ao fim no Festival de Patinação Artística Feminina Hershey's Kisses, em Hershey, na Pensilvânia, em 11 de janeiro de 1997.

Skyler, por favor *um coração de tinta vermelha* e assim, peguei a mãozinha úmida de minha irmã e desenhei em sua palma um coraçãozinho vermelho para combinar com o meu

“Sensual” — “sedutor” — “misterioso”

MAIS SOBRE *MIM*? VOCÊ GOSTARIA DE ME “VER”?

Acho que não o censuro. Até o leitor que não comprou este livro, mas apenas o está folheando — não tão depressa, por favor! — num corredor de livraria, tem o direito de “ver” quem diabos lhe está dirigindo a palavra. Porque é óbvio que, para a maioria dos escritores, a vantagem é que ninguém os vê. O escritor é invisível, o que confere poder.

A primeira coisa que você notaria sobre Skyler Rampike, por exemplo, quando ele capenga pela avenida Livingstone, que cruza a rua Pitts, é que ele é um garoto esquisito.

O cabelo, principalmente.

Depois da morte de Bliss, meu cabelo ondulado “castanho-acinzentado” começou a cair aos tufos. Em pouco tempo, minha cabecinha dura estava careca e meus olhos de zumbi se destacavam, fixos. Vítima de câncer? Quimioterapia? Leucemia infantil? Passado cerca de um ano, o cabelo recomeçou a crescer, mas com a estranha cor metálica de zinco que tem agora, e que o faz parecer radioativo e brilhar no escuro; já não é o cabelo fino e ondulado do menininho, mas é áspero e grosso como aquela espécie de erva daninha perversa que dizem vicejar em solos tóxicos. Sou comumente confundido com um sujeito mais velho e/ou com o portador de uma doença particularmente repulsiva (lepra, aids). Ao longo do período escolar, a estratégia de meus professores foi meio que não me ver na sala de aulas e, mais recentemente, agora que sou um adolescente “mais velho”, que ficou alto e esquelético, as pessoas desconfiam de mim na rua.

Este cabelo de zinco é tão duro e espetado, que é como se brotassem penas da minha cabeça. Eu o uso quase sempre raspado baixo, rente ao crânio. (Um crânio ossudo e todo irregular! E com o couro cabeludo vermelho, por causa das erupções provocadas por eu coçá-lo.) Em algumas ocasiões, usei o cabelo preso num rabinho de cavalo extravagante na nuca, com as laterais da cabeça raspadas em estilo nazista, e isso chama a atenção das pessoas. Portanto, embora eu tenha o espírito humilde e anseie por ser como uma criancinha, pode ser que eu seja, ao mesmo tempo, um filho da mãe arrogante, não muito diferente de meu pai, Bruce "Bix" Rampike, só que sem ter o tamanho do papai nem o seu chamado carisma.

(Você tem tanto horror à palavra "carisma" quanto eu? No entanto, encontrar um sinônimo viável não é fácil.)

O mais espantoso é que "Skyler Rampike", com seu cabelo de penas de zinco, preso ou não num rabo de cavalo extravagante, revelou-se atraente para certos indivíduos pirados, tanto mulheres quanto homens. Mamãe implorou que eu a deixasse pintar meu cabelo da cor anterior — "Skyler, se a Bliss o visse agora, tão mudado, com um ar tão devastado, ela não o reconheceria" —, mas eu lhe disse *não*.

Isso porque, se você acreditasse em Deus, poderia dizer que Ele me mandou meu cabelo de zinco como um sinal.

Mamãe ficou me olhando, sem se atrever a me tocar, sem se atrever a perguntar *Sinal de quê, Skyler?*, por medo de que eu dissesse *Sinal de que fui amaldiçoado, mamãe. A marca de Satanás na cabeça do seu homenzinho.*

Outra coisa que você notaria é que o esquisito do Skyler anda capengando — única lembrança que restou de seus dias de menino-prodígio da ginástica (sobre os quais falaremos posteriormente, para os leitores que têm um interesse mórbido na justa punição daqueles que se atrevem a "tentar conseguir o ouro"). Há dias em que esse coxear mal é discernível a olho nu, mas noutras ocasiões não há como disfarçá-lo; naqueles dias de inverno de enregelar os ossos, ando com uma bengala, arrastando minha perna (direita) dura, que lateja de dor como as velhas lembranças infantis. Durante anos, foi bastante risível — sendo "risível" uma palavra enfeitada para substituir "hilariante" —, para os olhos cruéis dos pré-púberes, a visão de Skyler Rampike, ele próprio um pré-púbere mirrado, capengando com uma bengala de anão, feito um ridículo inseto de três pernas. (Agora, você devia me ver capengar com uma bengala tamanho adulto, rápido, beligerante e deixando transparecer pouca consciência dos pedestres assustados que são forçados a pular fora do meu caminho, ao passo que, inversamente, ou perversamente, quando atravesso uma rua, contra ou a favor do fluxo de trânsito, e estou com minha bengala, levo o tempo que bem entender para atravessar, pode crer. *Atrevam-se a me atropelar, seus sacanas!*)

Como previra minha mãe ansiosa, ao chegar aos 11 anos eu havia mais ou menos obliterado a cara "bonitinha" e "adorável" do menino Skyler aos 9 anos, por rir/fazer caretas compulsivamente e produzir o que mamãe chamava de "caras de dor". Na décima série, no fim do curso médio, meu rosto se transformara numa cara de menino com a bizarra superposição de uma máscara de torções parecidas com raízes de árvores. O pastor Bob me disse: *Skyler, a sua alma brilha em seus olhos, você jamais conseguirá esconder sua alma*, porém, será que é verdade?

No entanto — para meu assombro! e repulsa! — há uma porção de malucos no ciberespaço que dizem achar Skyler Rampike atraente — "sensual", "sedutor", "misterioso" — e que o exibem em sites espalhafatosos da rede, nos quais imagens de meu rosto devastado e meu cabelo nazista de zinco aparecem acima de legendas do tipo

SKYLER RAMPIKE, IRMÃO MAIS VELHO QUE "SOBREVIVEU" À PRINCESINHA ASSASSINADA DO GELO, BLISS RAMPIKE

Uma coisa ruim*

SKYLER, ME AJUDA, TEM UMA COISA RUIM NA MINHA CAMA

* Este pequeno capítulo enigmático é tudo o que restou de dezenas de páginas rabiscadas, escritas ao longo das últimas 72 horas. É que no outro dia eu me enganei: não foi um "ataque de pânico", mas um "ataque maníaco" completo que se apoderou de mim, agora que larguei permanentemente as drogas psicotrópicas.

Lápis

A BEM DA REVELAÇÃO COMPLETA, É PRECISO CONFESSAR: SKYLER quebrou seu Juramento de Sobriedade.

Quer dizer, seu Juramento de Sobriedade mais recente, bem entendido.

Depois de escrever o capítulo anterior, eu capitulei. É claro que foi um capitulozinho desprezível e é claro que qualquer um de vocês poderia tê-lo rabiscado em poucas horas, mas, para o Skyler, foi de revolver as entranhas/destroçar os nervos/embrulhar o estômago, e por isso, no 59º Dia, Skyler capitulou. Depois de suportar 59 dias miseráveis, Skyler teve uma "recaída", nas primeiras horas do sexagésimo dia, com uns comprimidos suspeitos de hidrocodona (genérico do Vicodin) arranjados com uns negões do hip-hop que eu conheço.

Como papai costumava dizer com seu sorrisinho safado/encabulado: *Perdoe os meus lápis como você gostaria que perdoassem os seus, né?*

FAZ MUITO TEMPO DESDE QUE EU TINHA 9 ANOS. E ELES ME TOCARAM para fora quando a Bliss foi encontrada, e nunca mais tornei a ver minha irmã, e meu cabelo caiu aos montes e, quando voltou a crescer, cresceu errado. E há alguma coisa errada no meu cérebro.

Maca

NO COMEÇO — FAZ MUITO TEMPO! — NÃO HAVIA BLISS.

Este é o meu começo (proposto). Escrevi essa frase numerosas vezes. Escrevi-a em diversas folhas de papel, na esperança de fazer uma segunda frase "pegar no tranco" e, com o tempo, uma terceira, mas, até agora, até agora só emergiu essa única frase. Mas agora estou Sóbrio outra vez, e permanecerei Sóbrio. Juro.

Se bem que o pastor Bob sugeriu que talvez fosse mais fácil eu começar *in medias res** e não no começo, já que há algo de apavorante nos começos, assim como no numeral zero (se é que ele é um numeral, rigorosamente falando).

A criança não consegue compreender o zero. Assim como a criança não consegue compreender a vasta lixeira do tempo que havia antes de ela nascer.

Estou Sóbrio de novo, já registrei isso? Seis cápsulas de hidrocodona ("Advertência: Pode causar tonteiras, palpitações e insuficiência hepática"): foi isso que, num gesto de bravata, joguei vaso sanitário abaixo, feito um personagem de televisão!

(Só que a porcaria da válvula do vaso sanitário, dividido por vários de nós aqui no terceiro andar, não funciona direito. As cápsulas ficaram rodando tentadoramente, mas não desceram, e ao que eu saiba — e acredite, querido leitor, você também não vai querer saber —, um dos meus colegas inquilinos as pescou para seus próprios fins.)

* Expressão classuda em latim correspondente a "no meio" da ação. *In medias res* é como a maioria de nós leva a sua vidinha tacanha, trôpega e sem noção de nada, sem saber para onde diabos estamos indo nem tampouco de onde diabos viemos.

Por mero acaso, numa folha solitária de jornal soprada no chão pelo vento, na grama úmida/amarelada do quarteirão — um terreno baldio cheio de detritos e ervas daninhas e todo tipo de lixo, inclusive uma parte da página vinte e dois do *Star-Ledger* de Newark, de 2 de dezembro de 2006 —, lá estava, espremendo os olhos para mim com um sorriso vampiresco, o Dr. Virgil Elyse.

Não que eu soubesse que cara tinha o antigo médico legista do condado de Morris (que era onde morávamos, em Fair Hills; Nova Brunswick fica no condado de Middlesex). Eu nunca soube.

O Dr. Elyse havia dissecado, como observou amavelmente a um entrevistador, por ocasião de sua aposentadoria (aos 68 anos), "alguma coisa na ordem de 12.600 cadáveres", em seus 43 anos de carreira. Vasculhei rapidamente as colunas borradas da notícia para ver o sobrenome *Rampike* me saltar aos olhos, como eu sabia que faria, e o nome *Bliss*, e num instante chutei para longe o jornal.

Mas não antes de ver o *caso mais famoso. Mais controvertido.*

Mesmo sem nunca ter visto o Dr. Elyse até então, com seus fulgurantes óculos pinça-Inês (?), pareceu-me naquele instante que sim, eu o vira. Naquele interlúdio confuso após a morte de minha irmã, quando o pequeno Skyler foi maciçamente dopado e dormiu boa parte do dia, só acordando agitado à noite, entre a uma e as quatro horas, paralisado na cama, vendo o Dr. Elyse aproximar-se dessa cama, que se transformara numa maca, assim como o ar do quarto de Skyler tornara-se o ar frio de formol do necrotério do condado de Morris. Lá viera o Dr. Elyse (chamado pelos Rampike seniores?), com seus sapatos rangentes de sola de borracha e o avental branco e sujo de açougueiro, amarrado por cima de um terno comum, e usando aqueles pinça-Inês sem armação, que ampliavam seus olhos feito os de uma mosca, e tinha levantado horrivelmente um arco de serra para abrir o crânio de Skyler, com a intenção de passar habilmente um ferro de soldar no cérebro dele (a pedido dos Rampike seniores?). E foi por isso que desde então Skyler teve dificuldade para se lembrar.

E dificuldade em matemática! Na qual, antes disso, apesar de ser disléxico como o diabo, ele nunca tivera.

Na reabilitação, os viciados em metanfetamina diziam: não há nada como o cristal de metanfetamina! O cristal dá o barato que todas as outras drogas tentam conseguir, mas não conseguem.

Então, por que vocês estão aqui?, Skyler tinha vontade de perguntar. Se o barato é tão genial assim. Se o barato é tal que vale a pena morrer por ele, por que alguém quereria viver?

Skyler não tinha escolha. Tinha que viver. Um dia, teria de revelar tudo o que sabia sobre a vida/morte de sua irmã, Bliss. Era responsabilidade de Skyler Rampike.

(Será que mencionei que, quando o puseram em cana e o mandaram para a reabilitação, o Skyler estava pesando 63 quilos, com seu 1,80m descalço? O cabelo fora raspado rente ao couro cabeludo e as penas de zinco tinham recomeçado a crescer em tufos que pareciam uma erupção. Até os fissurados em cristal, com suas tatuagens de caveiras flamejantes e viúvas-negras, ficaram longe de Skyler Rampike.)

A verdade é esta: tenho medo de cristal de metanfetamina. É uma coisa de classe social.

Fair Hills, Nova Jersey, fica muito longe de Jersey City, Nova Jersey.

Em geral, a gente não aspira, não fuma nem injeta. As agulhas nos dão um medo danado. Nós "tomamos comprimidos", tal como nossas mamães.

Nos subúrbios residenciais, só drogas "lícitas": as marcas que podem ser compradas na farmácia.

Mesmo que você as compre na rua, elas continuam sendo drogas "lícitas". Em algum lugar, um médico devidamente habilitado, ou uma médica, as terá receitado a você. É uma classe superior de criminosos.

O pastor Bob disse: As drogas são uma muleta, meu filho. Você sabe disso.

Eu disse ao pastor Bob: Por que eu precisaria de muleta? Eu uso bengala.

Disse ao pastor Bob que não era da conta dele, era?

Disse ao pastor Bob: Você não me conhece. Pare de olhar para mim.

Disse ao pastor Bob: Vá embora, cara.

O pastor Bob não prestou atenção. Disse: Esse sofrimento no seu rosto, filho. Eu vi imediatamente. Sabe o que eu vi, meu filho, no seu rosto?

Eu disse ao pastor Bob que nãããão. Disse ao pastor Bob que não queria saber.

O pastor Bob disse: No seu rosto há o sofrimento de Cristo, meu filho. Numa pessoa tão jovem.

Eu disse ao pastor Bob: Papo furado.

O pastor Bob disse: Está ouvindo a sua voz, filho? O medo que há nela.

Eu disse ao pastor Bob: Temor e tremor? O desespero humano?

E disse ao pastor Bob: Essa é velha. Já era. Ninguém acredita nessa cascata.

O pastor Bob disse: Você precisa aliviar sua alma, filho. Precisa contar sua história.

Eu disse ao pastor Bob: Pombas, eu sou disléxico. Ou qualquer coisa assim.

O pastor Bob disse: Dite a sua história para mim, meu filho. A história da irmã que você perdeu, a Bliss. De viva voz, meu filho. Podemos começar hoje.

Eu disse ao pastor Bob que não havia nada de "a sua história". Negativo.

Disse ao pastor Bob que ele devia estar maluco. Um lunático religioso que nem aquele, como é mesmo? "Kirky-gard." Uma lorota em que ninguém acredita, a não ser uns babacas ridículos, com o Q.I. caindo pelos tornozelos. Porra de pastor Bob gordo, eu disse. Não ponha a mão em mim.

Calmamente, o pastor Bob disse: A sua irmã Bliss está no céu, meu filho. Mas até no céu, às vezes os nossos entes queridos sofrem. Quando ficamos infelizes, eles sofrem. Você precisa deixar a alma da sua irmã descansar, filho. Você sabe disso.

Eu disse ao pastor Bob que ele não estava escutando, que ninguém podia pedir essas coisas a mim, que ninguém no mundo inteiro se atrevia a me pedir essas coisas, *ninguém, nunca!* — e o pastor Bob se encolheu diante da fúria-de-Cristo-enojado no meu rosto, mas me prendeu nos seus brações carnudos até eu me acalmar, dizendo: Você está enganado, meu filho. Confie em mim.*

---

* Droga, eu sei. Também estou fazendo uma careta de horror. Essas cenas mal executadas são dolorosas de ler, e mais dolorosas ainda de escrever. E ainda mais dolorosas quando são vividas... Como escritor amador que levou sobretudo uma vida amadora, eu gostaria que este documento contivesse passagens formuladas com mais elegância, assim como gostaria que contivesse uma *dramatis personie* [sic?] mais refinada, porém, nos documentos confessionais, a gente tem de se arranjar com o que tem.

O QUE VOCÊ FEZ

SKYLER   ACORDE

Não era a irmã, mas a mãe dele que o puxava, na confusão daquela manhã longínqua que não era manhã, mas uma noite negra como breu, como no fundo do mar.

Mamãe descabelada, com os olhos agitados. Mamãe com uma de suas camisolas de seda, e com os seios grandes, macios e balançantes forçando o tecido. Por um vão de porta Skyler tinha vislumbrado papai agarrando e apalpando a mamãe, com suas mãos de papai brincalhão, e nessa hora, como naquele momento, desviou prontamente os olhos.

Skyler? onde está

Perto do leito marinho, eram formas muito bizarras de vida, todas feitas de boca, dentes afiados e brilhantes, nadadeiras e colunas dorsais cheias de espinhos. Mas era um sono grogue e tão gostoso do qual se acordar uma criança, que Skyler entendeu que havia algo muito errado, porque a mamãe não estava propriamente zangada, mamãe estava perturbada e confusa, e Skyler tentou empurrá-la, mas mamãe era forte demais para ele, e com um gritinho de mamãe exasperada afastou as cobertas sob as quais Skyler estava deitado, enroscado feito um *pretzel* sobre o lado esquerdo, com as duas mãos espremidas entre os joelhos e os joelhos encostados no peito, feito uma criatura ainda não saída do ovo.

Skyler, ela está aqui   está escondida aqui?

Mamãe frenética verificou os pés da cama de Skyler, como se de algum modo a irmã dele, de 6 anos, pudesse estar escondida ali. Com um soluço/resmungo, mamãe ajoelhou-se para olhar embaixo da cama, depois foi tropeçando até o closet de Skyler, acendeu a luz e apalpou as coisas penduradas do filho, ajoelhou-se e tateou pelo chão. E resmungava consigo mesma *Onde! Onde está?*, e voltou trôpega feito uma bêbada para Skyler, parado ao lado da cama, zonzo e assustado em seu pijama, descalço e tremendo de frio; aquela expressão nos olhos da mamãe, o susto na voz da mamãe, rapidamente ela puxou Skyler para fora do quarto e atravessou o corredor em direção ao quarto de Bliss, era óbvio que mamãe já estivera procurando por Bliss no quarto dela, a cama de Bliss estava vazia, mamãe andara puxando a colcha e os lençóis, e mamãe murmurava consigo mesma, como muitas vezes fazia quando estava sozinha, e Skyler murmurou consigo mesmo, porque as ideias de mamãe foram transbordando da cabeça da mamãe feito morcegos desnorteados. Skyler se perguntou: Cadê o papai? Será que o papai levou a Bliss para sair de noite? Seria para o passeio de aniversário da Bliss em Nova York que o papai e ela tinham ido? Skyler estava confuso, não se lembraria de nada disso com clareza, dos acontecimentos dessa noite sobre a qual seria interrogado e interrogaria a si mesmo, embora se lembrasse de que no quarto de Bliss (que antes fora um quarto de bebê, com uma porta na parede que se abria feito uma porta mágica no quarto grande de mamãe e papai) havia um abajur na mesinha de cabeceira, em formato de Mamãe Ganso, um abajur que um dia fora de Skyler, quando ele era pequeno, e que era o abajur especial de Bliss, que tinha de ser acendido à noite, senão Bliss não conseguia dormir, ou, quando dormia, tinha pesadelos com coisas medonhas que se escondiam embaixo da cama, como na penumbra turva para além dos rinques de patinação feericamente iluminados, onde a multidão irrompia em aplausos espontâneos à simples visão da Miss Debutante dos Patinadores Mirins, da Miss StarSkate Mirim, da Miss Princesinha do Gelo de Jersey, só que agora o momento era diferente, mamãe não estava participando dos aplausos, mas agarrava o braço de Skyler como se de alguma forma a culpa fosse dele, enquanto fitava a caminha de Bliss, com sua cabeceira de cetim branco, a linda colcha de cetim salpicada de cor-de-rosa e decorada com apliques em forma de patins brancos, agora embolada no chão junto com a roupa de cama, e o travesseiro de Bliss que parecia ter sido jogado no chão com força. E havia aquele cheiro.

Menina malvada! De novo, não

De propósito, só para me fazer pirraça

Mamãe e Skyler viram o lençol manchado e sentiram o cheiro acre de amônia da urina, e ainda pior do que urina, porque havia manchas cor de lama escura, em forma de estrelas, em um dos lençóis de linho branco. E mamãe ficou furiosa — ou será que estava assustada? — e cravou as unhas nos ombros finos de Skyler, por baixo do paletó do pijama. E apelou ansiosa para ele: *Skyler, o que você fez com a Bliss? Para onde levou sua irmãzinha?*

II
“A garotinha mais feliz do mundo”

No começo

NO COMEÇO — FAZ MUITO TEMPO! — NÃO HAVIA BLISS.

Havia Skyler, mas não Bliss. Bliss ainda não!

Ninguém sabe disso. Ninguém o registrou. Das dezenas de milhares de adoradores de Bliss que poluíram o ciberespaço com seus factoides enlouquecidos e suas vociferações contra os pervertidos, nenhum sabe disto: que, no começo, era Skyler que estava destinado a ser a estrela. Era Skyler que se pretendia que fosse o patinador-prodígio de Fair Hills, Nova Jersey. Ou algum tipo de prodígio.

"SKYLER! ESTE SERÁ O NOSSO SEGREDO."

Uma manhã muito fria, na segunda semana de dezembro de 1991. Mamãe estava arfante e agitada, e mamãe usava seu casacão vermelho comprido de inverno, de acolchoado com enchimento de penugem de ganso, de modo que não pesava quase nada, e na cabeça da mamãe, enterrada bem justa sobre seu cabelo escuro, estava uma touca de tricô com as cores vivas do arco-íris, uma touca com uma borla pendurada de uns vinte centímetros, que parecia uma coisa usada por um personagem de desenho de televisão ou um palhaço, para nos fazer rir. A não ser que eu estivesse enganado. Sim, porque era tão frequente o Skyler se enganar, olhando ansioso para os adultos gigantescos que o cercavam, pairando acima dele com seus sorrisos enigmáticos, seus cenhos franzidos, suas caretas, seus tiques e contorções e seus sinais misteriosos que não havia esperança de decifrar, que era provável que sim, Skyler, de quatro anos, estivesse enganado a respeito da touca nova da mamãe: a touca tricotada de arco-íris, com a borla pendurada, pretendia ser *chique*, e fora recém-comprada na loja Village Arctic, na avenida Central, onde era exibida na vitrine em modelos adolescentes anoréxicas, com esquis ou patins pendurados nos ombros. A nova touca de borla da mamãe, com suas riscas de arco-íris, era uma coisa *séria*.

— ... nosso segredo, Skyler, que você nunca deve contar ao papai, você sabe como o papai é capaz de ser malvado quando implica com a gente. Por favor, Skyler, sim?

A cabecinha ansiosa de Skyler balançou um *Sim! Sim, mamãe!*

— ... briga comigo por "desperdiçar gasolina"! "Não parar em casa"! Quando eu der por mim, ele vai querer verificar esse negócio no meu carro, como é que se chama? "Odormetro". Você sabe, isso que diz quantos quilômetros a gente andou. Um medidorzinho no painel, sabe?

Skyler fez que sim, já menos seguro. Não tinha certeza de saber o que era "odormetro", mas sabia o que chamavam de "painel".

— Esta nossa voltinha com... um destino. Um destino de que acho que você vai gostar, Skyler!

Essa voltinha era um passeio que tínhamos começado a fazer juntos com frequência. Mamãe e eu, aparentemente indo ao centro da cidade resolver coisas dela, mas na verdade seguindo um trajeto lento e sinuoso que nos levava quilômetros adentro pela "panorâmica" zona rural a norte e a leste do Vilarejo Histórico de Fair Hills, Nova Jersey (onde fazia poucos meses que tínhamos ido morar, em setembro), e sim, muitas vezes havia um destino para o qual mamãe se encaminhava como se fosse inevitável, por essas rotas tortuosas. "O papai não precisa saber, Skyler. 'O que o papai não sabe não dói.'" E mamãe ria, com um calafrio trêmulo.

— Skyler! Enfie esses bracinhos gorduchos nessas mangas.

Droga: esqueci de "preparar o cenário".

Estávamos na garagem. Havíamos "escapulido" para a garagem por uma porta dos fundos, que saía da cozinha, e estávamos cochichando. Quer dizer, mamãe estava cochichando. Mamãe cochichava com frequência, cochichar tinha passado a parecer natural para ela, o que significava que a gente devia cochichar também, ou então, melhor ainda, apenas balançar a cabeça: *Sim, mamãe!* É que havia uma certa urgência ali. O telefone tinha tocado durante boa parte da manhã, mas nenhum dos telefonemas tinha sido o que mamãe esperava, eram só vendedores e operadores de telemarketing, e mamãe não queria atender mais nenhum telefonema, deixaria que fossem atendidos pela secretária eletrônica, que depois ela verificaria, o que já seria cedo o bastante para mamãe, que não queria sabotar esse dia especial. No seu clima animado/brincalhão, já embrulhada no casaco acolchoado vermelho que a fazia parecer... bem, um balão vermelho saltitante, e com sua borla de cores alegres caindo por cima da testa, mamãe parou para beijar o narizinho lindo do Skyler, embora o nariz provavelmente estivesse escorrendo, já que papai reclamava que a droga do pobre do garoto parecia estar sempre resfriado.

— Pssssiu! Não vamos deixar que a Maria nos ouça.

Às pressas, mamãe me embrulhou numa parquinha forrada de microfibra, com um capuz de ajustar e apertar (que ficou quase justo e apertado demais) por uns cordões no pescoço, manipulados por mamãe. E nas minhas pernas gorduchas de quatro anos, calças quentes de flanela, e nos pezinhos gorduchos, botas impermeáveis. A parca e as calças de ginástica ainda estavam com as etiquetas, porque eram compras recentes, feitas no setor infantil da Village Arctic.

— Skyler, você está ouvindo? Será que é...

Os olhos de mamãe se arregalaram, numa expressão culpada de medo. Escutamos.

Vagamente, talvez ao longe: um som lamurioso, tênue. Podia ser uma sirene. Podia ser um avião bem alto. Podia ser o vento na chaminé de tijolos de 150 anos, sobre a qual a Sra. Cuttlebone, a astuta/espevitada corretora de imóveis que vendera a casa por um preço exagerado ao Sr. e Sra. Rampike, tinha brincado nervosamente: "Fantasmas! Todas as nossas casas 'históricas' de Fair Hills têm fantasmas!" Mas o perigo passou, ninguém abriu a porta atrás de nós. Ninguém encarou mamãe com um olhar sombrio e inquisitivo e perguntou em tom polido, num inglês de sotaque carregado, a que horas a Sra. Rampike achava que estaria de volta.

— ... ficará tudo bem. Não precisa de *mim*. Ninguém precisa de *mim*. *Eu preciso de mim*.

Em nossa garagem para três carros, só restavam dois veículos nessa manhã. É que papai estava fora, na "sede empresarial" da Baddaxe Oil, e tinha levado seu reluzente Lincoln Continental preto, que mamãe não era "incentivada" a dirigir. Para trás ficara o Land Rover cinza metálico de papai, ainda maior e mais pesado, tão grande e "complicado de manobrar" que só se podia confiar sua direção ao papai. Mas lá estava o Chevrolet Impala verde-limão da mamãe (um modelo '94 que papai lhe comprara "para animar minha garota", ao nos mudarmos de Parsippany para Fair Hills, lugar para onde mamãe não queria se mudar), no qual ela ia ao centro da cidade pelo menos uma vez por dia. No banco traseiro do Impala verde-limão é que mamãe tinha colocado, sem nenhuma explicação, uma sacola volumosa, fechada com zíper. Olhos atentos, Skyler perguntou:

— Mamãe, o que tem aqui dentro?

Seria um bebê? A irmãzinha? A pequenina Edna Louise, que mamãe não queria, ou, pelo menos, não queria assim, logo depois do Skyler? De quem a mamãe estava cansada, porque ela chorava o tempo todo, sofria de cólicas e mantinha mamãe acordada, um bebê agitado, um bebê sem graça, um bebê de olho azul esbugalhado, um bebê careca que só tinha uns fios louros na cabeça, uma nenenzinha boboca que não tinha um pipi de verdade que nem o Skyler, uma neném irritante que vivia pedindo comida (mamadeira de leite em pó preparada pela Maria), sempre pedindo para lhe trocarem as fraldas, precisando que lhe dessem banho e tornassem a dar comida, e depois era hora da soneca e mais troca de fraldas, e banho e enxugar com a toalha e outra fralda, os bebês só sabiam dormir, fazer xixi e cocô e gritar feito um gato estrangulado, e os bebês tentavam conquistar o coração da gente balbuciando e "sorrindo", e estendendo aqueles dedinhos incríveis para a gente, mas os bebês eram MUITO CHATOS, não sabiam nem mesmo dizer seu nome, nem andar em pé nem ir ao banheiro e usar a descarga. Diferentes do Skyler, que era o homenzinho da mamãe!

Ao volante do Chevrolet Impala verde-limão '94, mamãe cantarolava. Ali, dava para ver que Betsey Rampike ficava *feliz*.

— Vamos pôr os cintos, Skyler. "A segurança em primeiro lugar."

Como Skyler ainda era meio pequeno para se sentar confortavelmente no banco do carona, ao lado da mamãe, ela havia posto uma almofada no banco para ele. (Isso era permitido por lei? O cinto de segurança ficava meio frouxo nele.) O menino ficava muito orgulhoso por ter sido promovido daquela cadeirinha boboca de criança no banco de trás, que agora, quando a sem graça da Edna Louise tinha que ser transportada, era usada exclusivamente por *ela*.

Skyler deu uma olhada disfarçada para a sacola no banco de trás. Será que estava se mexendo? Haveria uma criatura viva lá dentro? *Era* a neném?

Perguntou de novo o que havia na sacola, e mamãe respondeu com um sorriso misterioso que ele logo saberia.

— Lá vamos nós!

O Chevrolet Impala emergiu de ré da garagem feito uma explosão.

O AR DE INVERNO OFUSCAVA, DE TÃO LUMINOSO. NO ALTO, O CÉU exibia um azul-acinzentado que parecia pintado à mão. A neve se depositava no chão em montes esculpidos e remoinhos de um branco vívido, feito detergente ou isopor. (Ei, desculpe: é assim que a lembrança me vem, numa descarga atordoante feito Dexedrina. E o meu coração também está disparado: 260 batimentos por minuto!) A pessoa era obrigada a concluir que, se havia "toxinas" carregadas pelo ar nos morros idílicos da região centro-norte de Nova Jersey, onde moravam os ricos, toxinas estas levadas por ventos malévolos do "corredor industrial" que ficava uns oitenta quilômetros a leste, saindo das chaminés de borda fumegante que ladeavam o Hellpike de Nova Jersey, as ditas toxinas eram magicamente transformadas em neve do mais deslumbrante branco. Mamãe se atrapalhou para pôr os óculos escuros estilosos e enormes, de armação de plástico dourado, e Skyler piscou os olhos lacrimejantes e ansiosos. Cada voltinha com a mamãe era uma aventura!

Ah, a sinuosa alameda Ravens Crest! Em meu cérebro febril, pelo qual viajo incessantemente como um astronauta rodopiando no espaço, vem a lista onírica das casas dos vizinhos ("vizinhos" que eram perfeitos estranhos e cujas casas mal eram visíveis da rua) e das curvas, voltas e reviravoltas da alameda estreitíssima, na qual o perigo iminente era o trânsito que se aproximava: esposas distraídas de Fair Hills, como mamãe, derrapando pelo meio da rua, como mamãe costumava fazer, e dirigindo veículos grandes demais, como o Chevrolet Impala. Era hábito da mamãe passar devagar por ruinhas como a travessa Pheasant, a alameda Hawksmoor e a alameda Woodsmoke, e também pela Great Road (trilhada com frequência, nos antigos livros de história, pelo general George Washington e seus ajudantes de ordens na década de 1770), e margear caixas de correio na beira da calçada com sobrenomes como "Tyce", "Hambruck", "McGreety", "Stubbe" e "Brugh". Essa fase das *voltinhas* se tornara tão conhecida para mim, que eu havia decorado os nomes e os pronunciava, tal como mamãe, em tom de admiração, reverência e assombro — "Frass", "Durkee", "Bloomgren", "Hudd". Ainda pequeno, eu parecia saber que nessa ladainha de sobrenomes se escondiam os nomes dos futuros amigos de mamãe e papai, assim como sabia que o Fair Hills Golf & Country Club (na esquina da Cross Tree com a Great Road), o Pebble Hill Tennis Club (na ladeirenta Brookside Drive), o Sylvan Glen Golf Club (no labiríntico Desfiladeiro de Sylvan Glen, anunciado por placas com dizeres como RUA PARTICULAR e SEM SAÍDA, que mamãe, mordendo o lábio inferior, se atrevia a ignorar) e (no coração do pequeno e apinhado "bairro histórico" do Vilarejo de Fair Hills, em Idle Place) o Clube Feminino de Fair Hills, em seu elegante casarão italianizado, eram destinos futuros.

— O Sylvan Glen Golf Club é muito mais exclusivo do que o Fair Hills Golf & Country Club — confidenciou mamãe a Skyler, que estava sempre interessado nas informações privilegiadas de que ela dispunha. — A Sra. Cuttlebone nos garantiu que, quando a pessoa é convidada para sócia de "The Sylvan", como ele é chamado, pode entrar em qualquer outro clube que quiser em Fair Hills.

Sobre o Pebble Hill Tennis Club, mamãe disse:

— O filho da Sra. Cuttlebone está noivo da filha do presidente do clube e ela prometeu nos apresentar a eles, seu pai e eu, nesse período de festas. O papai joga tênis, assim como joga golfe, squash e raquetebol, mas nós poderíamos ter aulas de tênis juntos no clube, Skyler, você e eu!

Será que eu já disse que, ao volante do Impala verde-limão, a mamãe ficava sôfrega e esperançosa como uma jovenzinha, ou mesmo um rapazinho? Ficava num clima adolescente, ansioso; ninguém ia querer frustrar essa ânsia.

Eu já disse que a mamãe tinha lindos olhos castanhos (inquietos, brilhando de úmidos, meio juntos demais) que, fixados em mim, Skyler, pareciam penetrar-me até as (modestas) profundezas de minha alma infantil? E que eu adorava a mamãe desesperadamente, antes mesmo de haver desespero em nossa vida?

Ah, aquelas *voltinhas*! É claro que, quando a gente é criança, acha que *o que existe* vai continuar a existir para sempre. Como aquele período onírico em que o "homenzinho" da mamãe finalmente tinha idade bastante para ser companheiro dela, mas ainda não suficiente para o jardim de infância. Em que o papai era um jovem executivo "em ascensão" na sede da Baddaxe Oil, a uns meros 25 quilômetros de distância, e por isso voltava quase toda noite para jantar em casa, às oito horas. Em que a irmãzinha caçula de Skyler era tão nova, tão pequena, que dava para fingir que ela — "aquilo" — não tinha importância. E em que a mamãe ansiava por escapar do casarão branco colonial onde o telefone tocava com muita frequência, mas *nunca era o telefonema esperado por mamãe.*

— Skyler, me diga a verdade.

Dentro do casaco vermelho acolchoado, mamãe devia estar transpirando. Visto que ela dirigia o Chevrolet Impala aos solavancos, apertando e soltando o acelerador, tornando a apertá-lo e tornando a soltá-lo, o motor parecia soluçar, ou estar quase parando. As narinas sensíveis de Skyler captaram um aroma conhecido de talco/suor nas axilas da mamãe e na fenda ensombrecida entre seus seios, um perfume que era um consolo onírico, como o cheiro de pão assando ou o da roupa com que a gente dormiu, ao ser tirada pela cabeça.*

Com rispidez, mamãe continuou:

— Skyler, você está ouvindo? Me diga: por que as pessoas não gostam de mim?

Skyler gaguejou:

— Eu go-gosto de você, mamãe.

— Você? Você é meu filho. Que é que você pode saber?

Mamãe riu, para indicar que isso pretendia ser engraçado. Mas não pareceu engraçado. É que, já aos 4 anos — para ser mais exato, 4 anos e meio —, Skyler foi obrigado a entender que o amor proveniente dessa fonte simplesmente não bastava.

Mamãe disse, com um suspiro:

— É mesquinho, eu sei. Toda manhã eu tento rezar, *Deus, permita que eu me eleve acima disso, me ajude, Jesus, porque eu sou não só uma pecadora, mas uma pessoa ridícula*, e no entanto, as pessoas são loucas pelo Bix Rampike... então, por que não por *mim*? Quer dizer, parte disso não devia espirrar em *mim*? Não é o que seria de se esperar? Eu sou a mulher do Bix. É claro que eu não quero dizer "loucas por mim", ninguém nunca foi louco por mim, a não ser um garoto vidrado em sexo, e aquilo não é "gostar", não tem nenhuma dignidade. (Desculpe a franqueza, Skyler, sei que você é menino, e espero que venha a ser um menino normal e saudável, e não "vidrado em sexo". Não o meu Skyler! Não o meu homenzinho!) O que me atormenta é por que as mulheres

* Caramba, eu escrevi mesmo isso? Essas palavras? Ontem à noite, naquilo que pareceu ser uma viagem de Dexedrina? Vai ver que é por isso que o mais leve cheiro de pele feminina agitada/suada/entalcada me deixa nauseado e totalmente impotente.

não gostam de mim. Em Parsippany eu tinha amigas. Tinha algumas amigas. O seu pai está "subindo na escala empresarial" tão depressa, que nunca passamos tempo suficiente num lugar para "criar raízes"; não dá para contar com as mulheres dos colegas de trabalho do Bix, elas *não são amigas*. Aqui em Fair Hills, todas essas mulheres que eu vou conhecendo e a quem dou meu telefone, e para quem eu ligo ou tento ligar, por que elas não me ligam de volta? Fair Hills é detestável, essas mulheres são muito cruéis, faz quase quatro meses que estamos aqui, os homens olham para mim, pelo menos alguns homens me olham, mas as mulheres simplesmente olham através de mim. Por quê, Skyler?

O pobre e atônito Skyler só conseguiu repetir, com a voz débil:

— Mas, mamãe, eu go-gosto...

Mamãe interrompeu:

— Diabo, eu faço *tanta força*! Sempre risonha, sempre "amável", "divertida" e "gentil", estou farta de ser "gentil". No secundário eu era popular. Tinha amigas correndo atrás de mim, não só garotos. Tinha amigas boazinhas. Fui a terceira colocada na corte da rainha, no nosso baile de formatura, na turma de '81 da Escola Hagarstown, numa turma de 42 meninas. Isso não é pouca coisa, Skyler! Os concursos de popularidade desse tipo, no colegial, são um verdadeiro inferno. Quando eu tinha 14 anos, e esse foi o dia mais empolgante da minha vida, Skyler!, eu me classifiquei para o Campeonato de Patinação Artística Feminina dos Três Condados. No ano seguinte, patinei no Campeonato Regional Feminino do Adirondack, e não me saí nada mal, considerando o quanto estava apavorada e praticamente desmaiando, por ter passado fome para caber na minha roupa de patinação. É sabido que os juízes têm um preconceito contra as meninas "cheinhas"; "cheinha" significa simplesmente um peso normal, mas, numa roupa de patinação justa feito um maiô, cada protuberância e dobrinha de gordura *aparece*. No rinque, a gente não quer assobios, quer aplausos. Se tivessem me incentivado, eu teria me saído melhor, se não tivesse torcido o tornozelo... mas *eu tentei*, Skyler. Você acredita em mim, não acredita, meu bem? — e mamãe procurou me afagar com a mão desajeitada, tirando arriscadamente os olhos da rua estreita de cascalho, que talvez fosse o Passo de Carlos Magno, ou a travessa do Monumento, ou a rua da Montanha dos Ursos. Uma lágrima isolada rolava pela face enrubescida de mamãe. Sua boca vermelha se contorcia num sorriso amargo e valente.

Skyler resmungou um *Sim! Sim, mamãe.*

(Deve ter resmungado, não acha? Embora eu não fizesse a menor ideia de qual era o assunto, ou de qual era qualquer dos assuntos de importância tão crucial para os adultos que avultavam à minha volta.)

— Em Hagarstown, a minha família tinha um nome "conhecido". O seu bisavô Sckulhorne, que tinha sido um "herói condecorado da Segunda Guerra Mundial", era prefeito quando eu estava no colegial, e a nossa família era dona da maior indústria têxtil do rio Champlain, que fabricava roupas de malha para mulheres e crianças, e era como pertencer à realeza, viver numa cidadezinha tão pequena, onde todo mundo nos conhecia. Em Hagarstown, as pessoas nos olhavam com respeito e tinham expectativas em relação a nós, e, bem, isso podia ser meio, como é que se diz, meio "claustrofóbico", sabe?, e aí fica difícil *respirar*. Foi por isso que tive de fugir, quer dizer, eu quase fugi para a Universidade Estadual, em Albany. Arranjei empregos de meio expediente para pagar minha anuidade, e me formei em "Arte da comunicação", sabe, e trabalhei na emissora de televisão SUNY, em Albany, meu sonho era ser "âncora" de noticiário de TV... até que conheci seu pai, numa festa delirante de grêmio estudantil de um fim de semana inteiro em Cornell... eu rezo para que você nunca se comporte com a inconsequência do Bix Rampike e seus irmãos lunáticos da Épsilon Fi Pi, Skyler! Enfim — e mamãe deu um suspiro, sorrindo, com o olhar subitamente distante —, o resto é passado, eu acho.

Atrás de nós soou uma buzina grosseira. O pé de mamãe havia afrouxado no pedal do acelerador e uma picape tinha chegado a poucos centímetros do para-lama traseiro do Impala. Mamãe, a menos agressiva de todos os motoristas, a mais fácil de intimidar, saiu depressa da rua para o acostamento, para dar passagem à picape.

Tive um vislumbre do motorista queixudo, um homem corpulento de boné de carpinteiro, que deu uma olhada furiosa para mamãe, mas aí, ao vê-la de verdade, relaxou e lhe lançou um sorriso clemente de esguelha.

Era verdade que os homens pareciam gostar da mamãe. Skyler entendia por quê.

— SKYLER, VOCÊ SE LEMBRARÁ DESTE DIA PARA SEMPRE: O SEU primeiro dia *no gelo*.

A voz de mamãe tremia de empolgação. Skyler ficou olhando. De algum modo, fôramos parar no Parque Memorial Horace C. Slipp, numa parte de Fair Hills que era nova para mim. Havia lá um rinque de patinação que, no calor, devia ter sido uma piscina para as crianças chapinharem e nadarem. No alto, uma música tilintante tocava aos berros. No rinque, onde o gelo reluzia cruelmente, dezenas de pessoas patinavam, a maioria crianças e adolescentes. As crianças pareciam ser anos mais velhas que Skyler. Um bando de garotos gritava, trocando cutucadas e empurrões como jogadores de hóquei no gelo. Havia meninas adolescentes de jeans e suéteres pesados, com a cabeça descoberta e os cabelos compridos e sedosos descendo em cascatas sobre os ombros. Em meio a eles havia um punhado disperso de adultos, que incluía enérgicos "cidadãos da terceira idade", patinando num desafio às articulações enrijecidas e aos ossos quebradiços. Havia jovens mães e babás no estilo Maria exortando crianças de patins a deslizarem pelo gelo e, quando elas caíam, ajudando-as a se levantar. Guinchos, exclamações e delirantes gargalhadas. Se havia gritos de dor, desolação e medo, estes pareciam ser abafados. O clima geral era de alegria e festa. O coraçãozinho de criança de Skyler encolheu-se ainda mais. Sua boca ficou seca.

— Mamãe, eu na-não...

Mamãe estava perguntando: "O gelo está bem liso? É... seguro?", mas as patinadoras com quem se atrevia a falar mal dirigiam uma olhadela àquela estranha de casaco vermelho que parecia um balão, com uma touca biruta na cabeça. E tendo ao lado um menininho trêmulo, cuja mão ela segurava. Mamãe estava com o moral elevado demais para reparar na grosseria das meninas, mas tocou Skyler para um banco, tirou-lhe as botas e as substituiu por seus patins Junior Olympics "novos e chiquérrimos", que eram "uma réplica exata" de patins de adultos, feitos de um tecido vermelho-escuro com raios em zigue-zague nas laterais.

— Não são lindos, Skyler? É o seu presente-surpresa de antes do Natal, por você ser um menino tão bonzinho. A mamãe mal pode esperar para vê-lo andar com eles!

Na sacola misteriosa com os patins de Skyler estavam também patins de couro branco Lady Champ, para a mamãe. *Porque a mamãe ia patinar com Skyler.*

O menino protestou: — Eu tenho medo, mamãe — enxugando na luva o nariz que escorria. — Mamãe, eu n-não tô me sentindo bem... — mas a mamãe não prestou atenção e disse:

— Skyler, você vai adorar o gelo. Na sua idade, a gente aprende depressa. As crianças são atletas naturais. A minha desvantagem na patinação foi ter começado muito tarde. Só aos 13 anos, e quando já era "madura" para a minha idade. Eu despertava muita atenção, mas não pelo jeito de patinar. Você vai começar pequeno. Parece que é o menorzinho aqui! E o papai não precisa saber de nada disso, até você patinar bem o bastante para se apresentar para ele. Eu prometo, Skyler!

O que a mamãe estava prometendo? Skyler não fazia ideia.

Mamãe estava amarrando bem os patins Junior Olympics. Pelos pés, Skyler soube que estava aprisionado.

Mamãe amarrou seus lindos patins brancos Lady Champ e ficou em pé, deixando o casaco vermelho acolchoado cair feito um négligé no banco e se revelando, ante os olhos perplexos de Skyler, numa roupa que ele nunca tinha visto: um bonito suéter roxo de barras tricotadas, claramente novo em folha, uma minissaia xadrez pregueada com um grande alfinete ornamental de latão do lado, e uma malha roxa lisa que mostrava as pernas bem torneadas, os joelhos cheinhos e um pouco das coxas rechonchudas da mamãe. E havia a touca de tricô nas cores vívidas do arco-íris, com a borla solta que deveria alçar-se no ar às costas da patinadora quando ela voasse pelo gelo. Embora Skyler ainda fosse muito pequeno para ter sido submetido à crueldade dos bárbaros em idade escolar, ele intuiu de imediato que sua linda mamãe despertaria o tipo errado de atenção ali no Parque Horace C. Slipp, em Fair Hills, Nova Jersey, assim como havia despertado o tipo errado de atenção em Hagarstown, Nova York, quando garota. Mas mamãe apenas bateu palmas, com um entusiasmo infantil:

— *Vamos*, benzinho. Olhe só para todos esses patinadores *se divertindo*.

Quando Skyler recuou, timidamente, mamãe meio que o levantou do banco e o puxou para o gelo, hesitante e assustado sobre os patins — como se alguém pudesse andar em cima de *lâminas*! Ah, mas Skyler não queria patinar! Não queria cair e se machucar e virar objeto de chacota, o que tinha sido o auge de mais de um de seus "encontros para brincar" em terra firme. A música tilintante e alta tornou-se mais feroz.

— Assim, Skyler! Não fique todo duro desse jeito. Mexa o pé direito. Só uns centímetros. Vamos, Skyler, *tente*!

Mas os tornozelos dele eram fracos, como se não tivessem ossos. Os patins eram muito altos, era natural cair deles. E os joelhos de Skyler estavam dobrando. E a porcaria do nariz escorria feito uma torneira com vazamento.

— Mamãe, minha barriga está esquisita — ele gemeu. — Mamãe, meus pés tão *muito frios*.

Mamãe o repreendeu:

— Skyler, você é o meu homenzinho ou é um *bebê chorão*?

Ao que o menino sentiu o insulto terrível de mamãe se referir a ele como um bebê, como apenas mais um bebê chorão, quando havia um bebê chorão na casa de que a mamãe tinha fugido, e Skyler tinha *4 anos e meio e andava ereto*.

Enquanto mamãe, recuando devagarzinho no gelo, tentava puxá-lo para a frente, um patinador que passava quase colidiu com ela e resmungou: "Desculpe, senhora", ao que ela respondeu, em tom penitente: "*Eu* é que peço desculpas, faz vinte anos que não patino..." Uma segunda patinadora, uma garota magra feito um cabo de vassoura, de cabelo castanho comprido, liso e reluzente, usando uma jaqueta do Externato Fair Hills, desviou para não bater na mamãe, que gritou para ela:

— Ah, *sinto muito*. Faz vinte anos que eu não patino, tive dois filhos e esses *patins são novos*.

Skyler teve vontade de sair do rinque de gatinhas; seu rostinho latejava de vergonha pela mamãe e por ele mesmo. Foi como se um fluxo contínuo de patinadores passasse voando, alguns ignorando a atrapalhada dupla mãe/filho, outros encarando-os com rudeza. Passaram vários garotos barulhentos de 12 anos, entre empurrões e cotoveladas, e um braço em movimento deu uma pancada nas costas de Skyler, fazendo-o cambalear nos patins, perder o equilíbrio precário e cair; num instante, o gelo subiu e bateu com força no bumbum e no ossinho sensível de Skyler que mamãe chamava de cóccix. Acostumado a cair em superfícies mais macias, como um tapete ou a grama, ele ficou espantado com *a dureza do gelo*. Espantado demais para chorar, continuou sentado no gelo, enquanto mamãe se esforçava para levantá-lo. Um garoto pesadão veio voando, por um triz não acertou a mão descoberta de Skyler no gelo — por alguma razão, a luva tinha saído — e passou com um comentário curto: "Babaca!" Se a mamãe ouviu, não deu nenhum sinal. Mas suas bochechas carnudas ficaram em fogo, como se tivessem sido esbofeteadas. A borla idiota, cor de arco-íris, balançava no rosto dela. Mamãe implorou que Skyler se levantasse:

— Você não se machucou, meu bem. Os ossos das crianças são praticamente de borracha. Os seus ossos dobram, não quebram. Foi só um tombinho. Benzinho, é apenas o seu primeiro dia, amoreco, isso é *muito* divertido.

Como a mamãe era forte! Pôs o corpo mole e sem ossos de Skyler na vertical, com os pés ainda aprisionados naqueles patins terríveis, e, durante vários segundos aturdidos, feito um personagem de desenho animado que dispara de um precipício em pleno ar e, ainda sem saber que está no ar e não em terra firme, não cai, Skyler conseguiu permanecer de pé e manter o equilíbrio. Mamãe instruiu:

— Viu como estou mexendo o pé, Skyler? Você faz a mesma coisa. É só empurrar esse pé, benzinho, o seu pé direito, como se estivesse de meias escorregando no chão, isso, e agora o pé esquerdo, benzinho, não fique tenso assim, a mamãe está segurando.

A mamãe riu, esbaforida. Segurou Skyler embaixo dos braços, feito um saco de alguma coisa, e por vários segundos notáveis mamãe e Skyler "patinaram" — *foi divertido!* —, e aí, de forma abrupta e rude, o maldito gelo tornou a subir e acertou com força o traseiro de Skyler. E também seu cotovelo direito, a perna direita e o lado direito da cabeça. Por sorte, o capuz da parca ainda lhe cobria a cabeça.

— Skyler, você se *machucou*? Ai, ai, ai, que é que eu vou dizer ao Bix se...

Uma das senhoras patinadoras de cabelo branco parou para ajudar. Numa voz gentil, disse:

— O seu garotinho é tão pequeno, meu bem! Quantos anos ele tem?

— O Skyler tem 4 anos e meio — mamãe se apressou a responder. — O aniversário dele é em junho. Ele é precoce para a idade. Adora todos os esportes e adora ficar ao ar livre. Saiu ao pai. Ele está ótimo.

A vovó patinadora deu a Skyler um lenço de papel que tirou do bolso, porque o nariz do menino escorria terrivelmente. Mamãe agradeceu, mas era visível que tinha ficado aborrecida. Enquanto se afastava com surpreendente desenvoltura, a anciã patinadora de cabelos brancos balançou a cabeça, com ar de dúvida:

— O seu filho me parece muito pequeno para andar de patins, querida.

— Velha bisbilhoteira. Por que não se mete com a sua vida? — murmurou mamãe entre dentes. E disse, animada, voltando-se para

Skyler: — Você *não é pequeno*, benzinho. Não para a sua idade. Esta é apenas a sua primeira aula de patinação, pelo amor de Deus!

Quando Skyler ficou de pé, mamãe sacudiu sua roupa, examinou a lateral de sua cabeça, franziu o cenho e lhe deu um beijo no nariz arrebitado.

— Ora se não seria um azar desgraçado para mim se essa velha bisbilhoteira viesse a ser uma "pessoa muito importante" de Fair Hills, ou uma de nossas vizinhas, ou a diretora da comissão que seleciona os sócios do Sylvan Golf Club; seria mesmo *o destino*.

Esperto, Skyler se queixou de estar com dor na perna, com dor no cotovelo e com o estômago embrulhado, e assim mamãe cedeu: tudo bem, ele podia se sentar por alguns minutos e recuperar o fôlego; e mamãe poderia lhe mostrar uns movimentos simples. Tendo o filho por plateia, mamãe fez uns arremedos de patinação, como se estivesse com medo de ver o gelo rachar-se sob seus pés.

— Este é um deslizamento, viu? Você só... desliza — disse mamãe, que, em vários momentos, por pouco não escorregou e caiu. Skyler fechou os olhos, apavorado. Mas mamãe conseguiu se endireitar, rindo: — Puxa, como estou fora de forma! São pelo menos 25 quilos desde... o último inverno. Só preciso de um pouco de prática...

Skyler se encolheu ao ver como os patinadores que passavam olhavam para a mamãe, uns com ar divertido, outros francamente curiosos, alguns simplesmente grosseiros. Os garotos davam risinhos debochados e cutucavam uns aos outros, mas o pior eram as adolescentes metidas a besta, que riam da mamãe ao deslizarem por ela sem o menor esforço. Skyler ficou indignado: o que havia de tão engraçado na mamãe? Ela era a mulher mais bonita de toda aquela porcaria daquele rinque velho! Mamãe era um espetáculo, igual a uma mulher num filme ou num cartaz gigantesco, com sua carona "de lua cheia", a pele lisa, calorosamente rosada, os lábios vermelhos polpudos e a roupa de patinação, muito mais bonita que aquela chatice de jeans velhos e desbotados e parcas de cor sem graça que os outros patinadores usavam. O suéter novo da mamãe caía feito uma luva em seu tronco amplo, e a minissaia pregueada em tecido xadrez balançava nos seus quadris, mostrando as pernas, os joelhos e as coxas de malha roxa. Mas Skyler desejou que a mamãe não chamasse seu nome tão alto, rindo e tagarelando, como se quisesse despertar atenção, ou, pelo menos, não se preocupasse com a ideia de despertar atenção.

— Está vendo, Skyler? Você está olhando? É a sua aula, meu bem. A mamãe está "deslizando", isto é um "deslizamento", viu como é fácil? Agora vou fazer o meu primeiro "oito" em vinte anos. Opa!

Por algum motivo, mamãe pareceu perder o equilíbrio, ou um de seus tornozelos vergou-se. Isso porque, de repente, com um grito, ela caiu de traseiro no gelo, com força. Ficou sentada no chão de pernas abertas, com aquela expressão perplexa de quem se machucou, e dava para ver que só estava usando a malha roxa por baixo da minissaia e que havia gordos pneus na parte superior de suas coxas. A touca cor de arco-íris ficou torta na cabeça da mamãe, cuja respiração vinha em arfadas roucas e fumegantes.

Vários patinadores pararam no mesmo instante para ajudá-la a se levantar. Mamãe os surpreendeu, prorrompendo em lágrimas:

— Minha vida acabou! Tiraram meu corpo de mim! Isso não é justo! Eu ainda sou moça! *Não sei mais patinar!*

Os patinadores que tinham ajudado a pô-la de pé e que a levaram oscilando de volta para Skyler eram duas mulheres meio jovens e um homem também meio novo, de cabelo encaracolado cor de ferrugem, boca borrachuda e grande, testa ossuda e alta feito uma cúpula e um narigão achatado e largo. Usava jeans desbotados e uma elegante jaqueta castanho-clara, imitação de suede, e seus patins de cano alto tinham raios prateados nas laterais, e na orelha esquerda ele usava o que parecia ser um prendedor de prata. O sujeito parecia ser só um pouquinho mais moço que mamãe e da altura dela, e com uma ossatura menor que a da mamãe, e por que estou me lembrando dele?* — porque houve algo de maravilhoso no jeito como ele segurou o braço da mamãe para firmá-la, e foi muito gentil com ela, e me olhou com aquele sorriso borrachudo, perguntando à mamãe:

— Essa é a sua linda filhinha, senhora, ou o seu lindo filhinho?

E mamãe respondeu, enxugando as lágrimas do rosto flamejante:

— O Skyler é o meu lindo *homenzinho*.

---

* O leitor arguto notará que deve haver uma razão para eu destacar esse indivíduo excêntrico, que tem uma aparição fugaz neste capítulo, como "gentil" e meio sinistro. Guarde na lembrança o rapaz de lábios borrachudos! (Se eu fosse um autor literário reverenciado, poderia supor que os leitores seriam instruídos a ler minha prosa com... bem, com reverência e cuidado. Mas não sou, e por isso não posso. Mas note que nada neste documento é irrelevante.)

Que deus me ajude

DEUS ME AJUDE A ME ELEVAR ACIMA DISSO, AJUDE-ME, JESUS, POR-que eu não nasci para ser esta mulher, não só uma pecadora, mas uma pessoa ridícula: era assim que mamãe rezava, fervorosamente; e por acaso a prece da mamãe foi atendida? Será que alguma coisa espantosa e inteiramente inesperada — "imerecida" — aconteceu logo depois com Betsey Rampike, dentro de poucos anos, se bem que vinda de qual direção e sob qual forma terrena ninguém, e certamente não Betsey Rampike, poderia prever?

Por isso, quando a bênção de Deus nos atinge, ela nos atinge feito um raio saído de uma fonte inesperada. Como um raio, destroça nossos meros seres mortais, fazendo de nossa alma algo derretido e puro.

E SERÁ QUE A MAMÃE TEVE SUCESSO EM SUA CAMPANHA MAIS imediata para *fazer amizades* em Fair Hills, como tão desesperadamente desejava? Será que seu anseio infantil, tão doloroso de observar de perto, foi finalmente atendido? Sim!

Para não manter o leitor em suspense: Sim.

Só que, como a repreendeu papai:

— Não da noite para o dia, Betsey. Você não vai fazer as amigas que gostaria de fazer, e que eu gostaria que fizesse, da noite para o dia. Portanto, acalme-se.

Nesse ínterim, convém admitir que, a princípio, mamãe não *fez amizade* com as mulheres mais populares/socialmente enaltecidas/admiradas de Fair Hills, aquelas mulheres de maquiagem impecável e trajes elegantes cujas fotografias apareciam na seção Estilo do *Fair Hills*

Beacon, depois de um fim de semana com um "turbilhão" de festas particulares, recepções suntuosas e eventos beneficentes de gala (o Baile Natalino dos Amigos do Centro Médico de Fair Hills, o Jantar Dançante e Leilão Silencioso dos Amigos da Biblioteca Pública de Fair Hills no Dia dos Namorados, o Almoço das Tulipas das Famílias Planejadas de Fair Hills etc.), mulheres que pareciam ser uniformemente louras, uniformemente manequim 38, uniformemente riquíssimas e sem idade discernível, a não ser pela classificação *não maduras*. Mamãe "fez amizade" sobretudo com as mulheres de outros jovens executivos da Baddaxe e com as esposas de homens de negócios e profissionais liberais com quem Bix Rampike passou a jogar golf, squash, tênis e pôquer com frequência, à medida que se tornou cada vez mais "conhecido" (e "popular") em Fair Hills. Nossa igreja era a Episcopal da Trindade, curiosamente setecentista, situada no coração do Vilarejo Histórico, daquele tipo que você já viu inúmeras vezes: veneráveis pedras cinzentas, vitrais de bom gosto e campanário desses que saem em calendários artísticos, emitindo badaladas sonoras como dignas reverberações da altiva divindade episcopal no céu. (Isso se dava apesar de mamãe admitir ter sido batizada e criada na União de Igrejas Metodistas, e de os ancestrais de papai terem pertencido a uma seita calvinista radical do norte da Inglaterra, cujo dogma primordial era: a humanidade inteira foi amaldiçoada pelo pecado original; sem exceção.) Mamãe e papai tinham-se casado (não que Skyler houvesse estado presente para observar!) na Primeira Igreja Episcopal de Pittsburgh, onde morava a família abastada de papai, porque, como ele sabiamente dizia, os episcopais ganham dos metodistas no mundo empresarial, pode apostar.

Que Deus nos ajude a ter sucesso, o Skyler é capaz de patinar, se tentar, eu sei que ele é capaz: essa foi outra das orações de mamãe, cochichada meio a sério/meio de brincadeira no ouvido do filho, quando, no Chevrolet Impala verde-limão, fizemos o trajeto — você se horrorizará ao saber — de volta ao Horace C. Slapp, desculpe, ao Parque Memorial Slipp, ao rinque de patinação. É, de volta ao rinque de patinação! De volta ao gelo! Dá para acreditar? Não uma, porém quatro vezes naquele inverno de 1991-1992 mamãe insistiu em me levar de volta para "tentar" de novo, porque mamãe confiava fervorosamente no credo norte-americano do *se não conseguir da primeira vez, tente, tente de novo!* — um edificante imperativo que apareceu originalmente, em alemão, acima da entrada de Auschwitz; a menos que tenha sido gravado, no italiano de Dante, acima da entrada do Inferno. Num documento literário mais bem planejado, composto de "cenas dramáticas seletas", a pavorosa aula inicial de patinação de Skyler teria sido a última, porém quis a sorte que este documento fosse uma descrição sem adornos e secamente verdadeira de nós, os Rampike, nos tumultuosos anos que levaram às primeiras horas da manhã de 29 de janeiro de 1997 e depois levaram para longe delas, e não uma mera ficção (que qualquer um, sem saber nada da minha família, poderia inventar), e por isso sou obrigado a dizer aqui que, sim, a mamãe tornou a levar o Skyler para humilhações adicionais, ministradas pela mamãe; que, com obstinação e perseverança, e amiúde com um sorriso luminoso e valente, mamãe levou o Skyler de volta ao Parque Memorial Horace C. Slipp, na louca convicção de que o menino com certeza — com certeza! — teria herdado pelo menos um punhado de genes, cromossomos do DNA ou lá o que fosse, de seu papai grande e musculoso (1,90m de altura, 95 quilos, quase todos de carne rija) e ex-atleta (zagueiro do time principal de futebol americano da Universidade Cornell, 1981-1982), se não uma ânsia apaixonada de algum tipo de sucesso/reconhecimento público, herdada da mamãe. Estranhamente — que pena! —, mamãe nunca mais amarrou seus elegantes patins novos Lady Champ, mas apenas andou de botas pelo gelo com o pobre e trêmulo Skyler, agarrando-lhe os ombros por baixo da parca, apontando-o na direção de um "deslizamento" com uma cutucada e levantando-o quando, como era inevitável, ele caía. Mamãe também nunca voltou a usar (ao que Skyler soubesse) o deslumbrante suéter roxo de barras de tricô, a minissaia xadrez pregueada e a touca cor de arco-íris de borla solta e engraçada. No gelo com Skyler, como outras mamães com filhos, ela usava apenas calças e jaqueta de lã, ou então o casaco vermelho acolchoado que a fazia parecer um balão. Provavelmente — já que, no fundo, mamãe continuava a ser uma garota econômica do norte do estado de Nova York —, ela devolveu ou tentou devolver seus patins dispendiosos à Winter Wonderland, no shopping Fair Hills Valley, mas se recusou a devolver os Junior Olympics de Skyler, porque mamãe não era de desistir, não sem uma boa luta. Para sua decepção, entretanto, e para o que pareceu ser sua autêntica surpresa, as aulas posteriores de patinação dadas a Skyler não tiveram mais sucesso do que a primeira e, ali pela altura da quarta, o menino, geralmente flexível, estava ficando mal-humorado/rebelde/atrevido e cada vez mais desprovido de coordenação física, tão profundo era o sentimento com que passara a temer, detestar e abominar qualquer coisa que tivesse a ver com patinação no gelo. Qualquer coisa que tivesse a ver com gelo! E com música tilintante e animada. Em pouco tempo, Skyler começou a choramingar e tremer à simples visão do Impala verde-limão em que um dia tinha sido um passageiro tão privilegiado e alegre. E a mamãe suspirou, e a mamãe acabou dizendo:

— Está bem, Skyler. Você venceu. O seu coraçãozinho obstinado e voluntarioso, enrugado feito uma passa, *venceu*. Posso doar essa droga desses patins velhos a uma instituição de caridade, um outro menino agradecido vai apreciá-los.

Duas mamães

SKY-LER!

Lembranças vívidas, mas instáveis, tremidas e desarticuladas como um filme de baixo orçamento, feito com uma câmera portátil.

Skyler!, vinha o grito, se bem que vago e quase apagado, e é possível que de fato ele não ouvisse nenhum grito *Skyler!* saindo do ar trêmulo, ele, *o homenzinho da mamãe, que a mamãe ama por toda a vida*. Mas é possível que isso se confundisse nas ideias do menino com choro de bebê, porque a neném vivia chorando, a neném se agitava na cadeirinha alta na cozinha, dando chutes e sacudindo os punhos de bebê, puxa, que gritaria, embora Maria tentasse alimentar aquela neném, a neném de cara vermelha, com a boca que parecia um biquinho de pássaro, deixando escorrer uma inominável comida aguada, grumosa e esbranquiçada de bebê pelo queixo, que ia cair no babadouro já manchado; a neném era uma menina miudinha, mas de uma força espantosa: quando a neném chutava, a gente sentia, e quando a neném segurava o dedo gorducho da gente em seu punhozinho de bebê, a gente sentia, e quando a neném arrulhava e "sorria", e puxava a gente para perto de seu rostinho ruborizado, com aqueles olhos azul-cobalto se apossando da gente, de repente a neném podia se assustar e começar a gritar, e ah, não, não, não!, o que você fez para aborrecer a neném, *Skyler malvado, o que você fez para fazer a neném chorar?*

A neném era uma trouxinha quente e trêmula no colo da Maria-da-Guatemala. Maria-da-Guatemala sabia tranquilizá-la, arrulhando, dando beijinhos e murmurando um encantamento mágico no que a gente era forçado a supor que fosse a sua língua, incompreensível para Skyler, assim como era incompreensível para a mamãe, e que por isso excluía os dois.

Mas onde estava a mamãe?

Assustada, Maria-da-Guatemala retorcia as mãos robustas de camponesa e apelava para Skyler, num inglês aspirado e carregado de sotaque, perguntando onde estava a Sra. Rampike. Skyler, onde está a sua mãe?, mas Skyler não fazia a menor ideia, ele mesmo andara chamando mamãe, ma-*mãe*, com uma vozinha chorosa de criança, e em outro cômodo a neném gritava, ou "estava com febre", ou tinha "vomitado todo o café da manhã", e onde é que estava o papai? — "viajando". Na verdade, papai tinha voado para Burbank, na Califórnia, e só voltaria a Fair Hills, vagamente, "no fim da semana" — qual semana?, pensava Skyler —, e o maldito telefone tocava, tocava, tocava e não era atendido, pois mamãe não queria que Maria atendesse o telefone, era só deixar a secretária eletrônica pegar os recados, de noite (quem sabe) a mamãe ouviria a gravação dos recados com uma boa bebida forte (um scotch do papai, sem gelo), mas a Maria estava apelando para Skyler — o que dizer às senhoras? —, porque parece que a Sra. Higley e outras duas mulheres tinham acabado de chegar para levar Betsey Rampike a um dos almoços da Sociedade Feminina do Altar da Igreja Episcopal da Trindade, no Fair Hills Golf & Country Club, porque a Sra. Higley era a esposa superperfumada e de seios fartos do reverendo Archibald ("Archie") Higley, que ultimamente vinha sendo muito gentil com Betsey Rampike, havia "posto Betsey Rampike debaixo de sua asa", mas onde estava Betsey Rampike, *onde diabos a mamãe estava escondida?* Ou então, o que era ainda mais alarmante, um bando de trabalhadores mexicanos de tez morena (carpinteiros? pintores? consertadores de telhado? jardineiros?) havia acabado de chegar, para que finalidade exata só Bix Rampike saberia, mas o papai estava viajando, e quando a mamãe tentava telefonar para ele "no trabalho", era frequente papai "não estar em sua mesa" — o papai era tão popular e tão solicitado, que mal parecia sequer ter uma mesa na Baddaxe Oil Inc., apesar de papai ter não uma, porém diversas assistentes/secretárias de voz arrulhante e melíflua para aplacar a esposa/mamãe histérica, prometendo dizer ao Sr. Rampike para ligar para casa o mais rápido possível, por favor. *Mas, onde estava a mamãe?*

Possíveis esconderijos da mamãe:

- **Banheiro**. No chuveiro todo aberto e fumegando de quente, onde a mamãe não ouvia a neném chorar. Em tese.

- **Quarto**. Com as persianas completamente fechadas, para barrar a luz gritante da manhã, na imensa cama "*king-size*", embaixo de uma montanha de cobertas, usando uma glamorosa camisola de seda preta com um decote acentuado, que mal continha os seios leitosos, de veias azuladas e mamilos grandes da mamãe. Mamãe ficava irritadiça, xingando quem quer que fosse, só podia ser o Skyler para acordá-la do sono mais delicioso, quando a pobre da mamãe mal havia acabado de conseguir dormir, depois de uma noite infernal de insônia com a neném chorando no berçário ao lado, *vá embora Skyler me deixe em paz que diabo que horas são não diga ao papai feche a porta quando sair*, cobrindo a cabeça com um travesseiro para abafar o choro da neném.

- **Vários cômodos** da casa, inclusive quartos de hóspedes, banheiros de hóspedes, o sótão; no porão, o esconderijo preferido era a sala das caldeiras, onde, no frio, não uma, porém duas grandes caldeiras exsudavam um calor abafado, zumbindo, chiando, chacoalhando e vibrando, e onde era impossível ouvir a neném chorar, nem mesmo apenas um andar acima.

- **Garagem**. No Chevrolet Impala verde-limão estacionado na vaga (ensombrecida, sem iluminação); só uma vez Skyler havia encontrado a mamãe lá, mas continuava a ser uma lembrança memorável, com um fedor de descarga no ar frio e a tampa do capô parecendo quente sob os dedos de Skyler, como se o motor, apesar de não estar funcionando naquele momento, tivesse estado ligado até um pouquinho antes, porque a mamãe tinha acabado de desligar a ignição. E a mamãe esparramada atrás do volante, de camisola sob o casaco acolchoado vermelho, cujo zíper fora fechado de qualquer jeito, o rosto da mamãe sem maquiagem, espiando o Skyler por entre os dedos: "Surpresa! Enganei você!"

MAMÃE, POR QUE VOCÊ ESTÁ CHORANDO, PERGUNTOU SKYLER, E A mamãe disse *não seja ridículo, não estou chorando*, e Skyler perguntou

Mamãe, a neném fez você chorar, e a mamãe retrucou, acalorada, *eu não estou chorando, a culpa não é da neném*, e Skyler disse *mamãe, você não gosta da neném?*, e a mamãe respondeu, ainda mais esquentada, *Eu adoro a neném! Que ideia, dizer uma coisa dessas!*, e Skyler perguntou *você detesta a neném, mamãe*, e a mamãe tornou a dizer *eu adoro a neném, eu amo a neném e amo o Skyler, e amo o papai e adoro a minha vida aqui, todos os dias eu agradeço a Deus de joelhos pela minha vida aqui, que coisa horrível para se dizer, Skyler malvado!*, e Skyler, num tormento de angústia e ansiedade infantis, perguntou *mamãe, será que a gente deve dar a neném? Pode ser que alguém mais queira a neném, que nem os meus patins, não é?*, e a mamãe deu uma risada áspera, enxugou os olhos com as palmas das mãos e deu uma risada áspera, repreendendo: *Skyler! Você sabe muito bem que a neném é sua irmã Edna Louise, que recebeu esse nome em homenagem à vovó Rampike e está aqui conosco para ficar.*

NO ENTANTO, HAVIA A OUTRA MAMÃE, A ALTERADA, ESPLENDIdamente vestida com um novo terninho bege-champanhe de caxemira da English Shoppe, ou com um novo vestido de seda amassada cor de mirtilo, da Renée's Fashion Boutique, ou com um pretinho enxuto para coquetel comprado na Saks, desses que emagrecem, e com o cabelo preto alegremente penteado num *bouffant* no Empório de Beleza Evita, onde as unhas da mamãe, que tendiam a ser pequenas, roídas e quebradas, também foram audaciosamente reimaginadas como garras carmesim, para combinar com a boca risonha da mamãe; essa era uma mamãe que não tropeçava descalça pela casa, nem se arrastava pela casa de chinelos, mas usava sapatos de salto alto que subitamente lhe davam estatura, dignidade e propósito. Essa era uma mamãe adorada por seu filho Skyler: "Ma-*mãe*! Você está linda!" Essa era uma mamãe que não era temida, vista com piedade nem desprezada pela Maria-da--Guatemala (que seria seguida, numa brusca sucessão de instantâneos, por Maria-do-México, Maria-do-Paraguai e, com o tempo, Lila-das--Filipinas), mas sim respeitada e admirada: "Sra. Rampike! Gostei muito do seu novo 'visual'." Essa era uma mamãe radiante, que acolhia calorosamente à porta as convidadas do almoço: "Entrem! Que maravilha vê-las! Julia, Francine e Henrietta — não é? — e Mattie! *Entrem*!" Uma mamãe de suéter quentinho de lã angorá branca e calças brancas de lã de seda, e sapatilhas douradas com saltinhos que pareciam pequenos cascos espalhafatosos, que corria para abraçar o papai recém-chegado de Burbank, ou de Dallas ou de Atlanta; mamãe sendo abraçada por papai: "Minha garota deslumbrante, eu estava com saudade!" E havia a neném de banho recém-tomado e cheirando a talquinho de bebê, em vez de cocô de bebê, a neném Edna Louise que não ficava agitada nem gritando, mas sacudia alegremente seus minipunhos de bebê e exibia os olhinhos miniatura de bebê, gorgolejando, sorrindo e arrulhando sons parecidos com "Pa-*pa*! Pa-*pa*!", orgulhosamente exibida no colo da mamãe. (Onde estava Maria-da-Guatemala? Não em algum lugar visível.) Erguendo-se diante de mamãe e da neném Edna Louise, papai ficava profundamente emocionado e dizia: "Minhas duas garotas maravilhosas! Eu diria que as coisas estão indo muito bem por aqui, no 93 da alameda Ravens Crest." Por um momento terrível, papai parecia ter-se esquecido de Skyler, que ficava meio timidamente para trás, mas papai o via, é claro que papai o via, e pegava Skyler e o levantava no colo, e assim papai abraçava mamãe, a neném Edna Louise e Skyler: "Minha familinha. Senti saudade de vocês todos."

E lá estava a mamãe com um vestido de chiffon cor de pêssego, debruçada sobre Skyler em sua cama, tomando cuidado para não borrar o rosto de Skyler de batom, porque era noite de réveillon e o papai e a mamãe estavam saindo para uma festa, ou várias festas. "Feliz Ano-Novo, querido! Este ano novo será muito, muito melhor do que o velho, eu juro!" Mas Skyler não fazia a menor ideia de que ano era.*

ESSAS DUAS MAMÃES EXISTIAM MAIS OU MENOS AO MESMO TEMPO, na mesma casa. Tal como as figurinhas entalhadas de um relógio meteorológico — o "bom tempo" e o "mau tempo" —, quando uma das mamães aparecia, a outra permanecia escondida. Mas apenas escondida.

---

* Pobre guri idiota! Deve ter ficado zonzo/deslumbrado com o perfume da mamãe e os seios cremosos da mamãe, que corriam o risco de transbordar do corpete justo de chiffon cor de pêssego. E pode ser que o papai, ou uma figura alta e imponente de exterminador, tenha avultado no vão da porta atrás da mamãe. Pelos meus cálculos, o ano novo prometido pela mamãe tem que ter sido 1992. Dado de realidade: ele não seria muito diferente do ano velho.

"Nojento", "odioso", "abominável"*

ALGUMAS PÁGINAS ATRÁS, ASSINALOU-SE QUE MEUS ANCESTRAIS Rampike viveram originalmente no norte da Inglaterra e pertenceram a uma "seita calvinista radical"; na verdade, o antepassado mais ilustre — o único? — de meu pai foi o célebre/famigerado reverendo Joshua Rampike, que conduziu seu rebanho de fiéis ("rebanho", um lamentável clichê, constitui invariavelmente o termo mais apropriado para designar esses meus ancestrais calvinistas/cristãos), um rebanho pequeno, mas fanaticamente devoto, para um povoado recém-criado na Filadélfia em 1688; era esperança deles fugir da perseguição religiosa nas montanhas incomensuravelmente lúgubres de Humberside, no mar do Norte, e fundar, sob a trovejante liderança do reverendo Rampike, uma teocracia em cujos termos eles pudessem perseguir outros cristãos. Dos mais de quarenta peregrinos do rebanho de meu antepassado, menos da metade sobreviveu à travessia infernal do Atlântico, que levou semanas; o mais cruel dos destinos foi suportar semanas de mareação, disenteria e desespero, só para morrer quase ao final da travessia; os peregrinos mais sortudos morreram antes, ainda avistando a costa da Inglaterra. Meses depois de ele se fixar na Filadélfia, morreu mais uma parte do rebanho do reverendo, inclusive a mulher do próprio e vários de seus oito filhos; não obstante, o reverendo Rampike pareceu florescer estranhamente no Novo Mundo, voltou a se casar, teve mais filhos (19, ao todo) e causou uma impressão marcante e ardorosa em toda essa região,

* Este capítulo destina-se aos fãs da história dos puritanos entre meus leitores — possivelmente, uma fração muito pequena. Todos os outros podem fazer uma leitura superficial e pular para o parágrafo que começa por "Os quacres — muito mais sadios, como nós!".

quase toda colonizada por quacres pacifistas, com seus sermões de arrepiar os cabelos sobre o pecado original, a predestinação, a completa depravação da humanidade e a maldição das criancinhas.

Como outros colonos cristãos instalados no Novo Mundo, o reverendo Rampike tinha a convicção apaixonada de que gerar filhos, criar filhos e "conduzi-los à salvação" constituíam a tarefa primordial; ao contrário da maioria dos cristãos de sua era ou de qualquer outra, o reverendo Rampike acreditava que as crianças "nada mais [eram] do que bestas em miniatura, num rude simulacro de forma humana", que tinham de ser "contínua e severamente disciplinadas" pelos pais e pela comunidade; as mães eram advertidas a não deixar que seus bebês engatinhassem "além do necessário", pois a semelhança entre "o bebê bestial de gatinhas" e a "serpente que rasteja sobre o próprio ventre" era "nojenta" de ver. As almas dos bebês que tinham o azar de morrer antes de serem batizados iam diretamente para o inferno; as dos que conseguiam viver mais tinham uma chance ligeiramente melhor de salvação, embora não muito melhor, isso porque a maioria da humanidade estava condenada, fosse qual fosse o esforço empenhado em busca da salvação. A vida adulta era uma questão de trabalho, exceto no domingo; as crianças deviam ser pressionadas a trabalhar aos três anos de idade, ou até aos dois. Isso deve ter sido porque meu severo ancestral calvinista, pai de 19 bebês chorões, tinha motivos para saber em primeira mão que os bebês eram "conspurcados pela mancha do pecado original, nojento, odioso e abominável". O reverendo Rampike admitia a possibilidade de existir no mais bestial dos bebês uma centelha divina, que o pecado original não conseguia extinguir por completo. Mas era uma centelha, pregava ele, que "somente Jesus Cristo, nosso Salvador, era capaz de soprar, atiçando-a para se tornar a chama da Salvação".

Ah, a história da família Rampike! Talvez eu esteja só um pouquinho deslumbrado.

Os quacres — muito mais sadios, como nós! — tendiam a crer que as crianças pequenas eram "puras", "inocentes", "uma cera úmida a ser moldada" por mãos adultas carinhosas.

Skyler não sabia ao certo no que acreditar... ao observar a neném de perto.

Quando Neném ficou apta a andar ereta para lá e para cá, com passos vacilantes, Skyler teve de admitir que ela viria a ser uma pessoa real, embora nunca viesse a se tornar uma pessoa real muito importante, como o próprio Skyler.

É que a neném sempre seria *menina*. E Skyler era *o homenzinho* da mamãe.

Como uma menina de 2 anos que dava os primeiros passos, Edna Louise começou a cambalear e a tropeçar por toda parte, "metendo-se em tudo, como uma espécie de demônio" (segundo as palavras de mamãe). Parece que Edna Louise era "muito bonitinha", mas havia momentos em que se via que ela era "completamente sem graça, como eu" (como dizia mamãe). As visitas comentavam sobre os "lindos" olhos azul-cobalto da menina, mas eles também eram olhos perturbadores, que se fixavam com tal intensidade que, em certos momentos, pareciam prestes a saltar das órbitas. (Argh! Em segredo, Skyler arrancou os dois olhos vazios de vidro azul da cabeça de borracha da boneca favorita de Edna Louise, e se assustou com as órbitas sem olhos e jogou todas as provas incriminadoras no lixo, onde nem mesmo Maria-do-México pudesse encontrá-las.) "Que anjinho!", viviam a arrulhar as visitas, especialmente as visitas femininas; no entanto, depois que as visitas desapareciam, Edna Louise com certeza sabia ser uma "menina muito malvada" (como dizia a mamãe).

Coitada da Edna Louise!, comentava mamãe, abanando a cabeça. "Edna Louise" era um nome muito feio.

(Ansioso, Skyler havia perguntado se "Skyler" também era um nome feio, e mamãe se apressara a dizer: Não! "Skyler" era um nome lindo.)

Edna Louise fora assim batizada em homenagem à vovó Rampike, que era a mãe do papai, de Pittsburgh. A razão disso, depreendeu Skyler, tinha sido fazer com que a vovó "gostasse" mais da Edna Louise e da mamãe do que ela seria capaz de gostar de qualquer das duas, de outra maneira, porque a vovó Rampike era uma "velhota de coração gelado", como papai admitia, dando um sorriso que era "exatinho" o de um peixe, isto "se os peixes soubessem sorrir", é claro.

(Skyler soltava gargalhadas quando o papai dizia essas coisas engraçadas, porque era comum o próprio papai não rir, mas falar com ar grave, o que o tornava mais engraçado ainda. E, quando a mamãe não ria, mas parecia ficar sem jeito ou enrubescer, era ainda mais engraçado, por alguma razão. Skyler ria especialmente quando papai dizia que a vovó Rampike e alguns outros parentes dele moravam em

"Piggsburgh", que era a cidade "mais grunhidora e fedida" dos Estados Unidos.)

Papai adorava Edna Louise, quase sempre. Skyler sentia uma pontada de ciúme quando ele se atirava para Edna Louise e a levantava nos braços, chamando-a de "minha menininha lindérrima e mais mió de todas". Mas papai não passava grande parte do tempo em casa. Mamãe é que ficava em casa.

Skyler observava a mamãe com Edna Louise e não sentia ciúme, porque intuía que a mamãe não a amava. Não como amava a ele. Porque a mamãe matriculou Edna Louise na escola Montessori quando ela só tinha 2 anos, ao passo que não quisera matricular Skyler nessa idade, porque ele era seu *homenzinho* e seu companheiro nos dias solitários.

Maria-do-México encarregava-se de Edna Louise na maior parte do tempo. Skyler entreouvia mamãe dando instruções a Maria, com a voz rápida e distraída, como se estivesse com a cabeça em outras coisas mais importantes. Todas as manhãs da semana, Maria aprontava Edna Louise para a escola e a levava até o começo da entrada da garagem, para que ela fosse apanhada pela minivan da escola Montessori; no entanto, mamãe aprontava Skyler para a escola e muitas vezes o levava ela mesma ao Externato Fair Hills, no Chevrolet Impala verde-limão, e o buscava no fim das aulas.

Às vezes, Edna Louise ficava tão solitária que, mesmo vendo que a mamãe não estava com disposição para isso, ficava em volta dela, choramingando e resmungando, querendo um abraço da mamãe, e então a mamãe tinha que dizer, em tom exasperado: "Você me cansa, Edna Louise. Tenho a sensação de que nós duas estamos juntas há muito, muito tempo. Vá embora."

Skyler sentia um arrepio mesquinho de satisfação ao ouvir isso. Quando mamãe dizia a ele para ir embora, é claro que não falava sério.

Quando a mamãe se abrandava e dizia a Edna Louise que ela era uma menina muito boazinha e que a mamãe a adorava, Skyler ouvia a falsa vivacidade na voz da mamãe e pensava: *Não! É a mim que a mamãe ama.*

Num dia de inverno, Skyler viu sua irmãzinha loura esparramada no chão da sala íntima, em meio a uma porção de bonecas espalhadas feito criaturas mortas. Ele tinha ouvido a voz ríspida da mamãe e o barulho da mamãe na escada. (É claro que a mamãe não tinha dado tapas nem pancadas na Edna Louise, por mais impaciente que houvesse ficado com aquela menina estranha e voluntariosa, assim como não estapeava nem batia em Skyler. Não era o jeito da mamãe!) E ele se aproximou de Edna Louise e lhe perguntou qual era o problema, por que ela estava chorando, e Edna Louise fungou e enxugou na mão o nariz que escorria, de um jeito que a mamãe ficaria enojada se a visse fazer; e Edna Louise levantou os chorosos olhos azul-cobalto para Skyler, que era muito maior do que ela, e mais velho, e muito mais importante, e disse com voz queixosa:

— Skyler, por que a mamãe não gosta de mim do jeito que gosta de você?

E foi nesse dia que Skyler começou a gostar da irmã caçula. Só um pouquinho.

Academia & ginásio poliesportivo medalha de ouro — I

"QUEM ESTÁ RECLAMANDO?" ESSE ERA UM DOS DITOS FAVORITOS de papai na casa dos Rampike. E também: "Qual é a jogada?", "Qual é o problema?" ou "Qual é o resumo da história?" Com animada veemência, papai proferia "Não há problema!", "Caso encerrado!", "*Fi-ni--to*" e "*Batta!*", além de "Missão cumprida!" ou "*Homo homin lupus!*" Os medos, lágrimas e pavores infantis eram facilmente despachados com um estalar de dedos do papai, porque ele tinha um dito ou uma resposta pronta para qualquer situação. "Segure a barra!" (quando garoto, papai tinha sido cadete da Academia Militar Bleak Mountain, em Gallowsville, na Pensilvânia); "Minimize os prejuízos!" (papai tinha largado a Bleak Mountain depois de dois anos); "Nunca diga que nunca!" (papai tinha sido um atleta muito elogiado durante o colegial e a faculdade); "Não jogue dinheiro em toca de rato!" (a essência da sabedoria financeira, adquirida por papai com seu pai industrial/financista). Para um sujeito meio jovem, Bix Rampike já tinha adquirido tarimba de vida em dose suficiente para encher um Grande Cânion de biscoitos da sorte chineses.

Eu o amava. Tinha pavor dele.

Como a mamãe. (Parecido demais com a mamãe!) Isso porque, mesmo quando a pessoa se retraía, magoada, indignada, profundamente enojada, ela não conseguia deixar de gostar de Bix Rampike, como um filhotinho de cachorro chutado e covarde, e querendo o amor de Bix Rampike *para si*.

Papai era um desses machos alfa altos, aparentemente desajeitados/atentos e "competitivos", com uma cabeça despenteada de bisão, o rosto bonito/maltratado e olhos castanhos e emotivos que exsudavam simpatia e sinceridade. Grande, descontraído, afável e astuto, era imensamente atraente tanto para homens quanto para mulheres. (Você está pensando no Bill Clinton? Pois Bix Rampike era Willy, o Sonso, com um toque de Ronald Reagan. Em termos políticos, papai era todo Reagan.) Ele tinha a pele corada como se lhe bombeassem sangue, e os dentes eram grandes, robustos e frequentemente expostos num alegre sorriso carnívoro. Os olhos emotivos eram "empáticos" — pense naquela aranha-de-água gorda e suculenta que fixa o olhar no sapo imóvel do lago, enquanto, por uma lenta e inexorável gradação "completamente natural", vai sugando a vida do sapo: "empática". Quem quer que você fosse — da altura do Bix ou mais baixo, uma beldade deslumbrante ou um bagulho, um VIP (do sexo masculino) de Fair Hills, a assistente chique de uma banqueteira, de minissaia preta, ou apenas mais uma das Marias de seios fartos que todos em Fair Hills empregavam e de quem todos reclamavam —, você podia sentir, mesmo se fosse o filho nanico de Bix Rampike, que ele perscrutava a sua própria alma e "dialogava" com *você*. Apenas com você.

Só que, vamos ser francos: num salão repleto, assim como nos vastos espaços da vida, são tantos os *vocês* a reconhecer, que cabe a pergunta: como seria possível esperar que Bix Rampike se lembrasse de todos?

No meu ponto de vista, filho, trate de se animar.

Aguente firme, nunca diga que nunca, lembre-se de que o papai ama você, e esse é o resumo da história. Amém.

A sua mãe me mostrou, filho. O videoteipe.

Ele foi destruído, filho. Para sua proteção. Fique sabendo disto: Deus vai perdoar.

NÃO. NÃO É ISSO QUE EU QUERO. LEITOR, APAGUE ISTO. LEITOR, apague isto. Uma *tabule rasa** de emergência aqui!

---

* *Tabule rasa*. Essa porcaria de "expressão estrangeira" não estava no meu dicionário, o que é um péssimo sinal de que talvez eu tenha errado sua grafia. Não faz mal: para aqueles de nós que recebemos uma educação caótica (ainda que dispendiosa), e que somos pretensiosos como o diabo, desistentes escolares ansiosos por sermos tomados pelos que estão *ô currã*, *ô fé* e *ô fon* da ordem do cognozenti, por poliglotas e polimorfos e *non plus ultra*, isso significa, possivelmente em latim, "uma tabuleta lisa ou apagada", ou seja, "a mente em seu hipotético estado primitivo branco ou vazio". (Parece legal!)

AVANÇO RÁPIDO E PARADA EM BRUCE RAMPIKE, O "BIX", COMO um jovial papai suburbano de 33 anos. O ano era 1993. Skyler tinha 6 anos de idade e andava (santo Deus, olhe só!) sem a menor sugestão de claudicação, e tampouco se contraía de dor nem reprimia estoicamente uma expressão de dor ao andar. Ali estava um garotinho ingenuamente feliz, seria lícito supormos: mas estaríamos errados.

— *Sky-boy*? Filho? — e lá veio papai entrando na sala íntima com um grande sorriso de papai, cheio de dentes à mostra, batendo com as palmas das mãos nas calças cáqui, num excesso de exuberância paterna; a não ser que tenha sido no quarto de Skyler, em cima; devia ser sábado, já que não parecia haver aulas e papai não estava trabalhando nem passando o fim de semana fora, como fazia com muita frequência; e Skyler estava furtivamente recurvado na borda da cama (na colcha azul-clara de imagens náuticas: barcos a vela, fragatas, navios de guerra, arpões e âncoras); perdido em pensamentos, Skyler franzia o cenho para um dos livros da Série Júnior de Ciências que trouxera da biblioteca da escola — seria *Heróis do ônibus espacial*? *Aventuras de um caçador de micróbios*? *Quer dizer que você quer fazer uma bomba A: química doméstica divertida*? *Nossos amigos venenosos: cuidado*? —, mas não, não era nenhum desses títulos admiráveis; em vez deles, Skyler franzia o cenho para uma das revistas brilhosas (proibidas) da mamãe, aquelas revistas glamorosas que ela levava para casa em sua suntuosa bolsa Prada; aos 6 anos, Skyler não se sentia atraído pelas modelos pálidas, emaciadas, de aparência estranhamente jovem e quase nuas nas capas das revistas, nem pelas fragrâncias sedutoras que eram liberadas quando se arranhava um pedacinho de papel especial num anúncio de perfume. Skyler não se sentia atraído nem mesmo pelas manchetes espalhafatosas da capa — COMO SEDUZIR, PRENDER E AGRADAR O MARIDINHO INDIFERENTE: SEIS PASSOS INFALÍVEIS; SOZINHA OU ACOMPANHADA? DEZENOVE PASSOS INFALÍVEIS PARA O ORGASMO; DICAS QUENTES DOS MELHORES ESPECIALISTAS EM DIVÓRCIO; ALÉM DO PROZAC: BOTOX?; CONFISSÕES DE UM PERSONAL TRAINER (GOSTOSO); A LIPOASPIRAÇÃO É O "PERSONAL TRAINER" DO FUTURO? —, mas sim pelo desejo, um desejo patético num menino de 6 anos com a habilidade hesitante e febril de leitura de um disléxico incipiente, de saber por que a mamãe era tão infeliz, mesmo agora que a Edna Louise já não chorava a noite inteira e que o Skyler, o *homenzinho* da mamãe, conseguira sair-se tão bem na primeira série do (dispendioso e exclusivo) Externato Fair Hills, que vinha sendo "seriamente considerado como candidato a uma promoção" para o programa "sumamente competitivo" dos alunos com Potencial para a Ivy League Superior, PILS (sobre o qual, infelizmente, terei outras coisas a dizer mais adiante). E antes que Skyler pudesse preparar-se ou se proteger, lá veio o tabefe — de brincadeirinha, mas pesado! — em sua cabeça, e, momentaneamente aturdido, ele viu soizinhos, meteoros de centelhas neurológicas, enquanto o papai lhe arrancava a revista dos dedos suados, sem nem olhar para ela, e a jogava de lado com um cortante risinho paterno:

— Filho, já chega de estragar a vista com essa titica "impressa". Nós vamos sair. Tenho uma surpresa para você. *Pérr e fiz*, hein? *Vita!*

CARAMBA! TALVEZ EU TAMBÉM NÃO CONSIGA ESCREVER ISTO. Porque já está virando a temida Lembrança I da Academia & Ginásio Poliesportivo Medalha de Ouro. (Anos de psicólogos e terapeutas, adultos sinistramente "empáticos" que revolveram com Skyler a carne putrefeita e bichada da Infância Tipicamente Americana de Skyler Rampike no Fim do Século XX, reduziram minhas lembranças mais traumáticas a essas designações abreviadas; e os eventos originais em si, de um horror especial por seu caráter aparentemente comum, por seu jeito (como acima) de terem um começo tão inocente, foram reduzidos a algo parecido com as tramas batidas dos seriados cômicos de televisão.)

Pérr e fiz. O que significa isso? De vez em quando, papai enunciava essas palavras em direção a mim, com um risinho paternal, e, quando mamãe estava por perto, ele me dava uma olhadela matreira de soslaio, como entre conspiradores masculinos, mas o que significavam elas? (Mamãe também não fazia ideia. "É um dos 'ditos' estrangeiros do papai", ela comentava com ar vago.) O *Vita!* só era pronunciado ao final de alguma frase e costumava ser acompanhado por um estalar dos dedos, de modo que a gente entendia que era para se apressar, para andar depressa; anos depois, vovó Rampike explicou que *Vita!* era uma ordem em italiano, a não ser que fosse uma ordem em francês, que tinha a preferência do meu falecido avô Winston Rampike, o pai do papai, e era invariavelmente acompanhada por um estalar impaciente dos dedos dele. Tradução livre: "Mexa essa bunda daí!"

Talvez, neste momento, já que não estou me sentindo muito bem com isto, eu possa retroceder um pouquinho da Academia & Ginásio Poliesportivo etc. para uma época anterior. Pode ser que o papai, visto pela perspectiva de um garotinho, faça você se lembrar de seu próprio papai especial, daquele papai que era todo seu. Ou, quem sabe (sorte sua!), caso nunca tenha tido um pai assim, você sinta uma agulhada perversa de inveja.

POIS BEM. PAPAI ERA GRANDE (JÁ FALEI DISSO?). PAPAI AVULTAVA. Papai se elevava como uma torre. Às vezes, como que de brincadeira (mas, como se poderia saber ao certo?), ou com ar ameaçador, ele oscilava em cima da gente. Papai beliscava. Papai cutucava. Papai fazia cócegas (ah, os seus "dedos de aranha"!). Papai vivia chegando correndo de algum lugar (de onde?) para nos abraçar (o "Abração de Urso", que fazia a gente desmaiar!) e nos beijar (o "Beijo do Papudo" ou o "Beijo da Jiboia", que faziam a gente dar risada!). Por ser muito alto, ele vivia se abaixando e nos agarrando e levantando em seus braços poderosos, e nos suspendia acima da cabeça, de modo que a cabeça da gente roçava no teto. Papai nos girava e rodopiava e jogava para o alto e "emborcava". Papai tinha apelidos para nós, "carinhosos", segundo ele dizia: Tampinha, Agapito, Fedorentinho (dos tempos em que Skyler mal havia passado das fraldas para o troninho; podemos pular esse pedaço) ou Pipi Júnior (vamos pular isso). Mais tarde vieram Rapagão, Mandachuva, Skye-boy, Filho. E também Guri. E Parceirinho. Nem de longe papai tinha tantos apelidos carinhosos para a irmãzinha de Skyler, e só uns poucos para a mamãe, a quem chamava de Lindona, Minha Belezura, Minha Lindona Gostosona Peituda, Meu Chuchuzinho da Bunda Arrebitada, Minha Donzelinha Bem-Comportada, Minha Pussy Galore etc. (Alguns desses nomes eram grunhidos pelo papai enquanto mamãe tentava empurrá-lo para longe, rindo ou vermelha de vergonha ou de irritação; provavelmente, Skyler não deveria ouvi-los. Portanto, também vamos pular esses.) (Assim como também pretendo dispensar a lista dos brinquedinhos sexuais de Bix Rampike. Não conte com ela.)

Em nossa casa, tínhamos muito orgulho do papai. Vovó Rampike, a velhota de coração de gelo e sorriso de peixe, orgulhava-se de papai, ao que se esperava (e viria a se lembrar dele com mais generosidade em seu testamento do que se lembraria dos irmãos intrigantes, hipócritas, mentirosos e ordinários do papai, que, sob outras fachadas, eram os "tios" e "tias" de Skyler). Isso porque, em qualquer reunião, papai tendia a ser o homem mais alto do aposento; e, durante muito tempo, tenderia a ser o mais jovem. Diziam que Bix Rampike estava "em franca ascensão" e que havia "Headhunters", "caçadores de cabeças", correndo atrás dele constantemente. Um dia, quando esse assunto veio à baila na casa dos Rampike e Skyler entreouviu a conversa, o menino bobo interveio, amedrontado: "Caçadores de cabeças? Estão atrás da ca-cabeça do papai?" E mamãe e papai riram dele e guardaram a lembrança da pergunta do menininho, para repeti-la em anos posteriores e provocar risadas; e explicaram a Skyler que eram caçadores "empresariais" de talentos que perseguiam o papai, sempre a tentá-lo com ofertas de concorrentes da Baddaxe Oil, e que esse interesse "empresarial" era algo muito desejável e fazia papai ter "mais valor", pois o deixava numa "ótima posição para negociar". Mamãe riu, nervosa, dizendo: "Querido, não podemos nos mudar outra vez. Acabamos de nos mudar para cá." E papai retrucou: "Nunca diga que nunca, amor." E mamãe tornou a rir, apesar de ter os olhos assustados, e afirmou: "Ainda sinto saudade de Parsippany, nós éramos felizes lá, eu acho." E papai soltou um risinho e respondeu: "Você dizia exatamente a mesma coisa, minha linda, quando morávamos em Parsippany: lá você sentia saudade de Whippany. E antes de Whippany, sentia saudade de New Axis." (Whippany, em Nova Jersey, e New Axis, um subúrbio da Filadélfia, eram lugares de antes da época de Skyler e não significavam nada para ele; poderiam desaparecer em enormes sumidouros ou poços de piche, quem se incomodaria? Só que a mamãe parecia se incomodar.) (Skyler não gostava de pensar numa época da vida da mamãe *antes de Skyler*, e gostou menos ainda de ela afirmar em tom choroso que tinha sido "feliz" naquele período.) Papai estava falando num tom agradável, mas com certa aspereza na voz; e mamãe falava em tom hesitante, como se não soubesse o que dizia; e papai declarou: "Nessas questões, o mais sensato é cultivar uma estratégia de *sand-frade*. Como no campo de futebol. Ou no pôquer. Desse jeito, os sacanas não conseguem descobrir qual é a sua." Mamãe perguntou, em tom de dúvida: "Não é... *sand-freud*?" Papai riu. "'Freud' é aquele psicanalista judeu. O que ele tem a ver com isso?" E mamãe retrucou: "Bix, 'judeu' tem um jeito grosseiro. Em Fair Hills, as pessoas não falam assim." E papai contrapôs: "Os judeus se chamam de 'judeus' o tempo todo. O que é que isso tem de grosseiro?" "O jeito de você falar soa diferente, Bix", disse mamãe. E papai retrucou, ainda em tom ameno: "Diferente de quê?" E mamãe disse: "Há muitas pessoas judias em Fair Hills. Aqui mesmo na rua..." E papai a interrompeu: "Não no Sylvan Glen Golf Club, acho que não." E mamãe retrucou, animada: "No Sylvan Glen? Você disse *Sylvan Glen*? Você foi jogar golfe lá, Bix? Foi lá que esteve hoje?"

Mas os dois estavam se afastando, saindo do campo de audição de Skyler.

NAQUELES ANOS, *PÉRR E FIZ* DESPONTOU COMO UM TEMA DA família Rampike a intervalos irregulares. Skyler compreendeu que tinha algo a ver com o papai passar "bons momentos" com ele, e não (por exemplo) com sua irmãzinha nem com a mamãe. (A mamãe dizia: "Você não vai querer que o Skyler vire 'gay', você sabe que os meninos precisam de um 'modelo masculino' para imitar", e o papai retrucava, com um risinho paternal sombrio: "Nenhum filho meu vai crescer 'gay'. É meio obsceno você dizer isso, querida.") (Será que Skyler realmente entreouvia essas conversas? Com frequência!) Na sala íntima da família, na enorme casa colonial branca da alameda Ravens Crest, papai mandara instalar não uma, porém duas gigantescas telas de televisão que eram "a última palavra em matéria de tecnologia", para que, quando houvesse eventos esportivos cruciais ocorrendo simultaneamente, ele pudesse assistir aos dois ao mesmo tempo, manejando os controles remotos com as duas mãos. Vez por outra, alguns amigos íntimos de papai juntavam-se a ele para ver "os Stags darem uma lavada nos Bruins", "os Pythons estraçalharem os Elks", "os Stingrays destruírem os Condors" ou "o Crampas acabar com o McSween", e em todas essas ocasiões, que despertavam em Bix, Jim, Dan, Wade, Russ e Rich* acessos de ruidoso entusiasmo, e os deixavam com muita sede e muita fome, Skyler era pressionado pelo pai a estar presente. "Skyler! Venha cumprimentar meus amigos", era a ordem simpática do papai, "e vá correndo dizer à sua mãe que queremos

---

* Será que alguém dá a mínima para os parceiros esportivos embotados e beberrões do Bix? Acaso nos interessa saber os sobrenomes deles, qual era sua aparência, onde eles moravam e se suas mulheres eram amigas/não muito amigas da mamãe? Não. Isso porque Jim, Dan, Wade, Russ e Rich seriam abandonados em poucos meses por Bix Rampike, sem mais que uma olhadela de pesar para trás, com um leve acanhamento juvenil, à medida que o executivo júnior "em franca ascensão" fosse promovido para além da faixa de renda e da posição social deles.

um serviço de bordo aqui". (Papai só estava brincando, é claro!) Mamãe aparecia às pressas, com suas sandálias de salto alto, um suéter de caxemira cor de morangos amassados, jeans de grife e o cabelo todo perfumado, bufante, balançante, e enrubescia de prazer, porque sabia que era muito admirada pelos camaradinhas do papai e, por conseguinte, pelo próprio papai, e lhes levava cerveja tinindo de gelada, cervejas *ale* importadas, tigelas transbordantes de biscoitos salgadinhos, batatas fritas com o molho favorito do papai, e as castanhas favoritas do papai; e, depois de alguns minutos de brincadeiras em tom de flerte, apenas com um leve toque obsceno, mamãe se retirava para outra parte da casa e Bix e seus amigos voltavam avidamente para as gigantescas telas de TV, nas quais, na temporada de futebol americano, uns mega-homens — figuras humanoides com roupas bizarramente acolchoadas e capacetes reluzentes feito a carapaça cintilante dos besouros — trombavam uns nos outros sem piedade, de forma incansável, em busca de um objeto que, a distância, parecia um amendoim gigante. "Cacete! Puta merda, vocês viram *isso*?", irrompiam os gritos reiterados dos homens em volta de Skyler, deixando-o zonzo, desorientado. Skyler sabia que não convinha bocejar, porque (como mamãe observava amorosamente, com frequência) papai tinha "olhos de piranha dos lados da cabeça", e o menino não queria levar uma bronca do papai na frente dos amigos dele, mas não conseguia impedir que as lágrimas de tédio lhe escorressem pelas faces.

(Na cozinha, mamãe ria. Por que a mamãe ria? E esse era o riso da mamãe triste ou o da mamãe alegre? E será que a Edna Louise estava com a mamãe? Skyler tinha vontade de ficar com a mamãe e com Edna Louise, lá onde era o *homenzinho* e o centro das atenções das duas.)

(Skyler não tinha ciúme de Edna Louise, porque sua irmã não era feliz na escola Montessori, sendo descrita pela diretora como "chorona" e "desanimada", ao passo que Skyler, na primeira série do Externato Fair Hills, era um dos melhores alunos da turma e já sabia ler "pelo menos no nível da terceira série".)

Por mais entorpecedoramente chatos que fossem os esportes na televisão, os intervalos entre os tempos das partidas e os comerciais eram mais infernais ainda, porque era nesses momentos que o papai procurava incentivar o "papo esportivo" entre Skyler e os homens, cada um dos quais era dotado de pelo menos um filho atlético, alto e robusto, chamado Mikey ou Dickie ou Kevin ou Charles, e o que se perguntava a Skyler era qual era o esporte dele, e Skyler não tinha esporte nenhum;

em especial, antipatizava com os esportes brutos e barulhentos, feitos de correrias e gritos (futebol americano, futebol), nos quais o único objetivo era uma vitória zombeteira: NÓS GANHAMOS, VOCÊS PERDEM. Mas havia uma expectativa de que Skyler respondesse, e era melhor não encolher os ombros nem resmungar; papai tinha uma antipatia feroz pelos resmungões, porque "só quem resmunga é panaca" — ou seriam "só os babacas"? Skyler tinha sentido aquele frisson de orgulho quando Bix Rampike o apresentara a seus amigos — *Este é o meu filho. Este é o meu DNA* —, e não queria desapontar o papai e por isso disse em tom vago, meio ao acaso, depois de ter assistido a alguns minutos de ginástica olímpica na televisão, de ter visto uns jovens atletas espantosamente ágeis da China, da Rússia e da Ucrânia: "Ginástica." Os homens o fitaram com expressões imperscrutáveis e Bix, manejando os dois controles remotos, praguejou baixinho, Skyler não entendeu por quê.

O jogo havia terminado! Um dos jogos, pelo menos.

Devia ser a hora do intervalo. Os homens puseram-se a conversar. Como Bix Rampike, eram homens afáveis, descontraídos e bem-humorados, que riam alto e com frequência. Havia entre eles uma espécie de disputa, para ver quem faria os outros rirem mais. Ou talvez a disputa fosse saber quem ria mais. Porém lá estava papai, dizendo:

— Puxa, eu sinto saudade do time. Meus colegas do time de Cornell, eu sinto falta deles. Sinto falta de ser jovem. Sabem como é, jovem daquele jeito. Dias de dois períodos de treino no calor. E eu quero dizer um calor danado. Depois, na temporada, aquilo era muito rápido, corria feito uma locomotiva, a gente jogava na lama, e começava a nevar e a gente jogava na neve, e levava umas porradas na cabeça e na barriga, e passava a noite toda bebendo e transando, e ficava de porre e todo ferrado, e no dia seguinte, no começo da tarde, o cara estava pronto pra recomeçar. Porra, isso é que é vida — concluiu papai com um suspiro, enxugando rudemente a boca com o canto da mão. — É uma vida que acabou pra nós.

Os amigos de papai continuaram sorrindo, mas surgiram expressões de dúvida e incerteza em seus rostos. Um deles, Rich, ou talvez tenha sido o Russ, fez um som parecido com um ronco, para dar sinal de um leve sarcasmo e da boa e velha sensatez:

— É claro, pô, mas há umas compensações, não é? Não se pode ter 20 anos a vida inteira.

Um outro disse, animado:

— É, existe... bem, o casamento. Ter filhos.

Um longo silêncio.

— E ganhar dinheiro.

Os homens riram alto. Houve um tilintar alegre de garrafas de cerveja ou *ale* batendo nos dentes.

Mas papai persistiu, com ar pensativo:

— Essas são as coisas que a gente consegue por ter perdido a outra. As futuras gerações do *Homo sapiens* vão recorrer à engenharia para não envelhecer. "Engenharia genética." Para mim, o resumo da história é que o *Homo sapiens* estará extinto daqui a um século, quer dizer, a espécie antiga, do mesmo jeito que nós não somos os nossos ancestrais fracotes, sabem como é? Nós somos mais altos e mais inteligentes, e vivemos uma vida mais longa, se bem que não seja longa o bastante. "A humanidade é uma coisa que tem que ser superada."

— ENTRE AÍ, SKYLER. EU JÁ LHE DISSE QUE ESTAMOS ATRASADOS.

Papai estava com pressa. Papai não gostava que o atrasassem. Com impaciência, enfiou a chave na ignição de seu novo jipe Crusher XL, enquanto Skyler se esfalfava para subir na cabine, cuja distância do chão tinha a mesma altura que ele. Papai não tomou conhecimento dos bufos e arfadas do menino nem verificou, como mamãe sempre fazia, se o filho havia posto o cinto de segurança.

Com uma das mãos, papai conduziu o novo veículo azul-metálico pela sinuosa alameda Ravens Crest, andando no dobro do limite de velocidade permitido — seria pouco provável que algum cara musculoso de boné de carpinteiro grudasse na traseira dele e buzinasse para ele andar mais depressa, pode apostar! —, enquanto com a outra foi mexendo nas aberturas de ar do painel, no controle da temperatura e no toca-fitas. Papai estava usando um suéter de moleton (desbotado) da Universidade Cornell, calças cáqui amarrotadas e tênis Nike tamanho 46, e seu cabelo fora cortado recentemente e ficava espetado na cabeça feito um gramado denso. Seu perfil parecia uma coisa esculpida num tipo grosseiro de rocha (pedra-sabão?), mas sua expressão pretendia ser bem-humorada, otimista. (Um dos ditos favoritos mais recentes de papai era: *Se você não for otimista, está ferrado.*) A semana anterior tinha sido um período de confusão maior que a habitual em casa, uma vez que papai tinha ficado fora por várias noites seguidas e mamãe não parecia saber onde ele estava nem quando voltaria. Na Great Road, papai praguejou entre dentes, ao ter que contornar uma turma de operários hispânicos de ar desanimado, que esperavam na chuva (parecia estar chovendo nessa hora) pelo mestre de obras que os buscaria. Papai comentou:

— Está aí uma coisa que nenhum branco jamais precisará fazer, se tiver instrução.

Timidamente, Skyler perguntou aonde eles iam, mas papai não deu atenção, porque estava esperando um sinal abrir e de olho num sujeito num Road Warrior do outro lado do cruzamento, cujo pisca-pisca vermelho sinalizava *virar à esquerda*. Baixinho, papai murmurou um "nem pense nisso, parceiro" e, no instante exato em que a luz passou de vermelha para verde, ele chapou o pé no acelerador e o jipe Crusher XL arremeteu e atravessou o cruzamento, e papai apenas soltou seu risinho gutural grave diante da expressão do outro motorista. A aceleração repentina do jipe fizera Skyler enroscar-se no cinto de segurança, mas ele conseguiu se soltar sem chamar a atenção do pai. Em seu tom meditativo/visionário, papai dizia:

— No meu modo de ver, filho, a sua geração de americanos, nascida no fim dos anos 1980, está prestes a disparar na linha de largada. Você pode ser só um garoto... está com quantos anos: sete? *seis*?, mas já aos 6 anos, em outras partes do mundo, a nova geração vem sendo preparada para o combate. O xis da questão é que civilização quer dizer "mundos em colisão". A civilização é "a sobrevivência dos mais aptos". Os Estados Unidos são a única superpotência que restou, agora que os comunistas foram esmagados, o que significa que todas as potências menores estão com a gente na mira do revólver, para nos superar. O negócio é o seguinte, Skyler: a sua avó Rampike fez um bocado de pressão na sua mãe e em mim para lhe darmos o nome do meu pai, Winston Rampike, mas sabe o que mais? Apesar de sua mãe ter cedido, eu *obejetei*. Eu disse: "Mãezinha, eu adorava o papai, mas quem tem que dar nome ao meu filho sou eu, e o nome que eu escolhi para o meu primogênito é 'Skyler'. 'Sky-ler Ram-pike'." Isso é que é nome bonito. Quando me deram você para segurar no hospital, Skyler, nossa! Ainda fico com lágrimas nos olhos quando me lembro. O "Skyler" vai se elevar acima do simples lugar-comum, filho. *Sky*, sacou? "O céu é o limite!" Esse é o seu destino secreto. A sua mãe também acredita nisso. A mamãe tem as mesmas esperanças que eu tenho para você. E foi por isso que fizemos um esforço especial, filho, para matriculá-lo no Externato Fair Hills, para separar você dessas crianças que frequentam a escola pública. Mas a mamãe me contou que o diretor da sua escola disse a ela que "o Skyler vai precisar de instrução especial em educação física", pelo que o diretor de atletismo tinha informado a ele. É claro que você só está na primeira série, mas, como eu disse, a "sobrevivência dos mais aptos" começa cedo. A maior parte da vida animal não sobrevive aos primeiros dias, pombas!, nem mesmo aos primeiros minutos — e papai deu uma gargalhada exuberante, como se isso fosse divertido, ou como se fosse benfeito para a maior parte da vida animal. — Sabe, para fazer você entrar no programa PLIS na escola...

— "PILS", papai — corrigiu o Skyler. O que o pai vinha dizendo era difícil de acompanhar, e o que o menino conseguia acompanhar o estava deixando nervoso, mas uma coisa o Skyler sabia: era "PILS" (apesar de ele não fazer a menor ideia do que significavam essas iniciais).

— "PLIS", "PILS", tanto faz. O resumo da história é que esse é o programa de estudos acelerados daquela porcaria de escola cara, e nós não vamos ferrar com as possibilidades do nosso filho pelo resto da vida pelo fato de ele precisar de "instrução especial" em educação física. Bom, a minha praia eram os esportes de equipe. Na Liga Infantil, eu já jogava quando mal conseguia segurar o bastão. E jogava bem pra cacete. É claro que hoje em dia eu jogo golfe, tênis e squash, mas, quando era garoto e na universidade, meu negócio era correr com a rapaziada, sair no pau com a rapaziada, não há nada igual a isso. É a melhor época da vida do homem, como qualquer um lhe dirá, se for franco. No campo de futebol, com os seus parceiros, você conhece a vida como ela é, e o resto é papo furado. A ginástica é completamente diferente. Ginástica é para outro tipo de atleta e outro tipo de corpo. Eu tenho que admitir, Skyler, que fiquei meio... bom, meio magoado, quando...

Ginástica? Era essa a surpresa? Será que papai o estava levando para... a ginástica? Para uma *academia*? Skyler sentiu a alça do cinto de segurança apertar-lhe a garganta como uma mão que o esganasse.

— ... e sim deixar de lado os sentimentos pessoais, é isso que um pai aprende a fazer. O negócio é que temos de fazer você começar bem cedo, para acompanhar a concorrência. No mundo livre, que é este em que vivemos, a gente não deita e rola em programas de atletismo patrocinados pelo Estado. Os indivíduos têm que pagar. Isso é mais do que o imposto predial. "Não tem almoço de graça no universo"... sabe quem disse isso, Skyler? Einstein. E disse também que "Deus não joga dados com o universo". O pai da bomba A. Einstein era judeu, e não tente sacanear os judeus, Skyler. Meu pai costumava dizer "talvez eu seja um pouquinho judeu", e dava uma piscadela, querendo dizer que tinha a cabeça dos judeus pra ganhar dinheiro, e gosto de pensar que herdei um pouco disso e também passei um pouquinho para você, Skyler. Ora, eu me transferi do Instituto Politécnico Rensselaer para a Universidade Cornell e passei da engenharia química para a administração de empresas, e pode ter certeza de que nunca me arrependi da troca. Se você é engenheiro, você faz o que as pessoas mandam, por contrato; se é executivo, é você quem manda e contrata, e não precisa quebrar a cabeça com aquela porra de "matemática superior". Na primavera da minha última série, havia times de futebol americano profissional me chamando e empresas de ponta querendo me contratar, e o negócio é este, Skyler: para chegar a algum lugar, comece cedo e *aguente o tranco*. Quem você acha que serão os medalhistas olímpicos de ouro da sua geração, Skyler, senão aqueles que...

Quando papai entrou com o jipe Crusher XL na rua Cross Tree, o telefone do carro tocou, e papai xingou baixinho e se atrapalhou para atender, dizendo "Rampike falando", enquanto Skyler o fitava, mudo. Skyler só tinha conseguido acompanhar alguns trechos de tudo o que o papai parecia estar lhe confidenciando, mas compreendia que alguma coisa crucial era iminente e que não devia tornar a decepcionar o pai.

Ao telefone, papai falava em voz baixa.

— Não. Não posso. Amanhã. Certo — murmurou. Ouviu durante um curto intervalo, resmungou alguma coisa monossilábica e desligou.

— Filho, já lhe contei que joguei como zagueiro no colegial? E que jogávamos contra aqueles matutos sacanas das escolas do interior, que eram realmente uns massas... eu quero dizer *massas*, e naquela época não havia titica de esteroide nenhum? — e papai abanou a cabeça, com admiração relutante. — Tomei um bocado de porrada, mas aprendi com eles. Aprendi que um garoto não segue o caminho fácil, assim como um homem não deve seguir o caminho fácil. Aprendi que os colegas de equipe de um garoto são seus irmãos mais chegados, com os quais ele pode contar. Meu melhor amigo era o Spit Hotchkiss, um jogador destemido e esperto. Mas os matutos sacanas o atacaram em bando. No nosso primeiro jogo fora, na última série, o Spit foi derrubado, caiu feio, metade do time adversário pulou em cima dele, o pescoço e as "vértebras superiores" dele quebraram, e o Spit foi carregado do campo numa maca e... — papai se interrompeu, deixando escapar um soluço abafado, enquanto conduzia habilmente o jipe Crusher XL pelo trânsito da rua Cross Tree, e prosseguiu: — ... a questão é que naquela manhã crucial das nossas vidas, Skyler, o meu amigo Spit ficou permanentemente confinado a uma cadeira de rodas depois daquela noite, e pelo resto da temporada, nos nossos jogos, os colegas de time do Spit o levavam para o campo antes do jogos, e as nossas animadoras de torcida de North Hills tinham um "grito do Spit", que era um grito especial de animação e levava a plateia ao delírio. Skyler, meu filho, eu estou lhe avisando, num ponto qualquer da sua vida, pergunte a si mesmo: do jeito que a sua vida vai, quem é que vai carregá-lo para o campo na cadeira de rodas e dar vivas *a você*?

E, de repente, eles tinham chegado à Academia & Ginásio Poliesportivo Medalha de Ouro.

NA VACILANTE MEMÓRIA DE SKYLER, O PRÉDIO DE ESTUQUE QUE dominava um canto inteiro do Shopping Center Cross Tree era enorme, cercado por um mar de veículos reluzentes. Na fachada sem janelas havia "mosaicos" de gigantescos atletas humanoides, empenhados em árduas atividades físicas: mergulho! natação! corrida! tênis! levantamento de peso! salto com vara! Em tom satisfeito, papai disse:

— Chegamos, garoto! É o "primeiro dia da nova vida do Skyler".

Não notou como Skyler lutava para se desembaraçar do maldito cinto de segurança nem como conseguiu descer/cair da cabine alta do jipe e, nesse processo, descobrir que parecia haver uma coisa grudada na sola de um de seus tênis — um chiclete e um papel seco e duro, manchado de alguma coisa parecida com ketchup ou sangue.

— Raspe essa merda do pé, Skyler — disse papai, irritado, como se o que havia grudado no sapato do filho fosse obra do menino —, antes de entrarmos.

Skyler olhou para o que parecia ser um balãozinho de borracha murcho e úmido, grudado na sola do tênis: o que estava fazendo um balãozinho de borracha murcho e úmido no piso do jipe Crusher XL reluzente e novinho do papai?* E o papel manchado. Rapidamente, papai tocou Skyler para dentro da Academia & Ginásio Poliesportivo Medalha de Ouro, reclamando que eles estavam atrasados para seu compromisso, que a mamãe os fizera demorar. No entanto, papai parecia estar de bom humor, como se o simples fato de entrar no clima especial da Medalha de Ouro o animasse. Com seu moleton (desbotado) da Cornell e suas calças cáqui amarrotadas, Bix Rampike movia-se como um urso ereto e afável, farejando a presa.

Uma jovem recepcionista de macacão vermelho-cereja, com enormes zíperes de metal, cabelo frisado com reflexos louros e unhas pintadas de cinco centímetros de comprimento, cumprimentou calorosamente a dupla pai/filho. Pegou o nome do papai e fez uma ligação rápida para "Vassily", em outra parte do prédio, e disse ao papai, baixando os cílios:

— Sabe de quem o senhor me lembra, Sr. Rampike? Do Arnold Schwarzenegger.

Papai remexeu os ombros num gesto de modéstia juvenil, embora essa semelhança já tivesse sido apontada a Bix Rampike.

— Bem que eu gostaria, Chérie — disse ele (é que CHÉRIE estava escrito em letras de cetim dourado no seio esquerdo e vermelho-cereja da recepcionista).

Ao ver que essa era a primeira visita do Sr. Rampike ao ginásio, Chérie ofereceu-se para conduzi-lo junto com o filho a seu destino:

— Não gostaríamos que vocês se perdessem, não é?

Skyler reparou apenas vagamente no papai e na recepcionista, que saíram andando na frente, enquanto ele, como um cachorrinho temeroso de ser abandonado, teve que trotar para acompanhar o ritmo dos adultos que pareciam tê-lo esquecido. Como papai "fazia amizades" depressa! Onde quer que eles fossem, especialmente quando mamãe não ia junto, papai entabulava conversas com completos estranhos. Principalmente mulheres.

---

* Que diabo era aquilo? Uma camisinha usada? Uma camisinha? No jipe Crusher novo do papai? Aquele sacana! Aquele filho da puta mentiroso! Só agora entendi que papai devia estar transando com uma de suas assistentes, ou, quem sabe, com uma prostituta que havia apanhado em algum lugar. O Skyler, pobre garoto idiota, não teria o menor vislumbre de pista do que significava nada daquilo, porque tudo que sabia do "sexo" era que ele envolvia fazer coisas desesperadas, para "não deixar o maridinho ciscar por outras bandas".

Foi bom Chérie escoltar papai e Skyler até seu destino, porque o interior da Academia & Ginásio Poliesportivo Medalha de Ouro era vasto e labiríntico. Havia quadras feericamente iluminadas, com placas indicativas de RAQUETEBOL, BASQUETE, VÔLEI. Havia áreas marcadas como ACUPUNTURA, QUIROPRÁTICA, TERAPIA VITAMÍNICA E HORMONAL. Havia SAUNA, havia MASSAGEM, havia TREINAMENTO DE FORÇA e havia CENTRO DE MUSCULAÇÃO: um espaço amplo e muito iluminado, ao som alegre do rock, onde indivíduos de vários tamanhos lutavam com máquinas diversas (Skyler reconheceu a NordicTrack e a Nautilus, esteiras e bicicletas ergométricas, porém havia aparelhos mais sinistros que ele estremeceu ao ver, atados com tiras de couro, feito cadeiras de tortura), enquanto seus esforços frenéticos eram duplicados em espelhos, como que de caçoada. Havia uma piscina imensa, com uma luminosa água verde-azulada, na qual indivíduos nadavam em raias como focas dementes, e depois vinha a SALA DOS PESOS, onde se avistavam outros indivíduos, na maioria homens, batalhando para levantar pesos, fazendo caretas, grunhindo e transpirando, enquanto seus olhos espiavam disfarçadamente seus reflexos nos espelhos, que iam do chão ao teto e pareciam tremeluzir com gargalhadas inaudíveis. Era um castigo cruel, pareceu a Skyler, que os adultos tivessem não apenas que se esfalfar tanto, mas ainda fossem obrigados a se olhar em espelhos.

No canto mais distante do prédio, como que numa antecâmara do inferno, ficava O LABORATÓRIO DE GINÁSTICA. Ali, o som jovial do rock fora suplantado por uma sombria música eletrônica, uma pulsação lenta e melancólica que mal se discernia acima do zumbir vibratório dos aparelhos de ar-refrigerado.

— Vassily! Estes são o Sr. Rampike e o filho dele, Skyler — disse Chérie alegremente a um homenzinho com jeito de gnomo, que supervisionava a triste situação de um menino magro e desengonçado, que parecia ter prendido um pé numa alça de couro pendurada no teto, enquanto o outro ficara solto, de tal sorte que o menino pendia desamparado de cabeça para baixo, centímetros acima de um colchão de espuma, feito um verme mutilado, pendurado num gancho. Skyler sentiu um gosto de pânico: será que o papai o obrigaria a fazer *aquilo*?

Antes de ir embora, Chérie desejou "muito boa sorte" a Skyler e deu seu "cartão pessoal" ao papai, que o enfiou num bolso das calças cáqui com um gesto fluente e íntimo.

Com desenvoltura, papai guiou Skyler adiante, seus dedos segurando de leve a nuca do filho. Os olhos assustados do menino observaram que ele era, de longe, o menor e mais novo indivíduo no Laboratório de Ginástica. Parecia haver uns vinte a 25 ginastas por lá — meninos ou meninas? Era difícil dizer, porque eram todos dolorosamente magros. Os mais enérgicos eram os que se balançavam em argolas, chutando os pés para o alto e forçando os braços e ombros, exibindo no rosto uma expressão de concentração torturada. Outros se exercitavam em barras paralelas e barras horizontais, e também em cordas assustadoras que pendiam do teto. Havia um grande trampolim no qual diversos indivíduos saltavam ruidosamente, sacudindo os braços, dando cambalhotas para a frente e para trás em pulos e mergulhos caprichosos, como se estivessem à mercê de ferozes rajadas de vento. (Os trampolins não eram perigosos? As crianças não quebravam o pescoço e a coluna ao levarem tombos de trampolins? Skyler consolou-se com a certeza de que a mamãe nunca o deixaria subir em nenhuma porcaria de trampolim, jamais!) Em colchões compridos, estendidos no piso de madeira, alguns ginastas faziam "solos": múltiplas cambalhotas, paradas de mão e estrelas, curvaturas forçadas das costas e *spaccatos* aterrorizantes. Um jovem ginasta solitário (evidentemente do sexo masculino, adolescente, com os contornos de insignificantes órgãos genitais do tamanho de uvas desenhados na malha elástica, virado de cabeça para baixo) equilibrava-se sobre a cabeça e os braços, imóvel como uma estalagmite.

Nas aulas de "Ed. Fís." do Externato Fair Hills, Skyler fora obrigado, com outros meninos da primeira série, a "fazer acrobacias" em colchões cinza-brilhante similares, estendidos no chão — quase sempre cambalhotas, rolando freneticamente até o fim do colchão, onde, se não tomasse cuidado, ou mesmo que tomasse, ele batia invariavelmente com um joelho no chão e se contraía de dor.

Eram os colchões que ele detestava: a visão deles, e também o cheiro.

Feito cobras achatadas, era assim que eles eram. Ou pior, aquelas criaturas submarinas de corpo achatado e aparentemente sem olhos, chamadas raias. O cheiro característico — de plástico emborrachado, úmido e cheio de suor — lhe dava coceira nas narinas.

Skyler puxou o braço do pai e murmurou:

— Papai, n-não que-quero ficar aqui.

Mas o papai já estava se dirigindo a Vassily, o homenzinho com ar de gnomo:

— Olá, eu sou o Bix Rampike e este aqui é meu filho, Skyler, que quer ser o melhor danado de ginasta em que você puder transformá-lo.

Vassily sorriu, assustado. Seu sorriso expôs gengivas úmidas e dentes curiosamente espaçados, cor de chá. O homem pareceu assombrado com aquele papai norte-americano que avultou à sua frente, estendendo-lhe a mão para apertar a sua com vigor. O instrutor de ginástica devia ter 1,65m de altura, talvez, comparados ao 1,90m do papai, e era pelo menos uns 32 quilos mais leve. Poderia ter qualquer idade entre 35 e 55 anos, e seu corpo compacto era coberto de músculos parecidos com cordas, feito tecido fibrosado. O rosto era vincado e sagaz, com olhinhos desconfiados e atentos. Num inglês de sotaque exótico, ele disse:

— "Ram-pic". "Ski-ler". Sim, *olá*. Eu sou professor aqui: "treinador". Sou o Vassily Andreievitch Volokhomsky. Sou "russo-branco". Sou ganhador medalha de prata ginástica. Olimpíada de Japão, 1972, quando tinha 18 anos. Saí de União Soviética 1973. Agora sou cidadão americano. Com franqueza, sou melhor treinador de jovens atletas em centenas de quilômetros.

— É a primeira vez que aperto a mão de um verdadeiro campeão olímpico — disse papai, admirado. — Isso é ótimo, Vassily! E "russo-branco"... nós somos "americanos brancos". A maioria o é, nesta parte de Nova Jersey, exceto em alguns campos, como computadores, por exemplo, engenharia e tecnologia médica, e "pesquisa"...

A voz de papai se extinguiu, porque era hora de cutucar Skyler para que ele desse um passo à frente e também apertasse a mão de Vassily Andreievitch Volokhomsky.

— "Ski-ler"? Esse não nome comum, há? — disse Vassily, que soltou depressa a mãozinha mole de Skyler, como se tivesse medo de quebrá-la. — Ele é muito novinho, Sr. Rampike. Existem aulas para ginastas pré-escolares, mas não aqui. "Todo ginasta é uma estrela", é assim que eles se gabam. Mas não aqui; nós somos mais sérios, como o senhor pode ver.

— Eu *sou* sério — disse papai. — Minha mulher e eu estamos ansiosos por apoiar nosso filho, que tem o sonho de ser ginasta e não consegue receber o tipo certo de formação profissional na escola, com certeza. Não temos tempo a perder, francamente. O Skyler está com quase 8 anos.

— Oito? — repetiu Vassily, olhando para Skyler com ar de dúvida. — Muito pequeno para 8 anos, e os músculos dele são tecido mole, o senhor pode ver.

Papai deu uma risada sonora: Vassily estava muito enganado. Flexionou com destreza o bíceps direito do menino para ele ver, e apertou a carne minúscula entre o polegar e o indicador enormes:

— Viu? O garoto tem músculos. Músculos desabrochando. E esses músculos das pernas — acrescentou, apertando com força a panturrilha direita de Skyler — impressionam ainda mais. Nada mau para um garoto de subúrbio que fica sentado fazendo o dever de casa e vasculhando as revistas de sexo da mamãe, hein? (E papai deu uma piscadela para Skyler, que o fitou, boquiaberto. Mas era só brincadeirinha!) É claro, Vassily, eu sei: existem aulas de ginástica para crianças menores. Mas o Skyler não é como outros garotos da idade dele. Esse papo furado de "grupo de pares", marchando em fileira cerrada, feito robôs socialistas, não é para nós. (Desculpe: talvez você seja "marxista", hum? Só que, se agora você é um de nós, cidadãos americanos, pode ser que o capitalismo lhe pareça mais atraente, não é?) Como eu estava dizendo, não temos tempo a perder. Paguei por uma hora de aula hoje e estamos desperdiçando tempo em conversa. Ponha o garoto para começar na "ginástica de solo", como aquelas crianças estão fazendo; aquilo não parece muito difícil. Um garoto pequeno como o Skyler vai ser genial nos colchões e naquelas rotinas vistosas que os ginastas olímpicos fazem nas barras. Ele pode ir trabalhando até chegar às argolas e às cordas, que eu presumo que sejam um desafio maior. Quanto a mim — e papai riu, remexendo os ombros de um jeito acanhado —, eu seria péssimo na ginástica. Já no curso médio eu jogava futebol americano, e depois virei zagueiro quando estava na Cornell, e recebi umas propostas para me tornar profissional, e hoje sou um golfista razoável e jogo tênis e squash com sujeitos como eu, mas ginástica? Pô, eu quebraria o pescoço nesses colchões, ou derrubaria o teto puxando as argolas. Por isso, vou confiar o futuro atlético do meu filho a você, Vassily, porque você não só é um profissional altamente recomendado, como é também campeão olímpico, e é óbvio que entende do riscado em matéria de esporte amador, e o progresso que o Skyler conseguir nos próximos meses, se for o que estou esperando, bem, o resumo da história é que haverá uma bonificação para você, camarada! "O céu é o limite", entendeu?

Durante essa explosão passional, o russo-branco com cara de gnomo olhou boquiaberto para Bix Rampike, que se erguia feito uma torre diante dele: aquele norte-americano fervoroso, de rosto franco e puerilmente sincero, de olhos intensamente emotivos e com algo de sagaz e carnívoro na boca.

— Vou tentar, Sr. Ram-pike. O "Ski-ler" e eu tentaremos com muito empenho.

DURANTE TODO ESSE TEMPO, SKYLER ESTIVERA OLHANDO FIXO para uma jovem ginasta ali perto — peito ossudo, ossos pélvicos proeminentes dentro da malha azul e preta, justa e elástica, uma expressão fanática no rosto anguloso: possivelmente, uma menina de uns 15 anos — o cabelo preso com força num mísero rabo de cavalo —, que se erguia com uma lentidão excruciante numa barra horizontal e, em seguida, de algum modo, pela simples força trêmula, ficava acima da barra, com os tendões do pescoço esticados e os braços tremendo por causa do esforço. Os olhos vidrados da menina fixaram-se nos de Skyler: *Fuja! Fuja daqui! Ainda não é tarde demais para você, fuja!*

Em vez disso, Skyler fechou os olhos.

ACADEMIA & GINÁSIO POLIESPORTIVO MEDALHA DE OURO — II

VOCÊ, LEITOR ARGUTO/PERSPICAZ, IMBUÍDO DE UMA DOSE (SUTIL, secreta) DE sadismo, já tem uma boa ideia de onde isso vai dar, não é? No pobre e infausto Skyler largado no Laboratório de Ginástica com Vassily Andreievitch Volokhomsky, enquanto papai saía calmamente em direção a outra parte da Academia & Ginásio Poliesportivo Medalha de Ouro, com a admirável intenção, segundo disse, de levantar pesos, ou talvez dar uma corridinha numa esteira — ou o que quer que fizessem os papais, os papais irrequietos e sensuais como Bix Rampike, que com frequência ouviam de jovenzinhas deslumbradas como Chérie que eles se pareciam com o próprio Schwarzenegger, o Exterminador; vai dar no pobre Skyler, cujo destino disparava em sua direção como um caminhão de carga sem freio, despencando ladeira abaixo numa encosta íngreme. A pessoa se prepara para a batida inevitável. Pode até fechar os olhos, como fez Skyler nos idos dessa ocasião, quando quer que tenha sido ela, numa estação sem nome de 1993 em que o menino andava sem a menor sugestão de coxeadura e em que "Bliss Rampike" ainda não tinha sido inventada.

Um tempo mais feliz, deve ter sido. Um tempo mais inocente.

Pois, *e se* Skyler tivesse feito sucesso como jovem ginasta? *E se* naquele dia, na Academia & Ginásio Poliesportivo Medalha de Ouro, ele se houvesse revelado, inesperadamente, uma promessa atlética antes insuspeitada? *E se* o filho dos Rampike, e não a filha, se houvesse transformado na criança-prodígio que era uma celebridade em Fair Hills, Nova Jersey?

E se. Estas lembranças esfrangalhadas e corroídas vão sendo apresentadas neste documento como se mal se houvessem desdobrado, o que confere ao documento uma espécie de enganosa "ação atual" cinematográfica, pois é claro que tudo isso já passou. Skyler no Laboratório de Ginástica naquele primeiro dia, onde o fizeram esfalfar-se em repetitivos "exercícios de alongamento" num tapete de plástico emborrachado, apenas com uma meia dúzia de cambalhotas desajeitadas sob a supervisão do desdenhoso russo-branco, *e nenhuma lesão*; o papai de Skyler misteriosamente ausente, sabe-se lá onde ou com quem, de tal sorte que se atrasou 40 minutos para voltar ao Laboratório de Ginástica e indagar, com um grande sorriso torto, acanhado mas impenitente: "E aí, camarada, como se saiu o garoto?";* e a própria Academia & Ginásio Poliesportivo Medalha de Ouro, que então dominava uma esquina inteira do Shopping Cross Tree, com sua fortaleza de estuque e seu "mosaico" de atletas humanoides, agora falida há muito tempo — até seu prédio foi demolido, totalmente arrasado, e substituído por um arranha-céu comercial de aço e alumínio. (É que o Shopping Cross Tree, deslumbrantemente classe alta em sua era, não pôde competir com o gigantesco Mall of Liberty, um shopping muito mais deslumbrantemente classe alta e situado a apenas 5 quilômetros de distância, perto de uma saída conveniente da rodovia Interestadual 80.) *Cica transit gloria*, ou seja lá qual for a expressão (latina), pode ser que o meu editor saiba.

* "Nunca peça desculpas, nunca se explique!" — essa era uma das pedras angulares mais animadas da ética pessoal de Bix Rampike. Assim, na casa dos Rampike, nunca se sabia onde estava o papai, particularmente numa hora qualquer em que fosse de se supor que ele estaria conosco. (Era o que mamãe tinha passado a perceber. Sem muita satisfação.) No caso em exame, no Laboratório de Ginástica, ali reproduzido em todos os sábados posteriores, quatro ao todo, papai estava meio ofegante, com as maçãs do rosto vermelhas e parecendo distraído, mas de extremo bom humor, como se, possivelmente, ele e a glamorosa Chérie do cabelo de reflexos louros se houvessem enfurnado em algum lugar para um corpo a corpo romântico/erótico (havia um lavatório com acesso para cadeiras de rodas no corredor atrás do balcão da recepcionista, um espaço considerável e totalmente privado; havia uma lavanderia para as toalhas sujas; havia a área da massagista K. Chee, desocupada naquele momento), ou, o que é menos intrigante e constitui uma decepção para o leitor-voyeurista (desculpe!), como se o papai tivesse realmente levantado pesos ("puxado ferro"), ou arfado na esteira ergométrica ou noutro dos pavorosos aparelhos cardiovasculares; ou como se, quem sabe, papai houvesse escapulido por completo da Academia & Ginásio Poliesportivo Medalha de Ouro para tomar uma ou duas cervejas no Bistrô Cross Tree, ali pertinho. Ou talvez papai tivesse ligado de volta para fosse lá quem fosse a pessoa que se atrevera, numa suburbana manhã de sábado, a ligar para ele no telefone do carro. *Ei, eu já não lhe disse? Nunca me telefone no meu território doméstico!*

Caramba! Esses avanços vertiginosos da gravação para o chamado futuro também me deixam assustado.

Permita-me voltar àquele primeiro sábado. E avançar em câmera lenta, como numa onírica montagem cinematográfica, enquanto papai me conduzia — os dedos em minha nuca já agora a me guiarem com firmeza no rumo inverso, atravessando os corredores labirínticos da Academia & Ginásio Poliesportivo Medalha de Ouro — de volta ao jipe Crusher XL, em meio a um mar de veículos norte-americanos similarmente reluzentes e dispendiosos, de estilo militar/utilitário esportivo. Nessa hora, papai perguntou o que eu tinha achado da "ginástica" com meu "treinador particular" e, no típico estilo Skyler ansioso (apesar de uma zonzeira atordoante na cabeça, por causa das cambalhotas no colchão, e da dor aguda nos dois joelhos, de tanto bater no piso do ginásio, eu realmente sentia um lampejo de... seria esperança?), respondi:

— Bem, papai! Eu... eu adorei — e papai deu uma bufadela de prazer, agarrou-me na dobra de seu braço forte e me deu um beijo úmido na boca, dizendo, numa voz paterna embargada:

— Filho, estou orgulhoso de você pra cacete. Pombas, tô *impressionado*!

Ah, papai! Acho que eu adorava aquele sacana, como todo mundo.

(MAMÃE E EDNA LOUISE PERGUNTARAM O QUE SKYLER TINHA aprendido na academia, e por isso, no tapete felpudo da sala íntima, ele reproduziu, desajeitado, algumas cambalhotas, plantou ou tentou plantar bananeira uma ou duas vezes, e culminou numa colisão com uma cadeira e num abajur derrubado. Mamãe riu e o repreendeu. E Edna Louise, que era só uma garotinha, muito menor do que Skyler, e mais flexível, imitou o irmão mais velho, dando cambalhotas pelo piso em movimentos quase fluentes do corpinho magro e rijo. Suas bananeiras foram menos seguras, no começo. Skyler comentou: Nada mau pra uma garota.)

AS IDAS POSTERIORES AO LABORATÓRIO DE GINÁSTICA, COMO poderá suspeitar o leitor sagaz/perspicaz, nem sempre foram tão festivas nem acabaram com papai abraçando e beijando o filho. Não invariavelmente.

Mas, verdade seja dita, Vassily fez valentes tentativas — sem ironia visível (a não ser, em alguns momentos, por um revirar dos olhos imperscrutáveis para o alto, ou uma expressão trincada na altura do queixo), nos rigores e recompensas do trabalho "elementar" no colchão — de instilar em Skyler, num inglês grave e de sotaque carregado, o catecismo do ginasta:

— Força. Flexibilidade. Controle. São essas as nossas metas. E a elas acrescentamos: graça, harmonia de movimentos e controle. Ao que acrescentamos: superar a insegurança e superar o medo da dor. "Na ginástica, todo aluno é uma estrela em potencial." É *essa* a convicção de Vassily Andreievitch Volokhomsky, Ski-ler. Quem fracassa o faz por falta de força de vontade.

Skyler dava um sorriso vago. Será que isso era bom: superar o medo da dor? Não seria melhor, ponderava o esperto menino de 6 anos, superar a dor? Ou, melhor ainda, evitar a dor?

Quem fracassa o faz por falta de força de vontade.

Esse, o mais sinistro dos provérbios populares russos, até hoje me dá calafrios na espinha.

Mas você se enganaria se achasse que, apesar do desfecho que as coisas vieram a ter, não guardei nenhuma lembrança feliz do Laboratório de Ginástica e das horas de "treinamento" sob a tutela do bielorrusso com jeito de gnomo, porque eu guardei, sim. De verdade, guardei!

- A alvoroçante ocasião em que, auxiliado pelas mãos tarimbadas e pacientes de Vassily, consegui equilibrar-me sobre a cabeça e os braços no tapete, com as pernas trêmulas esticadas para o alto e os pés unidos, por segundos suficientes para justificarem uma salva de palmas espontânea de vários jovens ginastas que observavam ("Ótimo trabalho, Skyler!", "Genial, Skyler!") e uma profusão de elogios insinceros de Vassily ("Ski-ler! Como você vê, não é tão difícil, é?").

- Uma estonteante demonstração de ginástica de Kevin, o astro de Vassily no solo, a pedido do treinador, que envolveu uma corrida pelo tapete, uma sequência de estrelas impecavelmente executadas ao longo de todo o comprimento dele, ida e volta; e mais outras viradas notáveis do corpo, para a frente e para trás, corajosamente executadas e parecendo não exigir nenhum esforço; a visão de meu rosto atônito provocou um raro sorriso de Kevin e a previsão resmungada de que, se eu "continuasse firme", seria "tão bom" quanto ele, "um dia".

- Uma pergunta murmurada por Vassily, em geral reticente, logo depois de papai sumir depressa da academia, certa manhã: O seu papai, Ski-ler, deve ser VIP, não é? O "Rampike"... é político?

- O bondoso incentivo de Vassily quando, agarrando a barra horizontal, finalmente consegui elevar o corpo até — quase! — o nível do queixo, não uma, porém várias vezes; e pude até, tremendo de tanto esforço, segurar-me ali durante vários minutos de suspense, até minhas mãos enfraquecerem e eu despencar no colchão. — Muito bem, Ski-ler! Cada pequeno passo é um passo para o sucesso.

(Não dê risinhos de troça, por favor; essas palavras descontraídas, no inglês exótico de Vassily, ainda reverberam no ar nebuloso deste quarto miserável da rua Pitts, em New Brunswick, passados mais de 13 anos. É claro que sei que Vassily não falou sério, nem por um nanossegundo, mas, mesmo assim, para aqueles de nós que raras vezes recebem um elogio, até a insinceridade pode comover o coração.)

E ENTÃO,

Inesperadamente.

De um modo estranhíssimo...

Bix Rampike, mal barbeado, com um sorriso lúgubre, sofrendo os efeitos da diferença de fuso horário e mal-humorado depois da viagem à Arábia Saudita (que Skyler entendeu erroneamente como Arábia Maldita) para tratar de negócios petrolíferos, chegou atrasado para levar o filho ao Laboratório de Ginástica, naquele último sábado de uma estação deplorável em Nova Jersey (seria inverno? céu nublado feito o interior de uma barraca de lona imunda), com os grandes ombros musculosos curvados sobre o volante do jipe Crusher XL e com o lábio inferior carnudo projetado para fora. Enquanto, nos sábados anteriores, papai se mostrara animado e falastrão, num clima de papai bonzinho, nesse dia não parecia nada bonzinho e mal resvalou os olhos por Skyler, amarrado naqueles arreios de segurança a seu lado. Um pouco mais cedo, Skyler ouvira vozes abafadas no quarto de papai e mamãe e (a não ser que houvesse sonhado) também durante a noite, de vez em quando. Do lado de fora do quarto dos pais, sentada no degrau superior da escada, com sua Boneca Colonial Norte-americana no colo, estava a pequena Edna Louise, de pijama, descalça e trêmula. Skyler a havia repreendido, tal como a mamãe faria: "Edna Louise, você não devia estar descalça. Está *frio*." Skyler gostava de repreender a irmãzinha, porque ela o olhava com um profundo ar de pedinte, como se implorasse para ser perdoada — e Skyler gostava de perdoar. Ele havia pegado a mãozinha mole e gelada da irmã e a reconduzira ao berçário, como ainda chamavam o quarto de Edna Louise, e encontrara uns chinelos amarelos felpudos para ela calçar. Eram dez para as oito da manhã e o abajur de Mamãe Ganso de Edna Louise, que era do tamanho de um ganso de verdade, ficara aceso a noite toda. Skyler, muito maior, mais velho e mais esperto que Edna Louise, e que agora estava treinando para ser ginasta, não precisava de "luz noturna" no quarto para dormir. Nunca mais!

De olhos arregalados, Edna Louise tinha perguntado:

— Skyler, onde o papai vai quando sai?

E Skyler respondera, com ar importante:

— À Arábia Maldita, para cuidar de negócios de petróleo.

As crianças não são uma graça? Pelo menos antes dos 10 anos.

NO LABORATÓRIO DE GINÁSTICA, PAPAI NÃO CUMPRIMENTOU Vassily Andreievitch Volokhomsky com seu sorriso habitual de papai radiante, nem estendeu a mão de papai gigante para um aperto de quebrar ossos entre machões, ainda que de tamanhos e feitios de corpo contrastantes. Em vez disso, saudou friamente o diminuto Vassily: "Oi". E se demorou mais que de hábito — agourentamente mais, como Skyler poderia ter dito a Vassily — observando o filho receber instruções no colchão; e por fim interrompeu Vassily em voz baixa, mas não tão baixa que outras pessoas no ginásio não o entreouvissem:

— Licença aí, ô Vas'ly Andervitch... Kolonoskopi, ou seja lá o que for... eu não estou vendo muito progresso por aqui. Sei que você é profissional, é um ganhador *fididigno* de medalha olímpica, e sei disso, meu camarada, porque andei dando uma verificadinha nos antecedentes, mas, pelo preço que estou pagando, tenho que admitir que tô meio decepcionado, *verstayen*? Meu filho não é um atleta "nato", isso eu admito. Os dotes dele estão mais para o que se chamaria de "intelectual", "cerebral". Posso aceitar isso. Mas você, Vas'ly, não o tem desafiado o suficiente. A porcaria do guri continua tão desajeitado hoje quanto na semana passada e na anterior, esse é que é o resumo da história. Ou o cara progride, ou não progride. Ou se aprimora, ou tá metendo os pés pelas mãos. Sabe, vendo o Skyler hoje, acho que ele não está se "aprimorando" num ritmo razoável. Garotos menores do que ele já são ginastas de padrão internacional, e olhe só para ele, arfando feito um cachorro. Pelo preço que eu pago, camarada, quero uma coisa melhor pro meu filho do que um *tur disforce*,* sacou? Fui atleta durante todo o meu tempo de escola. Tive uma sucessão de treinadores bons pra danar, e eles nos arrancavam o couro. Acabavam com a gente, se a gente não ralasse por eles. Trocando em miúdos, é o seguinte, Vas'ly: não estou impressionado com o que anda acontecendo aqui. Vou dar outra checada daqui a algum tempo e espero ver algum "progresso" visível no desempenho desse garoto, Vas'ly. E nada de arfar feito cachorro, *ver-shtayen-zie*?

Papai retirou-se. Dava para sentir o ar se partindo quando ele passou. O pobre do Vassily ficou parado, como que aturdido, imóvel como se tivesse sido penetrado por um raio que o fixasse no lugar, ao mesmo tempo que o destruía por dentro. Skyler não precisou olhar para o treinador gnomesco para saber que um rubor quente havia surgido em seu rosto vincado, espalhando-se para cima até o couro cabeludo, embora a postura do homenzinho continuasse ereta feito um poste.

No colchão que parecia uma cobra achatada, com seu vago cheiro enjoativo, o frenético Skyler começou a virar cambalhotas depressa, depressa, DEPRESSA.

* *Tur disforce?* Essa me pegou de jeito.

DANE-SE. VAMOS APERTAR A TECLA DE AVANÇO RÁPIDO. ACABAR com esse episódio lamentável da infância do Skyler, uns vinte minutos depois: o garoto (arfando pela boca) tinha caído, e com força. Feito um saco de areia úmida, ficou estendido embaixo das argolas que balançavam alegremente, e começou a gemer e a se contorcer no piso de madeira para onde o impulso de seu voo inconsequente o havia lançado — de maneira fatal —, já fora do colchão. O erro mais estúpido para um ginasta é não aterrissar no colchão. Meros segundos antes, o garoto não parecera ouvir o treinador lhe orientando a parar, e seguira balançando, dando guinadas loucas, *Ei, isso é divertido! Sei fazer isso! Olhe pra mim, eu sei fazer isso!*, até que, como se poderia esperar, a mão esquerda perdeu o apoio e Skyler caiu, caiu com força, com mais força do que se esperaria que aquele corpinho insignificante caísse, e num instante o pulso direito sofreu um entorse, o lado direito do crânio bateu no chão e a perna direita quebrou em dois lugares (fêmur, fíbula). Esse garoto seria uma novidade para a medicina no Centro Médico Fair Hills. E lá veio o trágico Vassily Andreievitch Volokhomsky tropeçando em direção ao pupilo caído, vendo na figura contorcida do garoto o sonho da bonificação desfazer-se como uma miragem ao sol quente, o pobre Vassily gritando, numa língua incompreensível, para alguém chamar uma ambulância.

Aleijado?*

CARAMBA, GAROTO, EU SINTO MUITO

Skyler, querido? É a mamãe A mamãe adora você
eu juro, filhote nunca tive a intenção de forçá-lo filho
rezando por você, querido, nós dois, a mamãe e o
a porra do melhor ortopista pediático
novinho em folha, querido! A mamãe e o papai prometem
desgraçado do Vas'ly não se pode confiar nesses
sacanas comunistas
A Edna Louise está aqui, meu bem você pode abrir os
olhos, benzinho?
processo de um milhão de dólares, aquele sacana comunista
e a Academia Medalha de Ouro (têm que ser judeus:
"de ouro")

---

* Esta é uma representação artística das vozes desencarnadas que chegaram até mim na cama do hospital na Ala das Crianças Mutiladas — ou talvez fosse só Ala Infantil — do Centro Médico Robert Wood Johnson, em New Brunswick, Nova Jersey. Essas vozes semirreconhecíveis mal penetravam na bruma de dor estranhamente pulsante (pense em luzes neon/estroboscópicas) que era tecida com aérea diafaneidade, espumosa/efervescente, pela magia farmacêutica do analgésico Nixil, à base de codeína. Havia numerosas outras vozes (médicos, enfermeiras, auxiliares de enfermagem, visitas etc.) que não me darei ao trabalho de registrar. Dias depois de eu ser internado no hospital, apareceu inesperadamente (quando se está flutuando em algodoados cúmulos brancos, muito acima do corpinho estropiado, a maioria das coisas é "inesperada") uma senhora idosa, de cabelo platinado e uma boca larga de peixe, fitando-me chocada, com uma preocupação/ansiedade pouco avoenga e até então insuspeitada: "O meu lindo neto vai ficar aleijado? Essa criança vai *capengar pelo resto da vida*?"

estamos todos rezando para você voltar a ficar bom, Skyler
amo você muito, benzinho
não tivesse sido tão imprudente, se exibindo nas argolas
amo você muito, benzinho
melhor atendimento médico senão eu arrebento um!
o homenzinho da mamãe

O NASCIMENTO DE BLISS RAMPIKE — I

PARA OS LEITORES QUE VINHAM RESMUNGANDO, IMPACIENTES, *onde é que está Bliss Rampike, por que está demorando tanto para chegarmos à nossa princesinha do gelo?*, este capítulo apresentará Bliss, finalmente: menos de cinco meses depois do perecimento do *homenzinho*, nasceu a bem-aventurança, "Bliss".

DAS CINZAS DO FILHO PROSTRADO NASCEU A FÊNIX DA FILHA LUMINOSA.

(Eu tinha achado que essa frase chamativa talvez pudesse ser usada na sobrecapa de meu livro, ou pelo menos na capa sensacionalista da edição em brochura, mas ninguém do departamento de marketing gostou muito dela. Admito que é não só exagerada e pretensiosa, mas também ilógica. No entanto, é um "discurso poético", e a maior parte do que escrevi até agora tem sido um discurso jornalístico direto e sem adornos, que mal se presta a transmitir as ambiguidades mais sutis/paradoxais de nossa vida psíquica.)

Mas a verdade é que, enquanto Skyler ainda estava na reabilitação, como um "paciente externo" que capengava corajosamente de um lado para outro, se bem que amiúde com mau humor e insolência, em cima de um par de muletas tamanho anão, arrastando uma enorme perna-branca-da-mamãe em gesso, como se fosse um pedaço da futura lápide de seu próprio túmulo, sucedeu que, como num conto de fadas, um dos contos mais cruéis dos irmãos Grimm, a irmãzinha caçula de Skyler, Edna Louise, que mal completara quatro anos, calçou pela primeira vez um par de patins de gelo e...

"O resto é história." (Imagine uma sonora voz masculina em off.)

Só que não a história do pobre Skyler: é que Skyler, o primogênito e, durante muito tempo, o *homenzinho* querido e predileto da família Rampike, sumiu do mapa de maneira tão rápida e irreversível quanto o sonho/miragem do pobre Vassily com a bonificação tão tentadoramente prometida pelo papai. Como se diz no vernáculo juvenil norte-americano, *o Skyler dançou.*

"MA-MÃE! OLHA!"

No enorme telão de TV que parece suspenso numa parede de nossa sala de recreação, uma pequena patinadora artística deslizava, saltava e fazia piruetas ao som de uma deliciosa música romântica. Era uma jovem patinadora muito graciosa e muito bonita, numa linda roupa cintilante de saia curta, que nesse momento levantava os braços finos, baixava a cabeça e sorria com a modéstia apropriada, enquanto o grande público do ginásio explodia em aplausos.

— Ma-mãe, eu também posso patinar? *Por fa-vor*, ma-mãe!

Você tem que imaginar — quer dizer, eu tenho que imaginar, já que Skyler não estava na sala de recreação nessa hora — a voz da criança tremendo de esperança e anseio, e seu sorriso lamuriento para a mamãe, que mal parecia se dar conta de Edna Louise, com os olhos fixados na tela de TV na parede.

Edna Louise não soube ao certo se estava vendo o rosto da mamãe calorosa ou o da outra mamãe.

Mamãe calorosa era a mamãe que amava a Edna Louise. A outra mamãe era a mamãe que não gostava da Edna Louise.

(Mas por quê? Por que era assim? À beira de fazer 4 anos, Edna Louise tinha descoberto que a maioria das mamães gostava de suas filhinhas o tempo todo. Via-se isso em seus olhos, podia-se ouvi-lo em sua voz; mesmo quando elas repreendiam as filhas, a gente simplesmente sabia. Edna Louise tinha vontade de perguntar *Por que você não me ama o tempo todo, mamãe?*, mas não se atrevia, por medo da resposta da mamãe.)

Mesmo assim, não conseguiu deixar de insistir:

— Mamãe, também posso patinar? Eu sei que eu consigo, mamãe. Eu juro, eu *consigo.*

Será que era o Festival Olímpico dos Estados Unidos, edição de 1993, que mãe e filha estavam vendo naquela noite? O evento televisionado em rede nacional que marcou o deslumbrante surgimento de Michelle Kwan, de 13 anos, que tirou o primeiro lugar? Ou terá sido o Skate America de 1993, no qual Michelle Kwan foi uma das estrelas?

— Ma-mãe! Ma-mãe! Ma-mãe! *Por fa-vor*!

É verdade: mamãe disse *não*.

Em quantas entrevistas "francas", "íntimas", cheias de "confidências", no correr de sabe-se lá quantos anos, inclusive os que se seguiram à trágica morte de sua filha-prodígio, Betsey Rampike riria com incredulidade, levando aos seios uma fileira de unhas pintadas de vermelho e abanando a cabeça, sem conseguir acreditar: *Imagine só: eu disse não. Não! A Bliss Rampike. Na minha ignorância!*

É que mamãe mal suportava assistir às assombrosas jovens patinadoras na televisão. É que a mamãe — encolhida na cadeira, abraçando-se de um modo que sugeria o quanto gostaria de encolher, de voltar a ser menina — era levada a se lembrar de como, já se ia muito tempo, ela tivera tantas esperanças numa carreira na patinação, até torcer o tornozelo: "E esse foi o fim do sonho."

Com ar saudoso e com frequência, mamãe falava de seu "sonho perdido" com Skyler e Edna Louise, que eram levados a crer, talvez erroneamente, que de algum modo a culpa era deles, por terem transformado a mamãe em "mamãe" e a haverem privado de sua carreira. Mamãe aprendera a não aludir a sua sonhada carreira perdida nem a qualquer vida alternativa de Betsey Rampike com papai, cuja reação tendia a ser uma estrepitosa gargalhada e um beijo estalado e úmido em sua "linda garotona peituda", e que dizia, curvando os lábios para baixo para indicar profundidade: "É preciso minimizar os prejuízos, meu bem. 'Não jogue dinheiro em toca de rato!'"

Bix tinha razão, é claro! Bix sempre tinha razão.

No entanto, Betsey tivera uma vaga esperança — "Ah, sei que foi ingenuidade, acho que já naquela época eu sabia" — de que o pequeno Skyler tivesse algum talento para a patinação no gelo.

Pelo desejo de acreditar que o gene do talento talvez estivesse na família. De mãe para filho?

(Agora Skyler martelava o chão lá em cima com suas muletas. Mesmo quando ele tentava não fazer barulho, restringindo-se aos tapetes, mamãe conseguia ouvi-lo.)

Assim, quando a irmãzinha de Skyler, Edna Louise, perguntou pela patinação no gelo, mamãe mordeu o lábio inferior, para não falar em tom áspero com a menina parada diante dela, ansiosa e exasperante, com metade dos dedos de uma das mãos enfiados na boca — um hábito nervoso que os professores da escola Montessori haviam notado, como tinham notado o hábito de Edna Louise puxar o cabelo e se coçar por dentro da roupa, o que era puro nervosismo, ou talvez a menina fizesse isso só para chatear, para deixar a mamãe com vontade de agarrá-la pelos ombros miúdos e *sacudir! sacudir! sacudir!* até lhe ensinar bons modos, assim como os bons modos tinham sido instilados em Betsey às sacudidas, anos antes, por sua mãe exasperada; mas chacoalhar crianças, especialmente crianças pequenas como Edna Louise, não era uma prática apreciada em Fair Hills, Nova Jersey. De jeito nenhum.

Mamãe sorriu para a filha, a fim de abrandar a dureza do que tinha a dizer:

— Acho que não, benzinho. Você é muito pequena e não é muito graciosa. Veja como vive esbarrando nas coisas, e ainda faz uma bagunça na hora da comida, e se esquece de dar a descarga do banheiro. Aquelas patinadoras são anos mais velhas do que você. E são meninas muito especiais, como se percebe.

Na tela da televisão, as patinadoras continuaram a deslizar aparentemente sem esforço, agora várias delas, a primeira, segunda e terceira colocadas, com uma graça espantosa ao deslizarem, saltarem e rodarem, girarem em torno do corpo e patinarem para trás, levantando os braços finos e sorrindo com a modéstia apropriada, enquanto a plateia tornava a aplaudir. Via-se como aquele aplauso era a vida para as patinadoras e como, sem aquele aplauso, não poderia haver vida.

Esse saber bruto foi apreendido pela menina Edna Louise por instinto, já que ela não seria capaz de formulá-lo em palavras.

Essa tarefa coube a mim, o "sobrevivente". Como disse o pastor Bob: *Ponha em palavras o que não pode ser dito, Skyler, porque não há palavras adequadas, e por isso você deve criar essas palavras com suas próprias entranhas.*

Naquele dia, anos atrás, antes de existir Bliss Rampike ou sequer a ideia de Bliss Rampike, mas apenas Edna Louise, contemplando mamãe com um olhar que mesclava mágoa e esperança, mamãe disse, com o ar de quem tinha a obrigação de dizer a verdade, pelo bem da filha:

— E é preciso ser bonita, Edna Louise. Olhe para essas patinadoras, para seus rostos encantadores. Todas elas. O seu rosto é ossudo e os seus olhos são pequenos demais, muito estranhos e *duros*. Você parece estar sempre encarando as pessoas, o que as deixa com mal-estar. É melhor aprender isso, antes que você sofra uma decepção.

— Mas, mamãe, você podia me fazer ficar bonita, não podia? Que nem você se faz ficar bonita, mamãe. *Por fa-vor*!

Mamãe riu, assustada. Não havia esperado que Edna Louise protestasse. E não nesses termos.

— Bem! Pode ser. Um dia.

Enquanto isso, mamãe desligou a televisão e a tela gigantesca que parecia flutuar na parede ficou preta.

IMAGINE SÓ! EU DISSE NÃO.

Na minha ignorância.

MAS — EU NÃO LHE DISSE QUE ISTO ERA UM CONTO DE FADAS, saído dos irmãos Grimm? — acontece, ainda assim, que uma das amiguinhas de Edna Louise na escola Montessori, Carrie Chaplin, era, aos 5 anos, uma novata na patinação; e acontece que os Chaplin, uma família abastada de Fair Hills, tinham duas filhas mais velhas, ambas patinadoras artísticas "promissoras", que tinham aulas com uma medalhista de bronze da Olimpíada de Inverno de 1980 no Rinque de Patinação de Halcyon Hills.

Então, quando Edna Louise, empolgada, contou à mamãe que sua amiguinha Carrie a convidara a patinar com ela, como é que a mamãe podia dizer *não*? Ocorre que Betsey Rampike estava ansiosa por aceitar esses convites (relativamente raros) das mães das colegas de Edna Louise na escola Montessori, assim como ansiava por aceitar os convites (ainda mais raros) das mães dos colegas de Skyler no Externato Fair Hills. "Você disse 'Chaplin', Edna Louise? Os Chaplin que moram no Passo de Carlos Magno?", fez a voz embargada de mamãe, porque ela conhecia Henry e Patricia Chaplin do *Fair Hills Beacon*, onde era frequente aparecerem fotografias desses ilustres moradores locais na primeira página e no caderno Estilo. "Ora, sim, Edna Louise. É claro que você pode ir patinar com a Carrie Chaplin. E eu irei junto, para ter certeza de você não se machucar."

Edna Louise piscou para conter as lágrimas. Edna Louise gostava *muito* da mamãe!

(Que sentimental! E transmitido em que prosa canhestra! Mas Skyler se lembra de como sua irmãzinha se desmanchava em lágrimas infantis quando tomada pela felicidade infantil; de como abraçava a mamãe, ou tentava abraçar a mamãe; e de como exclamava, "Ma-mãe, eu te amo". Simplesmente não há jeito de transmitir isso numa prosa literária adulta respeitável, há? Mas tenho que tentar.)

Levar meninas pré-escolares ao Rinque de Patinação Halcyon Hills, menos de 20 quilômetros a leste de Fair Hills, exigiu um sem-número de telefonemas, é claro, porque nunca se fazia nada com facilidade em Fair Hills, especialmente quando havia crianças envolvidas. ("Crianças: Nosso Bem Mais Precioso" era o lema de muitas escolas de Fair Hills, particulares e públicas.) A Sra. Chaplin ligou para a mamãe e mamãe ligou para a Sra. Chaplin. Esse foi um telefonema para Betsey Rampike que Betsey Rampike valorizou! Que coisa espantosa, a Sra. Chaplin (cujo nome era Patricia, "Trix" para os amigos) revelou-se tão calorosamente amável com Betsey Rampike que, da noite para o dia, pareceu a mamãe que sua filhinha insossa e exasperante se tornara mais fácil de amar.

Ficou combinado que mamãe iria até a casa dos Chaplin e que Trix Chaplin levaria todos ao rinque de patinação em seu Road Warrior, um utilitário esportivo de oito lugares. Hesitante, mamãe havia perguntado se poderia alugar patins para Edna Louise no rinque, e houvera uma pausa de um breve instante antes de Trix Chaplin responder:

— Bem, não. Acho que não. Mas eu levo para a Edna Louise um par dos patins da Carrie do ano passado, que já não cabem mais nela. Tenho certeza de que vão servir.

Mamãe mordeu o lábio inferior. Teria cometido, como diria Bix, um *lápis*?

(Como mamãe relutava em comprar patins para uma menina de 4 anos, especialmente patins caros, do tipo que naturalmente se esperaria ver no Rinque de Patinação de Halcyon Hills, depois de ter gasto tanto dinheiro com os patins do pequeno Skyler, o que não dera em nada!)

O Passo de Carlos Magno ficava a menos de 3 quilômetros da alameda Ravens Crest, mas do outro lado de um abismo social, como Betsey Rampike sabia muito bem. Os meandros da ruinha particular serpenteavam pelo alto da serra da zona norte do Vilarejo de Fair Hills, e a casa dos Chaplin era uma estrutura em vários patamares, construída de encomenda pelo arquiteto Shubishi, a qual descia um morrinho de onde se avistava, por cima do lago Sylvan (*não* artificial), a propriedade/haras do ex-senador Mack Steadley, em 120 hectares das melhores terras de Nova Jersey; a casa, como se queixou Trix Chaplin pesarosamente, tinha-se tornado "pequena", "apertada" para a família, com seus meros seis quartos (os Chaplin tinham quatro filhos, dos quais Carrie era a caçula) e a mãe idosa do Sr. Chaplin morando com eles; havia uma piscina coberta, uma casa de hóspedes, uma pérgula, quadras de tênis e um laguinho (pequeno demais para as meninas patinarem a sério e, de qualquer modo, o gelo se enrugava, não era liso o bastante para a patinação). E tudo isso em apenas 20 mil metros quadrados! O Sr. Chaplin, Bud, para os amigos, era um dos executivos do setor de investimentos da Fiduciary Trust de Nova Jersey, e Trix Chaplin, diplomada em direito pela Fordham, era "mamãe em horário integral" — "ou será que quero dizer 'acrescido de horas extras'?" —, tal como Betsey Rampike.

O fato é que, em suas melancólicas *voltinhas* no Chevrolet Impala verde-limão, Betsey Rampike tinha passado várias vezes pelo Passo de Carlos Magno, sem se deixar deter pelas placas de advertência que diziam RUA PARTICULAR SEM SAÍDA, mas nunca vira a casa dos Chaplin, bem recuada da rua e irritantemente escondida pela vegetação perenifólia. Nesse dia, ao virar na entrada de cascalho da casa dos Chaplin e se aproximar da casa de vidro e estuque em vários planos, numa colina que dava para o lago Sylvan, mamãe ficou olhando fixo e pareceu prestes a falar, mas não falou; e no banco do passageiro, a seu lado, Edna Louise disse, em tom medroso:

— É aqui que a Carrie mora, mamãe? Isso é uma *casa*?

NO RINQUE DE PATINAÇÃO DE HALCYON HILLS, QUE ERA MUITO maior e melhor do que o rinque ao ar livre no Parque Horace C. Slipp, mamãe procurou não se deixar intimidar pelas outras mães e suas filhas patinadoras, todas mais velhas do que Edna Louise; tentou não esperar demais da filha, como tolamente havia esperado demais de Skyler. Havia no rinque meninas em idade de frequentar o segundo ciclo do ensino fundamental e o ensino médio, patinando tão bem ou melhor do que Betsey Sckulhorne havia patinado quando garota, entre elas Michelle, a irmã mais velha de Carrie Chaplin, que tinha 17 anos e estava na última série do Externato Fair Hills. Edna Louise parecia quase febril de expectativa enquanto mamãe amarrava os patins já pequenos de Carrie Chaplin (pelica branca, suportes altos nos tornozelos, pespontos primorosos) nos pezinhos da menina e se dirigia com ela de mãos dadas até o gelo, onde outras crianças menores, tanto meninos quanto meninas, escorregavam, cambaleavam, perdiam o equilíbrio e caíam, e eram levantados para tentar de novo, em meio a uma barulheira danada; e lá estava Edna Louise, franzindo o cenho de concentração e espremendo seus estranhos olhos severos azul-cobalto, no começo oscilando sobre os patins novos e desconhecidos, mas aos poucos, enquanto apertava com força a mão de mamãe e seguia as instruções dela — "Vá devagar, benzinho, a mamãe está segurando você", "Pé direito para a frente, fofinha: 'deslize'" —, seguindo como se já soubesse patinar, por instinto.

As outras meninas deram muita força! Trix Chaplin riu, encantada:

— A Edna Louise está se saindo muito bem, Betsey! Tem certeza de que ela nunca patinou?

Foi durante essa primeira sessão de patinação, enquanto observava Edna Louise no gelo com seus patins emprestados, já então na companhia de June Chaplin, de 11 anos, que levara a menininha pela mão para lhe dar instruções, que Betsey Rampike foi levada a perceber, pela primeira vez, que *Minha filha é especial! Minha filha foi abençoada por Deus! Minha filha será a maneira de Deus me recompensar pela fé que tenho n'Ele, e Deus há de elevar minha filha acima de todos os rivais.**

E FOI ASSIM QUE, QUASE POR ACASO, NO OUTONO DE 1994, enquanto Skyler Rampike ainda era obrigado a suportar o rigor/a dor da reabilitação três vezes por semana, sua irmãzinha Edna Louise começou a ter aulas de patinação no rinque de Halcyon, junto com as meninas da família Chaplin; e que Betsey Rampike, que tanto havia ansiado por um

* Está se perguntando como eu sei disso? Como Skyler Rampike, que nem foi ao rinque de Halcyon naquela tarde, poderia estar a par dos pensamentos mais íntimos de sua mãe naquele momento? A explicação é simples: Betsey Rampike falou numerosas vezes desse "momento de revelação" em suas numerosas entrevistas. Tomada pela certeza de sua fé cristã, ela nunca vacilou nem duvidou de que Deus a houvesse fadado, a ela e à sua filha, a um destino especial.

dia ser convidada, entre as mães da escola Montessori, à casa dos Chaplin para a festa anual de Natal, foi convidada nesse ano, junto com seu marido, Bix Rampike. Dentre as meninas patinadoras que treinavam regularmente no rinque de Halcyon, foi Edna Louise quem cativou a atenção dos espectadores, com seu tamanho diminuto e seu talento para patinar, que parecia muito desproporcional a esse tamanho. "Ora, mas que anjinho!" foi a frase que começou a ser ouvida por Betsey Rampike, cujo coração batia forte de expectativa e apreensão.

Também se notou que, enquanto as outras crianças patinadoras caíam no gelo com frequência e choravam, o "anjinho" não caía muito e, se caía, apenas ria, para mostrar que não estava machucada, levantava-se depressa, meio sem jeito, e continuava a patinar.

Do mesmo modo, Edna Louise tendia a ser a última criança a sair do rinque. A última a desamarrar os patins. *Como se sua vida dependesse de patinar*, notou mais de um observador. *Como se, mesmo sendo tão pequena, ela enxergasse o futuro e compreendesse seu destino.**

Aos 4 anos, Edna Louise Rampike foi uma dentre mais de trinta patinadores mirins do Festival de Inverno de Halcyon, um evento de gala a que compareceram sobretudo familiares embevecidos, e nessa noite, ao som amplificado de uma travessa Dança da Fada Açucarada, de Tchaikovsky, Edna Louise foi uma sedutora figura diminuta com uma fantasia de fada de cetim cor-de-rosa, com asas balançantes presas aos ombros pequeninos, fitas no cabelo para combinar e os olhos arregalados e assustados. (Lançava olhadelas para a plateia — procurando a mamãe? o papai? Mas é claro que papai não pudera ir. Estava viajando a negócios e "sentia muito".) Skyler, que nunca vira a irmãzinha nessas circunstâncias públicas, patinando timidamente com uma trupe de patinadores mirins muito inexperientes, vestida de fada, encolheu-se ante aquela visão, enrijeceu o espírito, preparando-se para o tombo inevitável, fechou os olhos — e, quando os abriu, lá estava Edna Louise terminando sua apresentação curta e meio instável, claramente a mais talentosa do grupinho, e ainda

---

* Veja o documentário da ABC intitulado *Fazendo e desfazendo uma menina-prodígio: A história de Bliss Rampike*, de fevereiro de 1999. Essas observações enigmáticas/proféticas foram feitas pela professora de patinação, Ivana Zuev, a ganhadora olímpica da medalha de bronze que foi a primeira professora de minha irmã, no rinque de Halcyon Hills. Cito Ivana Zuev apesar de essa mulher rancorosa, numa entrevista em outro lugar, ter dito coisas cruéis sobre Betsey Rampike, e de veracidade duvidosa.

de pé. O aplauso foi imediato e abundante para todos os patinadores. "Bravo!", "Fantástico!" Com outras mães, mamãe correu para abraçar sua querida patinadorinha, enquanto Skyler permanecia sentado e olhando fixo, perplexo. Então a Edna Louise não tinha caído no gelo? Ele não a vira claramente cair? Tal como ele próprio havia caído no gelo e despencado das argolas no ginásio, e se machucado?

Com lágrimas cintilando nos calorosos olhos castanhos, mamãe abraçou uma Edna Louise de ar aturdido. Enquanto mancava em direção a elas, Skyler entreouviu a voz extasiada da mamãe: "Ah, se o papai tivesse visto você, querida! Ele ficaria muito orgulhoso de nós duas. Da próxima vez!"

SERÁ QUE SKYLER FICOU COM INVEJA DA IRMÃZINHA? NÃÃÃO, *não* ficou.

Será que Skyler torceu por um contratempo no gelo, por uma lesão em sua irmãzinha valente? Nãããão, Skyler *não* torceu.

(É MESMO, DE VERDADE! EU JURO.)

COMO SABEM TODOS OS CULTORES DE BLISS, NÃO FOI NO FESTIval de Inverno de Halcyon em 1994 que Bliss Rampike debutou oficialmente no gelo, e sim no Campeonato de Patinação Mirim em Meadowlands, Nova Jersey, no Dia dos Namorados em 1994.

Essa "patinação mirim" era um evento anual popular em Nova Jersey, aberto a qualquer jovem aspirante a patinador cujos pais se dispusessem a pagar os duzentos dólares da taxa de inscrição, em troca da possibilidade de os filhos ganharem fulgurantes tiaras de imitação de prata e troféus de imitação de bronze, além de alguns segundos no noticiário local da TV e umas fotos nas últimas páginas dos jornais. Para os pais ambiciosos/iludidos que pensavam em lançar os filhos no status das equipes olímpicas, a "patinação mirim" era ideal. Como disse Mary Baker Eddy em sua famosa frase: *É impossível ir à falência por subestimar o gosto do povo norte-americano.*

Ou será que foi *Nasce um otário a cada minuto* a frase dita por essa arguta vidente, a Sra. Eddy? Tanto faz.

No rinque de Halcyon Hills, onde Edna Louise Rampike se tornara uma visão conhecida e benquista, uma das mais dedicadas e também mais talentosas jovens patinadoras, sugeriu-se a Betsey Rampike que inscrevesse a filha no Campeonato de Patinação Mirim, apesar de Edna Louise ser muito pequena e inexperiente. (Só havia duas divisões para ambos os sexos na patinação mirim: patinadores de até 8 anos e de 8 a 11 anos.) As duas filhas mais velhas dos Chaplin haviam patinado em edições anteriores do concurso, e a mais velha, Michelle, tirara o segundo lugar de sua faixa etária aos 10 anos. Mas Trix Chaplin achava que, aos 5, Carrie ainda não estava pronta para a competição, e que seria "insensato" e "prematuro" Betsey inscrever Edna Louise. "É óbvio que ela é uma patinadora talentosa, mas nunca teve experiência com uma plateia tão grande e barulhenta. Pense em como a Edna Louise estará mais apta no ano que vem."

Mamãe, que viria a adorar Trix Chaplin,* apesar de se sentir intimidada por Trix Chaplin e, de certo modo, de se ressentir de Trix Chaplin e antipatizar com ela, sentiu a ferroada de inveja da mulher. *Insensato! Prematuro!* Durante semanas, mamãe tinha sentido o ciúme quase palpável, a inveja e o rancor disfarçado das outras mães de patinadoras no rinque de Halcyon, ao mesmo tempo que lhe vinham à lembrança o ciúme, a inveja e o rancor nem tão disfarçado de suas colegas do ensino médio em Hagarstown, quando Betsey Sckulhorne, filha de uma renomada família do lugar, vencera concursos de beleza e patinara em competições regionais.

E havia mulheres em Fair Hills que invejavam Betsey Rampike por seu marido atraente, gregário e francamente sensual, e murmura-

* Ei, desculpem-me: não descrevi a Sra. Chaplin — "Trix", para os amigos —, para satisfazer os leitores (melhor dizendo, as leitoras) que têm um interesse insalubre pelos estilos de vida dos norte-americanos abastados dos subúrbios residenciais. Na verdade, Skyler teve apenas vislumbres da Sra. Chaplin umas poucas vezes e, como a maioria das crianças pequenas, mal tomava conhecimento dos adultos. Digamos apenas que Trix Chaplin era uma daquelas louras que nunca envelhecem, celebradas nas páginas de colunas sociais dos jornais suburbanos de toda parte: rica, elegante, risonha, esguia e vestindo um eterno manequim 36. Ao lado de Trix Chaplin, a pobre Betsey Rampike (manequim 44) parecia e se sentia atarracada, de cara bolachuda, deselegante e — como diria o papai, com uma arriada sinistra dos cantos da boca — uma mondronga.

vam às suas costas: *O que aquele homem pode ver nela?* E, em tom ainda mais ominoso: *Está aí um casamento que não pode durar.*

Polidamente, mamãe explicou a Trix Chaplin: "Farei o que a minha filha quiser. E o que for melhor para a carreira dela."

UM SONHO DE MUITA INTENSIDADE! TRÊS NOITES ANTES DO DIA dos namorados.

Foi como se meus olhos se abrissem, havia uma luz ofuscante no quarto, a princípio fiquei apavorada, devia ser o anjo Gabriel chegando numa luz de ofuscar, mas o mais maravilhoso é que foi minha própria filha, vindo a mim transfigurada na luz, sob a forma de um anjo louro que tocou meu rosto com as duas mãos suaves e disse: Mamãe, não sou Edna Louise, você não deve me chamar por esse nome errado, eu sou a bem-aventurança, BLISS, sou a sua filha BLISS, trazendo de Deus a visão de que você foi abençoada e eu fui abençoada, e com a bênção de Deus realizaremos o nosso destino no gelo, enfrentando todos os nossos inimigos, e não seremos derrotadas.

O NASCIMENTO DE BLISS RAMPIKE — II

BIX FICOU PASMO: MUDAR O *NOME* DA FILHA?

De *Edna Louise* para... *Bliss*?

— Benzinho, minha mãe não vai compreender. Vai ficar magoada pra diabo.

Betsey murmurou que tentaria explicar. Escreveria uma carta para a sogra. Argumentaria que a visão lhe chegara com tamanha clareza e tamanha força, que não podia ter sido um sonho comum, e sim uma mensagem divina de Deus.

De Deus? Mensagem divina? Bix deu um sorriso inseguro. Era um sujeito que acreditava sem questionamento em Deus — no Deus cristão/bíblico/caucasiano —, mas não era de querer discutir Deus, porque esses assuntos o constrangiam. Do mesmo jeito que ficaria tremendamente sem graça se enunciasse termos clínicos como *intercurso sexual* ou *masturbação*, ele que, entre companheiros masculinos, dizia sem hesitação palavras como *foder*, *trepar* ou *tocar punheta*. Um rubor quente e mal-humorado subiu-lhe ao rosto. Acabara de chegar do aeroporto de Newark, com um atraso de três horas e meia do voo vindo de Frankfurt, para onde ele fora mandado a fim de resolver assuntos urgentes por seu supervisor na Scor Chemicals Inc. — um emprego novo para Bix Rampike, e um emprego muito bem-remunerado, só que implicava viagens e implicaria outras viagens —, e um jovem diretor-assistente de desenvolvimento de projetos, ferozmente competitivo, exigia de sua mulher e sua família uma coisa primordial: que eles não lhe fizessem surpresas.

As surpresas na casa dos Rampike eram para ser as do papai, exclusivamente. Esse era o resumo da história.

No entanto, Bix sorriu. Embora as pupilas de seus olhos se encolhessem até ficar do tamanho da ponta de um furador de gelo.

No entanto, Bix afagou o braço da mulher acima do cotovelo. Embora seu polegar e indicador enormes apertassem o músculo carnudo e macio.

— Você conhece a minha mãe, Betsey. Se ela ficar com o orgulho ferido, nós é que vamos pagar.

Não verbalizada entre marido e mulher ficou a perspectiva de que a Sra. Rampike sênior os castigasse, retirando Bix de seu testamento. Ou, o que seria quase igualmente cruel, deixando para seu filho favorito, Bix, apenas uma fração do que deixaria para seus irmãos infinitamente intrigantes/infelizes.

— A mamãe já não parece gostar particularmente da netinha, mesmo ela se chamando "Edna Louise". Você acha que vai gostar mais dela se a menina se chamar "Bliss", feito uma cantora pop gostosona ou um desses místicos indianos babacas e charlatães?

Betsey encolheu-se. "Bliss" era um nome lindo!

— Bix, foi a própria "Bliss", a nossa filha, que me apareceu no sonho. O quarto estava inundado de luz e lá veio a Bliss, feito um anjo, me explicar que nós lhe demos o nome errado, que seu destino era se chamar...

— Qual é essa porcaria de remédio que você está tomando: "Elixil", "Nixil"? Foi daí que veio a sua "visão"?

Betsey soltou-se de Bix. No braço ficaram as marcas vermelhas dos dedos dele. O rosto de Betsey, como o do marido, estava ruborizado e quente, e havia um tremor agitado em sua voz:

— Minha visão veio de Deus. Você não vai me privar da minha visão. Sempre fazemos as coisas do seu jeito, "o resumo da história" é o resumo do Bix, mas nisto eu sei que tenho razão e sei que a história provará que estou certa. Comecei a levar a Edna Louise, quer dizer, a Bliss, ao rinque de patinação, e a venda caiu dos meus olhos. Nossa filha é uma patinadora nata, ninguém mais no rinque se parece remotamente com ela, mesmo sendo tão pequena! A professora Ivana Zuev, que ganhou medalha de bronze na Olimpíada, diz que a nossa filha tem uma "alma antiga", que "viveu muitas vidas antes desta", e que chegou à patinação no gelo nesta nova vida com uma lembrança da antiga. Não faça essa cara cética, Bix: estou convencida de que a Ivana tem razão. Nossa filha está predestinada a... a alguma coisa grandiosa! Não estou imaginando nada disso. Na verdade, tenho tomado menos comprimidos de Elixil do que o Dr. Tyde receitou. No meu sonho, a Bliss veio a mim para dizer como era urgente corrigirmos o erro que cometemos ao escolher seu nome. Nossa filha é "Bliss", não "Edna Louise".

— Puxa, Betsey, pelo amor de Deus...

— É pelo amor de Deus, e pelo nosso. Bliss Rampike vai patinar amanhã à noite em Meadowlands com seu nome verdadeiro, e "Edna Louise" não existe mais.

Com que ferocidade falou Betsey! Seus olhos pareciam dilatados, vidrados. Quando Bix fez um gesto para acalmá-la, ou para contê-la, Betsey repeliu distraidamente a mão dele como nunca se atrevera a fazer, e Bix a fitou, perplexo. Será que essa era a linda garotona peituda de Bix Rampike, que gaguejava quando ficava agitada e era tomada pela timidez nos eventos sociais? Essa era a *mamãe*? Na penumbra do corredor do lado de fora do quarto, o pequeno Skyler tinha capengado para perto, atraído pelas vozes urgentes dos pais, vira que a porta não fora fechada por completo e que, por isso, podia ouvir sem ser notado; era a mais inocente das manobras infantis; o pobre Skyler dera para escutar as conversas dos pais quando eles não faziam ideia de que havia mais alguém ouvindo. *Será que eles vão falar de mim?* Era essa a esperança do menino. *O que vão dizer sobre mim?* É que o papai acabara de voltar de uma viagem de negócios, fazia dias que não via o filho e, no entanto, quem havia de dizer que os Rampike tinham um outro filho, além dessa nova e misteriosa "Bliss"?

[NOSSA, ISSO FOI ENROLADO! ESSAS PÁGINAS ANTERIORES. O QUE entreouvi no quarto de meus pais foi mais ou menos o que registrei aqui, mas, por algum motivo, não parece direito. (Parece?) Acho que não me saí muito bem imaginando o que Bix Rampike estava pensando e sentindo, nem o que Betsey estava pensando e sentindo. Não é fácil! Há algo de proibido nessas fantasias que envolvem os pais da gente, um tabu, talvez. Quando resolvi chamar meus pais de Bix e Betsey, em vez de papai e mamãe, minha lógica foi que, em boa parte do tempo, nossos pais não pensam neles mesmos como pais em si, como papai/mamãe, e sim como os indivíduos distintos que eles são, separados de nós. Mas o paradoxo é que só posso conhecê-los como papai e mamãe. Só posso conhecê-los como *meus* pais.]

* * *

— "BLISS!" ESSE É O SEU NOME AGORA, FOFINHA. "EDNA LOUISE" foi trocado por "Bliss", não é maravilhoso?

A garotinha intrigada sorriu para a mamãe. Isso era uma boa notícia? Era uma surpresa agradável? Pela expressão da mamãe, decididamente parecia que sim.

— O seu novo nome, "Bliss", como é que você o pronuncia?

— "Blizz?"

— "Bliss." "Bliss Rampike."

Os nomes eram muito estranhos! Por que um nome é como é, e por que um nome qualquer se liga a uma pessoa ou uma coisa? A pequenina Edna Louise, agora a pequenina Bliss, deu um sorriso inseguro, como se tivesse recebido um presente — muitas vezes, quando criança, a gente recebe presentes de adultos com sorrisos radiantes, que foram muito bonzinhos com a gente e querem ser reconhecidos como muito bonzinhos —, um presente que não compreendia, mas que entendeu ser um presente muito especial, pelo qual devia ser grata.

— E por isso, querida, quando lhe perguntarem seu nome, especialmente no rinque de patinação, você vai dizer que é "Bliss", *B-L-I-S-S*. É uma visão de Deus. Entendeu?

Com veemência, Edna Louise balançou a cabeça. *Sim, mamãe!*

POR ACASO ELA NÃO VINHA PRATICANDO SEUS "PASSOS" SOB A tutela severa da Srta. Zuev, cujo rosto, apesar de não ser velho, era um xadrez de rugas de impaciência? Então ela e a Srta. Zuev não vinham patinando juntas no rinque de Halcyon, por dias seguidos, enquanto tocava a melodia animada — escolhida pela mamãe! — de "Over the Rainbow"? E por acaso todo mundo que as notava no rinque não se detinha para olhar e para elogiar a admirável patinadorinha? Agora a razão fora revelada: no gelo, Edna Louise não tinha sido "Edna Louise", de jeito nenhum, mas "Bliss".

Sim, mamãe!

MAMÃE ENTROU A PASSOS RÁPIDOS NO QUARTO DE SKYLER, ONDE Maria o ajudava a se vestir para ir à escola, naquela fria manhã de fevereiro.

— Skyler? Maria? De agora em diante haverá uma mudança na família Rampike: a "Edna Louise" tem um novo nome, "Bliss".

Bliss? Skyler franziu o cenho, embora não se possa dizer que tenha ficado propriamente surpreso.

— De agora em diante, Skyler e Maria, vocês chamarão a irmãzinha do Skyler de "Bliss", e não de "Edna Louise". Nunca mais de "Edna Louise" — e mamãe estremeceu, rindo, como se todos houvessem escapado por um triz de algo muito desagradável.

Acostumada com os caprichos e ordens da gringa de Fair Hills, que nunca eram pronunciados senão em tom profundo, Maria-do-Equador murmurou polidamente um *Sim, senhora*, enquanto Skyler, no estilo menino atrevido — porque sua perna quebrada em dois lugares, e que demorava a ficar boa, estava doendo como o diabo, e o joelho também, e a dose matinal de Nixil ainda não tinha começado a fazer efeito —, achou de perguntar *por quê*.

— "Por quê"? Porque a mamãe está mandando, meu bem. A mamãe já explicou: sua irmãzinha não é mais "Edna Louise", e sim "Bliss". Você vai chamá-la de "Bliss", de agora em diante.

— "Bliss" — repetiu Skyler, limpando o nariz que escorria com a borda lateral da mão, como fazem os moleques de rua nos documentários sem disfarces. Não como faziam os meninos de Fair Hills, que apenas davam de ombros dentro de seus paletós azul-marinho do Externato Fair Hills, os quais traziam gravado o brasão heráldico da escola, que incluía um leão empinado, cajados ou clavas cruzados e um livro sagrado do qual brotavam chamas, tudo em miniatura. — "Bliss" é um nome bobo, mamãe. As pessoas vão rir de "Bliss" — e Skyler riu, não muito sem alegria, como que para fazer uma demonstração, mas a mamãe não estava disposta a se divertir com seu homenzinho, não nesse momento.

— Ninguém vai rir da sua irmã, Skyler, eu lhe garanto. A mudança de nome será legalizada assim que nosso advogado puder protocolar os documentos no tribunal, e enquanto isso, apenas trate de chamar sua irmã de "Bliss", um nome muito mais bonito e especial do que "Edna Louise". E não faça caretas bobas de bebê.

Caretas bobas de bebê! Skyler ficou chocado com o fato de sua mãe insultá-lo dessa maneira na presença da babá.

Sabia que a mamãe estava ansiosa para sair, mas puxou o braço dela para perguntar: Eu também tenho um nome novo?, mesmo sabendo muito bem que não tinha; e a mamãe riu e disse:

— Não, meu bem. Por que o papai e eu haveríamos de querer mudar o seu nome? "Skyler" é um lindo nome especial, um nome "exploratório", do qual você deve se orgulhar.

Mas o Skyler sagaz/macambúzio sabia que não haveria nada de que devesse se orgulhar.

“Miss debutante dos patinadores mirins, 1994”

“O DIA MAIS FELIZ DA MINHA VIDA.”

Ou será que foi um pesadelo? Pode escolher!

Não foi Edna Louise Rampike, sem graça/feiosa, e sim a linda/transfigurada Bliss Rampike que fez sua estreia na patinação aos 4 anos, no rinque de Meadowlands, na noite do Dia dos Namorados de 1994, uma noite cheia de vento e neve. Mamãe chorou de gratidão pelo fato de o pessoal administrativo da Patinação Mirim se dispor a fazer a troca de nomes na última hora, mediante o pagamento de uma multa de apenas cinquenta dólares.

Não havia programas impressos no rinque. Não havia lugares marcados. Os ingressos custavam doze dólares por adulto e seis por criança, e as pessoas se empurravam para chegar às arquibancadas. O ar era frio, mas cheirava a morrinha; num corredor externo ao rinque, Skyler tinha visto pilhas de sombrias gaiolas de arame, gaiolas de canil, que iam até o teto. (Devia ter havido uma exposição de cães na véspera. Imperava um mau cheiro de pelo de cachorro, fezes de cachorro e pânico de cachorro.) Vendedores ambulantes anunciavam ruidosamente coisas para beber e comer e material de patinação. No alto havia ofuscantes luzes fluorescentes. Os alto-falantes berravam um Tchaikovsky adocicado e ensurdecedor: a “Dança da Fada Açucarada”. As portas do rinque haviam aberto às 18h e, às 18h45, uma multidão considerável se espremera lá dentro. Havia poucas “lanterninhas” visíveis, e estas eram moças bem-feitas, em trajes de patinação, com sapatos altos de cetim cor-de-rosa e bonés de cetim cor-de-rosa, nos quais se via em letras brancas a inscrição Patinação Mirim — 1994. Parecia haver poucos seguranças, que eram negros mais velhos. O clima era estridente, festivo. Muitas crianças corriam e gritavam, sem ninguém que as vigiasse. Fotógrafos circulavam, irrequietos, assim como indivíduos com câmeras de vídeo, enquanto uma confusa equipe de TV formada por três homens da Rede de Nova Jersey filmava algumas das patinadoras mais velhas e glamorosas, com seus saiotes e os corpetes justos que lembravam maiôs. Mamãe tinha chegado cedo a Meadowlands, dirigindo o Chevrolet Impala a velocidades cuidadosas e hesitantes na autoestrada e murmurando orações fervorosas enquanto o tráfego se arrastava em meio à neve soprada pelo vento; mamãe nos organizara — Bliss, Skyler e Maria — de modo a sairmos de casa às quatro da tarde, e por isso tínhamos chegado cedo e garantido lugares na primeira fila, mas esses lugares seletos corriam o risco constante de ser reivindicados por estranhos agressivos: "Vocês estão sentados aqui? Em todos esses assentos aqui?" Afora um punhado disperso de homens e meninos, o público da patinação era feminino: mães e parentas de jovens patinadores; não eram mulheres do gênero Fair Hills, mas o que mamãe chamava, com um olhar desdenhoso, de "um componente rude de Nova Jersey". O peso dessas mulheres era considerável. Até as mais jovens, até as moças e meninas eram pesadonas. Em meio a essa mistura, Betsey Rampike, com seu casaco de mohair escuro e gola de vison, botas italianas caras e o cabelo preto sedosamente penteado, parecia relativamente esbelta e juvenil. Os lábios de mamãe estavam muito vermelhos e os olhos, úmidos de excitação. Ela discava repetidamente em seu celular um número que não atendia. Dirigindo-se a Bliss, disse:

— O papai vai conseguir chegar, tenho certeza. Ele vem direto do escritório. "Não posso perder a estreia da minha menininha lindérrima e mais mió de todas no gelo!", o papai disse. Ele sabe onde fica Meadowlands, expliquei como fazer para chegar ao rinque. E todas aquelas faixas de PATINAÇÃO MIRIM, não dá para não enxergar. O papai está ansioso por vê-la patinar, Bliss. Mas o novo escritório não é perto da autoestrada como era o antigo. A "Scor Chemicals" fica quase em Paramus, é tão grande que tem até seu próprio código postal! — tagarelou mamãe, nervosa. Bliss parecia desligada, encolhida no banco com seu casaco, de olhos vidrados e trêmula. Quanto barulho! Quanta gente! O Campeonato de Patinação Mirim não se parecia nem um pouco com o Festival de Inverno de Halcyon, orientado para a família. Por que não havia nenhum conhecido da mamãe ali? Nenhuma das outras patinadoras mirins que tinham aulas com Bliss? Trix Chaplin parecia estar esnobando a Patinação Mirim esse ano, porque a pequena Carrie não estava suficientemente bem para estrear. (Será que mamãe havia esperado que sua amiga Trix levasse as filhas à Patinação Mirim para ver Bliss patinar? Para dar apoio moral a Betsey e a ela?) Mamãe estava agitada, ansiosa. Levantava-se a todo momento para espiar a multidão. Não conseguia parar de ajeitar o cabelo de Bliss, que era fino, meio molengo e sem uma coloração distinta; mamãe penteava e afofava a franja de Bliss, ajeitando os prendedores de cetim cor-de-rosa em forma de borboleta. Por baixo do casaco, Bliss estava usando um traje de patinadora que mamãe havia encomendado da loja Miss Lady Champ juvenil: cetim rosa, saiote pregueado com calcinhas cor-de--rosa por baixo, um coraçãozinho vermelho acima do seio esquerdo de Bliss, ou do que seria um seio esquerdo numa menina maior, e asas transparentes. Mamãe não tinha maquiado o rosto de Bliss porque a filha tinha apenas quatro anos, e porque Trix Chaplin lhe havia observado como era "vulgar", como era "inadmissível" que certas mães maquiassem suas filhinhas patinadoras para deixá-las com uma aparência "espalhafatosamente glamorosa", mas nesse momento, já na Patinação Mirim, mamãe percebeu, assustada, que as outras patinadoras debutantes que concorreriam com Bliss pareciam ter sido maquiadas com batom, ruge e até delineador. (Quem sabe então, rapidinho, só um leve toque do batom vermelho-cereja da mamãe? E, para Bliss não parecer de uma palidez tão macabra, como se sofresse de uma pavorosa doença infantil degenerativa, como a leucemia, um toque discreto de blush nas faces, hein? Bliss deu um empurrão débil nas mãos da mamãe, mas não tardou a ceder.) Skyler também andara notando as outras patinadorinhas e suas mães pesadonas, que espremiam os Rampike e Maria em seus lugares na arquibancada. E Skyler notara ainda uns homens solitários aqui e ali, de idades variáveis, mas quase todos na meia-idade, com máquinas fotográficas na plateia. Começou a ficar assustado pela irmãzinha que ia patinar diante de um público tão barulhento. Era verdade que ele não vinha gostando tanto da irmã nos últimos tempos, depois de ela adquirir seu novo nome especial, mas ao vê-la nesse momento, tão pequenina em seu assento, com os pés em patins que não encostavam no chão, murcha e resignada como um dos outros pacientes externos que se tratavam no centro de reabilitação infantil como ele, Skyler aproximou-se para lhe segurar as mãos frias e flácidas e para animá-la, mas, em resposta, Bliss apenas estremeceu. Seus olhos estranhos, penetrantes e vítreos estavam fixados no gelo e ela mal parecia se aperceber do que a cercava. Skyler viu que mamãe não parecia se dar conta de que Bliss estava apavorada, porque mamãe se mostrava distraída com as outras meninas patinadoras (unhas pintadas! brincos de orelha furada! uns trajes tão espalhafatosos! que ideia dessas mães!) e com sua necessidade constante de ficar em pé e olhar para os fundos do ginásio, na esperança de ver um rosto familiar. (Mas Skyler sabia: papai não viria. Se papai não conseguia nem chegar em casa para jantar, na maior parte dos dias, não era provável que dirigisse até Meadowlands; e depois, papai não poria os pés num ambiente tão "ralé", tão "baixo nível".)

— Mamãe, será que a gente não devia ir para casa, antes de começar o programa? — perguntou, puxando a manga do casaco da mãe, mas ela não lhe prestou a menor atenção, porque tinha finalmente avistado uma pessoa conhecida (uma mulher?), alguns degraus acima na arquibancada, e estava de pé, acenando e chamando, só que ninguém acenou de volta.

Abruptamente, no meio de uma nota, o Tchaikovsky em altos decibéis cessou. Anúncios ensurdecedores sobre as saídas de emergência e a evacuação em caso de incêndio foram feitos pelo sistema de alto-falantes. Um sujeito enorme, com cara de lagarto, usando um lustroso smoking preto e uma faixa larga na cintura com corações do Dia dos Namorados, parou sob um spot numa beira do rinque, com um sorriso largo e um microfone na mão. Suas pálpebras pareciam inflamadas e ele usava um tom brincalhão e familiar com a plateia. O cabelo até os ombros, pintado de um tom preto feito breu, fora repartido no meio da cabeçorra. A simples visão desse indivíduo notável provocou palmas na plateia, vivas e assobios bem-humorados. O homem de cara de lagarto agradeceu a atenção com uma exibição de falsa modéstia. Sua voz — um barítono roufenho, sutilmente zombeteiro — arranhou o microfone feito unhas:

— O-*lá*, senhoraz'e senhorez'e o resto de vocês — pausa para as risadas e risinhos —, sou o seu humilde anfitrião nesta competição *perspercaz* não pueril, o Campeonato de Patinação Mirim de 1994: Jeremiah Jericho! — uma onda mais alta de aplausos, risadas e assobios perpassou o ginásio feito água espumante e, diante dela, com certo desconforto por causa da cinta, o Sr. Jericho cara de lagarto fez uma mesura. — E os nossos renomados juízes, VIPs mundialmente famosos do mundo da patinação, voltando à gloriosa Meadowlands para outra noite momentosa...

A um sinal de Jericho, três indivíduos de sexo e idade indeterminados, todos de compleição sólida, vestidos de preto e com uma rosa vermelha berrante na lapela, levantaram-se de seus lugares na primeira fila para sorrir e acenar para o público. Skyler não soube ao certo se tinha ouvido com clareza os nomes dos juízes: Krunk, Snicks e D'Ambrosia?

Enquanto mamãe e as outras mães de patinadoras estreantes preparavam nervosamente as filhas para sua primeira competição, o mestre de cerimônias com cara de lagarto apresentou a Miss Patinação Mirim de 1993, vencedora do "Grande Prêmio" da competição do ano anterior, Tiffany Pirro, de Jersey City, que deu início ao programa com uma vistosa apresentação de patinação/dança, ao som da vigorosa batida tristonha/sensual de discoteca de *I Will Survive* e de aplausos explosivos. Tiffany era uma menina baixa, curvilínea e peituda que não teria mais de 12 anos, mas era muito madura para a idade, tinha cabelos cor de bronze e usava um brilhoso colante azul-real de elastano, um colete de caubói cravejado de diamantes de imitação, um saiote rodado tentadoramente curto, por cima das calcinhas de pele de onça, e numerosos brincos de orelha furada, além de fazer biquinho com os lábios vermelho-cereja. Em impulsos dramáticos, Tiffany desenhou oitos no gelo, deslizou para trás, levantando às costas uma perna bem torneada, fez giros e rodopios abruptos e deu uma cambalhota repentina, que a deixou arfante e deslizando de braços e pernas afastados, se de propósito ou sem querer, não parecia ter importância. E Jeremiah Jericho, com sua cara de lagarto, exortou o público:

— Podem ir ao delírio pela Tiff! Uma salva de palmas para ela!

Houve um contingente de Jersey City que se mostrou especialmente delirante por Tiff e pareceu relutar em deixá-la ir embora, substituída por patinadoras muito menos vistosas/sensuais entre 4 e 8 anos de idade, na competição pelo título de Miss Debutante dos Patinadores Mirins, 1994. Havia nove meninas muito pequenas concorrendo, entre elas Bliss Rampike, em sétimo lugar pela ordem alfabética. As primeiras seis patinadoras eram mais velhas do que Bliss, mas se mostraram trêmulas e assustadas, provocando murmúrios de simpatia e risadas brandas na plateia. Duas caíram quase de imediato. Uma rechonchuda menininha hispânica de 7 anos, pequena beldade de tez morena e sedosas tranças de cabelos negros, conseguiu patinar seu número inteiro, ao som de *I Wanna Be Loved by You*, sem cair nem tropeçar, e foi acolhida com uma resposta entusiástica. E então veio a voz rascante e íntima de Jericho:

— "Senhorita Bliss Rampike"... 4 anos, de Fair Hills, Nova Jersey! Seja muito bem-vinda, Bliss! E vejam se a Bliss, *ora, ora!*, se essa garotinha não é *pe-que-ni-ni-nha*! E *lin-da*!

Embora não houvesse no ginásio um contingente de Fair Hills, que poderia até provocar uns risinhos de desdém, assim que a irmã caçula de Skyler entrou patinando no gelo, a princípio meio nervosa, depois com mais confiança, usando uma roupa de cetim cor-de-rosa toda enfeitada, com corpete de renda, saiote pregueado, meias arrastão brancas e, presas nos ombros, asas de borboleta translúcidas, ou asas de fada, a plateia delirou de entusiasmo. Tão novinha! Quatro anos! Tão *pequenina*! E o incrível, como o público foi notando aos poucos, é que essa patinadorinha mirim sabia mesmo patinar, com a graça e a habilidade de uma criança muito maior; logo se evidenciou, ao ritmo despreocupado de *Over the Rainbow*, que ela patinava melhor do que Tiffany Pirro, com passos deslizantes longos e firmes, giros e rodopios lentos, executados com a precisão de uma boneca mecânica. Bliss tinha um olhar sombrio sob as franjas louras e fofas, e a boca de botão de rosa, pintada pela mamãe sobre sua boquinha pálida, fixou-se num sorrisinho tímido e meigo que não vacilou em momento algum. Foi a patinação de costas de Bliss, um oito desenhado para trás de maneira graciosa, se bem que meio estudada, que mais assombrou o público e provocou salvas de palmas. No rinque de Halcyon, Bliss havia treinado tantas vezes o seu número de seis minutos ao som de *Over de Rainbow*, sob a tutela do olhar atento de Ivana Zuev e de mamãe, e se concentrara com tanto fervor em cada movimento exigido que, ao final dos seis minutos, pareceu ter-se esquecido por completo de onde estava e se assustou com os aplausos, o que lhe rendeu um carinho ainda maior da plateia entusiasmada. Skyler, que havia assistido à apresentação com os olhos semicerrados, à espera do inevitável escorregão, tropeço e queda e do *Ohhh!* da plateia, piscou atônito, tão surpreso quanto a irmã, quando as palmas inundaram o ginásio e muitos espectadores se puseram de pé.

Até Jeremiah Jericho pareceu perplexo:

— Senhoraz'e senhores, esse foi um début realmente *perspercaz*! A resposta de Nova Jersey a Sonja Henie! Bem aqui, no Campeonato de Patinação Mirim de 1994! Ora, que *coisa*!

Já acabara a apresentação de Bliss? Tão depressa? Os fotógrafos, que pouco se haviam interessado pelas patinadoras mirins anteriores, empurraram-se para tirar fotos de Bliss, assustando-a com seus flashes. A equipe de televisão da NJN entrou em ação, reanimada, filmando a garotinha de expressão zonza e sua mãe radiante, que declarou num microfone que lhe empurraram:

— Obrigada, obrigada por seu aplauso, a minha filha é uma patinadora nata, minha filha *será* a próxima Sonja Henie, nós estamos muito gratas por esta oportunidade maravilhosa, este é o dia mais feliz da nossa vida, e acima de tudo eu agradeço a... — mas o microfone da NJN foi retirado antes que mamãe pudesse dizer *Deus*.

De volta a seus lugares ao lado de Skyler e Maria, enquanto a plateia se aquietava aos poucos e Jericho cara de lagarto anunciava o nome da patinadorinha seguinte, mamãe continuou a abraçar Bliss e a puxou desajeitadamente para seu colo, de patins e tudo. As lágrimas lhe escorriam pelas faces, mamãe estava felicíssima:

— Bliss, a mamãe está muito orgulhosa de você. E o papai! Espere só até o papai saber. Você foi muito melhor do que aquelas outras menininhas, *você tem que vencer*. Mas, vença ou não, meu bem, a mamãe ama você. E Deus ama você, e esta noite foi uma prova disso.

Bem junto delas, Skyler tentou insinuar-se no abraço da mamãe. Tentou também se sentir feliz, orgulhoso e animado.

Mas Bliss não tinha caído no gelo? Ao deslizar para trás, se exibindo para a multidão? Então Skyler não tinha visto sua irmãzinha atrevida tropeçar e começar a cair?... E ele fechara os olhos depressa, para não ver. Isso não tinha acontecido?

O RESTO DA NOITE TRANSCORREU NUM DELÍRIO DE CONFUSÃO, agitação e expectativa crescente. Mamãe tentou várias vezes ligar para o papai pelo telefone celular, mas só conseguiu deixar um recado. "Bix, querido! A Bliss acabou de patinar e se saiu muito bem. Querido, o público foi ao delírio com ela! Nossa filha! Se você conseguir chegar aqui até as dez horas, por favor venha, Bix. Você ainda tem tempo, só vão anunciar os vencedores ao final da noite, e se a Bliss vencer sua competição..."

Com uma fome desvairada, eles compraram comida dos vendedores ambulantes — o tipo de alimento que mamãe nunca permitia em casa: cachorro-quente, batata frita, fatias gordurosas de pizza, Cocas gigantes. Bliss cravou os olhos no gelo cintilante, sem parecer enxergá-lo. Skyler ficou muito irrequieto em seu assento. Fingindo que precisava ir ao banheiro, circulou furtivamente pelo ginásio, à procura... seria do papai, que ele sabia que não veria? (Mesmo assim, era preciso procurar.) No banheiro masculino encardido, um homem ainda jovem, de cabelo vermelho-ferrugem e sorriso ansioso, aproximou-se de Skyler, que franzia o cenho para a pia imunda, perguntando a si mesmo se deveria lavar as mãos ou voltar para o seu lugar com as mãos contaminadas, e perguntou:

— Menininho, você está perdido? Ou... está procurando seu papai?

Com brusquidão, Skyler fugiu do banheiro masculino e voltou para seu assento.

As apresentações estavam finalmente acabando. Numa explosão de música amplificada — não o torturado Tchaikovsky, mas um arranjo em forma de rock do *Adágio de Spartacus* —, o enorme Jeremiah Jericho ficou sob o foco de luz para anunciar as vencedoras da noite. Enquanto mamãe agarrava apertadas as mãos de Bliss e Skyler, movendo os lábios numa oração silenciosa, a voz rascante e íntima proclamou:

— Nossa vencedora Debutante do Campeonato de Patinação Mirim de 1994 é... ninguém menos do que a favorita do público, Srta. Bliss Ranpick, de Fair Hills, Nova Jersey! Senhoraz'e senhores, vamos dar uma grande salva de palmas a essa garotinha fan-tás-ti-ca, que inicia uma carreira fan-tás-ti-ca!

Mamãe deu um grito, depois ela e Maria se abraçaram, e mamãe tornou a conduzir Bliss, num estupor de cansaço e tomada de timidez, com os dedos enfiados na boca, para o gelo, a fim de receber do malicioso mestre de cerimônias um buquê de rosas vermelhas que pareciam de cera, uma levíssima coroa "de prata", um também levíssimo troféu "de prata" e uma faixa de cetim cor-de-rosa, que proclamava a rainha das debutantes mirins de 1994. Jeremiah Jericho ajudou mamãe a colocar a glamorosa faixa de cetim atravessada no peito magrela de Bliss, o tempo todo falando com ela em tom jocoso:

— Sra. Ranpick! Onde é que a senhora estava quando o pequeno Jerry Jericho era um sensacional campeão dos patinadores de Jersey City, nos velhos maus tempos do rock-and-roll?

Mamãe enrubesceu, confusa, provocando risadas e um rugido de aprovação da plateia, que pareceu ter decidido, ao ver como mamãe estava profundamente emocionada e como seu rosto jovial reluzia com as lágrimas, que gostava de Fair Hills, afinal. Quando mamãe reconduziu Bliss a seu lugar, os fotógrafos desceram em revoada sobre as duas, apontando as câmeras e flashes para seus rostos, e a equipe de televisão da NJN foi na esteira delas: "Sorria para nós, Bliss! Aqui, benzinho! Sorria!" Pessoas que queriam desejar boa sorte cercaram-nas como se fossem velhos amigos, e o clima era de festança regada a bebidas quando pediram um autógrafo à lourinha de ar atordoado, mas, como Bliss era pequena demais até para escrever o próprio nome, sua mamãe risonha teve de assinar por ela: BLISS RAMPIKE. Entre os indivíduos mais avidamente agressivos da aglomeração estavam diversos homens com videocâmeras, e o mais ansioso de todos era um homem ainda jovem e magricela, de lábios frouxos e elásticos, que se abriam num sorriso apaixonado, cabelo crespo cor de ferrugem e echarpe de seda vermelho-alaranjada enrolada no pescoço, que se curvou sobre mamãe e Bliss para gravar as palavras gaguejantes de mamãe:

— Este... é... o dia mais feliz da minha vida.

A bela mamãe apertou a mão de Skyler também. Com tanta força, que os ossos pareceram estalar. Mas foi uma sensação feliz. Um calorzinho inundou o coração do menino: *A mamãe também gosta de mim.*

Pós-escrito

VOCÊ RECONHECE ESSA PESSOA? *HOMEM AINDA JOVEM E MAGRICEla, de lábios frouxos e elásticos, que se abriam num sorriso apaixonado...* Na verdade, eu não o reconheci. E é provável que mamãe não o tenha reconhecido. No entanto, sabemos pelos desdobramentos posteriores que Gunther Ruscha, na época com 31 anos, tinha que ter estado no rinque de patinação de Meadowlands naquela noite, sentado no centro da primeira fila (sozinho ou com algum companheiro de orientação semelhante?), uma vez que os videoteipes confiscados de sua casa pelos agentes da polícia de Fair Hills viriam a mostrar todas as jovens patinadoras do programa de Patinação Mirim daquela noite, inclusive Bliss Rampike, e mostraram que, quando mamãe meio que carregou Bliss de volta para seu lugar, passando por um enxame rumoroso de gente que queria cumprimentá-las, Ruscha estava segurando a câmera a poucos centímetros delas. Nessa gravação sem nitidez e cheia de chuviscos, o rostinho pálido de Bliss mostra-se frouxo de cansaço, a glamorosa faixa de cetim cor-de-rosa que proclama a MISS DEBUTANTE DOS PATINADORES MIRINS 1994 está torta sobre o corpete da roupa, e o rosto ruborizado de mamãe, com seu formato de lua cheia, brilha de transpiração. Pela fita, parece claro que Gunther Ruscha estava falando com a mamãe e esta o escutava, e que Skyler, perto deles, bem poderia ter ouvido estas palavras exatas: "Parabéns, Sra. Rampike! A sua filha é linda! Uma patinadora nata! Uma campeã nata! A senhora se lembra de mim, do Parque Horace Slipp? Naquele dia, a senhora estava com um lindo menininho patinador, e agora... agora tem uma linda menininha."

"Almas aquosas"

E QUAL FOI O DIA MAIS FELIZ DA SUA VIDA, SKYLER?

Ainda estou esperando.

OS ILHÉUS DE FIJI,* ENTRE OS ABORÍGENES AFORTUNADOS QUE são preferidos pelos antropólogos, dizem que as crianças muito pequenas têm "almas aquosas", o que quer dizer que são indefinidas, indistintas e incompletas, até, numa certa idade, serem atraídas para a rede de relações humanas recíprocas. Ser humano significa não ser "aquoso", mas definido num sistema de parentesco que significa que o indivíduo tem deveres a cumprir, assume responsabilidades e é punido/premiado de acordo com isso.

Punido, pelo menos! Com certeza.

Por isso eu me pergunto: será que a Bliss, que morreu tão pequena, chegou a adquirir uma alma humana? Será que o Skyler, que morreu tão pequeno — desculpe-me, que não morreu tão pequeno, mas "sobreviveu" — chegou a adquirir uma alma humana?

---

* Impressionou-se com a minha erudição? Talvez não. Mas essa pérola de informação científica é impressionante para mim. A proposição é alucinante: *Fora da cultura humana não existe natureza humana*. Será possível? Será possível que eu, Skyler Rampike, para adquirir mais do que uma simples alma aquosa e informe, deva me religar de algum modo ao resto de vocês, ou a alguns de vocês? De algum modo?

A informação foi extraída de *A interpretação das culturas*, do renomado antropólogo Clifford Geertz, que ontem eu estava lendo — bem, para dizer a verdade, folheando — numa livraria local; é melhor confessar logo: sou um de vocês, dos piores de vocês; raramente compro um livro, nem mesmo em brochura (não posso pagar), fico parado nos corredores das livrarias, bloqueando a passagem dos clientes sérios.

Ou então, quem sabe: será que a Bliss foi a única de nós a adquirir uma alma humana?

Faz um coraçãozinho vermelho pra mim, Skyler   igual ao seu!

A mamãe não vai saber

E então me vem a compreensão: ah, se a Bliss tivesse perdido aquela primeira competição em Meadowlands! Ah, se (como o invejoso Skyler meio que havia desejado) aquela gracinha de menina de 4 anos não houvesse executado o seu número de patinação feito uma boneca de corda, mas tivesse escorregado e caído lindamente com seu bumbunzinho! Seria muito provável que minha irmã ainda estivesse viva. Estaria chegando a seu aniversário de 17 anos. Talvez estivéssemos juntos, neste exato momento. Ou talvez separados, mas ambos vivos. Talvez o nome dela houvesse tornado a ser Edna Louise.

EMPURRADO

— SKYLER, PROCURE NÃO MANCAR. VOCÊ PODE ANDAR DE maneira perfeitamente normal, se fizer um esforço. E, por favor, não se sacuda nem se contorça, e não fique fazendo essas "caras de dor"; isso só vai deixar as pessoas deprimidas e querendo evitá-lo — disse mamãe, cujo jeito com Skyler passara a consistir em repreensões e pitos delicados. Mas mamãe sempre se curvava para beijá-lo e lhe dar um abraço ligeiro, para mostrar que ele ainda era seu *homenzinho*. Era, sim!

Por favor, não pense que Skyler foi negligenciado pelos pais, à medida que a estrela de sua irmã subiu tão depressa naqueles anos agitados de 1994 a 1997. (Estrela sobe? Talvez eu queira me referir a meteoros.) Os detratores de Betsey Rampike, sem saberem nada de nossa família, querem dizer que ela e papai me ignoraram para se concentrar na Bliss, mas isso não foi verdade, não exatamente. Digamos apenas que Skyler foi empurrado para o segundo lugar.

Segundo de dois. O que há de vergonhoso nisso?

Mas é verdade que a mamãe não mais levou Skyler para suas voltinhas de carro juntos, porque estava ocupada com a Bliss. Era Maria quem o ajudava a se arrumar para a escola de manhã e cuidava para que ele levasse seus remédios, e era Maria quem preparava muitas refeições do Skyler, quando não parecia haver mais ninguém em casa; era Maria que o levava para suas temidas sessões de terapia no Centro de Reabilitação de Fair Hills, segurava-lhe a mão e o consolava, insistindo, num inglês de sotaque carregado, em que *Sim!* Skyler estava melhorando, logo voltaria a andar normalmente; e Skyler dizia com ar grave, fazendo uma de suas caras franzidas de dor: "Você deve achar que eu sou mesmo um garotinho idiota, pra acreditar em você", o que levava Maria a enrubescer até a raiz do cabelo grosso e negro. Agora a mamãe preparava a Bliss para a escola e ia levá-la de carro; é claro que mamãe supervisionava as aulas de patinação de Bliss (depois da severa Ivana Zuev veio Olga Zych, morbidamente animada, outra medalhista olímpica), e também a levava às competições de patinação, a princípio em Nova Jersey, mas, com o tempo, à medida que a estrela de Bliss continuou a subir, a locais mais distantes. *Tão alto quanto as asas dela a sustentarem, meu Jesus! Em Vosso nome, amém.*

O complicado novo emprego de papai na Scor Chemicals Inc. o tirava ainda mais de casa (para ir a Tóquio, São Paulo, Stuttgart, Cingapura) do que o antigo cargo na Baddaxe Oil, mas, quando ele estava em casa, em nossa casa da alameda Ravens Crest, como papai exclamava, *ele estava em casa* mesmo. "Cadê a Bliss, a minha menininha mais mió de todas?" Cadê meu garotão, o Sky-Boy? Adoro vocês, crianças!" A cabeça de bisão desgrenhado do papai se abaixava para dar um beijo, os olhos emotivos do papai ficavam marejados de lágrimas sentimentais, e o papai cambaleava pelas portas, esfregando vigorosamente as mãos e olhando fixo para Skyler e Bliss, como se tentasse lembrar quem nós éramos e por que gostava de nós. Espremiam-se às pressas nos fins de semana as festas da família Rampike e os passeios da família Rampike; se papai estava com disposição para brincar, havia brincadeiras impetuosas de esconde-esconde no labirinto da casa enorme, o que aborrecia mamãe a ponto de quase levá-la às lágrimas: "Bix, e se a Bliss se machucar nessa brincadeira boba? Ela não é só uma menina comum, a nossa filha é a Bliss Rampike." Papai lamentava sinceramente ainda não ter arranjado tempo para ver Bliss patinar, a não ser em videoteipe, numa das telas gigantescas de TV da sala de recreação; na primeira vez que viu sua filhinha patinar com habilidade tão inesperada, papai ficou olhando fixo, atônito, passando as mãos pelo cabelo duro e espetado e com um sorriso estúpido: "Puxa, essa é a minha filha?" Ao que mamãe retrucou, com um sorriso severo de reprovação: "Nossa filha."

Papai também passava bons momentos com Skyler. Passava, sim!

Assistia com ele aos esportes na televisão nas tardes de fim de semana, embora o menino chateasse o pai por nunca parecer saber que diabo estava acontecendo nos jogos, remexendo-se, irrequieto; levava o garoto a suas sessões de fisioterapia, ou ao cirurgião ortopedista pediátrico mais recente, ou às luxuosas instalações do escritório de advocacia Kruk, Burr, Crampf & Rosenblatt, onde, num resmungo hesitante que exasperou Bix Rampike, seu filho deu um "depoimento" a ser aprimorado pelo arguto Morris Kruk como a dramática peça central do processo de 6 milhões de dólares movido por Bix Rampike contra a Academia & Ginásio Poliesportivo Medalha de Ouro e seu (ex-)empregado Vassily Andreievitch Volokhomsky.* E, ao voltar do escritório de Kruk num dia de ventos tempestuosos, o papai fez confidências a Skyler, como que num impulso; vejamos um *close-up* do papai Bix grandalhão fazendo confidências calorosas ao filho Skyler nanico, amarrado a seu lado no banco do carona do jipe Crusher do papai:

— No meu modo de ver, Sky-Boy, nunca é cedo demais para um homem começar a conhecer as regras de combate no campo de jogo. Você está com o quê: 9, 10 anos? Só 8? — e os olhos do papai caloroso turvaram-se por um momento, depois se desanuviaram — ... mesmo assim, nunca é cedo demais para nós nos sentarmos, um dia desses, talvez com a mamãe também, com o seu "estrategista de carreiras" naquela escola chique para onde nós o mandamos, e saber qual é o progresso que você tem obtido nesse tal de PLI, ou seja lá que diabo for: o tal "programa acelerado" de estudo. A mamãe disse: "O Skyler não parece gostar da escola", "Os professores do Skyler dizem que ele não tem ficado à altura do seu potencial", "A perna do Skyler não parece estar melhorando como devia", "O Skyler não parece ter muitos amigos", e eu não vou dignificar toda essa angústia de mãe neurótica, perguntando a você à queima-roupa, filho, se há alguma verdade nisso; vou presumir que a mamãe está exagerando, para criar um efeito dramático, como a mamãe às vezes faz. O resumo da história é este: "Amanhã é a porcaria do primeiro dia da sua nova vida, portanto, não estrague tudo." Vamos dizer que você queira seguir os passos do papai nos desafios do mundo empresarial, ou talvez queira fazer seu caminho independente no direito, ou na medicina, em produtos farmacêuticos

* Essa ação de indenização por danos físicos, muito contestada pelos advogados contratados pela empresa Academia & Ginásio Poliesportivo Medalha de Ouro Ltda., viria a ser objeto de um acordo fora dos tribunais, por uma soma não revelada, que em alguns círculos os boatos diziam ter ficado entre 350 mil e um milhão de dólares, dos quais o menor "permanentemente afetado", Skyler, o menor dos menores, nunca viu um tostão. (Você acha que o papai Bix guardou o dinheiro para custear os estudos do Skyler numa faculdade da Ivy League? Bonita ideia.) E, pouco depois, a Academia & Ginásio Poliesportivo Medalha de Ouro desapareceu do nosso shopping local e caiu no esquecimento na memória local.

da biotecnologia... você vai precisar de uma instrução de primeira para entrar nesses campos, e de uma sólida rede de contatos para ajudar a facilitar o caminho. A sua geração, cara!, vocês vão ter que ser mais inteligentes que os seus pais. *Homo homin lupus*. É uma frase que o meu pai costumava citar, sabe o que significa? É grego, corresponde a "o lobo é amigo do homem". Significa que você tem que ser homem o bastante para atrelar o lobo, filho, o sangue de lobo que corre pelas suas veias "civilizadas" de Rampike...

Nesse momento tenso, para alívio de Skyler, papai foi interrompido pelo som do telefone do carro.

E, quase todos os domingos, nós, os Rampike, íamos juntos à igreja.

Na Igreja Episcopal da Trindade, com seu jeito meio britânico e antiquado, sob o olhar risonho e benevolente do padre Archibald Higley, os Rampike tornaram-se, ao longo da carreira "meteórica" de minha irmã, uma presença luminosa, quase no centro de seu banco na terceira fila. Como eu já disse, mamãe e papai eram cristãos do tipo mais norte-americano que há: acríticos e inflexíveis. Mamãe raramente falava de sua família de origem, mas fora criada como cristã, é claro, como papai. O sucesso mundano certamente é um sinal da graça divina aos olhos da maioria dos cristãos — independentemente do que tenham pregado velhos teólogos meticulosos como Joshua Rampike, o ancestral puritano de papai — e, como Bliss Rampike começou a ser percebida como especial, a família Rampike também foi percebida como especial; como os Rampike eram membros da congregação da Igreja Episcopal da Trindade, a congregação foi percebida como especial. E em especial o reverendo Higley, nosso pastor espiritual, foi percebido como especial. Deus abençoe a todos. Amém.

Que mistério! Aos 8 anos, Skyler foi levado a ver a suprema ilogicidade do mundo dos adultos: sua irmã caçula tinha o poder de conferir um caráter "especial" a outras pessoas, inclusive aos estranhos que entravam em sua órbita, embora a própria Bliss fosse tímida, insegura, cheia de dúvidas a seu próprio respeito e temerosa de cair no gelo, como todos os patinadores.

Se eu cair, Skyler, ninguém vai gostar de mim!

E o cruel Skyler dizia: *Então, é melhor não cair, Bliss.*

* * *

CLOSE-UP DOLOROSO NO CARRO DE MAMÃE, SAINDO DA AUTOESTRADA de Nova Jersey, seguindo no rumo sul para o condado de Cumberland, e mamãe falando em seu telefone celular com a voz da nova mamãe, que agora não tremia de hesitação, apreensão e pavor, mas de entusiasmo e confiança empresariais, e Bliss sentada a seu lado, imóvel como uma boneca de trapo, com uma roupa justa de patinação por baixo do casaco de inverno.

O cabelo recém-encrespado de Bliss reluzia num louro espantosamente claro, e seu rosto fora maquiado numa artística imitação de rosto de boneca de porcelana, com uma boquinha "beijável" cor-de-rosa em formato de botão de flor. Bliss fitava pela janela do carro a bruma sépia da Nova Jersey urbana, que passava num borrão de sonhos batidos, em rápida e desarticulada sequência, e Skyler pensou com cruel satisfação: *Agora ela está com medo, sabe que hoje vai cair*, e Bliss estremeceu, encostando a testa na janela, como se alguma coisa naquela paisagem fragmentada e evanescente fosse de importância crucial, e Skyler (que fora levado junto para dar apoio fraterno à pequena Bliss e ser o copiloto encarregado de ler os mapas para a mamãe, que ficava irremediavelmente perdida em imensas rodovias interestaduais como a autoestrada de Nova Jersey) foi instado a perguntar, em tom de calma, para disfarçar a inquietação que sentia, aonde eles estavam indo, e a mamãe, que acabara de concluir sua conversa no celular, disse, em sua nova voz animada de mamãe:

— Ao Monumento à Guerra na rua do Forte, em Pennsauken; é lá que vai se realizar hoje o Campeonato Feminino do Estado-Jardim de Jersey.

Esforçando-se para enxergar sob a luz fraca e segurando o mapa junto aos olhos lacrimejantes, Skyler localizou a saída para a rua do Forte e orientou mamãe a sair da autoestrada, em busca daquela coroa cintilante, ou do título ou do troféu folheado a prata: "Miss Debutante do Ano entre as Patinadoras Mirins de Nova Jersey", "Miss Realeza Mirim de Nova Jersey, 1994", ou "Miss Princesa Júnior do Gelo, 1994".

Honrarias que, com o tempo, Bliss Rampike conquistaria. E muito mais!

Aventuras em encontros lúdicos — I

> **Encontro lúdico (loc.sub.).** Encontro arranjado por adultos, no qual se reúnem crianças pequenas, em geral na casa de uma delas, com o objetivo premeditado de "brincar". Característico da vida nos subúrbios residenciais da classe alta da América contemporânea, nos quais a "vizinhança" deixou de existir e as crianças já não entram e saem das casas das "crianças vizinhas" nem brincam em "quintais". Na ausência de calçadas nos "condomínios fechados", as crianças não podem "andar" até o local de seus encontros lúdicos, tendo que ser transportadas por adultos, em geral as mães. O "encontro lúdico" nunca é iniciado pelos participantes (isto é, as crianças), mas apenas por suas mães.

PARA OS LEITORES — MILHÕES, POTENCIALMENTE! — QUE TÊM um ávido interesse pela ascensão social nos subúrbios residenciais norte-americanos por meio de encontros para brincar, este é o capítulo que eles estavam esperando. Isto porque, num dos cômodos do segundo andar de nossa casa, onde mamãe havia criado um "espaço particular" para ela, havia uma escrivaninha chique que brilhava com o que parecia ser um laminado plástico vermelho-batom e, numa gaveta central dessa escrivaninha, havia uma folha grande de cartolina cor-de-rosa usada no jardim de infância, que continha uma pirâmide de nomes cuidadosamente grafados à mão, alguns circundados por bordas, outros distinguidos por *, ** ou ***, com misteriosos códigos e setas que se cruzavam, tudo intrigante para o olhar à primeira vista, mas que, como qualquer quebra-cabeça enigmático, rendia-se aos poucos ao escrutínio obsessivo da pessoa, a exemplo de Skyler Rampike, de 8 anos, que concentrava sua atenção nisso como se sua vida dependesse de ele decifrar o código. Por solidão/curiosidade mórbida precoce, era comum Skyler apanhar-se no quarto perfumado e de decoração colorida da mamãe quando ela não estava, e não tinha vergonha de vasculhar as coisas da mamãe, descobrindo na gaveta do meio esse documento a que mamãe dera o título de *FAFH* em letras altas, talvez com o significado de "Futuros Amigos em Fair Hills", e cujo sentido pungente até mesmo um garoto de 8 anos, recém-diagnosticado com uma dislexia incipiente, era capaz de discernir. Uma pirâmide de sobrenomes meticulosamente construída, como em

STEADLEY WHITTAKER WHITTIER McGREETY
KRUK HAMBRUCK FRASS STUBBE DURKEE O'STRYKER
FENN McCONE HOVER GRUBB MARROW KLAUS BURR KLEINHAUS

e assim por diante, até a base da folha de cartolina cor-de-rosa, na qual os nomes eram mais abundantes e (era-se forçado a pensar) menos distintivos e ilustres. Não fiz nenhuma tentativa de reproduzir aqui os numerosos códigos ligados a esses sobrenomes, como por exemplo IG (igreja?), BX (Bix? Contatos de Bix), SK (Skating?), HOS (Corpo Auxiliar do Hospital de Fair Hills, uma das mais acessíveis organizações locais de "prestação de serviços", predominantemente composta de senhoras ricas e meio ociosas de Fair Hills), FHCC (Fair Hills Country Club?), PHTAC (Pebble Hill Tennis Club?), SGGC (Sylvan Glen Golf Club?), CFV (Clube Feminino do Vilarejo de Fair Hills?) ou EFH (Externato Fair Hills?). A alguns deles, em especial ao elevado McGreety, fora acrescentado o enigmático código EL: *encontro lúdico.*

— SKYLER! POR FAVOR, PROCURE NÃO MANCAR, NÃO SE CONTORCER nem fazer aquelas assustadoras "caras de dor"! O encontro lúdico é uma *ocasião divertida*.

Deve ter sido em março de 1995 que isso aconteceu. Quando Skyler mal havia completado 8 anos, estava na terceira série do Externato Fair Hills e sua perna quebrada em dois lugares ainda não estava completamente curada, mas o acordo fora dos tribunais com a Academia & Ginásio Poliesportivo Medalha de Ouro tinha sido fechado. (Por uma soma "não revelada", como observou discretamente o *Fair*

Hills Beacon); quando o papai viajava toda semana, em missões de negócios da Scor Chemicals, uma agressiva empresa de propriedade norte-americana que, nas palavras de papai, havia entrado em "nossa fase global". Foi a temporada aflitiva em que Bliss começou a patinar em competições regionais nas quais, quando não tirava o primeiro lugar, saía em segundo ou terceiro, embora suas rivais tendessem a ser muitos anos mais velhas; uma temporada em que Bliss deixou de frequentar a escola com seus coleguinhas de turma e recebeu "aulas domiciliares" de uma sucessão de preceptores, sob a supervisão da mamãe. (Bliss: "Eu estou com saudade da escola, mamãe! Sinto falta das minhas professoras e si-sinto saudade das minhas a-amigas." Mamãe: "Não seja boba, queridinha: você vai ter uma porção de amigas patinadoras, vai fazer contatos profissionais para a vida inteira. Querida, você é uma menininha de muita sorte!")

Dedicada como era ao "desabrochar" da carreira da filha, Betsey Rampike estava decidida a proporcionar "contatos sociais" a seu problemático filho Skyler, que parecia praticamente desprovido de amigos, ou, pelo menos, carente do tipo de contatos valiosos que mamãe desejava para ele, e cujos sobrenomes tinha escrito à mão nos mapas de cartolina cor-de-rosa. Vamos dar um zum numa cena de tipo televisivo entre mamãe e Skyler:

— "McGreety". Ouvi dizer que há um menino chamado McGreety na sua turma, é verdade, Skyler? — e uma luz astuta infiltrou-se nos olhos castanhos e líquidos de mamãe, embora Skyler resmungasse uma resposta fungada cuja intenção era desestimular. Mas a mamãe sagaz persistiu: — Como é o primeiro nome desse menino, Skyler? — e ele, contorcendo-se e antevendo aonde esse diálogo ia acabar, não teve alternativa senão fazer a revelação: — T-Tyler.

E mamãe disse, ansiosa:

— "Tyler McGreety". Ele deve ser filho de Tyler McGreety, o "mago das finanças", e a mãe dele deve ser a Thea, não é? Theodora? Aquela cuja foto está sempre na seção de Estilo do jornal. Tenho certeza de que já encontrei a Sra. McGreety pelo menos uma vez.

Tyler, Skyler. Até a rima era de mau agouro.

Agora, corte e avanço rápido, com elegância, para o momento em que mamãe levou Skyler a seu encontro lúdico no solar de estilo normando francês dos McGreety, na alameda East Camelot; close-up no rosto decepcionado de mamãe, em seus olhos castanhos magoados, piscando de perplexidade, quando ela foi recebida na maciça porta de entrada não pela ilustre socialite Theodora McGreety, mas por uma governanta de tez morena, que disse, numa simulação forçada do sorriso insincero/gracioso de sua patroa gringa:

— Madame Ranpick? Madame McGreety "lamenta" não estar em casa para lhe "dizer olá". Pediu que a senhora volte às cinco horas da tarde, por favor, para buscar seu filho, obrigada.

Mamãe sorriu bravamente. Empurrou Skyler para o interior da casa, para ser recebido por um menino de rosto anêmico e sorriso zombeteiro que espreitava num vão de porta — Tyler McGreety, que resmungou em tom quase inaudível:

— Oi.

Tyler, Skyler. De cara fechada, os dois garotos de 8 anos se encararam. Mamãe deu um beijo de despedida em Skyler.

— Divirtam-se, meninos!

UMA VEZ NO ANDAR DE CIMA, NO QUARTO DELE, QUE TINHA O dobro do tamanho de qualquer quarto de criança que Skyler já tivesse visto, com um banheiro anexo e uma banheira de hidromassagem, Tyler abrandou-se um pouco e convidou Skyler a "olhar onde quiser por aí, e se achar alguma coisa que tenha vontade de fazer, faça". Tyler esparramou-se em sua cama, observando Skyler com aqueles olhinhos muito juntos e borrados que ele achava desconcertantes. (Como no caso da cama, a maioria das superfícies disponíveis estava coberta de objetos com jeito de serem caros e abandonados: brinquedos motorizados que funcionavam com pilhas, jogos eletrônicos, reproduções de foguetes espaciais e mísseis, Robô-Boy, Exterminador, Star-Boy, modelos assustadoramente realistas de dinossauros, e répteis voadores pré-históricos do tamanho de ratos. Alguns desses objetos estavam em prateleiras, outros em peitoris de janelas, alguns no chão.) Skyler tropeçou — seria possível? — numa boneca sem cabeça do tamanho aproximado de um bebê de verdade, com a barriga aberta como que por uma faca afiada, de uma borracha cujo tom era incrivelmente parecido com o da vida real. Com um risinho afetado, Tyler disse, da cama:

— Pode tirar a Dolly da frente com um chute, Sky. Nem esquenta.

Skyler estremeceu e recuou. Tinha a intenção de se ocupar com um dos veículos de brinquedo motorizados, ESQUADRÃO DA

MORTE DOS EUA; não era isso que podia fazer o convidado normal de um encontro lúdico? Como Tyler lhe informou, ele era filho "único":

— A mamãe e o papai são meio velhos, sabe. Especialmente o papai, o "mago das finanças", como é chamado pelo pessoal. Eles me tiveram, sabe, e resolveram fechar o expediente — e Tyler riu, achando divertidíssimo. Skyler riu, polidamente. — E você?

— E-eu? Eu o quê?

— Sky, você é meio, sei lá, "deficiente mental"? Você vive perguntando "o quê".

— Não. Só não sei o que você está perguntando.

— Eu estava perguntando se você faz parte de uma "prole", ou se é "unigênito" como eu.

Skyler não teve certeza. Essas palavras lhe soaram incomodamente clínicas, como algo que a gente entreouve o cirurgião ortopedista dizer a nossos pais e gostaria de não ter ouvido.

Com exagerada paciência, como se falasse com um idiota, Tyler perguntou se Skyler tinha irmãos ou irmãs, e Skyler se apressou a dizer que sim:

— A minha irmã é a Bliss Rampike.

Tyler fez um barulho grosseiro com a boca:

— E daí? O que é "Bliz Rampuke"?

Skyler ficou chocado. Para quem usava um alfinete do PILS na lapela e era filho de pais ricos, o Tyler McGreety era de uma grosseria inesperada. E como era possível que nunca tivesse ouvido falar de Bliss Rampike? Mamãe ficaria pasma. Mamãe ficaria incrédula. Na casa dos Rampike, passara-se a crer que praticamente todo mundo em Fair Hills, se não em toda Nova Jersey, conhecia Bliss Rampike, a patinadora-prodígio de 4 anos...

Tyler foi dizendo, com ar filosófico:

— Sabe, Sky, é mais negócio ser filho único. "Unigênito." Os pais se concentram em *você*. Ou, quando não se concentram, por estarem muito ocupados, eles sabem que deviam, e a gente pode usar isso para tirar vantagem. Que nem isso tudo aqui — e Tyler fez um gesto negligente, abarcando as centenas (milhares?) de dólares de brinquedos caros espalhados pelo quarto —, para não falar no dinheiro. A mamãe vive resmungando, "Tyler, por que você não convida os seus amiguinhos da escola para virem aqui, como fazem as crianças normais?", mas a minha impressão é que, no Externato Fair Hills, ninguém tem tanto tempo assim de folga. Não no currículo do PILS, com certeza — completou. Mordeu o lábio inferior, deu um risinho e, em seguida, com franqueza infantil, soltou: — Como foi que você ficou aleijado?

Skyler foi inteiramente apanhado de surpresa e gaguejou:

— Eu na-não sou. Não sou aleijado.

— Não é uma ova! Todo mundo na escola sabe que você manca.

— Eu não *manco*. Não sou *aleijado*.

— E também gagueja.

— Na-não, e-eu não.

— A sua perna direita é mais curta que a outra? Leva jeito de ser esse o problema.

Nesse momento, Tyler examinava Skyler com ar pensativo. Sem risinhos.

Skyler protestou:

— *Não é*, não. Não tem *problema* nenhum.

— Posso examinar sua perna? Eu estou no preparatório para medicina.

Skyler se encolheu, afastando-se.

— N-não.

— Ei, cara, não vou te machucar. O que eu ia fazer era assim, tipo medir as duas pernas. Como é que isso pode machucar?

— Eu disse que não. Fique longe de mim.

— Tem um exame que é supergenial, Sky: o neurologista espeta uns alfinetes na gente, em "extremidades" como os dedos dos pés, pra ver se a gente tem alguma "sensação". É assim que nem um jogo, tipo, se você sente o alfinete, finge que não sente. A gente não pode experimentar?

— Não.

Skyler sentiu-se ofendido, indignado. Durante todos aqueles meses, acreditara que tinha disfarçado a coxeadura... Como as crianças normais, andara fazendo as aulas de EF, a temida Educação Física.

Como um ansioso jovem médico em formação, Tyler insistiu, perguntando se o problema da perna de Skyler era "congênito" ou "relacionado com um acidente", e Skyler se ouviu admitir: sim, sua perna havia quebrado em dois lugares quando ele tinha 6 anos, o joelho também ficara "ferrado", mas ele tinha feito uma cirurgia para consertá-lo e a perna estava "quase boa", ele nunca mais havia usado muletas e quase nunca precisava de bengala...

Tyler perguntou como isso tinha acontecido e Skyler respondeu, sem jeito:

— Eu estava tr-treinando pra ser ginasta. Caí.

Tyler riu.

— Ginasta? Você?

— Era o que o meu pai queria que eu fizesse. Foi ideia dele.

Isso Tyler podia respeitar. As ideias paternas que dão errado.

— Pô, Sky, eu também sou aleijado. Você é capaz de guardar um segredo?

É claro.

— Desde a pré-escola, eu sou PSCS — confessou o menino, com orgulho mal disfarçado, mas Skyler não fazia ideia do que significava PSCS.

— *Você* não é? — indagou Tyler, parecendo decepcionado. — Achei que sim, do jeito que você age na escola, meio esquisito, cheio de tiques, nervoso e emburrado, pensei que você era um dos nossos: os Portadores da Síndrome da Criança Superdotada.

Criança Superdotada! Skyler viu-se forçado a se perguntar: será que ele *era* assim? É que havia uns fatos a seu respeito que só eram conhecidos pelos administradores da Fair Hills e pela mamãe, que raramente lhe dizia os resultados dos muitos exames que ele tivera de fazer desde o jardim de infância, tanto "cognitivos" quanto "psicológicos", só dos testes que a mamãe tomava providências para ele fazer, em certos casos mais de uma vez, no esforço geral e incessante de *aumentar sua pontuação.*

O esforço para *aumentar a pontuação*! As crianças de Fair Hills entendiam que era preciso uma vida inteira para isso.

Skyler perguntou o que era "síndrome" e o Tyler lhe disse, com precisão clínica:

— "Síndrome" é uma coleção de "sintomas", aparentemente relacionados, mas possivelmente não, que se aglomeram. Quanto mais sintomas, maior é o "quociente patológico" do sujeito. Alguns garotos da nossa turma que são PSCS são só do nível D; eu sou do nível A — e Tyler fez uma pausa, para deixar que esse dado fosse absorvido. Com ar compungido, Skyler contou que acabara de ser classificado como tendo "DI" e "TIDA" (embora, para ser exato, tivesse sido classificado um infinitésimo abaixo do diagnóstico de "TIDA"). Tyler não pareceu se impressionar muito:

— "Dislexia Incipiente" e "Transtorno Incipiente do Déficit de Atenção". Claro. Mas, nos sujeitos com SCS com um quociente elevado, você tem esses distúrbios e ainda por cima, no mínimo, um Q.I. de 155. (Não é legal a gente revelar o Q.I., Sky. Então, não revele o seu!) Eu tenho um tal número de sintomas em aglomerados, tanto "intermitentes" quanto "crônicos", que o meu neurologista pediátrico do Hospital Presbiteriano de Columbia e o meu psiquiatra pediátrico do Robert Wood Johnson estão escrevendo trabalhos sobre mim. Não sei se você notou, Sky, mas o meu olho esquerdo não fica alinhado com o direito, viu? É como se eu olhasse para dois lugares ao mesmo tempo, mas acontece que o meu cérebro só pode processar um campo visual de cada vez. "Que criança estranha", foi isso que o diretor Hannity comentou a meu respeito com a mamãe, e pode ter certeza de que ela repetiu isso pela cidade toda. (A mamãe sofre de "SCR, Síndrome de Compulsão à Repetição". Especialmente quando é alguma coisa que ela sabe que não devia repetir. A pobre coitada não consegue evitar, e por isso eu procuro não pôr a culpa nela.) Fui diagnosticado com uma "deficiência cerebelar" que resulta em "má coordenação motora", e por isso eu tenho dispensa médica permanente da EF, enquanto o resto de vocês têm que ficar grassando do lado de fora, no frio, chutando uma bola idiota de futebol. (Você sabia que as "bolas" originais dos esportes jogados em campos eram cabeças humanas? Cabeças decapitadas dos inimigos. É ou não é demais?) Se você tentasse, podia conseguir o status de "DMP" na escola: "Dispensa Médica Permanente." Mande a sua mãe fazer uma pressão no Hannity; afinal, você é aleijado.

Skyler estremeceu: não era aleijado.

E protestou: queria fazer as aulas de ginástica como os outros caras, queria ser normal...

— Garotos esquisitos como nós nunca podem ser "normais" — rebateu Tyler, com ar convencido. — A nossa geração é um novo tipo de "desenvolvimento evolutivo", como diz o meu psiquiatra. "Normal" é só "médio", não é legal. O meu diagnóstico mais recente é de "MAP"– "Melancolia Aguda Prematura", que costuma ser uma doença do fim da meia-idade; eles acham que é genético, porque o Ty pai também teve isso a vida inteira. Você também leva jeito de quem tem MAP, Sky: essa espécie de expressão enfezada e na fossa que você tem no rosto, como se tivesse engolido uma coisa nojenta de verdade e não conseguisse cuspir. Quer experimentar uns remédios meus? São supergeniais.

Skyler protestou debilmente que era melhor não tentar, já tinha seus próprios remédios, que tomava três vezes por dia, e não convinha misturá-los. Pela primeira vez, Tyler cravou nele um olhar de interesse genuíno:

— *Você* toma remédios? De que tipo?

Quando Skyler lhe falou do Nixil, mas dizendo que o médico vinha reduzindo a dose receitada, Tyler comentou:

— O Nixil é legal. Mas você já experimentou o Excelsia, esse novo antidepressivo que a FDA acabou de aprovar? A mamãe e eu gostamos muito do Excelsia.

Com súbita energia, Tyler levantou-se da posição esparramada na cama desfeita, entrou com passos pesados no banheiro e voltou com a mão cheia de embalagens plásticas de comprimidos, que dispôs reverentemente em cima da cama, sacudindo amostras de pílulas. Com um resmungo, também remexeu embaixo do colchão para pegar seu "tesouro": uns 12 ou mais "psicotrópicos" que ele havia pilhado dos armários de remédios de outras pessoas, inclusive dos pais. Além disso, Tyler trocava remédios com outros garotos na escola. Como Tyler fez lembrar o gorduchinho voraz que mostra a um amigo sua preciosa coleção de bolas de gude! Só que, em Fair Hills, as crianças já não colecionavam bolas de gude.

— "Tranquilizantes", excitantes, "relaxante muscular", Ritalina. Um velho clássico: Dexedrina. Essas cápsulas de cor esquisita são da receita da mamãe.

Skyler fitou as pílulas verdes brilhantes, as cápsulas de um verde opaco, comprimidos brancos feito giz, pílulas amarelas gorduchas, minúsculos comprimidos de cor bege e outros de aparência letal, cor de sangue desbotado. Um ou dois deles lhe pareceram familiares, analgésicos ou sedativos dos meses de pesadelo que se haviam seguido à sua queda na academia. Por que não? Talvez Tyler McGreety gostasse mais dele e quisesse se tornar seu amigo, e a mamãe ficasse contente com ele, como fazia algum tempo que não ficava. Skyler engoliu um comprimido verde brilhante, um amarelo gorducho e dois de aparência sangrenta letal. Tyler, observando, soltou um assobio fino entre os dentes e pareceu prestes a detê-lo, mas não o deteve.

— Legal, Sky. Demais!

Tyler pegou uma das cápsulas cor de sangue desbotado e a engoliu a seco.

Seguiu-se então, com as derrapagens rápidas, os cambaleios e os pulos de um filme acelerado, um período indeterminado durante o qual o coleguinha falastrão de Skyler lhe fez confidências, com a respiração úmida pela boca aberta, "... obcecado com a ideia de eu 'seguir os passos dele', e é por isso que estou estudando álgebra este ano e comecei a estudar mandarim, e sou o único aluno da terceira série que está no PILS, numa turma de babacas da quinta e da sexta...", enquanto Skyler começava a experimentar uma sensação muito estranha de zumbido/murmúrio/vibração na base do crânio, muito provavelmente no cerebelo, e um batimento instável do coração descompassado, feito uma mariposa presa numa teia de aranha. "... o papai 'deseja muito' que eu seja um 'mago das finanças' como ele, faça o bacharelado em Yale como o velho, seja membro da sociedade Skull and Bones como o velho, curse administração na Wharton School e, depois disso, a 'McGreety Père et Fils, Inc.'... delírios de grandeza! Só que o Ty Junior tem seus próprios planos sobre o que vai fazer da sua vida esquisita de portador de SCS, sabe..." A boca do Skyler ficara seca feito giz. Seu coração-mariposa palpitava dentro da caixa torácica. E o mais estranho era que as conhecidas fisgadas de dor em suas pernas pareciam ter sumido, enquanto Skyler dava um sorriso de garoto apatetado e piscava os olhos depressa, para manter a visão em foco. *Não desaponte a mamãe... de novo!*, mamãe o tinha beijado/murmurado em seu ouvido envergonhado, porque (como Skyler preferia não lembrar) diversos encontros lúdicos recentes, providenciados pela mamãe com grandes esperanças, não tinham sido o que se chamaria de um sucesso; porque as mães dos coleguinhas dos encontros para brincar do Skyler não telefonavam para a mamãe e — o que era motivo de dolorosa preocupação em Fair Hills — nem sequer retribuíam os repetidos telefonemas da mamãe. E por isso, Skyler estava decidido a não decepcionar/aborrecer/ofender/chatear seu colega de turma, estranhamente agitado, que o havia puxado para sua cama para lhe mostrar as páginas abertas de gigantescos livros de medicina, que tinham lâminas coloridas de — Skyler espremeu os olhos, procurou enxergar — pele rosada e úmida, pele cheia de terríveis veias vermelhas, pele com uma estranha coloração de gordura e pele anêmica e acinzentada, um quadriculado de ossos branquíssimos — e ficou boquiaberto, nunca tendo visto nada parecido com aquelas fotografias em sua vida. "... patologia é um barato, sabe, Sky? Você pode usar as habilidades do cirurgião, mas não há encheção de saco dos pacientes, porque eles estão mortos. Não é preciso falar com eles nem com ninguém, praticamente; você estabelece seus próprios horários e trabalha sozinho, e ninguém vai reclamar de você nem processá-lo por 'imperícia'..." Tyler deu um risinho, tremendo e limpando a boca enquanto virava as páginas do livro de medicina, devagar e com reverência, para o Skyler olhar. "A mamãe vive assaltando o meu quarto e tirando esses livros de mim, como se houvesse alguma coisa doentia na profissão que eu escolhi. O papai diz a ela 'o Ty Junior vai se desinteressar disso, é só a idade' — como se eles soubessem a menor coisa que seja sobre *mim*! Está vendo, Sky? Isso aqui são os 'passos da autópsia': você usa uma serra de verdade no crânio e na caixa torácica, e meio que tira o coração em si com as mãos e o coloca em vidros como esses. Se quiser levar alguma dessas fotos para casa, posso tirar cópias para você no estúdio do papai; ele tem uma copiadora colorida. Na Internet a gente pode encomendar 'Kits Mirins de Patologia', o que eu tentei fazer, mas alguém, só pode ser a droga da minha mãe, intercepta os pedidos. Tentei três vezes, mas não vou desistir. Andei pensando, Sky, que talvez eu pudesse usar o seu endereço, não é? O kit podia ir para a sua casa, e podíamos marcar um encontro aqui e você podia trazê-lo, não seria legal? Olhe, esta é a minha favorita. Do jeito que ela foi aberta com o bisturi, eles não mostram o rosto, mas dá para ver que é uma menina, da nossa idade ou um pouco menor. Quer dizer, não é o máximo?" — e Skyler piscou, horrorizado com o que viu, e seus pequenos punhos se levantaram, os punhos do Skyler socaram o rosto perplexo do outro, naqueles instantes fugazes antes que alguma coisa parecida com um alçapão — uma fenda? — se abrisse em seu negrume e o tragasse.

ÀS CINCO HORAS EM PONTO, COMO FORA INSTRUÍDA, SEM SE atrever nem mesmo a se atrasar alguns minutos, a mãe de Skyler, usando o casaco de caxemira cor de pêssego que lhe dava uma aparência juvenil/festiva, a qual não combinava com seu sorriso tenso, chegou à porta de carvalho da imitação de solar normando dos McGreety para buscar o filho; torcia para que Theodora McGreety, aquela que *movimentava e agitava* Fair Hills, lhe abrisse a porta, ao mesmo tempo que em outra parte de sua mente, mais sombria, mamãe sabia que Theodora não a receberia. E quando a porta se abriu, num momento em que mamãe ainda apertava a campainha, como se alguém lá dentro estivesse vigiando, à espera urgente de sua chegada, apareceu a governanta de tez morena e uniforme branco (agora meio sujo), não com o ar esnobe e distante de antes, mas francamente assustada, abalada; e, numa confusão de palavras com sotaque carregado, informou à "Madame Ranpick" que "o seu filho" havia "passado mal", com "uma espécie de resfriado", estivera "vomitando" e tendo "convulsões", "como quem tem *eplepsia*", e a Sra. Ranpick deveria levá-lo embora agora mesmo, antes que a Sra. McGreety chegasse, porque a Sra. McGreety ficaria "muito aborrecida" com o "cheiro horroroso", por "ele ter vomitado tudo". Estava claro que a governanta tinha muito mais medo de sua patroa gringa rica do que da gringa que era mãe do colega de brincadeiras, que a olhava estupefata.

E ali estava — seria possível que fosse o Skyler? —, num pequeno canapé no vestíbulo, encolhido feito um feto e tremendo, dentro de um cobertor em que parecia ter sido embrulhado às pressas e sem maior cuidado, o *homenzinho* da mamãe, tiritando e gemendo, numa palidez mortal; mostrava-se zonzo e incoerente e, o que era muito estranho, tinha as roupas e o cabelo encharcados. (Depois se revelaria que Ty, seu anfitrião e colega de brincadeiras, em pânico ante o que parecia ser uma reação letal à mistura de medicamentos que Skyler havia ingerido, arrastara o garoto em convulsão para o banheiro anexo e para baixo do chuveiro, onde tinha aberto a torneira de água fria "no máximo", no esforço de "acalmar" Skyler.) Nesse momento, quando Betsey Rampike chegou para levar embora o filho abatido, não se via Tyler Jr. em parte alguma.

— Ah, meu Deus! Oh, Skyler! Ah, o que você *fez*!

Felizmente, Skyler pareceu reanimar-se no carro da mamãe, a caminho do Centro Médico de Fair Hills, vomitou no chão um líquido amarelo que lembrava um mingau e insistiu com a mamãe de que estava bem, sentia-se muito melhor, de modo que mamãe resolveu não ir ao pronto-socorro, assim como resolveria não contar nada desse episódio lastimável ao pai de Skyler, quando ele voltasse de Tóquio ou Cingapura, ou talvez fosse Bangcoc. Em casa, Skyler a entreouviu falar ao telefone, agitada, com a voz encabulada com que deixava na secretária eletrônica recados que suspeitava que seriam inúteis:

— Theodora? Aqui é a Betsey Ranpick... Rampike! Será que podemos conversar? Por favor, telefone assim que receber este recado, sim? Estou um pouco nervosa com o que aconteceu na sua casa... com o que o meu filho me disse que aconteceu na sua casa hoje à tarde... não pretendo dizer que esteja terrivelmente angustiada, mas, sim, estou angustiada... portanto, quer ligar para mim, por favor? Agora o Skyler está muito, muito melhor, você ficará aliviada ao saber, por favor diga ao seu filho... e ele espera, e eu espero... que os meninos possam te-tentar outra vez... podemos planejar um ou-outro encontro... para breve, não?

Embora mamãe viesse a telefonar várias vezes para a Sra. McGreety, suas ligações nunca obtiveram resposta; e, quando essas duas mulheres se encontravam em Fair Hills, o que não era frequente, e sempre na presença de terceiros, a Sra. McGreety parecia não saber quem era a Sra. Rampike.

Enxugando uma lágrima dos olhos de Skyler, a qual ele não sabia ter derramado, mamãe sussurrou, ardorosa:

— Não chore, Skyler! Da próxima vez, faremos um esforço *maior*.

AVENTURAS EM ENCONTROS LÚDICOS — II

SKYLER, NÓS NÃO VAMOS DESISTIR DE LHE ARRANJAR UMA VIDA social, eu juro! E assim, houve outros. Muitos outros. Encontros para brincar com outras crianças de Fair Hills, a maioria meninos, e quase todos colegas de turma de Skyler no Externato Fair Hills, ou alunos da Academia Drumthwrack para Meninos, ainda mais prestigiosa, ou filhos de famílias da Igreja Episcopal da Trindade; encontros providenciados pela mamãe com o que havia nela de mais exigente, ambicioso e esperançoso, nos interstícios de sua vida cada vez mais atarefada como mãe-empresária de Bliss Rampike, naqueles anos frenéticos de 1995 a dezembro de 1996, porque, depois de janeiro de 1997, não haveria mais encontros lúdicos para Skyler Rampike, não mesmo.

Ah, mas as lembranças! O que é a infância senão um estonteante repositório de lembranças? Corte rápido para Albert Kruk, bolachudo/carrancudo e dado a risinhos, que era um ano mais velho do que Skyler, cursava a quarta série da Fair Hills, não era um PILS e não tinha SCS, cujo pai era Morris Kruk, o "respeitadíssimo" criminalista, e cuja mãe, Biffy Kruk, presidia o comitê de admissão de sócias do Clube Feminino do Vilarejo e era uma das "locomotivas que agitavam" Fair Hills, e cujas fotografias apareciam com frequência na seção de Estilo do *Fair Hills Beacon*: Albert Kruk, que obviamente não quisera um encontro para brincar com Skyler Rampike, mas que o levou para "pescar", como dizia, no imenso terraço de pedra nos fundos da casa dos Kruk, na alameda Hawksmoor — pisotear as pobres minhocas que tinham ficado presas no terraço após um temporal recente —, mas Skyler não se entusiasmou muito com a "pescaria" e o encontro com Albert Kruk não foi um sucesso, e não viria a se repetir. E houve Elyot Grubbe, da quarta série da Academia Drumthwrack, cuja mãe-herdeira a mamãe conhecia por intermédio do reverendo Higley e sua mulher; Elyot era um menino de dotes mentais precoces (segundo se afirmava), mas estranhamente lento na fala, lento nos movimentos e sinuoso como uma preguiça, propenso a olhar fixo para o espaço, como que sob o efeito de um sedativo leve; era um colega de brincadeiras com quem Skyler podia sentar-se em silêncio durante um encontro inteiro, mudo, na verdade, fosse na casa de um ou do outro, cada qual profundamente absorto em seu próprio dever de casa, sem necessidade daquela conversinha artificial de praxe: "Você gosta da escola?", "É legal. E você?", "É legal." Dos colegas de Skyler nesses encontros, Elyot Grubbe era o favorito; se Skyler tivesse um irmão, seria Elyot Grubbe, talvez porque, sem que Skyler o soubesse na época, é claro, um dia Elyot Grubbe viria a se tornar uma criança dos escândalos da mídia (em abril de 1999, Imogene, a mamãe-herdeira de Elyot, foi "brutalmente morta a porretadas" por um intruso que invadiu a mansão neoeduardiana dos Grubbe na Great Road, na exata ocasião em que o pai de Elyot, A. J. Grubbe, fazia pesca submarina com amigos no Caribe, no litoral da ilha de São Bartolomeu, em seu veleiro de trinta pés), como se já previsse que sua vida, como a de Skyler Rampike, nunca mais seria senão uma nota de rodapé depois disso.* E houve também Billy Durkee, um colega de turma do Externato Fair Hills que tinha sagazes habilidades matemáticas e ensinou Skyler a jogar pôquer ("Este jogo é pôquer aberto com cinco cartas, filho; tá a fim?") para tirar do menino ingênuo sua mesada escassa (escassa pelos padrões de Fair Hills, apenas 12 dólares por semana) e seus remédios (a essa altura, Skyler estava tomando Ritalina, por causa do seu TDA, o Transtorno do Déficit de Atenção, agora ativo, além do novo analgésico aprovado para crianças pela FDA, o Balmil, muito

* Embora o "criminoso profissional" que, em maio de 1999, confessou ter assassinado a Sra. Grubbe por 75 mil dólares (25 mil adiantados, o restante a ser pago depois), supostamente a mando do Sr. Grubbe, tenha sido julgado no condado de Morris, considerado culpado e sentenciado a 260 anos de prisão, de algum modo sucedeu que o astuto Sr. Grubbe, defendido com muita competência pelo advogado criminalista Morris Kruk, igualmente astuto, foi inocentado de todas as acusações por um júri de seus pares e, pouco depois, mudou-se de Fair Hills para "dividir o tempo" entre Manhattan, Palm Beach, Flórida e Jackson Hole, no Wyoming. Rapidamente casado em segundas núpcias e rapidamente pai, mais uma vez, o Sr. Grubbe optou por não levar o filho Elyot para sua nova vida; e que fim levou o colega de folguedos e pseudoirmão de Skyler, isso Skyler só veio a saber no dia 5 de setembro de 2003.

alardeado por seus efeitos colaterais mínimos); e houve ainda um garoto da quinta série, Denton Hambruck, apelidado de "Raposa", cujo pai era um sócio mais velho da Scor Chemicals e parceiro de squash de Bix Rampike, e cuja mãe tinha feito amizade com Betsey Rampike, até certo ponto. O Raposa era famoso na escola por carregar dentro da roupa folgada garrafinhas de tampa de rosca cheias de uísque escocês de seu pai, as quais compartilhava com pouquíssimos alunos seletos da quinta e sexta séries. Na escola, o Raposa não deixaria que o encontrassem nem morto na companhia de um pixote/aleijado da terceira série como Skyler Rampike, mas, convencido pela mãe a ter um encontro com ele para brincar, pareceu bastante amistoso e se ofereceu para lhe mostrar, por ocasião do primeiro e único encontro dos dois, o que chamou de filmes caseiros do pai: "São gravações dos amigos especiais do papai das quais ninguém sabe, só eu", e acrescentou com uma piscadela: "e o papai não sabe que eu sei". Era uma dúzia de vídeos guardados a sete chaves num pequeno cofre do escritório do Sr. Hambruck (do qual o esperto Raposa sabia a combinação, Skyler não imaginava por que passe de mágica), dentro de sombrias caixas pretas identificadas apenas por iniciais e datas. "Você sabe o que é filme censurado, impróprio para menores, Rampike?", perguntou o Raposa, implicando com o garoto menor: "... bom, pois esse é triplamente censurado. Espere só!" Assim que ele começou a passar a primeira fita e as imagens em simples preto e branco saltaram para o telão de TV na parede, Skyler ficou desanimado: nada de música de fundo? Nada de narrador em off? Só uma cena toscamente fotografada de... aquilo era uma mulher adulta? Uma adulta nua? Uma mulher carnuda como a mamãe, com seios grandes, macios e caídos que ela sustentava nas duas mãos, mamilos escuros, parecendo olhos, e um pedaço assustador de uma coisa escura e eriçada feito uma barba, só que no lugar errado para uma barba. Enquanto Skyler olhava, boquiaberto, a mulher nua cambaleou em direção à câmera, abrindo os braços como se fosse abraçá-lo, como a mamãe costumava fazer quando Skyler era menor e era o *homenzinho* da mamãe; a mulher fez gestos de beijar/chupar com os lábios grossos, pintados de batom, e uma onda de pânico perpassou Skyler... será que aquela era a mamãe? Apesar de ele ver claramente que a mulher era mais pesada que a mamãe, que não era nem de longe tão bonita quanto a mamãe, tinha o nariz granuloso, não o nariz arrebitado da mamãe... será que aquela era a mamãe? E se, de algum modo, fosse a mamãe?

Balançando, a câmera se deslocou e mostrou uma segunda figura feminina, muito mais jovem — uma menina de uns 11 anos? —, uma menina de cabelo comprido liso e boca fazendo biquinho, que parecia uma aluna da sexta série do Externato Fair Hills, mas não podia ser aquela menina, é claro, porque essa garota estava nua, e a gente nunca via as meninas nuas, essa era uma garota glamorosamente maquiada, como a mulher, na verdade, maquiada para se parecer com a mulher, pensou Skyler, e quem seria ela?... A mãe da menina, assim como a mamãe, ultimamente, andava maquiando a Bliss para se parecer com ela, quando a Bliss ia se apresentar no gelo e as luzes, como a mamãe dizia, desbotavam toda a cor do rosto da criança e faziam os olhos da criança sumirem, de modo que a pessoa realmente não tinha alternativa senão pôr maquiagem, inclusive sombra, delineador e rímel; e nessa hora a câmera balançou feito um bêbado, girou e mostrou um homem barrigudo de meia-idade, que também parecia estar nu, embora usasse meias pretas iguais às do papai, e que ficou meio de joelhos, e tinha um relógio do tipo que Skyler havia aprendido a identificar como Rolex, porque o papai usava um relógio Rolex, e o homem do filme não era o papai, porque o homem do filme era mais velho e tinha o corpo flácido e cheio de pelancas, e seu rosto estava tremido, porque a câmera tremia, e o Raposa disse, com um risinho de mofa: "Esse é o papai! Esse é o papai!" e "olhe só o que o papai faz", e riu e enxugou a boca, e Skyler o empurrou para se afastar, desesperado, enquanto o Raposa dava risadas grosseiras e agarrava Skyler, dizendo que ele tinha que ficar! tinha que ver!, e Skyler protegeu os olhos para não ver a tela, como muitas vezes, ao assistir à TV na sala de recreação, quando nem a mamãe nem o papai estavam com eles, Bliss tapava os olhos com os dedos (mas espiava por entre os dedos?), mesmo quando, pelos padrões de Skyler, não estava acontecendo nada de assustador ou perturbador na tela, mas Bliss era só uma garotinha que ficava nervosa facilmente com barulhos altos, intromissões chocantes e mudanças rápidas de cena e da música de fundo, e se encolhia no sofá, piscando e olhando fixo para aquilo tudo que parecia precipitar-se para ela — vindo de onde: do Mundo Adulto? —, aquele turbilhão de imagens, sons e sensações que não havia esperança de a pessoa entender, não quando tinha 4 anos, ou mal completara 5, então o único remédio era tapar os olhos, ou, melhor ainda, fechar os olhos — *Acabou, Skyler? Já passou?* —, fazendo uma vozinha trêmula que levava Skyler a zombar: *Que nenenzinha! Não tem nada ali,* *menininha boba!* Mas nesse momento Skyler não estava zombando nem rindo, porque tinha vislumbrado alguém, um outro homem — um rosto borrado e alegre?* — para lá da figura gorducha do homem nu tido como pai do Raposa Hambruck, e por isso se soltou das mãos do Raposa que o agarravam, e saiu correndo do quarto do Raposa (tão grande e abarrotado de coisas caras de menino quanto o quarto de Tyler McGreety), e se escondeu, assustado e ofegante, num banheiro de sabonetes perfumados e paredes brancas reluzentes, com a porta trancada para se proteger, até ouvir, algum tempo depois, uma batida forte na porta e uma voz de mulher chamando: "A sua mamãe está lá embaixo, Sk'ler. Está na hora de você ir para casa."

Que pessoas agradáveis! Skyler, você sabia que o seu pai trabalha com o Sr. Hambruck, que é um alto executivo da Scor Chemicals? Oh, eu espero, espero muito que você e aquele menino fascinante, o Denton, tenham-se dado bem, e que ele queira vê-lo de novo, e que você não tenha decepcionado a mamãe mais uma vez, querido!

LAMENTO SE DEI A IMPRESSÃO DE QUE A MAIORIA DOS ENCONTROS do Skyler para brincar foi um desastre,** ou aconteceu na casa de terceiros. Na verdade, houve muitos encontros em que não aconteceu nada — interlúdios "esquecíveis", digamos — e foi por isso que os esqueci. E houve muitos que aconteceram em nossa casa, sob o olhar da Maria da época, quando mamãe saía; e às vezes, quando estava em casa, a mamãe ficava rondando Skyler e seu pequeno visitante como uma anfitriã ansiosa, perguntando se eles gostariam de beber alguma coisa, ou de uns biscoitos quentinhos (feitos pela Maria) com lascas de chocolate. Quem sabe um pão de banana com nozes? Um dos visitantes de Skyler disse, em tom polido: "Obrigado, Sra. Rampike, mas estou fazendo a dieta Atkins." Outro foi um menino inocente de rosto sardento, Calvin Klaus Jr., o filho de 10 anos da macérrima-sensual-louríssima Morgan Klaus, que um dia, dentro de pouco tempo, daria

* Li repetidamente esta passagem, refleti sobre ela e, francamente, não sei: será que o Skyler vislumbrou seu pai em segundo plano no vídeo, ou será que entrou em pânico, ao imaginar que tinha vislumbrado o pai no vídeo? O que você acha?

** Exatamente como a maioria das "grandes obras" de arte e culturais. Por quê?

uma última cutucada no casamento já abalado de Bix e Betsey Rampike, levando-o à destruição; falaremos mais disso depois. Eu acho.

— EU QUERIA QUE VOCÊ FOSSE MEU IRMÃO, SKYLER — DISSE A ofegante Mildred Marrow, e fez uma pausa, enxugando os olhos úmidos. — Eu queria ter um irmão, e que ele fosse você.

Mildred Marrow era uma das poucas meninas a se encontrarem com Skyler para brincar. (Por que seria? Acaso nossas mães temiam ansiosamente as apalpações sexuais pré-púberes, a "experimentação"? Inclusive entre os feridos ambulantes da geração vindoura?) Aluna sonhadora da quinta série, um ano mais velha que Skyler, Mildred era famosa por seu Q.I. elevado — "fora dos radares" — no Externato Fair Hills, e antipatizada por quase todo mundo. Quem poderia tolerar uma menina de sorriso afetado que não só fora escolhida para o programa PILS (na pré-escola!), como se classificara no "percentil mais elevado" de todos os estudantes do PILS da escola, o percentil K, até a última série do curso médio? Mildred era filha de um senador estadual de Nova Jersey, dono de grande fortuna pessoal, e de sua esposa socialite; era uma menina magricela e desengonçada, de olhos úmidos e pensativos, boca trêmula e ombros arredondados, que já na quarta série era designada como PSCS e AR ("anoréxica em recuperação"). Mildred tinha uma agenda tão abarrotada e planejada quanto a de Bliss, mas de uma variedade maior: uma babá-motorista especial a levava e trazia da escola; a levava e trazia do curso de mandarim; das aulas de equitação, tênis e dança; das sessões com o acupunturista e com o terapeuta (junguiano); e, pelo menos uma vez por semana, a levava e trazia de um encontro lúdico com uma criança como Skyler Rampike, tida como não representando uma ameaça intelectual ou de outra natureza para a sensibilidade delicada de Mildred. Para surpresa de Skyler, Mildred parecia realmente gostar dele — talvez por pena? —, pois era sabido que ele não era PILS nem PSCS e, embora se esforçasse muito para disfarçá-lo, uma de suas pernas era obviamente mais curta que a outra, o que o fazia mancar e, de vez em quando, até andar de bengala ("Torci o tendão de *Akills* na academia de ginástica, isso é só temporário"), e assim o tornava mais benquisto pelas colegas de turma, embora levasse a maioria dos meninos ao desprezo.

Muito tensa na escola, Mildred relaxava na presença de Skyler. Sua "coisa favorita" era ajudá-lo nos deveres de casa, especialmente em aritmética, que Mildred dizia ser "repousante" para ela: "Diminuir a velocidade da minha mente para acompanhar o seu ritmo, Skyler. Eu adoro isso!" Um dia, num instante de reflexão, Mildred confessou querer que Skyler fosse seu irmão e morasse em sua casa: "Assim os meus pais neuróticos teriam mais alguém com quem se obcecar, em vez de apenas eu." Mildred foi a única companheira de brincadeiras de Skyler a falar de sua irmã com franca admiração e inveja:

— A Bliss é só uma garotinha, mas já tem uma carreira. Em poucos anos ela poderá morar *sozinha.*

Skyler riu, sem jeito.

— Morar sozinha? A Bliss tem 5 anos.

Mildred, que não tinha realmente visto Bliss em pessoa, mas apenas fotografias dela em publicações locais, pareceu não ouvir. Estava mostrando a Skyler um recorte do *Fair Hills Beacon* com a manchete "PRODÍGIO" DE FAIR HILLS GANHA TÍTULO DE PATINAÇÃO FEMININA. A reportagem incluía uma fotografia de Bliss com a mãe, por ocasião do Campeonato de Patinação Feminina Mirim de 1995, realizado em Roanoke, na Virgínia, alguns meses antes. Com ar sonhador, Mildred comentou:

— A sua irmã é muito bonita e muito pequena. Eu gostaria de ser bonita e pequena feito ela, e não feia como eu; queria saber patinar feito ela e ter a minha foto no jornal. Ela tem *muita sorte.*

Skyler se perguntou se a menina estaria brincando. Mildred Marrow, uma garota rica, famosa por seu Q.I. no percentil mais alto dos estudantes do programa PILS, que era PSCS e AR, estava com inveja da irmãzinha dele?

— Detesto a pessoa que eu sou! — disse Mildred. — É claro que sou superior a praticamente todo mundo na escola, pelo menos na porcaria das provas, mas quem está ligando pra isso? Eu não! Eu preferia ser uma campeã de patinação de cabelo louro.

Skyler, fitando Bliss e a mãe na foto do jornal, foi obrigado a supor que, se não soubesse que a linda menininha-boneca da fotografia era Bliss, não a teria reconhecido. Para essa apresentação, Bliss tinha sido transformada numa princesa de conto de fadas, vestida de tule branco, cetim branco e plumas brancas, com um vislumbre das calcinhas de renda branca por baixo do saiote; nas tranças do cabelo fora borrifada uma coisa que a mamãe chamava de "poeira de estrelas", e no alto do cabelo trançado fora posta uma pequena tiara de prata, ou folheada a prata. Era verdade, Bliss estava bonita. E atrás dela, abraçando-a e apoiando de leve o queixo no ombro da filha, Betsey Rampike também estava bonita.

Skyler tinha ido ao campeonato de Roanoke. Vira sua irmã, a "zebra" do torneio, superar primorosas meninas-prodígio sino-americanas de 10 anos, assim como havia derrotado todas as outras patinadoras na competição de juniores. Skyler tivera francas dúvidas de que Bliss pudesse vencer, patinando ao som levemente sincopado da "Valsa da Bela Adormecida"; em mais de um momento, ele tinha fechado os olhos e cerrado os punhos, pensando *Agora ela vai cair! Agora vai acabar*; mas, por algum motivo, Deus protegera Bliss sobre as lâminas sibilantes dos patins, como mamãe havia rezado para que a protegesse. A menininha com "lampejos de fada" havia conquistado o coração volúvel da plateia, tirando-o das gêmeas sino-americanas, e ganhado também o coração dos juízes: da nota máxima 6, para uma apresentação perfeita, Bliss havia recebido 5,88, junto com o título de Miss Campeonato de Patinação Feminina de 1995 (Divisão Júnior). E agora, Mildred Marrow, a mais inteligente das crianças inteligentes de Fair Hills, temida pelos colegas de turma e até por alguns professores por sua língua sarcástica, dizia entre suspiros:

— Skyler, os seus pais devem sentir *muito orgulho* da sua irmã. "Bliss Rampike" deve ser a garotinha mais feliz do mundo. Nossa!

A garotinha mais feliz do mundo

SE EU CAIR, AS PESSOAS AINDA VÃO GOSTAR DE MIM?
Se eu cair, você ainda vai gostar de mim?

É QUE DE VEZ EM QUANDO, SIM, ELA CAÍA. CAÍA DE REPENTE, E com força. Não (ainda) enquanto se apresentava em público (embora isso viesse a acontecer, como era inevitável), mas nos treinos. Nos treinos, as quedas acontecem com frequência. Isso porque, quando a pessoa se exercita todo dia, por até duas horas diárias, e quando tenta executar manobras novas e cada vez mais difíceis, é natural que às vezes vacile, às vezes escorregue e às vezes caia, e caia com força. E então fica deitada, imóvel, no gelo enregelante que não é amigo, mas inimigo, inflexível como o mais duro piso de concreto; e sente cada pulsação do corpinho bater de susto, mortificação e vergonha, e do pavor de que, ao tentar se levantar, ela não consiga; ao tentar ficar de pé, não consiga manter-se de pé; ao tentar patinar, ao tentar fazer o movimento mais elementar de deslizar o pé direito para a frente, não consiga patinar. No entanto, a música da gravação continua a tocar, aquela que a mamãe escolheu, como se zombasse da pessoa, de ela ter caído e estar piscando os olhos para conter as lágrimas, mordendo o lábio inferior para não chorar. E os outros se agacham em volta dela, puxam seus braços, a mamãe e a Olga Zych, que é a treinadora, porque elas ficam assustadas e gritam no seu rosto: *Bliss, Bliss, você se machucou?* E não há nenhum lugar para se esconder, porque agora todo mundo no rinque está olhando, e Bliss é *você.*

* * *

ENFAIXE O TORNOZELO! PODEMOS ENFAIXAR O TORNOZELO! ELA não torceu o tornozelo, vê-se que ele não está torcido, é só um machucadinho onde ela o virou. A Bliss não está machucada! O tornozelo esquerdo é seu pior ponto fraco. Podemos dar-lhe analgésicos. Escute só a pobrezinha: *Mamãe, eu não estou machucada, mamãe, eu quero patinar, mamãe, eu quero patinar!* A Bliss ficará arrasada se, depois de todo o trabalho que tivemos, sairmos da competição de sábado. Temos rezado tanto! Todas as pessoas que nos apoiam têm rezado muito. E o papai dela está planejando vê-la patinar, desta vez. A Bliss ficará arrasada se decepcionar o papai. Ficará arrasada se decepcionar a mamãe e a treinadora. Podemos enfaixar o tornozelo, para que ela não o vire de novo, e podemos lhe dar um analgésico. E o cotovelo esquerdo, no lugar onde bateu no gelo, aquilo não é entorse nem fratura, é só uma mancha roxa e um calombo, e não é nada que não se possa disfarçar com maquiagem. Com este *pancake* aqui, que parece massa de vidraceiro. Exatamente do tom da pele da Bliss. Que menina valente é a Bliss, mal chega a chorar! Mas ela não se machucou de verdade, como da outra vez. Isso estará curado no sábado, e um pouquinho de *pancake* vai esconder as manchas na perna e nos joelhos. Ela é só uma garotinha, as crianças pequenas são estabanadas, criança pequena vive caindo, e eles têm uma distância menor do que nós para cair, e seus ossos são muito flexíveis. Seus ossos parecem elástico. E, depois de Wilmington, a Bliss poderá descansar um pouco. Depois de Baltimore, e depois dos Campeonatos Regionais dos Três Estados, e depois do Campeonato de Patinação Artística StarSkate, e depois do Miss Realeza Mirim de Nova Jersey. E depois do Campeonato Feminino de Juniores. E depois de Atlantic City. Ela poderá descansar. Poderá tirar a pressão do tornozelo. Podemos dar-lhe analgésicos. O Dr. Brea disse que o Balmil é perfeito para as crianças e não vicia. O Balmil, ao contrário do maldito Nixil — ele foi retirado do mercado, você sabia? —, não tem efeitos colaterais. O Balmil é a última palavra para os jovens atletas. Como as vitaminas concentradas. Como o SuperGrow. Nas férias a Bliss poderá descansar. Até janeiro e o Festival Hershey Kisses, quando ela estará novinha em folha.

... VER A BLISS PATINAR, QUANDO ELA ESTAVA SOZINHA e não havia mais ninguém olhando. No rinque de treinamento, depois que as outras meninas patinadoras iam embora com seus treinadores. E que Olga Zych ia embora. E quando mamãe ia a algum lugar para dar telefonemas. (A mamãe estava sempre telefonando, com um ar juvenil e empolgada. Rindo, perguntava como tínhamos podido existir sem o telefone celular!) No fim da tarde, no rinque de Halcyon, quando havia só a Bliss patinando, não para se exibir, não se esforçando, não correndo o risco de se machucar, mas apenas patinando, usando o rinque inteiro em deslizamentos lentos e longos e em voltas sonhadoras, em silêncio. Nenhum som além do som das lâminas dos patins no gelo. Nos dias em que, num impulso, mamãe convidava Skyler a ir com elas ao rinque: "A Bliss precisa de você para observar!" E Skyler sentia uma pontada de gratidão e a expectativa do interlúdio sereno, depois que as outras meninas patinadoras e suas treinadoras e mães de vozes estridentes se fossem. Quando a música parasse. Quando Bliss ficasse livre e sozinha, enquanto mamãe fazia suas numerosas ligações no celular, e patinasse em silêncio, sem qualquer adulto observando ou julgando. Apenas Skyler olhando, na lateral do rinque. Apenas Skyler, que era o irmão mais velho de Bliss — tinha 8 anos — e era amigo dela. O único amigo de Bliss. (Isso porque, de algum modo, ocorre que Bliss já não via suas amiguinhas/colegas de turma, uma vez que já não ia à escola e era "instruída em casa" por professores particulares, sob a supervisão da mamãe.)

— Skyler, calce os patins... não quer patinar comigo?

A solitária Bliss chamava Skyler, acenando-lhe enquanto deslizava pelo gelo, mas Skyler abanava a cabeça depressa, *não.*

SKYLER ADORAVA SUA IRMÃZINHA SOLITÁRIA, É CLARO. MAS SE gabava de haver segredos na família que ele sabia e que Bliss jamais saberia.

Por exemplo, o que o papai dizia, às vezes. O que o papai dizia e o que a mamãe dizia tarde da noite, no quarto de mamãe e papai, com a porta fechada e apenas uma vaga meia-lua de luz aparecendo por baixo.

Mas quanto é que isso está nos custando, Betsey? — dizia a voz do papai, mal audível atrás da porta, e mamãe ria, como se essa fosse uma pergunta insolente de entrevista à qual não se esperava realmente que ela respondesse, e então o papai perguntava: *Quanto, Betsey?* E mamãe dizia depressa, como se recitasse frases feitas: *A nossa filha é um prodígio da patinação! A nossa filha é... é uma campeã mundial em potencial! A*

Bliss pode ser a próxima Sonja Henie, Bix! E papai insistia, com sua voz de papai firme, de papai "não me venha com conversa mole": *Quanto, Betsey?* E mamãe dizia num protesto brando, como se isso continuasse a ser uma entrevista insolente/de flerte. *Bix! Você viu a nossa filha patinar, você ouviu os aplausos, pelo menos em vídeo. Você sabe que a Bliss já ganhou títulos! Como pode duvidar de nós, Bix? Você deve saber quanto temos trabalhado.* E papai dizia: *Eu sei, meu bem. Eu sei, e fico impressionado pra cacete. Minhas duas lindas garotas nos jornais! Mas quanto?* E mamãe passava a soar magoada, e tentava argumentar, e (Skyler parecia saber disso através da porta) recuava, afastando-se do papai, ou então, de maneira ainda mais audaciosa, virava de costas, como se fosse retirar-se, o que (Skyler sabia) a mamãe não devia fazer, pois esse era um ato "insultuoso", uma "provocação" para o papai — do mesmo jeito que, quando Skyler era repreendido (de leve, brandamente) pelo papai, mas se agitava, se contorcia e fazia uma de suas caras de dor, e tentava se soltar da mão do papai, isso era um "insulto" e uma "provocação" para o papai, e não era muito boa ideia para o Skyler, porque o papai-brando podia transformar-se abruptamente no papai-zangado; no entanto, mamãe continuava a se afastar dele aos pouquinhos, e dizia com ar evasivo: *Eu não sei quanto, Bix, não exatamente; será que não podemos falar disso de manhã?* E papai respondia, já então com um toque de rispidez na voz, e Skyler temia pela mamãe, parecendo ver pela porta fechada os emotivos olhos castanhos do papai se espremerem e se fixarem com firmeza, como os de um pit bull em sua presa: *Essas contas, essas faturas de cartão de crédito, esses cheques quitados: você achou que eu não os descobriria? Aquela sapata da "Zych" e seus "honorários" — honorários nos rinques! —, e contas de hotéis, contas de restaurantes, contas da porra dos médicos, mais porras de contas de médicos, prêmios de apólices de seguros, essa "divulgadora" que você contratou... estou calculando um mínimo de sessenta mil este ano, Betsey.* E mamãe a exclamar: *Sessenta mil! Isso é ridículo!*, e papai: *Você está dizendo que eu me enganei, Betsey? Que eu sou ridículo, Betsey? É isso que você está dizendo, Betsey?*, e mamãe a dizer, apressada: *Não, mas eu, eu acho que não... Bix, eu tenho certeza de que...* e papai retrucava: *Sessenta mil este ano, e no ano que vem será mais, é óbvio. Se você continuar no caminho que vai. Andei examinando o campo da patinação amadora, da patinação artística feminina, e entendo que a Bliss é promissora. A Bliss tem se saído muito bem para uma criança tão pequena, ganhou alguns troféus e pode ganhar mais outros, mas vão se passar anos antes que ela ganhe algum dinheiro de verdade; e se ela se machucar, e aí?* E mamãe dizia: *A Bliss não vai se machucar, Bix, eu prometo!* E papai: *Mas como é que você pode me prometer isso, Betsey? Você adivinha o futuro?* E mamãe respondia, agora implorando — do outro lado da porta do quarto, onde ficava absorto e imóvel, Skyler podia visualizar a mamãe prostrando-se de joelhos diante do papai, a mamãe com sua camisola de seda, uma alça escorregando do ombro nu e carnudo, e o cabelo da mamãe no rosto, e as bochechas da mamãe enrubescidas, e os lindos e calorosos olhos castanhos da mamãe marejados de lágrimas, mamãe puxando as mãos de papai, mamãe parecendo uma cega que tateasse o papai, erguendo-se altaneiro à sua frente —, mamãe implorava: *Confie em mim, Bix. Querido, tenha fé e confiança em mim, a nossa filha é o nosso destino.*

O PAPAI AMA VOCÊ, MAS NÃO A AMA TANTO ASSIM. E TALVEZ a mamãe também não ame.

DESTINO:

1. **Algo a que uma pessoa ou uma coisa está destinada: FADO, SORTE.**
2. **Um curso predeterminado dos acontecimentos, comumente tido como uma força ou um agente irresistível.**

(É claro que Skyler procurou a palavra no dicionário. O Skyler de uma perna mais curta que a outra, destinado a não ser o destino de ninguém.)

— SKY-LER! EU AMO VOCÊ!

A meiga e pequenina Bliss, a solitária e pequenina Bliss, que tantas vezes se pendurava no pescoço do irmão e lhe dava beijos molhados, o que era embaraçoso para Skyler, pois qual é o garoto de 8 anos que quer ser abraçado/beijado com tanta frequência pela irmãzinha caçula? E os braços finos de Bliss eram surpreendentemente fortes, puxando Skyler, levando-o a fazer uma careta de dor. Skyler sabia que os meninos não abraçavam/beijavam as irmãs menores, a menos que fossem obrigados, o que às vezes acontecia quando havia fotógrafos presentes, e a mamãe insistia em que seus dois filhos adoráveis se abraçassem/beijassem diante da câmera. E lá estava Skyler Rampike num smoking infantil, com a gravata-borboleta preta de presilha, camisa branco-ofuscante com punhos franceses e um cravo vermelho na lapela, para combinar com as fitas de cetim vermelho no cabelo trançado/coroado de Bliss, escoltando a irmã até a entrada do rinque de patinação, onde um facho de luz do refletor a esperava, o que levou o ginásio lotado (onde fora isso? talvez em Baltimore) a irromper em aplausos; ou então na festiva recepção do Círculo de Vencedores do Campeonato StarSkate que se seguiu, no Salão B do Hotel Marriott, sob a orientação da mamãe ("Benzinho, não manque! E não faça caretas!"), escoltando a recém-coroada Miss StarSkate Mirim de 1995, em seu refinado traje branco e rosa, por um corredor polonês de flashes ofuscantes, câmeras de televisão e fãs embasbacados.*

INTERESSADO NA CONTINUAÇÃO DA CENA BONITINHA ANTERIOR? Quando mamãe viu as fotos brilhantes de Bliss e Skyler na recepção do Campeonato StarStake, quase desmaiou. É que a StarSkate

* É provável que alguns de vocês, inclinados ao ceticismo, estejam se perguntando onde apareciam essas fotos do "noticiário", essas filmagens televisivas de eventos tão insignificantes na história cultural de nossa grande nação. Francamente, não tenho certeza. Lembro-me de mamãe recortando avidamente matérias de publicações como a *Abelhinha do Vale do Netcong*, o *Semanário de Ashbury Park*, a *Sentinela de East Orange*, o *Farol do Vale do Delaware* e, é claro, nosso próprio *Fair Hills Beacon*, que nunca deixava de incluir, muitas vezes na primeira página, notícias sobre o "mais recente e mais jovem" prodígio da patinação artística de Nova Jersey; não tardaria a chegar o momento em que haveria uma reportagem na terceira página da seção New Jersey Sunday do *New York Times*, assim como uma matéria de cinco páginas na *New Jersey Lives*, a revista em papel brilhante da classe alta. Se tivéssemos sorte, poderia haver um videoclipe fugaz da linda lourinha Bliss Rampike, patinando e/ou sorrindo timidamente para a câmera, no finalzinho de um programa da Rede de Nova Jersey. Mamãe tinha a convicção, reforçada por sua enérgica nova divulgadora/amiga Samantha Sullivan, que ela havia contratado para promover "agressivamente" a carreira de Bliss, de que a fama, para alguns, podia ser uma questão de acumulação contínua de publicidade; de repente, dava-se um "ponto de desequilíbrio" e, da noite para o dia, ao que parecia, todo mundo passava a conhecer o nome e o rosto da pessoa. "Mas é claro que, para isso, a Bliss tem que vencer", advertia Samantha.

Esportes de Inverno Ltda. tencionava usar as fotografias de seus diversos ganhadores de 1995 em anúncios nacionais de seus produtos de patinação, e muita coisa dependia dessas fotos dos adoráveis filhos dos Rampike, mas: "Ahhhh, meu Deus! Ah, o que é isso? *Oh!*" É que, aparentemente, embora Bliss desse um sorriso meigo, se bem que melancólico, para as câmeras, e estivesse primorosa como uma boneca de porcelana, o pequeno Skyler, com seu smoking de criança, parecia um menino-gárgula, estranhamente recurvado, com o rosto contorcido numa carranca e os dentes arreganhados num sorriso predatório.

— Ora, isso não é possível! Como é possível? O Skyler não estava fazendo caretas quando essas fotos foram tiradas. Eu o vi. O Skyler estava sorrindo, eu juro. E não estava corcunda! Eu o observei a cada segundo, e ele estava perfeitamente adorável, e foi o que todos disseram, não era nada como essa... *anomalia*.

Nessa ocasião relativamente rara em que o papai estava em casa com sua familinha numa manhã de sábado, e se esforçava por passar bons momentos com ela, papai riu do susto da mamãe:

— Ora, querida, você está exagerando. Está com hiperventilação. Essas reações exageradas podem ser contagiosas para as crianças, você já devia saber — disse. Mas, quando pegou com mamãe as fotos brilhantes para examiná-las, assobiou entre os dentes: — Ca-ram-ba! Sky-Boy, a sua mãe tem razão. Você está parecendo o "Mais Procurado dos Estados Unidos" aqui. Que cara de babaca é essa para fazer para as câmeras? E numa hora dessas! Em público! Com a sua irmãzinha do lado! Isso é algum tipo de brincadeira?

Assustado, Skyler protestou:

— Papai, eu na-não... não fiz ca-caretas...

— Não me venha com conversa mole, guri. A prova está aqui.

Skyler olhou, atônito. Era o que a mamãe tinha dito: nas fotografias, ele fazia caretas, exibia sua "cara de dor" com uma hilaridade de demente; era uma expressão parecida com a do rosto de Tyler McGreety quando, vez por outra, totalmente por acaso e contrariando as intenções dos dois meninos, Skyler e Tyler topavam um com o outro na escola, subitamente próximos e cara a cara. (Isso porque, depois daquele único encontro lúdico, os dois faziam todo o possível para se evitar.)

Mas Skyler sabia que não tinha feito sua "cara de dor" ao ser fotografado com Bliss no evento da StarSkate, do mesmo jeito que tinha tomado cuidado para não mancar naquela noite, com tanta gente a observá-lo. Droga, ele *sabia*!

Mamãe enxugou os olhos, furiosa.

— Tão... feio! Tão desagradável! Skyler, como você pôde me trair, e trair sua irmã? Justamente na hora vitoriosa dela! Você sabe que a StarSkate tem interesse em usar a Bliss para endossar seus produtos, se ela conquistar o título de Miss Princesa do Gelo de Jersey, no ano que vem. Você está tentando sabotar o nosso esforço? Que vergonha!

Mamãe deu um tapa em Skyler, que continuou a protestar, indignado, enquanto seu pai intervinha:

— Betsey, talvez o Skyler não possa evitar. Talvez seja algum tipo de hormônio masculino pré-puberdade. *Homo homin lupus.* O nosso sangue lupino dos Rampike começando a fazer efeito.

Mamãe lidou com as fotos medonhas recortando e retirando cuidadosamente delas a imagem de Skyler, para que restasse apenas a linda Bliss, de ar aturdido e deslumbrado e muito pequenina nos flashes das câmeras. E, embora fosse óbvio que essas fotos brilhantes não poderiam ser usadas na futura campanha publicitária da StarSkate, um representante da empresa garantiu à mamãe que a StarSkate continuava "muito interessada" na Bliss, caso ela ganhasse o cobiçado título de Miss Princesa do Gelo de Jersey em 1996.

(Caramba, eu me lembro desse incidente absolutamente intrigante e inexplicável, e posso garantir aos leitores céticos que naquela noite — com meu smoking infantil, no qual mamãe havia insistido, assim como insistira em "passar mousse" e "fazer uma escova" no meu cabelo, na época um castanho-claro muito comum de menino normal, no Salão de Beleza Fair Hills — *não fiz* caretas durante a sessão de fotografias, mas SORRI SORRI SORRI como insistiram os malditos fotógrafos. "Lin-do!", "A-do-rá-vel!", "Agora, beije sua irmãzinha!", "Isso!" Fiz exatamente o que mamãe tinha mandado, e no entanto, por algum motivo, as fotos saíram feias; e, quando relembro esse incidente, percebo que ele foi o começo do desamor de mamãe por mim, ou, pelo menos, de ela já não gostar tanto de mim quanto antes; e talvez tenha sido a instauração do que papai chamou de *sangue lupino dos Rampike*, começando a fazer efeito.)

* * *

NOVEMBRO DE 1995. DEPOIS DO CAMPEONATO DE PATINAÇÃO ARtística da Nova Inglaterra — no qual Bliss ficou em segundo lugar na divisão júnior (que ia até 10 anos), tendo embasbacado o público com seu personagem de vaqueirinha espevitada, de ruge nas faces e marias-chiquinhas esvoaçantes sob o chapéu de vaqueira, preso num ângulo travesso, deslizando/saltando/gingando/rodopiando com seu saiotinho franjado de camurça e as calcinhas em tom pérola brilhante por baixo, e com seu corpetinho franjado onde reluziam diamantes de imitação, patinando ao som de um arranjo sincopado de *Streets of Laredo* ali, no banco traseiro do Buick Lady Toro da mamãe, ela ficou esperando enquanto mamãe, no interior do ginásio, contestava acaloradamente a decisão dos juízes; e Skyler, aturdido de cansaço, agora que a tensão do concurso tinha passado, agora que estava na hora de eles irem para o Sheraton Inn de Brunswick para pernoitar (o lugar em que estavam, em algum ponto do estado de Massachusetts ou, possivelmente, do estado de Maine, Skyler tinha que saber, já que tinha sido o copiloto munido do mapa rodoviário, mas estava com sono demais para se lembrar), nesse momento, Skyler comoveu-se ao ouvir Bliss falar sério com sua boneca favorita — uma boneca de pano velha e surrada, quase do tamanho dela, que tinha um sorrisinho suave, olhos brilhantes de botão e uma bata suja de algodão axadrezado, e que mamãe tentara inúmeras vezes tirar de Bliss, que possuía uma dúzia de bonecas lindas e caras —, ao ouvir Bliss dirigir-se a essa boneca numa estranha imitação da voz da mamãe:

— Da próxima vez, nós vamos trabalhar mais e vamos rezar mais, e Jesus fará com que *nós sejamos a número um.*

Skyler perguntou a Bliss como se chamava sua boneca, pois ninguém parecia saber o nome da velha boneca surrada, e Bliss abanou a cabeça com veemência, dizendo que era "se-gre-do". Mas Skyler, debruçando-se sobre o banco traseiro do carro, insistiu, prometendo não contar a ninguém, até Bliss finalmente admitir, apertando a boneca contra o peitinho achatado:

— O nome dela é Edna Louise.

SKYLER GUARDOU O SEGREDO DE BLISS. NUNCA O REVELOU.

O CASAMENTO DA SRTA. PINTASSILGO COM DOM PINTARROXO

NÓS A ADORAMOS, BLISS!
VOCÊ É A NOSSA QUERIDA BLISS!
NOSSAS PRECES ESTÃO COM VOCÊ, BLISS!
DEUS A ABENÇOE, BLISS!

POUCO A POUCO, MAS COM UMA ACELERAÇÃO PERVERSA NAS últimas semanas de 1995, na esteira da heroica apresentação de Bliss em Atlantic City em dezembro,* começaram a chegar à casa dos Ram-

* Desculpem! Ver Parte I, "Uma menininha muito valente", onde já registrei esse episódio doloroso. Enfim, numa "poética" versão de sonho/pesadelo do que aconteceu quase ao final de seu número, de repente Bliss torceu o tornozelo, perdeu o equilíbrio e quase caiu, mas conseguiu patinar bravamente (meio bamba) até acabar o "Begin the Beguine" sensual e palpitante, mesmo quando a vistosa mantilha de renda negra escorregou de seu cabelo, enroscou-se em suas pernas e por pouco não a derrubou... Mas Bliss havia patinado de forma tão linda antes desses contratempos, que o público do Hotel & Cassino Trump aplaudiu desvairadamente; e essa apresentação dela veio a se tornar famosa/famigerada, sendo exibida com frequência na TV em inúmeros canais a cabo, especialmente depois que ela morreu. Ao lado da apresentação premiada do campeonato Princesinha do Gelo de Jersey de 1996, o número do "Begin the Beguine", com Bliss Rampike aos 5 anos, vestida de seda e tafetá negros e sensuais, e glamorosamente maquiada como uma menina muito mais velha, é o videoclipe que você mais tenderá a ver dela, se, por exemplo, clicar neste ou naquele dos numerosos sites de Bliss Rampike na Internet, porque, em algum lugar do ciberespaço, esse clipe vive sendo rodado e reapresentado. Será essa a nossa imortalidade? Não digo o paraíso, se é que algum dia ele existiu, mas a possibilidade de que alguém em algum lugar, sabe-se lá quem, sabe-se lá com que motivos, solidários ou lúgubres, ou "só por curiosidade", faça o download de nossos momentos mais heroicos/trágicos/humilhantes, para ponderar se *eles significam alguma coisa*?

pike, no número 93 da alameda Ravens Crest, em Fair Hills, Nova Jersey, entregas de flores para a Srta. Bliss Rampike. (Como é que nosso endereço particular tinha "vazado" para o público? Papai ficou furioso. Mamãe insistiu em que "não fazia ideia".) À nossa casa eram levadas não apenas flores frescas de toda sorte, quantidade e preço, nas caminhonetes de entrega dos floristas, mas também vasos de plantas de todas as espécies, desde orquídeas coloridas feito sorvete de frutas até cactos em flor e arvorezinhas anãs chamadas bonsai. Muito estranho! Depois de cada apresentação de Bliss, quer ela tirasse o primeiro, segundo ou mero terceiro lugares, quer, como na desastrosa/triunfal Atlantic City, ficasse em quinto lugar entre as competidoras de sua faixa etária, lá vinham os cartões com mensagens alegres:

PARABÉNS! NÓS A AMAMOS, BLISS RAMPIKE
VOCÊ É UMA MENININHA LINDA E CORAJOSA, BLISS
CONTINUE FIEL À SUA VISÃO, BLISS
NÓS A AMAMOS E REZAMOS POR VOCÊ

Que mensagens, essas que vinham de estranhos! No começo, de vizinhos de Nova Jersey (não da pedante Fair Hills, mas "da outra" Jersey), mas depois de gente de muitos estados, inclusive dos remotos e improváveis Idaho, Alasca e Havaí, e de países distantes como a Dinamarca, a Alemanha, o Japão e a Austrália. A maioria desses "fãs" nunca vira minha irmã patinar; era de se supor que tivessem visto clipes na televisão, sabe-se lá em que contextos: "patinação artística feminina", "esportes de inverno norte-americanos", "números de crianças engraçadinhas", "números de crianças americanas exploradas". Mamãe examinava todos os cartões com cuidado, para ter certeza de que não eram mensagens alarmantes ou misteriosas, nem símbolos ou sinais enigmáticos, antes de entregar os cartões para que Bliss os visse, pegando-os de volta em seguida para arquivá-los no álbum cada vez maior de fotos, recortes, material promocional e esses cartões dos fãs.

E também havia presentes: presentes para menininhas, como bonecas e bichos de pelúcia; gorros de lã com borlas, tricotados à mão; cachecóis, luvas e meias, também todos tricotados à mão; saiotes e corpetes de patinação feitos à mão com tecidos incomuns, como feltro, tafetá ou veludo cotelê. Havia diademazinhos reluzentes, feitos à mão. Era comum haver fotografias de Bliss patinando sob luzes fortes — fotos feitas, às vezes, de uma proximidade alarmante, tiradas por fãs que haviam chegado a poucos metros ou centímetros dela, para que Bliss as autografasse com sua mãozinha infantil...

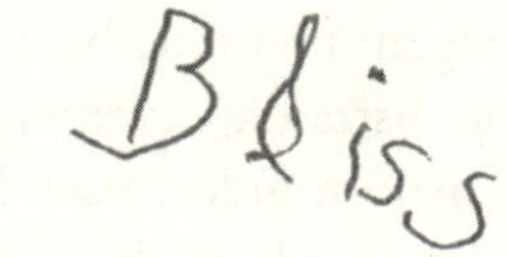

... e depois as devolvesse pelo correio, em envelopes já endereçados e previamente selados.

Com ar pensativo, Bliss perguntava: "Todas essas pessoas gostam de mim, mamãe?", e mamãe respondia, orgulhosa: "Gostam, querida! Elas adoram a 'Bliss Rampike', são nossas 'fãs'."

Os presentes mais bonitos tendiam a ser trajes completos de patinação, alguns de tecidos caros, como veludo amassado, seda plissada Fortuny ou lamê dourado cintilante, com corpetinhos cobertos de pérolas miúdas, cristais furta-cor, purpurina dourada. *A minha querida Crista usou isso quando foi coroada Miss Princesa Real do Gelo no Campeonato de Patinação Miss Realeza, em Bangor, no Maine, em 1957, quando tinha 10 anos; por favor, use esse traje em memória da Crista. Deus a abençoe, querida Bliss, nós a amamos.*

"OH, SKYLER! ISSO É... PARA MIM?"

Era. É claro que era. Em 30 de janeiro de 1996, que foi o sexto aniversário de Bliss, houve muitos cartões e presentes de fãs, mas um presente singular foi o mais estranho e mais maravilhoso de todos.

O Casamento da Srta. Pintassilgo com Dom Pintarroxo era um quadro com pássaros em tamanho natural, com penas "de verdade", todos vestidos com roupas finas e antiquadas. Os pássaros estavam rigidamente dispostos dentro de um cubo de acrílico, cujos lados mediam aproximadamente 25 centímetros, de modo que a pessoa podia olhar para o interior da caixa de qualquer ângulo e, se levantasse delicadamente a tampa, podia tocar nos pássaros. A Srta. Pintassilgo, a noivinha tímida, era um pequeno pássaro de bico delicado e arrebitado, asas parecidas com as de um pardal e cabeça e peito rosados, que usava um vestido de noiva de renda, com saia comprida, cauda longa e véu; Dom Pintarroxo era um noivo cortês, consideravelmente maior do que a Srta.

Pintassilgo, de cabeça acinzentada e erguida, olhos reluzentes que quase pareciam reais e um esplêndido peito laranja-avermelhado, vestido de sobrecasaca de abas compridas. A noiva e o noivo estavam sendo casados por um passarinho de plumagem preta, de bico atarracado e expressão benevolente, se bem que meio distraída, e a cerimônia era acompanhada por uma dúzia de pássaros meio miúdos, usando réplicas requintadas de trajes humanos antiquados: pardais, chapins, mariquitas. E como pareciam reais as penas das aves, embora os passarinhos em si, seus corpinhos, exibissem poses rígidas/desajeitadas!

Esse presente sem precedentes fora levado à nossa casa por uma entrega especial, segundo Maria, que o tirou das mãos do "entregador" que se oferecera para levá-lo para dentro no lugar dela, o que não era necessário, já que o pacote não era tão pesado assim. Maria o levou para dentro e o colocou ao lado da correspondência mais corriqueira do dia, numa mesa da saleta que dava para o hall de entrada e que mamãe chamava de sala íntima; e nessa tarde, ao voltar da escola, Skyler quis abri-lo, como abria a maioria dos embrulhos da irmã para ela, enquanto Bliss ficava olhando, mas teve de esperar que ela e mamãe chegassem. (É que mamãe e Bliss estavam sempre na rua, em algum lugar: no rinque, todos os dias, para a aula e os exercícios de patinação de Bliss, mas também num ou noutro compromisso da menina: o salão de beleza, onde o cabelo "naturalmente desbotado" de Bliss, como mamãe o chamava, tinha de receber "luzes"; no ortodontista pediátrico, porque Bliss tinha "uma projeção dos dentes superiores que precisa ser corrigida"; na nutricionista pediátrica, porque Bliss precisava de injeções semanais de vitaminas e "estimulantes do crescimento" que lhe permitissem "ficar à altura da competição".) E, quando enfim o pacote requintadamente embrulhado foi aberto por Skyler, revelando *O Casamento da Srta. Pintassilgo com Dom Pintarroxo*, tanto as duas crianças quanto as duas adultas, mamãe e Maria, ficaram perplexas.

De olhos arregalados, Bliss examinou o interior da caixa de acrílico. Skyler viu uma expressão quase de assombro, ou de medo, perpassar o rostinho abatido da irmã. *O Casamento da Srta. Pintassilgo com Dom Pintarroxo* era maravilhoso demais para suportar.

— Oh, Skyler! Isso é... para mim?

Skyler teve de resistir a retrucar com uma tirada mordaz: *Pra quem mais seria? Você sabe muito bem que pra mim é que não é.*

Que coisa encantadora, um casamento de passarinhos! E vestidos com roupas tão requintadas! A senhoritinha Pintassilgo, com seu vestido de noiva, na pose acanhada de uma noiva de verdade na vida real, e o altivo Dom Pintarroxo de sobrecasaca, com a cabeça inclinada num ângulo meio folgazão, o bico atarracado quase imperceptivelmente aberto. Mamãe riu:

— "Dom Pintarroxo"... ele é a cara do papai, não é?

Ela procurou o cartão, que, como típica criança descuidada, Skyler havia amassado junto com o papel de embrulho, e descobriu tratar-se de um antiquado cartão do Dia dos Namorados, com um coração de cetim vermelho na capa. Leu em voz alta:

FELIZ ANIVERSÁRIO, PARABÉNS, BLISS
AMOR & CARINHO PARA SEMPRE
SEU DEVOTO FÃ NÚMERO UM, DISPOSTO
A MORRER POR VOCÊ

G.R.

Nem Bliss nem Skyler estavam muito interessados na identidade do misterioso *G.R.*, mas mamãe ficou curiosa. Ficou desconfiada, vasculhando o papel de embrulho rasgado à procura do endereço do remetente, que não parecia existir. A essa altura, as narinas sensíveis de mamãe estavam captando um cheiro muito estranho, mas conhecido, de algum modo — um cheiro enjoativo, ainda fraco e distante, mas alarmante —, e por isso, mamãe, a patroa gringa sempre safa, convocou Maria para levantar a tampa da caixa e "pôr a cabeça aí dentro, e me diga que cheiro é esse". E foi assim que, para surpresa de Bliss e Skyler, aquele tão maravilhoso *Casamento da Srta. Pintassilgo com Dom Pintarroxo* foi enrolado às pressas no papel de embrulho rasgado e levado embora por Maria, de expressão grave no rosto, mesmo sob os protestos de Bliss:

— Mamãe, isso é meu! Pra onde a Maria vai levar? Aquilo veio pra mim, "Srta. Bliss Rampike". Eu vi. É meu.

Mamãe retrucou:

— Aquilo não é para você, Bliss. Esse "presente" nunca deveria ter podido entrar nesta casa, ele veio por engano.

— Não veio, não. Não foi "engano".

A voz de Bliss elevava-se perigosamente. Um brilho frenético surgiu em seu rosto e seus olhos se espremeram. Era a expressão que às vezes lhe aparecia no rosto, apenas por um instante fugaz, como um fósforo que se acendesse, quando ela patinava mal ou caía. Skyler também quis saber:

— *Por quê*, mamãe?

As duas crianças quiseram correr atrás de Maria, mas a mãe barrou o caminho. Com vincos fundos marcados na testa e aquela expressão severa de buldogue no queixo, ela disse:

— Não, senhores, nada disso! Todos dois. Tratem de ir para seus quartos e fazer o dever de casa, e chega dessa história. Bliss, você vai comemorar seu aniversário com a sua família, logo mais, à noite... e o papai estará em casa para celebrar. E teremos presentes para você, muito mais bonitos do que...

— Eu quero aquele presente! Quero a *Senhorita Pintassilgo e Dom Pintarroxo*, ele veio *pra mim*!

— Bliss, você está aborrecendo a mamãe. A mamãe lhe disse para subir para o seu quarto. Você não vai brincar com aquele "presente" repulsivo, portanto, finja que ele nunca chegou. A Maria agiu muito mal ao deixá-lo entrar nesta casa, e...

— Mamãe, ele é *meu*. É *meu*! Aqueles passarinhos são meus, mamãe! Vieram para a "Srta. Bliss Rampike", e essa *sou eu*, *não é você*, mamãe! Sou *eu*! Você sabe que sou *eu*. Que *não é você*, mamãe!

Bliss pôs-se a gritar, pálida e furiosa, enquanto mamãe lutava com ela. Skyler ficou olhando, atônito, pois era raro sua irmãzinha ter uma reação emotiva; Bliss nunca levantava a voz, nem mesmo quando os outros reclamavam aos berros, e fazia o máximo possível para sufocar estoicamente os soluços quando sentia dor. Nessa hora, porém, gritou, furiosa:

— Quero meus passarinhos! Quero meu pre-sen-te! Aquilo veio pra mim de um amigo especial! De alguém que gosta de mim! A dona sou eu, aquilo é meu, foi meu amigo que mandou! Você não pode tirar isso de mim, ma-mãe! Ele quis dar pra *mim*! Ele gosta de *mim*, ma-mãe, não *de você*. Ele é meu amigo! Quero ficar com ele! Os passarinhos são meus, ma-mãe, você não pode tirar os passarinhos de mim, eu vou fazer queixa de você ao papai! Um dia o papai disse: Se a ma-mãe magoar você, me conte, me conte se ela a mandar fazer alguma coisa que você não queira fazer, e eu vou dizer ao papai que você *faz isso*! Vou contar ao papai que você *faz*! Uma porção de coisas que você *faz*! Vou contar ao papai que você roubou meus passarinhos! Eu odeio você, vou contar ao papai o que o médico faz! Não quero tomar injeção! Meu bumbum dói quando eu sento depois de tomar injeção! E não quero aquele troço na minha boca! Não quero aquele tal de "aparelho de morder" na minha boca! Vou contar pro papai! Quero meus passarinhos! Meus passarinhos vieram pra *mim*! Meus passarinhos...

Às pressas, mamãe chamou Maria para levar Bliss dali:

— Essa menina está histérica. Está sendo ridícula. Leve-a para o quarto, Maria, e trate de acalmá-la. É o mínimo que você pode fazer, você que provocou isto, por ser tão descuidada; leve-a lá para cima *já*!

E assim foi feito, embora não sem resistência por parte de Bliss, e Skyler, que ficara perplexo com a explosão da irmãzinha, perguntou à mãe qual era o problema. Por que não podiam ficar com o presente da Bliss? E a mamãe respondeu, franzindo o nariz:

— Aquilo é... como é que se chama?... "taxidermia". Pássaros de verdade! Aquilo eram passarinhos de verdade! Logo se via, tinham um jeito muito estranho, não eram como seriam passarinhos fabricados, e pelo vidro eu senti o cheiro de que havia algo errado. Eles foram tratados com uma coisa feito formol, e depois empalhados, e os olhos são de vidro, mas os corpos são de verdade, as penas são reais, e eles têm cheiro de podre. Irca! Não conte a seu pai, Skyler. Nem uma palavra sobre nada disso!

O puxa-saquinho do Skyler logo garantiu à mamãe que jamais contaria ao papai:

— Prometo, mamãe.

A pobre mamãe ficou agitada e trêmula como não ficava já fazia algum tempo, apertando tanto o ombro de seu homenzinho que chegava a doer, mas o homenzinho da mamãe aguentou sem pestanejar. Como aquilo foi parecido com os velhos tempos, esse pequeno interlúdio! Uma choradeira infantil desvairada em algum lugar lá em cima, e Skyler com a mamãe, a uma certa distância daquilo, só os dois.

O CASAMENTO DA SRTA. PINTASSILGO COM DOM PINTARROXO, EM sua caixa de acrílico, desapareceu imediatamente da casa dos Rampike, como se nunca tivesse existido; e nunca mais foi visto. No entanto, na saleta que dava para o hall de entrada e que mamãe chamava de sala íntima, um odor vago e enjoativo de decomposição/podridão persistiu durante muito, muito tempo.

“G.R.”

ELE QUIS DAR PRA MIM! ELE GOSTA DE MIM, MA-MÃE, NÃO DE você. Ele é meu amigo! Quero ficar com ele!

O leitor atento terá captado essas palavras misteriosas e enigmáticas, lançadas no meio do inesperado acesso de raiva de minha irmã. Mas como entendê-las? O que acha você, o leitor atento e “objetivo”?

Eu gostaria de saber que diabo pensar! Minha pele está coberta por esses enigmas, feito uma grande piolhada em cima de mim, e, assim como acontece com os piolhos, é inútil tentar pegá-los com os dedos: o enxame de piolhos continua sem diminuir, novas gerações de piolhos vão nascendo no exato momento em que você crava nelas as suas garras frenéticas, e o mesmo se dá com as ideias obsessivas/repetitivas: *Será que a Bliss conhecia mesmo o G.R., como disse, será que de algum modo o G.R. era amigo da Bliss, ou será que a Bliss estava simplesmente provocando a mamãe, como às vezes fazem as crianças pequenas, inclusive as “boazinhas”, em meio à loucura temporária de um acesso de raiva*?

Ou então, o que é uma possibilidade ainda mais perturbadora: terá o pequeno Skyler ficado tão estarrecido com a conduta da irmã, que ouviu mal o que ela disse, ou, ao tentar recordá-lo depois, simplesmente se enganou?

No fim de *Minha irmã, meu amor*, o leitor saberá por que estes detalhes são significativos. Saberá por que — se a Bliss de fato havia “conhecido” o G.R., querendo dizer com isso que (de algum modo) G.R. mantivera contato com ela, falara com ela, estabelecera uma relação com ela — esse fato, se é que se trata de um fato, seria crucial para o mistério (ainda não resolvido) de quem matou Bliss Rampike.

POPULAR!

QUE ANOS FORAM AQUELES! ANOS DE UMA ALEGRIA ESTONTEANte! E esses não muitos anos, para o que havia começado com o Campeonato de Patinação Mirim de 1994, se encerrariam no fim de janeiro de 1997, de modo que a coisa mal chega a ser uma fração de vida — embora, de certo modo, de uma vida muito americana: obscuridade, fama, fim.

Naqueles anos de ascensão de Bliss Rampike, sucedeu a Bix e Betsey Rampike serem arrastados de roldão pela filha, assim como pedacinhos de papel sugados pela esteira-vórtice de uma carreta que passa ventando. Pois o que estava acontecendo, maravilhosamente — como mamãe mal se atreveria a esperar em suas *voltinhas de carro* de outrora com Skyler, passando pelas casas esplêndidas de alguns de seus vizinhos em Fair Hills —, é que os Rampike vinham se tornando populares entre esses vizinhos esnobes de Fair Hills.

Até Skyler começou a ser procurado por seus colegas de turma do Externato Fair Hills, ou pelas mães deles, pelo menos, para marcar brincadeiras. Até mesmo o baixote com cara de ameixa seca e uma perna mais curta que a outra.

Popular! Nos Estados Unidos, o que mais tem importância?

Os jornais locais vinham publicando elogiosas materiazinhas "de interesse humano" sobre Bliss desde o Campeonato de Patinação Mirim e, na estonteante primavera de 1995, a *New Jersey Lives*, uma revista chique em papel brilhante, publicou uma reportagem de cinco páginas, com fotografias, sobre "a patinadora-prodígio de 5 anos que alguns andam comparando a Sonja Henie". No outono do mesmo ano, a seção sobre Nova Jersey no *New York Times* publicou uma reportagem sobre Bliss e sua "dedicada mãe/empresária, Betsey Rampike", seguida logo depois por uma matéria de capa na elegante e brilhosa *Garden State Galleria*, uma nova publicação no vistoso estilo *faux aristrocrat* da *Vanity Fair*. Na *Galleria* saíram oito páginas de uma prosa animadamente lisonjeira — "Os especialistas em patinação preveem que, antes de chegar aos 10 anos, essa lourinha talentosa e muito bonita, que é um prodígio da patinação vindo de Fair Hills, vencerá a trifeta da patinação artística feminina, arrematando a tríplice coroa..." —, além de fotos da pequena Bliss em poses teatrais: com uma de suas roupinhas de lantejoulas, destacada no gelo por uma auréola de luz celestial; com o mesmo traje de patinação, tendo mamãe às suas costas, abraçando-a e envolvendo-a parcialmente numa capa de caxemira que lembrava asas dobradas, com o queixo apoiado de leve no alto da cabecinha loura da filha; Bliss com roupas de passeio de menininha — jardineira, blusa e botinhas brancas — em companhia da família: mamãe, papai e Skyler, de oito anos, numa pose risonha* na sala de recreação familiar da "bela residência colonial setecentista parcialmente restaurada" dos Rampike, "aninhada numa ruela sem saída de um dos bairros mais prestigiosos da cidade de Fair Hills". (Prestigiosos? Era mesmo? Mamãe deve ter ficado encantada, embora meio sem jeito. A alameda Ravens Crest era apenas razoável, no jargão imobiliário de Fair Hills.) A maior parte da matéria era uma entrevista com a mamãe: "Para nós, a família vem em primeiro lugar! A carreira da Bliss não é nossa maior preocupação, apenas a felicidade dela"; "Nós, os Rampike, somos uma família muito unida, nunca deixamos de comparecer ao ofício religioso de domingo da Igreja Episcopal da Trindade"; "Ah, sim, temos protegido nossa filha dos holofotes ofuscantes da publicidade"; "Exercício e oração, oração e exercício, esta é a nossa fórmula de sucesso até aqui!" Bix Rampike também foi citado: "O crucial para manter a perspectiva, como diz a Betsey, é 'Primeiro a família'!"; "O essencial é nosso amor por nossa filha, não nossa ambição"; "Nunca se deve dizer 'nunca': isso está no sangue, um Rampike nunca desiste." A entrevistadora, uma mulher que se assinava Adriana Fyce, parece ter-se encantado com papai, a quem descreveu como "alto, de porte atlético, com um aperto de mão de esmagar os dedos"; "poderia passar por um primo nascido em Pittsburg de um dos Kennedy nascidos em Boston"; "um belo executivo júnior emergente, que trabalha no mais badalado dos setores empresariais, o de desenvolvimento de pro-

* Bem, mamãe, papai e Bliss aparecem "numa pose risonha", enquanto o pequeno Skyler, no canto da foto, olha fixo para a câmera, com vincos franzidos em sua testa de 8 anos e o sorriso torto de uma vítima de derrame.

jetos, na Scor Chemicals, dotado de um senso de humor agudo e uma comovente dedicação de pai amoroso à sua filha". Embora pouco se dissesse sobre os antecedentes de Betsey Rampike, exceto por ela ter nascido no "longínquo" norte do estado de Nova York e "competido brevemente na patinação" durante o curso secundário, observou-se com admiração que Bix Rampike tinha sido um "atleta-modelo" durante todo o seu tempo de estudante; havia jogado no time de futebol americano da Universidade Cornell e, quando cursava o último ano da faculdade, fora "agressivamente recrutado" por diversas equipes de futebol profissional, entre elas a dos Pythons de Indianápolis e a dos Stingrays de St. Petersburg.

A matéria da *Galleria* encerrou-se assim, num derradeiro paroxismo de um parágrafo feito de emocionada prosa feminina: "Indagado sobre o que mais desejava para sua filha talentosa, porém muito pequena, Bix Rampike fez uma longa pausa, enquanto uma expressão de ternura pensativa inundava seus calorosos olhos castanhos, e as feições de seu rosto se abrandaram sobre os ossos fortes. 'Que lhe seja concedida a beleza, mas não uma beleza que deixe transtornado o olhar de um estranho. Foi o que disse um poeta irlandês, e eu digo Amém.'"*

POPULAR! POIS AGORA, OS TELEFONES DA ALAMEDA RAVENS CREST 93, que durante tanto tempo haviam atormentado Betsey Rampike por não tocarem, pareciam *tocar o tempo todo*. E os telefonemas que mamãe dera de maneira tão estratégica, seguindo a lógica da pirâmide esmeradamente manuscrita com os nomes dos residentes de Fair Hills e imediações que mamãe entendia serem Gente Muito Importante, passaram a *ser retribuídos*. E quase todos os dias a entrega do correio trazia, além de cartões e pacotes trabalhosamente endereçados à SRTA. BLISS RAMPIKE, convites para jantares, almoços, recepções e bailes de gala abertos ao público, endereçados ao SR. E SRA. BIX RAMPIKE.

— É como se fosse Natal todo dia — disse mamãe a Skyler, com um sorriso materno embevecido e a mão apertando o peito. — Sinto o amor dos nossos vizinhos, chego quase a chorar!

---

* Ora, escutem só! Tremenda conversa mole do papaizão! Levei anos para desvendar a origem dessa citação, recém-descoberta por acaso numa antologia de poesia na Academia Basking Ridge: os versos são da "Oração por minha filha", de William Butler Yeats.

Na verdade, mamãe sentiu necessidade de contratar outra assistente (Ardis Huddle, vinda do ramo imobiliário/relações públicas) para ajudá-la a administrar a carreira cada vez mais complexa de Bliss, com ênfase especial na exploração de vínculos com agências de modelos infantis, agências de propaganda e apresentações em eventos para angariar fundos; e, como não se podia esperar que Maria lidasse com tantos telefonemas e tanta correspondência, e ainda por cima arrumasse a casa, cozinhasse para a família e fizesse as compras, organizasse, preparasse o cardápio e, mais tarde, fizesse a limpeza depois dos jantares requintados que mamãe começou a oferecer a cada duas semanas, em média, uma segunda Maria, esta do Peru, mais jovem do que a primeira, com a tez mais morena, olhos negros de uma beleza impressionante e um inglês de sotaque ainda mais exótico, foi trabalhar para nós.

Maria Pequena e Maria Grande. Por puro acaso, sucedeu a Skyler observar o encontro inicial, no corredor de cima, entre papai (recém-chegado de Bangcoc ou Cingapura, sofrendo os efeitos da mudança de fuso horário, malcheiroso e com um humor que não era dos melhores) e Maria Pequena (que carregava o cesto de plástico laranja da lavanderia com uma pilha de roupa recém-saída da secadora): papai fixou os olhos nela, papai piscou e papai estancou de estalo, e um sorriso se abriu em seus dentões da frente, enquanto ele passava a maleta para a mão esquerda, para liberar a mãozorra forte e quebradora de ossos para um aperto de mão, que a pobre Maria Pequena, lutando com o cesto de roupa, mal conseguiu trocar. Num tom caloroso e grave de barítono que dá as boas-vindas, papai murmurou:

— *Bu-ena vis-ta, señorita*! Ou... que droga de horas são: *no-cha*? Eu sou Bix Rampike, o "Patrão Gringo", e quem é você, *très-bella señorita*?*

Que alternativa restava a Maria Pequena senão entregar sua mão morena à mão caucasiana do patrão gringo? Que alternativa senão um sorriso tímido, enquanto o novo patrão avultava à sua frente, riso-

---

* Enfim, qualquer coisa desse gênero. Entre os restos amargos da memória, o papo furado do papaizão só pode ser relembrado em tomadas rápidas. Num romance de mulher, daquele tipo que vende milhões de exemplares por ano, tanto encadernado quanto em brochura, haveria a observação de que *Uma olhadela fatídica foi inconfundivelmente trocada entre eles, o gringo alto e bonitão que era o dono da casa e a exótica Mariazinha de olhos negros*, ou outra titica esperançosa desse tipo, mas, pra ser perfeitamente verdadeiro, como jurei ser, se algum olhar foi trocado entre meu pai e a jovem Maria, Skyler não o percebeu, Skyler não teve a menor ideia, Skyler escondeu-se no armário de suas roupas, esperando amainar o terremoto das passadas do papai.

nho e lambendo os beiços? E que alternativa tinha o pequeno Skyler senão voltar correndo para se esconder em seu quarto, antes que o papaizão o avistasse e lhe arrancasse o fôlego com um de seus abraços de papaizão?...

— PARECE NATAL, NÃO É, QUERIDO? TRÊS FESTAS NESTE FIM DE semana! E a Imogene Stubbe me convidou para "codirigir" com ela o almoço da Loucura Primaveril das Voluntárias de Fair Hills, e a Gwendolyn Burr acabou de ligar para convidar "o seu filhinho querido" para brincar com o filho dela, Baxter...

É claro que Bix Rampike fora benquisto em Fair Hills desde o começo, mas tornou-se inconfundível na primavera de 1995 e ainda mais conspícuo na temporada social de outono-inverno que, de repente, os Rampike passaram a figurar nas listas de convidados de todo mundo; e Betsey Rampike, ainda encabulada e hesitante entre suas vizinhas mais glamorosas de Fair Hills, foi levada a se sentir bem-vinda, como se tanto fosse ela quanto o bonitão e carismático Bix Rampike, com seu vigoroso aperto de mão, que as anfitriãs vinham disputando e com quem queriam fazer amizade. Skyler não precisou bisbilhotar a escrivaninha da mamãe para compreender que alguns daqueles nomes marcados por asteriscos, que compunham a mágica pirâmide de sobrenomes na cartolina cor-de-rosa, tinham sido recentemente contornados por um círculo triunfal: STUBBE, BURR, MARROW, McCONE, HAMBRUCK, KRUK. E havia ainda EDSON, ROMNEY, BLOOMGREN, FRASS e HULTS. E até WHITTAKER. E KLEINHAUS! (Mas não McGRETY. E, para contínua tristeza de Betsey, não CHAPLIN.) Durante um período surreal da temporada alegre, agitada e prolongada das Festas, que em Fair Hills se estendia desde antes do Natal, passando pelo réveillon e pelo dia de Ano-Novo, até a Noite de Reis (6 de janeiro), foi como se diversos residentes riquíssimos — e em geral muito distantes — daquelas grandes propriedades rurais/fazendas de criação de cavalos, no interior ondulado e de vegetação exuberante ao norte de Fair Hills, entre eles alguns lendários nova-jersianos ricos de gerações, como o ex-senador Mack Steadley e sua mulher, Irma, e o magnata das comunicações Si Solomon e sua mulher, Mimi, e o bilionário Fritz Vizor e sua mulher, Fanny, estivessem ansiosos por travar amizade com Bix e Betsey Rampike, ou, pelo menos, por convidar o jovem casal a visitar suas casas. Nessas ocasiões suntuosas, até Bix ficava meio constrangido e tendia a beber demais, pois entendia que aqueles eram indivíduos que raramente se misturavam com multimilionários como seus superiores na Scor Chemicals; aqueles eram indivíduos que nada sabiam das distinções cruciais de Fair Hills entre o Fair Hills Golf & Country Club e o Pebble Hill Tennis Club, e o Clube Feminino do Vilarejo e o Sylvan Glen Golf Club, porque eram pessoas que não desejariam ser sócias desses clubes, por mais "exclusivos" e "prestigiosos" que eles fossem.

Papai entendia, mas não mamãe. Mamãe se angustiava: como é que eles poderiam convidar "Mack" Steadley e sua esposa, Irma (herdeira listada na *Forbes*!), para um jantar na mansão colonial tão sem originalidade dos Rampike, com um mobiliário tão "comum" — e num simples lote de 8.000 m² —, quando os Steadley possuíam centenas de acres de terras no interior de Nova Jersey, acima do lago Hopatcong? Como poderiam convidar os Vizor, que moravam numa casa baronial "rural francesa" do tamanho de um castelo e criavam gado angus preto com pedigree? Como poderiam convidar os míticos Solomon, que eram donos de jornais, revistas e estações de televisão, e moravam numa mansão "contemporânea clássica" de quatro pavimentos, numa montanha particular, embora Mimi fosse "muito divertida, ansiosa por me falar da sua 'carreira de patinadora amadora' quando menina"?... — e papai a interrompeu.

— Caia na real, Bets. Use a cabeça. Se o seu Q.I. alcançasse o número do manequim do seu sutiã, você seria o Einstein da alameda Ravens Crest. Essa gente só estava nos dando uma examinada. Só isso. Tinham visto umas notícias sobre nós, os Rampike, "pais da", "patinadora-prodígio", "a próxima Sonja Henie". Não vão nos convidar de novo. Isso estava decidido antes mesmo de você abrir a boca pela primeira vez e se desmanchar em elogios sobre "que casa linda". Tinha que ver a sua cara, benzinho. E talvez a minha também. Eles não vão nos convidar outra vez, e é líquido e certo que nenhum deles aceitaria um convite para jantar na alameda Ravens Crest. *Comprehendez*, benzinho?

Comprehendez.

(ADMITA, SKY: VOCÊ NÃO SABE TERMINAR ESSA CENA. NÃO AGUENta ficar com ela nem mais um instante, mas também não consegue terminá-la. Precisa cortar logo para outra cena, mas aí o leitor desconfia-

do saberia que o escritor amador não é capaz de lidar com seu material quando ele se torna penoso demais. É claro que essa cena entre meus pais acabou chegando ao fim, mas ainda demorou vários outros minutos, porque eles estavam tirando a roupa para se deitar; o que entreouvi veio pela porta (fechada) do quarto de meus pais, e eu não estava presente para registrar o olhar chocado de mamãe, sua expressão abalada, nem vi papai despachando-a com um aceno da mão, recuando daquele jeito que ele sabia recuar — nesse caso, entrando no banheiro com passadas duras. Devia ser tarde da noite, um fim de semana, depois de papai e mamãe terem saído e passado horas bebendo numa ou noutra das deslumbrantes festas de Fair Hills que viviam frequentando — e oferecendo.)

CORTE RÁPIDO PARA "PARECE QUE FOI HÁ TANTO TEMPO, NÃO É, Skyler? Numa outra vida! Quando a mamãe não era muito feliz, e nós saíamos para dar aquelas voltinhas em Fair Hills, e ninguém nunca me telefonava, e eu ficava muito sozinha, e a... como era o nome daquele bebê? Ela vivia sempre chorando, chorando, *chorando*. Ah, se eu tivesse podido enxergar o futuro até onde estamos agora, Skyler! Podia ter me poupado algumas lágrimas".

Na mão triunfante de mamãe, um convite em letras impressas para o réveillon na casa dos Whittier.

FALTA DE MOBÍLIA. PEÇO DESCULPAS POR ISSO!

Quando mamãe reclamou que sua casa era "sem originalidade", "comum", deveria ter sido fornecido ao leitor um "contexto visual" (como num filme), para que essas palavras fossem registradas como irônicas. Isso porque, na verdade, a casa dos Rampike era mobiliada de forma dispendiosa/obsessiva com "móveis de época", na maioria dos aposentos do térreo usados para exposição, como num museu. Os leitores, provavelmente mulheres, que tiverem um interesse mórbido por mobiliário e decoração de interiores devem consultar as fotografias de *Casas imponentes de Nova Jersey. Uma excursão guiada*, de Jacqueline Bigelow, onde as páginas 48-53 mostram móveis parecidos com alguns dos que havia em nossa casa.

* * *

NO INVERNO DE 1995-1996, NA ESTEIRA DOS ADMIRÁVEIS NOVOS triunfos, títulos e troféus de Bliss Rampike (o mais divulgado dos quais foi o Campeonato Regional Feminino de Patinação Artística no Gelo dos Estados do Atlântico, no qual, na Divisão Um, Bliss tirou o primeiro lugar, com nota 5,7 dos 6 possíveis) vieram em rápida sucessão, como desejos realizados de um conto de fadas de Grimm de significado ambíguo, convites ainda mais numerosos, cartas que traziam os brasões de baluartes do privilégio em Fair Hills, como o Fair Hills Golf & Country Club, o Pebble Hill Tennis Club e o Clube Feminino do Vilarejo de Fair Hills; e mamãe ficava encantada, dando gritinhos pueris de alegria, agradecendo a Jesus de joelhos: "O Senhor confiou em mim, quando eu não tinha confiança em mim mesma." Mamãe teria ingressado avidamente em qualquer desses clubes — de imediato! —, mas papai recomendou "aguentar firme" à espera do Sylvan Glen Golf Club, que era mais prestigiado e, como todos sabiam, tinha entre seus sócios "seletíssimos" todos os megamilionários mais reverenciados de Fair Hills e desbancava todos os outros clubes. Mamãe argumentou, em tom súplice:

— Mas, e se o Sylvan Glen não nos convidar para sócios e os outros retirarem seus convites?

E papai respondeu:

— Está certo, aceite o clube feminino. Esse é só de mulheres. Mas não estrague isso para mim, benzinho. Deixe eu jogar as cartas direito.

(E ENTÃO, VOCÊ ACHA QUE O BIX "JOGOU AS CARTAS DIREITO"? Acha que o Bix *tinha* razão? Você está do lado do Bix? Torce o nariz para o Fair Hills Golf & Country Club, com seu quadro considerável de sócios, que inclui, desde o fim da década de 1980, um punhado discreto de sócios de "minorias étnicas", e prefere, como o Bix, o Sylvan Glen Golf Club, menor, mais elitista e menos conspicuamente "integrado"?* O que me irrita é isso: por mais que eu apresente dramaticamente e com rigorosa indignação moral um tipo como Bix Rampike, fadado a

---

* Haverá algum leitor que admita se interessar por clubes campestres? Clubes privados, "exclusivos" e "prestigiosos" como esses? Se houver, esta titica melancólica é para ele. (Para saber se Bix jogou suas cartas com astúcia ou imprudência, e se ganhou ou perdeu um convite para ingressar no Sylvan Glen Golf Club, você terá de continuar batalhando para avançar na leitura até o próximo capítulo, mais ou menos.)

ser um rematado e contumaz filho da puta, um valentão, babaca e predador "carismático", e (quem sabe?) o brutal agressor da própria filha de 6 anos,* alguns de vocês, uma fração confiável do público feminino, vão admirá-lo assim mesmo, e imaginarão, como invariavelmente fazem as mulheres que se sentem atraídas por homens desse tipo, que tais homens nunca as magoarão, mas vão amá-las ternamente.)

CORTE RÁPIDO PARA: "OH, ELA NÃO É UMA GRAÇA? *NÃO é?* E tão lourinha. E tão *pequena!*" É que a pequenina Bliss Rampike — e também o pequeno Skyler — estava ajudando a servir aperitivos (cogumelos recheados, apetitosas salsichinhas picantes, *vol-au-vents* de siri) na grande recepção de gala de mamãe e papai, que era a maior recepção que mamãe e papai já tinham oferecido em Fair Hills, uma festa sem poupar despesas, como declarara papai, uma recepção realmente de classe, com manobristas na porta — um pequeno pelotão de adolescentes ansiosos, com idade para frequentar o curso médio, contratados por papai: "Não se pode esperar que convidados como os nossos estacionem na rua e *andem*." Vista da rua, a espaçosa antiga mansão colonial do número 93 da Ravens Crest ardia em luzes como uma árvore de Natal. Dentro da casa havia exuberantes arranjos de flores, não um, mas dois bares com "serviço completo", atendidos por barmen profissionais, e por entre os presentes circulavam jovenzinhas atraentes, de uniforme branco, para servir os convidados. Em meio à babel de vozes agudas e risadas ouvia-se o melancólico dedilhar gaélico de uma harpa, vindo do patamar da escada no primeiro andar, onde uma harpista de ar etéreo tocava com dedos longos e finos. Que animação! Quanta gente! É que, quando a pessoa é popular como Bix e Betsey Rampike e recebe muitos convites, também tem que oferecê-los naturalmente: "retribuir". É preciso "receber". Skyler andava escutando isso com frequência. Uma festa é como uma porção de encontros lúdicos marcados ao mesmo tempo, envolvendo tantos nomes quanto possível na pirâmide de cartolina cor-de-rosa da mamãe. Papai

* Agressor brutal da própria filha de 6 anos. Isso é possível? Será que escrevi mesmo estas palavras terríveis? É óbvio que as escrevi numa explosão de raiva e agora deveria retirá-las, mas... acho que vou deixá-las ficarem aí. E se o papai quiser processar o filho brigado com ele, pois que processe. Os tabloides estão à espera de novos escândalos dos Rampike.

era atarefado demais para se envolver no planejamento de festas, é claro, embora as adorasse, às vezes até mesmo chegando do aeroporto, do "exterior", para tomar banho e fazer a barba às pressas, e tornar a descer correndo, já à chegada dos primeiros convidados, estendendo a mãozorra amistosa de Bix Rampike para um aperto de quebrar os ossos. E papai tinha o "veto final" na lista de convidados, é claro: nenhuma pessoa seria convidada à casa dos Rampike pelo simples fato de mamãe gostar dela, ou sentir pena dela, ou de ela ter sido "boazinha". Regra número um da vida social! Quando mamãe fazia um débil protesto, "Ah, mas, puxa, Bix, será que não podemos abrir uma exceção para...", papai sacudia seu dedão indicador com um ar cômico de ameaça, feito Jack Nicholson em *O Iluminado*: "Batta, benzinho. Bat-*ta*."

Bat-ta? Parece que significava "caso encerrado", como Skyler aprendeu.

— Ah! Você é a... "Bliss"? Vi sua foto no jornal, eu acho! Bessie, não, não, Betsey! Você deve estar *muito orgulhosa* dessa menina!

Dentro de uma hora, agora que havia escurecido do lado de fora das janelas da casa, cheias de reflexos da recepção de gala, a pequena Bliss e o pequeno Skyler deveriam ser recolhidos por uma das Marias e levados para o andar de cima, a fim de tomarem banho e serem postos na cama, justo no momento em que havia um zumbir febril no sangue de Skyler, um sorriso sofrido em seu rostinho de menino, porque Skyler havia enfiado em sua cabeça dura que a mamãe, que era Betsey Rampike nessa reunião, a Betsey que era mulher de Bix e mãe da Bliss, tinha que ser protegida do perigo ou de mágoas — vindos de que fonte, Skyler não fazia ideia. Isso porque uma festa é um momento feliz, não é? Uma ocasião alegre, estonteante feito uma montanha-russa, na qual os adultos bebem porque estão felizes e querem ficar mais felizes ainda, uma ocasião mágica e repleta de mistérios, como um navio singrando águas desconhecidas, revoltas, turbulentas, com a proa embicando, o convés se inclinando, impossível saber se toda aquela agitação é uma coisa boa, ou não tão boa assim. Skyler, carregando uma bandeja de aperitivos, também chamava uma certa atenção: pelo menos, os convidados de seus pais paravam para pegar os petiscos deliciosos e lhe agradecer. Que homenzinho adorável. Esse é o... Scooter? O filho do Bix e da Betsey? O cabelo castanho-acinzentado e ondulado de Skyler tinha sido umedecido para ficar no lugar; Skyler fora arrumado pela Maria Pequena, que o vestira com seu blazer verde-caçador do Externato Fair

Hills, que trazia a insígnia da escola no bolso; sua camisa era de algodão branco, imitando a camisa branca do papai, a gravata de presilha era a gravata verde-escuro da escola, e as calças eram as de veludo cotelê usadas pelos meninos no Programa de Golfe Amador para Juniores. Incumbido pela mamãe da responsabilidade de "ajudar" — carregar uma bandeja de aperitivos por entre os convidados —, ele tinha a angustiante consciência de que mamãe e papai talvez o estivessem observando e havia jurado não mancar! — nem mesmo deslocar o peso do corpo para uma das pernas e, sem querer, tornar-se uma visão risível (isso porque, no Externato Fair Hills, Skyler ficara mortificado ao ver alguns mesquinhos colegas de turma zombarem dele, cambaleando para lá e para cá como se tivessem uma perna mais curta que a outra, para divertimento dos observadores) entre os adultos estranhos de copo na mão, que avultavam acima dele, dando empurrões nele e em sua irmã, que segurava uma bandeja de aperitivos numa inclinação perigosa, porque Bliss era uma menina muito desajeitada e sem coordenação em terra, por mais que fosse graciosa e decidida no gelo, e atacada por uma timidez que parecia sarampo, embora ansiasse por ajudar a mamãe nessa ocasião crucial, porque a mamãe levara semanas planejando essa festa, a mamãe estava comemorando a carreira triunfal de Bliss, e mais vitórias ainda que viriam — havia "negociações" em andamento, das quais ninguém tinha conhecimento senão a mamãe! —, e mamãe tinha vestido Bliss como uma réplica de Betsey Rampike em forma de boneca: mãe e filha usavam glamorosos vestidos de dança, feitos de veludo zebrinha molhado e aderente, com o corpete provocantemente justo e a saia rodada, meias pretas com estampa em losangos e reluzentes sapatilhas de verniz preto, enfeitadas com rosas de tecido vermelho. Uma visão e tanto! Podia ter sido pintada por Velázquez, ou por Goya num dia de bom humor! (Renoir? Whistler? Otto Dix?) O capacete de brilhante cabelo castanho-escuro da mamãe cintilava com *glitter*, o cabelo louro e cacheado de Bliss cintilava com *glitter*. Aplicado com habilidade, com um toque levíssimo, porque Betsey Rampike desaprovava ardorosamente as mães de patinadoras que "maquiavam" as filhas como "rameirinhas pintadas". Mamãe havia transformado o rostinho de menina insossa de Bliss num rostinho de menina bonita, passando um lápis castanho-claro nas sobrancelhas desbotadas e quase inexistentes da filha e "aplicando de leve" — "só um pequeno toque" — um batom rosa-coral nos lábios pálidos de Bliss. E talvez um pouquinho de base líquida, e um "toque" de pó aplicado com arte. (É que a ironia, como poucas pessoas sabiam, e certamente não os fãs que adoravam Bliss Rampike, é que Bliss não era especialmente bonita, não era nem mesmo o que se chamaria de bonitinha; mas é muito mais fácil embelezar um rosto de criança que um rosto adulto, para quem entende do riscado. E Betsey Rampike havia aprendido!) A própria mamãe estava linda nessa noite, achou Skyler, porque os olhos da mamãe brilhavam feito pedras preciosas, dramaticamente delineados com delineador preto, e os lábios de mamãe eram cheios, carnudos, reluzindo em vermelho, e as rugas e "pés de galinha" de seu rosto, que a tinham deixado tão aflita e macambúzia nos últimos meses — perguntando em tom queixoso o que havia de mais desleal, mais injusto do que rugas causadas pelo *sorriso*, pelo fato de uma pessoa ser gentil e *sorrir* —, haviam sumido misteriosamente, depois das consultas com o Dr. Screed, o dermatologista/otorrinolaringologista de Fair Hills, muito recomendado pelas novas amigas da mamãe. Em especial, ela ficava encantada por conduzir os ansiosos convidados que acabavam de chegar até sua filha, que se postara feito uma princesa de contos de fadas num canto da sala de estar; como Betsey ficava encantada quando suas amigas deslumbravam-se com Bliss, os olhos arregalados de assombro/inveja: "Ohhh! Que coisa adorável é essa criança! E essa roupa mãe-e-filha combinando, *incrível*!"

A mamãe de sorriso radiante, porém, continuava a ser a mamãe observadora, que via que a filha não estava levantando o rosto angelical para a Sra. Frass (esposa do juiz) nem estabelecendo contato visual com a Sra. Muddick (mulher de um megamilionário), mas olhando fixo para o espaço, feito uma boneca mecânica. Com parte de sua mente hipervigilante (*onde é* que está o Bix? onde foi que o Bix se enfurnou, e *por quê*?), mamãe estava ciente de muitas coisas que aconteciam em sua festa fora do seu campo visual, ao mesmo tempo que beliscava discretamente a carne macia do braço de Bliss e a repreendia de leve, para que ela desse um beijo na Sra. Fenn, por favor! (A Sra. Fenn, mulher de outro construtor megamilionário, poucos meses antes havia esnobado a pobre Betsey Rampike numa recepção de gala para angariar fundos, promovida pelas Voluntárias da Alfabetização de Fair Hills.) Bliss consentiu, mas com um tremorzinho de desagrado detectável apenas pelo olhar arguto da mamãe, do mesmo jeito que consentiu em ser abraçada, afagada, levantada no colo e "beijocada" por Harry Fenn em pessoa. Mas a mamãe intuiu o quanto Bliss relutava em ser agradável com seus convidados; mamãe não gostava desse nucleozinho (secreto, sub-reptício) de resistência da filha (como um câncer de medula, invisível para o olhar desavisado), assim como *não gostava* que Bliss tirasse o "aparelho" de plástico da boca durante a noite e o escondesse embaixo do travesseiro, ou, pior ainda — como se a mamãe não soubesse, já que a mamãe tinha acesso contínuo à filha pela abertura da porta da parede do berçário que dava para o quarto de mamãe e papai —, jogasse-o embaixo da cama.

— Bliss, cuidado, meu docinho. Hmmm? (Era só uma pequena advertência, disfarçada por um beijinho materno e por uma ajeitada materna no corpete de zebrinha.)

Mas a mamãe estava de bom humor nessa noite! Estava, *sim*! Bebendo um vinho tinto francês caro, que não poderia ser mais delicioso, comprado às caixas por papai através de seu amigo/mentor na Scor Chemicals, Mel Hambruck. Mamãe tinha jurado que não ficaria aborrecida/aflita/agitada por causa da insubordinação de Bliss, *não ficaria*. Skyler tinha um sentimento protetor em relação à mãe e ficou triste ao ver que mamãe estava bebendo demais, e que, sem saber, tinha respingado vinho tinto no peito inflado de seu vestido de zebrinha; Skyler estava decidido a não sentir inveja da coitadinha da Bliss nessa noite, embora fosse ela a criança que os convidados queriam ver, ou, pelo menos, alguns convidados, em sua maioria mulheres, que soltavam exclamações a respeito da "menina angelical" que lhes trazia à lembrança suas próprias filhas, já não tão pequenas e nem de longe tão parecidas com bonequinhas angelicais. Quase todas essas convidadas exclamativas eram mulheres como a do reverendo "Archie" Higley, com seu manequim 46, e a Sra. Cuttlebone, a corretora de imóveis que vendera aos Rampike a casa deles, e a Sra. Whittier (a amiga/mentora da mamãe que a havia indicado para ser sócia do cobiçado Clube Feminino do Vilarejo), e a Sra. Stubbe e a Sra. Burr, todas com um cheiro tão forte de perfume que Skyler sentiu um espirro iminente, uma sensação de coceira/cócegas no nariz; ou talvez aquilo fosse resultado de o garotinho travesso vir bebericando sub-repticiamente, nos copos deixados de lado, vinho tinto, vinho branco, uísque escocês diluído por cubos de gelo derretidos, depressa, antes que a mamãe visse! depressa, antes que o papai visse! Um par de pernas (masculinas) chocou-se com Skyler: "Ah, oi, desculpe... é o Scooter?... desculpe, meu filho, não era minha intenção derramar meu drinque em você, não se culpe por fazer cara feia para mim, filho, mas eu sinto muito, Scoot. *De verdade*." Não muito longe dali, do outro lado de uma mesinha de centro onde havia uma pilha de copos e pratos sujos, mamãe não tomou conhecimento da aflição de Skyler, porque estava exibindo a filha para várias pessoas recém-chegadas; deviam ser convidados VIP, a julgar pela voz trêmula da mamãe ao apresentar Bliss à Sra. Klaus (uma das louras manequim 38, empertigadas, ricas e aristocráticas de Fair Hills, sobre as quais terei outras coisas a dizer mais adiante) e à Sra. Kruk ("Biffy", uma das dirigentes do Clube Feminino do Vilarejo e mãe do bolachudo psicopata incipiente Albert Kruk, um notável ex-companheiro de brincadeiras), e à elegante Sra. O'Stryker (uma vizinha da alameda Woodsmoke, casada com "Howie" O'Stryker, promotor do condado de Morris e parceiro de Bix no squash), que insistia em que Bliss levantasse a cabeça e dissesse oi, benzinho? e desse um sorriso? —, enquanto uma mulher de batom brilhante erguia-se sobre Bliss (a Sra. Marrow?), empurrando--lhe um guardanapo de coquetel: "Quer autografar isso para a minha filha, querida? Significaria muito para a minha Mildred, pobrezinha, que tem paixão pela 'patinação artística', mas não tem a menor coordenação motora, receio." Mamãe ajudou Bliss, alisando o guardanapo amarrotado sobre uma mesa, para que a menina pudesse escrever nele, com a mão trêmula de uma criança de muito menos de 6 anos...

... enquanto Skyler, aturdido, zonzo e enjoado por causa dos restos de todo tipo de bebida abandonada que andara engolindo na moita, foi levado a compreender que *Esta festa não vai acabar nunca, estamos presos aqui para sempre, não posso proteger a mamãe do sofrimento, e não posso proteger a Bliss, não posso proteger nem a mim mesmo.**

* * *

---

* O leitor cético recua, incrédulo: "Mas, que diabo, um garoto de 9 anos, entupido de remédios e meio bêbado, não é capaz de uma "epifania" tão profunda, isso é papo furado." Mas eu lhe asseguro, caro leitor, com todo o seu ceticismo, que foi *exatamente assim que Skyler Rampike se sentiu ao ver a irmãzinha assinar um guardanapo amarrotado de coquetel.*

CORTE RÁPIDO PARA: PAPAI

Deve ter sido poucos minutos depois — quando Skyler cambaleou/mancou, numa pressa frenética, para um dos dois lavabos do térreo (aos quais normalmente lhe era vedado o acesso, assim como era vedado o acesso a Bliss, porque a mamãe não queria que suas miniaturas caras de sabonete de fragrância especial, em formato de conchas, tartarugas e pássaros minúsculos, e suas delicadas toalhas de mão de linho irlandês fossem pilhadas pelas mãos encardidas dos filhos), e vomitou uma mistura nojenta de líquidos ácidos e uma polpa mastigada de *vol-au-vents*, salsichinhas picantes e cogumelos recheados, que ele não sabia ter devorado em tamanha quantidade, e emergiu, trêmulo mas enxergando com clareza e "sóbrio" — que ele foi atraído por vozes masculinas zurradas e observou o papai num canto da sala de jantar, perto de um dos bares com serviço completo, na companhia de diversos homens, entre os quais Bix Rampike era o mais jovem, e que presença a dele! Bix Rampike! Ombros largos, rosto de traços marcados, um tipo americano de beleza rude e sorriso fácil, que se ofendia num piscar de olhos e era capaz de dar a outro a roupa do corpo, ou de lhe enfiar um murro no estômago, se o sujeito insultasse seus filhos, sua mulher, sua bandeira, seu patrão na empresa ou seu Deus. Com uma ruga de seriedade na testa e um lampejo nos olhos "castanhos e emotivos", Bix usava um blazer caro de pelo de camelo, encantadoramente amarrotado. Nos pulsos de todos os homens havia o que pareciam ser relógios Rolex, mas o Rolex de Bix era o menos vistoso, já que ele era o mais jovem daqueles homens corpulentos, e inclinava a cabeça num ângulo respeitoso enquanto ouvia o esbravejar indignado de seu amigo/mentor na Scor Chemicals, Mel Hambruck, e enquanto Morris Kruk, de rosto vermelho, "Howie" O'Stryker, com seu metro e noventa de altura, e um outro homem não identificado (branco, jovial em sua meia-idade) emitiam aqueles grunhidos e davam aquelas balançadas veementes da cabeça que significam *É! É isso mesmo! Estou de acordo.* Com ar desdenhoso, disse Mel Hambruck:

— ..."derretimento global"... isso é o pior tipo de farsa desde o Holocausto, mas sabe o que mais? Se você diz uma coisa dessas, você é crucificado pela imprensa esquerdista dos judeus. Então, o negócio é bico calado. Nós sabemos das coisas, não é?

Houve uma pausa, enquanto os homens erguiam seus copos para beber, possivelmente para matutar, ou então, possivelmente, na barulheira festiva da recepção não havia necessidade de refletir, e então Bix Rampike veio em socorro deles, dizendo:

— "Aquecimento global", acho que você quer dizer "aquecimento", Mel... Na verdade, isso tem certo fundamento, Mel. Ando lendo todos esses textos de ciências, assino a *Scientific American*, e a gente vê os gráficos. "Calotas polares", "mar Cáspio". Só que o que eles não dizem é isto: o aquecimento global é uma realidade geológica. Lembrem-se da Era Glacial, que antecedeu o *Homo sapiens* em milhões de anos. O *Homo sapiens* só está por aqui há uns cinquenta mil anos, e o grande barato conosco é que nós temos a "oposição do polegar", e andamos eretos, e também aprendemos a cultivar a droga da nossa própria comida, em vez de persegui-la pela floresta com o rabo de fora, como eles continuam a fazer, os "aboriginais", em algumas partes do mundo. Ora, cinquenta mil anos são uma piscadela no Tempo! Na galáxia, o Tempo é relativo. É como um espaguete mal cozido que se retorce em volta dele mesmo, espiralado e emaranhado. Não vai pra frente nem pra trás. São as duas coisas. Então, se as coisas não tivessem esquentado um pouco depois da Era Glacial, onde é que nós estaríamos? O *Homo sapiens* não teria nascido, porra! Isso é ou não é uma realidade profunda? Às vezes eu fico pensando, acordo no meio da noite e penso, caramba! A gente podia não ter conseguido, a nossa civilização está pendurada por um fio. Então, "aquecimento global" é só o jeito de as coisas funcionarem na natureza. Foi o que Darwin quis dizer com "evolução". E nós somos o que Darwin quis dizer com "evolução", eu me refiro a nós aqui, em Fair Hills, Nova Jersey, somos "os frutos da seleção natural".

O jovem Bix Rampike falara de maneira tão convincente, e com tanta eloquência, que seus companheiros só tiveram de grunhir sua concordância veemente, pois o que se poderia acrescentar ao discurso admirável de Bix, a não ser, como disse Howie O'Stryker, impressionado:

— É justamente o que eu ia dizer, meu amigo. Eu brindo a isso.*

---

* Bix Rampike devia ter concorrido a um cargo público, é nisso que você está pensando? Primeiro, senador estadual, depois, senador da república pela chapa republicana? Na verdade, os republicanos do condado de Morris procuraram meu pai mais de uma vez, nos anos finais do governo Clinton, sentindo que uma mudança sísmica se aproximava, mas papai não quis: havia muito mais dinheiro no mundo empresarial e o sujeito não tinha que ser eleito para cargo nenhum, simplesmente tomava posse.

E todos brindaram.

Corte rápido para: solário, nos fundos da casa. Era o aposento favorito da mamãe, decorado por ela com móveis de vime branco, almofadões e almofadas em cores vivas de papagaio, árvores-da-borracha e laranjeiras em vasos de cerâmica. Para a recepção, o solário fora iluminado à luz de velas, mas a maioria delas tinha queimado quase até o final, outras estavam apagadas e não havia ninguém ali, a não ser Skyler, que tinha perambulado para longe da festa já agonizante, ultrapassada fazia muito a sua hora de dormir, mas o garoto matreiro conseguira passar despercebido. Skyler teve a incômoda sensação de que Bliss estava à sua espera lá em cima, na cama, Bliss que dormia com o abajur da Mamãe Ganso aceso a noite inteira, porque tinha medo do escuro, embora seu quarto ainda fosse o berçário, com uma porta que dava para o quarto de mamãe e papai; Bliss estava triste e solitária e com o tornozelo doendo, mas Skyler não ia se sentir culpado pensando na irmãzinha, não nesse momento. Tomou uma golada de vinho tinto de uma das taças, outra de vinho branco, tossiu, engasgou-se, continuou a engolir; parecia não ter aprendido a lição sobre recolher as sobras de bebidas alcoólicas em festas; tinha ouvido garotos da escola se gabarem de ter-se embriagado com restos de festa como esses, droga! Ele desejou ser amigo de Fox Hambruck: o velho Foxie apreciaria sua história fanfarrona de ter-se embebedado não uma, porém duas vezes, sem ser apanhado pelos pais. Ouviu alguém se aproximar do lado de fora do cômodo e se agachou, meio sem jeito, atrás de uma cadeira de balanço de vime; no vão da porta havia um casal sussurrando e rindo; Skyler teve um vislumbre de um homem alto e uma mulher de cabelo louro frisado e risinho gutural, e as mãos do homem apalpavam as costas quase nuas da mulher, e até um pirralho assexuado de nove anos era capaz de entender que aqueles dois não eram casados um com o outro...

Caramba, você está linda   quando é que eu vou vê-la
cretino você   não ligou de volta na semana passada
benzinho   eu estava viajando
ora, vamos, Bix   se alguém nos vir
Diga que   o seu carro enguiçou   eu levo você em casa
Está maluco?   E o Cal?
Dane-se o Cal   ele está aqui?   não vi o Cal
É claro que o Cal está aqui   está bêbado

Se está bêbado, não pode levá-la para casa, pode?
Não posso largá-lo aqui, pelo amor de Deus, Bix
Louco por você, benzinho
E a sua   a sua mulher?
O que tem ela?

CORTE RÁPIDO. QUALQUER LUGAR FORA DAQUI!

A patinadora. No berçário, à noite, flutuando na caminha de menina com a cabeceira de cetim branco, decorada com patinadorinhas cor-de-rosa e douradas de cetim, Bliss dormia. Não um sono tranquilo, mas um sono irrequieto, suado, resmungado, porque Bliss estava patinando num lugar que era desconhecido e pouco hospitaleiro, e um refletor ofuscante a seguia; quando Bliss dava uma guinada súbita no gelo, cortando-o com as lâminas para virar numa direção inesperada, mesmo assim o refletor pulava atrás dela, na verdade, pulava à frente dela, insólito e voraz como uma criatura viva. Os olhos de Bliss estavam cegos, seus olhos estavam cheios de umidade; mamãe andara notando ultimamente, e outras pessoas haviam notado que os olhos de Bliss pareciam encher-se de umidade quase o tempo todo, as lágrimas brotavam de seus olhos e lhe sulcavam o rosto, embora ela não estivesse chorando. *Bliss, que há de errado com você?* — mamãe implorava, mas não havia resposta. Bliss não tinha resposta, virando-se e patinando para longe, fechando os olhos para evitar o holofote ofuscante. Apesar de Bliss ter 6 anos e já não ser realmente pequenininha, mamãe havia insistido em que ela permanecesse no berçário, bem juntinho do quarto da mamãe e do papai, com a porta na parede que podia ser trancada de um dos lados (o da mamãe e do papai), mas não do outro. Mamãe mandara repintar e remobiliar o berçário, que com isso tinha-se tornado um quarto muito bonito de menina, com cortinas franzidas de organdi cor-de-rosa e espelhos com molduras de vime branco, e nas paredes cor-de-rosa e creme havia fotografias emolduradas das vitórias de Bliss na patinação, numa sequência cronológica que começava pelo já histórico Campeonato de Patinação Mirim de 1994, em cuja foto a pequena patinadora era uma figura minúscula entre a mamãe, radiante de alegria, e o gigantesco Jeremiah Jericho, com sua cara de lagarto e seu smoking espalhafatoso. Durante o sono, Bliss tinha o hábito de ranger os dentes de trás e passou a respirar asperamente pela boca, como se estivesse arfando, porque havia alguma coisa errada com o gelo sob as lâminas de seus patins, o gelo não era liso, e sim grumoso e ondulado, e o refletor ofuscante fazia seus olhos arderem. Ela fora fechada a zíper dentro de um traje de patinação justo como um maiô, ora era a roupa de cisne com lantejoulas brancas e plumas brancas esvoaçantes, ora era a roupa do *Bolero*, com lantejoulas vermelhas, corpete com (só um pouquinho) enchimento e saia com uma fenda — e as calcinhas de renda preta aparecendo por baixo? —, e Bliss começou a transpirar dentro do traje em que a mamãe a prendera tão apertado, Bliss começou a transpirar por dentro da máscara cosmética que a mamãe aplicara em seu rosto como se fosse massa de vidraceiro, ou talvez fosse a roupa de cama que se havia embolado embaixo de Bliss, ou talvez a camisolinha de flanela cor-de-rosa se houvesse enroscado entre suas pernas. Houve um tremor na pálpebra esquerda de Bliss, uma fisgada súbita de dor em seu tornozelo esquerdo, aquela dor conhecida; era o tornozelo esquerdo de Bliss Rampike que viria a traí-la. Mamãe tinha dito: *Precisamos manter isso em segredo! Nossos rivais se regozijariam.* Exceto pelo refrigerante de cereja e alguns aperitivos da bandeja que ela estivera carregando, Bliss fora dormir com fome, girando sobre a lâmina dos patins, girando de maneira muito brusca, a plateia estava murmurando em algum lugar nas sombras, ou talvez fosse o som que vinha do outro lado da parede, as vozes que passavam pela porta fechada, era muito tarde, até dormindo Bliss compreendia que era muito tarde, que os convidados de seus pais tinham ido para casa, finalmente, que havia portas de carros batendo, carros partindo, as risadas altas e alegres tinham ido embora, as criadas de uniforme tinham ido embora, as Marias se foram. Papai estivera fora em algum lugar, em seu carro, e papai tinha voltado tropeçando pela escada, falando sozinho, e no quarto grande mamãe o esperava — *Como você pôde fazer isso? Me humilhar! Num momento como esse! Na frente de nossos amigos! Eu odeio você!* —, justo no momento em que Bliss patinou até os fundos do rinque, tentando não ouvir as vozes do outro lado da porta, decidida a não ouvir, patinando/deslizando/girando, embora o tornozelo esquerdo latejasse de dor e sua cabeça latejasse de dor, e as faces estivessem molhadas de lágrimas e a boca estivesse muito seca, e, ah! aquela sensação na boca do estômago que significava perigo! Sua bexiga estava apertada, mas ela não podia parar de patinar, tinha que concluir seu número, o *Bolero* ia acelerando o ritmo, mais rápido, cada vez mais rápido, e a plateia começava a aplaudir, como uma cascata ensurdecedora a plateia começava a aplaudir, e Bliss sentiu a bexiga estourar, não pôde despertar do sono a tempo de conter o primeiro jato quente de urina que sujou sua camisola de flanela cor-de--rosa, e molhou os lençóis rosa e creme e o colchão embaixo deles, essa era a coisa feia que Bliss fora ensinada a não fazer, não desde a época em que era uma menininha bem pequenininha que tinha aprendido a usar o troninho *menina malvada! Edna Louise feiosa! Você é má de propósito, não é?, você nem tem tentado, não é? Que menina porca, de quem é essa menina porca? Ah! olhem só para a menina malvada, que vergonha essa menina malvada, a Edna Louise, ninguém queria você nesta casa, a mamãe e o papai vão mandar você de volta, Edna Louise feiosa e porca!* Mas agora ela era Bliss, era Bliss e não Edna Louise, e acordou confusa na cama, assustada e em culpa na cama, porque o molhado ia ficando frio rapidamente, e cheirava mal, e o colchão estava encharcado, e também os lençóis e a camisola, e não haveria onde se esconder, nenhum lugar onde a mamãe não a encontrasse.

Menina malvada! — I

QUE FAZIA XIXI NA CAMA.

E tentava esconder as provas.*

QUE ANDAVA DORMINDO.

Levantava da sua caminha de menina no berçário durante a noite.

De olhos abertos, mas dormindo, sem parecer saber onde estava ou o que fazia, como alegava depois — "parecia um sonho", "uma coisa me obrigou, não fui *eu*" —, ela rondava a casa às escuras, esbarrava nas coisas, descia a escada com imprudência, caía na escada (atapetada) e, perplexa e choramingando, ficava deitada no patamar do primeiro andar, confundido com sua cama — "onde era pra eu dormir".

Será que os episódios de sonambulismo eram mais frequentes quando Bliss estava se preparando para um campeonato de patinação? Ou quando Bliss se exercitava no rinque durante mais de três horas por dia? Foi o que perguntou um ou outro dos psicólogos/neurologistas/

---

* Pobre Skyler! Quando a Bliss tinha seus "acidentes" de urinar/empestar a cama, a quem recorria, senão a ele? Abria a porta do quarto do irmão (que, como porta de um mero quarto de criança, não tinha fechadura), acordava-o com rudeza e lhe implorava: "Me ajuda, Skyler!", "Skyler, aconteceu uma coisa na minha cama!", "Skyler, tem uma coisa ruim na minha cama" — e queria que ele tirasse o lençol molhado/malcheiroso/nojento e o substituísse por um lençol limpo; e Skyler se aborrecia por ser acordado, mas em geral concordava em ajudar, porque a irmã ficava muito agitada e arrependida, embora o colchão da sua cama continuasse úmido e manchado e fedido, e a Maria, que tinha a tarefa interminável de fazer todas as camas dos Rampike, provavelmente fosse relatar esse fato à mamãe.

terapeutas infantis a quem a menina foi levada naquele seu último ano de vida.

QUE DESAPARECIA.

Skyler, onde está a sua irmã? Ah, onde foi que aquela menina malvada se meteu agora?

Mamãe ria, embora ficasse agitada, porque era fatal a mamãe saber que, embora Bliss não estivesse em sua cama, não estivesse em seu quarto, não estivesse em seu banheiro nem em qualquer dos cômodos em que mamãe havia procurado, nem embaixo das camas desses cômodos, ou dos sofás, ou atrás das cortinas, a Bliss tinha que estar em algum lugar da casa, pois ninguém invadira o local para sequestrá-la. Era fatal que a mamãe soubesse.

Só para me deixar preocupada! Para me fazer pirraça! Para me deixar nervosa! Ela faz isso de propósito, aquela menina malvada!

No entanto, às vezes Bliss estava (quase) em plena vista: por exemplo, dormindo enroscada, feito um bichinho de livro de histórias infantis, na alcova ensombrecida embaixo da escadaria da entrada. E às vezes ela se enroscava no sofá caseiro, com o estofado cheio de bolinhas, que ficava na sala íntima do porão, nunca utilizada pelos Rampike, e parecia uma sala pertencente a uma família de fantasmas que dividisse a casa conosco e a quem nunca víssemos: era abrir a porta e lá estava a Bliss adormecida, o rostinho abatido virado para cima, o cabelo desgrenhado, a respiração rouca pela boca entreaberta, descalça, crispando-se espasmodicamente, com sua linda camisola bordada cor-de-rosa desfigurada pelas manchas.

E este era o esconderijo mais estranho da Bliss: o piso sujo e manchado da sala das caldeiras, onde duas fornalhas iguais, semelhantes a grandes feras, palpitavam e vibravam quando fazia frio.

Mas Bliss protestava que não estava *se escondendo*. Apenas estivera *sonhando*. E o sonho a levava para onde quer que fosse o lugar *em que ela devia dormir*.

QUE CHUPAVA O POLEGAR!

Chupava todos os dedos!

Era um hábito nervoso, é claro. Um hábito infantil que uma criança de 6 anos deveria ter superado anos antes. (Como urinar na cama.) (Como pior do que urinar na cama, que às vezes também acontecia.) Esses maus hábitos já eram bastante aborrecidos em casa, quando apenas a mamãe e Skyler eram testemunhas, mas se revelavam totalmente inaceitáveis em público, onde outros poderiam ver — no rinque, por exemplo, ou, pior ainda, quando Bliss era entrevistada, entrevistada na televisão, sob luzes de um brilho ofuscante!

Bliss, como é que você pôde fazer isso? Justo na televisão! Eu já não lhe disse e repeti para ficar com as mãos longe da boca? Só bebê é que chupa o dedo! As suas mãos são cheias de micróbios nojentos! E a impressão que isso dá... ah, benzinho, é uma impressão horrível!

NERVOSA, AGITADA! IRREQUIETA! O PIOR ERA NA IGREJA, NAS manhãs de domingo, no banco da família Rampike, quase diretamente em frente ao púlpito do reverendo Higley, quando o reverendo Higley fazia seu sermão, quando o coro da Igreja Episcopal da Trindade entoava hinos numa voz alta e jubilante, que entrava na cabeça da pessoa feito um zumbir de abelhas, era aí que a Bliss ficava mais desassossegada, vítima da sua "perna agitada": por mais que tentasse se sentar sem se mexer, quietinha como uma boa menina, surgia invariavelmente aquela sensação de formigamento em sua perna esquerda, que a menina tentava "conter", à medida que formigava cada vez mais, até que a perna acabava "pulando"; mesmo que Bliss tentasse segurá-la para baixo com as duas mãos, empurrando o pé com força contra o chão, a perna rebelde se soltava com um chute e fazia as pessoas em volta olharem para Bliss, perguntando-se qual era o problema dela. E a pobre da mamãe tentava sorrir, mordendo o lábio para não chorar, porque nada deixava Betsey Rampike tão transtornada quanto ser constrangida em público naquele elegante lugar de culto em Fair Hills, quanto o mau comportamento de seus filhos!

Você pode controlar essa agitação, Bliss, se você se esforçar. Eu aprendi, todos aprendemos!, e você também pode, se tentar.

ATÉ NO RINQUE DE PATINAÇÃO, ÀS VEZES BLISS SE PORTAVA MAL.

Afastava-se de repente, patinando para o extremo oposto do rinque, alheia às outras patinadoras que a fitavam, à mamãe e à (nova) treinadora, Masha Kurylek, que a chamavam.

Ela podia estar treinando sua série fixa para o torneio que se aproximava, o Campeonato de Patinação Miss Realeza de 1996 (no qual se apresentaria ao som de *O pássaro de fogo*), ou, quem sabe, treinando sua série para o Desafio de Patinação Miss Princesinha do Gelo de Jersey (no qual patinaria/dançaria ao som da sensual música de discoteca *Do What Feels Right*), e de repente, sem o menor aviso ou explicação, simplesmente patinava para longe, como se Masha Kurylek não estivesse no gelo com ela, dando-lhe instruções, e como se a mamãe não estivesse sentada na primeira fileira de assentos, falando no telefone celular, que a mamãe largava imediatamente, para correr até a borda do rinque e gritar *Bliss, aonde você vai? Bliss, volte já aqui!*

Mamãe, com suas elegantes botas justas de couro até o joelho, não se atrevia a se arriscar no gelo, por medo de escorregar. Assim, Masha Kurylek (medalhista de prata olímpica, patinação artística feminina, 1992) tinha que patinar às pressas atrás da menina, para trazê-la de volta, apertando com força a mãozinha de sua pupila. "Por que você se afastou desse jeito?", perguntava mamãe, com a voz trêmula, e a princípio Bliss parecia não saber responder, dando um sorriso tímido, ou um sorriso de desafio, e resmungando "... foi a minha perna agitada que me fez fazer isso, mamãe, não fui *eu*".

MENTIROSA!

Dizia inverdades terríveis!

E com a vozinha mais displicente de menina, a ponto de a gente jurar que aquelas mentiras tinham que ser verdade.

Num raro encontro para brincar, por exemplo, com uma colega de turma que ela havia conhecido na escola Montessori, cujo sobrenome — "Hover" — figurava com destaque na pirâmide de nomes mágicos de Fair Hill feita pela mamãe, enquanto assistia a um vídeo da *Cinderela* de Disney, de repente Bliss falou:

— Eu fui adotada. Fui achada em algum lugar.

— Ah, foi? Onde?

— Eles não dizem onde pra gente. Ninguém diz.

Bliss deu um risinho. Depois, começou a chorar.

Naturalmente, a pequena Miranda transmitiu essa notícia chocante à sua mamãe e, naturalmente, a Sra. Hover espalhou a história por Fair Hills através do Clube Feminino do Vilarejo, onde as sócias se encontravam com frequência para almoçar, e assim, naturalmente, a história chegou aos ouvidos de Betsey Rampike, que ficou transtornada — "Isso não é verdade, não é! Não há um pingo de verdade nessa mentira!" — e sentiu necessidade, mesmo sabendo que provavelmente não era uma ideia prudente deixar transparecer tanta emoção num lugar como Fair Hills, de dar numerosos telefonemas aflitos, garantindo a suas amigas/conhecidas que sua pequena Bliss certamente não fora adotada, mas tinha o hábito travesso de inventar, de criar histórias — "De 'fabular', é esse o nome dado pelo neurologista da Bliss, o Dr. Vandeman, que diz que todas as crianças fantasiam, isso não é anormal nem incomum, é sinal de uma imaginação saudável, mas, no caso da Bliss, não há um pingo de verdade no que ela disse: sou a mãe biológica da Bliss e o Bix é seu pai biológico. Nós *somos*."*

DESOBEDIENTE. SORRATEIRA/SONSA.

Não se podia confiar em que ela comesse os alimentos da dieta especial que a mamãe mandava a Maria lhe preparar (alta proteína/altas fibras/baixos carboidratos/baixo açúcar), pois a mamãe tinha pavor de que sua menininha engordasse, ficasse "cheinha" como ela mesma fora em criança, em detrimento da carreira de patinadora: "Se a Bliss pudesse continuar a ser uma criança miudinha para sempre, sem passar dos 17 quilos, que maravilha seria!" Também não se podia confiar na Bliss para tomar as numerosas pílulas, comprimidos e "suplementos dietéticos" que lhe eram receitados pelo pediatra esportivo de Fair Hills, o Dr. Muddick, os quais Maria — em geral, Mariazinha — lhe dava ou tentava dar, tendo que ser especialmente vigilante para que a astuciosa menininha de 6 anos não fingisse engolir os remédios (caríssimos) e os cuspisse ao ficar sozinha. Quantas vezes Skyler (que tinha sua própria

* Até hoje, porém, apesar dos esforços da mamãe, você encontrará, dispersa pela pocilga do ciberespaço, a informação equivocada de que Bliss Rampike foi adotada, quando bebê, por Bix e Betsey Rampike, que não podiam ter filhos. Em alguns círculos, acredita-se que nossos pais adotaram a Bliss e a mim, no intuito de nos "explorar", de "abusar" de nós. Naturalmente, houve algumas "mães biológicas" que ousaram se apresentar para nos reclamar; e, se alguma de vocês, "mães biológicas" — ou, conforme o caso, "pais biológicos" —, estiver pensando em se aproximar de Skyler Rampike depois da publicação destas memórias, POR FAVOR NÃO O FAÇA. Agora já não sou filho de ninguém, eu juro!

bateria de remédios para engolir, ou fingir que engolia, três vezes por dia) entreouviu este pequeno drama doméstico à la Beckett:

Maria: Bliss, você tomou esses comprimidos?

Bliss resmunga uma resposta vaga: *Sim, Maria.*

Maria: Bliss, você engoliu mesmo os remédios?

Bliss resmunga uma resposta vaga: *Sim, Maria.*

Maria: Então, o que é esse troço branco embaixo do seu prato?

Bliss resmunga uma resposta vaga: *Não sei, Maria.*

Maria (perdendo a paciência e falando com forte sotaque hispânico): Se você não tomar todos os seus comprimidos, Bliss, terei que contar à sua mãe.

Bliss cede, abafando um soluço.

Levada ao consultório do Dr. Muddick toda sexta-feira de manhã para tomar suas injeções — SuperGrow, Vitamina C Concentrada e HCCAI (Hormônio Concentrado do Crescimento para Atletas Infantis)* —, Bliss mostrava-se cada vez mais arisca e resistente, assim como era, nas palavras exasperadas da mamãe, "autodestrutiva" e "irracional" na questão do aparelho dental, que devia usar sempre que estivesse em casa, para corrigir a dentuça "discreta, mas deformadora", que a impediria, como mamãe fora informada por mais de um consultor de patinação artística, de atingir os objetivos mais altos da patinação feminina de competição: medalhas olímpicas, o Campeonato Mundial e o Grand

* O quê, você está achando que isso era algum tipo de esteroide sinistro? Que a mamãe estava em conluio com o Dr. Muddick para injetar esteroides numa menina de seis anos, para "melhorar" o desempenho dela no gelo? À minha maneira amadora, meio esculhambada, tentei obter mais informações sobre a controvertida droga do desempenho chamada HCCAI, mas ela foi retirada do mercado em 1999 e parece não ter deixado vestígios.

Prix, e os apoios mais lucrativos de produtos empresariais (Artigos Esportivos Elite, Trajes Esportivos StarSkate e Cosméticos Flawless).

Quando papai objetava — e às vezes ele objetava — ao que chamava de "supermicrogestão" da carreira da Bliss pela mamãe, ela logo dizia: "Bix, você não entende nada de patinação de meninas, e eu, *sim*. Ninguém quer reconhecer que as competições são basicamente concursos de beleza, mas é claro, dê só uma olhada na próxima grande competição na TV, naqueles closes da câmera, e você vai ver que *é*."

— E se for? E daí? A nossa filha não tem que competir, tem?

Por um instante, mamãe simplesmente olhou fixo para o papai, que avultava (de um jeito ameaçador?) diante dela, confusa demais para falar.

E então disse, com a mão no peito, num tom de risada engasgada/rouca:

— Ohhh, Bix! Seu cretino, por um segundo você me enganou, achei que estava *falando sério*.

OU ÀS VEZES, NESSES MOMENTOS, MAMÃE DIZIA AO PAPAI, DESLIzando a mão por seu braço, a mamãe sensual-suplicante-veemente: — Querido, eu lhe disse para confiar em mim. Nossa filha é o nosso destino.

(ESTÁ BEM, VOCÊ JÁ OUVIU ISSO ANTES. POIS ACREDITE, SE VOCÊ morasse na casa dos Rampike, no trajeto serpeante da alameda Ravens Crest, no centro palpitante e incandescente do distúrbio de SCR, teria ouvido isso muito, muito mais vezes.)

ARREDIA, EMBURRADA. TEIMOSA.

Naqueles olhos dissimulados azul-cobalto, *ausente*.

Mamãe descartava com impaciência as desculpas dos professores particulares: "Se você não consegue ensinar habilidades elementares à minha filha, muito menos uma língua estrangeira, receio não poder conservá-lo no emprego. E, por favor, não me peça recomendações. Sou incapaz *de mentir*."

* * *

(E ISSO ERA VERDADE, EU ACHO. CONSCIENTEMENTE E DE PROPÓsito, com premeditação, Betsey Rampike era incapaz de *mentir*.) As inverdades que Betsey dizia e repetia não passavam de variações da verdade, tal como percebidas por mamãe. Não a julgue com severidade!

NA MANSÃO/VIVENDA ESPANHOLA DA VOVÓ RAMPIKE, DE FRENte para o revolto oceano Atlântico em Palm Beach, março de 1996. Ali, a mamãe, Skyler e Bliss estavam passando cinco dias, devendo o atarefado papai juntar-se a eles no fim de semana — uma ova se Bix ia perder uma ocasião especial como essa! Mamãe queria uma "mudança de ritmo" para Bliss — e para ela! —, pelo menos alguns dias longe do rinque de patinação, para que a Bliss pudesse "relaxar", "brincar", "como uma menina comum de 6 anos". Mas, na casa da vovó Rampike, que era aparatosa e formal como um pequeno hotel, para exasperação da mamãe, a Bliss ficou insone e propensa àquele seu maldito hábito de andar dormindo; estava desassossegada e tensa como quem sentisse falta de um membro, sem saber muito bem qual era, incapaz de "descansar", "relaxar", "tomar banho de sol" no terraço ou na praia, "nadar na piscina da vovó ou chapinhar nas ondas" com o irmão, "brincar com as suas bonecas, assistir a vídeos, ler", seja o que for que fazem as meninas comuns de 6 anos; é que Bliss estava com saudade do rinque, isso era óbvio. *Bliss ficava arrasada longe do rinque de patinação*, mesmo na ensolarada Palm Beach, em meio ao luxo em que deveria se refestelar, também segundo a avaliação (revista) que a vovó Rampike fez dela, como a neta favorita da velha Edna Louise, com sua boca de peixe. (Isso também elevou a categoria da mamãe, embora a pobre e nervosa mamãe ainda tivesse muito que batalhar para se tornar a nora favorita de Edna Louise.) (E quanto ao Skyler? O garoto teve de admitir que sua avó rica já quase não o notava e só lhe dirigia a palavra brevemente, mesmo assim sobre Bliss — "Ah, você não está orgulhoso da sua irmã, Skyler? Sua mãe tem me mandado os vídeos mais admiráveis das apresentações dessa criança na patinação! E um dia desses, logo, logo, espero vê-la competir! Espero vê-la coroada... como é mesmo?... a sua mãe me disse... 'Miss Princesinha do Gelo de Jersey'... e na televisão! O mais lindo e admirável *prodítio* da família Rampike, finalmente!" — enfatizando muito o *prodítio*, com um estalar empolgado das assombrosas dentaduras de um branco reluzente. Skyler foi obrigado a se perguntar se a pronúncia errada era proposital, como muitas vezes lhe parecia que os erros de pronúncia/disparates do filho dela, Bix, tinham que ser propositais.*

— Bem, Skyler? Por que está dando esse risinho de desdém? Você não está orgulhoso? Deve estar.

Skyler piscou feito míope para a anciã contrariada. Estivera recordando como a avó parecera chocada e estarrecida junto ao seu leito, na Ala de Crianças Mutiladas do Centro Médico Robert Wood Johnson, em New Brunswick, ao ver o neto de 6 anos tão frágil e doente, e com a perna com aquelas fraturas terríveis tracionada, perguntando a si mesma se ele ficaria aleijado pelo resto da vida... Então, qual era mesmo o assunto? Quem era o assunto?

Tinha que ser a Bliss, ele supôs.

— Sim, vovó. É só isso que eu sinto: orgulho da Bliss.

(Skyler não estivera dando um risinho de desdém! Tinha certeza.)

(Submetido ao novo e acelerado domínio da SCR [lembra-se? Síndrome de Compulsão à Repetição, tida como uma doença que se espalhava feito a peste bubônica de outrora entre os americanos de classe média e alta classe média de todos os tipos étnicos, e afligia especialmente os adolescentes e as crianças "precoces"], Skyler espiava seu reflexo nos espelhos e superfícies espelhadas uma dúzia de vezes por dia, ou, mais provavelmente, duas dúzias de vezes por dia, para ver se estava fazendo o que sua mãe exasperada chamava de *suas malditas caras de dor*, e lhe parecia que não estava. *Não estava*.)

---

* Você quer saber como a velha Edna Louise reagiu quando Bix lhe revelou, com relutância e em tom de desculpa, somos obrigados a supor, que a neta e xará dela de 4 anos, Edna Louise, já não era "Edna Louise", já não levava o seu nome, e sim, a partir daquele momento, era legalmente "Bliss", um nome do qual, na aristocrática família Rampike, não podia haver precedentes? Você se admira ao saber que a velhota vaidosa ficou tão chocada que, por um longo momento, não conseguiu falar, depois deu uma bufadela de desdém e desligou o telefone? (Bix lhe havia telefonado, logo depois de ceder às exigências de Betsey.) Você se admira ao saber que, por um período indeterminado, a perspectiva de reconquistar a velha pareceu sombria? Pior do que sombria? Até que, finalmente, "Bliss Rampike" começou a vencer campeonatos de patinação e a ser "conhecida", e a velha Edna Louise mudou de ideia. E, como explicou Bix num sem-número de telefonemas de filho penitente, dar um novo nome à filha e legalizar essa mudança já era, afinal, um *fato consumado*.

Mas era fatal que vovó Rampike ficasse decepcionada com a Bliss, que em momento algum exibiu, nos vários dias de sua visita a Palm Beach, uma personalidade que se pudesse chamar de especial: instada pela mamãe, Bliss nunca era nada menos do que meiga/timidamente delicada com a avó, embora se enrijecesse ao receber os abraços da anciã, como se a estivessem machucando; sorria os mais débeis e pensativos sorrisos ante as perguntas persistentes, embora bem-intencionadas, e resmungava respostas quase inaudíveis, que pretendiam dizer *Sim, vovó*; *Não, vovó*; *Obrigada, vovó*. Skyler entreouviu alguns desses diálogos e deu um sorriso malvado: o *prodítio* no gelo não era um *prodítio* em terra, era? A mais dolorosa dessas cenas ocorreu quando Edna Louise convidou mais de uma dúzia de viúvas ricas, suas vizinhas em Palm Beach, para conhecer a família de seu filho, na ausência do filho propriamente dito (esperava-se que papai chegasse na manhã seguinte, finalmente): a ideia era as senhoras de Palm Beach regalarem os olhos com a premiada neta de Edna Louise e cobrirem Bliss de perguntas, mas, apesar do incentivo da mamãe, a menina de 6 anos foi tomada pela timidez quando lhe perguntaram "como era" patinar tão lindamente, e como era ser aplaudida por tantas pessoas, e ver sua fotografia em todos os lugares.

Em silêncio, Bliss ficou chupando o polegar, ou diversos dedos.

Na manhã seguinte, lá veio vovó Rampike tomar Bliss pela mão, depois do café, e levá-la para fora. Na varanda da casa da vovó Rampike, que dava para o oceano, ela instruiu a Bliss a chamá-la de "vovó", por favor — não de "vovó Rampike" —, pois isso significaria muito para ela, muito mais do que ela jamais havia esperado que pudesse significar.

— Apenas "vo-vó", querida. Por favor, sim?

O que era aquilo? A velha de olhar severo e boca de peixe, que tinha insistido em ser chamada de vovó Rampike por todos os netos, e de mamãe Rampike pela nora aterrorizada, Betsey, agora estava implorando, num tom desajeitado e coquete, que a neta patinadora-*prodítio* a chamasse de vovó? Um espasmo muscular perpassou o rosto de Skyler, transformando-o (ele foi obrigado a supor) num rosto feio de gárgula.

— "Vo-vó". Tente, por favor, querida: "vo-vó". Quando você ganhar aquele título de "Princesa do Gelo" e for entrevistada na televisão, pode dar adeusinho, sorrir e dizer "Oi, vovó", porque eu estarei assistindo, querida, eu juro. Ninguém nunca me chamou de "vo-vó", não faço ideia de por quê. Tenho 82 anos e estou *muito sozinha.**

FEZ XIXI NA CAMA. (MESMO NA CASA DA VOVÓ RAMPIKE.)

Tentou esconder as provas.

MENINA MALVADA! NA SUA IDADE! VOCÊ DEVE ESTAR FAZENDO ISSO só de pirraça comigo.

---

* Simultaneamente a essa cena constrangedora, com vista para o revolto oceano Atlântico, outra cena igualmente constrangedora ia-se formando no portão 9 do Aeroporto de West Palm Beach. É que a mamãe insistira em ir buscar o papai de carro no aeroporto. Mas o voo das 11h08, proveniente do JFK, acabara de aterrissar e, às 11h19, todos os passageiros tinham saído do avião, e cadê o papai? Onde estava Bix Rampike? Mamãe procurou não entrar em pânico. Atrapalhou-se para fazer uma ligação no seu celular, mas na luminosa telinha azul surgiram as enigmáticas palavras CHAMADA EM ESPERA.

MENINA MALVADA! — II

— ISSO É UMA MALDIÇÃO NUM JOVEM ATLETA. JÁ O VI MUITAS vezes, nos melhores jovens patinadores, que ficam com medo do seu talento. Temos de lutar, lutar, lutar para impedir isso! — foi o que disse Masha Kurylek, apaixonadamente, a cruzinha de ouro no pescoço brilhando como fogo. E mamãe corrigiu, com ar sombrio:

— Temos de *rezar*.

Como a menina as exasperava, no meio de uma série quase perfeita, ao oscilar de repente sobre as lâminas dos patins, sacudir os braços finos e cair! Masha Kurylek olhava, incrédula. Mamãe não suportava aquilo, uma névoa rubra passava por seu cérebro: *Santo Deus, por quê? Para me fazer pirraça, mas por quê, se sou a única pessoa que conhece o coração malvado dessa menina e mesmo assim a ama? Por quê?* Enquanto isso, Bliss lutava para se levantar, para se erguer sobre as lâminas dos patins o mais depressa possível, como se não tivesse caído, apesar do rosto pálido, apesar de morder o lábio inferior para não gemer de dor.

Trocava um olhar com a mamãe, e nos olhos de Bliss havia uma expressão de vergonha e culpa, inconfundível.

Que menina má e descuidada: por quê?

Para se machucar, para me machucar? Por quê?

Ninguém conseguia entender. No rinque de exercícios, era frequente os outros patinadores darem uma parada em seus exercícios para verem Bliss Rampike, sob a tutela da exigente Masha Kurylek, patinando com muita precisão, muita graça, muita coragem... mas, ainda assim, súbito como um espirro, podia acontecer aquilo, feio e desengonçado feito um espirro: um instante de perda da concentração, um passo em falso, uma queda.

Ansiosa, a menina gaguejava:

— M-mamãe, eu na-não estou ma-machucada, *não estou.*

E ainda:

— Mamãe, eu não quero parar, eu não me machuquei. Por favor, mamãe, eu posso continuar patinando!

Como implorava a vozinha trêmula da criança! Skyler se lembrará pela vida afora: Por favor, mamãe, eu posso continuar patinando!

Dependendo da orientação de Masha Kurylek, às vezes mamãe deixava a Bliss continuar. Noutras ocasiões, quando a menina mancava visivelmente ou se encolhia de dor, a mamãe murmurava, exasperada, algo que soava como *Jesus, me dê paciência!*, embrulhava a Bliss no seu casaco vermelho, macio e felpudo (presente de aniversário do papai, ou da "assistente pessoal" do papai no escritório) e a levava ao pronto-socorro do Centro Médico de Fair Hills, para tirar uma radiografia; quando a queda parecia justificar essa medida, mamãe providenciava uma ressonância magnética no Centro Médico Robert Wood Johnson, em New Brunswick, onde Betsey Rampike começava a ser conhecida. O grande medo da mamãe era que a patinação descuidada da Bliss resultasse em lesões graves na coluna dorsal, ou no pescoço. E uma concussão cerebral? Costelas quebradas? Se a Bliss torcesse um tornozelo e o quebrasse, poderia ser o fim da patinadora-prodígio Bliss Rampike.

— O preço não importa! Temos seguro contra "danos pessoais". E, quando o seguro não cobrir tudo, a minha maravilhosa sogra, Edna Louise, disse que "dará uma ajudinha".*

Depois que a Bliss sofreu um revés na patinação, ao se exercitar em sua série para o Campeonato de Patinação Miss Realeza de 1996, acidentando-se no meio da execução de um "giro da borboleta" ao ritmo frenético do *Pássaro de fogo*, um favorito da plateia, e teve que ser levada (de ambulância) para New Brunswick, começou a haver murmúrios no rinque de Halcyon, dizendo que justamente a Bliss Rampike, dentre todas as patinadoras, estava ficando propensa a acidentes.

---

* Era verdade: para assombro do papai, a velha Edna Louise se tomara de um interesse inesperado pela neta caçula, finalmente. Devia ter sido a publicidade na seção sobre Nova Jersey no *New York Times*, ou a matéria de cinco páginas na *New Jersey Lives*. O papai-astuto compreendeu que isso também era um bom augúrio — agouro? — para ele, o filho favorito que tinha irritado a mãe ao se casar, como Edna Louise insistia em dizer, por maior que fosse a banalidade do chavão, "abaixo" da família Rampike. É que talvez fosse como a mamãe previra, com tanta extravagância: *Nossa filha é o nosso destino.*

Propensa a acidentes! Como Masha Kurylek observou, essa era a maldição dos patinadores de talento.

E, no entanto, Bliss adorava patinar. Isso não era exagero, não era uma afirmação falsa de sua mãe-empresária. Era visível que Bliss simplesmente adorava patinar. Deixando para lá a menininha tímida, retraída, aparentemente não muito brilhante nem muito bonita, com aquele hábito exasperante de chupar os dedos, lá estava a menina transformada no gelo, ávida, destemida e voando sobre as lâminas sibilantes dos patins, um prazer para os olhos. Até os calejados veteranos do circuito de patinação artística feminina sorriam ante o espetáculo de Bliss Rampike. Até o irmão mais velho, Skyler, que tinha visto Bliss patinar quase tantas vezes quanto a mãe a vira, ainda era capaz de se encantar com ela. E se orgulhava muito da irmã.

Ela é o que eu seria. Se Deus tivesse gostado de mim, e não dela.

Skyler e a irmã sentiram um imenso alívio ao voltarem para casa, depois da tensão ofuscantemente ensolarada de Palm Beach. Skyler compreendia que havia alguma coisa malparada entre a mamãe e o papai, que andava malparada já fazia algum tempo, mas que vinha piorando (talvez), embora a mamãe não falasse disso, a não ser para dizer, com seu sorriso-de-mamãe-de-batom-brilhante: *Vocês sabem como é o papai: o-cu-pa-do!* E nem o papai, quando estava em casa, falava do assunto, a não ser para chamar Skyler à parte, de homem para homem, encostar um indicador rechonchudo nos lábios dele (Skyler) e murmurar, num tom de papai enigmático: *Sky-boy! O diabo é que os problemas do* Homo sapiens *começaram quando demos para andar sobre as malditas patas traseiras, e as nádegas femininas se reposicionaram em relação aos órgãos olfativos do homem. É de lascar!*

Depois de Palm Beach, Bliss ficou MUITO FELIZ por voltar ao clima frio de Nova Jersey. (Época: fim de março de 1996.) MUITO FELIZ por voltar para o gelo. (Nas palavras dela: "O gelo pode machucar, mas o gelo é amigo, Skyler.") FICOU FELICÍSSIMA por voltar aos seus patins de menininha, tamanho 18, não mais exilada na vila espanhola da vovó Rampike à beira do oceano Atlântico, onde não parecia haver rinques de gelo nem interesse pela patinação artística, e nada para fazer o dia inteiro além de *existir*.

Na verdade, apesar de toda a sua beleza, Palm Beach era um lugar detestável, pois, afinal, papai não se juntara a eles para alguns dias de "repouso e diversão", como havia prometido. Houve telefonemas, houve uma discussão "particular" entre a mamãe e a vovó Rampike (que Skyler não conseguiu entreouvir), e por fim a mamãe de olhos vermelhos e piscantes explicou aos filhos que o papai tivera que fazer uma viagem repentina a Cingapura, ou talvez fosse Sydney, para tratar de assuntos urgentes de negócios. Papai lamentava muitíssimo não poder estar com sua família e sua mãe, mas tinha esperança de "compensar todos dez vezes" quando voltasse.

E papai prometeu ver "a minha menininha lindérrima e mais mió de todas" patinar na competição seguinte, e *vencer*.

— "DOR FANTASMA". ISSO É AQUELA MALDIÇÃO, SRA. RAMPIKE. Tomara que a Masha esteja errada!

(Um traço de caráter encantador, ou um traço de caráter alarmante, era que a nova treinadora da Bliss, Masha Kurylek — tez pálida e ameaçadora, olhos ameaçadores de hipertireoidismo, palpitantes narinas ameaçadoras —, às vezes falava de si na terceira pessoa, "Masha".)

Ao executar o complexo "giro da borboleta", ao som das batidas fogosas do *Pássaro de fogo*, quando se preparava para o badalado Campeonato de Patinação Miss Realeza de 1996, na cidade de Wilmington, no Delaware, a ser transmitido pela televisão, Bliss sofreu uma de suas quedas mais graves; fez radiografias e exames de ressonância magnética, e nenhuma lesão "visível" foi detectada em sua coluna, pescoço, crânio e pulso direito; quase todos os ferimentos eram apenas machucados, calombos e pequenas escoriações, que o Dr. Muddick, o mais admirado pediatra especializado em medicina desportiva em Fair Hills, tratou com doses discretas do utilíssimo analgésico Codeína 7. Bliss insistiu em que não estava sentindo dor, ansiosa por recomeçar a patinação, mas logo ficou claro, na prática, que havia algum problema com ela: após uns quarenta minutos no gelo, ela começou a se cansar, a respirar pela boca, a poupar a perna direita (quando, antes, andara poupando a esquerda). Até nas séries mais simples — figuras em forma de oito, giros sobre os dois patins, espirais sobre um pé só — sua coordenação mostrou-se visivelmente falha, empanando tristemente o "brilho de fada" que elevara a menina ao título de Miss StarSkate Mirim de 1995. Observando de perto a pequena patinadora, Masha concluiu que Bliss estava sentindo dor "em segredo", embora o negasse, por medo de decepcionar a mamãe; a treinadora achou que essa dor "fantasma" era muito parecida com a elusiva "lesão na coluna cervical" que ela própria tinha sofrido aos 16 anos: "Aquilo quase destruiu a carreira da Masha, cortando-a pela raiz." Masha insistiu em equipar Bliss com um colar cervical de espuma de látex cor da pele, que sustentaria a cabeça da menina e reduziria a tensão sobre seu pescoço e a parte superior da coluna, mas não interferiria em sua patinação.

Mamãe inquietou-se:

— Mas a Bliss fica com uma aparência de dar dó lá no gelo, parecendo uma inválida. E se ela for fotografada? E se uma equipe de filmagem da Rede Nova Jersey souber disso?

Masha aconselhou:

— É só uma coisa temporária, Sra. Rampike. Para que a "espinha cervical" da menina recupere a força e a Bliss retome sua antiga confiança, e então poderemos retirar o colar uns dias antes do campeonato Miss Realeza.

Entalada em seu colar de espuma de látex, Bliss patinou sem ânimo e insistiu em que não estava sentindo dor. *Não estava!* Aquelas pílulas horrorosas que o Dr. Muddick lhe havia receitado deixavam-na com a "cabeça pesada", só isso. E com o estômago "enjoado". Ela detestava tomar Codeína 7 — aquelas cápsulas gosmentas, cor de mexilhão —, assim como detestava todos os seus outros "médios" e as injeções semanais horríveis no "bumbum", e o aparelho horroroso de plástico e metal que lhe dava dor na boca, e ter que ir ao salão de beleza com a mamãe para clarear o cabelo com produtos químicos de cheiro forte, que faziam seus olhos arderem e o nariz escorrer, e nesse ponto a mamãe interrompeu a ladainha de coisas detestadas que a Bliss ia enunciando, com a voz cada vez mais alta, aquela voz perigosamente elevada de um acesso de raiva que a mamãe não podia correr o risco de deixar eclodir em lugar nenhum, fora da privacidade da casa dos Rampike, sobretudo não num lugar público como o rinque de Halcyon, onde outras pessoas ouviriam, outras patinadoras com suas treinadoras e suas mães, e como ficariam chocadas, como ficariam escandalizadas e encantadas ao ver a pequena e angelical Bliss Rampike explodir num ataque de ódio, como qualquer outra patinadora mimada.

— Bliss, querida! Eu a entendo. E Jesus a entende!

Instintivamente, mamãe teve a presença de espírito de abraçar a menina trêmula. Para conter a fúria convulsiva que lhe dava espasmos nos músculos e a fazia trincar os dentes. Ninguém tivera a presença de espírito de abraçar Betsey Sckulhorne quando ela era uma menina de seis anos, ninguém a havia amado assim. Ninguém conhecera seu coração. Para Betsey, que agora tinha 33 anos, tudo aquilo havia acabado. Mas para Bliss, que era Betsey Sckulhorne nessa nova forma, muito mais linda e abençoada, seria o destino.

Mamãe afagou o cabelo finíssimo da filha, louro luminoso, com cheiro de descolorante químico. Mamãe beijou a testa da Bliss, que estava grudenta, mas suada. Mamãe falou em tom de branda reprovação no ouvido da Bliss, como se falaria com uma criança pequena:

— Jesus a ama, Bliss! Jesus ama nós duas. Nós sabemos disso, não é preciso saber mais nada.

TERÁ SKYLER FICADO COM INVEJA, AO VER AQUILO? SERÁ QUE O Skyler sentiu inveja ao ver como todos no rinque observavam Bliss, no gelo ou fora dele, e murmuravam *Oi, Bliss!* e *Boa noite, Bliss!*, como se o simples enunciar desse monossílabo mágico, *Bliss*, lhes desse prazer, assim como um apaixonado se compraz em dizer o nome da amada? Terá ele sentido inveja ao ver como os estranhos sorriam para Bliss, olhando através dele como se o seu corpo fosse transparente e tão insubstancial quanto sua alma, quer dizer, como se ele não existisse? Terá o Skyler sentido ciúme na volta para sua casa em Fair Hills, sentado no banco traseiro abarrotado de coisas no Buick da mamãe, enquanto Bliss desmoronava ao lado da mamãe no banco do carona, com a cabecinha loura luminosa encostada no ombro da mamãe?

Foi enquanto mergulhavam rumo ao sul no anoitecer mais e mais escuro, na rota 15 de Nova Jersey. Com os faróis dos carros em sentido contrário avançando sobre eles. E com o para-brisa do Buick salpicado de chuva, e cada borrifo de chuva brilhando feito um olho.

A Bliss é o que o Skyler seria se Deus gostasse do Skyler, e não dela.

Se existisse Skyler. Se Deus existisse.

Skyler perguntou à mãe o que era a "dor fantasma" de que ouvira Masha falar, e a mamãe franziu o cenho no retrovisor no alto do para-brisa, buscando os olhos do filho. Muitas vezes, Skyler tinha a impressão de que a mãe se esquecia da sua presença, e de que sua voz, para ela, era como uma espécie de cutucão que a despertasse de seus pensamentos particulares.

— Ora, Skyler, não pensei que você estivesse escutando. Pensei que estivesse fazendo o seu dever de casa... "Dor fantasma" é quando a pessoa apenas imagina a dor, como a Bliss parece a estar imaginando. É quando a dor não está realmente ali.

— "Quando a dor não está realmente"... onde, mamãe?

— Não está *ali*. No pescoço, ou no tornozelo. Numa articulação ou num músculo.

Mamãe fez uma pausa, olhando para Skyler no espelhinho retangular. No brilho forte e cambiante dos faróis em sentido contrário, o rosto dela pareceu estranhamente moldado, feito uma lua achatada, e seus olhos, que normalmente pareciam tão lindos a Skyler, surgiram empapuçados e com um brilho úmido, feito os borrifos de chuva. Com cuidado, a mamãe disse:

— É quando a dor está só na cabeça.

Com o pedantismo próprio das crianças de 9 anos, Skyler disse:

— A dor *é* na cabeça, mamãe. É no cérebro. O professor particular da Bliss me contou... ele me mostrou um artigo científico sobre o cérebro humano.

— Professor da Bliss? Você se refere ao Rob? O que é que aquele rapaz anda fazendo com você, se é à Bliss que ele tem de ensinar, e parece que anda fazendo um trabalho muito malfeito? — inflamou-se a mamãe, de repente. Franziu os lábios daquele jeito com que o papai a provocava, dizendo que era a boca de pit bull da mamãe. — A dor da Bliss, se é que ela sente dor, o que ela nega... você sabe como essa menina é dissimulada!... é só na cabeça dela, o que significa que ela a está imaginando, como disse o Dr. Vandeman: não é real.

Mas Skyler insistiu, chegando mais perto por trás da mamãe, enquanto ela dirigia pela chuva borrifante:

— Mas a única dor que a gente sente é na cabeça, mamãe. A dor só é registrada no cérebro e, quando a gente sente dor, ela é "real".

Mamãe deu uma risada irritada. Skyler devia ter sabido que era um riso de advertência.

— Jesus pode nos tirar a dor, se quiser. Se nós formos dignos. Eu sei que você não acredita, Skyler, já o vi torcendo essa sua carinha de gárgula nos ofícios da igreja, você é um descrentezinho em botão, igual ao seu pai, e Jesus tem tão pouca possibilidade de penetrar no seu coração quanto numa passa velha e murcha, mas, assim mesmo, é *verdade.* A dor da Bliss não é "real" e, se for "real", Jesus a tirará dela. E Bliss Rampike será coroada Miss Princesinha Real do Gelo de 1996, e o papai estará conosco no rinque para ver a coroação dela, e nessa noite faremos uma comemoração especial e o papai irá para casa conosco. Esse é o nosso destino, Skyler; qual é o seu?*

* Caramba! Uau! Isso é que é dar uma bronca no cretininho chato, não é? Nessas explosões súbitas, nessas mudanças inesperadas de pop rock suave para Puccini, tinha-se a impressão de que a mamãe/Betsey Rampike que todo mundo subestimava não era, na verdade, o indivíduo que todos pensávamos que era.

Pergunta

E SERÁ QUE BLISS RAMPIKE FOI COROADA MISS PRINCESINHA REAL de 1996, e será que o papai esteve presente para ver sua "menininha lindérrima e mais mió de todas" ser aplaudida em desvario por uma arena de estranhos encantados, e acaso houve depois uma comemoração no hotel "histórico/mais prestigioso" do centro da cidade de Wilmington, no Delaware, e porventura papai foi para casa com sua familinha na manhã seguinte?

Continue a ler.

Boa recordação?*

— O *HOMO SAPIENS* DEVASTARÁ ESTE PLANETA NOS PRÓXIMOS cinquenta anos, mas um *Homo sapiens* "evoluído", aprimorado pela engenharia genética, poderá transferir-se para outros planetas. É a nossa única esperança.

Como o Rob Feldman lembrava o pai de Skyler nesses momentos mordazes/otimistas! E isso apesar de o Rob ser um desengonçado aluno de pós-graduação em biologia molecular, com seus 22 anos (antes instalado na Universidade Columbia, agora em Fair Hills, temporariamente alojado com a família), e de o Bix Rampike ser, com certeza, um desses espécimens de *Homo sapiens* que já evoluíram, e que seriam "transferidos" para outro planeta, a fim de recomeçar o esforço de espoliação terrestre do capitalismo.

Rob Feldman, um dos primeiros amores de Skyler. Ou talvez isto seja exagero, num momento de fraqueza. Porque está na hora de uma Boa Recordação, não é? Em meu coração de passa emurchecida, ainda sou aquele sonhador nanico de 9 anos que era o Skyler Rampike.

Relembro agora que, ao voltar da escola, o solitário Skyler ia juntar-se às sessões de escolarização domiciliar da irmã no solário dos

* Este breve interlúdio, descaradamente sentimental, não é incluído aqui de maneira estratégica para gerar o que os críticos zombeteiros chamam de "suspense barato", juro! Tampouco desejo, num estilo pós-modernista superficial, ferrar com a cronologia já fatalmente estropiada deste documento. Eu só queria, em meio a tantas coisas sombrias, retorcidas, destroçadas e sinistras/pesarosas, antes de mergulhar num relato "aflitivo" dos últimos meses de vida da minha irmã, reconhecer que, vez por outra, na curta vida do jovem Skyler, houve aquilo que as empresas de cartões de cumprimentos chamam de Boas Recordações.

fundos da casa dos Rampike. Aparecia com ar inocente no vão da porta, murmurando *Tudo bem se eu me sentar com vocês?*, e o professor particular, sentado à mesa com a pequena Bliss, frente a frente, levantava os olhos com um sorriso esperançoso e murmurava em resposta *Mas é claro!*

Era o alívio pelo fato de o visitante inesperado ser o pequeno Skyler, e não a Sra. Rampike, aparecendo para "dar uma checada" na aula. Alívio pelo fato de o visitante ser o irmão mais velho da Bliss, Skyler, ávido de atenção, conversa e "contato visual", como um filhotinho de cachorro.

Visto que eu tinha mencionado o Rob algumas páginas atrás — Rob Feldman, que foi o penúltimo na sequência de jovens professores particulares contratados/demitidos pela mamãe —, parece-me oportuno dizer mais algumas palavras sobre ele. Uma noite dessas, neste quarto miserável, imerso no capítulo "intensamente emocionado" e "de impiedosa intimidade" que se chamou "Menina malvada! — I", de repente me apanhei recordando os professores da Bliss, nos quais fazia quase dez anos que eu não pensava: "Tiffy", "Brooke", "Sam", "Lindsay", mas também "Jennifer", "Jason" e "Rob", que me pareceu ser o que mais gostava de mim.

Quer dizer, do Skyler, não de mim. "Mim" é um viciado em exílio autoimposto numa casa de cômodos da rua Pitts, em New Brunswick, de pés descalços e encardidos e cueca surrada, embarcado na missão quixotesca — um "caso perdido" — de escrever o único relato verdadeiro da vida/assassinato/consequências etc. de sua irmã. "Mim" seria uma surpresa/choque para Rob Feldman, que agora deve estar na casa dos trinta e tantos anos, talvez casado e lucrativamente empregado, um dos adultos admiráveis do mundo. Como entender este desajustado/suspeito de homicídio, este esquisitão a puxar sua manga: *Oi, Rob! Está lembrado de mim? Skyler Rampike, que adorava você como a um irmão mais velho, lembra?*

(Ideia para outro projeto: uma sequência "delirantemente original", "ousadamente pós-modernista" e engenhosamente montada de vinhetas concentradas nos indivíduos que "adoraram" uma figura insignificante da mídia como Bliss Rampike. Alguns desses indivíduos seriam perfeitos estranhos para o objeto de sua adoração, outros lhe seriam mais próximos, e outros ainda — os membros de sua própria família! — a conheceriam intimamente, e talvez não chegassem de todo a adorá-la. E a figura no centro da narrativa, idealmente uma variação do "mais poético tema do mundo" — a saber, uma bela menina-moça de não mais de 10 anos — seria inacessível ao leitor: um mistério completo.)

Rob Feldman, será que você intuiu algo de "terrivelmente errado" na americaníssima casa dos Rampike, na alameda Ravens Crest, 93? Terá sido por isso que, isolado em meio à sucessão de jovens professores atraentes, você foi o único a pedir demissão antes que a Betsey Rampike o despedisse?

O que você percebeu: machucados nos braços nus da Bliss? Machucados no pescoço da Bliss? Uma ligeira claudicação dela, poupando a perna esquerda? Tudo explicado — de modo tão convincente! — como reveses da jovem atleta "propensa a acidentes"?

Todos os preceptores da Bliss perceberam sem demora que tentar ensinar à patinadora-prodígio de 6 anos um currículo mínimo da primeira série não seria tarefa simples. Isso porque, quando Bliss Rampike não estava calçada com seus patins Baby Champ de pelica branca, coruscando e voando pela superfície cintilante do gelo, ou sendo fotografada/filmada/abraçada/beijada/paparicada e profusamente elogiada pelos adultos, seu próprio espírito parecia recolher-se em algum lugar por trás de seus úmidos olhos azul-cobalto: ela era tomada por uma melancolia mais aguda do que a MPA (Melancolia Prematura Aguda) do precoce colega de turma de Skyler, Tyler McGreety Jr. Isso era um grande enigma, porque, de início, Bliss parecia ser alerta, animada, inteligente e uma "boa menina", a qual, inexplicavelmente, não parecia conseguir concentrar-se em suas aulas, mostrando-se "distraída", "confusa", "facilmente desanimada" e "ansiosa/letárgica". Quantas vezes Skyler entreouviu Bliss dizer a um professor, com uma voz envergonhada de garotinha: *Eu não posso, não consigo me lembrar... vou fazer tudo errado.*

Bliss estudava repetidamente o alfabeto, decorava a sequência de letras em grupos, recitava-a devagar e com dolorosa concentração, e depois, na aula seguinte, misturava a ordem das letras ou as esquecia por completo. De maneira igualmente repetida, ela decorava a tabuada, que depois misturava ou esquecia. Quando, durante cerca de uma semana, Bliss sabia "ler" — tal como uma criança cega atravessa uma sala com passos hesitantes —, no fim de semana ela perdia misteriosamente essa habilidade, para assombro dos professores e extremo desagrado da mamãe.

— Minha filha não é "disléxica". Ela foi examinada muitas vezes, fez ressonâncias magnéticas, tem o cérebro "perfeitamente normal", como disse o neurologista. Não há nenhuma razão pela qual ela não possa aprender a ler pelo menos tão bem quanto o irmão, que é disléxico.

(Se Skyler estivesse presente, o molecote pedante poderia ter acrescentado: "Mamãe, eu também tenho DDA. Você sabe disso.")

Alguns professores tiveram mais sorte que outros com Bliss, pelo menos de início. Via-se — ou, pelo menos, Skyler via — que ela se esforçava muito. Mesmo assim, de algum modo a coisa acontecia: depois de alguns reveses embaraçosos, lágrimas e um acesso de raiva, Bliss parecia desistir e ficava sentada à mesa do solário sem reagir, os braços cruzados com força, bem junto ao peito. Nos vítreos olhos azuis, assim como na posição trágica da boca, enunciava-se a declaração: *Eu não posso, não consigo me lembrar. Vou fazer tudo errado.*

O mais memorável é que Rob passava para seu amiguinho Skyler exemplares de histórias em quadrinhos de "ficção científica especulativa" e gibis "underground" de R. Crumb,* depois de arrancar de Skyler a promessa de que ele não mostraria essas coisas a seus pais, o que o menino não faria, é claro. R. Crumb causou uma profunda impressão no Skyler, em seus vulneráveis 9 anos, e em pouco tempo as sagas selvagens de Crumb tornaram-se a leitura favorita do menino depois da hora de dormir; Skyler tentou até desenhar quadrinhos no estilo inimitável de R. Crumb. Em toda Fair Hills, não havia ninguém que se assemelhasse aos personagens esquisitos de Crumb, mas, ainda assim, como eles pareciam familiares a Skyler! Mulheres meio apiranhadas, de seios grandes, com bundas e pernas imensas, oscilando sobre saltos altos ridículos, homens mentecaptos e cretinos, com uns pezões molengos... e figuras nanicas de gárgula feito Skyler, que ficavam olhando com sorrisos maliciosos/demoníacos.

— Rob, o que é "vai fundo"? — perguntou Skyler, e o professor respondeu:

— É... "continue em frente".

---

* Eram números antigos do gibi artesanal *Zap Comix*, que Rob Feldman devia ter comprado numa loja de revistinhas de segunda mão. Sumiram há muito tempo, destruídos. Ver um capítulo posterior deste documento, o qual recebeu o nome de "Post-mortem", centenas de páginas adiante.

— Sei, mas, por quê? "Continue" por quê?

— Pergunte ao seu pai, Skyler. Ele é quem deve saber.

Skyler era ingênuo, mas não tão ingênuo a ponto de fazer ao pai alguma pergunta de cuja resposta já não tivesse uma boa ideia.

O subversivo R. Crumb foi o presente de despedida de Rob Feldman para Skyler. De uma hora para outra, o professor sumiu. Isso foi na primavera de 1996. Pela reação indignada de sua mãe, Skyler calculou que o Rob tinha caído fora pouco antes de mamãe despedi-lo:

— Aquele traiçoeiro do Feldman! E eu que lhe confiei minha filha! E meu filho! Se ele está pensando que vou dar "boas referências sobre o seu caráter"...

Mas, quando a mamãe se queixou ao papai da "traição" do professor, papai não se mostrou convencido:

— Se uma pessoa judia, com aquele senso trágico dos *progoms* através dos milênios, pula instintivamente de um barco que está afundando, você pode culpá-la? É por isso que, lá na Scor, nós os fazemos assinarem contratos jurídicos, para que eles não possam cair fora com nossos segredos e vendê-los aos nossos inimigos.

Estaria papai brincando? Será que esse era um discurso do papai ardiloso? Daqueles com que ele atraía o olhar do filho e piscava de homem para homem, enquanto a pobre mamãe se enfurecia e se alvoroçava, mordendo o lábio para não chorar?

Bliss logo quis ver o que era a revista em quadrinhos cujos desenhos Skyler tentava copiar, mas o irmão lhe disse não.

Bliss perguntou por quê.

— Porque essa revista não é para meninas.

Bliss perguntou por quê.

— Porque o R. Crumb é feio e engraçado. E você não deve rir de coisas feias.

Bliss perguntou por quê.

— Porque não. Porque eu estou dizendo.

Sim, disse Bliss, mas *por quê*?

Mal havendo ultrapassado o limiar do quarto de Skyler, lá estava sua irmã de seis anos, olhando-o fixo, com um sorriso tristonho/insolente peculiar. Sua voz era suplicante e exigente. Ali estavam, a um tempo, a menina angelical e a pirralha sonsa. Durante boa parte desse dia, Bliss estivera treinando no rinque de Halcyon sob a tutela de Masha Kurylek, pois havia um interregno durante o qual as pavorosas aulas da escolarização domiciliar ficavam suspensas, enquanto a mamãe procurava um novo preceptor. A pele de Bliss estava cheia de manchas, como se ela a tivesse cutucado com as unhas, e as narinas pareciam inflamadas. Ainda não lhe tinham dado banho e ela usava seu macacão dos treinos, de flanela de lã rosa-sujo, com letras em cetim branco aplicadas no peito, *B L I S S*. Era evidente que não a tinham feito tomar seus vários remédios vespertinos, e por isso ela estava irrequieta e irritadiça, e não haveria meio de se deitar para um cochilo antes do jantar, porque a mamãe tinha ido a algum lugar, já fazia horas, e a mais nova das Marias fora demitida, recentemente, por "insubordinação", "incompetência" e "falta de rigor moral", segundo as acusações da mamãe.

Bliss correu para Skyler, rindo, com a intenção de surrupiar dele a revistinha de R. Crumb, mas Skyler ficou de joelhos na cama, segurando a revista com os braços levantados.

— Eu juro, Skyler, juro que não rio. Por favor!

E Skyler tornou a dizer, com a santimônia dos seus 9 anos:

— Eu já lhe disse: esta revista não é para garotinhas.

— Não sou garotinha. Tenho mil anos de idade.

Num desvario, Bliss precipitou-se sobre o irmão para lhe arrancar a revista, rasgando as páginas. A cada vez que ela o atacava desse jeito, Skyler ficava surpreso com a força e a agilidade da menina, e se lembrou da advertência do pai: *Nunca bata numa menina!* Para se defender, ele atirou R. Crumb do outro lado do quarto, e Bliss correu para pegar o gibi, olhando feito míope para as figuras humanoides toscamente desenhadas. Skyler comentou:

— Eu avisei, não é para meninas. Agora, me devolva a revista.

Skyler estava prestando atenção, inquieto, para ver se a mamãe chegava. O som do carro dela na entrada da garagem, o som da porta dos fundos se abrindo no térreo. Quando não estavam nem a mamãe nem o papai, havia na casa dos Rampike um ar de tensão agitada, como o ar que precede uma tempestade de raios, a qual a chegada de um ou outro dos adultos — quase sempre a mamãe, porque papai estava viajando "a negócios" — exacerbaria.

Acocorada no chão, Bliss ia virando as páginas do gibi sinistro. Que personagens feios! Coisas "horrorosas", "sujas", péssimas para uma menininha ver. Skyler a ouviu respirar pela boca. Ela certamente não parecia estar rindo, sem sequer sorrindo. O próprio Skyler não tinha rido muito dos quadrinhos. Com o ar de dolorosa concentração que dedicava a algumas de suas aulas, antes que se instalasse a desilusão, Bliss continuou a examinar as páginas e, por fim, talvez depois de uns cinco minutos, devolveu a revista ao irmão sem dizer palavra.

Skyler comentou:

— O que foi que eu disse? R. Crumb não é para meninas. Se você contar à mamãe, eu torço o seu pescoço.*

Bliss fugiu depressa do quarto.

Pouco depois, a mamãe chegou. A essa altura, a Maria mais velha estava dando banho na Bliss, que já havia tomado seus remédios, e Skyler tinha escondido sua revista rasgada de R. Crumb num canto do closet, embaixo de uns pares de tênis velhos e fedorentos, onde a mamãe nunca pensaria em procurar, nunquinha.

---

* Santo Deus, será que eu disse mesmo isso? *Terei realmente ameaçado torcer o pescoço da minha irmã de seis anos?* Não me lembrei de nada disso durante dez anos, e agora está tudo voltando feito uma inundação, e talvez seja um erro fazer o que estou fazendo, e, dominado pela Síndrome de Compulsão à Repetição, temo ser impelido a revelar coisas ainda piores...

Respostas às perguntas do capítulo anterior, "pergunta"

NÃO, NÃO, NÃO E NÃO.

Ai!

— VOCÊS NOTARAM, CRIANÇAS? O SEU PAI FOI EMBORA.

Skyler a encarou, sem saber ao certo o que a mamãe tinha dito.

Bliss a encarou, sem saber ao certo o que a mamãe tinha dito.

Parada na porta da sala de recreação, foi lá que ficou a mamãe. Atrás dela, uma luz ofuscante como a de chamas enfurecidas, para a qual as crianças atônitas não suportavam olhar de frente, e por isso Skyler, que estivera escrevendo papeizinhos de cola para um teste de "aptidões cognitivas" que faria na escola no dia seguinte, olhou para o lado, e Bliss, que estivera extasiadamente absorta na *Trupe de Dança e Patinação Irlandesa do Círculo de Kerry*, que era o seu eterno favorito dentre todos os vídeos de patinação, fechou os olhos. E a mamãe disse:

— Por que você está sorrindo, Bliss? Esta notícia é engraçada?

Os olhos de Bliss se abriram, piscando. Teria ela sorrido? Havia uma contração e um tremor em sua face esquerda, fáceis de confundir com um sorriso insolente. Sentada ao lado de Skyler no sofá, Bliss olhou de soslaio para o irmão em busca de apoio, mas ele estava virado para o outro lado.

Dizia a si mesmo: *É claro que o papai foi embora! Eu sabia.*

Na verdade, Skyler não soubera. Ou, se tinha sabido com uma parte da mente, não *soubera* de verdade. É que, até para uma criança arguta, que bisbilhota as conversas com a concentração nervosa de um pardal ciscando a terra, pouquíssima coisa é *sabida*, a menos que um adulto a confirme.

Era verdade. Papai não fora encontrar-se com a família em Palm Beach no mês anterior. A pobre da mamãe tinha ido buscá-lo de carro no aeroporto, para levá-lo à casa da vovó Rampike, onde todos esperavam ansiosamente por ele e onde a empregada cubana da vovó

Rampike tinha preparado um suntuoso almoço ajantarado, a ser servido na ampla varanda branca que dava para a faixa de praia e o oceano; mas uma hora se passara, e depois mais outra, e por fim a mamãe tinha voltado de olhos vermelhos, com o hálito cheirando a uma coisa muito doce e meio fumífica, feito gasolina, e dissera à vovó Rampike que o papai não tinha chegado no avião em que estava previsto o seu embarque no JFK, e por isso a mamãe havia esperado no aeroporto pelo voo seguinte, que vinha de Newark, achando que o papai tinha perdido o primeiro voo e pegado o seguinte, sem tempo para telefonar e explicar, mas o papai também não havia chegado no voo seguinte, e por isso a mamãe não estava se sentindo muito bem, e ia subir e não queria ser perturbada, e quando a vovó Rampike tentou contê-la, a mamãe soltou-se dos dedos em garra da vovó com um gritinho agudo, *Não! Não toque em mim!*

(Será que o Skyler testemunhou isso? Pode ser.)

Mais tarde se revelaria que o papai tinha passado semanas preso em "negociações cruciais" com os advogados da Scor Chemicals, que estavam decididos a não perder Bix Rampike para a agressiva campanha de contratações da megaglobal Univers Bio-Tech Inc., negociações estas que, no que prometia ser a hora final, foram dramaticamente interrompidas pelo surgimento repentino de uma campanha similar da megaglobal Vortex Pharmaceuticals Inc. para contratar Bix Rampike, e por isso andara campeando um cabo de guerra a três que tinha por objeto o papai de Skyler e Bliss: "Muito lisonjeiro, é claro. Mas cansativo pra danar."

Desde então, o papai estivera cada vez mais ausente e, mesmo quando não viajava "a negócios", chegava tarde em casa para jantar, raramente a tempo de dar um beijo de boa-noite em Skyler e Bliss em suas camas. Mamãe tinha dito, com seu sorriso de mamãe valente, que essa era "uma fase de transição" e que o papai era "muito, muito popular" no mundo empresarial; de Cingapura, de Tóquio, de Sydney, do Rio e da sede da Scor Chemicals em Paramus, Nova Jersey, chegaram recados telefônicos para Skyler e Bliss, num tom de papai compenetrado: *Ei, crianças, o papai está com saudade, vocês sabem que o papai ama vocês dois até a morte, não sabem?*

Skyler sempre soubera que o papai era muito especial — é claro! —, mas esse sentimento tinha sido corroborado ainda recentemente no Externato Fair Hills, quando não só o Tyler McGreety, com seu risinho zombeteiro, mas também aquele metido a besta do Fox Hambruck, que em geral ignoravam Skyler, tinham feito o possível e o impossível para falar com ele no refeitório da escola, até para lhe sorrir e perguntar como ia o "Sr. Rampike" — uma pergunta tão desconcertante para Skyler, naquele momento, que ele só havia conseguido gaguejar: "O pa-papai vai bem, eu acho."

Mas a situação de agora parecia ser uma coisa diferente. *O seu pai foi embora* tinha o som ameaçador de algo que não se relacionava com o mundo empresarial.

— Skyler, pare de amarrar a cara! Sua mãe fica com o coração partido ao vê-lo com esse ar trágico. E Bliss, *por que* você está sorrindo? Você sabe de alguma coisa que o seu pai tenha-lhe dito, e que não tenha dito ao Skyler e a mim? É por isso que está sorrindo: para zombar de nós?

Mamãe falou como quem estivesse com a boca cheia de pedras, e ficou parada com os cotovelos grudados nas laterais do corpo, como que para se manter ereta. Seu batom carmesim estava parcialmente comido, o que significava que fazia algum tempo que ela não se olhava num espelho, e o cabelo estava embolado num lado da cabeça e achatado no outro, como se ela houvesse dormido de lado, com as roupas amarfanhadas. Nos últimos dias, Skyler tinha ouvido a mamãe falar em tom ríspido ao telefone e, nessa tarde, ao voltar da escola para casa, havia topado com Mattie Higley, a mulher do reverendo Higley, que ia saindo na caminhonete dos Higley, com um luminoso sorriso de *seja forte!* para Skyler, um sorriso que ele não quisera interpretar. Skyler viu que o esmalte nas unhas da mãe estava lascado e que as mãos dela estavam soltas e trêmulas, e se apressou a dizer, em defesa da irmãzinha que tremia:

— A Bliss não está sorrindo, mamãe. Ela não quer dizer nada com isso, só não consegue evitar.

Os olhos dilatados da mamãe giraram para Skyler. Por um instante, ele temeu também estar sorrindo. Mas a mamãe apenas cambaleou um pouquinho para a frente, colidindo com o encosto da enorme poltrona de couro caramelo do papai, como se não a tivesse visto, deu um suspiro e disse:

— O seu pai tem uma outra vida, ao que parece. Vida que prefere à que tem conosco. "Sempre amarei a minha familinha", o papai disse. "Mas não consigo respirar naquela casa."

Instintivamente, Skyler e Bliss inspiraram o ar, com a respiração curta e ofegante.

— "Não consegue respirar"? O papai? Ele está *doente*?

Bliss soltou um gritinho convulsivo, como se a dor fantasma lhe houvesse atingido os pulmões.

— "Não consigo respirar", foi isso que o seu pai declarou. Depois que você caiu e se machucou em Atlantic City... aquela foi a primeira vez. O papai assistiu ao vídeo, você sabe. Papai insistiu em vê-lo. Tentei impedir, mas ele insistiu. E na semana passada, em Wilmington, quando você cancelou sua apresentação, acho que foi demais. O seu pai planejava comparecer, Bliss! Tinha planos de se hospedar conosco no hotel. Havia reprogramado a agenda para estar conosco. "Para ver a minha menininha lindérrima e mais mió de todas patinar, e para vê-la vencer." Mas não foi isso que aconteceu. O seu pai não é um homem de fé, crianças. Não é como eu! Ah, ele diz que é: "Eu acredito num Ser Supremo", "Eu acredito num Salvador Pessoal". Mas as coisas têm que ser provadas para aquele homem, repetidas vezes. Como todos os homens norte-americanos, pelo menos os machos "superalfa", o coração dele é volúvel. O fato de que a família dele é digna do seu amor tem que ser provado uma vez atrás da outra. Ele diz que ama nós três, mas será que ama mesmo? Ele sabia do empenho com que todos vínhamos trabalhando para o Campeonato de Patinação Miss Realeza, sabia que havíamos passado meses vivendo, respirando e sonhando com *O pássaro de fogo*! E quando a Bliss foi rejeitada, isso foi uma reprimenda severa para o seu pai, para o seu jeito masculino de pensar — e a mamãe fez uma pausa, a boca retorcida num sorriso amargo. — Mas a culpa não é sua, Bliss, e ninguém a está culpando. A Masha está muito decepcionada, é claro, mas não culpa você. E eu não a culpo. A "dor fantasma", seja isso o que for, pode atacar qualquer um, a qualquer momento. Quando somos fracos em nossa fé. Quando sucumbimos.

Na semana anterior, Bliss não conseguira classificar-se para o Campeonato de Patinação Miss Realeza. É que, por algum motivo, sucedera que, ao contrário das expectativas da mamãe, Jesus não havia tirado da Bliss a sua dor fantasma, e assim, na apresentação classificatória, tinha ficado tão patente que ela estava sentindo dor, que os responsáveis pelo Campeonato de Patinação Miss Realeza se recusaram a deixá-la competir, e ameaçaram registrar uma queixa formal contra a mamãe na Associação de Patinação Artística dos Estados Unidos, por violação de tal ou qual artigo do seu Regulamento. E assim, Bliss Rampike não fora coroada Miss Princesinha Real do Gelo de 1966, como muitos tinham previsto que seria. E assim, o papai não estivera com a sua familinha em Wilmington naquela noite, e o papai não parecia estar em lugar algum nas imediações da alameda Ravens Crest, 93.

Em tom calmo, mamãe disse:

— Ninguém a está culpando, Bliss. Acidentes acontecem o tempo todo na patinação. As carreiras mais promissoras têm um final abrupto, quando nos falta fé. "Muitos são chamados, mas poucos são escolhidos", advertiu Jesus. E "Daquele que não tiver, até o que ele possui lhe será retirado".

Mamãe talvez tivesse mais coisas a dizer sobre o assunto, mas um telefone tocando com impaciência no cômodo ao lado a distraiu. Os olhos de Skyler estavam fechados com força e, quando ele os abriu, mamãe havia sumido. E Bliss continuava encolhida no sofá a seu lado, tensa e imóvel, com os joelhos dobrados no peito. Skyler deu-lhe um empurrão:

— A culpa é *sua* se o papai não está aqui! Desgraçada.

AI! ESSA É UMA RECORDAÇÃO DOLOROSA.

(Mas "*ai!*" é um som cômico, não é? "*Ai!*" é uma coisa que a gente vê exclusivamente em desenhos e histórias em quadrinhos. "*Ai! Ai! Aaaaai!*", gritam os humanoides sinistros de R. Crumb. Mas a dor deles é risível, desprezível. Os antropólogos nos diriam que só podemos rir da dor alheia se o *outro* for suficientemente outro, e não nós mesmos, de jeito nenhum.)

— EI, VAMOS LOGO, BLISS! DESCULPE! EU FALEI POR FALAR... A mamãe não está aqui. Bliss?

Foi o que ele disse mais tarde, à noite, procurando a irmãzinha abalada no quarto dela, no primeiro andar, e no térreo, e de novo lá em cima — será que não a vira da primeira vez? —, escondida embaixo da cama. Quase invisível à luz tênue do abajur da Mamãe Ganso, ali estava Bliss, deitada de lado, imóvel, os joelhos dobrados encostando no peito, o dedo na boca, e a boneca Edna Louise, esfarrapada e velha, agarrada no colo. Skyler esticou-se para alcançá-la, mas seus braços eram muito curtos.

— Bliss, não se sinta mal, está bem? A mamãe não falou pra valer.

À luz fraca, os olhinhos marejados da Bliss mal eram discerníveis, e os de Edna Louise eram órbitas vazias. Quantas vezes, exasperada, mamãe havia tirado de Bliss a boneca velha e se desfeito dela, mas, de algum modo, a menina conseguia recuperá-la — "feito um rato carregador". A não ser, talvez, que Bliss houvesse encontrado uma boneca velha e surrada semelhante num dos rinques de patinação, e que se houvesse apropriado dela para si, e a tivesse levado para casa dentro do casaco, e cochichado com ela em segredo, como que para provocar a mãe, que admitia, rindo, ter "esgotado os recursos mentais" para lidar com a filha de seis anos, que era, ao mesmo tempo, a coisa mais maravilhosa e a mais irritante da vida de Betsey Rampike. Como se Deus, ou Jesus, houvesse enviado a Bliss para a Betsey: *Eis tua salvação, ou tua maldição.* Era assim que a mamãe se queixava com Skyler, com uma risada de mamãe valente. Porque era fato: os responsáveis pelo Campeonato de Patinação Miss Realeza tinham ameaçado registrar uma queixa contra Betsey Rampike, mãe/empresária de Bliss Rampike. Era fato: Bliss recebera ordens de "descansar", "ficar longe do gelo" por pelo menos duas semanas. O Dr. Vandeman receitava doses diárias da nova "droga milagrosa" aprovada pela FDA para crianças — o anticonvulsivo Serenex —, o Dr. Muddick receitava doses diárias do antidepressivo Excelsia e do analgésico Codeína 7, e a Dra. Bohr-Mandrake (especializada em psicofarmacologia de crianças anormais) receitava doses altamente concentradas de Zomix para o DCA da Bliss, o qual, durante esse último ano, claramente parecia vir piorando.*

— Bliss, por favor! Eu sinto muito e aposto que a mamãe também sente.

Mas Bliss continuou imóvel e sem reação embaixo da cama. Skyler pôde ouvir sua respiração arfante, curta e acelerada. O ar aprisionado embaixo da cama estava quente demais, viciado, malcheiroso.

---

* DCA: Distúrbio Compulsivo Antiautoridade. Apenas recentemente reconhecido pela Associação Norte-Americana de Psicólogos Infantis, Psiquiatras Clínicos e Profissionais de Saúde Mental, mas destacado no *New York Times* como "praticamente uma epidemia nos pré-púberes americanos".

As narinas do Skyler coçaram ante o conhecido cheiro de amônia do colchão e da roupa de cama da Bliss. A Dra. Bohr-Mandrake acreditava que o Zomix "minimizaria" os "acidentes" noturnos da menina, e seu irmão torcia muito para que assim fosse.

— Bliss, o papai ama você. O papai ama nós dois, ele vive dizendo isso. É só que o papai anda "ocupado", pode ser que ele mude de emprego. Mas ele vem nos visitar na semana que vem, ele prometeu. Quando eu me machuquei no ginásio, foi um erro idiota, mas o papai não deixou de gostar de mim.

Skyler fez uma pausa, perguntando a si mesmo se isso era verdade. Como menino inteligente de 9 anos (apesar de disléxico/sofrendo de DDA), ele era capaz de deduzir que qualquer pai gostaria um pouquinho mais do filho se ele se tornasse um ginasta-prodígio, e não um aleijado tampinha de quem os outros garotos desdenhavam. Mas, em tom urgente, ponderou:

— Se o papai diz que "não consegue respirar" aqui, por que é que a culpa é nossa? Nas revistas da mamãe, a gente lê sobre o que os adultos fazem o tempo todo: "dultério". É um negócio nojento, chamado "dultério", porque é isso que os adultos *fazem*.

No entanto, depois de passar muitos meses examinando de perto aquelas revistas grossas e brilhosas da mamãe, como *Self*, *Moi!*, *Cosmopolitan*, *Chic*, *Glamour* etc., Skyler não conseguira compreender o que era "dultério" nem o que era que os adultos, aparentemente a maioria dos maridos, fazia para transtornar tanto os seus cônjuges.

Depois de outros dez minutos ou mais ponderando com a irmãzinha exasperante, escondida embaixo da cama, Skyler desistiu. Seu pescoço latejava de dor por causa da posição incômoda e, quer a dor fosse real, quer fosse apenas uma dor fantasma, Skyler não gostou dela.

— Vá se danar, Bliss! Tudo nesta porcaria desta casa tem que ter a ver com *você*.

PFDP*

ESFREGANDO COM VIGOR SUAS MÃOS DE PAPAIZÃO, PAPAI APOIOU os cotovelos na mesa e se curvou, até ficar no nível dos nossos olhos:

— Ei, criançada! Vocês sabem que o papai ama vocês, não sabem?

O entusiástico Skyler fez que sim com a cabeça.

Chupando o dedo, Bliss encarou o pai em silêncio.

— ... só que, droga, isso é difícil de articular!... chega uma hora... — os olhos do papai se encheram de umidade e pareceram estar perdendo o foco, e ele os enxugou num gesto brusco, com o canto da mão — ... num casamento de... longevidade... numa família... — fez uma pausa, como se fosse incapaz de continuar, a garganta fechada num nó, enquanto grudava os olhos nos rostos extasiados e imóveis dos filhos, que pareciam uns roedorezinhos hipnotizados, hipnotizados por... seria uma serpente?... uma serpente que balançava, agitando a língua vermelho-mercúrio, encarando-os com os olhos meio líquidos do basilisco — ... uma família em que o papai está muito próximo dos filhos, emocional e espiritualmente, mas é vítima do seu próprio "sucesso empresarial" — papai fez outra pausa, dando uma risada tristonha, com um toque de amargura em seu riso de papai meigo —, e a mãe também é dedicada, uma supermamãe, podemos dizer... uma mulher notável, de tamanha verve, imaginação e ambição, que foi um privilégio e uma alegria conhecê-la... e amá-la. Só que... — a voz hesitante do papai parou. Papai esvaziou o copo de uísque Johnnie Walker *on the rocks* e, com um gesto quase imperceptível das espessas sobrancelhas,

* Ao final deste capítulo lamentável, você saberá o que significa este título. E, se não souber, lamento.

fez sinal para o garçom que estivera orbitando discretamente a mesa, e nesse instante as crianças Rampike foram subitamente arrancadas do transe do papai e se descobriram... onde terá sido aquilo: no restaurante elegantemente gélido do segundo andar do Sylvan Glen Golf Club?

Deve ter sido. Bix e Betsey Rampike tinham sido aceitos.

Sabemos como o Sylvan Glen é "exclusivo", "prestigioso", e ficamos impressionados.

Papai tinha insistido numa mesa junto à janela, de onde se avistava o campo de golfe de ondulações suaves e dezoito buracos, que diziam ter por modelo um famoso campo de golfe em Inverness, na Escócia. Ninguém imaginaria, ao contemplar a vista daquela janela de vidro laminado, estar tão perto dos bairros residenciais do Vilarejo Histórico de Fair Hills. Na memória (embolorada) do Skyler, essa cena teria ocorrido numa estação de inverno, porque as colinas esculpidas do campo de golfe pareciam cobertas por algo esbranquiçado e rugoso feito isopor, e não se via golfista algum. Skyler espremeu os olhos, avistando ao longe uma figura alta de papai, brandindo um taco de golfe, uma figura pequena de filho, segurando com ar hesitante um taco tamanho mirim, e no chão havia uma bolinha branca parecida com um grânulo, que precisava ser atingida para voar pelo ar, rolar pelo chão e desaparecer num buraco... *Você e eu, Sky-boy! Lá no campo de golfe, assim que a primavera chegar*. O papai havia prometido, embora não recentemente.

(A menos que isto seja coisa de um "narrador não confiável" no texto literário, será? Um garoto de 9 anos, cheio de remédios e emocionalmente instável, confundindo sua lembrança desse almoço especialíssimo com o papai com uma cena real de inverno, no mundo fora da janela, será isso?)

Como foi especial esse sábado com o papai para as crianças Rampike, que andavam muito angustiadas ultimamente: não só seu belo papai ofereceu-lhes almoço naquele lugar classudo — "Só nós três! Como nos velhos tempos" —, como também prometeu que depois os levaria ao lendário shopping VastValley, uma das maravilhas arquitetônicas do centro-norte de Nova Jersey, o segundo maior e mais luxuoso do estado, para assistirem à matinê do novo sucesso entre as comédias para a família: *Benji se enfurece!* Apesar de o papai ter feito o possível, como homem discreto, para minimizar os aspectos não tão festivos desse sábado, não era segredo que, desse dia em diante, ele não moraria mais na casa da alameda Ravens Crest com Skyler, Bliss e a mamãe.

Por quanto tempo ficaria fora, isso não estava claro para Skyler e Bliss — "temporariamente, eu prometo!", "até as coisas se ajeitarem entre sua mãe e eu" —, nem exatamente onde o papai ia morar, exceto "não muito longe!", "pertinho daqui!", "à mesma distância do trabalho!". Durante toda a agitada manhã, papai estivera embalando suas coisas em casa, às pressas, sem cuidado, subindo e descendo ruidosamente a escada, carregado de malas e mochilas a serem levadas para o Road Warrior XXL de brilho fosco estacionado na entrada da garagem, achatado e triunfal como um tanque vitorioso. Ah!, Skyler perdeu o fôlego ao ver as roupas gigantescas do papai carregadas em meros cabides, as gravatas de seda do papai escorregando feito cobras e se enroscando sob os pés dele. Em caixas de papelão, o papai levara embora uma seleção de livros.

(Nota esperançosa: entre os livros levados por papai figurava *O guia do papai*. E o fato de ele não estar levando a maioria de seus livros, mas deixando-os na "biblioteca" da família — onde Skyler ia ajudar Maria a colocá-los nas prateleiras —, era uma sugestão de que ele ia voltar, não era?)

Às 7h50 dessa manhã, a mamãe tinha saído. É que, da noite para o dia, ela parecia haver reunido uma força especial — espiritual? — para suportar essa "crise conjugal", esse "golpe atordoante para nossa família", e parecia quase animada, com sua roupa de mamãe chique e botas italianas de salto alto, ao se abaixar para dar um beijo de despedida no Skyler e um abracinho vigoroso:

— Se eu não estiver em casa quando seu pai trouxer você e sua irmã de volta, depois daquele filme ridículo, a Maria estará aqui, é claro, e vai preparar o jantar cedinho para vocês. Coragem, benzinho! Comporte-se.

Durante dias — semanas? —, mamãe estivera "transtornada", "agitada", "profundamente abatida", "fuzilando de raiva". Mas nessa hora?...

Skyler supôs que a mamãe teria marcado um monte de compromissos para esse sábado fatídico: um horário no Salão de Beleza Fair Hills com Ricki, o cabeleireiro/colorista especial da mamãe, almoço com senhoras cristãs leais e solidárias, como Mattie Higley, Frances Squires e "Bibi" Metz, (talvez) no aristocrático Clube Feminino do Vilarejo, seguido por uma tarde festiva de compras na "Praça da Moda" de Fair Hills, e/ou uma sessão "revigorante" com o Dr. Screed ("Para remover as marcas profundas da alma, comece removendo as marcas profundas do rosto"), ou uma sessão "reveladora" com a Dra. Helene Stadtskruller, analista/terapeuta/"especialista em traumas" com formação em Berlim, que muitas conhecidas de Betsey Rampike lhe haviam recomendado nessa hora de "crise".

(Skyler entreouvira a mãe declarar valentemente ao telefone, a esta ou aquela de suas amigas, que a "crise" dela com o marido — e sua "terapia de crise traumática" com a Dra. Stadtskruller — talvez se revelasse o "momento definidor" de toda a sua vida: "Pelo qual um dia vou agradecer ao meu marido traiçoeiro.")

Na noite anterior, papai tinha dormido num quarto de hóspedes no térreo e, quando entrou trôpego na cozinha, de manhã, mamãe já saíra no Buick amarelo-canário, sem olhar para trás nem deixar qualquer recado para o papai, cantarolando alto o hino militante "Vinde, meu Redentor!", como uma mulher da televisão que tivesse uma vida secreta.

E agora, no restaurante do Sylvan Glen, papai parecia ligeiramente zonzo, desorientado. Embora fosse uma ocasião festiva, na qual ele era obrigado a rir, repetidas vezes. Com o cabelo arrepiado e os olhos embotados, com sombras encovadas abaixo dos olhos e uma expressão que poderia ser interpretada como pesarosa/arrependida, num "estado de nervos", papai tinha-se cortado ao fazer a barba de manhã, e minúsculas gotículas de sangue coagulado eram discretamente visíveis na parte inferior do seu queixo. Mas o papai não estava usando sua roupa confortável de sábado em casa — calças cáqui amarrotadas, moleton e tênis. Em homenagem à ocasião, tinha posto uma "roupa de almoço" no Sylvan Glen Golf Club, usando um blazer azul-marinho com botões de latão, camisa azul-clara desabotoada no colarinho (deixando aparecer o pelo castanho/grisalho encaracolado do peito) e calças escuras, com o vinco razoavelmente marcado. Apesar de ser por natureza um sujeito "caloroso", "sociável" e "carismático", como os ex-atletas ou os políticos, o papai vinha-se esforçando para concentrar a atenção exclusivamente no pequeno Skyler e na pequena Bliss, sem se permitir olhar para os outros frequentadores do restaurante, muitos dos quais obviamente conheciam Bix Rampike e lançavam olhares amistosos/inquisitivos na sua direção. (Por que o Bix está sozinho com aquelas crianças adoráveis? Onde está a mãe das crianças? Quanto há de verdade no excitante boato de que os Rampike estão se separando? *Há outra mulher envolvida, e, se houver, é alguém que conheçamos?*)

Chupando o dedo, Bliss murmurou alguma coisa que o papai não conseguiu entender. Skyler traduziu, hesitante:

— A Bliss está perguntando... você não quer mais ser nosso pai?

— Bliss! Isso é coisa que se diga? — retrucou o papai, olhando estarrecido para a filha. Disfarçando, deu uma espiada para cima, para ver se alguém teria escutado. Papai ficou chocado como se a lourinha de macacão de mohair vermelho-cereja e blusa branca, de cabelo lindamente trançado (pela Maria) e com um colar cervical de espuma de látex tamanho infantil, houvesse proferido uma obscenidade. — Nada poderia estar mais longe da verdade! Minha vida como seu pai é a minha vida de verdade. O que foi que andei tentando explicar a você, meu bem, a você e ao seu irmão? É claro que o papai ama você, e o Skyler, e a mamãe também. A questão toda é essa, é que *eu amo.*

Com o rosto afogueado e procurando não se irritar, papai chapou os dedos bem afastados sobre a mesa, como um mágico cujo truque não estivesse saindo exatamente como ele havia esperado, e que se perguntasse se a plateia teria percebido.

Skyler disse:

— A Bliss está se sentindo mal porque você não quer mais viver conosco. A mamãe disse...

— Não importa o que a mamãe disse. Não dou a mínima para o que a mamãe disse. As palavras da mamãe, as ideias da mamãe são "átomos no vazio",* são puro capricho, ilógicas. Eu gostaria de poder protegê-los dela, vocês que são duas crianças impressionáveis. É claro que quero morar com vocês, e espero que vocês venham morar comigo, quer dizer, me visitar... nos fins de semana... no "recesso escolar"... quando eu não estiver fazendo tantas porcarias de viagens. Espero que a sua mãe tenha deixado claro que este nosso novo arranjo é temporário, é a chamada "separação temporária"... nada a ver com "divórcio". Vou morar a menos de uma hora daqui, em Paramus, quer dizer, tem-

---

* "Átomos no vazio": expressão do filósofo/poeta romano Lucrécio (98-55 a.C.). O Bix Conversa Mole não pode ter passado muitos bons momentos examinando o *Da natureza das coisas,* de Lucrécio, pode? Deve é ter tirado essa frase de efeito de um dos livros de divulgação científica espalhados em torno da base daquela poltrona de couro abrutalhada, cor de caramelo, na qual, para horrorizada fascinação de Skyler, era possível discernir as marcas deixadas pelas nádegas do homem em depressões no couro alisado, se a pessoa quisesse observar.

porariamente em Paramus, até resolver as coisas com a Scor, saber se eu vou continuar lá... "Subdiretor de Desenvolvimento de Projetos/Setor Doméstico", foi essa a promoção que me ofereceram... foram uns meses enlouquecidos, crianças, como vocês devem ter percebido: a Scor, a Univers e a Vortex competindo pelo seu papai. "Para mim, os filhos vêm primeiro", foi isso que eu disse aos negociadores. A questão, Skyler, Bliss, é que às vezes, numa família, numa casa, por mais fantástica que seja a casa e por mais que ele ame as pessoas que vivem nela, o homem... a pessoa... um papai sente dificuldade de respirar.

Durante esse longo discurso, papai parecia mesmo estar respirando com esforço, como se estivesse com a cabeça entupida.

— Mas, papai — protestou Skyler —, o que significa isso: "não conseguir respirar"?

— O que significa, Skyler? — perguntou papai, pacientemente. — "Não conseguir respirar" significa exatamente o que está dizendo.

Sagaz/atrevido, Skyler observou:

— Se você não conseguisse respirar, papai, estaria morto.

— Pois é, Sky-boy. Você disse tudo.

Papai riu. Não foi uma risada de papai feliz, mas de papai sofrido. E talvez, de forma quase imperceptível, seus olhos de pálpebras inflamadas tenham-se deslocado de soslaio para consultar a hora no Rolex.

(A que horas começava o gargalhante *Benji se enfurece*? Papai tinha que ficar de olho na hora.)

Hesitante, Skyler perguntou:

— Nós podemos ir com você, papai? Para Para-mus?

— É claro que não, Skyler! Sua mãe ficaria arrasada, ela nunca permitiria. Você está na escola, e a Bliss tem a patinação, e os filhos ficam sob a guarda da mãe, quase sempre. Como os filhotinhos de cachorro. Você não vê filhotinhos andando atrás do pai, vê?

Skyler persistiu:

— Umas crianças da minha turma da escola moram com o pai. Ou então existe uma "guarda compartilhada". Quando as pessoas se divorciam e depois casam de novo...

— Pera aí, Skyler! *Ba-ta*. Nós, os Rampike, não estamos nem perto da "guarda compartilhada", e com certeza nem de longe "casando de novo". Por favor, não fale essas coisas na frente da sua irmã, olhe como a está deixando nervosa.

Durante a maior parte do almoço, a Bliss ficou remexendo no desajeitado colar cervical de espuma de látex, que ralava sua pele sensível. E mal tocou na comida. Com voz chorosa, perguntou:

— Papai, a gente podia ir para Para-mus com você agora, não é? Agora eu não tô patinando, até a minha *dorfasma* ir embora, a mamãe disse.

O papai assustado engoliu um gole grande da bebida e seus dentões bateram no copo. Olhadela rápida pelo salão, com medo de estar sendo observado de perto, monitorado. (É que Fair Hills era um criadouro de boatos, como Skyler sabia, de tanto entreouvir a mamãe ao telefone com as amigas.)

— Docinho, eu já não expliquei que a minha moradia em Paramus será temporária? É um "condomínio para solteiros", num arranha-céu estéril e todo reluzente, perto daquela avenida ajardinada, a Garden State, que é uma barulheira só. Não há espaço para crianças! Não há parquinhos! Além disso, ainda estou viajando quase todos os fins de semana. Se eu resolver sair da Scor, não ficarei nesse edifício, e, se permanecer na Scor, também não vou ficar lá. Se eu for promovido a "Subdiretor de Desenvolvimento de Projetos", vou querer uma residência muito maior, com pelo menos o dobro do tamanho da nossa casa atual, crianças! O que vocês achariam de convidar seus amiguinhos para visitarem uma "propriedade rural construída sob encomenda em Nova Jersey", com seu próprio "centro de recreação familiar", com piscina (ao ar livre e coberta), ginásio de esportes e rinque de patinação? Para a Bliss Rampike, seu próprio rinque feito sob medida, hein?

Até que ponto o papai estava falando sério? Havia alguma seriedade no papai? Skyler se lembrou da exuberância calorosa de falso machão daquele mamute chamado Jeremiah Jericho, vestido de smoking, e sentiu uma fisgada de dor na perna "fraca". Bliss estava coçando a pele já avermelhada embaixo do colar cervical, que lhe empurrava o queixo para cima num ângulo incômodo.

A menina sorriu, insegura, e disse com sua vozinha rouca:

— Quando eu tiver forças para pa-patinar de novo, papai, você vai me ver? Mesmo que eu não vença?

— Ora, querida! Nem é preciso perguntar. Você sabe que eu vou — e estendeu a mão por cima da mesa para afagar o rosto da filhinha: um gesto que pretendia ser terno, mas que fez Bliss retrair-se.

— Docinho, eu estava indo vê-la patinar na Filadélfia, não foi?... em Wilmington?... naquela negociação que não deu em nada, e aí o pessoal da *People* cancelou a entrevista.

Papai tomou o cuidado de não parecer recriminador, mas mesmo assim Bliss sentiu o carão, e até Skyler, que só podia estar isento de culpa, tornou a sentir uma pontada de dor.

Ao contrário das outras meninas da sua idade — e também dos meninos da sua idade —, Bliss raramente chorava. Como dizia a mamãe, havia algo de *perverso* e *desconcertante* na Bliss, como se ela não fosse de fato uma menina de carne e osso, mas uma boneca animada, engenhosamente fabricada para parecer viva, daquele tipo que, assim que você desvia a cabeça, lança-lhe um olhar de pura insolência. Nos locais públicos, Bliss tinha aprendido a manter a expressão de menininha discretamente radiante, tímida e semissorridente, e aprendera a ficar muito quieta, pois a qualquer momento era provável que houvesse alguém a observá-la (o que certamente era verdade ali no restaurante do Sylvan Glen, onde, sem perigo de errar, metade da clientela feminina olhava com anseio/curiosidade na direção da nossa mesa, tanto para o espadaúdo Bix Rampike, com seu cabelo espetado e seu blazer azul-marinho, quanto para a menininha angelical, Bliss, com seu macacão vermelho-cereja de mohair e seu colar cervical, embora, até aquele momento, ninguém tivesse cometido a deselegância de se aproximar da mesa para indagar, com voz melodiosa e sexy, *Onde está a Bethie?... ou será que eu quis dizer Betsey?*) Mas a boca da Bliss estava trêmula, e por isso Skyler interveio depressa, para desviar a atenção do papai:

— Você nunca me levou para fazer pesca submarina em Palm Beach, papai! Quando ficamos lá na casa da vovó Rampike, esperando você. A gente só esperou, esperou, papai, e você tinha prometido se encontrar conosco, e tinha dito que ia alugar um barco e me levar para pescar marlim, mas você não chegou em hora nenhuma e ninguém me levou, papai. Você prometeu.

— Prometi? Caramba!

Papai pareceu sinceramente surpreso. Obviamente, o papai culpado se esquecera por completo dessa promessa extravagante feita ao filho, se é que ele a tinha feito mesmo, num aparte casual, possivelmente quando estava bebendo e não devia ser levado a sério; mas Skyler se apegou a ela, como um advogado de defesa cujo caso não vai correndo muito bem. (Seria possível que o papai houvesse esquecido o malfadado episódio de Palm Beach, gravado a fogo na memória do Skyler, da mamãe e da Bliss?) Papai gaguejou, confuso:

— ... talvez não "pesca submarina", Skyler... "pescar marlins"... mas neste verão, se você e a Bliss forem me visitar na praia de Jersey... ou não... — interrompeu-se, mordendo o lábio inferior. O que é que o papai estava dizendo? Que diabo o papai tinha admitido? Skyler sabia de antemão que a mamãe ia querer interrogar seu homenzinho espião sobre os comentários intempestivos do papai (quanto mais intempestivos, mais a mamãe quereria saber), e por isso o menino resolveu não escutar com muita atenção, mas fixar no rosto rubro do papai um olhar de ressentimento infantil, passando aos poucos para a credulidade infantil, enquanto o papai prosseguia: — ... ou então na casa da mamãe em Nantucket, poderíamos ir pescar... o quê? Anchova? *Bass*? Que tal lhe parece, Skyler? E você, Bliss, você também será bem-vinda a bordo, fofinha. Você pode pôr a isca nos nossos anzóis.

Com o guardanapo retorcido, papai limpou a boca. Caramba, o papo furado do papai era uma trabalheira danada, a gente quase se esquecia.

— Sobremesa, crianças? Ou — uma olhada franca para o Rolex — talvez não.

Esse almoço histórico no Sylvan Glen — a primeira e também última vez, como se veria, que papai levou os filhos a esse restaurante — estava quase terminado. Por mais árduo que ele tivesse sido para Bix Rampike, para termos uma ideia do que foi para Skyler e Bliss, devemos multiplicar o tempo gasto por duas ou três vezes, ou talvez quatro, porque as crianças pequenas vivenciam o tempo muito mais devagar do que os adultos. (Deixe-me confessar: só me lembro em retalhos dispersos das coisas que o Skyler suportou, e fico desnorteado tentando imaginar o que deve ter sido essa provação para a Bliss. Neste documento sobre perdas e anseios, até o passado do Skyler me é tão esquivo quanto uma mariposa se atirando sobre uma janela alta: *é tudo adivinhação.*) Apesar do constrangimento do papai, assinalado por uma película de transpiração junto à raiz dos cabelos e um indício de que ele havia encharcado toda a camisa de tecido Oxford por baixo do blazer, ele conseguira devorar quase todas as migalhas do seu hambúrguer Sylvan Glen Especial de Coxão Mole, com batatas fritas também especiais e molho de abacate e mirtilo, e enxugar dois (ou teriam sido três?) copos de Johnnie Walker do tamanho do seu punho.

Quando papai franzia o cenho para a conta, Skyler reuniu sua coragem de menino atrevido para fazer uma pergunta que havia ensaiado durante semanas:

— Papai, o que é "dultério"? — e papai fuzilou-o com os olhos, piscando: um boi beliscado por um pardal.

— "Dultério", você disse "adultério", Skyler? Caramba!

Skyler repetiu sua pergunta de menino burro e papai recobrou sua compostura paterna, conseguindo sorrir:

— Adultério é coisa de adulto, Sky-boy. Um dia você saberá.

Com essa nota enigmática, os Rampike poderiam ter saído do restaurante do Sylvan Glen, exceto pelo fato de que, de repente, surgida do nada, uma mulher apareceu à mesa deles, o que fez papai pôr-se galantemente de pé num salto e trocar cumprimentos animados, que incluíram, por parte da mulher, um beijo de flerte/amizade que roçou de leve o queixo forte do papai e cumprimentos efusivos para as adoráveis criancinhas Rampike, sem perda de tempo com o garoto desajeitado, mas desmanchando-se com Bliss:

— Ah, você é mesmo uma gracinha, Bliss! Olhe só para essas tranças no cabelo! E seus olhos! Como são azuis! Estamos todos tristíssimos por você ter machucado o pescoço, lemos sobre isso na *New Jersey Monthly*, e tomara, tomara, tomara que você se recupere completamente, a tempo do Desafio de Patinação Miss Princesinha do Gelo de Jersey, essa é que é a grande competição, não é? Levei minha filha Tracey para ver você patinar, Bliss, e vencer, no campeonato StarSkate, e vimos videoclipes seus na NJN. A Tracey tem dez anos e é apaixonada por "patinação artística de competição", igualzinho a você... você e a Bei-Bei Chang são os ídolos dela... ou será que eu quero dizer que ela é o seu ídolo?... A Tracey vai ficar *encantada* quando souber que eu a conheci. Se não for pedir muito, Bliss, e se o seu papai não se importar, se você pudesse assinar isto aqui para a Tracey, nós todos ficaríamos *muito agradecidos*.

Com um sorrisinho meigamente sério, no qual mamãe a havia treinado, Bliss aquiesceu sem hesitar, pegou o guardanapo de coquetel ligeiramente amassado com os dizeres SYLVAN GLEN, assim como uma reluzente esferográfica prateada da Univers Bio-Tech do papai, e, sem jeito, uma vez que o colar cervical arranhava seu pescoço sensível, conseguiu escrever

Bliss

enquanto Skyler, que observava tudo, bestificado, sentiu uma súbita ânsia de vômito, com aquela massa encharcada de sanduíche de peru, batatas fritas gordurosas e o Coquetel Infantil Luz do Luar, que ele bebera todo pelo canudinho, revirando em seu estômago — *Isto nunca vai acabar, estamos presos aqui para sempre, não posso protegê-la e não posso proteger a mim mesmo** —, e se levantou da cadeira, com uma desculpa gaguejada para o papai, dizendo que precisava ir ao toalete, e depressa.

EU GOSTARIA DE PODER TERMINAR ESSA CENA, EXCRUCIANTEmente prolongada, vendo os Rampike — o papai espadaúdo, Skyler capenga e a Bliss mancando e com um colar cervical — subirem alegres no Road Warrior do papai, no estacionamento do Sylvan Glen; depois, uma lufada de ar branco pelo cano de descarga e os enormes pneus de borracha preta conduziriam o veículo e seus ocupantes para a confusão do trânsito vespertino de sábado na Great Road, de lá para a Rota 15, e depois para a I-80, na direção leste, até chegar à autoestrada Garden State; e logo em seguida, como num filme onírico, surgiria o mágico branco-alabastro do shopping VastValley e viria o gargalhante *Benji*

---

* Déjà vu de novo, certo? Será que o leitor atento compartilha com o Skyler a sensação enojante de já ter passado por isso? Bem, sim. É que, até na vida de uma pequena celebridade como a minha irmã, os eventos se repetem infinitamente; até as pessoas — sobretudo as pessoas — se reciclam sem parar, dizem as mesmas coisas, pedem as mesmas coisas, agradecem exatamente do mesmo jeito. Imagino como deve ser mais nauseante na vida de uma grande celebridade! (Ninguém diz a verdade sobre as Grandes Celebridades: a vida delas é um Grande Saco.) Não pode ter sido isso que Friedrich Nietzsche, o filósofo alemão precursor de Freud, do existencialismo e da desconstrução, quis dizer com Eterno Retorno, pode? — As Mesmas Malditas Coisas Acontecendo Outra Vez.

se enfurece, e os três Rampike, o papaizão e os filhinhos, devorariam uma bacia de pipoca "amanteigada" e se acabariam de rir, como os americanos normais que se descobrem em "cinemas multiplex". Mas, infelizmente para Skyler e Bliss, não foi esse o rumo que a cena tomou. Você não achou que haveria um roteiro confiável aqui: Papai (Abalado Pela Culpa) Leva Os Filhos Para Almoçar E Para Assistir A Um Filme Babaca? Na verdade, porém, no momento mesmo em que Skyler, trêmulo, emergiu do banheiro masculino do primeiro andar do Sylvan Glen Golf Club — limpando disfarçadamente a boca, para tirar dela uma coisa acre, parecida com giz, boca esta que ele tinha lavado ou tentado lavar numa pia do banheiro masculino, não muito bem, porque não havia tempo, e que por isso cheirava/sabia a vômito, e torcendo (desesperadamente) para que ninguém notasse; no momento em que um papai de cara fechada lhe jogou sua jaqueta — "Que diabo fez você demorar tanto por lá, garoto? *Vita-vita*, *pronto*-rápido!" — e estalou aqueles dedos de papaizão para o garotinho humilhado; pois nesse momento dramático, contribuindo para o ar de confusão tão frequente nas cenas em que Bix Rampike assomava em primeiro plano, de repente apareceu uma mulher no saguão do clube, uma mulher de cabelo preto e aspecto familiar, usando um suntuoso "casaco divertido" de pele de raposa, com cinto e debrum de suede, e elegantes botas italianas de salto alto, muito parecidas com as da mamãe, só que mais finas e, nessa mulher, mais chiques: uma mulher mais ou menos da idade da mamãe, porém de rosto mais esculpido e mais magro, que vinha sedutoramente arfante, como se houvesse corrido para chegar até eles:

— Ah, Bix! Você achou que eu me atrasaria? *Estou* atrasada?

O papai galante-brincalhão, o Bix Rampike sensual, de andar arrogante, respondeu, para implicar:

— Glenna, você chegou na hora exata. Pedi-lhe para vir à uma e meia, presumindo que você chegaria aqui às duas, e foi justamente o que aconteceu.

A ofegante Glenna do suntuoso agasalho de pele de raposa riu, com o deleite de quem tivesse sido denunciado num fugaz vislumbre de nudez, culpada e inocente:

— Bix, você não fez isso! *Fez*, sim. Ora, Bix. Nesse caso, não preciso pedir desculpas por estar atrasada, não é?

Enquanto Skyler e Bliss olhavam, inteiramente confusos com a conversa brincalhona dos adultos, como ficaria quem nunca tivesse visto uma partida de pingue-pongue em ritmo acelerado, boquiaberto com a bolinha branca voando da direita para a esquerda, da esquerda para a direita, a mulher cumprimentou o papai com uma variação do ritual de Fair Hills: roçou de leve os lábios pintados de batom no rosto dele, deu-lhe um abracinho rápido de apenas amigos e um ligeiro aperto de mão. Ficou muito claro para as crianças Rampike que o papai acolheu esse ritual com mais bom grado do que a saudação da Sra. Hennepin (fora de moda, ali pelos 45 anos), minutos antes.

— Crianças, esta é a Sra. O'Stryker, amiga da mamãe. Vocês conhecem a Sra. O'Stryker, não é?

Skyler assentiu vagamente com a cabeça, pois estava certo de já ter visto a mulher de cabelos escuros e roupa espalhafatosa; Bliss encarou-a de uma forma grosseira, chupando o dedo. É que, no fundo, as mulheres de Fair Hills tendiam a ser estranhamente parecidas. Em meio ao corre-corre do vestir os casacos, da saída para a friagem mineral de Nova Jersey no fim do inverno e da troca acelerada de perguntas adultas ritualizadas — "Como vai a Betsey?", "Como vai o Howie?", "Como vai *você*?", "Como vai *você*?" —, pareceu emergir, para espanto das crianças, a constatação de que elas não estavam sendo conduzidas para o Road Warrior do papai, mas para o Suburban Charger da Sra. O'Stryker: seriam levadas para casa, na alameda Ravens Crest, pela glamorosa Sra. O'Stryker, e não ao VastValley Cinemax pelo papai, para ver *Benji se enfurece*, afinal. Skyler protestou:

— Papai, você prometeu! Você prometeu nos levar para ver *Benji se enfurece*!

E o papai retrucou, como que sinceramente surpreso:

— *Benji* o quê? O que é isso?

E Skyler persistiu, feroz como um lulu-da-pomerânia latindo aos pés de um são-bernardo:

— Você prometeu, papai! Você prometeu!

E o papai disse, movendo-se de fininho em direção ao Road Warrior, com as chaves na mão:

— Tenho certeza de que não prometi, Skyler. O plano é você e sua irmã serem levados para casa pela Sra. O'Stryker, como um favor para nós, para eu poder entrar no meu Road Warrior ali, que está abarrotado com as minhas coisas, e ir direto daqui para a Parkway e para Paramus, só com um pouquinho de tempo antes da chegada da limusine da empresa, para me buscar e me deixar no meu voo das 18h48 de Newark para Nova Déli.

Enquanto Bliss, entorpecida, se deixava conduzir pela mãozinha enluvada em direção ao veículo da Sra. O'Stryker, Skyler continuou a protestar, atrevendo-se a agitar o punhozinho para o pai:

— Papai! Papai! Você prometeu! Você não pode quebrar sua promessa... de novo!

Exatamente o que aconteceu a seguir não está claro: numa das versões, o papai de rosto vermelho deu uma guinada em direção ao filho e, com um imenso punho do papai, encestou o moleque atrevido na lateral da cabeça, POU!, disparando para o fundo do cerebelo do menino vibrações que são sentidas até hoje; em outra versão, a mais provável, o papai de rosto vermelho meramente brandiu o punho do papai, como se fosse acertar o garoto atrevido na lateral da cabeça, e murmurou em tom sombrio:

— Vamos discutir este assunto noutra hora, Skyler. De homem para homem.

Nesse meio-tempo, Bliss tinha se soltado da mão da Sra. O'Stryker e, mancando, correra em direção ao pai, gritando com vozinha rouca e tristonha:

— Papai! Não vá embora, não largue a gente! Vai acontecer uma coisa ruim com a gente!

Exasperado, mas tentando falar com ternura, em consideração a Bliss, ele disse:

— Benzinho, não vou largá-los e ir embora. Só estou indo... temporariamente. Vocês vão ficar com a mamãe, você adora a mamãe e logo vai voltar a patinar e ganhar todo tipo de prêmios, e vai aparecer na televisão e na revista *People*, e quando as coisas se acalmarem com um pouquinho mais de sanidade, e o nosso período de "átomos no vazio" tiver sido resolvido, você poderá visitar o papai em Paramus ou... seja lá onde for. Tchau, crianças! Amo vocês.

Enquanto papai entrava atabalhoadamente no Road Warrior, ligava o motor e se preparava para uma rápida escapada à moda do papai, Bliss, numa explosão repentina de fúria, começou a enfiar as unhas no colar cervical de espuma de látex e a chutar a Sra. O'Stryker, que tentava contê-la.

— Quero ir com você, papai! Não quero ficar com a mamãe o tempo todo, eu tenho medo da mamãe!

No Road Warrior, papai foi se esgueirando em direção à saída, com Bliss cambaleando à frente do veículo, mas ele conseguiu fazer o Road Warrior contornar a menina e gritou da janela:

— Crianças! O papai ama vocês mais do que nunca! Isso é que é o essencial!*

* Cacete! Dá para acreditar nesse completo sacana? (A resposta melancólica é: sim. Por alguma razão, as crianças Rampike acreditaram.)

III
"Miss Princesinha do gelo"

Ameaça!

— OI, RAMPIKE.

Na escola primária, existe alguma coisa mais apavorante do que ser chamado pelo sobrenome por uma voz gozadora e hostil de garoto?

No espelho respingado acima da pia do banheiro dos meninos, no segundo andar/ala oeste do Externato Fair Hills, estava um moleque da quinta série, de rosto ossudo, mas com umas sardas bonitinhas, vários centímetros mais alto do que Skyler, e que tinha os gélidos olhos azuis fixados nos olhos castanhos, assustados e marejados deste; o queixo do guri, triangular como o de uma serpente, estava agressivamente empinado.

— Eu disse "oi, Rampike". Você é surdo, seu babaca?

Com valentia, Skyler deu um sorriso e, seguindo o espírito de troca de sobrenomes de meninos, gaguejou algo parecido com:

— Oi, K-Klaus.

Essa resposta, longe de provocar um sorriso no rosto severo do outro garoto, ou de aplacá-lo, pareceu ofendê-lo. Com as duas mãos, Calvin Klaus Jr. deu um empurrão nas costas de Skyler e o jogou com força de encontro à borda da pia.

— "Ram-pica". "Sky-ler Ram-pica". Você e eu, "Ram-pica", a gente vai ser o quê: irmãos? *Negativo*!

Como um enigma, essas palavras recriminadoras saltaram da boca de Calvin Klaus Jr., contorcida numa fúria estranhamente adulta, e, antes que Skyler pudesse se defender, ou se esquivar e dar no pé de fininho, como tinha aprendido a fazer nas brigas do primário ao longo dos anos, Calvin o agarrou pela manga do agasalho escolar verde-caça do Externato Fair Hills e o socou contra a parede de azulejos, enquanto outros meninos olhavam, atônitos, assustados ou sorridentes, na expectativa empolgada de uma briga.

Briga? No "prestigioso" e "exclusivo" Externato Fair Hills? Onde a expulsão tendia a ser rápida e não negociável, e a afetar negativamente a aceitação do aluno expulso numa das grandes universidades da Ivy League e, por extensão, sua vida inteira?

Skyler não pretendia revidar, pois sabia reconhecer quando era superado. (Skyler era invariavelmente superado.) Na confusão do momento, ele ainda conseguiu registrar que, quase invisível no pulso direito de seu agressor furioso, por baixo do punho da manga, havia uma tatuagem de tipo enigmático, feita com tinta vermelha.

Talvez fosse uma caveira. Ou um punhal com sangue escorrendo.

Ou uma suástica.

Seria aquilo um ataque de gangue? Porventura Calvin Klaus Jr. era um bandido iniciante, encarregado de atacar Skyler Rampike, de 9 anos, um "alvo escolhido ao acaso" por uma das gangues/confrarias (secretas) da escola?*

Skyler teve vontade de protestar: o Calvin não era seu amigo de encontros lúdicos?

Skyler teve vontade de protestar: *Mas eu sempre gostei de você.*

Apareceu Billy Durkee, abrindo caminho aos safanões pelo círculo de garotos que observavam, agarrou Calvin pelo ombro e o arrastou para longe de Skyler, já então encolhido no chão.

— Deixe o garoto em paz, Klaus. Ele é aleijado, pelo amor de Deus!**

---

* Embora todos os alunos do Externato Fair Hills tivessem que assinar um contrato de compromisso com o código de honra tradicional da escola e com a promessa de não ingressar em "nenhum tipo de sociedade secreta" do colégio, diziam os rumores que havia duas gangues/confrarias predominantes lá: os Krippes (tatuagens feitas com tinta preta) e os Bloods (tatuagens feitas com tinta vermelha). Imitando a cultura das quadrilhas de traficantes de drogas da juventude negra, que lhes era transmitida principalmente por meio de videogames e da televisão, os brancos de alta classe média que eram colegas de turma de Skyler às vezes também amarravam trapos de nylon na cabeça, quando não estavam nas instalações escolares.

** Só o leitor mais anormalmente retentivo de todos se lembrará de Billy Durkee, de muitas páginas atrás. Esse coleguinha de brincadeiras de Skyler, astuto, manipulador e fissurado em matemática, era quem lhe havia ensinado (até certo ponto) a jogar pôquer, para poder ganhar do garoto ingênuo alguma coisa na faixa de trinta dólares num período de meses. Na escola, Billy cumprimentava Skyler com um sorriso amistoso/insincero, mas nunca o convidava para almoçar com ele e seus amigos. Skyler não sabia ao certo se a mamãe tinha "desistido" da Sra. Durkee, que deixara de responder a seus telefonemas, ou se, na verdade, mamãe é que tinha parado de ligar para a Sra. Durkee. Como era intensa a vida social de nossos pais! — tão misteriosa, complicada e tabu para se contemplar quanto sua vida sexual.

A GENTE VAI SER O QUÊ: IRMÃOS? NEGATIVO!

No Externato Fair Hills, entre outras gírias, frases de efeito e profanidades/obscenidades juvenis de curta duração, recolhidas na pocilga da cultura da TV popular, passou a haver uma espécie de ironia canhestra que envolvia enunciados terminados por *negativo!* Como em "Acho que você é legal mesmo, hein, Skyler? *Negativo!*" Ou então: "Que tal um beijo, Skyler? *Negativo!*"

No entanto, ao recordar a agressão no banheiro e a misteriosa observação de Calvin, Skyler fixou-se na palavra *irmãos.*

A gente vai ser o quê: irmãos?

Irmãos?

Será que o Calvin gosta de mim? Será que quer que sejamos como "irmãos"?

Não parecia provável. (Ou parecia?)

A Mildred Marrow não tinha falado, num tom desejoso, em ter o Skyler como irmão? Isso para que, por um processo mágico de lógica, a desajeitada e insossa Mildred pudesse ser o prodígio da patinação no gelo, Bliss Rampike.

Por isso, Skyler passou dias matutando, depois da agressão, enquanto Calvin Klaus o evitava friamente e ele não tinha coragem de abordá-lo para perguntar o que o outro quisera dizer. Skyler também não mencionou o ataque a nenhum adulto. (Esconda seus machucados como esconde as mágoas do coração! Criança aprende depressa. Nesse ínterim, agora que o papai já não morava com a família na alameda Ravens Crest, e sim num "condomínio" que Skyler ainda estava por visitar, o menino ansiava proteger a mamãe de qualquer outro tipo de aborrecimento; e, quando o papai telefonava, como fazia questão de telefonar para a família ao menos uma vez por semana, com certeza Skyler não havia de perturbá-lo/aborrecê-lo com a confissão de que fora agredido, jogado numa parede, completamente derrotado num banheiro dos meninos na escola, e tudo diante de testemunhas.)

Num capítulo anterior, intitulado "Aventuras em encontros lúdicos — II", Calvin Klaus Jr., de 10 anos, fez apenas uma breve aparição e foi prontamente descartado por este autor ansioso, afetado por uma variação neurológica da SPI (Síndrome da Perna Inquieta), que não suportava se deter na crise iminente da família Rampike. Na verdade, Skyler e Calvin tinham sido levados à casa um do outro em diversas ocasiões, para assistir a vídeos populares entre os meninos (*O brinquedo assassino I, O brinquedo assassino II, O brinquedo assassino III, O exterminador do futuro I, O exterminador do futuro II, A fúria do menino-robô, A vingança do menino-robô* etc.) e ser supervisionados por uma ou outra das Marias. Skyler, o mais novo e menos assertivo dos dois, não fazia ideia se Calvin Klaus gostava dessas visitas ou meramente as tolerava, já que as crianças de Fair Hills toleravam muita coisa a bem de suas ansiosas mamães. Tudo que consigo recordar das numerosas palavras que esses garotos devem ter trocado é *Como vão as coisas na escola com você?*, e a resposta, com um dar de ombros: *Tudo legal, eu acho. E você?*

Durante dias depois do ataque não provocado, Skyler seguiu Calvin Klaus sem se fazer notar (esperava), a uma distância discreta, como um cachorro apaixonado/rejeitado, quando os horários de aula dos dois o permitiam. No "salão de jantar" da escola — não se tratava de uma "lanchonete", pois esse era o Externato Fair Hills, onde a mensalidade rivalizava com as das melhores universidades da Ivy League — Skyler sentava-se numa posição estratégica, de onde podia observar discretamente (esperava) o menino mais velho e seus amigos da quinta e sexta séries. Que atraente parecia Calvin aos olhos de Skyler, com seu rosto anguloso e magro, de ossos bem definidos, sua pele "inocentemente" sardenta, como a dos meninos das ilustrações de Norman Rockwell sobre tempos distantes nos Estados Unidos, e seu hábito lupino de abaixar a cabeça ao comer ou rir! Se, de vez em quando, Calvin olhava na direção de Skyler e o via a observá-lo, desviava rapidamente os olhos. *O perseguido se tornara o perseguidor.*

Quisera eu ter tempo para examinar esse tema. Como certas pessoas nos atraem, e passamos a adorá-las, e nos lembramos delas durante décadas de nossa vida, repleta de uma Via Láctea de outros indivíduos — justamente aquelas pessoas que, quando éramos crianças, nos aterrorizavam.

Astucioso, Skyler deu um jeito de Maria ir buscá-lo na escola uma hora mais tarde, para que ele pudesse demorar-se nos fundos do colégio e observar quando Calvin Klaus era apanhado — em geral, por uma empregada doméstica hispânica, mas, de vez em quando, por sua mãe. A recompensa de Skyler era ter um vislumbre, e até mais que um vislumbre, de Morgan Klaus, uma mulher glamorosa, de maçãs do rosto salientes, expressão distraída nos olhos azul-claros, um jeito gutural de falar entre dentes, roupas discretas e chiques e cabelos louros frisados, cheios de estilo: a mulher do solário!

Skyler fechava os olhos. O coração batia forte à lembrança dos dedos afastados e aprisionadores do papai — os dedos do papai, que eram capazes de agarrar, apertar e sacudir, se quisessem — nas costas da mulher, ali onde a pela alva e cremosa estava descoberta — nua! — acima do sedoso vestido preto.

Caramba, você está linda

quando é que eu vou vê-la?

Louco por você   benzinho

Coitada da mamãe! Enquanto a mamãe era insegura, sorria demais, exagerava na maquiagem e na roupa, com aquele capacete brilhoso de cabelo "tingido" que até um garoto de 9 anos era capaz de ver que era deselegante, a mãe do Calvin Klaus era tão segura, de porte tão marcante, que mal se notava que não era bonita. Ora a Sra. Klaus aparecia na entrada dos fundos do Externato Fair Hills num Porsche baixo, verde brilhante, ora no estilo mamãe em jogos de futebol dos subúrbios residenciais — porque o Calvin Klaus realmente jogava futebol depois das aulas —, dirigindo um utilitário esportivo Reaper preto reluzente, grande o bastante para acomodar metade do time de futebol, embora fosse apenas Calvin quem entrava no veículo, com ar macambúzio. Um dia, Skyler entreouviu a Sra. Klaus chamar o filho, com aquela voz arrastada, gutural e sexy:

— Ande *logo*. Não venha com essa titica passivo-agressiva para cima de *mim*. Eu sou sua mãe, pombas, não a porcaria do seu chofer!

Isso é que era mãe! *Louco por você.*

Skyler torceu, muitas vezes, para que Morgan Klaus o notasse, esperando sozinho junto ao meio-fio, suportando estoicamente o peso de uma mochila carregada de livros sobre sua ossatura franzina, ainda um garoto "bonitinho", pela maioria dos padrões maternos, mas aqueles olhos azul-claros distraídos apenas deslizavam por ele, como se o menino fosse invisível; e Calvin Klaus, percebendo que Skyler tinha a esperança de ser visto, ignorava-o com pétrea indiferença. Só uma vez, quando Skyler estava sozinho e tiritando na chuva na hora em que a Sra. Klaus parou o seu enorme Reaper, foi que a mãe do colega o notou, com um sorrisinho surpreso: "Você é... o Scooter? Rampike?" Quando Skyler deu um passo à frente, ansioso para que ela lhe oferecesse uma carona para casa, e ao diabo com fosse lá quem fosse que viria buscá-lo dali a alguns minutos, Calvin afastou-o grosseiramente com uma cotovelada e disse, em tom alto e rude: "Não, mãe. Esse não é ele."

Dada a ameaça na voz de Calvin Klaus, Skyler não se dispôs a contestar a questão de sua identidade.

— O SEU PAI E A MINHA MÃE, ELES ESTÃO TREPANDO, SABE O QUE é isso?

Trepando? Subindo em algum lugar? Skyler se encolheu, sem querer pensar no que aquilo podia significar.

Não tinha certeza, mas resmungou que sim.

— Sabe *mesmo*?

Skyler resmungou um sim, mais ou menos.

— É que nem "foda", sabe o que é isso?

Foda/foder eram palavras que Bix Rampike às vezes resmungava entre dentes, ou, quando exasperado para valer, dizia em voz alta. *Foda/foder* só podia ser uma coisa que dava nojo, deixava a pessoa com raiva e sem paciência. Menos seguro, Skyler resmungou um *sim, talvez.*

— Sabe uma ova, fedelho. Aposto que você não sabe — riu-se Calvin Klaus, com sarcasmo. — *Eu* sei. Eu vi desenhos.

Desenhos de Bix Rampike e Morgan Klaus? Ou... desenhos de estranhos? Com valentia, Skyler tentou relembrar as imagens bloqueadas dos chocantes "filmes caseiros" de Fox Hambruck. Na sua memória, elas se haviam confundido com as imagens bloqueadas das chocantes fotografias de autópsias de Tyler McGreety.

Fazia 19 dias desde a agressão no banheiro dos meninos. Calvin Klaus finalmente imprensou Skyler Rampike mais uma vez, num corredor deserto da escola. Embora Skyler ficasse amedrontado, na expectativa de levar uma saraivada de socos e ser jogado contra uma fileira de armários, não tentou fugir de Calvin: tinha decidido que *Serei corajoso. É o que o papai ia querer.* Mas Calvin agora parecia menos furioso com ele, como se, no intervalo decorrido, houvesse esgotado sua raiva. Ou como se, depois de ver Skyler Rampike segui-lo com uma expressão de cachorro pedinte, tivesse resolvido ser piedoso com ele.

Num impulso, Skyler disse:

— "Adultério." É isso que é.

— "Adultério." Que é isso?

— É o que eles fazem — respondeu Skyler, fazendo uma pausa com ar importante. Sua voz tremia ao falar dessas coisas. — São "adultos" que não são casados uns com os outros.

Calvin o olhou com ar intrigado. Entre seus colegas de turma, Skyler vinha adquirindo a reputação de ser estranho de uma forma intrigante: um garoto esquisito, dado a maneirismos curiosos, a explosões de aforismos e a silêncios meditativos; mas ele não era apenas esquisito. Tornara-se sabido que o pai de Skyler era um VIP de uma empresa qualquer e que a irmã caçula do menino, que era especial demais para frequentar a escola, vinha se transformando rapidamente numa patinadora famosa, que podia ser vista na TV e tinha fotos na mídia. Corriam vagos boatos de que Skyler tinha sido um ginasta-prodígio, que sofrera uma lesão irreversível num acidente. Corria o vago boato de que os Rampike eram ricos e tinham poderosas ligações políticas.

Quem sabe se o próprio Skyler Rampike não seria um gênio, um daqueles lendários alunos de Fair Hills cujo Q.I., segundo diziam, era "fora de série", embora seu trabalho nas aulas, por razões neurológicas/psicológicas/psicofármaco-patólogicas, pudesse parecer meramente comum?

Desdenhoso, Calvin disse, com a beligerância de uma figura humanoide num videogame:

— Seu metido a esperto, o que *é* que os adultos fazem? Diz aí.

Skyler tentou desesperadamente pensar: o que *era* que os adultos faziam? E *por quê*? Quando Calvin lhe cutucou o peito com um dedo ossudo, ele pôde ver as tatuagens do garoto em tinta vermelha (um coração gotejando sangue, um punhal com sangue pingando) na parte inferior do pulso.

Se Calvin era um novo iniciado da confraria (secreta, proibida) dos Bloods do Fair Hills, seu problema com Skyler não parecia estar relacionado com os bandidos, mas ser pessoal.

— Tá bem, seu babaca. Eu explico. É com isto — disse Calvin, apontando para a braguilha de suas calças de veludo cotelê bem passadas, com um olhar a um tempo lascivo e enojado — que eles "trepam". A mulher tem um buraco entre as pernas onde o pau do homem se encaixa. Às vezes eles fazem um bebê. Aquele troço branco que sai do seu pintinho de fedelho, aquilo é "ex-perna". Ele é espirrado dentro da mulher como se fosse uma lata de spray, e pode grudar lá dentro e virar um bebê, feito uma solitária que vai ficando enorme — e Calvin fez uma pausa, engolindo em seco; percebia-se uma náusea fugaz em seu rosto pálido e sardento. — Às vezes, como eu ouvi a minha mãe falar uma vez no telefone, conversando com uma amiga dela, elas "se livram" desse negócio de bebê e o jogam no vaso sanitário e puxam a válvula, como se fosse cocô. Podia ter acontecido com você ou comigo... tipo assim, nós podíamos ser irmãos... gêmeos, sacou? Se o seu pai e a minha mãe estivessem trepando há muito tempo. E, se eles se casarem, vamos ser.

Calvin falou com empolgação, sem muita coerência. Skyler o fitava, desolado. Houve um ronco súbito em seus ouvidos, ele não estava escutando aquilo. Irmãos? Gêmeos? *Casarem*?

— Seu fedelhinho, por que está me olhando desse jeito? — desafiou Calvin, inflamando-se. — Não acredita em mim? A minha mãe quer se divorciar do coitado do babaca do meu pai, que tá completamente por fora disso tudo, e se casar com o seu pai, só que o seu pai se mudou de Fair Hills, não foi? O "Bix Rampike", ele foi uma espécie de craque do futebol, não é? O meu pai tem armas, sabia? E a minha mãe enche a cara e fica azeda, e diz todo tipo de coisa para ele ficar com raiva dela, e é melhor o seu pai se cuidar para não estourarem os miolos dele.

Nesse momento, Calvin realmente jogou Skyler de encontro à fileira de armários, mas não com força: na camaradagem, poderíamos dizer. Seu hálito foi quente e angustiado no rosto de Skyler:

— Se o meu pai não fizer isso, pode ser que eu faça.*

---

* Caramba! Parece que Calvin Klaus, com seus 10 anos, estava ameaçando estourar os miolos do Bix Rampike, não é? E, ao dizer isso a Skyler de antemão, ele o estava transformando em cúmplice desse ato, ou, em termos morais, talvez até em coconspirador. Numa obra de ficção, um enunciado como esse pressagiaria a violência futura, ou, pelo menos, a tentativa de violência; neste documento, apesar de Calvin Klaus ter soltado exatamente essas palavras, nada advirá da ameaça do garoto transtornado. Skyler foi embora abalado, com o pressentimento de que aconteceria alguma coisa terrível com alguém da sua família, e de que a culpa seria do seu pai, e de que não havia nada a fazer, porque o assunto era da alçada dos "adultos" — "adultério" — e estava fora do seu controle.

Amigos da mamãe?

... A MULHER TEM UM BURACO ENTRE AS PERNAS ONDE O PAU DO homem se encaixa.

Então, era isso que os adultos *faziam*?

Era de uma simplicidade tosca. Uma espécie de geometria.

Mas Skyler ficou pensativo, sem se deixar convencer.

Pois, *para quê*?

— ORA, ORA, BETSEY RAMPIKE, MINHA QUERIDA! COMO VAI *VOCÊ?*

Em Fair Hills, Nova Jersey, como em toda comunidade americana abastada dos subúrbios residenciais, existe um tipo masculino característico: caloroso, expansivo, jovial, de olhos azuis frios e um aperto de mão de esmigalhar os ossos. Pernas curtas, tronco forte. Homens daqueles cuja pele vai ficando cor-de-rosa à medida que o cabelo — cortado à escovinha, para disfarçar como é ralo — embranquece. Bix Rampike circulava à vontade entre esses homens, com quem sentia certa afinidade, mas aos quais se sabia superior (mais alto e em melhor forma, bonitão e mais jovem); já o mesmo não acontecia com Betsey Rampike, que tendia a acreditar neles, quando esses tipos faziam investidas galantes nas reuniões sociais a que (com bravura e audácia) ela passara a ir sozinha, depois da partida do marido, e lhe seguravam a mão macia e molenga, dizendo: "Betsey. Você está realmente linda. Onde é que andou se escondendo?"

No círculo vasto e sempre mutável das relações sociais dos Rampike, era Tigger Burr que se encaixava nesse perfil. Até onde sabia o taciturno Skyler, o Sr. Burr, corpulento e de cabeça branca, era casado e tinha filhos adolescentes, um dos quais era Jimbo Burr, um aluno da última série do Externato Fair Hills que os meninos menores tratavam de evitar, por seu costume brincalhão de lhes dar cascudos ou jogá-los nas paredes; então, era difícil entender por que o Sr. Burr "dava uma passadinha" com tanta frequência na casa do Skyler para ver a mãe do garoto; por que a mamãe ficava ansiosa para sair com o Sr. Burr "para uns drinques", ou "talvez um jantarzinho leve, bem cedo", na Pousada Fair Hills; por que a mamãe passava tanto tempo ao telefone, dando risadinhas estrídulas, como se alguém lhe fizesse cócegas: "Não posso, Tigger. Hoje não. Estou com as crianças. Passei o dia inteiro com a Bliss no rinque e indo a médicos, e... tem o Skyler, o meu filho, eu lhe disse: Sky-ler... ele tem 9 anos e é muito carente, e por isso eu não posso, não devo... Bem, só um pouquinho, eu acho. Mas eu não devia."

Carente, Skyler? *Negativo*!

Skyler fez indagações na escola e soube que o pai de Jimbo Burr era dono de uma seguradora, a Burr Real Estate & Home Insurance, e estava na situação de *separado* da mulher, situação esta que se assemelhava à de Bix Rampike; então, seria essa a ligação? Uma noite, Skyler ficou acordado até tarde, e viu a mamãe voltar de uma de suas "saídas rápidas" com o Sr. Burr, subir com meticuloso cuidado a escadaria da casa quase toda apagada, apenas de meias e carregando os sapatos de salto alto, falar sozinha aos murmúrios, rir baixinho ou soltar estalos ríspidos com a língua, como que em tom de reprovação, fazer uma pausa cambaleante no alto da escada e pôr a mão na testa, como que tomada por uma tonteira.

— Skyler! O que é que você está fazendo acordado? Eu disse à Maria que o mandasse dormir às nove horas e lhe desse os seus remédios, e que se certificasse de mantê-lo na cama.

— Mamãe, você está bêbada?

— Skyler! Ora, que coisa terrível para se dizer à própria mãe!

— Está?

Mamãe deu-lhe uma bofetada, balançou e teria caído, mas Skyler aguentou com bravura o grosso do peso calidamente macio e assustado da mãe e a manteve de pé, trêmula de indignação. Era muito tarde para um dia de semana, passava da meia-noite. No berçário, Bliss gemia durante o sono, e lá embaixo, no quarto de empregada, que parecia uma caverna saindo da cozinha, Maria tinha adormecido assistindo à miniatura de televisão que era fornecida com o quarto. Um aroma doce e pungente do hálito da mamãe, seu perfume especial e seu cheiro especial de mamãe penetraram nas narinas de Skyler.

— Sssiim, eu estou bêbada. Bêbada de esperança e bêbada de felicidade. Estou bêbada com a liberdade de ser mulher, finalmente.

Skyler ajudou-a a se deitar. Ela se apoiou pesadamente no filho e os dois foram andando, trôpegos. O menino estava descalço e de pijama. Ocorreu-lhe uma ideia assustadora quando a mãe abriu a porta do quarto: *E se o papai tiver voltado? E se o papai vir a mamãe assim?* Mas o quarto estava vazio.

— Mamãe, o Sr. Burr é casado.

— E eu também, espertinho.

— Você não vai se casar com o Sr. Burr, vai, mamãe?

— E se casasse? O que é que a "vida amorosa" da mamãe tem a ver com *você*?

— É que eu não quero ser irmão gêmeo do Jimbo Burr, mamãe. Se tiver que ser, eu fujo.

Mamãe estava sentada na beira da enorme cama de baldaquino, tentando recobrar o fôlego. Tinha o cabelo no rosto e o batom borrado. Encarou Skyler com uma expressão que mesclava culpa e desafio.

— "Irmão gêmeo do Jimbo Burr"...? De que diabo você está falando, Skyler?

— Eu detesto o Jimbo, mamãe. Detesto completamente. Por favor, diga que não vai se casar com o Sr. Burr, mamãe, *por favor*.

Skyler começou a chorar e o coração da mamãe amoleceu, e ela deixou seu *homenzinho* dormir a seu lado na enorme cama *king-size*, pela primeira vez em um longuíssimo tempo; e, depois dessa noite, Tigger Burr nunca mais "deu uma passadinha" pela casa dos Rampike.*

E veio Roddy McDermid.

Esse era um daqueles maravilhosos pais barbudos que outras crianças têm, grandalhão, turbulento e bruto, mas afetuoso como um urso, só que não do tipo real, que mais se assemelharia a Bix Rampike e arrancaria o rosto da pessoa com os dentes, e sim do tipo aconchegante, de pelúcia. O Sr. McDermid tinha uma barba cerrada que dava a impres-

---

* Mas não foi por causa dessa cena sentimentaloide, embora sincera! Numa obra de ficção, o apelo choroso do *homenzinho* poderia ser o fator precipitante do rompimento da amizade de mamãe com o parrudo Tigger Burr; no caso, para desapontamento da mamãe, Tigger Burr simplesmente pareceu perder o interesse nela, nunca mais telefonou nem retribuiu seus telefonemas. (Talvez porque, pela perspectiva astuta de Tigger Burr, a esposa abandonada de Bix Rampike era carente demais.)

são de poder servir de ninho para pequenos pássaros, e usava sandálias de couro com meias de lã, mesmo na mais fria das temperaturas, e era ecologista pesquisador a serviço do estado de Nova Jersey, além de membro da Orquestra de Câmara de Fair Hills, onde seu instrumento era o oboé. A filha do Sr. McDermid, Priscilla, estava na turma de quinta série do Skyler no Externato Fair Hills, e por isso a mamãe e ele se haviam conhecido na festa escolar aberta ao público, e pouco depois a mamãe tinha arranjado um encontro para brincar entre Priscilla McDermid e Skyler, na casa dos Rampike, acompanhado logo em seguida por uma visita recíproca à casa dos McDermid, que era uma residência de tijolos meio pequena, numa rua sem maior distinção do Vilarejo Histórico de Fair Hills, na qual Betsey Rampike não conhecia ninguém; para surpresa de Skyler, entretanto, a mamãe pareceu gostar dos McDermid, senhor e senhora, os quais, por sua vez, pareceram gostar da mamãe; a não ser que tenham ficado com pena dela, que morava numa casa tão cara, num bairro tão prestigioso de Fair Hills, mas parecia não ter ninguém a quem telefonar, exceto o Sr. McDermid, em seu escritório, perguntando com voz chorosa se Roddy poderia dar uma passada na casa dela, na volta do trabalho, para verificar uma "coisa esquisita que faz bipe" num dos quartos de hóspedes: um detector defeituoso de monóxido de carbono, cuja bateria havia acabado e que emitia um guincho agudo como o de um morcego. Em setembro, a mamãe levou Skyler e Bliss a uma apresentação da Orquestra da Câmara de Fair Hills na escola pública, para ver o Sr. McDermid tocar seu oboé e para conversar e rir com ele na recepção posterior, regada a ponche. Que inveja Skyler sentia de sua colega Priscilla, que parecia desconhecer que seu pai grandalhão e bigodudo, parecido com um urso, era tão maravilhoso! Por pouco Skyler não desmaiou quando o Sr. McDermid se abaixou para lhe dar um abraço de urso — "Boa noite, meu filho!" —, depois que os McDermid convidaram a mamãe, Bliss e Skyler para jantarem comida chinesa, pedida por telefone, na cozinha da casa. No dia seguinte, Skyler disse a Bliss, com ar sonhador:

— Pode ser que o Sr. McDermid venha a ser o novo marido da mamãe e o nosso novo pai.

Mas Bliss retrucou, quase sem tirar os olhos da tela gigantesca do televisor da parede, na qual a Trupe de Dança e Patinação Irlandesa do Círculo de Kerry, com seus trajes de patinação de veludo vermelho e decote redondo, com tiaras idênticas e cintilantes, apresentava-se mais uma vez:

— Não, o papai é nosso papai pra sempre.

Redimida!

... como se houvesse brilhado sobre mim uma luz saída das trevas. E há uma luz brilhando dentro de mim, onde antes só havia escuridão. E onde quer que eu vá, seja eu reconhecida como a mãe da Bliss Rampike, seja apenas uma anônima, sinto-me banhada por esse brilho radiante que é a dádiva de Deus. *Fui redimida.*

— Betsey Rampike, citada em
"A menina-prodígio da patinação artística,
Bliss Rampike, e sua mãe e empresária",
***People,* 14 de outubro de 1996.**

... muito agradecidas! Nos últimos meses, como sabem aqueles de vocês que acompanham a carreira da minha filha, houve uma sombra pairando sobre nós, porque a Bliss foi atingida por uma doença misteriosa, uma "dor fantasma" que ameaçou destruir sua carreira. Depois que tivemos de cancelar a participação dela no campeonato da Miss Princesinha Real, na primavera passada, quando me dei conta de que a Bliss estava patinando com dor, nem um dia se passou sem que ela me implorasse para deixá-la voltar para o gelo: "A dor passou toda, mamãe! Eu juro!" É claro que não permitimos que essa menininha valente chegasse nem perto do gelo, porque esses meses eram para ser um período de "cura", e agora, graças a Deus, a dor foi retirada de nós e a Bliss retomou sua carreira. *Estamos muito gratas.*

— Betsey Rampike, "Íntimo e
Pessoal em Nova Jersey", entrevista,
Rede de Televisão de Nova Jersey,
22 de outubro de 1996

SABE O QUE EU QUERIA? QUE *MINHA IRMÃ, MEU AMOR: A HISTÓRIA íntima de Skyler Rampike* não fosse um documento (linear) angustiantemente feito de palavras, e sim um filme, ou uma colagem cinematográfica, ou uma "videoinstalação", para que, neste ponto, eu pudesse soltar uma torrente de imagens, videoclipes e gravações de televisão, para acelerar a narrativa (de dar nó nas tripas). *Vai acontecer uma coisa muito ruim com alguém da família Rampike e não há nada que o Skyler possa fazer a esse respeito.*

E é por isso que a narrativa dá nó nas tripas e segue um ritmo obsessivamente lento: Skyler (aos 19 anos) não suporta retornar a cenas cada vez mais traumáticas na vida de Skyler (aos 9 anos), *mas ele e eu temos que fazê-lo.*

Num documentário visual, tudo que o autor tem que fazer é montar ou remontar documentos visuais: não tem que criar coisíssima nenhuma, exceto algumas legendas aqui e ali. Ou, quem sabe, um texto em off, a ser falado por um profissional. Como no documentário (não autorizado/inescrupuloso) da ABC intitulado *Criando e desfazendo uma criança-prodígio: a história de Bliss Rampike*, de fevereiro de 1999, no qual noventa e oito por cento do material foi extraído de fontes preexistentes, cineclipes, fotografias etc. que se encontram em domínio público. Na minha versão, apenas algumas imagens seletas — "simbólicas" — seriam usadas, e apenas algumas das entrevistas mais "reveladoras" com minha mãe, como as da *People* e da NJN-TV cujos excertos aparecem no início deste capítulo.

A cobiçada entrevista na *People* finalmente saiu, para grande alegria da mamãe, depois de Bliss fazer um retorno triunfal à patinação competitiva, em outubro de 1996, e conquistar o título de Miss Princesa Mirim no Campeonato Patins de Ouro, em Hartford, Connecticut. A entrevista/reportagem especial ocupou quase quatro páginas dessa revista semanal escandalosamente popular (milhões de leitores? bilhões?), que incluíram fotos sensacionais de Bliss patinando — no meio de um salto e em pleno rodopio — e um retrato sumamente lisonjeiro da mamãe-empresária Betsey Rampike "em clima de oração" à beira do rinque. Quando a entrevista foi publicada, mamãe recebeu inúmeros telefonemas: "Foi como se 'Betsey Rampike' mal houvesse existido antes da *People*", disse a mamãe em tom irônico, mas enxugou uma lágrima, pois ficou profundamente comovida.

Celebridade! Atenção! No Externato Fair Hills, onde antes Skyler Rampike circulava como se fosse invisível, em meio a seus colegas mais definidos em termos ontológicos, e, em geral, passava abaixo do radar do simpático diretor, Pearce Hannity III, de repente ele foi destacado para receber atenção. Por quê? Até os garotos maiores, que os boatos diziam pertencerem a "gangues" (secretas, proibidas) que exibiam tatuagens (secretas, proibidas) feitas com tinta na parte interna dos pulsos, distinguiam-no nos corredores: "E aí, Rampike! Tá com um visual legal." Até as meninas mais bonitas e populares o procuravam, na lanchonete, por exemplo: "Skyler? Seu nome é esse, não é: 'Skyler'? Será que você e a sua irmã, Bliss, gostariam de ir lá em casa uma hora dessas, para uma visita? Diga que sim!" Ainda mais alarmante foi o diretor Hannity precipitar-se para Skyler, a fim de lhe apertar a mão assustada: "Filho, você e seus pais têm um convite permanente para o 'Chá com o Diretor', o 'chá completo', 'também com direito a xerez', na minha residência no campus, todos os domingos, às cinco da tarde. Um pequeno — e seleto! — círculo de membros seniores do corpo docente, pais e alunos, membros do Conselho e doadores. Nosso escritório lhes mandará os convites, mas até lá, filho, por favor informe aos seus pais. O 'Chá com o Diretor' comemorará seu centésimo quinquagésimo aniversário no próximo domingo."

Eu deveria sentir vergonha de admiti-lo, e sinto, mas a verdade é que o Skyler sentiu um calorzinho de orgulho ao ser distinguido dessa maneira. Tal como o sentira ao se esfalfar no colchão do ginásio, que parecia forrado de pele de cobra, e ouvir do rijo e miúdo Vassily, com entusiasmo forçado: "Muito bem, Skiii-ler! Cada pequeno passo é um passo para o sucesso, certo?"

Ele mal podia esperar para contar a boa notícia à mamãe, e também ao papai, quando ele telefonasse da próxima vez e pedisse para falar com o Sky-boy, mesmo sabendo que os Rampike adultos provavelmente estariam ocupados demais para um "Chá com o Diretor".

(E onde estava morando o papai nessa ocasião? Já não era em Paramus, porque ele havia aceitado a "fantástica" oferta da Univers Bio-Tech Inc., cuja imensa e luxuosa sede empresarial ficava na cidade de Univers, em Nova Jersey, 18 quilômetros ao norte e a leste de Fair Hills.)

(E será que o papai queria se divorciar da mamãe e se casar com a mãe louro-frisada do Calvin Klaus Jr., com isso proporcionando a Skyler um irmão gângster e sexy, ligeiramente mais velho? Skyler não fazia a menor ideia.)

(Isso porque a mamãe, atarefada com os "deveres profissionais" concernentes à carreira da Bliss, fora de casa na maior parte do tempo e, quando em casa, geralmente ao telefone, recusava-se a discutir o pai das crianças com elas.)

Não muito depois da entrevista na *People*, a mamãe recebeu um telefonema de nossos parentes Sckulhorne, em Hagarstown, Nova York. Skyler a entreouviu interromper a conversa, dizendo em tom sereno e baixo, e com tamanha dignidade, que com certeza teria impressionado o papai: "*Visitar-nos*? Mas por quê? Minha filha não conhece nenhum de vocês e, depois de tanto tempo, eu também não."

E, calmamente, mamãe tinha posto o fone no gancho e sorrido.

Ah, a emoção da vingança! Como uma corrente elétrica, aquela sensação deliciosa também perpassou Skyler.*

SKYLER, ALGUM DIA O PAPAI VAI VOLTAR A MORAR CONOSCO?

Talvez. Se você recomeçar a patinar e a vencer.

DEVE TER SIDO O MEDICAMENTO CONTROLADO ZOMIX, OU AS injeções de hormônio SuperGrow/Vitamina C Superconcentrada/HC-CAI toda sexta-feira de manhã, no consultório do Dr. Muddick; a não ser que tenha sido o anticonvulsivante Serenex, ou o antidepressivo Ex-

---

* *A emoção da vingança!* Skyler não tinha ideia de por que sua mãe, que se acreditava a mais calorosa, mais generosa e "cristã" das mulheres, e que, nas entrevistas, falava de sua "dedicação à família", parecia estar afastada de seus parentes "endinheirados" e "socialmente ilustres" que moravam na remota Hagarstown, estado de Nova York, na fronteira com o Canadá, a qual Skyler imaginava como uma paisagem com montanhas de neve e essencialmente inabitável. Seria de se supor que esse garoto supostamente precoce teria a curiosidade, como qualquer criança normal, de saber por que tinha apenas uma avó (de olhos frios e boca de peixe), e não duas, como as outras crianças, e nenhum avô; e, do lado materno da família, nada de tias, tios ou primos. Entre os Rampike, que eram a família do lado paterno, havia parentes demais para guardar na lembrança, e o papai era reservado em sua afeição por eles: "A família compartilha o DNA. Isso é uma realidade biológica. Mas existe a 'rivalidade fraterna', que é a maior força no *Homo sapiens*, poderíamos dizer. Como afirmam nossos irmãos muçulmanos: 'Meu irmão, meu primo e eu contra você, meu irmão e eu contra meu primo, e eu contra meu irmão.' Essa é que é a essência da coisa, filho."

celsia, ou o novo psicoterapeuta da Bliss, o Dr. Rapp, cuja especialidade eram os atletas-prodígio infantis; ou a nova acupunturista/nutricionista Kai Kui, altamente recomendada pelas amigas da mamãe; ou talvez tenha sido a perspectiva de trabalhar com sua nova treinadora, Anastasia Kovitski (medalhista de prata na Olimpíada de 1992 e Campeã Norte-Americana de Patinação Artística Feminina de 1992-1993), e, pela primeira vez, com um coreógrafo, o uzbequistanês Pytor Skakalov; ou então houve uma combinação mágica de todas essas coisas, porque, em setembro de 1996, a debilitante dor fantasma da Bliss pareceu deixá-la por completo, ou quase: ela recuperou o peso que tinha perdido por ser cheia de "melindres" para comer, e até a frequência de seus "acidentes" noturnos diminuiu.

Destaques dessa deslumbrante *temporada do retorno:*

- O Festival de Patinação Feminina dos Grandes Lagos, em Buffalo, Nova York, onde, em outubro, usando um sumário vestido de patinação de lantejoulas vermelhas, que refletia a luz dos refletores como se fossem chamas, Bliss Rampike patinou ao som tempestuoso das notas de *O pássaro de fogo*, de Stravinsky, e tirou o segundo lugar na Divisão das Meninas Iniciantes, com nota 5,6 dos 6 pontos possíveis.

- O Campeonato Feminino Patins de Ouro, em Hartford, Connecticut, onde, no fim de outubro, com um traje de "Maria" em tecido de algodão fino e lustroso, corpete bem amarrado, touca branca de ordenhadora e um vislumbre das calcinhas de renda branca por baixo, Bliss Rampike patinou ao som das batidas fortes de *João e Maria*, de Humperdinck, conquistando o coração dos juízes, assim como conquistara o da plateia, com suas refinadas voltas e spins (*flying spin/jump spin/travelling spin*), até obter o cobiçado título de Miss Princesa Mirim dos Patins de Ouro, 1996, com nota 5,8 dos 6 pontos possíveis.

- O Jubileu de Patinação Feminina Norte-Americana, em Bangor, no Maine, no começo de novembro, onde, com um traje de "corista de Las Vegas", todo de lantejoulas brancas cintilantes e diáfanas plumas brancas, mangas compridas e justas, debruadas de arminho nos punhos, purpurina no cabelo penteado para cima e nas pálpebras, e calcinhas vermelhas de renda provocantemente visíveis por baixo, Bliss Rampike encantou os juízes e o público com uma apresentação de patinação dançante do clássico e fogoso tango *El Choclo*, muito popular nos Estados Unidos como "Kiss of Fire",* e mais uma vez tirou o primeiro lugar na Divisão Mirim, com nota 5,9 dos 6 pontos possíveis.

OBRIGADA, JESUS!

Obrigada, Jesus, por ter tirado a dor da Bliss!

Se um dia a dor da Bliss tiver que voltar, dê-me a dor dela, Jesus, para poupá-la. Porque eu sou a mãe da Bliss Rampike, e esta é a minha bênção. Por todos os dias da nossa vida, AMÉM.

---

* "Kiss of Fire" foi uma influência meretrícia, mas ao gosto da plateia, do refinado coreógrafo uzbeque contratado pela mamãe, no verão de 1996, para trabalhar com a nova treinadora da Bliss, Anastasia Kovitski, e por quem, durante um breve período, no intervalo mais longo e sumamente devastador em que o papai foi morar longe de nós, a mamãe pareceu "enrabichada". Num livro de memórias mais lascivo e dado a mexericos, Skyler, obviamente enciumado/rancoroso, falaria do melífluo Pytor Skakalov em termos depreciativos: haveria pelo menos uma cena dolorosa em que Skyler, ao ter um vislumbre da mamãe e Skakalov juntos num momento particular, apelaria para ela: "E se o papai voltar e vir você com ele? E se o papai vier ao rinque de patinação pra nos fazer uma surpresa, e vir você com ele, e for embora de novo? Ma-mãe!"

Na montanha de gelo

NÃO FOI A PERGUNTA *SERÁ QUE VAI ACONTECER ALGUMA COISA ruim?*, e sim *quando ela acontecerá?*, que se fixou na cabeça do Skyler como alguma coisa chacoalhando ao vento.

Pois assim havia prometido Calvin Klaus.* Ou alguém tinha prometido.

Ainda que o outono de 1996 tenha sido uma estação de surpresas, em sua maioria boas e com "mais outras por vir... talvez!", como dizia a mamãe em tom misterioso. Os compromissos seguintes na agenda da Bliss eram as mais cobiçadas competições de patinação feminina do nordeste, pois as vencedoras do Desafio de Patinação Miss Jersey — Miss Princesa do Gelo de Jersey e Miss Princesinha do Gelo de Jersey — receberiam como prêmio um contrato para trabalhar como modelos da Patins e Equipamento de Patinação Elite Júnior Ltda., o que significava anúncios brilhosos em revistas de grande circulação, como *Teen People*, *Teen World* e *Teen Life*, bem como em canais seletos de TV a cabo.

---

* Calvin Klaus! Até hoje, esse nome elegante/chique e sensual/altivo me faz estremecer de empolgação, apreensão... ou será de pavor? Em novembro de 1996, mais ou menos na época dos eventos transcritos neste capítulo, Skyler ficou (secretamente) arrasado ao saber que seu colega de classe mais velho tinha sido expulso do Externato Fair Hills, por ser membro de uma "sociedade secreta", ou fora retirado do colégio por seus pais apreensivos, após uma tentativa (1) de fugir de casa, levando uma das pistolas do pai, ou (2) de "ferir" a si mesmo com uma das pistolas do pai. Abruptamente, portanto, esse perturbado irmão de Skyler desapareceu da vida deste, assim como desapareceram de sua vida os vislumbres roubados e extasiados de Morgan Klaus, com seu cabelo louro frisado, os quais depois viriam a ressurgir em cenas eróticas que envolviam um homem adulto, parecido com Bix Rampike, nos sonhos púberes do menino.

— Não que estejamos patinando por dinheiro. Nem por fama.

Era no que insistia a mamãe, e no que parecia acreditar.

— Mas, se começarmos a ganhar um dinheirinho, finalmente!, para custear as despesas, poderemos planejar o futuro: o Skate America, o Grand Prix America, os Campeonatos de Patinação Artística Feminina dos Estados Unidos, a equipe olímpica dos Estados Unidos. "Siga seu sonho", é esta a nossa convicção, "onde quer que ele leve".

Mamãe andava falando com a Bliss do jeito que quase sempre falava com ela, num fluxo murmurante de palavras de quem pensasse em voz alta, que a Bliss mal parecia escutar, ou não precisava escutar, ao passo que Skyler, quando porventura ficava a uma distância em que podia ouvi-lo, não conseguia deixar de perguntar: "'Siga o seu sonho' como, mamãe? Dá para ver um sonho? É como uma borboleta, ou uma coisa que a gente possa ver voando e ir atrás?"

Tais perguntas eram formuladas por Skyler com profunda seriedade, apesar de mascaradas por uma fala arrastada de espertalhão, aprendida no Externato Fair Hills com colegas bandidos.

(No outono de 1996, Skyler estava na quinta série, embora só viesse a completar dez anos em março de 1997. E a Bliss, não matriculada em escola alguma e, nessa ocasião, "procurando um professor particular", tinha seis anos e dez meses de idade.)

Pacientemente, um dia a mamãe disse:

— O sonho é uma "visão", Skyler. O sonho fica dentro da alma, onde Deus fala conosco — e fez uma pausa, tomando o cuidado de não deixar transparecer sua irritação com a pergunta do filho. Corrigiu-se: — ... fala com alguns de nós.

Com alguns de nós. Skyler captou a ressalva.

— Será que Deus vai falar comigo, mamãe?

— Pergunte a Ele!

E a mamãe deu uma risada alegre. No sofá a seu lado, sonolenta por ter passado a tarde no treino de patinação e lutando para ler um livro infantil ilustrado, Bliss não levantou os olhos.

A maneira de Bliss ler envolvia tamanho esforço físico, que era possível sentir a tensão quando ela deslocava o indicador sob as linhas impressas e movia os lábios, pronunciando letras-fantasma.

O astuto Skyler fez uma pergunta retrospectiva:

— O que é "custear as despesas", mamãe?

Um vinco franzido apareceu entre as sobrancelhas da mamãe, que disse, com cuidado:

— "Custear" significa "diminuir", "diminuir as despesas". Quando ganharmos o título de Miss Princesinha do Gelo de Jersey e a Bliss começar a servir de modelo para a Patins Elite, e ganhar "exposição em nível nacional", poderemos finalmente ganhar dinheiro e, quando isso acontecer, o seu pai não poderá continuar a fazer objeções.

O seu pai. Esse era um enunciado raro. Não era frequente a mamãe dizer palavras dolorosas como *seu pai*, e fazia meses que ela não dizia *papai*, *Bix* nem *meu marido*.

Pelo menos, não que o Skyler tivesse ouvido. Do que falava a mamãe nos telefonemas particulares, encerrada em seu quarto particular com a porta trancada, Skyler não fazia ideia.

— E o papai, mamãe? Por que ele "faz objeções"?

— Pergunte a ele.

Isso era crueldade. Como perguntar a *seu pai*, se fazia semanas que Skyler nem o vislumbrava e se, quando o papai ligava para falar com o "Sky-boy" e com a "minha menininha lindérrima e mais mió de todas", não se podia interromper o tumulto das palavras do papai compenetrado para fazer uma pergunta dessas?

— É porque a patinação da Bliss é cara? Ela *é* cara? Quanto custa por ano? Mil dólares? Um milhão?*

— A patinação da sua irmã é um investimento, Skyler! Investimento é uma coisa que compensa no futuro e cobre muitas, muitas vezes o custo inicial — disse a mamãe. Fez uma pausa, apertando o peito com uma fileira de unhas pintadas de vermelho, porque tinha começado a falar num tom agitado, como se estivesse sendo entrevista-

---

* E quanto você acha que poderia custar, dez anos atrás, lançar uma "atleta-prodígio infantil" no mar infestado de tubarões dos chamados esportes amadores? ("Amador" é um eufemismo oportuno para pré-profissional.) Segundo a minha estimativa, considerando os salários pagos à "equipe" cada vez maior e em mudança permanente da Bliss (treinador, coreógrafo, assistentes pessoais da mamãe, pessoal de relações públicas etc.), o rol sempre crescente/mutável de profissionais de saúde (Muddick, Bohr-Mandrake, Rapp e outros), as taxas do rinque de Halcyon e as taxas de inscrição nas numerosas competições, mais as despesas com roupas, maquiagem, cabeleireiros, viagens e hotéis, e ainda os prêmios dos seguros de saúde e de vida (no outono/inverno de 1996, Bliss Rampike tinha um seguro de 3 milhões de dólares), a soma seria de aproximadamente 200 mil dólares.

da por um entrevistador hostil ou obtuso. — Mas, como eu disse, não patinamos por dinheiro e não patinamos por fama.

Com ar intrigado, Bliss ergueu os olhos de *Três Porquinhos na Montanha Gelada* e disse:

— A minha patinação não custa nada, Skyler. É o que Deus quer que eu faça. Não é como outras coisas que custam dinheiro, Skyler. Ela é especial.

Ao ver a expressão de advertência nos olhos castanhos, úmidos e calorosos da mamãe, o Skyler sabichão teve a esperteza de recuar.

A BOA SURPRESA — I

DO ALTO VINHA O AÇUCARADO E ENSURDECEDOR TCHAIKOVSKY: "Valsa da Bela Adormecida." O grande rinque cintilava, refletindo uma miríade de luzes cambiantes. Era a noite de 30 de novembro de 1996, a do tão esperado Desafio de Patinação Miss Princesa do Gelo de Jersey, no Memorial de Guerra de Newark, na cidade de Newark, Nova Jersey.

Déjà vu! Como o cheiro de amônia.

No entanto, Skyler estava tão tenso dessa vez quanto estivera na primeira. Como ficava toda vez que sua irmã caçula patinava numa competição em arenas como essa, diante dessas multidões. Porque esta é a maldição do déjà vu: apesar de já tê-lo vivido antes, você não consegue se lembrar de como foi que acabou. E nem sabe se sobreviveu.

— *SKYLER*, VÁ SENTAR COM SUA IRMÃ, QUERIDO. A MAMÃE VOLTA *já, já.*

Deu um beijo alegre no nariz de cãozinho de Skyler. E deixou nele uma vaga mancha de batom, de modo que (sem saber) o irmão mais velho de Bliss Rampike ficou parecendo um palhaço anão.

Que lindo rinque! Um rinque deslumbrante! A PATINS E EQUIPAMENTO DE PATINAÇÃO ELITE, próspera filial da EQUIPAMENTOS ESPORTIVOS ELITE INTERNACIONAL, não havia poupado despesas. O rinque era adornado por fileiras de lírios brancos como cera e rosas vermelho-sangue, intricadamente entrelaçados como genitálias femininas em flor; e dentro do rinque, claramente visíveis através do gelo azulado, havia cartazes anunciando PATINS E EQUIPAMENTO DE PATINAÇÃO ELITE PATINS E EQUIPAMENTO

DE PATINAÇÃO ELITE PATINS E EQUIPAMENTO DE PATINAÇÃO ELITE, em enormes letreiros vermelho-sangue que circundavam o rinque como uma cobra engolindo a própria cauda.

Nessa noite tão esperada, 22 jovens dos 6 aos 18 anos, representando a nata da patinação artística amadora feminina de Nova Jersey, competiriam energicamente por dois títulos: Miss Princesa do Gelo de Jersey 1996 (a categoria mais velha) e Miss Princesinha do Gelo de Jersey 1996 (a categoria mais jovem). Visto que a competição das patinadoras mais velhas era esperada com mais ansiedade, a das mais novas viria primeiro. Que empolgação! Que expectativa! Tensão no ar, como a que antecede uma tempestade elétrica! O que seria dos Estados Unidos sem esses momentos arrebatadores, esses momentos de urgência, esses momentos quase insuportáveis? Em todas as partes da arena, o público ia ficando cada vez mais inquieto, agitado. Se você tivesse a índole lasciva para detectar tais correntes subjacentes — o que Skyler, o palhaço anão pré-púbere, certamente não tinha —, talvez intuísse certa premência sexual ali, nas faces enrubescidas das mulheres, nos olhares esquivos dos homens. Enormes famílias — "extensas", parecia — de identidades étnicas de tez morena espalhavam-se pelas fileiras de assentos, e se ocupavam em distribuir refrigerantes avidamente entre seus membros. A plateia parecia ser majoritariamente feminina — todas as idades, todos os tamanhos, todos os tons de pele —, embora também se vissem, dispersos pela arena, homens de idades variáveis, se bem que com predomínio da meia-idade. Alguns eram óbvios parentes das patinadoras e se sentavam com as famílias numerosas, enquanto outros, torcendo para ser inconspícuos, apesar de aninharem máquinas fotográficas, filmadoras e binóculos no colo, pareciam estar sozinhos. Isso porque, nessas competições de patinação de jovenzinhas inocentes, era invariável a presença desses espectadores masculinos.

Será que ele estava ali, o Gunther Ruscha? Tinha que estar no rinque de patinação de Newark na noite de 30 de novembro de 1996, mas onde?

Não espere de mim uma varredura da multidão agitada, como se eu fosse uma câmera de televisão; tenho o estômago revirado demais. Estou muito angustiado, embora essa noite "histórica" tenha ocorrido há muito tempo e a sensação apavorante de déjà vu, como uma lufada de amônia, não devesse incapacitar-me agora. Podemos presumir que Gunther Ruscha, com seu cabelo cor de rabanete e a tez pálida, estivesse na plateia nessa noite, num dos assentos da primeira fila, ansioso por aplaudir sua adorada Bliss Rampike, mas, se por acaso Skyler o viu, não deseja se lembrar.

O menino segurava a mão da irmã e pensava: *Vai acontecer uma coisa ruim. Quando?*

Talvez ele pudesse preveni-la. Skyler era o *homenzinho* da mamãe, o *irmão mais velho* da Bliss, não era?

Ficou protetoramente sentado juntinho dela, em suas cadeiras da segunda fila, no setor reservado da arena em que a mãe os tinha acomodado antes de sair às pressas. O barulho na arena imensa aumentava exponencialmente,* repercutindo no teto abobadado lá no alto. Nos corredores apinhados entre os assentos, os vendedores ambulantes mascateavam seus habituais refrigerantes, reluzentes feito neon, e suas salsichas que lembravam cocôs polidos, e ainda camisetas, blusinhas justas de alças e bonés de cor fúcsia, com os dizeres MISS PRINCESA DO GELO DE JERSEY 1996, e também brilhosos programas "ilustrados", vendidos a três dólares. Skyler segurava a mãozinha fria de Bliss para tranquilizá-la, mas a menina, perdida em pensamentos insondáveis, mal reagia. Ao contrário de suas concorrentes, as outras patinadoras, que progrediam com a atenção da plateia, Bliss era dominada pela timidez nos espaços públicos, ficando numa espécie de pânico catatônico quando não estava sobre os patins e no gelo. Durante todo esse longo dia, ela estivera calada. Na ida para Newark, na nova e vistosa minivan Renegade XXL vermelho-batom, Bliss se mantivera muito quieta, enquanto a mamãe falava com ela num murmúrio cantarolado, como fazia nessas ocasiões, garantindo-lhe que *você vai patinar à perfeição, você vai se sair lindamente, foi Jesus que o decretou, Jesus tirou de nós a nossa dor terrena e a substituiu por Sua graça.* (E o que achava Skyler dessas afirmações da mamãe, que pareciam ter tido um aumento exponencial nas semanas/meses decorridos desde que o papai saíra de casa? Seria Skyler um menino cristão, será que "tinha fé"? Na casa dos Rampike, onde, em momentos de crise, irmãs cristãs como

---

* "Exponencialmente." Palavra classuda, hein? Você só a encontrará na mais excelente prosa, empregada de maneira seletiva por indivíduos que não têm o menor vislumbre de seu significado real e não sabem se esse sentido se aplica ou não à situação em pauta. (Nossa, detesto escrever! É uma porcaria de um bloco atrás do outro, só para fazer o leitor pensar *Puxa! Isso é real, isso aconteceu mesmo; que bom que não foi comigo!*)

Mattie Higley tendiam a consolar a mamãe, era difícil não "ter fé"... em alguma coisa. Mas o arguto Skyler havia concluído que rezar era basicamente falar sozinho, de preferência entre dentes, e sem esperar que Deus respondesse.)

Ele folheou o programa em papel cuchê até a página 11, onde havia uma sedutora foto publicitária de sua irmã, trazendo abaixo a legenda

BLISS RAMPIKE, 6 ANOS,
MISS DEBUTANTE DOS PATINADORES MIRINS 1994 –
MISS PRINCESA MIRIM DOS PATINS DE OURO 1996

Como Bliss teria dificuldade de ler a citação entre parênteses que lhe era atribuída, Skyler a leu em voz alta:

> **Adoro patinar! Fico MUITO FELIZ patinando no gelo! Mamãe comprou o meu primeiro par de patins brancos de pelica Miss Elite Júnior (tamanho 29!) quando eu tinha 4 anos, e me levou ao rinque de patinação e disse: "Pronto, está aí."**

Skyler ficou pensando: será mesmo? Tinha certeza de nunca ter ouvido a irmã dizer nada parecido com essas palavras.

Bliss olhava para a foto publicitária acetinada de Bliss Rampike no programa. Uma garotinha de sorriso tímido/coquete que mais parecia ter 4 anos do que 6, com grandes olhos azul-escuros e cílios espessos, um sorriso de botão de rosa e o cabelo louro platinado caindo numa cascata ondulada sobre os ombros estreitos. A menina fazia pose no gelo, com lindos patins Miss Elite Júnior de pelica branca e um novo vestido de patinação cor de morango, em cetim e lantejoulas, com um espevitado saiote de bailarina em tule, corpete justo, meias arrastão cor da pele e um ligeiro vislumbre das calcinhas de renda branca por baixo. Esse era o traje "de grife" com que ela patinaria dentro de alguns minutos, ao som sexy/animado de um ritmo de discoteca, na canção *Do What Feels Right* (uma velha favorita da mamãe), que Bliss vinha ensaiando todo santo dia durante horas, dia após dia, sob a tutela rigorosa de sua nova treinadora, Anastasia Kovitski, e do novo e exigente coreógrafo, Pytor Skakalov. *De novo!*, exortavam os adultos. *Outra vez, outra vez! Você pode fazer melhor do que isso, tem que fazer melhor, tem que vencer.* Com ar pensativo, Bliss tocou a fotografia de BLISS RAMPIKE e segredou no ouvido de Skyler:

— Querem que essa aí seja eu? *Negativo.*

E Skyler retrucou, com sua intimidante autoridade de irmão mais velho, como a mamãe gostaria que fizesse:

— Não diga bobagens que um estranho possa ouvir e repetir. *É você.*

Desde cedo, na manhã desse dia, mamãe fizera insinuações sobre uma "surpresa", "uma boa surpresa", além da vitória que ela esperava nessa noite, e por isso Skyler estivera pensando: *Isso quer dizer que o papai está aqui? O papai está aqui?* Mas essa era uma ideia tão conhecida, que já tinha adquirido um gosto rançoso, e assim, ele não entortou o pescoço para olhar para trás na arena, para as fileiras de assentos.

Bliss não olhou. Nunca olhava. Se estava pensando (em segredo) *Será que o papai está aqui?*, já estava traquejada em não dar nenhum sinal.

— Bliss, sorria para nós, querida!

Os fotógrafos rondavam o corredor, em meio a clarões de luz. Um entrevistador de cabelo acobreado da NJN-TV, que já tinha entrevistado mamãe e Bliss, persuadiu a menina a sorrir. Mamãe voltou, de rosto enrubescido e indignada. Nos círculos de patinação amadora feminina do nordeste dos Estados Unidos, Betsey Rampike havia adquirido a fama de ser uma das mais agressivas mães/empresárias. Nesse momento, tinha acabado de protestar contra a posição de Bliss na lista de patinadoras: ela patinaria cedo demais na competição para a "princesinha", se é que não seria tarde demais. Mamãe estava decidida a ver a Bliss ganhar o cobiçado título de Miss Princesinha do Gelo de Jersey nessa noite — "Esta é a vitória por que temos trabalhado há dois anos e meio", e "O título de Princesinha do Gelo de Jersey será o 'trampolim' da Bliss Rampike para os campeonatos nacionais". Mamãe abraçou sua filha, murmurando em seu ouvido o que deve ter sido uma oração apressada, e em seguida já estava outra vez de pé, conferenciando com a treinadora de Bliss, Anastasia Kovitski, e com o coreógrafo Pytor Skakalov, enquanto Skyler, a menos de 2 metros de distância, procurava não ver como o uzbeque de olhar obsequioso, bigode preto espesso e cabelo desalinhado caindo nos ombros, ficava incomodamente perto da mamãe e levava a boca até junto do ouvido dela. Pior ainda, a mão de Skakalov caiu sobre o ombro da mamãe e não se afastou mais.

Skyler remexeu-se na cadeira. *Ah, se o papai estiver aqui! E se o papai vir isso?*

Mas, pela última notícia que tivera dele, o papai devia estar a caminho de uma "reunião de cúpula empresarial" a se realizar em algum lugar distante: Moscou?

Skyler considerou que sua mãe nunca lhe parecera tão... intensa? decidida? quanto nessa noite. Ele sabia que a mamãe andara fazendo dieta nas semanas anteriores e tinha perdido peso, e fizera um "tratamento" no rosto no consultório do Dr. Screed — nada tão drástico quando um lifting facial ou uma lipoaspiração; Skyler não sabia ao certo o que seria "lipoaspiração" —, mas apenas umas "injeções milagrosas" para alisar as rugas da testa. Para esta ocasião especial, mamãe mandara fazer um vestido novo de cetim furta-cor em tom morango, com um decote cavado em V que mostrava a parte superior dos seios creme-pálido; o vestido imitava o traje de patinação da Bliss, com a saia rodada. Não é de admirar que os fotógrafos e as equipes de televisão se sentissem atraídos por Betsey Rampike, dentre todas as mães/empresárias da patinação feminina amadora, assim como se sentiam atraídos pela "angelical" Bliss Rampike, dentre todas as patinadoras.

Pytor Skakalov, o de olhar obsequioso, devia ter dito algo muito animador, pois, num impulso, mamãe lhe agradeceu com um beijo rápido, que roçou a borda do bigode espesso.

Se o papai vir isso!

— O-lá, senhoras e senhores e todo o resto de vocês...

Abruptamente, no meio de uma nota, o Tchaikovsky de altos decibéis parou de tocar. Um homem gigantesco, com cara de lagarto e usando um smoking preto e lustroso — seria Jeremiah Jericho? —, apareceu sob um refletor numa extremidade do rinque. Sua pronúncia arrastada e íntima provocou um coro de assobios e apupos amistosos:

— Sejam *bem*-vindos! *Bem*-vindos a Newark! A resposta de Jersey à antiga Atenas! Nossa maior cidade e celeiro de cultura, sem omitir nenhuma! Esta noite...

Skyler escutou, entorpecido, sentindo a alarmante sensação de déjà vu crescer dentro dele como uma náusea. Podia haver náusea da alma? É que Skyler já tinha vivido aquilo, tal como Bliss o vivera, porque não havia saída: o tempo era uma banda de Moebius que girava languidamente no ar frio e viciado, embora o mestre de cerimônias, Jeremiah Jericho, de fato parecesse ligeiramente mais velho e inchado do que dois anos antes, em Meadowlands. Seu rosto simpático/zombeteiro fora visivelmente maquiado com uma base alaranjada, e o cabelo preto e luzidio parecia recém-tingido. Skyler sentiu uma pitada de repulsa pelo homem, porém teve de admitir que havia algo de reconfortante em Jeremiah Jericho. *Como se uma coisa velha e idiota fosse mais reconfortante do que qualquer coisa nova, porque você sabe que sobreviveu a ela.*

— ... e agora, senhoras e senhores, vamos levantar-nos... todos de pé!... para a mais sagrada de nossas canções... o "hino nacional"... pode dar tudo, pessoal! "Ó, dizei, podeis ver..."

Como um marionetista de olhos marejados, Jeremiah Jericho pôs a plateia de pé num salto e a conduziu numa interpretação ardorosa e gritada do hino, seguida por autoaplausos ensurdecedores. Depois, Jericho fez um discurso hilariantemente sugestivo de vovô libidinoso para apresentar a garota "estelar" e "não pueril", a "garota de Jersey que está com tudo", Miss Princesa do Gelo de Jersey 1995, Courtney Studd, de 18 anos, que viera de Hackensack e que patinou/ondulou ao som arfante de uma versão para discoteca desse velho e persistente clássico que é o *Bolero* de Ravel, num traje cintilante de corista de Las Vegas, provocando aplausos ensurdecedores.

— E agora, senhoras e senhores — fez Jeremiah Jericho, esfregando as mãos carnudas com ar lascivo —, a primeira competição da noite... 11 deliciosas garotinhas de talento, concorrendo ao cobiçado título de Miss Princesinha do Gelo de Jersey! Essas bonequinhas fan--tás-ti-cas vão dos 6 aos 12 anos, e a primeira a patinar para nós é...

Quando Bliss Rampike foi anunciada, a quinta a competir, houve uma emocionante explosão de aplausos, assobios e gritos de *Nós te amamos, Bliss!* que deixou Skyler inquieto, pois poderia dar azar, se a Bliss fosse a favorita momentânea da plateia; é que as plateias da patinação são notoriamente volúveis.

— A "Srta. Bliss Rampike", de 6 anos, que veio de Fair Hills, Nova Jersey, é a nossa garotinha valente que foi a Miss Debutante dos Patinadores Mirins em 1994... o seu Jeremiah Jericho aqui foi o mestre de cerimônias naquela ocasião momentosa. Seja bem-vinda, Bliss! Bem-vinda a Newark! Pode enlouquecer, pessoal, porque...

Enquanto a arena se enchia do ritmo quente e marcado do antigo sucesso das discotecas, *Do What Feels Right*, Skyler ficou observando, com a boca seca e hipnotizado, enquanto Bliss parecia voar sobre o gelo, com as lâminas dos patins assobiando. E que visão era ela, com sua roupa de cetim e lantejoulas cor de morango, com a sainha atrevida de tule e as calcinhas se mostrando de vez em quando. *E agora ela vai torcer o tornozelo e cair...* mas, quando Skyler abriu os olhos fechados com força, sua irmã não tinha caído e executava um movimento deslumbrante, deslizando para trás, rodopiando em volta de um único pé, executando uma espiral, um giro, uma "borboleta flutuante", um "salto com duas revoluções", enquanto a multidão irrompia em aplausos espontâneos. Tinha ossos tão miúdos essa criança loura e parecia tão mais nova do que suas rivais, além de ter um porte angelical, que as plateias a adoravam. Durante alguns minutos de tirar o fôlego, Bliss fez uma apresentação impecável, ao ritmo rápido de *Do What Feels Right*, com um sorrisinho fixo no rosto, o cabelo louro e ondulado cascateando sobre os ombros (estreitos e nus), e veio um rodopio final, uma última "borboleta" e uma reverência deslizante para o público que aplaudia em delírio, enquanto Jeremiah Jericho arfava ao microfone:

— Mag-*ní*-fi-co, Blizz! Fan-*tás*-ti-co! Aí está um anjinho que patina como um demônio! Onde você estava, minha florzinha, quando o Jerry Jericho tinha 8 anos e estava tinindo de quente? Pessoal, vocês estão ouvindo de fonte segura: um dia a Blizz Rampick vai ganhar uma medalha de ouro olímpica! Um dia, será a Campeã Mundial de Patinação Artística! Moçada, pode entrar em delírio pela nossa Blizz Rampick, de Far Hills, Nova Jersey...

E foi assim que a multidão presente no Memorial de Guerra de Newark, na histórica noite de 30 de novembro de 1996, endoidou por Bliss Rampike *mais uma vez.*

A BOA SURPRESA — II*

— E PODE SER QUE HOJE HAJA UMA OUTRA SURPRESA PARA NÓS.

O coração de Skyler bateu forte no peito. *Papai?*

Bliss chupou um dedo, sem se atrever a perguntar.

— ... não é certo, mas pode ser. "O nosso cálice transborda..." pode ser — e mamãe deu uma risada alegre, enxugando os olhos marejados de lágrimas.

Hesitante, Skyler perguntou:

— É uma surpresa boa, mamãe?

Mamãe tornou a rir. Apesar do esforço do Dr. Screed, uma ruga nítida, como que feita pela lâmina de uma faca, apareceu entre suas sobrancelhas:

— É claro que é uma "surpresa boa", Skyler. Todas as surpresas da mamãe são boas.

Eram mesmo? Skyler mordeu o lábio inferior e não deu resposta, mas entre ele e a irmãzinha, sentada no banco dianteiro da minivan, passou um pensamento: *Não! Nem todas as surpresas da mamãe são boas.*

— ... dia mais feliz da minha vida. Até que enfim!

---

* Meu título original para estes capítulos interligados, que transcrevem os eventos de 30 de novembro de 1996, era "Suspense barato", mas meu editor insistiu em que eu o mudasse. E tive de admitir: quando é que o suspense não é barato? Existe suspense "caro", "dispendioso", "classudo"? Além disso, o resultado da competição da Bliss em Newark é de conhecimento público, de modo que, tecnicamente falando, não pode haver suspense algum: você sabe que a Bliss abocanhou o cobiçado título de Miss Princesinha do Gelo de Jersey 1996, que foi o "ponto alto" e o "ponto final" da sua carreira.

Mamãe não estava falando com a Bliss, afundada no assento do carona a seu lado, nem com o Skyler, no banco atrás dela, mas consigo mesma, como se tivesse esquecido que os filhos estavam presentes. E suas palavras eram murmuradas tanto com assombro quanto em triunfo, porque esse era o mistério da vida de Betsey Rampike: *um cálice pequeno transborda depressa.*

Pela manhã, eles regressariam a Fair Hills em triunfo. Lá se planejava uma comemoração em homenagem à celebridade infantil do lugar, Bliss Rampike, que acabara de ser coroada Miss Princesinha do Gelo de Jersey 1996. Haveria eventos de gala na cidade, haveria novas entrevistas. Fotógrafos, equipes de televisão. Nessa noite, porém, mamãe tinha reservado uma suíte para eles no Garden State Marriott, numa saída da I-80 situada quase 20 quilômetros ao norte de Newark, porque a mamãe estava zonza de felicidade e cansaço, e não se arriscaria a dirigir nem mais uma hora para Fair Hills, à noite. Depois do delírio da vitória da filha, mamãe se limitara a um ou dois — não mais de três! — copinhos plásticos de vinho tinto barato, no ventoso saguão do memorial de guerra, e, ainda que nem de longe se sentisse embriagada, estava tendo certa dificuldade com a minivan, pois o danado do volante parecia implicar com ela, manifestando uma predileção por correr para a esquerda; e o pé dela no acelerador ficava pesado demais, ou leve demais.

— Ma-*mãe, cuidado.*

Espiando por cima do ombro direito da mãe a estrada que corria, salpicada de uma chuva que beirava uma geada miúda, Skyler pensou com lúgubre satisfação que, se necessário, ele seguraria o volante. Se a mamãe fizesse a minivan derrapar. Se a mamãe perdesse o controle. O menino de 9 anos os salvaria e ninguém ficaria sabendo, nem mesmo o papai.

E, se eles morressem, pensou Skyler, a culpa seria do papai.

No clarão mutável dos faróis que vinham na direção contrária, cintilando com a chuva, o rosto da mãe de Skyler umedeceu-se de lágrimas de gratidão e pareceu iluminar-se por dentro, com uma estranha beleza lunar.

— ... dia mais feliz. *Minha vida.*

* * *

FELICÍSSIMO! *FELIZ, FELIZ, FELIZ,* A GARGANTA DO SKYLER FICOU rouca de alegria, porque os juízes deram à sua irmã a nota 5,9 em 6, e nenhuma outra patinadora na divisão dos 6 a 12 anos tinha recebido nota acima de 5,7. Muito feliz! Mamãe gritou e chorou, e teria caído de joelhos para rezar e agradecer a Jesus, não fosse sua assistente Dale McKee (uma mulher jovem) tê-la dissuadido. O delírio dos aplausos ensurdecedores. Vivas, assobios, gritos de *Nós te amamos, Bliss!* O brutamontes Jeremiah Jericho, o cara de lagarto, emocionou-se com Bliss Rampike, era visível. Até esse vovô velhote de piscadelas lascivas, com seu reluzente smoking preto, espichado na barriga. Até *ele*! E ele previu que a lourinha de Far Hills — desculpe, Sr. Jericho, *Fair* Hills — um dia ganharia uma medalha de ouro olímpica e se tornaria campeã mundial, e (a mamãe sabia, mamãe cuidaria disso) seria uma das superestrelas do Disney on Ice, um talento multimilionário. Betsey Rampike comoveu o sentimental coração jerseyano da plateia, pois chorou com tamanha gratidão que seu rímel, preto feito tinta, escorreu-lhe pelo rosto bochechudo, aqueles arroios de lágrimas a lhe corroerem a maquiagem pesada. Ali estava uma mãe muito sincera. Ali estava uma mãe muito vulnerável. Ali estava uma mãe muito merecedora da vitória da filha.

— Miss Princesinha do Gelo de Jersey 1996, Deus a abençoe! — disse Jeremiah Jericho, cuja voz zombeteira embargou-se nesse instante, ao depositar com mãos reverentes a tiara "de prata" tamanho mirim na cabeça da menina. Uma faixa de cetim num tom vivo de fúcsia, com a inscrição MISS PRINCESINHA DO GELO DE JERSEY 1996, foi enviesada — com todo o cuidado! — sobre o peitinho chato da menina. Ainda chorando, Betsey Rampike recebeu de Jeremiah Jericho um grande buquê de rosas de plastilina vermelho-sangue e um diploma emoldurado, comemorativo do título de sua filha, além de um envelope que continha "um pequeno sinal da nossa estima" (quanto?, um dia Skyler viria a descobrir que tinham sido apenas quinhentos dólares); e, para deleite do público, Betsey Rampike enrubesceu como convinha quando Jeremiah Jericho plantou-lhe um beijo molhado e ruidoso na bochecha em fogo. — Encontre-se comigo logo mais na Terra dos Sonhos, Sra. Ranpick! — exclamou o mestre de cerimônias com cara de lagarto, conduzindo rapidamente mãe e filha para longe do gelo e dos holofotes, a fim de dar lugar à coroação mais importante da Miss Princesa do Gelo de Jersey 1996.

* * *

— E AGORA, VAMOS À SURPRESA DE VOCÊS, CRIANÇAS! SE HOUVER uma surpresa.

Mamãe já parecia ter menos certeza. Segurava junto ao peito o cartão eletrônico de plástico da suíte 1822 do Garden State Marriott, como se temesse perdê-lo. Ao subir ao décimo oitavo andar do hotel no elevador de paredes de vidro, Skyler sentiu-se ao mesmo tempo zonzo de cansaço e apreensivo ante o que poderia acontecer em seguida; ele e a mãe escoravam Bliss. No saguão do térreo, a Princesinha do Gelo de Jersey 1996, ainda com a tiara de prata meio torta na cabeça, o sobretudo vermelho de lã de cabra angorá e as adoráveis botinhas de pelica branca, havia despertado olhares curiosos e sorrisos de estranhos, porém a mamãe a empurrara adiante junto com o irmão, sem querer se demorar. Noutra ocasião, a mamãe teria ficado encantada em se apresentar e apresentar a Bliss, além de explicar quem era sua filha, se necessário; era comum mamãe trocar nomes e endereços com estranhos amáveis. Mas não nessa noite, porque estava muito tarde: já eram quase onze horas.

— Skyler, você tem o toque mágico.

Com ar alegre, a mamãe lhe entregou o cartão eletrônico da suíte 1822. Fazia muito tempo que ficara estabelecido entre os dois, dando margem a um pequeno orgulho por parte do *homenzinho*, que ele raramente tinha dificuldade para abrir as portas de hotel que confundiam a mamãe.

E assim, ele inseriu o cartão nesse momento. Mas não teve sorte: piscaram apenas minúsculas luzinhas vermelhas junto à fechadura, não verdes.

Skyler tornou a introduzir o cartão e o retirou. Nem muito depressa nem muito devagar. Droga, estava com a mão trêmula!

Luzinhas vermelhas, não verdes.

Skyler já ia protestar que a fechadura só podia estar quebrada quando, de repente, a porta se abriu... e *lá estava o papai!*

O papai acanhado. O papai de cara culpada/infantil.

A voz dele embargou-se de emoção. Papai se agachou para abraçar os filhos boquiabertos, com lágrimas a lhe escorrerem dos olhos.

— Ô, meninada! Caramba! O papai ama vocês, o seu papai cometeu um erro muito feio, vocês perdoam o papai? — e envolveu Bliss com um dos braços e Skyler com o outro, enquanto a mamãe observava, risonha, como sorriria alguém no convés de um navio que balançasse feito bêbado num "mar agitado pela borrasca", até que o papai deu um jeito de também incluí-la em seu abraço, quatro Rampikes cambaleando e tropeçando juntos no quarto de hotel. Como um desesperado, papai beijou e abraçou os filhos; beijou-os e abraçou-os com mais força; cobriu-lhes os rostos perplexos de beijos estalados e úmidos de papai; tentou levantar os dois filhos no colo, mas teve de se contentar apenas com a Bliss, que o encarou com olhos arregalados, piscando devagar, e deixou a tiara "de prata" escorregar da cabeça. Papai foi gemendo feito um animal ferido: — Ô, crianças, olhem só pra vocês! Crianças lindas, meigas e inocentes que o papai não merece. E a minha linda esposa que eu não mereço. Nenhum de vocês, minha família preciosa, eu não os mereço. Será que algum dia vocês vão conseguir me perdoar?

Sim, sim, sim! *Sim*.

— Vocês me odeiam? Deviam me odiar! Cacete, eu mereço ser odiado, vocês me odeiam? Me abominam? Bliss? Skyler? Betsey?

Não, não, não! *Não*.

O cômodo em que eles haviam entrado aos tropeços era uma sala luxuosamente decorada, na qual a mamãe havia deixado as malas, horas mais cedo, antes de se dirigir ao Memorial de Guerra, no centro da cidade. Agora, esse cômodo estava cheio de bolas infláveis de todas as cores, algumas das quais tinham sido retorcidas em formas torturadas de animais; serpentinas cintilantes pendiam das cúpulas dos abajures e do lustre no teto; um carrinho de chá coberto por uma toalha branca estava repleto de comestíveis: queijos, frutas, camarão, uma pizza grande (na caixa), um pedaço de presunto acompanhado por rodelas frescas de pão e mostarda de alta qualidade, morangos recobertos de chocolate, balas de menta também revestidas de chocolate, garrafas de água com gás e uma garrafa de vinho tinto, e uma garrafa grande de Dom Pérignon. Mamãe riu dele:

— Ora, Bix, se isso não é um absurdo! Você parece ter comprado o mercado inteiro! — comentou em tom de censura, e o papai respondeu:

— Pode apostar que eu comprei o mercado, querida. E ainda haverá muito mais!

Desajeitado, papai abraçou a mamãe, que o empurrou como a uma criança muito crescida, mas ele insistiu e a beijou ardentemente na boca, de um jeito que Skyler e Bliss nunca o tinham visto beijá-la.

Apesar de terem estado trôpegas de cansaço poucos minutos antes, agora as duas crianças mostravam-se atentas e despertas. Os olhos do Skyler ardiam como se ele houvesse ficado contemplando o fogo. Seu coraçãozinho do tamanho de um punho batia no peito com força e depressa, e a Bliss respirava pela boca como nunca havia respirado ao se exercitar naquelas manobras extraordinárias no gelo. Aos poucos, as crianças foram registrando o fato de que o papai tinha *voltado*, o papai estava *ali*.

Chupando o dedo, Bliss indagou timidamente se o papai ia passar a noite toda com eles ali, e o papai tornou a lhe dar uma bicota molhada na boca e disse:

— Ora, diabos, se vou! Sim, sim, *sim*. A noite toda de hoje, e todas as noites que vierem depois, querida, para sempre. Juro por Deus!

Skyler sentiu-se enciumado da atenção que Bliss estava recebendo do papai, e por isso agarrou-se às pernas dele como faria uma criança muito menor, puxando o braço do pai; mesmo assim, durante um momento longo e frustrante, o menino não pareceu capaz de desviar o olhar do papai, porque este fitava atentamente sua menininha, a quem não via... fazia quanto tempo: semanas, meses?, como se ela fosse filha de um estranho, com uma palidez mortal no rostinho de ossos pequeninos e a saliva brilhando nos lábios entreabertos.

— Bliss, querida, eu tentei de tudo quanto foi jeito chegar a Newark a tempo de vê-la patinar, pombas, eu *tentei*! A *josta** do avião se atrasou cinco horas para sair da *josta* de Frankfurt, e não houve nada que se pudesse fazer. E mais uma *josta* de quarenta minutos voando em círculos sobre a *josta* do aeroporto de Newark! Mas eu vi você na televisão, benzinho. Liguei a TV aqui bem na hora, foi como se Deus guiasse a minha mão; durante três meses o Bix Rampike foi abandonado por Deus, e de repente foi devolvido por Deus à sanidade, e eu vi a minha garotinha patinar feito um anjo e mal pude acreditar no que via! E ouvi aquela multidão ir ao delírio pelo meu anjo; vi close-ups do meu lindo anjinho patinando, closes que ninguém poderia ver nem lá mesmo no rinque, e, nossa!, quando os juízes deram à "Bliss Rampike" cinco vírgula nove dos seis pontos possíveis, tive certeza de que você

* "Josta", pronunciado com o "j" em vez do "b", foi para poupar os ouvidos delicados dos filhos de Bix Rampike. Trata-se de um subterfúgio linguístico empregado de vez em quando por babacas grosseiros como Bix Rampike.

ia ganhar! Nem precisei esperar pelo anúncio, eu *sabia*! E chorei feito um bebê. E, quando a Bliss foi coroada "Miss Princesinha do Gelo de Jersey", chorei tudo outra vez.

Era verdade: os olhos do papai pareciam inchados e vermelhos.

Lentamente, mamãe despiu o casaco, que era de angorá vermelho (para combinar com o casaquinho da Bliss) com gola de *vison*. Mamãe alisou o vestido morango cintilante nos quadris bem-feitos, e deu para perceber que o papai também a olhava fixo: é que a mamãe tinha emagrecido e agora era "manequim 44", e havia consertado cuidadosamente os danos à sua maquiagem depois do acesso de choro de horas antes, e por isso estava muito atraente, na opinião do Skyler. Num tom animado, ela disse:

— Pois muito bem! O seu pai voltou, crianças, e nós o amamos; e, como somos cristãos, nós o perdoamos, é claro — e riu de um jeito rouco/sensual que fez o Skyler lembrar-se... de quem: da mãe do Calvin Klaus? —, e deu um beijo de leve na boca do papai, que parecia amassada: percebia-se que agora residia na mamãe uma força misteriosa, que as crianças ainda não tinham visto.

O papai também oscilava sobre os pés, como se estivesse muito cansado, mas feliz. E é possível que o hálito do papai cheirasse a alguma coisa meio vaporífera/adocicada: uísque Johnnie Walker? Seu cabelo espetado estava em desalinho e a pele tinha aquela aparência cinzenta e áspera que o Skyler associava à volta do papai de uma viagem ao exterior; seu queixo forte estava coberto de tocos de barba. Papai usava calças muito amarrotadas nos fundilhos e sua camisa branca de algodão de mangas compridas estava muito amassada e cheia de manchas.

— Vocês sentiram falta do papaizinho aqui, meninos? Estou torcendo para que não tenham sentido, mas... sentiram?

O papai os encarava com um olhar de avidez tão esquisito, que Skyler ficou com medo de cair na gargalhada.

— As crianças sentiram a sua falta, Bix, um pouquinho. E eu senti a sua falta, um pouquinho. Especialmente no começo — foi o que disse a mamãe, com aquele ar de repreensão gozadora, afagando o braço do papai como se fizesse festa num cachorro irrequieto, para tranquilizá-lo. — Agora, tudo voltou a ficar perfeito, Jesus nos tirou nossa dor e a substituiu pela graça d'Ele, e você viu os frutos dessa graça hoje: a nossa filha é a Miss Princesinha do Gelo de Jersey 1996. A nossa filha foi *lançada*.

— Nossa filha foi *lançada*. Amém.

Papai abriu a garrafa de Dom Pérignon com uma trapalhice de papai engraçado. Mamãe tirou a pizza da caixa (linguiça calabresa e mozarela, que deixaram Skyler aguando) e abriu uma garrafa de água mineral com gás para ele e a Bliss. Era tardíssimo — passava muito da hora de dormir! —, mas o Skyler estava faminto e começou a comer pizza; a Bliss, que não comera praticamente nada o dia inteiro, a não ser iogurte, passas e umas bolachas integrais "de sete grãos" que a Anastasia Kovitski lhe dera, devorou vários morangos cobertos de chocolate antes de se interromper, com expressão chocada. O papai, meio tonto, serviu o champanhe brilhante e efervescente em taças de pés altos, para a mamãe e para ele, e ergueu sua taça para clicá-la na da mamãe, enquanto o champanhe lhe escorria pelos dedos.

— Deus é testemunha, Betsey, de que estou diante de você humilhado e envergonhado. E estou em casa.

Ainda teve mais! Papai trouxera presentes para sua familinha: para o Sky-boy, um Garoto Exterminador XXL de 45 centímetros de altura, de aparência emocionantemente realista e olhos "de raio laser"; para a "menininha lindérrima do papai, a mais mió de todas", uma capa de arminho tamanho infantil, forrada de seda vermelha; e, para a mamãe, uma linda pulseira de pedras verdes que reluziam e cintilavam — "esmeraldas da Indonésia".

Mamãe ficou olhando, atônita. Seus lábios se entreabriram e os olhos ficaram marejados. Num tom quase inaudível, ela disse:

— Ah! Oh, Bix. Essa pulseira é... linda demais. Jesus ouviu minhas preces e as atendeu. Meu marido voltou. Hoje foi o dia mais feliz da minha vida... "O meu cálice transborda."

As lágrimas da mamãe não foram aquelas lágrimas iradas e ácidas dos meses anteriores, que tanto haviam assustado Skyler e Bliss, e sim lágrimas cintilantes de alegria, do tipo que costumava ser reservado para as luzes ofuscantes das arenas de patinação quando Bliss Rampike era coroada. E o papai, abraçando a mamãe com força, numa humildade paterna desajeitada, o papai que buscava o perdão, escondeu o rosto grande e afogueado no pescoço enrubescido da mamãe e também começou a chorar.

Os soluços dilacerantes, que vinham do fundo do peito, provocaram uma reflexão em Skyler: *Mas isso não aconteceu antes, logo,* *não pode estar acontecendo de novo. Pode?** (Editor:** Acaso precisamos saber que esse foi "um sono profundo e exausto", "um sono embotado, de boca aberta", "um sono estranho, no qual os olhos vítreos de cobalto ficaram parcialmente abertos, mas sem enxergar"?)

Há ainda um outro final, exigido por uma transição graciosa para o capítulo seguinte (será que "transição" é mesmo uma palavra? É uma espécie de termo de um modismo barato, mas muitas vezes é útil):

> Naquela noite, ao acordar de repente, a princípio sem saber onde estava, numa cama desconhecida de um cômodo desconhecido, e com sua irmã dormindo na cama ao lado, que fazia par com a dele, Skyler ouviu um som súbito, um som de protesto, um barulho de briga, de pancadas e baques e... seria riso? O riso agudo, assustado, involuntário da mamãe, um riso gemido, e alguma coisa que só podia ser uma resposta no barítono profundo do papai; o pobre Skyler não fazia ideia do que estava escutando: deveria ficar assustado, deveria bater na porta que separava os quartos, ou seria apenas a mamãe rindo, a mamãe rindo de uma das piadas bobas do papai? E assim, Skyler comprimiu o travesseiro sobre a cabeça: se a mamãe estava contente e o papai tinha voltado a viver

---

* Pobre Skyler! Assim como as tripas podem se retorcer fatalmente e por isso supurar na cavidade abdominal, o cérebro sobrecarregado de uma criança pode contorcer-se e supurar. Apesar disso, acho que sabemos o que o Skyler quis dizer aqui, no fim dessa cena de "realismo doméstico" particularmente rebuscada.

Não é que a cena tenha terminado aí. Nenhuma cena da literatura, assim como dos filmes, termina da maneira indicada, mas continua a se arrastar feito uma cobra ferida. Eis o fecho original e mais completo:

> E o que dizer do Skyler, que enfiava na boca uma fatia de pizza pegajosa, abarrotada de queijo, com uma voracidade delirante, como se houvesse passado dias sem comer? Skyler, fitando seus pais demoníacos, pensou com desamparo: *Mas isso não aconteceu antes, logo, não pode estar acontecendo de novo. Pode?*

Depois disso, um final "pungente":

> Num sofá da suíte do hotel, embrulhada na capa de arminho branca feito neve, como se fora um cobertor infantil, chupando o polegar e vários outros dedos, a Miss Princesinha do Gelo de Jersey havia pegado no sono.

** (Nenhum editor respondeu a essa pergunta! Isso significa, suponho, que nenhum editor chegou realmente a lê-la. Assim, acho que vou deixá-la no texto, só de pirraça.)

com eles, o Skyler ficaria feliz, Skyler ficaria muito feliz, e a Bliss também ficaria feliz.

ISSO PERMITE QUE VOCÊ VEJA POR QUE CORTEI ESSE FINAL: É rebuscado demais e comunica seu sentido com excessiva clareza. Preferimos a via indireta.

Brinquedos sexuais?

NA GAVETA MAIS BAIXA DA PESADA CÔMODA DE MOGNO ENTAlhado do "quarto principal" da casa dos Rampike, embaixo das cuecas (antiquadas, passadas e dobradas) do papai, o pequeno Skyler descobriu, boquiaberto, num dia em que a mamãe e a Bliss tinham ido passar a tarde fora e em que a nova empregada, Lila-das-Filipinas, estava ocupada bem longe, na lavanderia lá de baixo, os seguintes objetos intrigantes:

- uma echarpe de seda vermelha amarrotada, de uns 80 centímetros de comprimento e menos de 15 de largura, levemente manchada

- lingerie feminina — seda preta, renda carmesim cor de champanhe, quase transparente; calcinhas suficientemente grandes para serem da mamãe, porém — que coisa esquisita! — sem os fundilhos; "sutiãs" grandes o bastante para serem da mamãe, porém feitos de um material de uma finura inviável, que jamais sustentaria os seios pesados dela, e que tinha buracos estrategicamente colocados

- uma liga de renda preta e meias pretas de seda enroscadas uma na outra

- duas máscaras: uma meia-máscara de seda preta, outra de seda vermelha

- várias correntes de um metal leve que pretendia parecer ouro, com elos em forma de coração

- uma réplica cor de carne do que se afigurou, aos olhos estarrecidos do Skyler, um "pirulito" de menino monstruosamente ampliado, com uma misteriosa alça de couro presa à base

- um "*Óleo de Eros*" *Gaspard de la Nuit* num vidro de 170ml, que dava a impressão de nunca ter sido aberto

- um "*Petisco de chocolate*" *Gaspard de la Nuit* num vidro similar, que parecia ter sido aberto, já que restava menos da metade do "petisco de chocolate"

Extasiado, Skyler se atreveu a pegar uma das meias-máscaras, a de seda preta, e espiar pela abertura dos olhos; e se atreveu a sentir o cheiro do "*Petisco de chocolate*" *Gaspard de la Nuit* (mas não a prová-lo); e também ousou enrolar a echarpe de seda vermelha no pescoço e a enxugar o rosto acalorado com ela, e a aspirar seu perfume frutado e aromático. O Tyler McGreety saberia decifrar aquelas coisas! Mas não Skyler Rampike, cujo coraçãozinho batia tão depressa que ele teve medo de desmaiar.

— Sky-ler! — elevou-se uma voz feminina lá embaixo.

Fascinado com o que tinha descoberto e sabendo apenas que aqueles artigos, como o próprio *quarto principal*, lhe estavam proibidos, Skyler jogou rapidamente as coisas embaixo da roupa íntima do papai e fugiu.*

---

* Será que a intromissão do Skyler foi descoberta, algum dia? É o que você talvez se pergunte. Não. Mas, por outro lado, sim.

Como título de capítulo, "Brinquedos sexuais" foi fornecido pelo S. R. de 19 anos, e não pelo de 9, que não tinha a menor ideia do que era aquilo que estava olhando.

Fabulações infantis

SE SKYLER IMAGINAVA O QUE *EXISTIA*, BLISS IMAGINAVA O *inexistente*.

Nada deixava a mamãe tão perturbada quanto as ocasiões em que a Bliss "inventava coisas", "fabulava" na presença de pessoas de fora. Mamãe tinha que ficar especialmente atenta em locais públicos: por exemplo, quando um entrevistador agressivo instigava a Bliss a dizer "coisas erradas" na televisão ao vivo, coisas que a mamãe não podia censurar nem tampouco editar, como nesta notável entrevista com uma entrevistadora sonsamente maldosa, depois da vitória da Bliss em Newark:

> **Entrevistadora:** Você é um talento tão natural no gelo, Bliss! Quantos anos tinha quando aprendeu a patinar?
>
> **Bliss (tímida, após uma pausa longa):** ... antes de eu vir para cá, naquele outro lugar.
>
> **Entrevistadora:** E onde era esse "outro lugar", Bliss?
>
> **Bliss (pausa longa, dedo na boca):** ... era escuro. Eu ainda não estava lá.
>
> **Entrevistadora:** Não entendi direito, meu bem. Você "ainda não estava lá"...?
>
> (Sentada ao lado da filha, com um braço em volta de seus ombros pequenos, mamãe registrou a inquietação, embora continuasse a dar seu sorriso feliz.)

Bliss: ... antes de eu nascer.

Entrevistadora: Puxa, Bliss! Você se lembra de uma época antes de nascer?

Bliss (confirmando com um gesto de tanta veemência, que a tiara de prata em sua cabeça quase caiu): Naquele tempo era calmo, ninguém tinha raiva de mim. Ninguém gritava comigo. Tinha gelo, gelo por todo canto, lá onde fica a autoestrada, e a gente podia patinar, patinar e...

Mamãe (com um riso nervoso, ajeitando a tiara na cabeça da Bliss e lhe tirando delicadamente o dedo da boca): O que a Bliss está tentando dizer é que "foi há muito tempo", quando ela estava com 4 anos. E logo naquele primeiro ano a Bliss Rampike foi coroada Miss Debutante dos Patinadores Mirins de 1994 — a mais nova de todos os tempos!

Achou engraçado? Não foi o que pensou a desolada Betsey Rampike.

Em outra ocasião, numa época anterior da carreira da Bliss e constituindo uma senhora surpresa para o Skyler (que assistia à transmissão televisionada em casa, sozinho com uma das Marias), após a vitória da Bliss no campeonato da StarSkate, havia uma outra entrevistadora cumprimentando a Betsey Rampike pelo tanto que sua filha era "angelical", "de uma beleza radiante", quando de repente a Bliss se agitou, abanou a cabeça com veemência de um lado para outro e, antes que a mamãe pudesse impedi-la, conseguiu arrancar uma coisinha pequena e perolada de um dos dentes da frente e revelar, num close flagrante de televisão, uma lasca minúscula no dente.

Entre risinhos aflitos, a menina gaguejou para a câmera de TV:

— Eu fui má. Caí e quebrei o dente. Eu não sou *o que pareço.*

Pobre Betsey Rampike! Foi instigada diante das câmeras a fazer a mais atrapalhada e envergonhada das intervenções, procurando sorrir enquanto se desculpava profusamente com a entrevistadora, prendendo a irrequieta Bliss num abraço firme de mamãe, e tentando arrancar a pequena coroa dentária branca dos dedos da filha, antes que a peça caísse no chão.

Bom, essa *foi* engraçada. O Skyler deu risadas e mais risadas.

Lua de mel — I

ASSIM COMO EXISTEM NA VIDA (SEXUAL/CONJUGAL) ADULTA "luas de mel" proverbiais — interlúdios de paz, de calma idílica, das mais altas e ingênuas expectativas românticas —, também na vida das famílias existem interlúdios de lua de mel que, em retrospectiva, são preciosos (ainda que cortem o coração!). Estou pensando nas semanas de dezembro de 1996 e do começo de janeiro de 1997, nas quais, como numa velha escuna impelida por ventos amenos para águas tropicais aparentemente serenas, os Rampike entraram numa dessas fases, quando o papai voltou e jurou ser um marido e pai "danado de bom".

Enquanto, antigamente, o papai ficava até tarde no trabalho, ou viajava durante grande parte do tempo, agora, de um jeito misterioso, ele voltava a casa para jantar com a família todos os dias de semana, ou quase. Passava a maioria dos fins de semana em casa. Quando ia se atrasar, por meia hora que fosse, ele telefonava! O papai ansioso abraçava e beijava e chegava trazendo presentes de surpresa, comprados no gigantesco shopping VastValley, que ficava no seu trajeto para a Univers Bio-Tech — "só porque o papai ama vocês". O risonho papai passava "bons momentos" com a família em todas as oportunidades, e planejava passar outros mais: "O que acham daquela exuberante ilha tropical de São Bartolomeu para as férias de verão, em fevereiro? Os Rampike reservaram um chalé na água." Ou então: "Em julho do ano que vem serão as montanhas do Grand Teton!" Foi uma temporada de planos do papai. É que Bix Rampike tornou-se o mais norte-americano dos papais, fervilhando de planos como vermes num cadáver em estado de putrefação.

O mais empolgante dos planos do papai foi o de uma casa nova!

— Até uma casa fantástica como a nossa, numa paisagem fantástica, pode ser superada. É da natureza do *Homo sapiens seguir em frente.*

O papai esfregou com vigor suas mãozorras de papaizão. Uma luz cortante de raios laser surgiu em seus olhos emotivos, ante a perspectiva de *seguir em frente.*

Na primeira semana depois do seu regresso, após o ofício dominical na igreja, papai abriu imensas folhas com plantas arquitetônicas sobre a mesa da sala de jantar, para que sua família assombrada as admirasse.

— O arquiteto não é ninguém menos do que H. H. Stuart, da cidade de Nova York, que lá construiu a casa dos Steadley. E eu tenho a localização dos sonhos para a Casa dos Sonhos dos Rampike: cinco acres das melhores "colinas suaves e verdejantes" em East Quaker Heights, Nova Jersey.

Mamãe gaguejou:

— M-mas, Bix, você não pode estar falando sério! Não pode querer que nos mudemos de Fair Hills! Um lugar onde conhecemos pessoas tão maravilhosas e onde nos fizeram nos sentir tão bem-vindos! Quaker Heights deve ficar a uns 30 quilômetros daqui, e lá não conheceríamos vivalma! Oh! — encolheu-se a mamãe, como se lhe houvessem atingido o coração.

Nos ofícios matinais de domingo na Igreja Episcopal da Trindade, era comum a mamãe se emocionar, ficar até lacrimejante; Skyler sentia-se constrangido com o fato de sua mãe chiquérrima e glamorosamente maquiada ouvir com tanta atenção os sermões afáveis e monótonos do reverendo Higley e, quando chamada, levantar-se sofregamente do banco para "receber a comunhão", com uma expressão de jubilosa gratidão. Nessa hora em que a mamãe começou a se agitar muito, o papai sentiu necessidade de piscar para Skyler e Bliss, num sinal de que *a mamãe é boba, não é?* Mas dirigiu-se respeitosamente a ela ao lhe explicar que sim, estava falando sério.

— É possível, querida, que eu já tenha feito umas negociações preliminares para comprar a propriedade. Quaker Heights é *très* classe A, Bets. Caso você esteja preocupada com os vizinhos. E não se aflija por não conhecer ninguém lá, porque o seu maridinho empreendedor já conhece alguns mandachuvas de Quaker Heights, meus novos associados na Univers, que têm insistido muito nessa mudança para nós. *Verstayeh*?

Até o Skyler já ouvira falar do Vilarejo de Quaker Heights. Era uma daquelas comunidades "singulares" e "históricas" da Nova Jersey setecentista em que o general George Washington e seus homens se haviam "alojado", e que agora pertenciam inteiramente a brancos ricos e eram governadas por eles.

Uma pontada de inquietação penetrou no coração do Skyler: novos encontros lúdicos? Ele fugiria de casa.

Mamãe tentou falar com calma:

— Bix, eu compreendo que Quaker Heights fica alguns quilômetros mais perto da sede da Univers do que Fair Hills, mas pense nos nossos amigos queridos daqui! Nos clubes maravilhosos a que pertencemos, no nosso círculo muito especial de amigos episcopalianos, em como todos aqui conhecem a Bliss e se orgulham dela, por trazer tanto renome para a comunidade. E, Bix, você é tão popular! Todas as anfitriãs de Fair Hills ficarão arrasadas se o Bix Rampike se mudar! Eu trabalhei tanto, Bix! Trabalhei feito um cão, Bix. Você não pode simplesmente destruir isso de novo, Bix. Não pode me fazer voltar novamente à estaca zero. E a carreira da Bliss vai "virar nacional", logo, logo, e consumirá ainda mais o meu tempo. Você sabe como foi traumática para mim a mudança para Fair Hills, Bix. Sabe que ninguém gostava de mim, sabe como eu fiquei "existencialmente isolada"; a Dra. Stadtskruller acha que as minhas enxaquecas são causadas, em parte, pelo "trauma não assimilado" daquela mudança, quando eu mal havia acabado de ter... um bebê — e a mamãe espremeu os olhos para Skyler e Bliss, como se tentasse determinar qual deles tinha sido esse bebê problemático. — E o Skyler tem a escola, que ele adora! E a Bliss tem inúmeros amigos e incentivadores aqui! Por que não podemos construir uma nova casa em Fair Hills, Bix? Há uma porção delas à venda naquele novo complexo residencial da alameda Woodsmoke, onde os Frasse acabaram de construir uma casa espetacular, no estilo normando-francês, em pelo menos quatro acres, e a Glenna O'Stryker andou me dizendo...

Papai a interrompeu em tom paciente:

— Podemos discutir a localização em outro momento, querida. Quando não estivermos tão dominados pelas emoções — disse. Um lampejo de algo semelhante à fúria surgiu no rosto sorridente do papai e se desfez quase depressa demais para ser detectado.

Skyler fuzilou a mãe com os olhos. Será que ela queria que o papai fosse embora de novo?

O menino se apressou a dizer:

— Essa casa parece mesmo genial, papai. Deve ser uma "McMansão"!

Mas fora uma idiotice dizer isso, percebeu Skyler, porque o papai deu uma risada áspera e o corrigiu:

— Isso não é "McMansão", filho. A empresa de arquitetura que contratei não comete "McMansões". Essa será uma residência totalmente original, feita sob medida, com andares desnivelados, no estilo "Chesterfield contemporâneo", e não uma dessas caixas de formas de biscoito do tamanho de um hipermercado. Essa é a "casa dos sonhos" do Bix Rampike, o presente do papai para sua família.

Insegura, a mamãe disse:

— Essa, com certeza, é... uma surpresa... maravilhosa... mas, Bix... você não acha que deveria ter me consultado? Quer dizer, talvez eu pudesse ter discutido esses planos com você e o arquiteto, não?

— Você vai "discutir" bastante com o arquiteto, Betsey. E com os assistentes dele... há um pelotão de assistentes na H. H. Stuart. Só tome cuidado com uma coisa: os arquitetos cobram por hora. Por isso, quando um integrante da equipe lhe telefonar, disser "alô" e perguntar como você vai, lembre-se de que ele funciona pelo cronômetro e, se você sair tagarelando, terá de pagar. — Papai deu um risinho gutural, mas houve em sua voz um toque de advertência.

— E nós podemos bancar o custo de uma casa desse tamanho, Bix? E com toda essa terra em Quaker Heights? Sei que você está ganhando mais dinheiro na Univers do que recebia na Scor, mas...

— "Mais dinheiro?" Querida, você só pode estar brincando.

— Mas... por quê? Eu pensei...

— É claro que estou ganhando "mais dinheiro" na Univers, Betsey. Por que diabo você acha que eu saí da Scor, onde tinha um acordo fantástico: para ter uma redução salarial? O xis da questão, e o Skyler também precisa ouvir isto, para informações futuras, é que o "salário" é apenas uma fração da renda empresarial. Pela combinação que o Bix Rampike tem na Univers, eu não precisaria de salário. São os bônus, as opções de compra de ações, as ações concedidas com restrições e os "benefícios" que constituem o grande atrativo, e eu quero dizer *G-R-A-N-D-E*. E, com investimentos em que o pagamento de impostos é adiado, num campo de vanguarda como a biotecnologia, não estamos falando de *M-I-U-D-E-Z-A-S*. Como membro mais jovem da equipe executiva da Univers, o Bix Rampike é assim como o desportista mais badalado da escola e, embora eu não afirme merecer essa estima, pretendo satisfazer as expectativas dos mais velhos, e mais ainda. Muito mais! "Comigo a família vem em primeiro lugar": foi isso que eu deixei claro quando estava sendo considerado para esse emprego, e "*Homo homin lupus*", que é a sabedoria do meu pai, e que em grego quer dizer: "O homem é amigo do lobo." O que significa que o homem tem que ser "homem o bastante" para reconhecer o sangue lupino em sua alma e dominá-lo. Tirar proveito desse sangue! E uma coisa eu lhes digo, eles ficaram impressionados. Agora, olhem aqui — e o papai revirou as plantas grandes e complexas que cobriam folhas e mais folhas de papel vegetal; só numa delas havia desenhos reais de uma casa, e parecia tratar-se de uma casa imensa, daquelas que produzem no observador o frêmito de vertigem que sentimos ao olhar fixo para os desenhos labirínticos de M. C. Escher.* Enquanto a mamãe dava olhadelas nervosas para o projeto da casa, Bliss observava tudo, com um dedo enfiado na boca, e Skyler se aproximou e se curvou ao lado do papai, para ver o que o seu indicador de papaizão estava apontando; o papai disse, em tom orgulhoso: — ... projetados sob medida, 700 metros quadrados, seis quartos e uma "suíte de hóspedes" com uma sauna privada. E o "quarto principal", quer dizer, o do papai e da mamãe, meninada, tem entrada particular e um corredor que serve de atalho para chegar à piscina, que é a última palavra em matéria de piscinas cobertas e ao ar livre. Não estamos falando de *M-I-U-D-E-Z-A-S*. Não estamos falando de *F-R-U-G-A-L-I-D-A-D-E*. Estamos falando de dimensões "olímpicas", "épicas". Sala de estar com 12 metros de lado e piso rebaixado. Duas salas de jantar, formal e informal. E mais um "nicho para o café da manhã" com vista para o terraço. Esta aqui é a sala íntima: nosso "centro de entretenimento". Equipamentos de ponta de TV, CD, DVD e o que mais inventarem no novo milênio. Logo ao lado fica o "centro de musculação da família", onde o papai pode dar um reforço nos peitorais e a mamãe pode malhar para se livrar dessas gordurinhas e da celulite — e beliscou de brincadeira a

* Sim, o Skyler sabe quem é M. C. Escher, porque passou por uma fase de Escher nas últimas séries do primeiro grau, assim como passou por uma fase de R. Crumb. Por isso, os leitores/editores que duvidarem dos amplos conhecimentos do Skyler são aqui refutados.

coxa da mamãe, que riu/encolheu-se — e, se o Skyler tiver vontade de renovar suas inclinações para a ginástica, numa idade mais madura, seria fantástico. E, não menos importante — acrescentou, puxando Bliss para aninhá-la num dos braços e roçando os lábios na veia azul e delicada que havia na têmpora da filha —, para a menininha lindérrima e mais mió de todas do papai, um rinque de patinação.

Um rinque de patinação! Bliss olhou fixo para o desenho, depois piscou.

Desde a volta para casa, o papai se mostrava inusitadamente cônscio da existência da Bliss, como se a notasse pela primeira vez. E nesse momento, murmurou em seu ouvido, como se a mamãe e Skyler não estivessem presentes:

— Isso me ocorreu como uma inspiração súbita uma noite dessas, docinho, quando vi a minha filha, minha filha!, patinando feito um demônio na televisão e sendo aplaudida por todos aqueles estranhos, e vencendo para valer: Miss Patinação Mirim de Jersey. Só podia ser uma visão, as lágrimas me escorreram dos olhos, caramba, como eu fiquei emocionado! Na mesma hora, foi a primeira coisa, liguei para o meu arquiteto e deixei um recado, mandando-o acrescentar um rinque de patinação ao projeto da casa dos Rampike. E foi o que ele fez. Parece legal, não é?

Debruçando-se sobre o ombro da irmã e sentindo a mãe bem perto, a seu lado, Skyler registrou o mais fugaz vislumbre de uma ideia secreta que passou num instante entre a mamãe e Bliss, embora nenhuma das duas chegasse a olhar nem mesmo de relance para a outra: *O rinque é pequeno demais! Pequeno demais para a Bliss Rampike! Um rinque idiota de criancinha para a Bliss Rampike!* Depois de uma pausa, porém, a Bliss disse num sussurro: — Obrigada, papai! — e o papai de riso radiante abraçou sua filhinha e lhe deu um beijo ardoroso e quente de papai.

— Achei que você ia gostar, meu bem.

SKYLER SE AFASTOU MANCANDO, DOENTE DE CIÚME COMO nunca se sentira — bem, raras vezes — em relação à irmãzinha.

Depois, pensou com calma: *Por causa da Bliss, ele passará mais tempo conosco. Vai gostar mais de todos nós.*

* * *

— SORRIAM, POR FAVOR.

Sorriam, sorriam, sorriam, *por favor*.

En famille, os Rampike estavam sendo fotografados, sentados num sofá de frente para sua árvore de Natal de 3 metros de altura, esplendorosamente decorada: papai, mamãe, Bliss e Skyler. Era o Natal de 1996 e essa viria a ser a última foto natalina da família, a ser usada em seu cartão de Natal e no material promocional distribuído pela Bliss Rampike Ltda. Só que essa é a foto da minha família que foi reproduzida *ad nauseam*, tal como alguns videoclipes de Bliss Rampike patinando, ou sendo coroada vencedora, sorrindo para as luzes ofuscantes com aquele meigo sorriso de garotinha de cortar o coração, é a foto da família Rampike mais "baixada" na Internet, e você pode apostar que eu preferiria evitá-la por completo, porque a lembrança desgraçada dessa sessão de fotografias — que se estendeu por mais de 90 minutos e foi suportada por Skyler com um par de calças que davam comichão, um blazer do Externato Fair Hills e uma gravata-borboleta escolar idiota, daquelas de prender com clipe — é tão agradável quanto um ataque de diarreia (dos quais, sim, o Skyler também sofreu, depois de situações estressantes como a sessão de fotografias, mas deixe para lá).

Essa é a fotografia na qual o casal Rampike conseguiu prender a lourinha Bliss na curva de seus braços, como um par de irmãos siameses canhestramente grudados, com uma grande menina-boneca entalada entre os dois feito uma cunha; aparentemente sem querer, papai tinha posto sua mãozorra esquerda em concha embaixo do pezinho direito de Bliss, com seu reluzente sapato de verniz preto.

Observou-se em tom solene que todas as fotografias são póstumas.*

Observou-se em tom solene que, um dia, nossos "eus fotográficos" sobreviverão a nós, os fotografados.

O horror especial dessa foto da minha família no Natal de 1996 é que ela foi a última foto natalina, e que *nenhum de nós seria capaz de adivinhar isso na ocasião.*

Nem mesmo o carrancudo Skyler, na borda da aconchegante unidade familiar, teria adivinhado. O molecote irrequieto, não abra-

---

* *Tout les photographies sont póstumas*, citação atribuída ao estimado filósofo francês Jacques Lacan, muito reverenciado em alguns círculos e, em outros, em Nova Jersey, pouco conhecido e/ou descartado como um tremendo conversa-fiada.

çado nem agarrado por nenhum dos pais. E que agora, passada uma década, relembra — será com nostalgia?,* essa mais asinina de todas as emoções? — o cheiro maravilhoso das pinhas, a beleza da árvore recém-cortada e do ritual empolgante (sim, era empolgante, e sim, o macambúzio Skyler participava) de enfeitá-la, e recorda que, quando o fotógrafo e seu ajudante se preparavam para bater a foto, lá veio a mamãe, com ar muito glamoroso, mas também ansioso, de escova na mão para passar no cabelo embaraçado do Skyler, e com dedos habilidosos ajeitou-lhe a gravata torta, e se abaixou para perscrutar os olhos evasivos do filho e, sem que os outros ouvissem, implorou: "Skyler, por favor, querido, em consideração à mamãe, procure não se contrair nem fazer aquelas caretas horrorosas! Procure parecer feliz, por amor à mamãe, porque, embora a Bliss seja a 'estrela' da família, nunca se esqueça de que a mamãe gosta mais de você, porque a mamãe amou o seu homenzinho primeiro; este é o Natal mais feliz que tivemos até hoje, porque o papai voltou para nós, e queremos que o mundo veja como estamos orgulhosos da Bliss e como essa treinadora é exigente, ela não estava programada para tornar a patinar em público, numa competição, até o Festival de Patinação Artística Feminina Hershey's Kisses, no dia 11 de janeiro de 1997, em Hershey, na Pensilvânia. Porque, nos Estados Unidos, este período é decretado a *temporada da família*." (Podem roer-se de inveja, seus solitários deploráveis que não têm família! Por mais melancólico que seja o Dia de Ação de Graças, o período de festas de Natal/Ano-Novo é muito pior e dura muito mais, o que proporciona um rico reservatório de oportunidades de automedicação, colapso mental, suicídio e tumultos públicos com armas de fogo. Na verdade, poderíamos dizer que a temporada de Natal/Ano-Novo, que começa abruptamente depois do Dia de Ação de Graças, é hoje a temporada central da própria vida norte-americana, o sentido da vida norte-americana, o significado existencial bruto que há nela. Como vocês devem nos invejar, vocês que não têm família, a nós que nos refestelamos no amor parental, no brilho das toras natalinas que ardem em lareiras alimentadas pelos atiçadores robustos de nossos pais, nós que nos empanturramos até quase explodir com os pratos freneticamente preparados para as festas por nossas mães; como vocês gostariam de ser nós, crianças mimadas/protegidas, rasgando papéis de presente caros de um número

* Nostalgia: saudade de casa. A pessoa pode morrer disso.

de embrulhos grande demais para contar, reunidos em volta da árvore na manhã de Natal, com a mamãe a nos repreender delicadamente: "Skyler! Bliss! Mostrem ao papai e à mamãe o que vocês acabaram de abrir, por favor! E guardem os cartõezinhos, para saberem quem lhes deu essas coisas tão bonitas.")

Foi uma temporada de passeios providenciados pelo papai: brunches familiares no Fair Hills Golf & Country Club, no Pebble Hill Tennis Club, no Sylvan Glen Golf Club e no Charity Hill Club (no qual o casal Rampike fora recentemente convidado a ingressar); viagens familiares à cidade de Nova York, para ficar em suítes tamanho família no Carlyle, no Four Seasons e no New York Palace e assistir a espetáculos suntuosos como o Desfile de Natal de Radio City, a sucessos estrondosos da Broadway, tão agressivamente ruidosos e animados que as duas crianças dos Rampike adormeceram em suas poltronas, como soldados nas trincheiras da Primeira Guerra Mundial, e à luxuosa e espetacular *Patinação das Estrelas de 1996*, no Madison Square Garden, que a mamãe e a Bliss ficaram contemplando por duas horas inteiras, hipnotizadas. (Mamãe de olhos marejados: "Um dia, a Bliss Rampike estará lá com essa trupe! Naquele rinque! Com essas mesmas 'estrelas', entre as quais estará a Bliss Rampike.")

MAMÃE, ESTOU COM MEDO   ÀS VEZES   EU SINTO MUITO MEDO

Sim, mas, é um medo bom, Bliss   Deus nos escolheu para o nosso destino   não é medo o que sentimos, e sim o ardoroso amor d'Ele

Lua de mel II — "coisa de homem"

— SÓ VOCÊ E EU, FILHO. PARECE QUE ANDAMOS PERDENDO O contato, hein? *Não comunicado?* Está na hora de umas coisas de homem pra valer.

Isso porque, mesmo em janeiro, a lua de mel com o papai continuou, como um tsunami cuja crista já passou, mas que ainda espuma, furioso e letal. Apesar de papai haver retornado ao trabalho — "Pelo menos sessenta horas por semana, isso é o mínimo que o Bix Rampike pode fazer pela empresa" — e de Skyler ter voltado (com relutância?, alívio?) aos rigores inflexíveis do Externato Fair Hills, o pai se empenhava em passar "bons momentos" com o filho, quase sempre nos fins de semana e quase sempre em seu novo modelo 97 de utilitário esportivo, o Road Warrior, dirigindo. É que mamãe e Bliss não raro se encontravam no rinque de Halcyon, ou estavam indo e voltando dos numerosos compromissos da Bliss, nos preparativos para o Festival de Patinação Artística Feminina Hershey's Kisses, que logo teria início: "O maior desafio da Bliss nas competições até hoje."

Isso deixava os dois varões Rampike livres para assistirem a filmes de homem no CineMax, ou para conferirem os últimos avanços do que o papai chamava, com admiração, de "engenhocas eletrônicas" na Melhor Pechincha de Cross Tree, no Ás de VastValley ou na loja Crazy Andy's, na Rota 33. Dentro do Rogue Warrior, que mais parecia um tanque e que papai exultava tanto em dirigir, manejando o enorme veículo com o entusiasmo de um tarimbado jóquei de rodeio às voltas com os chifres de um touro, Skyler sentiu-se inundar por uma onda de cautelosa felicidade. Foi natural que pensasse: *Um dia, eu também!*

— Como eu disse, filho, precisamos conversar. Cacete, eu tinha esperado que, nas festas, você e eu pudéssemos, sabe como é, passar mais tempo juntos, mas a sua mamãe tinha planejado "eventos" sem parar, e eles foram sensacionais, não me entenda mal, e foram o que as famílias precisam fazer no Natal, mas, Sky-boy, aquilo meio que estraga as oportunidades de *raport* entre pai e filho. Agora, a sua mamãe e eu temos reaberto as linhas de comunicação que tinham ficado meio enferrujadas por falta de uso, e eu me sinto bem com isso. A sua mãe é uma mulher danada de boa.

Papai fez uma pausa, como se esperasse a anuência do Skyler, mas, preso pelo cinto de segurança no banco ao lado dele, enquanto o utilitário mergulhava no trânsito matinal de sábado na rua Cross Tree, Skyler não conseguiu pensar em nenhuma resposta apropriada. Será que a mamãe *era mesmo* uma mulher danada de boa?

— Mas a sua mãe é mulher, e elas nascem com esses cromossomos extras... "sensibilidade", "intuição", "instinto de nidificação". O resumo da história é que isso as deixa propensas à *monogramia*, assim como o macho da espécie é naturalmente propenso à *poligramia*, e a gente tem que entender essa distinção. "Na vida familiar, assim como no palácio do imperador, o conselho mais sábio é o *sang-frade*, essa é que é a antiga sabedoria de Confúcio, filho. Em matéria de sabedoria antediluviana, os chineses dão de dez a zero em nós, ianques bárbaros. Nós somos uma civilização imatura pra danar, aqui na América do Norte. Mas o laço entre pai e filho é universal. A sua mãe diz: "O Skyler sentiu muita falta de você! Mais até do que a Bliss, que tem a patinação, porque o Skyler só tem... a nós. Um menino precisa de um modelo masculino para amadurecer como um heterossexual saudável."

Heterossexual! Sexual! Skyler estremeceu no cinto de segurança como um roedorzinho aprisionado.

Seguiram-se então, por insistência do papai, vários minutos embaraçosos, enquanto Skyler falava com hesitação sobre suas disciplinas na escola, seus professores e "atividades", e em resposta papai ia grunhindo, sorridente, *A-hã! É mesmo? É isso aí!*, sem maiores indagações; quando o Skyler disse que sentia saudade de um garoto que fora transferido para outra escola — "o Calvin Klaus", que "era muito legal comigo", o papai não deu qualquer resposta, virando com animação calculada para uma rampa de acesso da I-80, na direção leste. Skyler insistiu:

— O Calvin era meu amigo. Eu sinto mu-muita falta dele, eu acho.

Seria verdade? Por dias seguidos Skyler nem pensava em Calvin Klaus. Mas, nesse momento, sentiu muita saudade dele.

O papai perguntou:

— "Calvin" o quê?

— Calvin Klaus. Pode ser que a mamãe conheça a Sra. Klaus.

— Pode ser.

Skyler observou o pai com atenção, notando que ele não deixara transparecer o menor vislumbre de reconhecimento de quem era Calvin Klaus, ou de quem ele seria filho; nem o mais tênue vislumbre de constrangimento ou culpa. Ninguém imaginaria que algum dia Bix Rampike tivesse ouvido o sobrenome "Klaus".

— Lamento que você sinta falta do seu amigo, Sky-boy. Mas, sejamos realistas, há uma porção de outros meninos na sua escola com quem fazer amizade, certo?

Com alívio, Skyler pensou: *Nunca foi verdade! O papai e a Sra. Klaus.*

No shopping, o pai de Skyler demonstrava atração pelas lojas de artigos eletrônicos, nas quais interrogava os vendedores sobre os computadores, impressoras a laser, televisores, equipamentos de CD e filmadoras mais caros que havia no mercado. Era patente que apreciava aqueles diálogos saborosos, que lhe permitiam revelar, numa sucessão de perguntas cada vez mais argutas, o perito que ele era em eletrônica; e como o Skyler se orgulhava do pai quando um vendedor, impressionado com Bix Rampike, perguntou-lhe qual era sua área profissional: computadores?, engenharia elétrica? E o papai ria, dizendo: "Que nada! Mas eu leio a *Scientific American*." Em muitos momentos, papai parecia prestes a fechar uma compra — nada menos que o computador mais caro da loja —, e então, de repente dizia: "Ei, foi ótimo conversar com você, Tod. Me dê o seu cartão, hein? Eu volto a procurá-lo." E o menino saía às pressas atrás do pai, notando as expressões de surpresa e desapontamento nos rostos dos vendedores.

No shopping VastValley, ao sair da loja The Whiz com o pai numa tarde de sábado, Skyler viu uma figura grande e de andar arrastado movendo-se na direção deles: um homem de rosto corado, sobrancelhas ameaçadoras e suíças mal aparadas, vestindo uma parca encardida de pele de carneiro, calças de trabalho amarrotadas e, para horror do Skyler, sandálias de couro com meias cinzentas e grossas de lã.

— Olá, Skyler! — disse o Sr. McDermid, com um sorriso caloroso, disposto a parar para falar com o menino e a se apresentar ao pai dele, só que, sem pestanejar, tal como um zagueiro habilidoso passando a bola, sem ser detectado pelos adversários confusos, o pai do Skyler guiou-o para que ele fosse andando e fez um breve aceno de cabeça para o Sr. McDermid.

— Quem é a figuraça? — perguntou.

Skyler ficou mortificado. Não suportou olhar para trás e ver o Sr. McDermid, que devia ter ficado perplexo a olhá-lo.

— É um dos amigos da sua mãe? Parece um professor de matemática de colégio — riu-se o papai, zombeteiro.

Skyler resmungou que não sabia, não achava que o homem fosse amigo da mamãe. É que a mamãe não tinha falado dos McDermid uma única vez, e com certeza não lhes havia telefonado, desde que o papai voltara para casa.

Numa outra ocasião, quando filho e pai saíam do Centro Fair Hills de Reabilitação e Fisioterapia de Lesões Esportivas,* uma mulher que ia entrando, vestida com elegância, embora usasse um colar cervical de espuma de látex, gritou "Bix!" e avançou em direção ao pai de Skyler, roçando os lábios na face dele e lhe segurando as duas mãos:

— Estou muito contente por você e a Betsey estarem juntos de novo!

Era a Sra. Frass, a mulher do juiz, se é que não era a Sra. Fenn, a esposa do construtor megamilionário: uma mulher de jovial meia-

---

* Droga! Eu não queria aludir à deprimente questão das doenças contínuas do Skyler. Para desolação de seus pais, passados três anos desde o acidente no ginásio de esportes, o menino ainda sofria de dores "crônicas intermitentes" na perna direita quebrada em dois lugares: fêmur e fíbula. E no joelho também. E também tinha dor no pescoço. E uma "dormência formigante" do lado direito do couro cabeludo, que de vez em quando "se infiltrava" em seu cérebro. Essas diversas mazelas eram tratadas com uma bateria sempre mutável de analgésicos e (como o Skyler tinha razão para desconfiar) de placebos. (Quantas crianças de nove anos têm plena consciência do que são "placebos"? Em Fair Hills, um bom número.) Bix Rampike ficou particularmente aborrecido com o estado físico do filho, e será que alguém pode censurá-lo? Como se sente um pai na companhia de um filho capenga? Um filho capenga com uma bengala de anão. Não admira que, quando a loquaz Sra. Fenn entrou em cena, ou talvez tenha sido a Sra. Frass, o interlúdio para as "coisas de homem" foi chegando rapidamente ao fim.

-idade, claramente amiga íntima dos Rampike, embora Bix lhe desse um sorriso intrigado, dizendo não saber o que ela queria dizer:

— A Betsey e eu nunca estivemos separados.

Ao ver a expressão de incredulidade nos olhos da mulher, o papai emendou:

— Só que andei viajando muito no ano passado. Mas agora estou na Univers e isso não vai acontecer. Como é que vai o Hayden?

Skyler viu: nem o mais remoto vislumbre de constrangimento ou culpa no rosto do papai.

NA VERDADE, É DEPRIMENTE DEMAIS LEMBRAR AS ÚLTIMAS saídas do Skyler com o pai — *Alerta Vermelho III* no CineMax Cross Tree (quando o papai pediu licença no meio do filme "de ação" e sumiu pelo restante dele, sabe-se lá onde e com que finalidade, embora tenha esperado o filho do lado de fora quando a sessão acabou, com um sorriso de papai caloroso e fumando um cigarro); as refeições apressadas no *drive-through* de lanchonetes como a Jack in the Box, a Taco Bell, a Cap'n Chili e a Wendy's (onde o papai providenciou vinho tinto para tomar em copinhos de plástico); uma "aula de golfe" no campo (coberto) em miniatura da Rota 33 (onde, munido de um taco tamanho infantil, Skyler pôs-se a bater entusiasticamente na bolinha branca idiota, até que, com um sorriso caloroso, o papai decretou que a aula estava *fi-nit-to* e que tinha sido um sucesso); uma "aula de natação" ainda mais humilhante na piscina aquecida (coberta) do Fair Hills Country Club (onde o papai nadou voltas e mais voltas na raia, como uma grande foca desvairada, e puxou conversa com um menino nadador de uns 11 anos, que se deslocava com a rapidez e a flexibilidade de um peixe na água luminosamente verde-azulada, que fazia os olhos arderem — um filho de outro homem de quem o Skyler, que "nadava cachorrinho" com persistência na extremidade rasa da piscina, tentou não sentir inveja); e, por fim, uma visita ao escritório do papai na Univers Bio-Tech Inc.

Nesse domingo ensolarado e de muito vento, no começo de janeiro, qualquer que tivesse sido o plano para o papai e Skyler à tarde, Bix Rampike sugeriu:

— Que tal conhecer o "local de trabalho" do seu pai, Sky-boy?

Pela elevação da voz do pai, o Skyler se deu conta de que, até aquele momento, ele estivera pura e simplesmente de saco cheio.

Coisa secreta de homem, porque não era para a mamãe saber!

E assim, lá se foram os dois em alta velocidade pela I-80 até a saída 14B UNIVERS — "A companhia tem sua própria saída e seu próprio código postal, Sky-boy: somos uma empresa 'integrada' como você nunca viu" —, quando apareceram imediatamente, em meio à paisagem semirrural de inverno, o imenso terreno — "Trezentos acres designados como 'Espaço Verde', o que significa uma tremenda isenção do imposto territorial" — e o aglomerado de prédios de vidro e aço interligados — "Nosso modelo arquitetônico é o Pentágono, filho. O 'místico' e 'inexpugnável' desenho em arco de todas as figuras geométricas, como revelou o antigo grego Pitágoras, séculos antes de Cristo."

— Muito legal, pai. Esse lugar. — Skyler falou aos guinchos de garoto ansioso que caracterizavam seus colegas de classe mais populares.

Embora fosse domingo, havia alguns veículos espalhados pelos estacionamentos. Devia ser porque os papais ficavam irrequietos nos fins de semana prolongados com a família e sentiam necessidade de "dar uma fugida", como o Bix Rampike, "só para uma passada rápida".

Nos fundos de um dos majestosos edifícios, reluzentes como minério, o papai forneceu a Skyler os números para ele digitar no Desenvolvimento de Projetos. Que orgulho sentiu o menino quando a enorme porta se abriu com um clique.

— Lembre-se de não dizer uma palavra sobre isso à sua mãe — instruiu o papai, com um risinho paterno caloroso. — Ela ficaria aborrecida se soubesse que eu o trouxe aqui. E a Bliss se sentiria excluída, percebe? Esse é o resumo da história.

— Sim, papai, eu prometo.

Skyler falou em tom tão solene que o pai deu-lhe um cascudo de brincadeira e o cutucou para dentro.

O escritório do papai ficava no quinto e último andar do prédio: BRUCE RAMPIKE — SUBDIRETOR DE DESENVOLVIMENTO DE PESQUISAS. Via-se que o escritório de Bruce Rampike era muito importante, porque só era possível atingi-lo passando por um escritório externo e porque ele ocupava toda uma esquina do quinto andar, com enormes janelas que davam para um lago e uma encosta pitorescos, cobertos por uma coisa alada e ondulada — gansos do Canadá? Eram aves aquáticas rechonchudas, de aparência empanturrada, que pareciam não ter-se lançado ao ar durante muito tempo.

— Bem-vindo ao futuro, Sky-boy, porque o futuro é *aqui*!

Papai esfregou as mãos com vigor. Entrar em seu "local de trabalho", como Bix Rampike o chamava, parecia tê-lo energizado consideravelmente.

— Papai, posso ver o que você faz?

— Você ficaria entediado, Sky-boy. Por que não vai brincar em algum lugar...?

Papai já estava distraído ao se sentar atrás de sua imensa escrivaninha de tampo de vidro, numa cadeira giratória requintada, que rangeu com um som reconfortante sob o seu peso. Skyler ficou indeciso, observando. Num tom despreocupado, o papai disse:

— Lembre-se, filho: só existem duas subespécies de *Homo sapiens*: os que agem de maneira resoluta e os que se subordinam aos atos alheios. Os que acreditam que "meu primeiro ato de liberdade é acreditar na liberdade" e os que são escravos de instintos, costumes e hábitos de pensamento atávicos, que impedem o "livre-arbítrio". A Univers Inc. tem tudo a ver com o "livre-arbítrio", a "livre iniciativa", a moldagem do futuro, filho. E a tarefa do seu pai é ajudar o nosso diretor de desenvolvimento de pesquisas a localizar os gênios da ciência "de ponta" de nossa época e a contratá-los, arrancando-os de onde quer que estejam, e a colocá-los a nosso serviço...

As palavras efusivas do papai foram-se extinguindo à medida que ele espremeu os olhos para a tela do computador. Skyler sabia que ele estava verificando os e-mails e não quereria ser incomodado. Para surpresa do menino, o papai tinha posto um par de óculos de aro de arame que lhe davam um ar carrancudo e formal.

— Papai, o que a "Univers" *faz*?

— O que a "Univers" *faz*! — repetiu o pai, continuando a examinar a tela do computador, enquanto digitava e clicava rapidamente. Como quem repetisse palavras muito conhecidas, ele disse: — A Univers Inc. está a serviço do futuro, meu filho. Grande parte dos nossos experimentos em biotecnologia é "sigilosa" e não pode ser revelada sem cerimônia nem mesmo aos entes queridos, mas o resumo da história é que: "Onde o futuro chama, é para lá que vai a Univers."

Skyler folheou uma brochura em papel cuchê que estava numa mesinha de centro com tampo de vidro. Colunas de texto impresso rodopiaram em seus olhos, com uma ou outra palavra saltando aqui e ali: *modificação genética*, *moléculas de DNA*, *quimera*, *Projeto Genoma Humano*, *genética molecular*, *embriões "aprimorados"*, *seres pós-humanos*.

— É como a "clonagem", papai? Isso eu sei o que é.

— Pode ser, filho, que você "saiba o que isso é", e pode ser que não "saiba o que isso é". Diabos, nem o papai sabe o que *é* a clonagem, o modo exato de tirar proveito dela. Por que você não vai brincar um pouco por aí, até o papai ficar pronto para ir embora? No terceiro andar há uma academia de ginástica que talvez esteja aberta.

Teimoso, Skyler espichou o lábio inferior e recitou:

— "Os seres humanos devastarão este planeta nos próximos cinquenta anos. Mas um *Homo sapiens* 'evoluído', aperfeiçoado pela engenharia genética, poderá transferir-se para outros planetas. Esta é nossa única esperança."

A fala chamou a atenção do papai. Atrás dos óculos de aro de arame, os olhos castanhos arregalados de Bix Rampike piscaram.

— O que é isso, Skyler? O que você acabou de dizer?

O menino não tinha certeza. Deu um sorriso idiota. Não sabia de verdade se devia ficar timidamente satisfeito por Bruce Rampike, atrás da imensa escrivaninha de tampo de vidro, estar olhando fixo para ele, com algo que se assemelhava a... seria interesse assustado? Respeito? Temor? Ou se devia ter medo de, ao repetir as tão denigridas palavras de Rob Feldman, ter dito a coisa errada e, dentro de mais um instante, ver surgir nos olhos paternos aquela expressão de papai furioso que ele tanto temia.

— Quantos anos você tem, filho?

— No-nove.

— Nove! Tem certeza? Faz um tempão danado que você tem 9 anos.

Seria uma acusação? Ou apenas a declaração de um fato? Skyler experimentou a sensação de ter tido nove anos durante a maior parte de sua longuíssima vida.

— Eu vou fazer de-dez no próximo aniversário, papai. Em março.

— Pode ser, Skyler, que você seja um garoto brilhante, brilhante e neurótico como o diabo, ao contrário de nós que nos formamos em administração de empresas, e pode ser que você enverede pela ciência e trilhe o "caminho mais seguro", que os outros só podem invejar. Está me ocorrendo que talvez lhe falte a sede de sangue dos Rampike; é mais provável você buscar uma solução inteligente do que partir para a jugular, como o seu pai. E assim, um dia, talvez a Univers Inc. o procure por causa de um dos seus projetos. Uma coisa eu posso lhe revelar, Skyler: a Univers Inc. está bem na vanguarda da tecnologia. Aqueles prédios sem janelas para lá dos gansos, está vendo? Aqueles são alguns dos nossos laboratórios de pesquisa. E temos outros. E financiamos outros. Por razões que não precisam ser divulgadas, temos laboratórios de pesquisa em muitos postos avançados do globo, na China, por exemplo, onde a ciência pura pode florescer sem ser restringida por "questões éticas": essa é a visão do futuro! A maioria dos nossos cientistas nasceu no exterior, e nem mesmo os nascidos aqui são caucasoides: são índios, coreanos, judeus.

Papai fez uma pausa, como se esperasse uma resposta do Skyler, mas o filho estava embatucado, sem saber o que responder. Será que ele era "caucasoide"? Achava que sim.

— Pois então. Por que não vai brincar, Skyler, até o papai terminar aqui?

Bix Rampike voltou para o computador. Skyler sentiu uma fisgada de solidão. Nessa tarde de domingo, o plano tinha sido o papai levá-lo ao Museu e Laboratório Thomas A. Edison, em West Orange ("Muitas invenções originais em exposição"), mas, por algum motivo, o papai havia mudado de ideia. E nesse momento, ele se levantou de sua cadeira giratória e desapareceu num cômodo adjacente, que devia ser um toalete, já que ele deixou a porta entreaberta e Skyler começou a ouvir o som alto e chiado de um homem adulto urinando longamente. Se a mamãe estivesse ali, ficaria indignada: *Droga, Bix, feche essa porta! Você não mora mais com os seus colegas do grêmio Épsilon Fi Pi!*

Num impulso, Skyler esgueirou-se para trás da enorme escrivaninha do papai e espiou sua tela do computador: nada além de longas colunas de números e símbolos. Com ousadia, Skyler apertou a tecla de retorno: mais colunas de números e símbolos. Depois, às pressas, foi batendo na tecla que fazia recuar, como que retrocedendo no tempo, e apertou-a várias vezes, mas a tela não mostrou nada além de números e símbolos, "percentis" e "projeções". Num calafrio, ocorreu-lhe que *Essa é a verdadeira alma do papai, imperscrutável.* Ele abriu uma gaveta da escrivaninha: listagens impressas de computador. Outra gaveta — listagens de computador. A gaveta mais baixa — listagens de computador.

O coração de pardal de Skyler pulsava em seu peito estreito: o que teria ele esperado encontrar naquela gaveta mais baixa?

Echarpe de seda amarrotada. Algemas, máscaras. Petisco de chocolate?

— Skyler! Não faça bagunça no trabalho do papai.

Skyler enrijeceu-se para receber um tabefe rápido na lateral da cabeça — mas não com força! "Instrutivo", do tipo daquele que o Rei Leão dá em seu filhote favorito/brigão. No entanto, o papai apenas franziu o cenho para ele, como se, em seu escritório amplo e mobiliado com opulência, não tivesse certeza de quem era o menino.

— O papai já disse, *vá brincar.*

Na parede ao lado da escrivaninha do papai havia uma porta que dava diretamente no corredor, e assim Skyler perambulou por ele e, capengando, passou pelas portas fechadas de escritórios com janelas de vidro jateado e placas muito menores que a elegante placa de latão que identificava BRUCE RAMPIKE — SUBDIRETOR DE DESENVOLVIMENTO DE PESQUISAS. Sentindo apenas uma vaga preocupação com a possibilidade de se perder, ele desceu um lance de escada, depois outro; corredores acarpetados partiam em todas as direções, como num formigueiro; aqui e ali, salões de estar dirigiam um convite a Skyler, inundados pelo sol do entardecer. Pelas janelas de vidro laminado, que iam do piso ao teto, avistavam-se outros prédios em colinas, assim como parte do lago e do bando de gansos canadenses gorduchos que eram visíveis do escritório do papai, no andar de cima.

— "O papai já disse, *vá brincar*" — repetiu Skyler, fazendo uma pausa com um sorriso estranho. — "O papai já disse, *vá se matar.*"

Às vezes os garotos faziam isso! Só que nunca se conseguia descobrir como.

Com a intenção de localizar a academia de ginástica, para poder informar ao papai que o fizera, Skyler descobriu-se capengando por um corredor de escritórios menores, um dos quais parecia ocupado, porque a porta estava aberta. Uma jovem de ar assustado apareceu na soleira.

— Com licença, menininho. Você é... de verdade?

Skyler enrubesceu e resmungou que *sim.*

Atrás da moça, numa escrivaninha muito menor que a do papai, havia um computador. Na tela, algo parecido com colunas de números e símbolos. Que sensação de vazio no estômago quando Skyler percebeu que aquele era o verdadeiro mundo dos adultos, mais verdadeiro do que os brinquedinhos na gaveta de cuecas do papai em casa! Telas de computador, colunas de números, símbolos.

— Pensei que você fosse um fantasma, garotinho. Você quase parece... bem, um fantasma.

A moça riu. Apesar de parecer nervosa. Usava um pulôver de moletom com a inscrição BRANDEIS em letras desbotadas, jeans amarrotados e o cabelo preto amarrado para trás com um lenço. Exceto por ser alguns anos mais velha, ela lembrou a Skyler uma das preceptoras da Bliss.

— Você se perdeu? Que está fazendo aqui? Onde estão seus pais?

Skyler resmungou que seu pai estava no escritório, trabalhando.

— E quem é o seu papai?

Skyler resmungou que o nome do pai era Rampike.

— Rampike? Ah!

O efeito foi imediato. Uma expressão atenta de respeito surgiu no rosto da moça.

— O seu pai é o Sr. Rampike? Lá do quinto andar?

— Você conhece o papai?

A jovem mordeu a unha do polegar, os olhos cintilando feito zinco. Ela era mais nova que a mãe de Skyler, mas, na opinião dele, nem de longe era tão bonita, e seu rosto anguloso e inteligente era feio sem maquiagem.

— Conheço o seu "papai", é claro. O Sr. Rampike é meu supervisor.

Skyler era tímido demais para perguntar à jovem onde ficava a academia de ginástica, e por isso resmungou "tchau!" e se afastou. Ao longo de todo o corredor, sentiu que a moça o observava, e no fim ela o chamou:

— Diga ao seu pai que a "Alison" está aqui... dando duro numa tarde de domingo.

Havia na voz da moça um tremor que Skyler não quis interpretar: uma censura coquete? Recriminação raivosa? Anseio? Esperança? Ele se apressou a ir embora, sem olhar para trás.

De repente, o carpete cinzento sob os seus pés passou para verde-escuro. Sem ter saído do prédio, Skyler havia entrado em outra ala: GERÊNCIA DE PESSOAL. Mas era no terceiro andar que ele estava, não era? As palavras *a Alison está aqui... dando duro numa tarde de domingo* ecoaram em sua cabeça, agora num tom zombeteiro, acusatório. A ideia era que ele fosse portador de uma mensagem em código, mas Skyler não estava disposto a cooperar. Como quando a mamãe o interrogava sobre o que ele e o pai faziam em suas saídas: *Você passa todos os minutos com o papai? O papai escapole? O papai "topa" com alguém? O papai fala de mim?* Skyler começou a ter aquela sensação de dormência formigante no couro cabeludo que lhe dava vontade de enfiar as unhas nele e coçar, com força. Como às vezes a Bliss se coçava com as unhas, de um jeito parecido. Isso eram maus hábitos. A mamãe se afligia com esses maus hábitos dos filhos. Skyler sentiu uma pontada de dor na perna esquerda — que era a perna "boa" —, o que significava que a dor não era de verdade, e sim o que a mamãe chamava de dor fantasma; como a *dorfasma* da Bliss no tornozelo esquerdo, que tinha reaparecido depois de ela começar a dobrar as sessões de exercício no rinque de Halcyon, no início de janeiro, nos preparativos para a competição Hershey's Kisses, que seria transmitida pela ABC-TV. A *dorfasma* da Bliss era um segredo escondido do papai, pois a mamãe tinha medo de que, se ficasse sabendo, ele não quisesse ver a Bliss se exercitar tanto; pior ainda, talvez não quisesse ver Bliss a patinar na competição.

Não dói! O meu tornozelo não dói!, insistia Bliss, enxugando as lágrimas do rostinho contraído.

Skyler compreendia que alguma coisa se passara entre o papai e a mamãe na noite de Ano-Novo. Era para ser uma ocasião feliz, porque o papai e a mamãe tinham sido convidados para três festas de Ano-Novo, inclusive uma na casa de Si e Mimi Solomon que era uma recepção muito especial, para a qual outros amigos dos Rampike não tinham sido convidados. Com suas roupas glamorosas "de sair" — o papai de smoking, a mamãe num deslumbrante vestido longo bem justo de lamê dourado, com um decote muito cavado —, o casal Rampike estivera muito feliz ao dar um beijo de boa-noite nos filhos, mas, em algum momento depois da meia-noite, mamãe voltara sozinha para casa, tropeçando e xingando, e o Skyler não sabia ao certo a hora em que o papai tinha voltado, pois pegara no sono e acordara grogue e confuso ao ouvir a voz enfurecida da mamãe: *Você não vai começar com isso de novo, Bix. Não vai, por favor, em consideração à Bliss, porque você sabe a pressão que estamos vivendo.* E a voz do papai se defendera, em tom súplice: *Não vou, Betsey. Você está com a ideia errada. Eu juro, benzinho.*

Por mero acaso, não é que o Skyler achou a Academia de Ginástica! Ele era baixo demais para espiar pela janela da porta e ver se havia alguém lá dentro, mas, quando empurrou a porta e ela se abriu, o espaço cavernoso, apenas parcialmente iluminado, pareceu-lhe vazio.

Na parede oposta havia várias esteiras mecânicas encostadas. Havia pesos empilhados e os aparelhos de praxe, com assentos e tiras de couro, e o ar era a um tempo frio e rançoso. Skyler sorriu, inseguro. O papai ficaria satisfeito por ele ter conseguido encontrar a Academia de Ginástica... Ao dar mais um passo para dentro, o menino viu, boiando num espelho horizontal comprido na parede, um rosto pálido de criança, que flutuava como se tivesse sido cortado na altura dos ombros.

Skyler fugiu.

Com uma sensação crescente de pânico, tentou refazer o percurso para o escritório do pai. Em que andar o papai estava: no quinto? Mas o escritório dele era no andar mais alto do prédio, e agora o quinto andar não parecia ser o mais alto. E as paisagens das janelas não pareciam familiares. E o sol começava a se inclinar no céu. Após dez, quinze, vinte minutos frenéticos, Skyler foi atraído por uma voz masculina e se apanhou na ponta de um corredor desconhecido, olhando para o escritório de um homem visto de costas, todo reclinado numa cadeira giratória, com uma das mãos sob a nuca e falando ao telefone em voz baixa, íntima e exasperada:

— ... não posso correr o risco de ir embora, não neste momento... ela está obcecada com a nossa filha... fez um estardalhaço tão grande com essa história de patinação e com a Bliss, que não há como saber do que a mulher seria capaz, se...

O homem era o papai! Skyler recuou, atingido no coração.

Nossa filha! E nem uma palavra sobre o *nosso filho.*

... NEM UMA PALAVRA SOBRE O *NOSSO FILHO*.*

---

* Momento em que Skyler Rampike, aos 9 anos, compreendeu de maneira irrevogável que, na vida dos pais a quem amava tão desesperadamente, assim como no vasto mundo fora da casa dos Rampike, Skyler Rampike não passava, se tanto, de uma nota de rodapé.

Nota de rodapé!*

* Num texto que refletisse com mais exatidão o seu tema, o restante desta narrativa consistiria exclusivamente em notas de rodapé. Pois era cá embaixo, NAS NOTAS DE RODAPÉ, que Skyler Rampike realmente vivia. (E quanto a você, leitor cético? Porventura é doloroso reconhecer que você também não passa de uma nota de rodapé na vida dos outros, quando gostaria de se imaginar como o texto?)

PILS!

— ELES NÃO GOSTAM DE *MIM*. NENHUM DOS DOIS.

Nesse estado atordoado, macambúzio/ressentido/falando sozinho, que às vezes beirava uma espécie de catatonia deambulatória, Skyler abriria caminho feito um sonâmbulo pelo que lhe restava de vida.

Espere. Não da vida *dele*. Da vida de sua irmã.

— SKYLER! PARABÉNS, MEU FILHO!

O que era aquilo: uma pilhéria cruel? A mão adulta, gorducha e úmida do diretor Hannity pegando a mão úmida e nanica do Skyler para um *aperto de mão*?

É que — que coisa estranha! —, nessas semanas velozes que levaram à morte brutal de sua irmã, nas primeiras horas de 29 de janeiro de 1997, Skyler Rampike obviamente havia conseguido, no Externato Fair Hills, não parecer nada diferente do habitual: não mais "tenso", "agitado" e "instável" do que antes, entre seus colegas nervosíssimos; na verdade, aliás, foi um garoto da sexta série quem "teve um acesso de raiva" na sua sala de chamada, agrediu outro menino com um compasso pontiagudo e, quando o professor tentou intervir, atacou-o também, e teve de ser dominado à força e levado embora. Outro menino, não o Skyler Rampike!*

De algum modo — não me pergunte como! —, o Skyler conseguiu disfarçar estoicamente, dos colegas e dos adultos insondáveis

* O menino foi Albert Kruk, filho do poderosíssimo criminalista Morris Kruk, de Fair Hills, e antigo "companheiro de brincadeiras" num encontro lúdico com o Skyler, além de patologista amador.

que o cercavam, que ele *não passava de uma nota de rodapé*, e, através da pura concentração compulsiva, conseguiu tirar notas tão altas na bateria de testes conhecida como "varredura da quinta série", que foi designado como PILS — finalmente.

— Skyler, esta é uma ótima notícia. Está claro que você fez um esforço resoluto para melhorar o seu desempenho acadêmico numa série de testes altamente competitivos. O seu professor me informou que, no momento, você está tomando vários medicamentos receitados pelo médico, e que eles estão funcionando muito bem. Portanto, parece que o aluno diligente, o professor dedicado e o arguto neurologista pediátrico devem ser cumprimentados, todos eles! Estamos enviando uma carta oficial aos seus pais para informá-los da boa notícia de que, no próximo semestre, você será promovido para o nosso currículo de colocação universitária antecipada. "Potencial para a Ivy League Superior" é uma denominação que você levará consigo pelos anos de estudo afora, Skyler. Isso porque a própria Ivy League é uma "hierarquia", uma "hegemonia", não uma mera democracia. Não é qualquer universidade da "Ivy League" que deve ser a nossa meta, porém apenas as realmente superiores: Harvard, Princeton, Yale. Na meritocracia norte-americana, o Externato Fair Hills aposta em estudantes como você, Skyler, para irem até o fim e lograrem êxito por nós.

Na mãozorra carnuda e úmida do diretor havia uma caixinha com a gravação do brasão da escola.

— Tome, filho. Você fez por merecer.

Deslumbrado, Skyler pegou a caixinha e a abriu — dentro dela estava um reluzente alfinetinho de ouro de lapela, com as iniciais PILS, para ser usado em seu blazer do Externato Fair Hills!

E FICOU PENSANDO: *SERÁ QUE AGORA ELES VÃO GOSTAR MAIS DE mim? Um pouquinho?*

Cortes rápidos

— ORA, SKYLER! QUE SURPRESA AGRADÁVEL!

Com ar distraído, a mamãe beijou seu *homenzinho* na lateral da testa afogueada, no exato momento em que, infelizmente para o *homenzinho*, entrou um esperadíssimo telefonema da Agência de Modelos StarBright no celular da mamãe.

— PARABÉNS, SKY-BOY! PLIS, NÃO É? E UMA FAQUINHA DE OURO sensacional para a sua lapela, hein? Isso deve ser algum tipo de "sociedade secreta" daquela sua escola, acertei? Eu achava que elas eram proibidas no Externato Fair Hills, mas, que diabo, sorte sua, filho. Daqui a anos, esse alfinetinho na lapela será como o alfinete da Épsilon Pi do papai, e sabe-se lá que portas poderá abrir para você.

Com ar distraído, o papai correu os nós dos dedos brincalhões pela cabeça do Skyler, enquanto ia se servir de um drinque muito necessário.

E HOUVE TAMBÉM A BLISS, QUE PISCOU FEITO MÍOPE PARA O minúsculo alfinete de lapela que o irmão lhe estendeu, e que tinha a forma de uma chama vertical de ouro:

— É para mim, Skyler?

Skyler deu uma risada ríspida.

— Não! Para quebrar a monotonia, é uma coisa para mim.

Foi injusto. Foi cruel. A Bliss adorava o Skyler. E o Skyler sabia que não devia agir assim.

— É bonito, Skyler. É que nem... um alfinete? Para usar?

Skyler explicou o que o diretor lhe dissera — "PILS": "Potencial para Ivy League Superior" — e contou como ele lhe apertara a mão. Disse como era especial usar um alfinete PILS para quem era aluno do Externato Fair Hills, porque significava que ele estava no percentil mais alto.

— "Per-cen-til"... o que é isso?

— O mais alto dos altos.

Mesmo enquanto se gabava, Skyler sentiu o vazio da sua fanfarronice, pois ali estava sua irmãzinha caçula, a fitá-lo com olhos pensativos de admiração, chupando o dedo.

Pobre Bliss! Passara a maior parte do dia treinando no rinque. Hora após hora, treinando seu número para a competição Hershey's Kisses, para a qual faltavam apenas cinco dias. No fim da tarde, mamãe a levara ao consultório da Dra. Bohr-Mandrake para uma sessão de terapia e ao do Dr. Muddick para tomar injeções. Pela maneira cautelosa como Bliss se sentava na beirada da cama, Skyler presumiu que seu bumbum devia estar doendo.

Pelo que o Skyler tinha entreouvido nos últimos dias, a patinação da Bliss não vinha correndo tão bem quanto a mamãe desejava. Skyler supôs que devia ser aquela droga de dor fantasma do tornozelo esquerdo da Bliss, que pulava da perna direita do irmão para o tornozelo dela e do tornozelo da Bliss para a perna do irmão, que nem um resfriado passando para lá e para cá entre irmãos.

Em tom mais brando, o Skyler disse:

— Todos os garotos espertos da escola prefeririam ser você, Bliss! Uma campeã de patinação!

Bliss deu um sorriso vago:

— É mesmo? Por quê?

— Porque aí eles receberiam atenção! Iam ter fotos nos jornais e aparecer na TV!

Bliss continuou com seu sorriso vago. (Às vezes o Skyler sentia uma onda de impaciência: a Bliss parecia *retardada*.)

Num daqueles gestos de magnanimidade de irmão mais velho que reverberam até este exato momento, como sinal de que o Skyler grosseirão/invejoso às vezes sabia ser bonzinho, ele prendeu o alfinete PILS na gola da Bliss:

— Isso vai proteger você, Bliss! No sábado que vem.

Bliss agradeceu ao irmão, prendendo as lágrimas.

— Você também vai me fazer um coração de tinta vermelha, igual ao seu?

(Espalhadas por lugares secretos do corpo do Skyler, inclusive a palma da mão esquerda, havia pequenas "tatuagens" de tinta vermelha, do tipo das exibidas por seus colegas de turma bandidos. Mas ninguém podia saber das "tatuagens" de Skyler Rampike, porque ele não pertencia a nenhuma gangue e achava que, se os outros garotos soubessem, ficariam com raiva.)*

— Não! A mamãe ia descobrir e ficar zangada.

É que a mamãe conhecia cada centímetro do corpo da Bliss. Tudo o que tinha a ver com a Bliss a mamãe sabia.

— Para quando eu patinar, Skyler! Um coração de tinta vermelha.

Mas Skyler abanou a cabeça, nããão.

Como a Bliss estava sem professor particular, Skyler tinha se oferecido para ajudá-la com o mesmo material da primeira série que os preceptores haviam tentado ensinar à menina, sem nenhum sucesso: o alfabeto, a cartilha e outras leituras muito simples, os números e a aritmética mais elementar. Mas Bliss progredia muito pouco e perdia o ânimo com facilidade. Skyler percebia uma rejeição fundamental, talvez até metafísica, do próprio conceito de Realidade Objetiva por parte da sua irmãzinha docemente teimosa: é que a Bliss não conseguia compreender por que, por exemplo, seis vezes seis "tinham que ser" 36, e não 66; e como era possível, se a pessoa subtraísse ("tirasse") 12 de dez, que a resposta "tivesse que ser" menos dois? (E como explicar "menos dois" a uma criança cética? Bliss sorria, como se desconfiasse de uma brincadeira, uma espécie de brincadeira sonsa do papai, para fazê-la acreditar numa coisa boba e depois rir dela. E, muitas vezes, perguntava ao Skyler, com ar de dúvida: "O papai acreditaria nisso?" Ou então: "A mamãe acredita nisso?") Era muito frustrante para Skyler que, o que quer que conseguisse ensinar-lhe, dias depois ela o houvesse esquecido: "É como se a minha cabeça fosse uma tigela de vidro cheia de coisas que escorregam, Skyler, e, quando você empurra coisas novas pra dentro, as velhas caem."

---

* Droga, isso é uma criancice banal, e estou entalado com ela! Mas os leitores atentos hão de perceber certa lógica em sua colocação canhestra neste ponto. Tal como nos mistérios policiais formais, é preciso plantar de antemão "dicas boas" e "pistas falsas".

Era verdade. A cabeça da Bliss parecia abarrotada. Quando a mamãe não estava com ela e a menina tinha permissão de ficar sozinha e quieta, Skyler percebia que a irmã ficava profundamente absorta em seus pensamentos e, pelos pequenos espasmos e tiques nos membros dela, e por aquele sorrisinho duro de boneca em que a mamãe insistia nas apresentações de patinação no gelo, Skyler sabia que a Bliss estava *treinando patinação* mentalmente, e sabia que esse *treino* podia ser tão cansativo quanto o treinamento real.

Igualzinho ao jeito como, em seus pensamentos febris, era comum o Skyler se apanhar reencenando de novo, mais uma vez, mais uma vez, aqueles momentos catastróficos em que sua curta vida fora irremediavelmente alterada no laboratório de ginástica olímpica, sob a tutela do russo Vassily Andreievitch Volokhomsky, no instante em que, cheio de coragem/atrevimento/desespero, o menino tinha agarrado as argolas e saltado no ar ▬▬▬▬.

Mas não: isso estava encerrado. Fazia muito tempo.

Bix Rampike tinha recebido uma soma "não revelada" da atormentada Academia & Ginásio Poliesportivo Medalha de Ouro e, como diria o papai com seu risinho matreiro, *Fi-ni-to.*

A aula desse dia com a Bliss era muito simples: ela deveria soletrar, em letras de forma, as palavras que Skyler proferisse ("cavalo", "cão", "menina", "casa" etc.) e as quais ela devia saber escrever, mas o menino resolveu fazer uma experiência, escrevendo o sobrenome dos dois, R A M P I K E, e pedindo a Bliss para copiá-lo "exatamente como você o vê"; e assim, segurando um lápis com força com a mão direita, a menina reproduziu, com grande esforço:

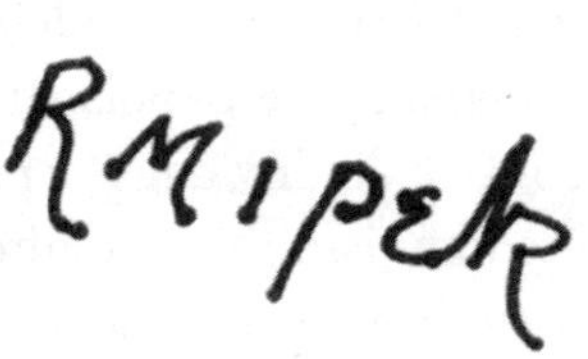

— BEM, O QUE VOCÊ ACHA?

Assim como, semanas antes, fazendo um floreio, o papai havia espalhado suas plantas da Casa dos Sonhos dos Rampike na mesa da sala de jantar, a mamãe, esbaforida, espalhou as "folhas de contato" da Bliss recebidas da Agência StarBright. Eram dezenas de fotografias coloridas de Bliss Rampike em poses de modelo, usando um sortimento de artigos de moda infantil da Patins Elite: calças de malha e pulôveres felpudos para treinamento, suéteres de gola alta e saiotes pregueados, collants com faixas coloridas, toucas de tricô com borlas, saias pregueadas de lã xadrez, tutus de tule e trajes de "corista" feitos de cetim e lantejoulas. Na mais teatral das fotos, Bliss fazia pose sobre uma superfície de gelo azulada e cintilante, com seus lindos patins de pelica branca Miss Elite Junior. Entretanto, embora estivesse de patins e no gelo, onde a Bliss Rampike comumente se sentia mais à vontade, na foto ela parecia dura, quase sem jeito, e seu sorrisinho meigo e tímido de boneca não convencia.

— Está bonita, fofinha! Minha menininha lindérrima e mais mió de todas! — disse o papai, que deu apenas uma olhadela superficial nas folhas de contato, pois segurava um drinque e tinha de ir a algum lugar (seu "escritório doméstico"?), mas que, nesse momento arranjou tempo para beijar a Bliss de leve no alto da cabeça.

— Espere, Bix! Essas fotos estão boas, você não acha? A Bliss está muito... cativante, não é?

Foi com animação que a mamãe falou, mas Skyler, de olhar arguto, viu que tal como a Bliss, a quem ela repreendia com muita frequência, a mamãe futucava nervosamente a unha do polegar.

— É claro! A Bliss sempre está. Qual é o problema, Betsey?

Papai falou no mais afável/paciente dos tons do papai doméstico. Com uma piscadela para o Sky-boy, indicando *Essas mulheres!*

— Bom, lá na agência eles estão dizendo que a Bliss está "dura" e "parece mais velha do que é". Que talvez ela precise de aulas de um curso para modelos, se quisermos esperar um contrato da Patins Elite.

— "Aulas de um curso para modelos." As modelos têm que ser ensinadas a ficar paradas para que alguém as fotografe? Ca-ce-ta! — papai riu, sugerindo que (1) estava sendo engraçado, mas (2) não estava fazendo gracinhas.

Mamãe protestou:

— Não seja bobo, Bix! O trabalho de modelo é... uma profissão. Não é qualquer um que pode ser modelo.

— Como não é qualquer um que pode ser *astrofisicista*, *paliontologista* ou neurocirurgião, hein? Ou uma mamãe alfa como *você* — e o papai deu uma risada agradável. Um rubor opaco foi subindo em seu rosto de garotão, de ossos marcantes.

— Ah, Bix! O seu sarcasmo *fere*.

Nessa hora, o papai protestou:

— Quem está sendo sarcástico? O papai só está querendo saber em quanto é que ele vai morrer nas "aulas de um curso para modelos", além das "aulas de patinação" et cetera.

As bochechas da mamãe ficaram vermelhas. Ela estava parada logo atrás da Bliss, abraçando-a frouxamente, enquanto empurrava as folhas de contato de um lado para outro, para que fossem mais bem examinadas.

— Bix, nem tudo na vida é o maldito "resumo da história". Existe a beleza e existe... a arte. Pela arte, as pessoas têm se sacrificado ao longo de séculos! Depois do Festival Hershey's Kisses da próxima semana, no qual a nossa filha é a favorita para ganhar a coroa de miss júnior, e do Desafio Feminino do Vale do Hudson, daqui a duas semanas, em Newburgh, a Bliss deverá ter tempo de sobra para o chamado curso de "imersão total" da StarBright, e a agência nos dará um desconto.

Papai deu uma risada pesarosa:

— Ora, isso é que é boa notícia! Por um instante, fiquei com medo de ter que desembolsar o preço integral.

Quando ele já ia dando as costas, mamãe puxou sua manga.

Skyler viu papai trincar os dentes. *Agora ele vai sacudir o braço e se soltar da mão da mamãe*, pensou; mas, como que para refutá-lo, e para desmentir a própria mamãe, que talvez esperasse por isso, não foi o que o papai fez.

— Bix, você acha mesmo que essas fotografias estão boas, não acha? Quero dizer... bonitas? Tivemos um trabalho danado para maquiar a Bliss e para montar suas poses...

— Eu já disse que estão, é claro. A menininha lindérrima e mais mió de todas do papai está sempre deslumbrante.

— Mas, Bix...

— Sim, Betsey?

— Lá na agência, eles estão dizendo... alguns deles... que a linha da raiz dos cabelos da Bliss é só "um centimetrozinho" baixa demais.

— Baixa uma ova! A linha do cabelo da nossa filha é ótima.

— Eles estão sugerindo eletrólise, para suspendê-la só um pouquinho. O efeito seria mágico, eu acho: a testa da Bliss ficaria mais alta e os olhos, maiores. A eletrólise é um procedimento simples, feito no consultório médico com um sedativo muito leve, e praticamente não exige tempo de recuperação.

Nesse momento, a Bliss, que estivera contemplando suas imagens vistosas espalhadas em cima da mesa, debateu-se nos braços da mamãe e pôs a mão na testa, na raiz dos cabelos:

— Eu não quero *letrólise*, mamãe. Não.

— Benzinho, nós já falamos disso. Não dói nada, só faz cócegas.

— Eu não quero *letrólise*, por favor, mamãe!

— Meu bem, nós podemos fazê-la juntas. A minha testa também sempre foi muito estreita! Agora é tarde demais para eu ser modelo ou patinadora, mas, assim mesmo, posso elevar a raiz do meu cabelo. Está bem, fofinha? Podemos fazer esse procedimento juntas, em Nova York, e nos divertirmos muito...

Papai interveio:

— Não. Acho que essa porra de "eletrólise" não é uma boa ideia para nossa filha.

— Bix! Olhe a linguagem, por favor!

— Betsey! Veja a sua linguagem, por fa-vor!

— A agência não recomendaria a eletrólise nem as aulas do curso de modelos, se não achasse que a Bliss tem um potencial genuíno como modelo infantil, ou até como atriz infantil. Eles a viram no gelo e são loucos por ela... literalmente, eu quero dizer. E a eletrólise não é cara, e não é perigosa, e...

— Eu disse não, Betsey. Você sabe soletrar? *N-Ã-O.*

— Bix, você não é o ditador desta família. Diabos, Bix, você não é o déspota.

— Não, não sou. Sou o pai dessa menina e pago a porra das contas por aqui, e estou dizendo que *não.*

— Bix, você ganha tanto dinheiro! Só a sua bonificação de Natal...

— Está certo, eu sou milionário. Multimilionário. E pretendo ser bilionário. E daí? Eu disse *N-Ã-O*, e é *N-Ã-O* mesmo.

Desajeitada, a mamãe recolheu as folhas de contato, como se o papai as houvesse emporcalhado, e mordeu os lábios para não choramingar. Indignado, papai saiu da sala feito um furacão, mas voltou quase de imediato para continuar a briga, enquanto a Bliss recuava, enfiando vários dedos na boca, e o Skyler observava com

(ESTÁ CERTO, NÃO SEI TERMINAR ESTA CENA. ACREDITE, EU BEM que tentei, e estou exausto de tanto tentar, e desisto. É raro um autor admitir diante dos leitores que *desistiu* — provavelmente, isso é inédito nos anais da literatura, ou seja lá qual for esta subcategoria. Mas Skyler Rampike, de 19 anos, quase chegando à porra* dos 99, *desiste aqui.*)

* Não me culpe pelo desbocamento do Bix Rampike! Toda porra de palavra grosseira que já saiu da minha boca remonta ao Rampike *père*, pode ter certeza.

VITÓRIA ESTRONDOSA (I)

CAMPAINHA!

A empregada dos Rampike, Lila Laong, correu para a porta. O quanto esse incidente foi peculiar, Lila Laong só o recordaria em retrospectiva.

Era o meio da manhã de 8 de janeiro de 1997: uma luminosa e fria manhã de inverno, apenas três dias antes da data em que Bliss Rampike competiria com outras nove pequenas patinadoras pelo cobiçado título de Princesa do Festival de Patinação Artística Feminina Hershey's Kisses de 1997, e menos de 24 horas depois de Bix Rampike deixar a casa 93 da alameda Ravens Crest (mas só temporariamente, segundo se acreditava, uma vez que o Sr. Rampike só fizera uma única mala e tinha apenas um par de sapatos, que estava usando). Mais uma vez a campainha tocou, com impaciência, pareceu, e a Lila abriu a porta, vendo na escada da frente, para sua surpresa, um entregador com um sorriso tenso, que "não estava com uma roupa direita de entregador", "um homem meio jovem, muito pálido", "ruivo e sem chapéu", "com um sorriso tão fixo que a boca parecia esticada", segurando um grande buquê de flores de primavera (tulipas, narcisos, junquilhos, narcisos-da-serra, extremamente fragrantes, e jacintos), o qual ele ofereceu "à Srta. Bliss Rampike" e que a Lila recebeu de suas mãos ligeiramente trêmulas, colocou num dos maiores vasos da Sra. Rampike e depositou numa mesa de tampo de mármore no vestíbulo, ao lado de um cartão escrito à mão com letra caprichada, como que de uma criança escrupulosa:

QUERIDA BLISS EU SEI QUE VOCÊ VAI VENCER NO SÁBADO E SERÁ UMA VITÓRIA ESTRONDOSA

PORQUE VOCÊ É UM ANJO NA TERRA, MINHA QUERIDA. A ORAÇÃO DO G.R. ESTÁ CONTIGO PARA SEMPRE, BLISS
COM AMOR, G.R.

O mais estranho nesse incidente foi que o "homem meio jovem", que "não estava com uma roupa direita de entregador", não levou as flores para Bliss Rampike num furgão de entregas, mas aninhadas na dobra de um dos braços, enquanto ele pedalava uma bicicleta.

Vitória estrondosa (II)

ANJO NA TERRA, MINHA QUERIDA.

De bicicleta, foi assim que ele chegou! E numa manhã de inverno luminosamente fria, e com o céu distante de um azul puríssimo, e com um sabor de Ártico no ar! Uma figura romântica e solitária, numa bicicleta inglesa de corrida com décadas de idade, em meio ao trovejante trânsito suburbano da Great Road, mas conseguindo, engenhosamente (porque era hipermóvel, além de ser uma espécie de acrobata, apesar de fatalmente atrapalhado na chamada vida real), aninhar o buquê desajeitado de flores primaveris na dobra de um braço; ele atravessou a alameda Woodsmoke, a alameda Hawksmoor e a travessa Pheasant, depois virou na sinuosa alameda Ravens Crest e pedalou até o fim dessa rua estreita, irregular e cheia de curvas, ultrapassando um único veículo, uma caminhonete do FedEx; manteve a velocidade estável na bicicleta, usando uma jaqueta castanho-acinzentada de imitação de camurça, bem ajustada em seu corpo esguio, um cachecol de listras alegres no pescoço e a cabeça descoberta, apesar do frio, de tal modo que seu cabelo vermelho-acobreado, como o de Percy Shelley, era um rasgo de chama naquela monótona paisagem hibernal de Dürer.* Que figura marcante seria ele, se houvesse alguém observando na alameda Ravens Crest (tal como, numa tela de TV em sua cabeça, *ele* sempre observava, porque nunca deixava perder *a si mesmo* de vista)! Se um entrevistador invisível lhe perguntasse por que ele havia tornado sua tarefa tão difícil, se não traiçoeira, ao levar aquele buquê de flores para

* Shelley, Dürer: impressionante, não? É só a ponta do iceberg da educação aleatória mas classuda do Skyler Rampike na escola particular de ensino médio, da qual você, leitor de sorte, será 99% poupado.

seu anjinho Bliss Rampike de bicicleta, saindo da casa de sua mãe, na Piper's Lane nº 29, no modesto setor "proletário" de Fair Hills, a 3 quilômetros dali, ele diria, com uma balançada do cabelo ruivo feito chama e um sorriso desconcertante: "A bicicleta é mais pessoal. Ando de bicicleta por todo lugar que posso, inclusive no inverno."

E era verdade, perguntaria o entrevistador invisível, que ele tinha feito esse perigoso trajeto mais de uma vez, mais de várias vezes pela sinuosa alameda Ravens Crest, amiúde ao anoitecer, sem ser detectado, levando consigo sua pequena e leve videocâmera japonesa, para gravar qualquer vislumbre fugaz que pudesse ter do seu anjinho, pelas janelas do térreo da ampla casa colonial da alameda Ravens Crest nº 93? Se uma pergunta tão empolgante lhe fosse feita à queima-roupa, que outra resposta haveria, senão uma balançada muda do cabelo cor de chama e aquele sorriso desconcertante?*

---

* Irca! Entrar tão abruptamente na cabeça de um lunático, onde, com certeza, quero estar tão pouco quanto você, leitor.

Beijos de chocolate

— DA PRÓXIMA VEZ, TODOS REZAREMOS COM MAIS EMPENHO.

Isso porque, com seu traje chique de veludo chocolate-escuro, de mangas justas e corpete "cintilante", a Bliss não chegou lá. Com sua sainha de tule curta, diáfana e coquete, com um vislumbre provocante das calcinhas de renda branca por baixo, a Bliss não chegou lá. Apesar do pequeno crucifixo de ouro, pendurado no pescoço numa corrente de ouro fina, e dos brinquinhos de ouro para combinar, a Bliss não chegou lá. Apesar do cabelo muito louro (descolorido, quase imperceptivelmente quebradiço), encantadoramente trançado com fitas metalizadas (para sugerir o papel que embrulhava os Hershey's Kisses), e do rostinho meticulosamente maquiado como o rosto de uma boneca antiga e caríssima de porcelana, a Bliss não chegou lá. Apesar das meias arrastão brancas e dos patins Miss Elite Junior de pelica branca, e do sorriso tenso cristalizado nos lábios, que eram um perfeito botão de rosa, ela não chegou lá.

Tantas horas! — dias! semanas! — de exercícios de patinação no rinque de Halcyon, cheio de correntes de ar, com a mamãe fazendo gravações escrupulosas em videoteipe, a fim de que as apresentações pudessem ser analisadas pela treinadora, Anastasia Kovitski, e pelo coreógrafo, Pytor Skakalov; tantas horas de dança sobre patins ao som das fogosas batidas do *Bolero*, esse clássico kitsch da patinação artística feminina de competição; tantas consultas com o dr. Muddick, o Dr. Vandeman, a Dra. Bohr-Mandrake e o Dr. Rapp, e também com Kai Kui (acupunturista/nutricionista, caso o leitor tenha-se esquecido); tantas injeções de SuperGrow, Vitamina C Superconcentrada, HCCAI e HTT e similares nos lugares mais tenros do corpo da Bliss, e outros tantos miligramas de Nixil, Nilix, Serenex, Excelsia, Zomix etc.; tantas horas daquele detestável "aparelho" dentário e tantas horas execráveis no Salão de Beleza Fair Hills (onde o cabelo da Bliss era "clareado" e onde a equipavam com dez unhas postiças perfeitas, para esconder suas unhas quebradas e lascadas); tantas preces ardorosas que começavam por "Pai Celestial" e "Querido Jesus" e, ainda assim, *ela não chegou lá*.

Desde o começo, o Skyler sabia.

Antes mesmo que a Bliss entrasse deslizando no gelo e a multidão irrompesse em aplausos, e o refletor se fixasse vorazmente nela, Skyler sabia.

Ainda que, na verdade, a Bliss houvesse começado sua apresentação de patinação e dança com o que pareciam ser sua agilidade e velocidade habituais, passados sessenta segundos percebia-se que havia algo errado. Seus longos arabescos para a frente e para trás, em geral impecáveis, tornaram-se hesitantes e instáveis, como se o tornozelo esquerdo a fizesse sentir dor. Um giro, um spin, um spin com um salto — os lábios da Bliss, com seu brilho cor-de-rosa, entreabriram-se com o esforço; ela ficou sem fôlego, arfante. Suas mãozinhas agitaram-se como pássaros atingidos. Os olhos reluziram de surpresa e medo. A plateia, que apenas minutos antes dera uma acolhida muito calorosa à SRTA. BLISS RAMPIKE, DE FAIR HILLS, NOVA JERSEY, aquietou-se. Quando a gravação do *Bolero* pulsou em direção a seu clímax, como uma jiboia em convulsões, de repente a Bliss tropeçou e caiu; caiu com força; mas conseguiu reerguer-se sobre as lâminas dos patins, atrapalhada, com uma expressão de susto e embaraço. Com que inclemência o holofote fixou-se nela, expondo-a aos olhares dos estranhos! Que silêncio desceu sobre a arena, como que numa execução! Terminada enfim aquela provação, a patinadora humilhada saiu do gelo mancando, em meio às palmas dispersas de um aplauso vazio, e lá veio Betsey Rampike pegar a filha e levá-la para longe dos refletores, abraçando a menina com força, como que para protegê-la com o próprio corpo, e dizendo, com um sorriso luminoso e valente, que não se deixava intimidar, alto o bastante para que sua voz fosse captada pela equipe de filmagem da rede ABC:

— Da próxima vez, todos rezaremos com mais empenho.

Traumatismo

REALIDADE CONTUNDENTE: 18 DIAS DEPOIS DE SE CLASSIFICAR em sétimo lugar na competição de Hershey, na Pensilvânia, Bliss Rampike estava morta.

Coração de tinta vermelha

FAZ UM CORAÇÃOZINHO VERMELHO PRA MIM, SKYLER? COM PERSISTÊNCIA infantil, ela implorou *Faz pra mim um coraçãozinho vermelho igual ao seu, Skyler? Por favor!* E assim fez Skyler: "tatuou" com tinta vermelha um coraçãozinho na palma da mão esquerda da Bliss. É que era a noite anterior à noite da véspera do sétimo aniversário da menina, quando o papai voltaria, porque o papai tinha prometido, e havia um desejo de que o aniversário dela fosse alegre, depois daquela coisa terrível que havia acontecido no concurso de patinação na Pensilvânia, da qual ninguém na casa dos Rampike queria falar, nem a mamãe, nem o Skyler, nem a Lila nem a Bliss, porque era tão vergonhoso que não se conseguia pensar naquilo sem uma sensação fria e enjoativa na boca do estômago; a própria mamãe não queria falar do assunto, exceto para dizer, com sua voz maternal animada, que *Da próxima vez todos rezaremos com mais empenho! E teremos mais fé.*

Desde o acontecido na Pensilvânia, a Bliss começara a se portar como uma criança muito menor. Uma criança irritadiça, uma criança voluntariosa, uma criança arredia, uma criança que chupava o dedo, urinava na cama e exasperava o irmão mais velho, por se agarrar a ele e segui-lo pela casa, entrando até mesmo em seu quarto, embora ele tentasse fechar a porta para impedi-la — "Vá embora, Bliss." Mas Skyler também sentia pena dela, assim como sentia pena dos infaustos esquilos que eram atropelados com muita frequência na alameda Ravens Crest. (Quando era o papai que atropelava um esquilo, ele se retraía e encolhia os ombros, dizendo: "Sinto muito, parceiro. Nada pessoal." Quando era a mamãe, ela gritava: "Ah, não, de novo não! Diabos!") E assim, Skyler "tatuou" um coraçãozinho vermelho na palma úmida e macia da mão da irmã, para combinar com o coraçãozinho desenhado em sua própria palma da mão esquerda, e Bliss estremeceu e riu (porque "tatuar" aquele lugar macio fazia cócegas) e o abraçou com força pelo pescoço: "Obrigada, Skyler!" Os beijos dela eram aspirados e pegajosos, e Skyler teve a sensação de que sua própria respiração estava sendo sugada. Bliss olhava obsessivamente para o coraçãozinho na palma da mão, abrindo e fechando o punho, e a expressão em seu rosto pálido e magro era de uma concentração tão intensa que fazia pensar: *Essa criança está sofrendo.*

Era de se pensar *Não há nada que se possa fazer por essa criança.*

Com uma sensação de culpa, Skyler se perguntou: se ele houvesse pintado um coraçãozinho vermelho na palma da mão da irmã, ou em algum outro lugar secreto do corpo dela, como a Bliss lhe havia implorado, ela teria sido protegida do mal no concurso de patinação? Aquele evento vergonhoso, transmitido em rede nacional pela televisão, teria deixado de acontecer? Covardemente, no entanto, Skyler não se atrevera a isso, porque a mamãe teria visto e teria ficado furiosa com ele, e, de qualquer modo, teria limpado imediatamente o coração de tinta vermelha. Quando se zangava com seu homenzinho, a mamãe tinha um jeito tão áspero de falar com ele, como se ele a houvesse machucado — "Skyler, deve haver um demônio em você! Um demônio enorme, para um menino tão pequeno!" —, que o fazia sentir-se terrível.*

Desde o acontecido na Pensilvânia, era comum a mamãe estar fora quando o Skyler voltava da escola (onde? Lila tinha apenas o número do celular da mamãe, para telefonar numa emergência) e, quando estava em casa, ela tendia a ficar em sua saleta particular no segundo andar da residência, falando em tom urgente ao telefone, sem a menor disposição de ser perturbada pelos filhos: "Vão embora! Façam companhia um ao outro! É para isso que vocês são dois."

---

* Mas não arrependido. É que as tatuagens eram talismãs da sorte de que o Skyler precisava para sobreviver no Externato Fair Hills, e também em casa, talvez. Nas aulas, no banheiro dos meninos, em seu quarto domiciliar, ele desenhava compulsivamente adagas, caveiras, aranhas, cobras e as iniciais secretas CK na parte interna de antebraços e cotovelos, nas coxas e na barriguinha chata, tanto em tinta vermelha quanto preta, quase sempre em pontos escondidos embaixo da roupa. A tarefa de esfregá-las até saírem competia à Lila, que nunca perguntou o que significavam as tatuagens feitas com tinta nem denunciou Skyler à mãe dele, como se a empregada filipina da casa dos Rampike entendesse a magia desesperada da tatuagem.

A mamãe só estava brincando, é claro! Mamãe adorava seu homenzinho e adorava sua filhinha, mais do que nunca.

A questão é que houvera uma briga com o papai: o papai queria que a Bliss "nunca mais patinasse — nunca!", mas a mamãe estava decidida a fazer a carreira da Bliss continuar (logo depois do fracasso na Pensilvânia, mamãe havia despedido Anastasia Kovitski e Pytor Skakalov, e ambos a estavam processando por rompimento de contrato, e a própria mamãe estava processando a StarBright por rompimento de contrato, depois do súbito desinteresse da agência em representar a carreira de modelo de Bliss Rampike), e Skyler os entreouviu brigando no quarto principal, no fim do corredor do segundo andar: *Você não vai tirá-la de mim, seu miserável! Ela é minha filha, é minha, e o Skyler é meu, não nos destrua, por favor!* A voz elevada da mamãe parecia o grito de um pássaro ferido, e a voz do papai era mais baixa, abafada, e por isso o Skyler só conseguia distinguir palavras isoladas: *Ei, eu amo vocês, amo todos vocês, mas isso é inegociável, sacou?*

Inegociável. Skyler gostava do peso dessas sílabas.

Nessa época, ora o papai estava "fora", ora "em casa", e nem sempre dava para fazer a distinção. Era impossível acompanhar Bix Rampike nessas semanas cruciais de janeiro de 1997, a não ser para assinalar que, quando o pai de Skyler voltava para casa depois do trabalho e jantava com a família, era comum ele e a mamãe parecerem se dar às mil maravilhas, como se não houvesse problema algum entre os dois, mas apenas problemas imaginados pelos filhos; noutras ocasiões, a tensão era tamanha que a Bliss ficava agitada demais para comer e o Skyler tinha que pedir licença e sair correndo da mesa, feito um crustáceo ferido, e se esconder em seu quarto lá em cima, para observar batalhas de vida ou morte entre pelotões de Guerreiros do Exército de Robôs.

— Skyler, o que quer dizer o papai ser "pai"?

Skyler deu de ombros.

— Ele é, só isso.

— E a mamãe?

— A mamãe o quê?

Bliss perscrutou o irmão, como se tentasse decodificar o que ele queria dizer. Agora que não estava se exercitando na patinação durante horas a fio, todos os dias, e que continuava sem um novo preceptor, seus dias em casa eram muito solitários. A vovó Rampike lhe mandara um livro infantil ilustrado, chamado *O dirigível flutuante*, que era para crianças muito menores, mas a Bliss o estudava com fascinação, corria os dedos sob o texto escasso e movia os lábios, formando as palavras. Àquela altura, já devia ter decorado a história simples da menininha de roupa branca antiquada que (por imprudência e curiosidade) entrava no cesto de um imenso dirigível negro e era carregada pelo céu, enquanto seus pais dominadores e aristocráticos corriam atrás dela, aos gritos, mas a Bliss insistia em que o irmão a lesse para ela, repetidas vezes.

Do mesmo jeito que havia insistido em que Skyler desenhasse o coraçãozinho de tinta vermelha na palma de sua mão, como se ela mesma não pudesse desenhá-lo.

Bliss perguntou, chupando o dedo:

— Skyler, por que nós ficamos com eles?

— Com quem: a mamãe e o papai?

— Por que nós somos *deles*?

Skyler tornou a dar de ombros, embatucado. Se a mamãe estivesse ali, teria dado um tapa no dedo da Bliss, para que ela o tirasse da boca. Não com força, mas de maneira resoluta. Sentiu-se tentado a fazer o mesmo.

— Porque a mamãe e o papai são nossos pais. É por isso que somos deles. Não seja idiota.

— Mas... por que Skyler? Por que eles são nossos *pais*?

— Porque são, ora. Todo mundo sabe disso.

— Sei, mas... por quê? Por que eles são, Skyler?

— Porque... eles *nos tiveram*. É por isso.

— Eles compraram a gente?

Skyler começou a se sentir desorientado, como se o chão se inclinasse sob seus pés. Bliss o fitava com tamanho anseio, cravava os olhos azul-cobalto em seu rosto com tamanha intensidade, que ele teve uma vontade enorme de fugir da sala.

Ali perto, na cozinha, Lila preparava o jantar. Ainda era o começo da noite, mas fora das janelas da sala de recreação estava escuro como à meia-noite. Mamãe ainda não tinha chegado de sua consulta das quintas-feiras com a Dra. Stadtskruller, se é que não era com o Dr. Screed ou com o Dr. Eustis, e Skyler não fazia a menor ideia se o papai chegaria a tempo da hora do jantar, ou se estava trabalhando no escritório até mais tarde, ou se seria obrigado a passar a noite no apartamento da empresa em Nova York. Por sorte, nem mamãe nem papai estavam ouvindo essa conversa: a mamãe não gostava dessas perguntas "bisbilhoteiras" da Bliss e não gostava que o Skyler "fizesse as vontades" dela; o papai achava "mórbidas" essas perguntas, não importava quem as fizesse.

— As pessoas não "compram" os filhos, Bliss! Não seja tão... — hesitou, sem querer dizer *idiota* pela segunda vez, pois tinha visto como essa palavra depreciativa fizera a irmã se encolher — ... boba. Todo mundo sabe de onde vêm os bebês.

Bliss remexeu-se tanto no sofá que *O dirigível flutuante*, que estava aberto em seu colo, escorregou e caiu no chão.

— Sabe? De onde?

Em tom evasivo, Skyler respondeu:

— "Ter um bebê" é o que o homem e a mulher fazem juntos, quando se casam. É assim que eles sabem que o bebê é deles. Eles o fazem.

— "Fazem"? A mamãe e o papai "fizeram" nós dois? Como?

Skyler teve de admitir que isso era implausível e alarmante. Tentou se lembrar do que Calvin Klaus lhe dissera com tanta veemência: *trepar juntos, buraco entre as pernas onde o pau se encaixa*. Alguma coisa era injetada dentro da mulher e virava um bebê na barriga dela — como? Skyler não conseguia imaginar. Seu cérebro piscou feito uma lâmpada prestes a queimar.

Bliss declarou num tom mais baixo, como quem contasse um segredo:

— A mamãe disse que Jesus vai gostar de nós de novo, se a gente tiver fé, mas disse que talvez a gente *seja* má e deva morrer. Quer dizer, a mamãe e eu.

Bliss estava coçando a cabeça do jeito que a mamãe detestava. As *unhas postiças* bonitas tinham sumido, e as da própria Bliss estavam roídas e lascadas, e quebravam com facilidade. Em sua bochecha aparecera um espasmo que dava a impressão de que ela estava rindo e piscando o olho, com ar travesso.

— Seria um lugar especial, para a mamãe e eu. E Jesus estaria lá. A mamãe chama isso de "ir pra casa". E o papai não estaria lá.

Inflamado, Skyler perguntou:

— E eu estaria onde?

— Com a gente não. Seria só a mamãe e eu.

— Ah, é? E onde fica esse lugar especial?

— A mamãe sabe. Jesus sabe.

Skyler sentiu um arrepio de pavor. As palavras de sua irmã eram, ao mesmo tempo, extremamente claras, mas confusas, como tantas vezes eram as palavras da mamãe, desde o acontecido terrível na Pensilvânia.

Bliss acrescentou, com a voz tristonha:

— Sabe de uma coisa, Skyler? A mamãe e o papai não gostam mais de mim. Desde que eu levei um tombo no gelo, ninguém gosta de mim.

E Skyler se apressou a dizer:

— Eles gostam, sim. Eu gosto.

E Bliss retrucou, em tom de dúvida:

— Gosta, Skyler? Por quê?

E ele respondeu: — Porque você é minha irmã —, ao mesmo tempo que se perguntava se era por isso, se essa era uma razão legítima, e se, caso aquela garotinha de olhar tristonho e cheia de tiques não fosse sua irmã, se a Bliss não tivesse um irmão chamado Skyler, alguém gostaria dela. (E por que uma pessoa gostava de outras?, ele se perguntou.)

Na cozinha, Lila cantava uma de suas músicas tristes e alegres, que ela lhes dissera ser uma canção dos seus tempos de menina, num lugar muito distante. Eles tinham perguntado à Lila se ela sentia saudade daquele lugar e a Lila dissera que não, porque o carregava dentro de si. Mas, pela expressão meiga e triste nos olhos da empregada, Skyler via que não era verdade. Nesse momento, a Bliss estava dizendo:

— Fiquei pensando no tempo antes de eu nascer, e em quem estava aqui, e se eles sentiam falta de mim.

E Skyler retrucou, sem pensar:

— *Eu* estava aqui. Antes de você nascer. Só a mamãe, o papai e eu, e nós não sentíamos sua falta.

Bliss piscou os olhos devagar, absorvendo esse dado. Pareceu prestes a falar, mas não conseguiu. E Skyler emendou depressa:

— Mas, se você fosse embora agora, Bliss, eu ia sentir sua falta.

O QUE VOCÊ FEZ?

— ACORDE, SKYLER!

Mamãe o sacudiu, porque Skyler não conseguia acordar.

A mamãe estava agitada, parecia culpá-lo, e o menino tentou acordar, mas não conseguiu, porque sentia a cabeça pesada feito chumbo, e os cílios estavam grudados feito cola.

— Skyler, por favor! Eu não consigo encontrar a Bliss.

De madrugada, a Bliss tinha aberto a porta dele. Era a terceira vez que acordava o irmão naquela semana, e Skyler se ressentiu dela e cobriu a cabeça com um travesseiro, fingindo não ouvir sua vozinha abalada, *Skyler! Aconteceu uma coisa na minha cama um acidente ruim na minha cama*, porém o menino irritado se recusara a atendê-la dessa vez, resmungando, revoltado, *Vá embora, Bliss! Não vou me levantar, limpe a cama você mesma*, e depois não conseguia lembrar se isso tinha mesmo acontecido, ou se fora um sonho, porque mais cedo, nessa noite, logo depois de ele se deitar (mais ou menos às nove horas), a mamãe tinha entrado no quarto dele, trazendo os comprimidos da hora de dormir, que (Skyler não tinha certeza) ele já havia tomado com a Lila, como fazia todas as noites, com leite morno e biscoitos, ou então com o creme de maçã especial da Lila, salpicado de canela, que Skyler e Bliss adoravam. Mas a mamãe tinha entrado no quarto, brincando: "Eu conheço os seus truques, Skyler! Os seus e os da sua irmã, vocês escondem os comprimidos num canto da boca e, quando não há ninguém olhando, cospem tudo fora, você e a sonsa da sua irmã, vocês dois têm que ser vigiados." A mamãe tinha rido, e seus olhos estavam lustrosos feito reflexos no espelho. "Mas vocês não podem evitar, são filhos dele. E você é filho dele. Foi *ele* que escolheu o seu nome." E assim, Skyler havia tomado os comprimidos (de novo), só que lhe parecera haver um comprimido a mais, uma cápsula branca e grande que ele não havia reconhecido, porque era mais fácil tomar os remédios do que despertar a raiva da mamãe àquela hora da noite. E mais tarde, acordado por uma pressão intensa na bexiga, uma necessidade terrível de urinar, ele conseguira sair da cama aos tropeços, cruzar o corredor e entrar no banheiro, e na volta para o quarto tinha visto luz embaixo da porta da sala particular da mamãe e, como um menino num sonho que não era inteiramente seu, tinha ido até a porta entreaberta e a abrira com hesitação, vendo a mamãe com sua camisola de seda cor de champanhe e, por cima dela, o roupão branco quentinho de tecido felpudo que a mamãe usava quando o papai não estava em casa, porque esse roupão a fazia parecer gorda e ela não queria que o papai a visse com ele. Mamãe estava à escrivaninha, apoiada nos cotovelos, de cenho franzido e resmungando consigo mesma, debruçada sobre uma folha de papel, segurando uma caneta do jeito que a Bliss segurava a caneta no punho direito, escrevendo em letras de forma que o Skyler vislumbrara de cabeça para baixo, a uma distância de metros. Mamãe tinha levantado os olhos, com um sorriso assustado:

— Ora, Skyler, o que está fazendo de pé? Que horas são? Sua... corujinha!

Mamãe tinha falado em tom de brincadeira, mas Skyler havia percebido que ela ficara aborrecida com a interrupção; e a mamãe não gostava que os filhos a espionassem, nunca. Na escrivaninha, ao lado dos braços esparramados da mamãe, estavam uma garrafa cor de âmbar-escuro, com um rótulo que exibia um papagaio de um verde vivo, e uma caixinha de pílulas brancas.

— Já que você está acordado, benzinho, como se soletra "armeaçar"?

— "Armeaçar"?

— É. "Armeaçar."

— Você quer dizer "ameaçar", mamãe?

Ela piscou os olhos devagar, como se estivesse confusa, e depois disse, com um dar de ombros:

— Ora, deixe para lá! Vocês, os varões Rampike, são muito espertinhos, não é? Com um cromossomo "Y" enfiado no rabo.

A mamãe tinha vertido o líquido âmbar num copo e bebido, e dera uma risada, e despachara Skyler com um gesto negligente.

Na manhã seguinte, papai viria buscar a Bliss — para "um passeio especial de aniversário, só o papai e a sua menininha lindérrima e mais mió de todas", com o qual mamãe havia relutantemente concordado, já que a mamãe tinha planejado uma "festa de aniversário de verdade" para a Bliss no dia certo do aniversário, para a qual papai não fora convidado. Fazia dias que a Bliss não falava de outra coisa. Papai ia levá-la para almoçar no Hotel Plaza, em Nova York, e depois ia levá-la à matinê de um musical da Broadway, *A princesa prometida*, e depois lhe mostraria o novo apartamento em que ficava quando "tinha negócios" na cidade — não o apartamento pertencente à companhia, mas, ao que parecia, o apartamento do próprio papai, no Central Park South, com vista para o parque. Skyler não tinha motivo para ficar com ciúme da Bliss, porque (1) era aniversário dela, não dele, e (2) o papai tinha prometido levá-lo para ver os Knicks jogarem na cidade, e nessa ocasião também lhe mostraria o novo apartamento. E agora a mamãe sacudia o Skyler para acordá-lo, porque o menino estava muito sonolento, e a mamãe lhe puxou as mangas do pijama e disse "Skyler, deixe-me ver os seus braços"; e, antes que ele pudesse impedi-la, mamãe o arrastou à força para a luz, e por isso as fileirinhas borradas de adagas pretas/corações vermelhos foram reveladas na parte interna do seu cotovelo esquerdo. "Deve haver um diabo dentro de você! Isso é horrível. É pagão. A mamãe já não avisou?"

Envergonhado, em culpa, Skyler teve vontade de se esconder. Mas onde?

A mamãe afastou as cobertas da cama do filho — como se, de algum modo, a Bliss pudesse estar escondida embaixo delas, enroscada ao pé da cama.

— Onde está ela? Onde está a Bliss?

Mamãe parecia desvairada, irracional, ajoelhando-se para espiar embaixo da cama, tropeçando até o closet do filho, onde foi apalpando as roupas penduradas, ajoelhou-se e saiu tateando pelo chão em meio aos sapatos do Skyler, feito cega. Como se a Bliss pudesse estar escondida no closet do irmão, no chão. Skyler perguntou se a mãe já havia olhado lá embaixo, e ela respondeu que Sim!, é claro que havia olhado lá embaixo, havia procurado em toda parte, mas a Bliss tinha sumido. Mamãe arrastou o Skyler consigo pelo corredor e entrou no berçário, onde o abajur da Mamãe Ganso junto à cama desfeita da Bliss emitia uma luz suave e morna, que se perdia no brilho mais luminoso da luminária do teto. Skyler viu que os lençóis e o colchão da Bliss estavam manchados, e um cheiro acre, inconfundível, fez suas narinas coçarem. Mamãe dava socos nas coxas, meio entre soluços:

— Que menina malvada! De novo! De propósito, só para me fazer pirraça!

Skyler ficou indeciso, como se a culpa fosse sua, e sim, ele seria responsabilizado, pois a mamãe se voltou contra ele como se de repente o visse por um prisma novo e terrível, e o encarou, implorando:

— Skyler, o que você fez com a Bliss? Você a levou, não foi? Para onde?*

* Este relato doloroso da recordação que o Skyler tem da noite da morte de sua irmã difere em aspectos pequenos, mas (possivelmente?) significativos, da narração feita na Parte I. Como explicar isso? Estou perplexo.

Rigor mortis

ESSES EVENTOS CONFUSOS ACONTECERAM APROXIMADAMENTE entre 6h20 e 6h37 de 29 de janeiro de 1997. Procurei ser fiel — o leitor impaciente talvez se queixe de que fui fiel demais — à experiência das impressões gerais do Skyler, com seus 9 anos. Só dali a mais três horas é que o corpo de sua irmã seria descoberto pelo aflito pai deles,* Bix Rampike, num canto escuro da sala das caldeiras na casa dos Rampike, já endurecido pelo *rigor mortis*.

* Os leitores escrupulosos devem ter descoberto aqui um erro de uso da língua que o editor e o copidesque deixaram escapar: deles deveria ser dele. É que um cadáver (não) é (mais) um agente humano capaz de ter pai. Leitor, você tem razão. Mas eu me recuso a alterar o que escrevi, sabe por quê? Porque até na morte, mesmo nas garras do *rigor mortis*, para mim a minha irmã Bliss ainda está viva.

IV

Póstumo

Para sempre

E TODOS LEVARAM UMA VIDA TERRÍVEL PARA TODO O SEMPRE.

“Aos nove anos, suspeito da morte da irmã”

NÃO DERRAMOU UMA LÁGRIMA.

Chorava sem parar!

Um dia se identificariam vestígios do seu DNA na echarpe de seda vermelha usada para amarrar os pulsos de sua irmã acima da cabeça, numa pose “sedutora” no piso imundo da sala das caldeiras.

O CABELO CAIU. O CABELO “CASTANHO-ACINZENTADO” E ONDULado do menino, aos tufos.

Semanas depois da morte da irmã, o couro cabeludo arranhado, escamado e irregular do irmão parecia o de uma criança com câncer, fazendo quimioterapia.

E os olhos: “assombrados”, de “zumbi”, de “fantasma”.

MUDO. (EXCETO SE SOZINHO, OU AO SE IMAGINAR SOZINHO, quando então gemia, choramingava, soluçava, ria, resmungava, “conversava”.)

PORQUE ELE É UM MENINO NERVOSO.

Porque ele é um menino disléxico.

Porque ele sofre do Distúrbio do Déficit de Atenção.

Porque o neurologista acredita que talvez ele tenha uma disfunção no hipocampo.

(Hipocampo? “Cérebro superior”, onde fica armazenada a memória.)

Porque ele tem apenas 9 anos.

Porque ele está com 9 anos há muito tempo.

Porque, apesar de estar prestes a completar 10 anos, ele continuará para sempre com 9 anos.

Porque ele não sabe nada do que aconteceu com a irmã.

Porque ele nos contou, a nós, seus pais, tudo o que sabe. E não sabe nada.

Porque, se ele já soube alguma coisa, não consegue se lembrar.

Porque conhecemos nossos direitos como pais.

Porque nossos advogados nos orientaram.

Porque somos uma família cristã devota.

Porque temos fé em Deus.

Porque ele gostava muito da irmãzinha.

Porque ele é inocente. Sabemos que é inocente.

Pelo fato de nossa filha ter sido sacrificada, não vamos perder nosso filho também.

Necrópole

NOS ANTIGOS TÚMULOS EGÍPCIOS DO TIPO FREQUENTADO POR turistas ricos norte-americanos, dizem que há "murais inacabados" nas paredes. E hieróglifos de milhares de anos que contam fragmentos da história de antigos faraós e deuses.* Deve ter sido uma crença

* Como é que eu sei disso? Não há de ser por experiência pessoal! Nos meses que se seguiram à morte da minha irmã, parece que um parceiro de squash e amigo do papai, Morris Kruk, andou nos visitando com frequência, porque meus pais o haviam contratado (e, com o tempo, contrataram também o Sr. Crampf, do prestigioso escritório de advocacia Kruk, Crampf, Burr & Rosenblatt, de Fair Hills) para "proteger os direitos, a privacidade e a reputação da família Rampike"; e pouco tempo antes, o Sr. Kruk fizera com sua família um cruzeiro pelo Nilo e uma visita guiada pelas Grandes Pirâmides. E, embora Skyler não devesse ouvir o Sr. Kruk discutir a situação jurídica dos Rampike, ele tinha permissão para ouvir o criminalista discorrer, em seu tom afável, embora belicoso, sobre assuntos neutros. (Morris Kruk! E Josh Crampf, que também veio a ser muito admirado. Os advogados caríssimos dos Rampike, que viriam a bloquear brilhantemente toda e qualquer tentativa da polícia de Fair Hills de entrevistar meus pais, ou eu mesmo, a propósito da morte de minha irmã. Após uma entrevista preliminar na delegacia de polícia, nenhum dos Rampike jamais voltou a ser questionado. Como os detetives jamais reuniriam provas suficientes para convencer o promotor de que convinha expedir mandados, intimações ou citações em nome de qualquer dos Rampike, colocando-os sob a custódia da polícia para serem interrogados com vagar, semanas, meses e até anos se passariam no que alguns observadores chamaram de um coma jurídico.+

+ Lamento introduzir uma nota de rodapé numa nota de rodapé! Mas preciso deixar registrado aqui que, quando o leitor foi originalmente apresentado ao advogado criminalista Morris Kruk, no capítulo intitulado "Aventuras em Encontros Lúdicos — II", o autor (isto é, eu) não deu nenhum indício de que um dia, dali a pouco tempo, Morris Kruk seria o advogado da família Rampike, contratado horas depois da descoberta do corpo de Bliss na sala das caldeiras da nossa

da religião deles que esses murais/histórias deviam permanecer inacabados, já que os mortos da Antiguidade não estão exatamente mortos, mas num estado de suspensão; e assim, penso que este maldito documento/"confissão" meu, que me suga a alma feito um morcego-vampiro grudado na minha artéria carótida, ficará inacabado — "provocantemente incompleto", "absurdamente fragmentado" —, por mais que eu trabalhe nele com empenho, de maneira prolongada e obsessiva e com enorme angústia. *Perdoe-me, leitor, não tenho como evitá-lo.*

---

casa. Quando o entrevistador de televisão B_W_ perguntou a Bix Rampike por que os pais tinham sido tão rápidos na contratação de um advogado, por ocasião da morte de sua filha, ele respondeu: "Para prevenir juízos precipitados. O choque e o luto não nos cegaram para o emaranhamento jurídico que certamente teríamos pela frente."

Promessa!

A MAMÃE JUROU. A MAMÃE PROTEGEU. A MAMÃE MENTIU PELO bem do seu homenzinho. *Aquele coraçãozinho vermelho na palma da mão esquerda da nossa filha? Foi a própria Bliss quem o desenhou. Era para ser um talismã, para dar sorte.*

O DIRIGÍVEL NEGRO, 2007

— CACETE! NÃO CONSIGO RESPIRAR!

Dezesseis horas. Ininterruptas. O quarto cheirava a gases intestinais, a decomposição orgânica.

Baixou um pânico em mim, eu *tinha que sair*.

No dia seguinte ao do aniversário da Bliss. Um estranho pôr do sol em janeiro. A sensação de que havia algo errado. Não era apenas que ela estivesse morta — fazia dez anos que ela havia morrido, e eu sabia disso —, mas é que as 20h deveriam trazer a escuridão, a escuridão noturna, e não a luz do dia.

Será que tinha havido um incêndio na autoestrada? Reflexos de chamas sinistras nas nuvens acumuladas no céu, que eu vi ao me ajoelhar no chão do quarto e espiar, ansioso, por entre as fissuras inclinadas da persiana. Estava errado um sol flamejante às 20h, no fim de janeiro em Nova Jersey.

Peguei a jaqueta com o capuz de amarrar e desci a escada aos tropeções. Pela expressão do meu rosto, era forçoso as pessoas saberem que eu era maluco e quererem manter distância de mim, e no entanto:

— E aí, mano, como vão as coisas?

Em tom evasivo, resmunguei que iam bem. Tudo bem.

Era um colega inquilino a ser evitado, desde que eu topara com ele, no mês anterior, no Departamento de Liberdade Condicional do Condado de Middlesex.

— Você é do 3C, né? Parece que tem correspondência.

Era verdade. Na fileira de caixas de correio de latão manchado e amassado instaladas no vestíbulo, na caixa amassada do 3C, lá estava um único envelope, quase indiscernível, em meio ao lixo postal da mala direta.

— Meu Deus! Agora não.

Felizmente, não havia ninguém acompanhando Skyler Rampike, que parecia ter se transformado num tipo suado e fedorento que resmungava *Meu Deus!* de dois em dois minutos e metia as unhas no rosto comichoso, com a barba por fazer.

Correspondência endereçada a Skyler Rampike era uma raridade. Ele tivera amigos, uns poucos, na escola, sobre os quais teremos mais a dizer depois, mas nenhum desses amigos sabia onde ele estava, e fazia algum tempo que ele se afastara da família. A única correspondência que lhe chegava a intervalos regulares, com a precisão de um relógio, de quatro em quatro semanas, na primeira segunda-feira do mês, vinha em envelopes timbrados de um escritório de advocacia de Pittsburgh, o Crunk, Swidell, Hamm & Silverstein,* mas o tamanho, o formato e a cor do envelope mal discernível na caixa de correio amassada (meio pequeno, quase quadrado, num tom de damasco pálido) foi um soco no estômago, dando um sinal de que aquela carta não viera da única pessoa de sua vida antiga/anterior que sabia onde Skyler morava.

— E aí, mano, algum problema?

— Não! Problema nenhum.

Eu tinha de fugir. Correr/capengar pela rua Pitts, sem saber para onde diabos estava indo.

---

* Leitor desconfiado! A esta altura, você já andou se perguntando como é que Skyler Rampike, um desistente escolar de 19 anos, desempregado/impossível de empregar, podia arcar até mesmo com sua vida no sórdido quarto de aluguel da rua Pitts, em New Brunswick. Certo? A verdade é que Skyler tornou-se beneficiário de um fundo de pecúlio feito por sua avó, Edna Louise Rampike, na época da morte dela, em março de 2003, após uma longa doença exacerbada pela MACI ("Melancolia Aguda Crônica do Idoso"), que atacou pela primeira vez a anciã aparentemente indomável no fim do inverno de 1997, no turbilhão que se seguiu ao assassinato (ainda não solucionado e divulgado com sensacionalismo) de sua neta. Pobre vovó Rampike! Não só a perda da neta querida, mas também o incessante "denigrescimento" e "pisoteamento" do orgulhoso sobrenome Rampike, parecem ter destruído Edna Louise por completo. Ainda assim, ela arranjou tempo para reservar em seu testamento um pequeno fundo de pensão em nome do neto Skyler, "como compensação parcial pela dor e pela angústia suportadas por esse menino", o que rendia a Skyler, através de cheques nominais emitidos a seu favor pelo testamenteiro de Edna Louise Rampike, G. Gordon Swidell, a modesta soma de quinhentos dólares por mês. Não é grande coisa, você deve estar pensando, e tem razão, mas era com essa soma que o Skyler conseguia "se arranjar". Geralmente.

Mano! De quem é que Skyler Rampike era *mano*?

O desgraçado do joelho estava doendo. Eu tinha esquecido a bengala.

Dezesseis horas! E tudo que eu conseguira escrever tinham sido aqueles capítulos concisos — enigmaticamente concisos? — intitulados "Para sempre" (alguém aí quer fazer a fineza de registrar esta simples oração declarativa, aprimorada com precisão?), "Aos Nove Anos, Suspeito da Morte da Irmã" (originalmente, o texto tinha 27 páginas de prosa hesitante), "Necrópole" (a voz abrasiva de Morris Kruk ressoando em meus ouvidos) e "Promessa!" (a voz apavorante da mamãe, infiltrada até a medula dos meus ossos), e, afora isso, um completo colapso mental/espiritual.

O que você está tentando dizer é indizível.

Olhar para a Morte. A própria face da Morte. Indizível.

Através de centenas de páginas — milhares? —, acreditei que o simples ímpeto de redigir, o impulso da língua, haveria de me levar à morte da Bliss, a qual desta vez eu veria. Resoluto, inflexível e corajoso, eu veria aquelas mãos agarrarem a criança adormecida em sua cama e lhe cobrirem a boca com fita adesiva antes que ela pudesse gritar, e atarem seus pulsos e tornozelos também com fita, e a carregarem para o porão e para dentro da sala das caldeiras, e lá eu veria o que aconteceu, o que foi levado a acontecer por alguém que Bliss e eu conhecíamos, ou por uma pessoa de fora que houvesse penetrado na casa com a intenção de sequestrar (?), estuprar (?) e assassinar (?) minha irmã; finalmente eu veria de que modo, por cima da fita adesiva apertada, a echarpe de seda vermelha (muito amarrotada) tinha sido amarrada, prendendo os pulsos da Bliss acima da cabeça, como que numa pose "sedutora"; eu veria de quem tinham sido as mãos que lutaram com a Bliss para forçá-la a se abaixar no piso imundo atrás da caldeira (para ser exato, atrás da caldeira à esquerda de quem entrava na sala das caldeiras, pois eram necessárias duas para aquecer a casa espaçosa dos Rampike, e foi atrás da mais recuada delas que o cadáver da Bliss veio a ser descoberto); eu veria de quem tinham sido as mãos que seguraram a cabeça desprotegida da Bliss e bateram com ela na parede de concreto, uma, duas, três vezes, sem atentar para o pavor da criança, e depois mais uma vez, e mais outra (segundo a estimativa do Dr. Elyse, a cabeça da Bliss foi batida na parede de concreto nada menos de cinco vezes, talvez até sete), embora o frágil crânio da menina se houvesse fraturado quase de imediato, esfacelando o osso e fazendo os grumos ensanguentados de tecido cerebral escorrerem por seu cabelo. Tudo isso eu deveria ver, e desse modo eu saberia. Mas não soube.

Skyler! O que você fez com a sua irmã

Para onde você levou a Bliss? Skyler, você tem que contar à mamãe

Atravessei a Pitts no cruzamento com a Livingstone, e segui pela Livingstone, onde homens de capacetes duros trabalhavam numa escavação: podia ser mais estranho? Depois das oito horas da noite? E tendo nevado? Uma neve branca de ofuscar, que parecia tão falsa quanto isopor.

Havia alguma coisa errada. Devia ser na cabeça do Skyler.

Ninguém deve saber   Skyler

A mamãe e o papai vão proteger você

O DISCO LUMINOSO DO RELÓGIO, DO TAMANHO DE UMA CALOta, na parede acima da entrada da loja 7-Eleven. Eu o olhava fixo, tentando compreender que horas eram: o ponteiro preto comprido parado no um, o curto e gordinho parado no oito.

Essa era uma loja da vizinhança na qual o balconista indiano passara a me reconhecer. Ele era um indivíduo distinto e ainda moço, nascido na Índia, reservado, de olhar atento e de infalível gentileza. Não fazia ideia do meu nome, mas tinha alguma ideia do meu rosto. É que nos Estados Unidos não é possível esconder completamente o rosto em público. E a visão de algo mais do que habitualmente contorcido e exaltado no meu rosto o deixou em alerta, apesar de ainda risonho.

— É... de noite? Ou de manhã?

Minha pergunta foi premente demais para ser brincadeira. O balconista indiano deu um sorriso inseguro.

— Manhã.

Manhã! De algum modo, eu tinha perdido um dia. (Ou perdera uma noite.)

Essa loja 7-Eleven tinha sido assaltada por jovens armados, uma garotada de apenas 14 anos. Um outro balconista, muito provavelmente parente desse homem, tinha sido agredido semanas antes e hospitalizado. E agora Skyler Rampike entrava mancando na loja, esbaforido e agitado, numa jaqueta surrada cujo capuz escondia boa parte de seu rosto caucasoide esquisito. E suas mãos tremiam.

Era impossível para esse cavalheiro indiano (que deveria ser dentista, médico, engenheiro, mas em vez disso era gerente de uma loja 7-Eleven num bairro dilapidado de New Brunswick, trabalhando em turnos de doze horas para garantir que seus filhos se formassem em Princeton com máximo louvor) saber se esse guri branco estava chapado (só podiam ser cristais de metanfetamina), ou se, em termos mais gerais, era um doente mental que confundia manhã com noite e noite com manhã. Ou talvez fosse um indivíduo excêntrico, quem sabe um aluno de pós-graduação, um desistente escolar ou um gênio, desses que existem nas margens das universidades, feito elefantes desgarrados a uma certa distância da manada.

Com a intenção de ser amável, Skyler embarcou num discurso nervoso:

— Desculpe que lhe diga, mas eu espero que o senhor esteja mais protegido do que parece estar. Estou vendo a câmera de vigilância virada para mim, mas espero que o senhor tenha pelo menos um taco de beisebol escondido embaixo do balcão. Tipo assim, se alguém tentar assaltá-lo de novo. E é provável que isso aconteça, com o seu horário de funcionamento, até tarde da noite ou de manhã cedo, e com esses usuários de drogas por aí, mas por favor não pense que eu sou um deles, não sou. O senhor... imagino que esta loja seja um negócio da família, não é? Ou será que essas 7-Elevens são "franquias"? Vocês merecem mais do que... Muito mais do que...

Mas Skyler não sabia direito o que estava dizendo. Ou por que se emocionara tanto, de repente. Constrangendo e perturbando o balconista indiano distinto, que não tinha ideia do que responder.

E aí, não tive certeza de haver realmente dito essas palavras em voz alta, nem soube se, como uma mensagem de texto, as palavras teriam entrado em silêncio na minha cabeça e dela saído em silêncio.

E você nunca deve falar disso Skyler
Nem mesmo com Jesus

A essa altura, eu havia encontrado o que tinha entrado na loja para comprar. Levei os produtos para o balcão, onde o balconista aguardava, com seu sorriso atento e gentil.

— Mais alguma coisa, senhor? Cigarros?

Senhor! Mas o balconista não tinha intenção de ser zombeteiro, ao que parecia.

— Não, obrigado.

Só podia ser registrado como estranho: o garoto caucasoide trêmulo e esquisito, de olhos insones e a feia barba de vários dias por fazer, não estava comprando sua pechincha habitual de comidas vagabundas e embalagens de seis latas de refrigerante diet, com uma quantidade de cafeína que lembrava a estricnina, e sim uma lata de 150 ml de fluido de isqueiro Hercules e uma caixa de fósforos (tamanho pequeno) Five Star Kitchen.

COMPRAS ESTAS DO JOVEM A SER IDENTIFICADO COMO SKYLER Rampike, de 19 anos, da rua Pitts, em New Brunswick, que só viriam a adquirir o que os filósofos definem como *significado importante* se o dito rapaz as usasse para algum propósito significativo naquela mesma manhã.

NO PARQUE DE VEGETAÇÃO MIRRADA EM QUE, NA PRIMAVERA anterior, Skyler Rampike fora rudemente detido, à força, pela polícia de New Brunswick, no que os meios de comunicação tinham chamado de "batida antidrogas". Viciados (brancos maltrapilhos e negros), traficantes (negros), prostitutas (raças mistas) e cafetões (negros). E Skyler Rampike, anteriormente de Fair Hills, Nova Jersey.

Mesmo assim, o Parque Raritan era o meu parque. Tinha que ser. E, agora que eu havia entendido que não era entardecer, e sim manhã, sentia-me muito mais esperançoso. O episódio da loja 7-Eleven tinha sido uma coisa boa.

Quando a sua vida é um filme, ou mesmo que não seja, você pode "desconstruí-la" em episódios: "cenas". E pode analisar essas "cenas" em retrospectiva, extraindo delas um *significado* que não era evidente no momento em que você as viveu; um *significado* que, diria um filósofo da mente, só passa a existir quando você o analisa numa linguagem coerente.

— Ei, cara, tá a fim de curtir um barato?

Não! Eu não.

Alguns metros adiante, na trilha enlameada:

— Cara, tá a fim de um barato? — mais beligerante, dessa vez.

Não! Agora não.

Só podia haver uma expressão doentia de ânsia em meus olhos e nos dentes trincados, que levava qualquer um a ver que eu tinha ido àquele lugar no desespero de arranjar uma cheirada ou um pico. Mas *não*.

— Prefiro me matar. Eu juro.

Fui andando/capengando para longe. É difícil pra cacete a gente se afastar com dignidade com a porra da perna *manca*. No passeio de concreto rachado à margem do rio Raritan, sob aquela luz sombria de Nova Jersey que parecia chumbo derretido. A neve começara a cair em flocos macios e úmidos, como botões de flor em miniatura. Neve derretendo no concreto e no rio. Um vento cortante, de rajadas súbitas, com gosto de metal, mas também de "podre" — impossível fugir do "podre" ali no norte de Nova Jersey.

Na escola mais recente de Skyler — "particular", "preparatória", "de segurança máxima" —, em Basking Ridge, Nova Jersey, o assunto tabu, o assunto mais empolgante, mais sinistro/mais profundo/mais delicioso do que sexo, era o suicídio.

Matar *a si mesmo*. Tirar *a própria* vida.

Um desafio! Qualquer fracassado podia apostar.

Para os leitores casuais que folheiem estas páginas, será que sua atenção foi fugazmente captada pelo *Manual do suicida: 22 dicas para uma saída segura*? Ou, melhor ainda, por *Como morrer sem tornar a meter os pés pelas mãos: Manual para a geração desgastada*.

No caso de Skyler, ele ponderou que talvez não "doesse" muito: assim que o fósforo fosse riscado, presumindo-se que o palito (de madeira, mal-acabado) não quebrasse, assim que a chama minúscula saltasse para a roupa encharcada do fluido de isqueiro, a pessoa entraria em choque, certo? O choque significava a pressão sanguínea despencando, a falta de oxigenação do cérebro, a mente indo embora, sem possibilidade de voltar atrás. Como diria o papai, *Fi-ni-to*.

Ou, como diria a mamãe, *Ninguém ficará sabendo, Skyler, jamais*

Fui andando/capengando acima do barranco feito de pedras imensas e disformes, que brilhavam com a neve derretida, o gelo derretido, os cacos de vidro quebrado, as agulhas descartadas pelos drogados. Ali ficava a projeção de rocha coberta de pichações da qual, meses antes, uma garota de dezesseis anos (branca, fugida de Summit, em Nova Jersey), fumando cristal com o namorado, de algum modo — "acidentalmente" — havia escorregado e caído, indo morrer nas pedras, 9 metros abaixo. O barranco, lugar de romances sórdidos à noite, quando drogados jovens e ainda bem-apanhados ficavam juntos, era, portanto, um local apropriado para a "autoincineração" — a "imolação".

No céu, um cúmulo-nimbo gigantesco. Maciço, disforme. Na cadeira de ciências naturais da escola Hodge Hill, Skyler tinha aprendido os nomes das nuvens. Havia desenhado e rotulado formas de nuvens e tirara nota dez. Nas provas do meio do período letivo.

É uma coisa que não se costuma notar, a beleza das nuvens. Até a beleza ameaçadora. Tudo aquilo que não se vê. Mas que existe. Não o lixo nem as pichações, nem os bancos virados/quebrados do parque, mas as árvores. Lindas árvores, altas pra danar. Talvez sejam carvalhos de troncos grossos. Ramos esqueléticos nesta estação de frio, sem folhas, mas com grumos de neve úmida que parecem botões de flores. A crueldade dessa beleza, que está fora e além de nós.

Minha perna direita latejava de dor. Mas era a velha dor consoladora. Dor fantasma, era assim que a mamãe a chamava. Mas a dor do Skyler Rampike sempre o tornou especial. Assim como a dor da Bliss a tornava especial.

"A Bliss tinha que morrer. Porque era especial."

Já então eu estava andando com uma muleta improvisada, um galho quebrado de árvore. Muitas vezes, quando o sujeito é "desafiado" pela dor, tudo de que precisa é uma pequena correção da marcha, uma redistribuição do peso. Havíamos passado a dor fantasma para lá e para cá entre nós e, agora que a Bliss se fora, essa dor permanecia com o Skyler.

Vozes alteadas, gritos. "Ei, cara!", "Porra, cara!" Garotos jogando basquete sob a neve que caía fraquinha. Eram só uma tabela e um aro sem rede, mas os garotos com idade para estar no curso médio (negros, grandes) conseguiam fazer cestas, pulando e gritando com uma intensidade febril. Skyler não pôde deixar de observar e admirar. Como sabe o leitor, Skyler nunca foi atleta, nem mesmo admirador de atletas; o que é o corpo físico senão, essencialmente, algo que *deixa o indivíduo na mão, quando mais se necessita dele*? Essa era a crença do Skyler.

Também ali perto, aproximando-se do Skyler pela trilha, vinham uma jovem negra robusta empurrando um bebê num carrinho e tendo ao lado uma garotinha de 3 ou 4 anos, e elas conversavam e riam e estavam tão cheias de vida que, quando passei por essa pequena família, não pude deixar de sorrir para a jovem mãe, para o bebê no carrinho e para a menininha, cujos olhos brilhantes e escuros se ergueram para os meus com reserva, o dedo indicador na boca — uma linda criança, com os olhos arregalados de medo e interesse —, e então me veio a ideia de que talvez esse não fosse o momento para eu me punir, talvez esse não fosse o lugar. É preciso mais audácia para viver. Senti uma onda de exultação: eu poderia voltar para o meu quarto miserável de aluguel, poderia retornar à minha tarefa, sem esperança de "concluí-la", porque a história de Bliss Rampike estava fadada a ser uma história que nunca se concluiria. Sorri ao pensar que, se eu não tinha visto o rosto do assassino da minha irmã, pelo menos não vira o meu próprio rosto.

Eu machuquei a Bliss, mamãe?   *fui eu*

Não!   *Você não, Skyler*   *você nunca*

— Com *licença.*

Na calçada, a pouco mais de um metro de distância, de frente para mim, postava-se a jovem negra de tez clara, agitada. Havia surgido do nada. E o bebê se agitava no carrinho, e a menininha de olhos negros chupava o indicador, meio escondida atrás das pernas fortes da mãe.

— Você está nos seguindo? Por quê?

— Eu... estava? Não estava.

Por algum motivo, eu tinha voltado pelo mesmo caminho da ida. Logo adiante ficava um parquinho com balanços, gangorras, caixas de areia cheias de lixo e uma piscininha infantil, na qual a neve se depositava em grumos e tiras misteriosos, imitando nadadores infantis que há muito não estavam ali. A neve cadente derretia-se na calçada e na pele aquecida do meu rosto. Sem saber o que fazia, eu parecia ter dado meia-volta uma vez — duas? Três vezes?

A mulher falou alto. Seu rosto jovem tinha ossos pronunciados como a borda de uma pá e seus olhos estavam saltados e fixos, fuzilando-me com uma espécie de diversão emocionada e selvagem.

— A minha filha perguntou: "Por que aquele homem está olhando pra mim?" Ela está com medo, moço. E eu não gosto disso.

Pedi desculpas depressa. Eu não pretendera assustar ninguém.

— Se o senhor não parar de nos seguir, moço, sabe de uma coisa? Vou chamar a polícia.

Havia lógica nisso. Eu não pretendia contestá-la. Encurvado sob a jaqueta com capuz, recuei.

Capengando para longe e usando o galho de árvore como bengala, Skyler fugiu.*

---

* Na verdade, foi muito pior do que isso. O que eu tivera a esperança de evocar em "O dirigível negro" — os leitores de olhar arguto hão de notar o tropo poético sutil! — tinha sido a pungente epifania de Skyler sobre a morte em vida e a vida na morte, bem como sua decisão (corajosa? quixotesca?) de voltar à redação deste manuscrito exaustivo; o que de fato aconteceu foi menos pungente do que brutalmente cômico, ou talvez apenas brutal: enquanto Skyler se afastava capengando da jovem mãe enfurecida, de repente ele foi agredido pelos garotos que jogavam basquete ali perto, foi esmurrado, socado, jogado no chão e chutado repetidas vezes. É que se tratava de meninos negros indignados, e quem poderia censurá-los? Rasgadas a jaqueta surrada e as calças, com os bolsos virados pelo avesso, as notas e moedas soltas levadas — um total de quase 25 dólares —, assim como as compras recentes feitas na 7-Eleven, e com um último pontapé no rosto, lá ficou o Skyler caído, chiando para respirar, gemendo, sangrando (nariz e boca), contorcendo-se feito uma minhoca gigante na calçada fria, duríssima e inflexível de um parque urbano, ele não fazia ideia de onde, nem de por que tinha ido lá, do que lhe acontecera ou do que aconteceria quando se atrevesse a abrir os olhos inchados.+

+ Será que esta é uma forma dramática de terminar uma cena, com o infausto herói da narrativa sentindo medo de abrir os olhos? Na verdade, Skyler não tardou a abri-los e, quando o fez, seus agressores tinham sumido. A jovem mãe zangada e seus filhos tinham sumido. Até a imensa nuvem escura tinha seguido adiante. Skyler teve de perfazer o caminho de volta até a decrépita casa vitoriana da rua Pitts nº 111, mancando e se encolhendo, com a humildade do personagem secundário de filme que é empurrado para fora do enquadramento, e que é imediatamente esquecido tanto pelos espectadores quanto pelos arrogantes personagens principais, que passam para sua cena seguinte. Tudo que aguardava o azarado Skyler no patamar do segundo piso da casa de cômodos, onde possivelmente estivera à toa à sua espera, era seu amigo do escritório do Departamento de Liberdade Condicional de Middlesex: "Minha nossa, mano! Foi a negrada?"

“Memória recuperada!”

... AMAVA A MAMÃE DESESPERADAMENTE, ANTES MESMO DE HAVER desespero em nossas vidas...

VIDEOTEIPE INESTIMÁVEL!*

SKYLER, O QUE VOCÊ FEZ CONTE À MAMÃE, BENZINHO

Uma gravação de péssima qualidade. Imagem cheia de granulações, turva como se a cena se passasse embaixo d'água. O equipamento de gravação — uma câmera de vídeo compacta, ao que parece — foi segurado na mão, e a mão estava trêmula, e fosse quem fosse o dono da mão, o espectador não o veria.

A fita é apenas um fragmento. Tudo que restou foram 72 segundos de gravação.

A voz em off era abafada, aflita, inconfundivelmente feminina: *Diga, Skyler onde irmã foi você*

E a criança! Parecia ser um menino, embora seus traços faciais não fossem muito "masculinos". Imagem borrada e oscilante, como se ele estivesse mesmo embaixo d'água. Ou fosse uma daquelas figuras esquivas que perambulam por nossos sonhos, às vezes até parentes nos-

* O que o *National Enquirer* não pagaria por esse vídeo perdido! E a televisão sensacionalista! As redes nacionais de TV! Vazada para o magistral *New York Times*, a transcrição incompleta seria reproduzida *ipsis litteris*, e a figura sombria de Skyler Rampike aos nove anos seria estampada bem na primeira página do jornal, ainda que somente abaixo da dobra. É que esse vídeo, que o Skyler só tem uma vaga lembrança de ter visto no interlúdio tenso e cheio de suspense antes de seu pai ser convocado a ir para casa, e antes de o corpo de sua irmã ser encontrado na sala das caldeiras da residência, parece só ter sido visto pelo papai, pelo Skyler e pela mamãe, que fizera a gravação. Logo depois, ele desapareceu. Nenhum policial de Fair Hills nem tampouco os zelosos Kruk e Crampf, advogados dos Rampike, e mais tarde também Rosenblatt, tiveram o menor vislumbre dele. O que você acha que aconteceu com essa gravação incriminadora? Minha impressão é que o papai decidido e rápido no gatilho a destruiu antes que qualquer pessoa de fora fosse chamada à casa.

sos aos quais, de maneira muito perversa, faltam rostos com detalhes claros. O que o espectador consegue enxergar desse rosto de criança é que sua pele exibe uma palidez que não é natural, como se o sangue tivesse sido drenado, e parece suada; é um rosto pequeno, de formato triangular, como um rosto de serpente (ou será que quero dizer "cabeça de serpente"? será que as serpentes têm "rosto", propriamente dito?), e os olhos encovados têm pálpebras caídas (exaustão? evasão? culpa?) e são estranhamente vítreos (como bolas de gude?). O cabelo de tom claro do menino está despenteado, como se ele tivesse sido despertado do sono. A blusa do pijama de flanela tem um caimento estranho sobre o peito estreito, como se, já nessa tenra idade (ninguém lhe daria mais do que sete anos), ele houvesse aprendido a estratégia protetora de se encurvar e se encolher, para parecer menor do que era, mais jovem do que era e mais desamparado/inocente do que era.

Em tese, a gravação era colorida. Na realidade, a cor estava tão desbotada que mais parecia um velho filme preto e branco, do tipo que se vê quase exclusivamente tarde da noite na televisão.

Skyler?   conte-me o que   você fez
Onde   irmã
por favor?   A mamãe está

A câmera segurada na mão aproxima-se da criança amedrontada, que parece murmurar uma resposta. O que quer que ela diga, as palavras estão tão abafadas que não se consegue ouvir. Para piorar as coisas, o menino limpa o nariz e a boca com as duas mãos.

Skyler?   Diga-me, por favor   nesta casa?   procurei e procurei   fazendo uma das suas brincadeiras?   esconde-esconde?   diga à mamãe, nenhum de vocês será castigado, a mamãe jura

O menino olha fixo, com uma expressão vazia, como se não tivesse ouvido, ou se, tendo ouvido, não compreendesse o significado das palavras. Seus lábios se entreabrem, mas não sai nenhum som.

Ele limpa o nariz que está escorrendo, começa a chorar.

(FORA DO VÍDEO)

LEVOU SKYLER DEPRESSA PARA O BANHEIRO DELA. TIROU O PIJAma úmido do menino zonzo e sua própria camisola de seda. Puxou-o para o chuveiro com ela, murmurando *Vai ficar tudo bem, Skyler   A mamãe ama você e Jesus o ama   nunca perca a fé, nós vamos protegê-lo.* Passou xampu no cabelo do menino e no dela. Ensaboou e esfregou o corpinho magro dele, sobre aquelas pernas de filhote de girafa prestes a desabar. Ensaboou e esfregou seu corpo carnudo de mamãe, vermelho e acalorado por causa do chuveiro pelando. Quando o menino escorregou, ela o segurou pelos ombros magrelos para mantê-lo de pé. E depois, ele teve consciência de ela lhe segurar as mãos, primeiro a esquerda, em seguida a direita, e de lhe passar a lixa de metal sob as unhas dos pés e das mãos para limpá-las, e então, com o jeito brusco e a impaciência amorosa de uma mamãe ursa, enxugou-o com a toalha e lhe pôs roupas limpas, e em seguida se vestiu, e a essa altura já eram 7h48. Agora ela ligaria para o papai.

*

* Indicação de outro período de tempo perdido. Talvez tenham sido dois dias, talvez três. Depois dos capítulos anteriores. Apagados.

Aroma celestial

SKYLER, VOCÊ NUNCA DEVE   JAMAIS CONTE, NUNCA

Nem mesmo a Jesus, Skyler   Ele o perdoará, de qualquer jeito

Isto é fato: eu tinha pretendido encerrar o capítulo "O dirigível negro" com o Skyler abrindo bravamente e lendo a misteriosa carta, mas, quando ele topou com seu infortúnio inesperado no parque e se arrastou de volta para casa, derrotado, ficou evidente que o pobre garoto não poderia lidar com a carta naquele momento, com os dois olhos inchados, o sangue escorrendo de numerosos orifícios e cortes, e os nervos tão esfrangalhados que ele se sentia como se fosse uma coisa sacudindo dentro de uma lata. E assim se içou pelo corrimão escada acima, se encolhendo e choramingando consigo mesmo, desabou na cama ao entrar no quarto, e por isso durante dias* a caixa de correio do vestíbulo permaneceu fechada, até finalmente ficar tão entupida de lixo postal que o carteiro, irado, teve de enfiar os folhetos de propaganda pelas frestas da porta da caixa, e por fim, alguém (outro inquilino?, o zelador do prédio?) subiu a escada até o terceiro andar, socou a porta do 3C e perguntou em voz alta se havia alguém lá dentro, vivo ou morto, e com isso, enfim desperto do meu estupor, respondi que sim, ainda estava vivo; e logo depois desci e, com as mãos trêmulas, destranquei a caixa do correio, já que não tinha

---

* Na verdade, Skyler saiu do quarto aos trambolhões, durante esse interlúdio grogue, para ir ao pronto-socorro do Centro Médico da Comunidade de Livingstone, para que seus ferimentos mais profundos, que não paravam de sangrar, fossem limpos e costurados: a pálpebra esquerda, o lábio superior e a pele abaixo da narina esquerda. Que gratidão o Skyler sente pelo Centro Médico, onde nem mesmo os drogados brancos indigentes são rejeitados por falta de seguro de saúde! Os pontos podem ter sido dados de forma grosseira, e pode ser que o meu rosto fique marcado por cicatrizes pelo resto da vida, mas quem está se queixando?

alternativa, tirei a carta e fiquei olhando para ela, tentando pensar com coerência; devia ter sido a secretária de Swidell que havia encaminhado a carta para SKYLER RAMPIKE nesse endereço, embora eu tivesse pedido a Swidell que não me encaminhasse nenhuma correspondência, jamais. No entanto, ali estava ela.

No mesmo instante eu soube de quem era a carta e soube que a leria, apesar de ter jurado, vários anos antes, não ler mais nenhuma carta da minha mãe, Betsey Rampike, que eu temia como você temeria a mais venenosa das serpentes, e havia um endereço do remetente no envelope:

> CIA. EMANAÇÕES DO CÉU
> Ladeira das Magnólias nº 9
> Spring Hollow, Nova York 10590

E dentro dele, numa única folha de papel damasco-pálido docemente perfumada, lia-se em tinta aromatizada com lavanda, naquela letra conhecida como uma carícia dissimulada:

> 25 de janeiro de 2007
>
> Querido Skyler
>
> Por favor, vem me vizitar! Faz muito tempo que eu rezo para nos reconsiliarmos.
>
> Querido, o seu pai e esta mãe que ama você tinham boas intenções.
>
> Tenho rezado por você, querido.
>
> Logo farei uma cirurjia e rezo para ver você <u>antes disso</u>.
>
> Da mãe que o ama,
> "Mamãe"

Bilhete de resgate!

Caro Sr. Rampik

Nóis levou a sua fia & vai intregar ela si o senhor obedecer as nossas instrução. Mas, si não obedecer, não vai mais ver a sua fia linda e a culpa vai ser sua.

Tamos sabendo das suas transgressão nessa família que Deus abençuou, e agora nóis é a ira divina pra castigar as transgressão do Pai dessa casa. O senhor não levou uma vida decente, mais caiu no Pecado. Nóis levamo sua fia para o bem dela. Isto não é uma ameassa à toa, mas Deus ameassou o senhor em nome do Único Filho dEle. A sua fia vai ser devorvida em segurança pro senhor quando o seu coração merecer. Não estamo doido por $.

Cadê a sua fia, Sr. Rampik, o senhor deve tá perguntando. A resposta é: não tá nessa casa poluída pelo Pecado. A sua fia é uma pedra preciosa pra se guardar num Esconderijo Seguro, a uns 30 quilômetro daqui. NÃO CHAME A POLIÇA. NÃO CHAME O FBI. O senhor pode chamar o seu pastor. Ele vai servir nessa hora de provação. O senhor não anda levando uma vida familiar decente como Cristo mandou, Sr. Rampik, este é o preço da maldade espalada no mundo. Sua fia está correndo o risco de ir pro Inferno. Mas nóis devolve ela pro senhor, se o sehor se arrepender. Se voltar para os seus Voto Martimonial de amar e respeitar até que a morte separe. NÃO PEÇA AJUDA. NÃO ASSENDA AS LUZ DA CASA TODA. NÃO

LIGUE PARA POLIÇA, isso é uma Sentensa de Morte pra sua fia. Sr. Rampik, tamos de olho no senhor.

Vamos entrar em contato por telefone hoje de manhã. Só vamos concentir em falar com o seu pastor. NÓIS TÁ FALANDO SÉRIO EM NOME DO PAI. Olha a sua fia, que vai "assinar" pra dizer que está com a gente & que tá rezando pelo senhor.

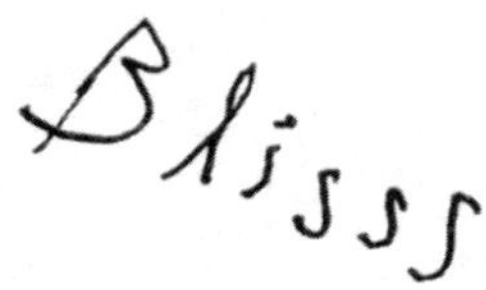

NÃO FALA COM A POLIÇA SR. RAMPIK, SUA LINDA FIA VAI SE JUNTAR AO SEIO DE JESUS NO PARAISO, PRA FUGIR DA MALDADE DESA CAZA. O SENHOR NUNCA VAI VER ELA DE NOVO.

O OLHO QUE "VÊ"*

* Que documento curioso, notório! A chave do mistério de quem matou minha irmã, e do porquê, parece estar nesse suposto "bilhete de pedido de resgate"... a não ser que não esteja.

"Fábulas imperfeitas"

Das fábulas e ações imperfeitas, as episódicas são as piores. Entendo por fábula episódica aquela em que a conexão entre os episódios não é conforme à verossimilhança nem à necessidade.

(Aristóteles, *Poética*, capítulo IX)*

MAS E QUANDO A FÁBULA, O ENREDO DA VIDA DE ALGUÉM, É "imperfeita" ou "episódica"? E quando há uma verdadeira escassez de "verossimilhança" e "necessidade" na vida do sujeito? *Terror incognita*, de um tipo do qual o altivo Aristóteles não fazia a menor ideia.

Como o bilhete de resgate, por exemplo.

Esse documento bizarro, atribuído a "O olho que 'vê'", não é o original, é claro, e sim a versão datilografada do autor de um documento rigidamente manuscrito; é uma tentativa de reproduzir o que Skyler viu aos 9 anos, sob extrema pressão mental, embora Skyler, aos 19 anos, se disponha a atestar que se lembra tão vividamente do documento como se o tivesse visto ontem. O original foi canhestramente escrito à mão, como que por uma criança pequena, numa única folha comprida de cartolina; a "assinatura" do nome errado de Bliss foi atestada como autêntica por alguns peritos em grafologia, mas desacreditada por ou-

---

* Ontem, tentando afanar alguma coisa de umas latas de lixo atrás de uma pensão próxima do campus da Rutgers, descobri um livrinho muito manuseado e anotado da *Poética*. Sinceramente, não é para impressionar os leitores impressionáveis que estou citando Aristóteles aqui, mas para fazer minha defesa do entendimento: este é um grito de *echt Angst* que vai além da reles tragédia sensacionalista da morte da minha pobre irmã, na tentativa de atingir algo próximo da Transcendência.

tros que a acreditam falsificada. Muito provavelmente, o leitor sabe que "O olho que 'vê'" nunca foi identificado.

De acordo com o depoimento de Betsey Rampike sob juramento, esse bilhete de resgate foi descoberto por ela aproximadamente às 8h10 de 29 de janeiro de 1997, hora em que a Bliss ainda parecia estar "desaparecida"; o bilhete fora posto numa mesinha do saguão de entrada da casa dos Rampike, dobrado ao meio como um cartão de cumprimentos, de modo a captar a atenção de qualquer pessoa que entrasse no vestíbulo.

No correr dos anos, esse "bilhete de resgate" veio a ser mais analisado do que qualquer outro na história. Todavia, nunca foi formalmente "incluído entre as provas" de qualquer julgamento num tribunal, ou sequer de uma audiência, pois nunca houve acusação formal no caso, nem detenções nem "réus".

Leitor, você abana a cabeça de incredulidade. Como Aristóteles, reage com desprazer estético a uma trama tão improvável. No entanto, *tudo que estou revelando aqui é verdade.*

É que de nada adianta adivinhar quem é "O olho que 'vê'": na legislação penal dos Estados Unidos, você tem que preparar uma tese para prová-lo.

Poluidor*

— BIX, QUERIDO! QUE DEUS NOS AJUDE, A BLISS SUMIU!

A ligação veio logo depois das 8h de 29 de janeiro de 1997. Soou na suíte 729 do Regency SuperLuxe Hotel, ao norte de Fair Hills, numa das saídas da autoestrada I-80, onde, por razões obscuras para seus filhos, mas abominavelmente claras para sua mulher, fazia alguns dias que Bix Rampike estava hospedado, indo de lá para o trabalho na Univers Inc., 14 quilômetros a leste. Era sábado: esperava-se que o papai chegasse à casa dos Rampike mais ou menos às 10h30, a fim de levar Bliss a Nova York com ele, para "comemorar, só nós dois" o sétimo aniversário da menina, que cairia no dia seguinte. Não se podia dizer que Bix Rampike tinha se "mudado" da casa da família na alameda Ravens Crest, pois estava claro que ele não o fizera, visto que só tinha levado pouquíssimas roupas e objetos de uso pessoal para o Regency; não se poderia dizer que Bix estava "separado" da mulher com quem fora casado por quase 11 anos, Betsey; e também não se poderia afirmar que o casamento dos Rampike estava "abalado", "conturbado", "em situação crítica", a não ser que isso fosse feito por fontes traiçoeiras, dessas que insistem no anonimato, tidas (pelos indignados Rampike, que não suportavam mexericos a seu respeito) como amigos/relações sociais/parceiros nos clubes exclusivos a que os Rampike pertenciam.

---

* Como dizem nos documentários de televisão, esta é uma "reconstituição".

Necessariamente, a maior parte deste capítulo foi imaginada. Mas, no momento em que o papai chegou em casa e recebeu da mamãe o bilhete de resgate, o Skyler estava na cozinha e correu para a porta a fim de escutar.

O raio do telefone tocando, e Bix mal conseguiu ouvi-lo acima do som trovejante do chuveiro. Xingando e se inclinando para fora do box, atrapalhando-se para tirar o fone da parede, acreditando saber quem estava ligando e o que ela lhe diria com sua voz rouca de fumante, que ele tanto ansiava por ouvir, e saber também como reagiria o seu corpo, avermelhado e formigando por causa do banho, Bix sorriu, e no espelho enfumaçado seus dentes brancos brilharam:

— Ei, *oi.*

Só que: quem diabos era essa? Não a mulher que ele havia esperado, mas — seria a sua mulher?

Sim, era Betsey, e Betsey estava agitada com alguma coisa, era impossível acompanhar o que dizia, e Bix, sem jeito e ressentido, teve de lhe pedir por favor para ir mais devagar, repetir o que tinha dito. Uma onda de cansaço o invadiu e o bom humor de segundos antes diminuiu prontamente, rodopiou na água cheia de sabão a seus pés e desceu pelo ralo, enquanto ele dizia a si mesmo que é claro que gostava da Betsey, é claro que amava a mulher com quem era casado havia... seriam quase 11 anos?, *11?* — porque Betsey era a mãe dos seus filhos, e você sabe como o Bix Rampike se sentia sobre os filhos: "O pecúlio mais sagrado que se podia confiar a um homem." Devia ter sido louco pela mulher ao se casar com ela, dada a sua fraqueza fatal por mulheres submissas e de carne macia, que o olhavam com indisfarçável adoração. Até quando uma delas o desancava como um safado egoísta, Bix as achava irresistíveis: o resumo *sin qua none* da história era que essas mulheres adoravam o seu pau, assim como a ele. Havia um lado negativo, é claro: essas mulheres eram hipersuscetíveis às mágoas e à histeria, suscetíveis ao desespero e à raiva, e de uma *carência* do cacete, uma puta carência enorme. Quando a Betsey fixava nele aqueles olhos bovinos castanhos e límpidos, isso o deixava fulo da vida, apesar (Bix tinha de admitir, era um grande entendedor nessa matéria) de os olhos serem bonitos; ela lhe telefonava com tanta frequência no escritório, que Bix tivera de instruir sua assistente a "manter a Sra. Rampike a distância", dando uma piscadela para a jovem sensual, de mechas louras no cabelo, que ele percebia que o adorava. Nesse momento, Bix Rampike teve certeza de que a pessoa que lhe telefonara nas primeiras horas da madrugada, pouco depois de ele voltar para o quarto (às 2h12), e que de novo o acordara de um sono pesado (às 4h06), só podia ter sido a Betsey; mas, nas duas vezes, quando ele atendera o telefone, a mulher tinha desligado depressa, sem se identificar. Não era a primeira vez, nesse casamento de — *11 anos?* —, que Betsey, atiçada pelo ciúme, irracional e nervosa, e convencida (não por engano, mas como é que ela sabia disso?) de que Bix estava "com" outra mulher, dava telefonemas desse tipo, para descobrir se o marido estava sozinho no quarto do hotel, como se acreditasse, ingenuamente, que a companheira de Bix atenderia o telefone e se revelaria. E neste momento, o que é que a Betsey estava tentando lhe dizer, com aquela voz furiosa em seu ouvido, mas desesperada, como uma mulher que tentasse despertar a atenção do marido que lia o jornal no café da manhã, por exemplo?

— Betsey, mais devagar! O que foi?

— ... pro-procurei na casa toda! Não con-consigo achá-la! Ah, Bix, venha já para casa.

— Como é, Betsey? Houve alguma coisa com... a Bliss?

— ... lhe disse que não consigo encontrá-la: ela sumiu do quarto, ah, Bix...

— "Sumiu"? O que você quer dizer? "Sumiu" como?

— Su-sumiu, *desapareceu*. Ah, Bix, venha nos ajudar, estou com... com medo de que... de que tenha acon-acontecido alguma coisa terrível...

Atrapalhado, Bix conseguiu fechar a água do chuveiro. Com seu tronco largo e espadaúdo, com uma ligeira gordurinha na cintura. Bix Rampike da pele acalorada, nu e gotejante, reluzente. A bela cabeça, lisa como a de uma foca, com o cabelo escorrido, e o pelo grosso e encaracolado do peito, barriga e virilha, brilhando de umidade. Era forçoso admitir que ele engordara uns quilinhos desde os tempos de Cornell, mas ainda era uma bela figura, ao menos de frente. Espremeu os olhos ao se examinar no espelho, inclinando a cabeça de lado: era isso mesmo. As mulheres o adoravam, que culpa tinha ele? Era típico da Betsey telefonar numa hora dessas. Era exatamente coisa da Betsey ligar quando ele estava no banho, e quando estava nu. A mulher tinha um instinto para lhe telefonar nessas ocasiões. Se tivesse podido ligar na noite anterior, quando ele estava com a ■■■, sobre quem a Betsey não tinha como saber, mas de quem tinha desconfianças paranoides, ela teria ligado. Agora, ela já falava em seu ouvido num tom calmo e severo de mamãe, não mais com a voz da Betsey histérica. Isso foi perturbador. Inquietante. É que, quando a Betsey se destemperava, a pessoa sabia que os sentimentos eram autênticos. Devia ser o Nixil começando a surtir efeito, devolvendo-a à "calma", à "serenidade" — em certas noites em que ela estivera bebendo, o remédio a deixava quase comatosa —, ou talvez fosse o Percodan ou o Excelsia, isso desde a derrota da Bliss no gelo em... onde fora mesmo? Em algum lugar da Pensilvânia. Coitada da Betsey! Bix Rampike tinha tamanho domínio sobre suas variações de ânimo e sobre o estado de espírito dos outros em sua vizinhança, que necessitava tão pouco de medicamentos "para melhorar o humor"/"para estabilizar o humor" quanto precisaria de injeções de testosterona na bunda, ou de esteroides. Era difícil não sentir desprezo por tamanha fraqueza feminina.

Mas agora a Betsey menos parecia fraca do que rígida, decidida.

Bix foi forçado a se perguntar se algum dia tinha ouvido Betsey falar daquele jeito.

Manuseando sem jeito a toalha enorme para se enxugar, ele indagou: — "Não consegue encontrá-la", a nossa filha? Você está falando sério? — E Betsey retrucou: — É claro que estou falando sério. Eu lhe telefonaria desse jeito se não estivesse? — E Bix perguntou, tentando manter o controle: — Escute, todas as portas estão trancadas? As janelas? Todas as janelas? Será que alguém poderia ter forçado a entrada? — E Betsey rebateu, com um lampejo de desprezo na voz: — Não seja ridículo, Bix: essa foi a primeira coisa que eu verifiquei. As portas, todas as portas que dão para fora. E as janelas. A porta da garagem, que você nunca se lembra de trancar. — E Bix sentiu o rosto enrubescer, pensando consigo mesmo: *Será que isso é um truque, uma brincadeira que ela armou com as crianças? Para fazer o papai se sentir culpado e tratar de correr para lá?*, e então indagou se ela havia perguntado ao Skyler, Skyler talvez soubesse se a Bliss estava escondida em algum lugar, e Betsey respondeu, numa saraivada de palavras: — As crianças brincam de esconde-esconde com o papai, não com a mamãe. Com o papaizão que elas adoram, e não com a mamãe a quem não dão valor. Você sabe disso, Bix. De qualquer modo, a Bliss nunca se escondeu por tanto tempo num dos seus lugares secretos. E chamei várias vezes por ela, e ela nunca seria tão voluntariosa a ponto de não sair do esconderijo. Ontem à noite ela estava febril, recusou-se a ir para a cama na hora de dormir, e a Lila não está aqui para ajudar, ela está de folga neste fim de semana, e as crianças foram muito exigentes e cansativas. Tudo que a Bliss conseguia tagarelar era "papai isto", "papai aquilo", o papai que vem buscá-la para levá-la a Nova York no aniversário, embora o aniversário de verdade da Bliss seja só amanhã, quando faremos uma festa de verdade aqui. Seria de se supor que, depois daquela derrota terrível na Pensilvânia, vista pelo mundo inteiro, a Bliss quereria passar um tempo escondida, em vez de ir correndo para Nova York com o precioso papai. Eu sei, é o que eu faria. A Bliss estava contando as horas para o papai vir buscá-la, de modo que não faz o menor sentido ela nos pregar uma peça neste momento, não é? — E, antes que Bix pudesse responder, prosseguindo com ímpeto num tom de mamãe ofendida, ela acrescentou: — A Bliss é uma criança muito reservada, não se parece em nada com o que os fãs imaginam. E o Skyler, que deu para se "tatuar" com caveirinhas e adagas, sinais de Satanás, eu disse a ele, lave essas coisas horrorosas, eu disse a ele, e quer bem saber?, ele não só me desobedeceu nisso, como também desenhou um coraçãozinho vermelho na palma da mão da Bliss, com *tinta indelével*. Assim, quando acordei de madrugada depois de um sonho perturbador e fui dar uma espiada na cama da Bliss, ela estava vazia; e eu sei, eu tenho certeza de que ela está se escondendo de mim, e vai aparecer para o precioso papai, e vocês dois vão rir da mamãe, não é? E o Skyler está metido nisso, não é? Eu o acordei hoje de manhã, para me ajudar a procurar a Bliss, e havia alguma coisa muito sigilosa nele, nos olhos dele... — E Bix finalmente conseguiu interromper: — Que diabo você está dizendo, Betsey? O Skyler está "metido nisso" o quê? — E Betsey retrucou com rispidez: — Você! O pai das crianças! E faz meses que você os tem negligenciado, e a mim também. Você desonrou o nosso leito conjugal, poluiu os nossos sagrados votos matrimoniais... Eu vivo apavorada com o que vai se abater sobre nós, com que maldade será, e seja o que for, não vamos atrever-nos a chamar a po-polícia até sabermos... se... se o Skyler... — Betsey interrompeu-se, como se alguém lhe tivesse tampado a boca com a mão, e Bix disse, assustado: — Meu bem, eu não "poluí" o nosso casamento, eu juro. Eu amo você e amo os nossos filhos. Vou corrigir o mal que eu lhe fiz, querida. Você sabe disso, não é?...

O telefone tinha emudecido.

REGISTROS TELEFÔNICOS? SABEMOS QUE ELES SÃO INALTERÁVEIS, irrevogáveis. De tal sorte que logo se revelaria que os misteriosos telefonemas para Bix Rampike no Regency SuperLuxe Hotel, às 2h12 e de novo às 4h06, tinham realmente sido dados do número da casa dos

Rampike — ligações de menos de dois segundos —, do mesmo modo que se revelaria que, tendo recebido um telefonema urgente desse número, isto é, da Sra. Rampike, Bix Rampike se permitiu ligar para outro número em Fair Hills antes de sair do hotel e correr para casa. Por quê?

... suas transgressão nessa família que Deus abençuou, e agora nóis *é a ira divina pra castigar as transgressão do Pai dessa casa.*

EM MENOS DE VINTE MINUTOS ELE ESTAVA EM CASA. MENOS DE vinte minutos depois de desligar o telefone no quarto de hotel, pela quarta e última vez. Não fechou a conta no Regency SuperLuxe. Tinha que chegar em casa. Tinha que chegar em casa! Ainda que uma parte de sua mente lhe garantisse: *Isso é um truque, coitada da Betsey, é a última peça que ela vai me pregar.* Virou na entrada de garagem asfaltada da alameda Ravens Crest nº 93. Por fora, nenhum sinal de perturbação. Não havia perturbações na alameda Ravens Crest. Era rara uma perturbação em toda a região de Fair Hills. A ampla e antiga residência colonial de sarrafos brancos e velhos tijolos era uma bela casa, e uma casa majestosa, mas, com o novo salário de Bix Rampike na Univers, ele a havia ultrapassado. E a casa o entediava, assim como as vidinhas no interior dela. Ainda assim, porém, aquilo tudo lhe pertencia.

Desde a época em que ele havia comprado essa propriedade, seu valor tinha triplicado. Uma fantástica explosão da valorização imobiliária em Fair Hills e suas imediações: em alta, alta, *alta*. Bix Rampike, que um dia viria a ser o Chefe de Pesquisa e Desenvolvimento (Setor Doméstico) da Univers Inc., estava subindo, subindo, *subindo.*

As posses de um homem, ganhas por ele com o suor do rosto e o sangue das veias, ora porra, isso ele defende até a morte.

— É da espécie. Está nos genes. "A anatomia é o destino."

Especialmente os filhos de um homem: seu DNA. Seu futuro. A imortalidade.

Se acontecesse alguma coisa com a Bliss, a menininha lindérrima e mais mió de todas do papai, ele não suportaria.

Bix amava mesmo a filha! Tinha chorado feito um bebê ao vê-la ganhar aquele título na televisão. Uma patinadora artística espantosa. O talento atlético *dele* naquele corpinho miúdo. Incrível.

Ele adorava Bliss. A Bliss era o seu anjo.

Que subia no colo do papai e lhe dava beijos tímidos e abraços tímidos, enquanto o papai, com dedos de papaizão, retribuía abraçando e fazendo cócegas.

Ah, papai! Ai!, isso faz cócegas!

Não importava para ele, o papai, que a Bliss jamais voltasse a patinar. Só para ela, a mamãe. Só para a mamãe é que isso tinha importância, importância demais.

No divórcio, a Sra. Rampike ficaria com a casa. Dois milhões, para resumir a história. Haveria uma disputa legal pela guarda dos filhos. Ele pediria a guarda compartilhada. Mas sem se empenhar demais.

E o outro, o Skyler. — Coitadinho! — Era fácil esquecê-lo. Papai gostava do tampinha, mas, como homem pragmático, não ficaria surpreso com o que quer que sucedesse ao Skyler: uma perna paralítica, câncer infantil, fibrose cística — sístrica? —, afogamento na parte rasa de uma piscina, enquanto os outros garotos mergulhavam, espadanavam água, davam pinotes: qualquer coisa.

Bix estacionou seu novo carro sexy — um cupê Jaguar XXL verde-abacate, com o interior em couro castanho-acinzentado — em frente à garagem, e entrou em casa correndo, atravessando a garagem e irrompendo pelo hall dos fundos, ao lado da cozinha; era a forma habitual de Bix Rampike entrar na sua casa, e lá veio a Betsey correndo para ele, arfante, jogando-lhe alguma coisa: — Bix! Ela foi sequestrada! Olhe o bilhete de resgate!* — Atônito e incrédulo, ele pegou o papel da mão trêmula da mulher e correu os olhos pela estranha mensagem manuscrita — que diabo era aquilo? "Caro Sr. Rampik, Nóis levou a sua fia & vai intregar ela se o senhor..." —, enquanto a Betsey explicava onde o havia encontrado, fazia apenas um minuto que o encontrara no saguão da frente, perto da "sala dos troféus" da Bliss, e não fazia ideia de há quanto tempo o bilhete estava na mesa de lá, mas devia fazer horas, os sequestradores deviam ter levado a Bliss durante a noite, e durante esse tempo todo — Betsey falava em tom quase calmo, mordendo o lábio inferior... — A nossa filha se foi, eles a levaram. — E Bix disse: — Betsey, foi você que escreveu isto, não foi? Isso é alguma

* Desse ponto em diante, Skyler ouviu a conversa, e o que é reproduzido aqui do diálogo entre Bix e Betsey Rampike é uma reprodução *ipsis litteris*.

espécie de brincadeira? — E Betsey o olhou fixo e, por um instante, não conseguiu falar, de tão abalada, tão estarrecida com a ignorância de seu marido adúltero, furiosa com ele, e negou que o houvesse escrito: — Como você pode dizer uma coisa dessas? Está maluco? Está de ressaca, ou bêbado? — A filha deles estava em perigo, fora levada por fanáticos que tinham invadido a casa de madrugada, por que o alarme de segurança não havia tocado, por que o Bix não se certificara de que ele estava funcionando? Betsey não fazia a menor ideia de como acioná-lo, se ao menos Bix houvesse estado em casa! Só podiam ter sido um ou mais "fãs" da Bliss que a haviam sequestrado, alguns fãs dela eram "loucos obcecados"... Ah! Betsey sabia que aconteceria alguma coisa terrível se o Bix continuasse afastado, se as crianças não tivessem o pai em casa, o mundo sabe perceber a fraqueza, o mundo entra correndo, feito um bando de abutres, feito hienas, emissários de Satanás. Havia um zumbido nos ouvidos de Bix, como se, num campo de futebol, justamente na arena da força, da perícia, da quididade de um homem, um adversário invisível tivesse voado em cima dele e o derrubado e vencido; foi uma porrada no crânio, que ele acreditava duro que nem concreto, uma porrada no estômago e mais outra porrada na virilha, e Bix, cambaleante e perplexo, tentou ler o bilhete de resgate pela segunda vez, procurou dar um sentido ao que quer que fosse aquilo, à lógica deturpada que O Olho que "Vê" exigia, e só então lhe ocorreu perguntar se Skyler estava seguro, o filho deles, Skyler, será que *ele* estava a salvo?, e a Betsey quase pareceu estar rindo dele, rindo dessa pergunta, desdenhosa, apertando o pulso grosso de Bix, é claro que o Skyler estava seguro, o que é que os sequestradores haviam de querer com *ele*? E Bix disse: — Espere aí, Betsey, isso não faz sentido. Esse "Olho que 'Vê'" não está pedindo dinheiro. Seja ele quem for, não está pedindo dinheiro. Você me disse que a Bliss estava escondida em algum lugar... ela está? Isso é uma brincadeira? A Bliss e o Skyler estão... escondidos em algum lugar? — Olhou fixo para a mulher, que o imprensava incomodamente e tinha no hálito o cheiro de alguma coisa azeda, e nos olhos o brilho de algo feroz, e um sorriso carregado da ira divina. Bix Rampike viu e teve medo, e sentiu um aperto no peito e um nó na boca do estômago — pois fazia muitos anos que não lhe vinha aquela convicção visceral, saída das entranhas, a epifania do atleta superado no meio de uma passada, que respira pela boca e corre, pisando duro no campo e sentindo uma coisa latejar no tornozelo, e que levanta os braços para interceptar... o quê?... e *pou! pou!*

pou! é derrubado pela última vez, e sabe que *Isso eu não sei fazer, isso está além de mim* — ao ver que o rosto tão conhecido de sua mulher não lhe era tão familiar nesse momento, um rosto de menina, um rosto raivoso de menina, a pele empapuçada e pálida de menina embaixo de tiras de *pancake*, aplicadas de maneira tão caótica, ou sob uma luz tão precária, que a máscara de maquiagem acabava abruptamente na linha do queixo, e o batom vermelho-cereja vivo tanto era recém-aplicado quanto empastado em camadas grossas, como se tivesse sido passado sem espelho e agora estivesse parcialmente comido. Nesse momento, o cabelo escuro que fora "clareado", "tratado com condicionador" e "ondulado por uma permanente" afigurava-se amorfo e arrepiado, como se Betsey tivesse passado um xampu às pressas, sem tempo para o "condicionador". E o mais estranho de tudo era que, apesar de ser de manhã cedo e de Betsey, segundo o que tinha dito, haver passado a maior parte da noite em claro, ela usava uma roupa elegantérrima, própria para um almoço no Clube Feminino do Vilarejo — um conjunto de suéter e casaco de caxemira em tom creme, canelado na parte de cima do cardigã e com pérolas miúdas salpicadas (pois então a secretária de Bix Rampike não tinha providenciado a compra desse conjunto de alta qualidade na Neiman Marcus do shopping VastValley, por um preço que ultrapassara seiscentos dólares?), e um par de calças novas e chiques de lã cinza-escura, e ainda usava no pescoço, numa corrente de ouro delicada, uma linda cruzinha de ouro muito parecida com o belo crucifixozinho da Tiffany que Bix dera de presente à filha no Natal... — Você! A culpa é sua! — acusava-o Betsey, não com a voz elevada, mas, para os ouvidos de Bix, penetrante e ensurdecedora. — Você devia ter estado aqui para nos proteger! Você é o pai, você deixou Satanás entrar nesta casa, e a nossa filha é o sacrifício. — Bix permaneceu estático, encravado no chão. A última paulada lhe causara uma concussão cerebral. Ele não conseguia raciocinar, seu cérebro estava morto. Apenas com os olhos conseguiu olhar de novo para o bilhete de resgate: — "O Olho que 'Vê'"... onde?

Não parecia ser uma peça. Não era uma brincadeira. Não era esconde-esconde, ele soube nesse momento. Sua filha se fora. Ele sabia. E, no entanto, O Olho que "Vê" oferecia uma esperança. *Nóis devolve ela pro senhor, se o senhor se arrepender. Se voltar para os seus Voto Martimonial. Até que a morte separe. Vamos entrar em contato por telefone.* Agora estava claro: sua filha lhe seria devolvida. Ele teria outra chance. Quem quer que a houvesse levado teria piedade dele. Quem quer que a houvesse levado não machucaria uma menina de 6 anos. Essas pessoas eram cristãs, obviamente. O Olho que "Vê" era cristão. Trinta quilômetros de distância! Bliss estava a 30 quilômetros dali! Mas eles a trariam de volta. Havia essa promessa. Não era uma promessa? O corpo esfogueado de sua mulher estava em seus braços. Pressionando-o em seus braços. Quase como se houvesse uma fome sexual ali, um desejo súbito e terrível. Bix abraçou Betsey, afundando o rosto acalorado em seu pescoço. Betsey agarrou-se a Bix, como se os dois lutassem à beira de um precipício e apenas ela pudesse salvá-lo. Bix não podia ver o rosto da mulher, mas podia ouvir seus soluços, e estes eram soluços verdadeiros de mãe, saídos das profundezas do ventre. Ele não ouvia o que Betsey estava dizendo, suas palavras eram ininteligíveis. Ai, meu Deus, eu sinto muito, perdoe-me, Jesus, a culpa é minha. E depois: está tocando a campainha? Mas quem será? Veio a esperança desesperada, achando que a Bliss estava de volta, já a tinham trazido, mas, quando Bix se precipitou para a porta de entrada, na escadinha deparou com o reverendo Higley e a Sra. Higley, ambos de rosto lívido, no instante seguinte agarrando as mãos de Bix:

— A Betsey nos telefonou, ela nos falou dessa coisa terrível que aconteceu, os sequestradores chamaram pelo seu "pastor", e aqui estou eu.*

* Surpreendeu-se com esse final? Pois aconteceu exatamente assim.

Em matéria de "reconstituição", espero que esta não seja amadorística demais. O leitor arguto provavelmente já terá percebido que o Rampike *fils* sentia-se constrangido com a tentativa de "habitar" o Rampike *père*. É provável que Sigmund Freud tenha escrito textos impenetráveis sobre esse tabu. Mas podemos supor que conhecemos bem os nossos "entes queridos" quando, ao tentarmos habitá-los para reconstituir um acontecimento real, descobrimos que, resumindo a história, *isso é impossível*.

Manhã seguinte: o autor quer se retratar (?)

LEITOR, APAGUE DA MEMÓRIA O CAPÍTULO PRECEDENTE, "POLUIdor". Se puder.

Estou achando que foi um erro. Acho que, se puder, devo retirar o que disse.

Embora tenha sido angustiante redigi-lo, e apesar de o capítulo ter provocado um período de pânico/taquicardia a meio caminho (ver o parágrafo ofensivo iniciado por *E o outro, Skyler*) e de, à minha maneira subserviente de nota de rodapé insignificante, na verdade eu ter certo orgulho dele, ocorreu-me agora há pouco, na manhã seguinte, com o impacto dos guinchos dos jatos do Aeroporto de Newark passando uns 12 metros acima da minha cama, que num ponto anterior deste documento, no capítulo "Popular!", houve a sugestão precipitada, numa nota de rodapé, de que meu pai, Bix Rampike, poderia ter sido responsável pela morte da minha irmã; e me ocorreu que essa sugestão — irrefletida, temerária, não corroborada, caluniosa e bizarra — pode muito bem ser verdadeira.*

---

* "Venenosa", "irresponsável", "delírio edipiano", "simplesmente maluca": leitores, não contestarei suas reações a esta teoria (embora me sinta enojado com o fato de aquele babaca grosseiro do Bix Rampike ter tantos admiradores. Onde foi que eu errei?). No entanto, não teria sido necessária tanta engenhosidade para Bix Rampike escapulir por uma saída dos fundos do Regency SuperLuxe, em algum momento depois das 2h12, quando a mamãe lhe telefonou pela primeira vez, ir à nossa casa, entrar, chegar pé ante pé ao quarto da minha irmã e (nem quero pensar em por que razão) carregá-la lá para baixo, para dentro da sala das caldeiras, com resultados terríveis. Depois, papai teria escrito o "bilhete de resgate" que um dia atingiria a distinção de ser listado no *Acredite se quiser*, de Ripley, como o bilhete de resgate "reproduzido com mais frequência" na história dos sequestros e raptos — "o *Guerra e Paz* dos bilhetes de resgate", como observou um cético agente do FBI. Papai teria deixado esse

Nesse caso, que besteira a minha ter "reconstituído" com tanta eficiência a cena anterior, na qual o brutamontes do Rampike *père* parece totalmente inocente!

---

bilhete numa mesa do vestíbulo, saído de casa e regressado ao Regency SuperLuxe a tempo de receber o telefonema (não identificado) de Betsey às 4h e, novamente, às 8h da manhã. E então, leitor, essa hipótese lhe parece implausível?

Post-mortem — I

PAPAI É QUE DESCOBRIRIA A BLISS NA SALA DAS CALDEIRAS.

Não a Bliss, mas o corpo da Bliss. Na sala das caldeiras.

A Bliss foi embora, Skyler. Jesus levou a Bliss para o céu. O que ficou são os restos mortais terrenos da Bliss.

Skyler não compareceria ao funeral. Skyler não seria informado da data exata do funeral.

Skyler não veria o corpo de sua irmã na sala das caldeiras.

Skyler não viu o corpo de sua irmã na sala das caldeiras.

Skyler jamais teria sequer um vislumbre, por entre os dedos ou por entre os olhos semicerrados, do corpo (enrijecido, sem vida) da irmã, com seus 20 quilos, os braços acima da cabeça e os pulsos atados por uma echarpe de seda vermelha, num canto escuro da sala das caldeiras para o qual, em sua busca desesperada pela casa, a mamãe tinha olhado várias vezes. Do mesmo modo que, mais tarde, mamãe conduziria o reverendo e a Sra. Higley em outra busca pela casa, mas ninguém se aventuraria a penetrar o bastante na sala sem janelas e mal iluminada das caldeiras, que palpitava de calor como o interior de um pulmão.

Ela foi levada, sequestrada. Foi tirada de nós. Desapareceu. Não está nesta casa. Nós procuramos, procuramos, procuramos por toda parte nesta casa, e ela sumiu desta casa, os sequestradores a levaram.

Quando o grito ou os gritos se elevaram, Skyler estava — onde? — lá em cima, em seu quarto.

No mesmo instante, Skyler soube. Os gritos dos adultos. Lá embaixo.

Sua irmã tinha sido encontrada, Skyler sabia.

Correu para a porta. Lila o agarrou:

— Não, Skyler! Você tem que ficar aqui comigo. A sua mãe disse...

Não! Skyler não ficaria! Soltou-se dos dedos da empregada, que o agarravam como se agarraria uma criança descuidada, prestes a despencar de um precipício para a morte.

No chão, aqueles horrorosos gibis *Zap** e os esboços grosseiros de quadrinhos que Skyler andara desenhando, com traços tremidos e espasmódicos, toscas figuras hachuradas (papai/mamãe/irmão/irmã) que, na confusão daquela manhã, nunca mais tornariam a ser vistas — *Que imundície! No coração desse menino inocente! Temos de protegê-lo.*

Com agilidade, Lila andara trocando os lençóis da cama do Skyler, assim como havia trocado os lençóis (sujos e manchados) da cama da Bliss, e levado a capa (suja e manchada) de seu colchão para pô-los de molho em água sanitária antes de lavá-los, conforme as instruções da Sra. Rampike. Nessa manhã, Lila lavaria duas pilhas inteiras de roupa (inclusive o pijama de Skyler e a camisola e o roupão de tecido atoalhado da Sra. Rampike, além de todas as toalhas do banheiro desta), e o fato chocante, do qual Lila viria a se lembrar por toda a vida e do qual nunca deixaria de falar, intrigada, apavorada e cheia de assombro, foi que, ao trabalhar na lavanderia (um cômodo que lhe era muito familiar), sem saber disso, Lila estivera a não mais de 6 metros da sala das caldeiras (cômodo em que ela tivera poucas razões para entrar em qualquer época), onde a filhinha dos Rampike jazia sem vida, enrijecida pela morte.

Ah, se eu a tivesse encontrado! Pobre garotinha!

---

* Os aficionados malucos (não existe outro tipo) de R. Crumb hão de querer saber exatamente quais eram essas revistas *Zap*, dadas ao Skyler por Rob Feldman, o professor particular da Bliss que tivera a esperteza de largar o emprego na casa dos Rampike antes de ser demitido. Esses exemplares da *Zap* eram publicações antigas, deviam ser da década de 1970; na verdade, uma delas nem era *Zap*, e sim uma coisa chamada *Roupa Suja*, típica dos primórdios do Crumb, na qual havia uma família Crumb pirada/apatetada que tinha um garotinho desbocado, possivelmente chamado Adão. É provável que vocês queiram saber o que aconteceu com esses queridos gibis do Skyler e onde foram parar as tentativas toscas mas apaixonadas do menino de desenhar cartuns. Bem, o que vocês acham que aconteceu com essas "provas" tão piradas? Depois da morte de minha irmã — isto é, do seu assassinato —, era do interesse dos Rampike eliminar todo e qualquer material "incriminador" que houvesse em casa, antes que se chamasse o primeiro dos policiais de Fair Hills.

Esse fim de semana em janeiro deveria ter sido de folga para a Lila. Mas logo de manhã cedo viera aquela ligação da Sra. Rampike, que parecia "agitada", "transtornada", convocando-a imediatamente para a casa, para "ajudar", para "cuidar do Skyler" naquele momento "terrível".

Havia sempre muita emoção na casa dos Rampike! Como relâmpagos seguidos por trovoadas ensurdecedoras.

Ainda assim, os Rampike eram boas pessoas. Em Fair Hills, era improvável que alguém tivesse patrões melhores do que eles, apesar de todos os seus problemas e necessidades especiais.

Até a Sra. Rampike, frequentemente agitada e exigente, era uma mulher de bom coração, acreditava Lila. Às vezes exclamava para a empregada, com lágrimas brilhando nos calorosos olhos castanhos: "Lila, você é a única pessoa em quem eu confio. Deus a abençoe!" (o que era constrangedor, porém muito melhor do que ser repreendida ou tratada com sarcasmo). E havia também o Sr. Rampike, alto e bonitão, que parecia um tufão em casa, largando roupas e toalhas espalhadas em sua esteira e deixando as faces da Lila em fogo, com o seu jeito brincalhão e o seu hábito de lhe enfiar secretamente nas mãos notas de vinte ou cinquenta dólares: "Compensação pelos transtornos, *señora*, por aguentar a velha Betsey e o velho Bix. Sei que somos uns gringos pé no saco." Piscando o olho para a Lila, vez por outra beliscando seu braço rechonchudo, que homem bom era o Sr. Rampike, no fundo! E havia ainda as crianças Rampike, a quem Lila se afeiçoara muito. Não eram como os filhos de outros patrões para os quais ela havia trabalhado, que eram mesquinhos, malcriados e cruéis, e sim criancinhas meigas: a garotinha, muito famosa e muito triste, e o menininho de "olhos de fantasma", que, nesse momento terrível, Lila tinha de proteger.

Garotinho desassossegado! Lila ficou surpresa ao ver que, ainda tão cedo, Skyler estava usando uma de suas camisas brancas escolares de algodão e, por cima da camisa, um colete de tricô verde-garrafa, calças limpas de veludo cotelê e o mais novo dos seus diversos pares de tênis. E o cabelo castanho-acinzentado estava esvoaçante, como se mal tivesse sido lavado. E Skyler estava incomumente *limpo*: ao que Lila pudesse perceber, as tatuagenzinhas borradas que tanto perturbavam e amofinavam sua mãe tinham sido retiradas com uma boa esfregação. Não era próprio do Skyler ser tão pouco receptivo a Lila, com ar distraído e aparentemente exausto, como se houvesse passado a noite toda em claro. Quando Lila se dirigiu a ele, o menino apenas piscou os olhos devagar e limpou o nariz arrebitado, contorcendo-se de duas maneiras gerais: com calafrios dos pés para cima, ou com tremores da cabeça para baixo.

Os lábios secos do menino se mexeram. Ele perguntou se havia uma festa lá embaixo.

No térreo acontecia a vigília de orações. À espera de um telefonema do sequestrador. Lila só fora informada dos rudimentos da situação. A pessoa que tinha raptado a Bliss só falaria com o pastor dos Rampike, que era o reverendo Higley, um sacerdote episcopal. A Sra. Higley também estava presente, assim como várias outras damas que a Sra. Rampike conhecia da igreja: as senhoras Squires, Poindexter e Hind. E lá estava Dale McKee, que era a assistente da Sra. Rampike, e a Dra. Helene Stadtskruller, a terapeuta da Sra. Rampike, com quem esta havia "forjado" um vínculo de intimidade — "íntimas como irmãs!" —, e todas essas pessoas, além do Sr. e da Sra. Rampike (para surpresa de Lila, como ele parecia zonzo e distraído, sem o seu jeito risonho e mandão de praxe!), achavam-se reunidas na sala de visitas da família, perto de um telefone.

Esperando a ligação dos sequestradores. Esperando, esperando!

E rezando: de joelhos, até as senhoras Poindexter e Hind, idosas e de articulações enrijecidas, e até a Dra. Stadtskruller, que confessara ao reverendo Higley, num pedido de desculpas proferido de impulso, que não era "devota", "estava mais para agnóstica racionalista, na verdade", todos de joelhos no tapete boliviano de pele de cabra, e apertando as mãos com força, enquanto "Archie" Higley conduzia a solene oração cantarolada com um jeito infantil: *Pai Nosso que estais no céu, santificado seja o Vosso nome, venha a nós o Vosso reino, aqui na terra como no Céu, e trazei-nos a Bliss de volta em segurança, escutai o nosso apelo, Pai Celestial e Jesus, um só Seu filho, tende piedade de nós*!

Entreouvindo aquilo, Lila murmurou *Amém!* e se benzeu rapidamente.

E em segredo ofereceu uma prece à Virgem Maria, na qual, ao que ela soubesse, os protestantes não acreditavam.

Imagine! Que tolice! Não "acreditar" na Mãe de Deus, que era a verdadeira operadora de milagres na humanidade, se a pessoa simplesmente rezasse da maneira mais simples, tal como lhe ensinavam quando ela era criança, antes de aprender a ler: *Ave Maria, cheia de graça, o*

Senhor é convosco, bendita sois vós entre as mulheres e bendito é o fruto do Vosso ventre, Jesus. Agora, repita dez vezes.

Irritadiça e ansiosa, olhando fixo para o relógio das 9h48 às 10h07 (houve telefonemas, na verdade, do Empório de Beleza Evita, para confirmar o horário da Sra. Rampike na segunda-feira às 10h, que teria de ser cancelado; de Penelope Dressler, dirigente encarregada da Festa de Gala da Primavera [um evento destinado a arrecadar fundos para as Voluntárias de Charity Hill, organização da qual Betsey Rampike era membro]; e um telefonema meio misterioso de uma mulher de voz estridente, convidando "os dois Rampike" para um coquetel do Dia dos Namorados na "residência dos Klaff", de nenhum dos quais Betsey ou Bix pareciam ter ouvido falar), e chegando às 10h29, Betsey, "irrequieta demais" para continuar na sala de visitas, conduziu Mattie Higley, Frannie Squires, Dale McKee e a Dra. Stadtskruller em mais uma busca pela casa — não à procura da Bliss (que fora sequestrada), mas de "sinais" ou "pistas" que ela pudesse ter deixado escapar até então; essas mulheres subiram ao segundo andar e entraram em todos os quartos (exceto o de Skyler, onde ele fora encerrado com a empregada, a fim de ser poupado ao máximo de qualquer trauma), e voltaram ao primeiro andar, onde Archie Higley continuava esperando que o telefone tocasse e Bix rondava por perto, suado e pálido, abrindo e fechando os punhos como um condenado à morte, mas um condenado que não soubesse ao certo por que lado a morte o atingiria, ou que rosto teria; e quando as mulheres, numa conversa nervosa, passaram por todos os aposentos do primeiro andar como que numa procissão de peregrinos, Betsey chamou o marido em tom quase alegre, pedindo-lhe o favor de se juntar ao grupo, pois seria melhor que ao menos um homem as acompanhasse; e assim, como um cachorro grande e sem graça que fosse despertado do sono, mas ainda estivesse grogue, com um olhar perplexo e piscando devagar, Bix juntou-se às mulheres e seguiu na esteira delas, num silêncio antinatural, às vezes tropeçando como quem perdesse o equilíbrio, enquanto a Betsey, ansiosa, conduziu as amigas pela cozinha — e uma cozinha tão bem cuidada que elas decerto se impressionariam —, e, depois, novamente ao lado de fora e ao interior da garagem, onde não havia nada para ver, embora se esperasse ver alguma coisa, como num filme de suspense; e as conduziu pelo ar frio e parado mais além da garagem, a fim de circundar a casa dos Rampike, tão esparramada e atraente; atentas como cães de guarda, as mulheres iam abrindo caminho, com

Bix atrás, aos tropeços, em busca de "pegadas estranhas" na neve; só que, infelizmente, a neve já fora pisoteada nas buscas anteriores. Dessa vez, porém, quando Betsey conduziu o grupinho de busca ao redor dos fundos da casa, Dale McKee, com olhos de lince, exclamou:

— Ah! Ah! *Olhem*!

Uma janela quebrada no porão, parcialmente escondida por uma moita densa de sempre-vivas. Como é que essa janela havia escapado à atenção?

Apressadas, as investigadoras voltaram para dentro de casa, descerram correndo ao subsolo e entraram no cômodo usado como depósito, que era onde ficava a janela quebrada.

— O cômodo mais escondido da casa — comentou Betsey, esbaforida.

Por ali alguém poderia ter entrado. Havia cacos de vidro brilhando no chão.

Agitadas, as mulheres trocaram ideias: teria alguém entrado rastejando pela janela quebrada, que era parcialmente escondida por pilhas de caixas de papelão? (Isso explicaria por que os Rampike não tinham visto a janela quebrada até então.) Notou-se que, abaixo da janela, que era grande o bastante para "um homem meio franzino" passar de gatinhas, havia uma caixa posicionada como um degrau. (Que o intruso teria usado ao sair.)

Num alvoroço de empolgação, alarme, pavor e exultação misturados, as mulheres se acotovelaram para chegar perto. Se havia alguma teia de aranha, elas a afastaram de imediato. Betsey disse:

— É isso! Ai, meu Deus, foi assim que o sequestrador entrou na nossa casa! E o alarme de segurança não estava ligado... O Bix vivia prometendo mandar consertá-lo, para que ele parasse de disparar sem a menor razão, e ele nunca foi consertado... E quem quer que tenha sido essa pessoa, esse sequestrador, de algum modo ele sabia onde ficava o quarto da Bliss e a dominou enquanto ela dormia e a levou embora. E eu nem soube de nada! Estava dormindo. Eu era tão confiante! Jesus tenha pena de mim, eu nem percebi!

A essa altura, Betsey chorava e tremia violentamente, enquanto as mulheres a consolavam. Bix não a olhou nem pareceu ouvi-la, mas pôs-se a examinar a janela quebrada e a área ao redor, e grunhiu com o esforço de se levantar, com os cotovelos e antebraços apoiados no parapeito da janela, já então arfante, ofegante:

— Então, foi aqui! Aqui! Filho da puta! Foi por aqui que ele entrou!

Betsey o repreendeu prontamente:

— Por favor, Bix, não seja vulgar.

CORTE RÁPIDO PARA DOIS ANDARES ACIMA, ONDE SKYLER perguntava a Lila se a culpa tinha sido dele. Era culpa dele o que havia acontecido com a Bliss? Porque agora a mamãe parecia estar zangada com ele. Agora a mamãe parecia não gostar dele.

Lila garantiu-lhe que não. A mamãe não podia estar zangada com ele. A mamãe o amava.

— Lila, *fui eu que fiz isso?*

Lila sentiu vontade de abraçá-lo, só que, precisando muito fazer xixi, Skyler a empurrou, correu para o banheiro, fechou a porta e tentou urinar, fez muita força para urinar, mas só saiu um filetinho ridículo do seu pipizinho machucado. E Skyler começou a chorar, e Lila entrou no banheiro e o levou de volta para o quarto, e afastou o cabelo molhado da sua testa febril, e teria beijado aquele menino angustiado, só que ele não era seu filho para beijar; Skyler era filho de outra mulher e Lila conhecia seu lugar, compreendia por instinto que Betsey Rampike não quereria Lila Laong, a empregada filipina, beijando e afagando seu filho.

Compenetrada, Lila garantiu mais uma vez a Skyler que sua mãe o amava. Que o pai o amava. Que todos os que o conheciam gostavam dele. Que sua irmã logo seria encontrada e aquele período terrível acabaria.

— Por que você não se senta aqui e lê suas revistinhas, Skyler? Ou será que prefere desenhar? Prometo que vou ficar com você.

Na confusão daquela manhã, depois Skyler não se recordaria da sequência dos acontecimentos. Porque era possível que tivesse sido mais cedo que a Lila lhe levara o seu café da manhã numa bandeja, como se ele estivesse doente e ficando em casa em seu quarto, sem ir à escola: Conde Chocula (cereal coberto de chocolate) com bananas fatiadas, torradas de pão de passas com geleia de uvas, um copo alto de suco de laranja ultra-adocicado e um copo grande de leite enriquecido com vitaminas. Como Skyler gostava do cereal Conde Chocula! No entanto, ao levar uma colherada à boca, mastigou mas não conseguiu engolir, e cuspiu tudo na tigela do cereal, no que só podia ser, como diria qualquer um na sua turma do Externato Fair Hills, com um risinho desdenhoso, *nojento*.

Nessa manhã, foi como se ele soubesse que nunca mais voltaria à "prestigiosa" e "exclusiva" escola particular em que, entre os colegas de classe, Skyler Rampike havia — finalmente! — adquirido a reputação de ser, se não "normal", não mais irremediavelmente "esquisito": é que o brilho de sua irmã, uma celebridade local, lançara sobre ele uma lisonjeira luminosidade lunar, e passara a ser comum Skyler ser abordado pelas meninas mais populares, inclusive alunas da sexta série, com perguntas ansiosas sobre a Bliss. E havia também o brilho adicional da denominação de PILS, a qual agora teria de ser abandonada para sempre.

Na verdade, Skyler Rampike nunca mais frequentaria nenhuma escola em Fair Hills. E desse fato melancólico ele pareceu ter conhecimento, na manhã do primeiro dia de sua nova vida.

ÀS 11H05, AINDA NÃO HOUVERA NENHUMA LIGAÇÃO DO SEQUESTRADOR (ou sequestradores). No térreo, as humildes orações suplicantes dos fiéis tinham passado do abjeto, do bajulatório e do desesperado para o exausto.

Mais uma vez, o bilhete de resgate foi lido em voz alta pelo reverendo Higley.

— "O Olho que 'Vê'." Talvez ele... ele esteja vigiando esta casa, será?

Era uma ideia nova. Era uma ideia profunda. Era uma ideia perturbadora. Bix Rampike levantou-se, cambaleante, e declarou que iria investigar lá fora. Daria uma volta de carro pela alameda Ravens Crest, atentando para "veículos suspeitos". E assim, Bix Rampike saiu de casa, afastando-se no elegante novo cupê Jaguar, e ficou ausente da vigília de orações/do telefone por aproximadamente 40 minutos.*

Voltou relatando não ter visto ninguém "suspeito". Os furgões habituais de entrega, o carteiro. Se o sequestrador ou sequestradores es-

* Quarenta minutos! Imagine tudo o que Bix Rampike poderia fazer em 40 minutos, dos quais ninguém que investigasse a morte de Bliss Rampike jamais saberia.

tavam vigiando a casa, não parecia haver nenhum modo de um cidadão privado ser capaz de localizá-los.

— Talvez tenhamos que chamar a polícia, afinal — disse o reverendo Higley. — Pode ser que o "Olho que 'Vigia'" não tenha nenhuma intenção séria de entrar em contato conosco, mas apenas de nos torturar.

Nesse exato momento, o telefone tocou.

Prontamente, o reverendo Higley tirou o fone do gancho, enquanto Betsey Rampike se levantava, trôpega, levando uma das mãos ao peito. Higley, tapando o bocal com a mão, disse num sussurro:

— Betsey, é uma amiga sua, a Sra. Chaplin.

A Sra. Chaplin? A *Trix*?

Depois de tantos meses sem telefonar? Trix Chaplin, numa hora dessas? Betsey hesitou por um instante, como se fosse atender o telefonema, depois recuou, franzindo o cenho e dizendo com dignidade, embora sua boca tremesse:

— Por favor, diga à Sra. Chaplin que eu telefono outra hora. Este não é um bom momento.

Quem então se levantou foi Bix Rampike. Resmungou alguma coisa inaudível e, sem olhar para trás, para seus companheiros surpresos, retirou-se da sala como um homem em meio a um sonho e decidido a despertar dele.

— Bix? Aonde você vai? Bix... — chamou Betsey, sem ser ouvida.

A hora? 12h06, como se lembraria o reverendo Higley.

Na velha despensa contígua à cozinha, onde Bix guardava suas reservas de bebida, ele parou para servir dois dedos de Dewar's num copo de dose única, a ser engolida de uma vez só. Assim fortalecido, seguiu para a escada dos fundos e desceu ao subsolo — por quê? Bix jamais saberia explicar: um palpite, um pressentimento, a sensação de que havia uma enorme ave de rapina batendo as asas sobre sua cabeça; com passos certeiros, atravessou a pretensa sala de recreação dos Rampike (nunca usada pela família e que nunca seria usada, vindo a ser totalmente desmontada pelos ocupantes seguintes da casa), passou pela "sala de ginástica da família" (raramente usada), com seu lúgubre equipamento formado por bicicleta ergométrica, esteira, escada "Stair Master" e pesos variados, espalhados pelo chão feito moedas gigantescas e fora de uso, passou pela lavanderia (onde, nesse exato momento, roupas de cama e outras peças recém-lavadas dos Rampike giravam alegremente na enorme secadora), pelo depósito atravessado por correntes de ar (onde a janela quebrada recém-descoberta fora temporariamente "consertada", imprensada por um pedaço de papelão) e, na soleira da sala das caldeiras, parou por um instante, antes de abrir a porta, acender a luz do teto, entrar e, dessa vez, avançar mais a fundo pelo cômodo de teto rebaixado, no qual entravam principalmente os mecânicos da Valley Oil para fazer consertos, e ali, no canto sujo de fuligem atrás da caldeira que aquecia o primeiro andar, deparou com o corpinho alquebrado.

— Bliss? Meu Deus!

(Escondida do papai? Durante todas essas horas? Enquanto eles achavam que ela fora sequestrada? Como era possível?)

Bix agachou-se junto à filha, onde ela estava imprensada entre a caldeira e a parede de concreto. Viu, ou deve ter visto, as manchas de sangue na parede e o sangue coagulado que ainda brilhava sobre o cabelo louro despenteado. Deve ter visto os braços duros, incomodamente forçados para trás da cabeça da menina, atados por fita isolante e pela echarpe de seda vermelha muito amarrotada. Deve ter visto o rosto céreo, os olhos opacos entreabertos e a fita gomada tapando a boca. A camisola rasgada e manchada e as pernas nuas, feito pernas de pau. Deve ter sabido que a criança estava morta, mas o grito lhe irrompeu da garganta:

— Bliss! Minha querida!

Arrancou a fita da boca de Bliss. Inclinou-se para perto, ajoelhou-se no chão pegajoso e a levantou nos braços, gemendo com o esforço — como se tornara estranhamente pesada a sua filha, como era pouco receptiva a seus apelos! —, e saiu cambaleando da sala das caldeiras com a menina no colo, oscilando, tropeçando e correndo freneticamente escada acima, e voltou para a sala de visitas, onde os outros o esperavam depois de ouvir seus gritos, e, achando que ia reanimá-la, embora os outros gritassem, horrorizados, deitou-a ternamente no chão, não no sofá, mas no chão, no branco tapete boliviano de couro de cabra, e para quê? Hesitante, ele explicaria que *Ela vai precisar de respiração artificial, o chão é mais prático*, e enquanto isso, em seu quarto lá em cima, ao ouvir os gritos dos adultos, Skyler compreendeu prontamente: sua irmã tinha sido encontrada.

Tudo com que ele estivera preocupado, revistas, caderno de desenho, saiu voando pelos ares. Assustada, Lila tentou detê-lo:

— Não, Skyler! Você precisa ficar aqui comigo. A sua mãe...

Mas ele já corria pelo corredor e foi descendo os degraus de dois em dois, arriscando-se a quebrar outra perna, ou a repetir a fratura (dupla) da perna original, e entrou correndo e arfando na sala de visitas, viu o pai agachado sobre alguma coisa no tapete branco de pele, a mãe guinchando feito um gato ferido, atirando-se sobre o que quer que fosse aquilo no tapete branco de pele, e foi empurrando com rudeza os adultos que estavam no caminho, lascou um soco na coxa gorda de uma das vovós de cabelo branco da igreja, que vivia arrulhando em volta dele, mas nessa hora não houve arrulhos, não houve como deter Skyler, Skyler já estava agarrando o ombro do pai, tentando ver, tentando ver em cima do que a sua mãe estava deitada, como se tivesse caído de uma grande altura, delirando e gemendo, e então Skyler viu, e era Bliss, é claro que era Bliss, só podia ser a Bliss, e ele gritou:

— Não tem nada errado com ela! Isso é o que ela sempre faz, pra chamar atenção!

Post-mortem — II

QUANDO FOI ISSO? FAZ MUITO TEMPO.

Se visto por um telescópio, mas pelo lado errado do telescópio, ficaria ainda mais distante no tempo. E todos os que sobreviveram já teriam desaparecido agora, como a Bliss.

Nosso pedófilo — I

"É ELE. SÓ PODE SER."

Nos últimos anos do século XX, em boa parte da abastada Nova Jersey rural/suburbana, houve entre os profissionais especializados em tais assuntos a percepção de uma escassez de criminosos sexuais conhecidos, e assim, no condado de Morris, os municípios de Basking Ridge, Bernardsville e Fair Hills foram obrigados a compartilhar Gunther Ruscha, de 34 anos, então professor primário desempregado e residente no número 29 da alameda Piper, em Fair Hills.

"Quem mais, senão o Ruscha? Desgraçado de pervertido doentio."

Pobre Gunther Ruscha! Toda vez que um incidente sexual era denunciado à polícia local, a despeito de sua especialidade predileta ser a pedofilia, uma subcategoria rarefeita das perversões sexuais, e a despeito de enormes diferenças entre as descrições do (suposto) criminoso e de Gunther Ruscha nos arquivos policiais, pouco tempo se perdia até uma radiopatrulha — equipada com uma sirene ensurdecedora, uma luz azul piscando no teto e a inscrição POLÍCIA DE BASKING RIDGE, POLÍCIA DE BERNARDSVILLE ou POLÍCIA DE FAIR HILLS nas laterais da carroceria, e provida de uma equipe de policiais corpulentos — abalar a serenidade da alameda Piper, para estacionar agressivamente no asfalto rachado da estreita entrada de automóveis dos Ruscha.

"Ruscha! Gunther Ruscha! Polícia!"

Esse estrondo de Gestapo na porta, o pobre Gunther o reconhecia como um velho e costumeiro pontapé no saco.

E lá vinha a Sra. Ruscha a gritar com ele: "Gunther, o que você fez agora? Que vergonha!"

Até os vizinhos da alameda Piper que mais se solidarizavam ou se enterneciam com Gertrude Ruscha, a senhora de 63 anos que era mãe do pedófilo, antiga moradora daquela rua e recém-aposentada do seu emprego de salário mínimo no serviço de copa e cozinha do Centro Médico Fair Hills, onde havia trabalhado desde a partida abrupta e inexplicável do pai de Gunther, quando o pedófilo em botão mal estava aprendendo a andar, não conseguiam resistir a um arrepio de *Schadenfreude*,* ao espiarem pelas frestas das venezianas e verem a radiopatrulha parada mais uma vez diante do número 29 — com frequência cada vez maior, ao que parecia, dado que os incidentes sexuais vinham sendo denunciados com mais constância à polícia local —, diante do chalé de madeira invariavelmente descrito no *Fair Hills Beacon* como "uma residência modesta"; eles observavam Gunther, desengonçado, ruivo e de aparência incongruentemente pueril, ser conduzido à força, entre policiais de rosto carrancudo, para a radiopatrulha que o aguardava, onde era obrigado a se abaixar para entrar no banco traseiro do veículo, com a mão (enluvada) de um policial a empurrar sua cabeça para baixo, num movimento que quase se poderia confundir com um gesto de amizade, para impedir que o pedófilo apavorado desse com a cabeça no carro.

"Esse Gunther! O que foi que ele fez agora?"

Observava-se que o rosto do nosso pedófilo, de uma palidez antinatural e de lábios com jeito de borracha desenhando um sorriso assustado, além dos olhos baços que olhavam fixo e que mais de uma observadora achava "poéticos", comumente reluzia com o brilho das lágrimas nessas horas. Quando a polícia ia procurá-lo sem aviso, como costumava fazer, Gunther tendia a estar usando roupas sem maior distinção (calças cáqui, blusão de moletom, suéter grande e largo), como qualquer homem adulto de Fair Hills, e não as roupas "grã-finas", "chamativas", "de bicha" (imitação de camurça, couro preto, echarpe de cor viva amarrada no pescoço) que usava quando saía de casa e ia para longe no velho e surrado Datsun da mãe, ou quando pedalava sua bicicleta (com que destino: um parque público, um parquinho infantil, a matinê da meninada, um rinque de patinação?); quando a polícia o procurava

---

* *Schadenfreude*: termo alemão sofisticado para designar a alegria que alguém sente, em geral em segredo, com a desgraça alheia, a não ser que essa desgraça lhe traga algum inconveniente, caso em que o indivíduo "se condói".

à noite — um horário favorito, porque envolvia holofotes ofuscantes iluminando a frente do chalé, como num cenário de filme —, Gunther tendia a ser arrastado para fora de casa de pijama e descalço; na ocasião mais humilhante, ele fora levado para a delegacia com o peito nu e de cuecas: suas pernas revelaram-se tão magricelas e sem músculo quanto as de um avestruz; seu cuecão branco poderia servir na região da virilha de um garoto pré-púbere; e seu peito estreito e côncavo era despelado como o de um menininho, com os mamilos que pareciam drupas destacando-se na palidez doentia da pele. É que bastava dar uma olhadela no nosso pedófilo, o pária do condado de Morris — e todo o conhecimento da ficha pregressa de Gunther Ruscha não passava de um *tabule rosa* — para que um sinal primitivo de advertência detonasse no lobo frontal de nosso cérebro reptiliano: "Desviante sexual!"

Os lobos frontais de sintonia mais sutil detonariam: "Pedófilo!"

No entanto, de maneira muito estranha, dir-se-ia até perversa, Gunther Ruscha nunca parecia se adaptar à sua situação. Depois de cumprir apenas 18 meses de uma sentença de três anos e meio na notória Unidade de Criminosos Sexuais do macabro Presídio Estadual Masculino de Rahway, para onde são enviados apenas os "mais inveterados" criminosos de Nova Jersey, e depois de perder toda e qualquer probabilidade de arranjar emprego como professor primário (especialidade: música), por ter admitido sua culpa em diversas acusações de "má conduta sexual que representa um perigo para as crianças", Gunther Ruscha continuava a manifestar surpresa e mágoa, às vezes indignação, ao receber olhares severos dos moradores de Fair Hills que conheciam sua identidade. E quando, no shopping, andando depressa e de cabeça baixa, com os olhos grudados no chão, ele ouvia às suas costas o grosseiro cantarolar *Pedófilo! Pedófilo! Pedófilo pervertido maluco!*, Gunther nunca olhava em volta, por medo de ver algum adolescente conhecido do único bairro em que, no mundo inteiro, queria sentir-se à vontade.

Acreditava-se que, recém-saído de Rahway em liberdade condicional, Gunther tentara animadamente arranjar emprego, mas não tivera sorte: quem, em sã consciência, contrataria um pedófilo condenado? Acreditava-se que ele tinha medo de deixar o único lar que já havia conhecido, onde vivia com a ingênua Sra. Ruscha, que devia adorá-lo — basta ver como fazia anos que o sustentava, pagando terapeutas sexuais e psiquiatras, bem como o efêmero esforço de Gunther para frequentar a "escola de esteticistas" de West Orange, embora a magra pensão e os cheques da Previdência Social da Sra. Ruscha devessem ficar sob enorme pressão para arcar com as chamativas roupas de veado do filho. Por que, perguntavam-se os observadores, nosso pedófilo não se mudava de Fair Hills e saía do chalé ignóbil da alameda Piper? Por covardia, muito provavelmente; ou talvez fosse porque, se Gunther tentasse mudar-se para outra comunidade em qualquer parte dos Estados Unidos, até mesmo nas mais longínquas regiões árticas do Alasca, ou nos povoados musgosos/abafados/infestados de jacarés dos Everglades, na Flórida, ele teria que se registrar na polícia local como criminoso sexual/pedófilo condenado, e essa polícia não o conheceria como um biruta totalmente não ameaçador, se não patético, que não precisava de mais que dois policiais para arrastá-lo até a delegacia para ser interrogado: nada de "reforços" nem equipe da SWAT, nem da chamada "força extraordinária".

As vizinhas da alameda Piper que tinham travado conhecimento com a infausta Gertrude Ruscha, ao longo dos anos, falavam da "inabalável" convicção da mulher de que seu filho era inteiramente inocente dos crimes pelos quais fora mandado para Rahway: o pobre Gunther, com 26 anos na época, tinha sido a verdadeira vítima; um grupo de meninas "cruéis" da sexta série da Escola Kriss, onde fazia dois anos que Gunther estava alegremente empregado, depois de se formar com máximo louvor na Faculdade de Educação da Universidade Rutgers (em Newark), de repente, sem a menor razão, por pura maldade, havia acusado o professor de música, o Sr. Ruscha, de "lhes dizer coisas feias", de "tocá-las da maneira errada", de lhes mostrar seu "pipi" e perguntar "se elas queriam segurá-lo". Meninas indecentes, que riam às gargalhadas do "pipi" do Sr. Ruscha, "um pipi tão pequenininho" — "enrugado e feio como um rato esmigalhado" —, e, embora aquilo parecesse ter sido uma espécie de piada grosseira, cruel e boba, ou um pequeno incêndio desses que crescem desenfreadamente e ficam fora de controle, acontece que os pais das meninas registraram queixas formais e acabaram movendo um processo contra a diretora da Escola Kriss, a diretoria de ensino público de Fair Hills e o infeliz do Gunther Ruscha, que não tinha seguro contra esse tipo de queixa. E fora assim que Gunther tinha se tornado um criminoso sexual conhecido: um *pedófilo*.

Mas Gunther ficava sistematicamente surpreso, desnorteado e apavorado, quando o despertavam do sono esmurrando a porta de entrada da sua casa e gritando "Rusch-a! Gun-ther Rusch-a! Polícia!" Com aqueles holofotes ofuscantes.

Apesar de ter pelo menos 1,83m de altura, anguloso e musculoso como uma enguia, mal Gunther Ruscha era agarrado pelas mãos fortes dos policiais, parecia encolher e perder os ossos; se você fosse um policial corpulento do condado de Morris, sentiria pouca coisa senão um desprezo viril pelo pedófilo medroso/covarde/trêmulo/de ombros arriados/ruivo-flamejante que, jogado na traseira do veículo da polícia, choramingava: "Não me machuquem! Por favor, não me machuquem! Eu não fiz nada! Por favor, acreditem em mim, seja o que for, *eu sou inocente*!"

Arrastar o pedófilo solitário do condado de Morris para a chefatura de polícia tinha se tornado uma rotina nos seis anos anteriores, uma espécie de ritual em que os novos policiais tinham que ser iniciados; no entanto, Gunther Ruscha continuava a ser apanhado de surpresa e a ficar imensamente agitado, como se de fato tivesse culpa. Na delegacia, ele era "entrevistado", enquanto se fazia seu acusador observá-lo através de um espelho falso: "Esse aí? Esse não é ele! Eu lhe disse, o homem que 'se exibiu' para a minha filha era baixo e careca, parecia um avô." Ou então: "Aquele ali? Ele tem o cabelo ruivo! O sujeito de quem eu lhe falei tem cabelo preto e 'tez morena', feito um hispânico ou um índio." Ou ainda: "Billy, abra os olhos, meu bem. O moço perverso não pode ver você pelo espelho, não pode mais machucá-lo, eu juro. Billy? Por favor, olhe para ele, meu bem. Você não vai querer que soltem o moço malvado e que ele venha atrás de você de novo, não é?..."

Era muito raro Gunther Ruscha ser "detido": a maioria de suas visitas imprevistas à delegacia não passava de uma oportunidade para fazer perguntas e uma tentativa de identificação. Quando Gunther era detido e acusado de um crime, como acontecia de vez em quando, a gentileza da "entrevista" era substituída pelas estratégias agressivas do "interrogatório"; o pedófilo de modos afáveis, acostumado a tomar sua medicação noturna (Zomix, Percodan) com um copo de leite morno e biscoitos, às 22h30 de quase todas as noites, e a estar dormindo na sua cama às 23h, era mantido acordado na delegacia a noite inteira, sendo "espremido" — como dizem na televisão —, muitas vezes sem saber qual era o crime pelo qual o estavam detendo e sem saber ao certo quem eram seus acusadores. Gunther aprendera a não pedir a presença de um advogado; tais pedidos só faziam enfurecer os policiais, assim como os protestos de inocência.

— DEIXEM-ME PASSAR! DEIXEM-ME PASSAR! EU TENHO QUE VÊ-LA... Bliss! *Deixem-me passar!*

Enquanto dois policiais eram despachados para o chalé mambembe da alameda Piper, para, com a maior rapidez possível, buscar o criminoso sexual condenado/pedófilo Gunther Ruscha, a fim de interrogá-lo sobre o evidente homicídio de Bliss Rampike, de 6 anos, que acabara de ser comunicado ao Departamento de Polícia de Fair Hills, sucedeu que, às 15h07 de 29 de janeiro de 1997, surgiu exatamente o mesmo homem — rosto pálido, aparência desalinhada, esbaforido —, num Datsun '93 surrado, tentando entrar na alameda Ravens Crest, que estava bloqueada para todos os veículos, exceto os da polícia e de emergência, com um arranjo sem graça de flores brancas no assento a seu lado.

— Estas flores são para a Bliss! Ouvi a notícia terrível no rádio! Aquele anjinho foi ferido! Eu posso salvá-la! Posso levá-la embora! Ela é a minha amada! Sou seu amigo especial! Estas flores são para ela, policial! Por favor, deixe-me passar!

Mas o aflito rapaz de cabelo vermelho flamejante, com a palidez leitosa dos ruivos e os olhos verde-acinzentados olhando fixo, foi rechaçado por um patrulheiro de Fair Hills que não fazia a menor ideia de que aquele era o pedófilo do condado de Morris, que naquele exato momento era buscado para uma entrevista no DP de Fair Hills; só que o motorista do Datsun tinha parecido "agitado", "como se estivesse chapado com alguma droga", "com um buquê grande e esquisito de flores brancas para a garotinha morta". Isso porque Gunther Ruscha não foi a única pessoa ansiosa por entrar na alameda Ravens Crest naquela tarde e a ser despachada pelos patrulheiros de Fair Hills.

Às 12h29, fizera-se uma ligação para a polícia (quem a fez foi o reverendo Higley, gaguejando e quase incoerente), pedindo "socorro urgente" para o número 93 da alameda Ravens Crest; às 14h, o primeiro dos boletins de notícias foi ao ar no rádio e na televisão locais; ao longo da tarde, "a notícia se espalhou" por Fair Hills e suas imediações, numa erupção de emoções que ultrapassou até mesmo a *Schadenfreude*: *A Bliss Rampike morreu? Assassinada? Aquela menininha patinadora? O prodígio da patinação? Em sua própria casa, em sua própria cama? De madrugada, quando os Rampike estavam dormindo? Alguém arrombou a casa? Alguém tentou sequestrar a garotinha e, em vez disso, matou-a?*

Era o primeiro homicídio em Fair Hills em setenta anos.

Na casa dos Rampike e em sua vizinhança havia um enxame de policiais uniformizados e à paisana, técnicos especializados em analisar a cena do crime, paramédicos de emergência; na entrada da garagem dos Rampike e na rua havia numerosos veículos policiais, uma caminhonete da medicina forense e um centro móvel de comando. Um policial do Esquadrão Canino do Xerife do Condado de Morris chegou com Blazes, um pastor-alemão de dois anos, para farejar com explosiva energia e grandes esperanças a área externa da casa dos Rampike e as propriedades adjacentes, uma vala de drenagem e as tubulações de esgoto próximas e, na propriedade pertencente ao município, nos fundos do lote de dois acres dos Rampike, uma faixa de terra densamente arborizada, com cerca de 15 metros de largura, que corria paralela à alameda Ravens Crest para bloquear a visão que os proprietários teriam dos fundos não tão glamorosos das propriedades da alameda Juniper Pine, no condomínio vizinho. Blazes era um belo cão de olhos inteligentes e atentos, focinho preto e brilhoso, pelagem que parecia ter sido polida, a energia elástica e o latido agudo dos cães jovens, um animal muito admirado por seus treinadores, por sua brilhante capacidade de farejar e seu otimismo incansável; mas Blazes não estava captando nenhum cheiro crucial no arvoredo e já ia ser instigado a voltar em direção à casa dos Rampike, quando começou a latir furiosamente: é que, tropeçando pela vegetação rasteira, apareceu um indivíduo que viria a ser descrito pelos policiais que o capturaram como um homem branco de trinta e poucos anos, cerca de 1,80m de altura/68 kg, ruivo, "agitado" e "belicoso", carregando desajeitadamente um grande arranjo floral num vaso que respingava água na parte da frente das suas calças; ao receber do policial a ordem de parar, já que Blazes latia vigorosamente para ele, o ruivo ainda meio jovem continuou a avançar com desfaçatez, como se, pela simples insolência, pudesse conseguir passar por Blazes e pelo policial, declarando com voz estrídula:

— Eu... eu sou amigo da família Rampike! Eles estão me esperando em sua hora de aflição! Sou o amigo secreto da Bliss! Ela está à minha espera! Exijo vê-la! Estive nessa casa muitas vezes, como um amigo de confiança! Exijo ver a Bliss! Estas flores são copos-de-leite...

para ela! Não são para *vocês* — disse, enquanto o policial, auxiliado por outro, atracou-se com ele e o vaso e os copos-de-leite voaram pelos ares, e Blazes pulou sobre o ruivo enlouquecido, latindo ferozmente, e o derrubou no chão, na vegetação rasteira vitrificada por partículas de neve congelada; embora dominado por dois policiais e um pastor-alemão que pesava mais de 45 quilos, e embora um dos policiais pressionasse o joelho nas costas dele e amassasse seu rosto no chão, o homem continuou a lutar com um desespero maníaco, mesmo quando teve os braços puxados para trás e as presas pontiagudas e amareladas de Blazes rasgaram sua orelha esquerda:

— Bliss! Bliss! Eu amo você! Eu vim salvá-la!

ALGEMADO, ATURDIDO E SANGRANDO POR DIVERSOS FERIMENTOS no rosto e na cabeça, Gunther Ruscha veio a ser o primeiro suspeito* detido pela polícia na investigação do homicídio de Bliss Rampike — muito depressa, como a polícia de Fair Hills viria a ser universalmente elogiada: estima-se que menos de 12 horas após a morte da garotinha.

* Ah, o nosso pedófilo azarado! Ele também foi detido sob as acusações de invasão de domicílio, perturbação da ordem pública, recusa a obedecer às ordens de um policial, duas acusações de agressão a um policial e uma acusação de agressão a um cão policial. A fiança foi estipulada em 450 mil dólares.

Nosso pedófilo — II

"É ELE. SÓ PODE SER."

Foi prontamente descoberto pela polícia de Fair Hills que, em diversas ocasiões nos três anos anteriores, Gunther Ruscha tinha sido detido por patrulheiros por "conduta suspeita" na alameda Ravens Crest, onde, segundo os queixosos residentes nos números 89, 65 e 47, informou-se que ele andava "repetidamente" de bicicleta pela alameda sinuosa, indo até a extremidade sem saída ao final dela e voltando para o cruzamento com a Great Road; questionado pelos patrulheiros chamados ao local, Gunther conseguira convencê-los de que estava "apenas passeando de bicicleta" na vizinhança, porque a rua acabava num beco sem saída e havia pouco trânsito, e também porque esse era um "bairro lindo e tranquilo", que dava uma "sensação de santidade". Ruscha mostrara "disposição de colaborar", estava "desarmado" e era "residente em Fair Hills". Tomado de pesar por haver perturbado alguém, sugeriu solenemente aos policiais que lhe dessem permissão para se desculpar em pessoa com os queixosos e com a família (de sobrenome desconhecido, como fingiu o astuto pedófilo) que morava na casa colonial da alameda Ravens Crest nº 93. "É possível que alguém daquela casa também tenha me visto e se perguntado quem eu era. E se... se por acaso eu tiver ofendido... qualquer pessoa daquela família... uma criança pequena, por exemplo — as meninas pequenas são particularmente desconfiadas dos estranhos —, quero dizer quanto eu lamento muito, lamento muito, lamento muito."

Nem é preciso dizer que Gunther Ruscha não foi solicitado a "pedir desculpas" em pessoa e foi alertado a ficar longe da alameda Ravens Crest, caso contrário, seria preso.

* * *

"É ELE. AQUELE HOMEM..."

Foi rapidamente determinado pela empregada dos Rampike, Lila Laong — levada à delegacia policial de Fair Hills para observar, através do espelho falso, o tal de Gunther Ruscha, nervoso, de aparência doentia e olhar furtivo —, que aquele era o mesmo homem que fora de bicicleta à casa dos Rampike, semanas antes, no início de janeiro, e lhe entregara um buquê de flores — um "buquê lindo e grande de flores da primavera" — e um cartão manuscrito, que tinha a assinatura *G.R.* Lila havia "estranhado" a entrega das flores ser feita de bicicleta — e num dia tão frio! — por "um homem ainda moço, muito pálido", "ruivo e sem chapéu", "com um sorriso tão fixo que sua boca parecia esticada", e que "não estava vestido direito para um entregador"; e esse tal de G.R. era a mesma pessoa que tinha levado um presente no sexto aniversário da Bliss, no ano anterior:

— Ah, foi muito... incomum! No começo, foi... muito agradável. Bonitos pássaros empalhados numa caixinha de vidro, um pintarroxo e uma fêmea de passarinho vestidos de noivos, que a Sra. Rampike não quis deixar a Bliss conservar e me mandou jogar fora, porque aquilo era "repulsivo".

Ao lhe perguntarem por que o presente tinha sido "repulsivo", Lila Laong respondeu:

— Porque a Sra. Rampike disse que os passarinhos eram de verdade e não tinham sido "preparados" direito, como se faz com produtos químicos ao empalhar pássaros ou outros bichos, e por isso os pobrezinhos estavam apodrecendo por baixo das penas... Dava para sentir o cheiro — e Lila estremeceu ao recordá-lo.

Assim que *O Casamento da Srta. Pintassilgo com Dom Pintarroxo* foi para o lixo, disse Lila, a Sra. Rampike o esqueceu; Bliss tinha chorado, porque queria guardar o presente "especial", mas, após um ou dois dias, também o havia esquecido; é que a Bliss recebia muitos cartões e presentes de estranhos e sempre havia gente querendo vê-la, e a Sra. Rampike tinha muitas coisas em que pensar para dirigir a carreira da Bliss:

— A Sra. Rampike nunca achou que nenhum fã da Bliss ia querer machucá-la! Todos gostavam muito dela.

Lila tornou a estremecer e escondeu nas mãos o rosto arrasado pela tristeza.

* * *

(O CARTÃO MANUSCRITO DE GUNTHER RUSCHA, ASSINADO *G.R.*, um dentre as centenas de cartões guardados por Betsey Rampike em meia dúzia de álbuns na "sala dos troféus" da Bliss, do qual o leitor talvez se recorde, por causa de um capítulo anterior intitulado "O Casamento da Srta. Pintassilgo com Dom Pintarroxo", não tardaria a ser descoberto pelos detetives de Fair Hills e "positivamente ligado" ao pedófilo do condado de Morris. O laço se apertava ao redor do pescoço fino de G.R.!)

"ESSE HOMEM! ESSES OLHOS! QUANTA MALDADE NESSES OLHOS..."

Na chefatura de polícia de Fair Hills, estavam mostrando à mamãe "fotos de arquivo" de Gunther Ruscha. Como que tomada por uma vertigem súbita, mamãe oscilou na cadeira, segurando a cabeça, e Morris Kruk, que nunca se afastava de um cliente quando havia policiais por perto, inclinou-se para ela e a incentivou a respirar fundo, devagar e com calma, e a tentar recordar se já tinha visto aquele homem.

"Aquele homem" estava, na ocasião, encarcerado no Centro de Detenção Masculina do Condado de Morris, "em quarentena", separado dos outros detidos não pedófilos nem criminosos sexuais.

Foi um dia depois de acontecer *aquilo*: *aquilo* era o modo de os Rampike falarem, querendo dizer █████.

Assim como, para algumas pessoas, *D..s* é uma palavra que não se pode pronunciar, █████ não podia ser pronunciado na família Rampike.

Mamãe, papai e Skyler estavam na chefatura de polícia, eu acho. Sim, o Skyler estava lá.

Ele fora levado à delegacia de Fair Hills com mamãe, papai e o Sr. Kruk porque, onde quer que se olhasse, a Bliss não estava.

Skyler mal começava a compreender. Havia os restos mortais da Bliss, que tinham sido levados (para onde? Skyler não queria saber), mas a Bliss em si tinha sumido e não estava em parte alguma.

Muito estranho! Skyler olhava em volta, os olhos espremidos, prendendo a respiração, e *a Bliss não estava*.

E então lhe ocorreu a ideia maldosa de que a última vez em que a mamãe, o papai e ele tinham estado sozinhos assim, juntos e sem a Bliss, tinha sido fazia muito tempo, antes de Edna Louise nascer.

Com a voz débil, mamãe estava dizendo:

— ... esse homem! Conheço esse homem. Eu o vi nas competições de patinação da Bliss. A gente acaba reconhecendo os rostos das pessoas. O rosto dele!... eu o conheço. Ele foi muito agressivo ao gravar um videoteipe da Bliss. Um videoteipe de nós. A primeira vez que o vi foi anos atrás. Num rinque de patinação aqui em Fair Hills, aonde eu tinha levado o Skyler... não a Bliss, o Skyler... *Ele* também sabe patinar!... e então veio aquele estranho, que chegou muito perto de nós... que olhos! Que cabelo! E no pescoço ele usava uma echarpe de cor viva, laranja ou vermelha, e me perguntou se o meu filho era "uma linda menininha ou um lindo menininho", e eu disse: "O Skyler é meu filho." E anos depois, quando a Bliss ganhou seu primeiro título, o de Miss Debutante dos Patinadores Mirins 1994, com apenas 4 anos, lá veio esse mesmo homem para perto de nós, encostando uma videocâmera no nosso rosto, e eu me lembrei dele na mesma hora, daquele cabelo ruivo que não parece o cabelo de um homem normal, e daquele sorriso que parecia de borracha, e no pescoço ele havia amarrado uma echarpe de seda de um vermelho vivo, que não era nada que um homem normal usasse, e disse: "Na primeira vez que nos encontramos, Sra. Rampike, a senhora estava acompanhada por um lindo menininho patinador, e agora está com uma linda patinadorinha." Ah, meu Deus! Eu estava pondo meus próprios filhos em perigo, na presença de um pedófilo, e *não fazia ideia*.

Amargurada, mamãe começou a chorar e papai se aproximou para consolá-la, com a rigidez de um homem que saísse de um estupor. É que, durante todo esse tempo, papai estivera sentado em silêncio, com o olhar impassível fixado num canto da sala de entrevistas — sem janelas, iluminada por lâmpadas fluorescentes e fria como uma sala de autópsia —, como se não ouvisse nada do que era dito. Antes de entrar na delegacia (que prédio comum! — um andar só, parecia uma clínica dentária, situada na rua Charity, dividindo as instalações com o Cartório de Registro Civil e com um pequeno Tribunal sem janelas, sem maior interesse ou intriga que uma sala de aulas no Externato Fair Hills), papai havia parado na escadaria do lado de fora, olhando para o céu e fumando um cigarro com tragadas rápidas e sem o menor prazer; Skyler não se lembrava do pai fumando em nenhuma ocasião anterior, o que fez com que isso lhe parecesse estranho e errado. E também pareceu estranho e errado a Skyler que o pai não parecesse vê-lo, mas *olhar através dele*, como se o menino fosse um fantasma! — não Sky-boy,

Garotão nem filho, mas um fantasma! E nesse momento, o papai se levantou para consolar a mamãe, mas com uma expressão de tensão e desagrado, como quem consolasse uma criatura ferida ou doente para quem não suportasse olhar; a mão do papai pousou no ombro da mamãe e ela estremeceu, sem se virar para ele, enquanto o Sr. Kruk falava baixinho no ouvido dela. Coitada da mamãe, tão abalada com *aquilo*! Que nunca se recuperaria *daquilo*. Que fora levada de ambulância para o pronto-socorro do Centro Médico de Fair Hills ao desmaiar e cair no chão na sala de visitas, batendo a cabeça com força e voltando a si sem saber onde estava, ligada a um monitor cardíaco e obrigada a respirar oxigênio puro e com uma agulha intravenosa na dobra do braço direito, onde começara a desabrochar um machucado horroroso, cor de banana podre, e onde estava o Bix? Onde estava o Bix? Onde estava sua família? Que acontecera com sua família? Mas agora já era o dia seguinte e a mamãe tivera alta do centro médico e ali estava papai ao lado dela, e Morris Kruk estava ao lado dela, e a mamãe estava ansiosa por colaborar com os detetives de Fair Hills, que tinham sido muito gentis com ela e com o Bix, e em cujos rostos sombrios se via como aqueles homens estavam abalados com a coisa terrível que havia acontecido com a Bliss, uma "invasão de domicílio" ali em Fair Hills, um sequestro ou tentativa de sequestro, uma criança de 6 anos assassinada em sua própria casa, enquanto seus familiares dormiam em suas camas sem saber de nada: coisa de pesadelo!, de manchetes delirantes de tabloides! Foram designados para o caso os detetives Sledge e Slugg,* "veteranos" de longa data (como observariam os jornalistas, com graus variáveis de respeito/ironia) do Departamento de Polícia de Fair Hills, pequeno e típico dos subúrbios residenciais, onde as detenções corriqueiras costumavam ser por infrações de trânsito, embriaguez ao volante, consumo de bebidas alcoólicas por menores e tráfico de drogas (maconha e "estimulantes") na Escola Secundária Fair Hills, e onde ninguém tinha lembrança de uma investigação de homicídio, muito menos podia afirmar ter participado de alguma. E assim, os detetives Sledge e Slugg deslocaram-se pela casa dos Rampike com a cautela desajeitada de bois perplexos, tangidos para o matadouro, atrapalhando-se para tomar notas em bloquinhos de espiral, como tinham sido treinados a fazer; ambos se esforçaram para

---

* Nomes claramente fictícios, que guardam apenas a mais oblíqua relação onomatopaica com os sobrenomes desses policiais de Nova Jersey, agora aposentados.

se dirigir aos enlutados Rampike com respeito, pois estava claro que esses eram cidadãos ilustres de Fair Hills, obviamente muito ricos; Bruce Rampike, ao que parece, era um "alto executivo" da megaempresa Univers Inc., e Betsey Rampike era sócia do Clube Feminino do Vilarejo; ambos pertenciam ao exclusivíssimo Sylvan Glen Golf Club; moravam numa bela casa colonial num bairro residencial caríssimo; pertenciam à Igreja Episcopal da Trindade e eram amigos íntimos do reverendo Higley e sua senhora; ainda mais impressionante, os Rampike eram amigos do promotor do condado de Morris, Howard O'Stryker, para quem trabalhava o Departamento de Polícia de Fair Hills; eram amigos de Harry Fenn, ministro do Supremo Tribunal, e seu advogado era o "brilhante" e "controvertido" criminalista Morris Kruk. E a própria vítima do homicídio: não se tratava de uma "baixa" proveniente do abuso/negligência de pais drogados e empobrecidos, associados à notória incompetência do Serviço de Proteção à Infância de Nova Jersey — não era uma criança "de cor" de 6 anos que tivesse sido descoberta, depois de molestada, estrangulada e cheia de fraturas, num poço de elevador de um cortiço de Newark, ou numa caçamba de lixo atrás de um supermercado WaWa em Trenton. Aquela era uma criança de Fair Hills. Uma criança branca. Uma *criança famosa* de 6 anos! Isso porque, para grande aflição dos detetives Sledge e Slugg, o vilarejo normalmente idílico de Fair Hills já começava a receber um enxame de intrusos: furgões com equipes de televisão, jornalistas e fotógrafos, emissários insolentes do mundo da "mídia", com um terrível poder de expor, humilhar e vilipendiar aqueles veteranos meramente competentes e bem-intencionados, mas inexperientes, que tinham feito uma ascensão praticamente sem atrito pelas fileiras de um departamento de polícia de cidadezinha e que contemplavam a aposentadoria e as pensões generosas do serviço público; portanto, se a coisa indizível que acontecera na casa dos Rampike era uma espécie de incêndio, tratava-se de um incêndio que mal havia começado, um incêndio prestes a explodir numa conflagração, algo que os veteranos guardiões da lei desejavam desesperadamente *extinguir*.

— Skyler, você reconhece esse homem, meu filho? Não tenha pressa para responder.

Slugg falou em tom calmo. Ou talvez tenha sido Sledge. Homens de idade indefinida, muitos anos mais velhos que o pai de Skyler, rostos contraídos de inquietação e cansaço. Skyler foi levado a perceber que devia dizer *sim*. Como era intenso o desejo de que ele dissesse *sim*! Ele olhou para as "fotos de arquivo" — como na TV! — de um homem meio jovem, de ar assustado, olhar sombrio e austero e boca mole, machucada. Cabelo meio comprido, em desalinho. Quem era ele? O "criminoso sexual e ex-detento" que havia quebrado uma janela do porão da casa dos Rampike e entrado por ela rastejando, com a intenção de sequestrar a Bliss, e que em vez disso a tinha matado? Muito sedado (Serenex, Zomix), Skyler sentia dificuldade de raciocinar acima do rugido em seus ouvidos. Não saberia dizer quantas horas ou dias tinham se passado desde que "aquilo" acontecera. Seu coração lhe batia no peito, intenso e penetrante como um furador de gelo, pois todos os adultos no aposento o olhavam e aguardavam que falasse.

— ... você o viu em algum rinque de patinação? Viu?

— ... na alameda Ravens Crest? Do lado de fora da sua casa?

Skyler tentou refletir. Tinha visto aquele homem em algum lugar, sabia disso. Num dos rinques de patinação? O olhar fixo, a boca mole e machucada, que parecia a do próprio Skyler, porque ele andara mordendo os lábios. Os olhos do homem eram empapuçados como os do Skyler e havia neles aquela expressão abalada/culpada, *Por favor, tenha piedade, sou seu amigo.*

De repente, Skyler se lembrou: um espelho horizontal, um espelho que cobria toda uma parede num banheiro masculino, acima de uma fileira de pias. Nesse espelho, o homem de cabelo cor de ferrugem o observava, com um sorriso esticando os lábios borrachudos.

Skyler sacudiu prontamente a cabeça, não.

— Você quer dizer... não? Não reconhece esse homem?

Obstinado, Skyler abanou a cabeça. *Não.*

Mamãe o encarava, decepcionada. Com o rosto inchado e descolorido de tanto chorar. E papai, com a pele intumescida e de ar cansado, esfregou o punho de papaizão na boca.

Não! Skyler não se lembrava desse homem. Assim como não se lembrava *daquilo*.*

---

* Que coisa intrigante! Embora Skyler se "lembrasse" de ter visto Gunther Ruscha num banheiro masculino, certa noite, essa lembrança me é completamente inacessível, aos 19 anos. No entanto, eu me lembro de a haver "recordado", embora a lembrança original tenha desaparecido. E não faço ideia de por que não contei a esses adultos que o tinha visto, se era essa a verdade, pois por que eu haveria de *mentir* numa ocasião como essa?

Inferno dos tabloides — I

EX-PRESIDIÁRIO PEDÓFILO CONFESSA:
"EU MATEI A BLISS"
Pervertido de 35 anos, de Fair Hills, NJ,
em liberdade condicional após cumprir
18 meses de pena de 3,5 anos

New Jersey Sentinel
10 de fevereiro de 1997

"MATEI A BLISS PARA SALVÁ-LA"
DIZ EX-PRESIDIÁRIO RUSCHA, ESTUPRADOR DE BEBÊS
Prodígio da patinação, de 6 anos, morre
enquanto a família dorme no andar de cima

Star Eye Weekly
10 de fevereiro de 1997

ASSASSINO DE BLISS RAMPIKE, DE 6 ANOS, CONFESSA
Ruscha, ex-presidiário molestador de crianças,
indiciado em Fair Hills, NJ
"Matei a Bliss porque a amava"

The Trentonian
11 de fevereiro de 1997

QUE VALOR TEM A CONFISSÃO DE RUSCHA?
Polícia de Fair Hills: "Investigação continuará"

The Star-Ledger*
12 de fevereiro de 1997

* Leitor, repita *ad nauseam* essas manchetes, acompanhadas por fotos de toda a primeira página dos tabloides, mostrando a linda e pequenina Bliss Rampike e seu suposto assassino, Gunther Ruscha. E fotos de Betsey Rampike e de Bix Rampike. E aquela foto da família Rampike tirada para nosso cartão de Natal de 1996. Se você tiver estômago para engolir essa porcaria, ótimo. Para mim, não dá! Embora seja verdade que cresci na penumbra fervilhante do inferno dos tabloides, e que o próprio sobrenome "Rampike" foi carregado por mim como quem portasse a ignomínia de uma imagem obscena gravada na testa, consegui bloqueá-lo do lado de fora. Quase todo.

Nosso pedófilo — III

COM A VOZ AGUDA E EMBARGADA, ELE DECLAROU BRAVAMENTE:

— Fui eu. Sou eu o assassino de Bliss Rampike. Somente eu.

Como brotaram dele essas palavras! Na chefatura de polícia de Fair Hills. Naquela sala de entrevistas sem janelas, iluminada por lâmpadas fluorescentes. E sem necessidade de advogado. Insistindo: nada de advogado.

— Pelo que a minha mão fez acontecer eu devo ser punido. Sou eu o culpado.

Com tal presteza Gunther Ruscha confessou o crime aos detetives da polícia de Fair Hills, mas de forma tão incoerente, em mais de trinta horas de entrevistas digressivas durante um período de vários dias, que os investigadores constataram ser muito difícil cotejar, destilar e confirmar essa afirmação. A princípio, Ruscha lhes disse que tinha ido à casa dos Rampike para "surrupiar a Bliss" — confundiu sua tentativa de levar flores para a menina, no momento em que fora detido, com a aproximação da casa dos Rampike pelo arvoredo e a entrada nela por uma janela do porão, na noite do assassinato; ficou claro que, de algum modo, Ruscha tinha confundido esses dois incidentes, mas, quando os detetives o questionaram, pareceu não ouvir, repetindo com voz trêmula: "Sou eu. Sou eu o assassino da Bliss Rampike. Só eu."

Como brilhavam os olhos do Ruscha! Olhos vítreos, verde-acinzentados, com pálpebras agitadas, de borda vermelha, e cílios de um vermelho pálido que pareciam ter sido parcialmente arrancados. Encarcerado no Centro de Detenção Masculina do Condado de Morris, separado numa ala de "quarentena", para impedir que fosse atacado por outros detentos (normais, não pedófilos/pervertidos), o pedófilo não se barbeara nessa manhã nem parecia ter tido tempo de tomar banho, porque seu corpo esguio/reptiliano cheirava francamente a suor, ansiedade e culpa.

O que se pôde corroborar da declaração de Ruscha foi sua admissão de ter ido numerosas vezes de bicicleta à alameda Ravens Crest e de haver chegado duas vezes à porta dos Rampike; de ter comparecido a competições de patinação de Bliss Rampike, nas quais chegou cedo, ficou até tarde e gravou em vídeo o maior número possível de "momentos preciosos da Bliss"; e de ter escrito para ela, mandando cartões, cartas e "presentinhos especiais", por um período de aproximadamente dois anos.

Havia um "acordo secreto" entre Bliss Rampike e Gunther Ruscha, segundo o que ele afirmou. Desde o começo, os dois haviam conseguido "fazer seus pensamentos voarem" de um para outro; compartilhavam sonhos — "Mais reais, muito mais reais do que isto aqui ou vocês!"; era quando Bliss o chamava com o pensamento, em desespero, que ele ia ao encontro dela, de bicicleta pela alameda Ravens Crest, passando pela bela residência dos Rampike, situada num ponto afastado da rua, no final de uma entrada de garagem ascendente e recoberta de cascalho; incansável, Ruscha pedalava até o fim da alameda e contornava a pracinha que terminava a rua, voltava e passava pela entrada da garagem dos Rampike — "muito mais vezes do que as pessoas reclamaram"; e à noite, quando raramente era detectado, Ruscha captava "sinais secretos" de sua querida Bliss no interior da casa, numa janela do segundo andar que dava frente para a rua:

— Eles a mantinham em cativeiro por lá. Creio que não eram seus pais de verdade, acho que a adotaram. "Eles a compraram." Essas coisas acontecem. Ela era um anjo na terra, os Rampike a "compraram". Faziam coisas terríveis com ela, a Bliss me contou! Na janela, Bliss acendia uma vela para me dar o sinal. Ou então acendia uma lanterna e a piscava, como se fosse o código Morse. "Ajude-me, Gunther, estou muito sozinha neste lugar, Gunther, tenho muito medo, não me deixe com essas pessoas terríveis, sim, Gunther?"*

A voz de Ruscha embargou-se ao narrar esses apelos. E nas competições da Bliss, em meio a uma de suas apresentações no gelo,

* Que coisa mais estranha! Não estou gostando nem um pouco disso. Do fato de o discurso delirante de Gunther Ruscha fazer eco às palavras da minha irmã para mim. Que eu sei que só podem ter sido destinadas a *mim*.

ela "fixava os olhos" nos de Gunther, sempre sentado mais ou menos no mesmo lugar na arena; nos videoteipes de Gunther, via-se como a espantosa patinadorinha-prodígio, ao deslizar, dar voltas, girar, rodopiar, saltar e "dançar" no gelo, conseguia dar-lhe seu sorrisinho secreto.

Quando os detetives lhe perguntaram por que, já que amava Bliss Rampike, ele a havia matado, Ruscha tornou-se vago e agitado, a princípio insistindo em que não tivera a intenção de "fazer mal" a ela, mas apenas de "surrupiá-la", pois, a despeito da diferença de idade, eles eram "almas gêmeas". Ruscha foi vago a respeito do lugar para onde "surrupiaria" a menina de 6 anos, assim como foi vago, alvoroçado e não muito coerente ao contar aos detetives que tinha atravessado o arvoredo para chegar à casa dos Rampike na noite do assassinato, que fora convocado por Bliss, quebrara uma janela do porão, entrara rastejando por ela e subira ao segundo andar andando pela casa às escuras:

— A Bliss me puxou para ela em pensamento. Foi como um dos nossos sonhos.

E no quarto da menina, ela o esperava na cama. Ruscha agitou-se ao falar, afirmando que o ocorrido tinha sido um acidente:

— Na escada, a Bliss caiu. Não pude salvá-la. Por isso a escondi no porão. Não sei por quê. Os noticiários falaram em "ataque brutal". Não foi "brutal", foi um acidente! A Bliss caiu do meu colo e bateu com a cabeça. Ficou machucada. Sangrando. Eu vi.

Ao lhe perguntarem por que não tinha pedido socorro, se a menininha estava ferida, Ruscha baixou a cabeça e deu com a testa na mesa a que estava sentado, murmurando:

— Porque sou um covarde. Eu mereço morrer.

No entanto, na manhã seguinte, a história de Ruscha havia mudado de tom e se tornado mais sombria e lasciva, porém mais romântica; é que durante a noite, em sua cela no interior sórdido do centro masculino de detenção em Morristown, por algum motivo Ruscha fora levado a recordar de outra maneira o que tinha feito com sua querida Bliss Rampike:

— Detetives, foi um pacto suicida. Tínhamos decidido morrer. Para fugir do mundo que nos julgaria com um rigor implacável. O plano era que eu "extinguiria" a vida da Bliss, de maneira indolor. E depois eu me mataria. E assim fiz. Mas então, foi tão terrível ver a minha amada sem vida, que perdi a coragem de me matar. Fui covarde, fugi. Saí correndo pela noite. Deixei minha querida para trás e fugi na madrugada. E pensei: *Quem sabe isto é um sonho?* Era muito parecido com alguns sonhos que nós dois tivéramos. Quando eu for executado pelo estado de Nova Jersey, porém, vou remediar as coisas. Serei perdoado. A Bliss verá que não a abandonei. Verá que a matei para salvá-la. Matei-a porque eu a amava. Ninguém amou a Bliss Rampike como eu! Eu a amo agora, nunca deixarei de amá-la. Quando eu morrer, ficarei com ela. Tenho que ser castigado. É merecido e justo. A mamãe tem que compreender e me deixar *partir*.

Ruscha desabou, aos soluços; no entanto, sua expressão, guardada para a posteridade no videoteipe cheio de chuviscos do DP de Fair Hills, era radiante. Ali estava a própria cintilação da loucura, ou de quem já foi, como o mártir São Sebastião, transfigurado pelo sofrimento.*

"ENOJANTE".

Expediu-se um mandado para autorizar a polícia de Fair Hills a revistar a casa de Ruscha na alameda Piper, e lá, nas instalações particulares do pedófilo no segundo andar, onde a Sra. Ruscha admitiu não haver entrado fazia anos, descobriu-se o tesouro secreto do acusado.

Nas paredes, cobrindo quase todos os centímetros de espaço no nível dos olhos, havia fotografias de Bliss Rampike com seus deslumbrantes trajes de patinação, sorrindo timidamente para a câmera ou se apresentando no gelo; na parede próxima à cama estreita do pedófilo (cuja colcha, sou obrigado a revelar — embora nem

---

* Está claro que Gunther Ruscha era um homem consumido pela culpa e pela vergonha; no entanto, o fato de em trinta e tantas horas de confissões digressivas ele não ter falado uma só vez num "bilhete de resgate", nem tampouco na echarpe de seda vermelha usada para amarrar os pulsos da Bliss acima da cabeça, parece sugerir que Ruscha estava meramente confabulando e não era o assassino. Entretanto, ninguém menos do que E. L. Lance, um especialista do FBI, ao comentar o "confuso e atamancado" caso Rampike, anos depois, chegou à conclusão de que Ruscha seguia o padrão do "mais dissimulado e engenhoso" dos matadores psicopatas: aquele que "confessa" de tal modo que sugere um delírio e, portanto, inocência, ao mesmo tempo que deixa argutamente de abordar fatos cruciais que corroborem sua culpa. Seguindo esse padrão, o assassino psicopata não deixa nenhum vestígio seu na cena do crime, o que aconteceu com Ruscha. "Na minha opinião, Ruscha foi o sequestrador/assassino de Bliss Rampike. Não os pais."

um só leitor dentre vocês desse a mínima se eu não o fizesse, e sequer sentisse falta de um detalhe tão banal, se ele não fosse enfiado aqui à força, num parêntese descarado, quando seu desejo evidente é seguir adiante e ver que diabo havia na parede de Ruscha —, essa colcha, desbotada e manchada de sabe Deus que secreções pastosas/endurecidas do pedófilo/pervertido, era azul-clara, decorada com símbolos náuticos de menino, silhuetas compulsivamente repetidas de fragatas, navios de guerra, baleias saltitantes e âncoras) havia desenhos piegas e sentimentaloides em pastel de Bliss Rampike como um anjinho patinador; cuidadosamente arrumados em rigorosa ordem cronológica, nas prateleiras de uma estante Ikea de um metro e meio de altura, feita de pinho não tratado, encontravam-se videoteipes de concursos de patinação para meninas, a partir de 1986 (quando o pedófilo tinha apenas 23 anos), muito antes da estreia de Bliss Rampike como patinadora infantil. (E que sorte tiveram essas jovens patinadoras anônimas!) Entretanto, com o espetacular surgimento da Miss Debutante dos Patinadores Mirins de 1994, no Dia dos Namorados daquele ano, no rinque de Meadowlands, o pedófilo descobriu o seu destino, Bliss Rampike, e os filmes de outras meninas patinadoras, apesar de ocuparem certo espaço nas fitas de Ruscha, passaram a ter um jeito de algo acidental e aleatório.

"Enojante."

A revelação chocante foi que Gunther Ruscha vinha seguindo Bliss desde fevereiro de 1994. Como era possível que o pedófilo alto, desengonçado e ruivo tivesse conseguido gravar horas de vídeos da Bliss treinando no rinque de Halcyon? (Devia ter usado um disfarce, ou disfarces.) Havia muitas gravações de Betsey Rampike com a filha no carro na alameda Ravens Crest, levando-a e trazendo-a da cidade; havia numerosas cenas borradas, gravadas em shoppings e estacionamentos; Betsey e Bliss, e às vezes Skyler, entrando ou saindo do carro ou da minivan de Betsey; havia gravações da chamativa família Rampike — o bonitão e risonho Bix, a glamorosa e sorridente Betsey, as gracinhas de crianças de roupa domingueira e sapatos engraxados — entrando na antiquada Igreja Episcopal da Trindade, em meio a um fluxo de outros fiéis brancos bem-vestidos. (Um dia, seria espantoso para Skyler ver seu pequeno eu com a família, sem saber que estava sendo captado em videoteipe para uma posteridade sensacionalista e inimaginável: um garotinho de 7 ou 8 anos, de aparência comum, andando ao lado do pai sem nenhuma claudicação discernível, o que é estranho, porque sei que eu mancava e sei que meu rosto de menino era desfigurado pela expressão carrancuda.) Havia até uma gravação surrealista da mamãe, Skyler e Bliss sendo gravados juntos em vídeo nas nossas roupas de domingo, ou talvez fosse um aniversário da mamãe: Bliss e Skyler de mãos dadas e a mamãe atrás, inclinando-se sobre nós com um sorriso feliz, os três fazendo pose numa colina do (acho) Parque da Batalha de Fair Hills (onde não me dei o trabalho de levar os leitores, visto que nada de importância neste documento jamais aconteceu por lá, eu achava), sendo gravados em videoteipe por papai, parado a poucos metros de distância, segurando sua nova filmadora compacta, com um radiante sorriso de amor paterno por sua familinha; e em algum ponto nas imediações, escondido, espreitava o pedófilo Ruscha, ousando filmar os Rampike sem o conhecimento deles. (E se o papai tivesse sabido? Se tivesse visto o Ruscha? É possível que *Minha irmã, meu amor: a história íntima de Skyler Rampike* nunca fosse escrito, e que você, leitor, e eu, enredados em suas páginas como a infausta família de Laocoonte aprisionada pela serpente gigantesca, nunca viéssemos a nos conhecer.)

Como é difícil, até para o irritadiço/pessimista/paranoide Skyler, captar a ideia de que durante anos os Rampike foram observados por um estranho, de que momentos de sua vida lhes foram arrebatados e preservados em vídeos e filmes, e de que em algumas dessas cenas, de um modo sumamente inesperado, Skyler parecia jovem e inocente, *uma simples criança*.

E no entanto, o leitor sabe, como eu sei, que isso não pode ser verdade.

Em álbuns cor-de-rosa de papel cuchê, não muito diferentes dos preferidos por Betsey Rampike, Ruscha tinha inserido, amorosamente, recortes plastificados de entrevistas com a Bliss, extraídos de publicações como *People*, *New Jersey Lives*, *Galleria* e *The Star-Ledger Magazine*; matérias de jornal sobre as vitórias da Bliss na patinação: Miss Debutante dos Patinadores Mirins, 1994; Miss Princesinha do Gelo de Paramus, 1995;* Rainha Mirim dos Estados do Atlântico (Competição Regional), 1995; Miss Princesa Mirim dos Patins de

* Que estranho, eu não me lembrava desse título; não há nenhum registro dele em meu manuscrito; no entanto, Gunther Ruscha lembrou-se e o guardou como relíquia nesse álbum, para que não se perdesse.

Ouro, 1996; Miss Princesinha do Gelo de Jersey, 1996; Miss Jubileu de Patinação Feminina Mirim Norte-Americana, Primeira Colocada, 1996. E muito mais.

Na vida de uma figura pública, sempre tem de haver mais.

(Da derrota e humilhação da Bliss na competição Hershey's Kisses não havia nem sinal. Gunther Ruscha era muito protetor, apesar de declarar que tinha matado minha irmã.)

Um material ainda mais perturbador foi descoberto num nicho bolorento adjacente ao quarto de Ruscha, onde o pedófilo tinha uma espécie de oficina ou estúdio; ali os detetives encontraram mais desenhos a pastel e retratos de Bliss Rampike em tinta acrílica, estranhamente lustrosos, que destoavam do tema "poético":

— Uma Bliss Rampike muito novinha (4 anos?), fazendo pose de patins na ponta dos pés, com uma saia de tule amarelo-narciso, top de lantejoulas e fitas lilases flutuando no cabelo dourado claro.

— Uma Bliss ligeiramente mais velha, "sedutora" e menos tímida, vestindo o sensual traje de lantejoulas vermelhas usado para dançar o *Bolero,* com o corpete com enchimento (só um pouquinho), saia com fenda lateral e calcinhas pretas vislumbradas por baixo (as quais o artista amador havia tentado representar, como descobriram os detetives, enojados, usando um pedacinho de renda preta de verdade).

— Uma Bliss etérea, "angelical", de roupa de bailarina feita de renda antiga, ajustada como uma luva ao seu corpinho, com uma saia vaporosa de tule branco, uma sugestão de calcinhas de seda brancas, meias de renda branca e o cabelo cinza-claro trançado como uma coroa, sobre a qual repousava uma tiara de ouro branco.

— Olhos fechados e mãos cruzadas no peito, Bliss deitada de costas no que parecia ser um caixão de marfim branco, com seu traje de veludo chocolate debruado de dourado, usado na competição Hershey's Kisses; aparentemente

serena, com um sorrisinho meigo nos lábios de botão de rosa; mas as pálpebras eram transparentes, como se a menininha espiasse por elas; chegando perto, o sujeito via o brilho de um olhar azul-cobalto fixado *nele*.

Em todas as representações da Bliss feitas por Ruscha, a menininha loura era retratada de forma tosca, porém terna; o rosto, enjoativamente sentimental, ainda assim era reconhecível como o rosto de Bliss Rampike.

— Meus Deus! O que mais vem aí?

Igualmente repugnantes para os detetives foram as escrevinhações floreadas de Gunther Ruscha, guardadas num livro grande com encadernação de couro e a etiqueta BLISS, MINHA AMADA:

BLISS, MINHA AMADA

Tu, meu destino, e eu o teu...
Jamais entenderei
Os fados cruéis de Deus para o homem...
Tu, uma criança; eu, um homem....
Destino cruel, não ousamos nos unir.

BLISS, MEU DESTINO

Chama-me, querida, e estarei a teu lado...
Na sepultura serás minha esposa...
Tuas pequenas pegadas na neve...
Revelam para onde devo ir.

"MISS PRINCESINHA DO GELO DE JERSEY, 1996"

Nenhuma é mais linda que você
Nenhuma é mais angelical que você
Nenhuma é mais perfeita que você
Ninguém é mais abençoado, por ser você.

CANÇÃO DA INOCÊNCIA

Quem vive na beleza é uma criança
Que desconhece o desvario do coração do homem.
Quem vive na alegria um dia há de chorar
Tantas promessas ela fez e não poderá cumprir.

ANJO CRUEL, OUVE-ME!

Ah, ser o gelo
Sob teus afiados patins,
Nos grilhões do êxtase
Estou... teu destino!

Enojados, os detetives examinaram algumas das páginas manuscritas. Aquilo eram "rimas", "poesia"? Mais de sessenta páginas de poemas de amor pedófilos, mas vou poupá-lo, leitor.

Felizmente, Ruscha não tinha computador. Era o ano de 1997, um pouco cedo demais para que o pedófilo médio houvesse percebido as possibilidades da Internet para a pornografia infantil. E assim, leitor, seremos poupados de porcarias ainda mais desprezíveis.*

Ca*cete*! Olhe só para *isso*!

Ainda mais perplexos, os detetives de Fair Hills descobriram, no porão malcheiroso da casa de Ruscha, o que parecia ser uma oficina de taxidermista: numa mesa cheia de manchas e arranhões havia diversos bichinhos toscamente "empalhados" (esquilos, tâmias, camundongos, um filhote de rato com a cauda dura e pontuda e o bigode eriçado) e ainda alguns pássaros (principalmente pardais, mas também um gaio-azul, um cardeal e um pintarroxo doméstico mutilado); havia ali um cheiro intenso de formol, em meio a um odor ainda mais pungente de decomposição orgânica. Será que Gunther Ruscha, famoso desde longa data como o pedófilo do condado de Morris, também tinha sido em segredo, durante todo esse tempo, um taxidermista amador? Dentro de várias caixas de plexiglas havia tentativas de arranjos "artísticos" de animais empalhados e, numa delas, que parecia ter sido a favorita de Ruscha, pois era exibida numa mesa de pedestal, havia um pássaro mais ou menos do tamanho de um cardeal, mas com plumas ouro--claro que pareciam ter sido pintadas; o passarinho tinha olhos de vidro mal encaixados e, em seus pezinhos minúsculos, patins de gelo miúdos,

---

* Estarei sendo demasiadamente "rigoroso", "crítico"? Estarei ultrapassando a fronteira tácita entre Autor e Leitor e falando com demasiada franqueza, quando deveria buscar tons mais sutis e modulados? Se existem pedófilos entre meus leitores, posso me permitir ofender e alienar alguém? Pois então, deixem-me dizer: para os leitores com um interesse "científico" nos delírios da mente lunática, a *Obra completa de Gunther Ruscha* — poemas de amor, reproduções de "obras de arte" — está disponível no monturo do ciberespaço. Investigue por sua própria conta e risco!

feitos de metal dourado. E na cabeça levantada e insolente do pássaro havia uma pequena tiara dourada. A avezinha de plumas douradas patinava sobre um dos pés numa superfície de papel-alumínio que pretendia sugerir gelo, de asas abertas, e nas laterais da caixa de plexiglas uma plateia de pequenos pássaros, quase todos pardais, assistia, aplaudindo com as asas. Borrifara-se purpurina nos lados do plexiglas. O efeito era ternamente gracioso e grotesco. O cheiro era inconfundível.

Em silêncio, os detetives Sledge e Slugg contemplaram essa vitrine infernal, tapando o nariz com um lenço. É que esses policiais de Fair Hills, "veteranos" tarimbados da força policial, nunca tinham visto nem cheirado nada tão bizarro.

— O que você acha? Ele ia empalhar a menina?*

---

* Se algum de meus leitores acha isso engraçado, não é.

Não se sabe se Sledge ou Slugg teceram esse comentário. Embora nenhum dos dois tenha incluído essa especulação mórbida em seu relatório, ela logo se tornou parte da lenda de Gunther Ruscha, mantida no ciberespaço por indivíduos convencidos de que GR era um assassino em série embrionário e engenhoso, que havia planejado matar e "empalhar" sua querida Bliss.

Nosso pedófilo — IV

— CACETE! OLHA SÓ O SACANA!

Às seis horas da manhã do Dia dos Namorados de 14 de fevereiro de 1997, exatamente três anos depois de Gunther Ruscha ter visto Bliss Rampike pela primeira vez, seu corpo inerte foi encontrado em sua cela no Centro de Detenção Masculina do Condado de Morris, numa postura "contorcida e convulsionada" no chão, ao lado da cama. No pescoço o assassino confesso tinha prendido um laço tosco, feito de uma camisa rasgada, e amarrara uma das pontas na cabeceira de ferro da cama; de algum modo, com um esforço desesperado, ele tinha conseguido estrangular-se, impulsionando o corpo para baixo repetidas vezes. O médico legista declarou que a morte de Ruscha fora "autoinfligida" — o "suicídio mais inusitado" da história do centro de detenção, onde os presidiários geralmente se enforcavam nos chuveiros ou pendurados nas luminárias, ou então, depois de fabricarem facas toscas com escovas de dentes e objetos similares, cortavam uma artéria.

Cuidadosamente colocado no travesseiro de Ruscha estava um bilhete manuscrito:

FUI AO ENCONTRO DA MINHA AMADA.
SOU "O OLHO QUE VÊ".*
G.R.

* "Sou o Olho que Vê" foi uma afirmação tardia de autoria do bilhete de resgate, o que levou os investigadores a se perguntarem: será que Ruscha apenas ouvira falar do bilhete, ou de fato o teria escrito? Os comentaristas abalizados no assunto se dividem: 52% creem que Ruscha o escreveu, usando material (papel, caneta) encontrado na casa dos Rampike; 37% acham que Betsey Rampike o escreveu; 9%, que o autor foi Bix Rampike; e 2%, "outros".

Não houve nenhuma tentativa de reanimar Ruscha quando seu corpo foi encontrado, nem por parte dos guardas presidiários nem dos paramédicos do pronto-socorro, pois ficou claro que Ruscha tinha morrido horas antes.

A notícia foi imediatamente divulgada para o público em âmbito nacional: o "assassino confesso" de Bliss Rampike estava morto, "por suas próprias mãos".*

A ESSA ALTURA, FAZIA MUITO TEMPO QUE O CORPO "AUTOPSIADO" de Bliss Rampike fora finalmente liberado pelo médico-legista do condado de Morris, Dr. Virgil Elyse, e sepultado no cemitério da Igreja Episcopal da Trindade. Oficiara-se uma cerimônia fúnebre na igreja, à qual comparecera apenas um número "seleto" de parentes e amigos íntimos dos Rampike, mas a igrejinha tinha ficado repleta de pessoas enlutadas, dentre elas um número impressionante daqueles moradores de Fair Hills um dia listados na pirâmide secreta de nomes da mamãe. E quantas flores! Uma inundação de flores, quase todas brancas, de um branco ofuscante, lírios e outras flores da primavera, em volta do caixãozinho (fechado) dolorosamente pequeno, de um branco reluzente, colocado diante do altar.

A fragrância enjoativamente adocicada dos copos-de-leite impregnou a igrejinha antiquada e "histórica" como uma expiração.

Do lado de fora, na avenida Highland, nesse bairro de velhas residências recuadas da rua e com ar de aristocrática dignidade, juntou-se uma multidão que viria a ser chamada de "turbulenta" — "quase toda formada por pessoas de fora". Essa massa de aproximadamente mil pessoas começara a se acumular já às seis horas da manhã. Havia policiais de Fair Hills, inclusive o Esquadrão Equestre (um grupo de elite

* Você acredita nisso? A Sra. Ruscha nunca acreditou: "Mataram meu menino. Fizeram-no 'confessar' e depois o mataram." Logo depois da morte de Ruscha, começaram a dizer que ele se enforcara daquele jeito canhestro "com uma ajudinha" de um ou dois guardas, e que essa "ajudinha" tinha sido a expressão populista da honrada repugnância que a comunidade de Nova Jersey sentia pelo pedófilo; com o tempo, começaria a ser sugerido que talvez a "ajudinha" tivesse sido comprada pelo representante do representante de um sócio do arguto M. Kruk. (Ei, eu sei: eu não deveria divulgar boatos dessa natureza neste documento objetivo, mas, e se os boatos forem verdadeiros?)

formado por cinco belos cavalos e cinco policiais), a postos para orientar o trânsito e manter a ordem. Embora os Rampike tivessem sido avisados e um pequeno pelotão de guardas de segurança tivesse sido contratado para proteger a família da mídia, cada vez mais invasiva, bem como dos fãs enlutados de Bliss Rampike, eles se surpreenderam com o tamanho da multidão e com o alvoroço provocado por seu aparecimento, ao descerem de um Lincoln Town Car e subirem os degraus de pedra da igreja. Gritos de "Betsey!", "Betsey!" e "Bix!" os seguiram.

Para Betsey Rampike, foi espantoso que, na morte, sua linda filha parecesse conquistar com tamanha rapidez um grau de fama que nunca tivera em vida, e que ela própria, Betsey, a mãe devastada pela perda da Bliss, parecesse também ter ascendido a esse plano sagrado.

Foi como uma anunciação. E tão depressa!

Bix Rampike, tez lívida e expressão impassível, olhou diretamente para a frente e não registrou a presença da multidão. Por trás dos óculos escuros, Betsey piscou para conter as lágrimas e sorriu — com ar tristonho, valente —, erguendo a mão enluvada para os rostos extasiados e os olhos dos estranhos, marejados de lágrimas que espelhavam as suas.

— Betsey, Deus a abençoe!

— Betsey, nós adorávamos a Bliss!

— Betsey, a Bliss está com Jesus!

Betsey queria muito parar, segurar as mãos dos estranhos entristecidos, falar com eles e compartilhar suas lágrimas, mas os dedos fortes de Bix a seguraram pelo braço sem o menor sentimento e a empurraram para adiante.

Ela usava elegantes óculos escuros para esconder os olhos abatidos e inchados, e se atrapalhou para tirá-los ao entrar na igreja. A mãe enlutada estava toda envolta em negro: casaco preto cintado de caxemira, com gola e punhos de vison preto, chapéu preto debruado de vison, luvas de couro preto. O batom vermelho era um talho no rosto pálido e empoado, que parecia ter perdido sua forma, como massa de pão por assar. Notou-se que Betsey Rampike parecia ter engordado, como se estivesse inchada. E Bix Rampike, observou-se, estava estranhamente — "atipicamente" — sisudo, absorto. Movia-se com passos pesados, quase se encolhendo, como um atleta aturdido pela derrota, sem uma ideia clara da gravidade dos danos sofridos. (E será que Bix estivera bebendo? Bix estava *bêbado*?)

— Betsey! Bix! Estamos rezando por vocês!

Em seu banco na primeira fila, os Rampike foram ladeados pelos numerosos parentes de Bix — irmãos, irmãs, tios, primos, a mãe dele, Edna Louise, que já então era uma senhora idosa e enfraquecida, recurvada como um urubu-caçador, com a parte inferior do rosto congelada numa careta de assombro, mágoa e perplexidade, como quem sofreu um derrame; durante o sermão fúnebre do reverendo Higley, a vetusta Sra. Rampike sussurrava no ouvido de Bix, puxando petulantemente sua manga. ("Quem é esse homem? O que ele está dizendo sobre a minha neta? Quem lhe deu esse direito? Por que estamos aqui?") Nenhum membro da família Sckulhorne estava presente, porque Betsey havia rechaçado seu desejo ansioso de vir de Hagarstown numa minivan para comparecer à cerimônia. ("Agora não! Agora é tarde demais! Vocês não conheceram a minha linda Bliss em vida e não vão conhecê-la nem explorar sua fama na morte. O nosso luto não é de vocês.") Um organista tocou Bach: "Jesus Cristo, nosso Redentor." Uma soprano cantou *Ó Cristo, que és a Luz e o Dia*, com uma voz de segurança emocionante. O coro da Trindade ergueu-se para entoar *Ave meu Sagrado Jesus!* Nesse momento, já se sabia que o pedófilo assassino de Bliss Rampike fora prontamente detido pela polícia de Fair Hills e tinha confessado; e agora, disse em tom grave o reverendo Higley, contendo as lágrimas no púlpito, o esforço consistia em dar início à tarefa de "curar", de "contribuir para dar apoio à família Rampike" nessa hora de "tragédia e dor incomensuráveis".

Na antiquada igrejinha "histórica" da Trindade, tal como no "histórico" cemitério coberto de neve nos fundos, onde Bliss Rampike, em seu caixão branco e reluzente, tamanho infantil, foi "conduzida ao repouso eterno", houve muitas lágrimas, tenha certeza. Mas nenhuma delas foi de Skyler Rampike: por quê?

Skyler não estava presente. Não compareceu ao funeral da irmã. Skyler estava de quarentena.

(Na verdade, você sentiu falta dele? Será que a ausência do tampinha foi notada por alguém?)

Corte rápido! Deixemos a solene "cena da igreja", trêmula com o exibido organista (inglês) da Trindade, a tropeçar e retinir para cima e para baixo pelos teclados, emitindo um Johann Sebastian Bach, esse clássico dos clássicos, ainda mais ensurdecedor, e então nos veremos num cômodo não identificado, com velhos e deselegantes móveis "de boa qualidade", vagamente relembrado pelo Skyler, através da tela de manta de algodão produzida pela névoa de Serenex/Zomix, como o quarto designado como "seu", ao qual ele fora levado para ficar com a mamãe numa casa severa e antiga, estilo inglês Tudor, com cheiro de naftalina, que devia pertencer a uma das velhas viúvas ricas que eram amigas da mamãe da igreja, Frannie Squires ou Adelaide Metz, que se haviam mostrado ansiosas por hospedar os Rampike depois que *aquilo* aconteceu, porque o Skyler não conseguia mais dormir no seu quarto, nunca mais naquele quarto onde de madrugada, mesmo no torpor do Zomix, sua irmã Bliss, descalça e tremendo de frio em sua camisola, abria a porta pedindo *Skyler, me ajude, Skyler me ajude, tem uma coisa ruim na minha cama*, o que fazia o Skyler acordar aos gritos e se debatendo, seu coração de tampinha disparando com o dobro dos batimentos normais, e a mamãe não conseguia dormir naquela casa "amaldiçoada" em que "Satanás" tinha posto os pés, porque o coração dela estava "despedaçado", como a mamãe dissera aos prantos em numerosas entrevistas "exclusivas". Com certeza era e sempre seria verdade que o Skyler não podia dormir naquela casa, naquela cama, porém o Skyler não conseguia dormir muito bem em nenhuma casa e nenhuma cama, nem conseguia comer sem ter que vomitar depois, nem era capaz de ficar quieto por mais de dois ou três minutos, nem deixava nenhum médico examiná-lo sem entrar em pânico, dar pontapés e berrar feito uma criança de 2 anos, só que aos 2 anos Skyler nunca tivera esses acessos de raiva, e ficava especialmente possesso ("pos-ses-so", palavra supergenial do vocabulário disléxico do Skyler) quando uma enfermeira tentava tirar sangue de suas veias mirradas, era chocante ouvir uma criança diagnosticada como "retraída", "indiferente ao que a cerca" ou "muda" berrar de repente *Nãão! Nããão! Nãããão!*, de um jeito de fazer dó, feito um bezerro desmamado. Para grande irritação dos adultos, Skyler se recusava a "olhá-los nos olhos", inclusive adultos como a mamãe, o papai, a vovó Rampike e a nova Maria de cara triangular que a mamãe tinha contratado para cuidar do Skyler, agora que a Lila Laong havia decidido voltar para as Filipinas, a não ser, talvez, que a mamãe tivesse sido obrigada a "dispensar a Lila"* (mas

* Pobre Lila! Espero que, de volta à sua terra natal, a uma cômoda distância de Fair Hills, Nova Jersey, essa mulher encantadora não tenha conhecimento de que, nos recessos mais sinistros do ciberespaço, os sites mais lunáticos sobre Bliss Rampike

por quê? Skyler não tinha como saber), e o Skyler sentia saudade da Lila! Skyler sentia saudade da Lila! Skyler chorava de saudade da Lila, que tinha sido muito boa para ele, mesmo quando ele a empurrava, fechava a cara e cuspia e se recusava a deixar que ela lhe desse banho, afastava-lhe as mãos aos tapas, quando ela tentava impedi-lo de coçar a cabeça com tanta força que as unhas saíam sujas de sangue e o cabelo começava a cair; como ele tinha sido cruel com a Lila, *Eu odeio você, você deixou machucarem a Bliss, odeio, odeio, ODEIO VOCÊ*, o que não fazia o menor sentido (fazia?), mas o Skyler se lembrava dessas acusações, assim como se lembrava de ter ficado com a garganta tão apertada que nem sequer conseguia gritar, não conseguia falar, engasgando/sufocando, era possível que isso tivesse a ver com a medicação, depois de acontecer *aquilo* a medicação do Skyler tinha sido aumentada, naturalmente, novos remédios tinham sido receitados pelo novo psiquiatra pediátrico, o Dr. Splint. E por isso Skyler perdeu o funeral da irmã. Faltou ao enterro da irmã num canto distante do velho cemitério da Igreja da Trindade. Também não se explicaria a Skyler onde sua irmã fora "enterrada", porque essa palavra grosseira, "enterrada", não seria enunciada na presença do menino, à semelhança de palavras como "morrer", "morta", "morte". Nem tampouco palavras ainda mais cruas, como "assassinato" ou "traumatismo craniano". Ou palavras como "suspeito". E nesse dia de São Valentim de 1997, lá veio a mamãe até o Skyler, para acordá-lo do seu cochilo grogue num quarto desconhecido que cheirava a naftalina, e o rosto da mamãe estava molhado de lágrimas recentes, e os olhos dela brilhavam, e ela abraçou Skyler com tanta paixão, que o menino pensou, na confusão de acordar daquele sono grogue, que a Bliss devia ter voltado para eles: seria uma boa notícia?

Mamãe tirou Skyler da cama, para que os dois pudessem se ajoelhar juntos.

— Vamos rezar pela alma daquele homem terrível, Skyler. Jesus o perdoa, porque ele não sabia o que estava fazendo.

---

contemplam a possibilidade de que, entre os que tiveram "oportunidade" e "motivo" para matá-la, a babá/empregada dos Rampike continua a ser, se não a principal suspeita, uma pessoa "suspeita".

V
E depois

“A CASA DO ASSASSINATO”

NINGUÉM MORAVA LÁ. EM SEU INTERIOR BRILHAVAM “LUZES-fantasma”. De vez em quando aparecia um zelador numa picape. Surgiu uma placa de VENDE-SE na extremidade da longa entrada de automóveis, recoberta de cascalho. Apareceu uma placa de PROIBIDA A ENTRADA. Depois de uma nevasca repentina, a neve se acumulou na entrada e não veio nenhum caminhão limpa-neve particular para retirá-la. Com o tempo, chegaram os homens da mudança num imenso caminhão da companhia Mayflower e levaram o mobiliário e demais objetos. Passaram-se meses. Passaram-se mais meses. Não houve compradores para a linda, antiga e enorme casa colonial do século XVIII, no número 93 da alameda Ravens Crest, onde uma menina de 6 anos tinha sido assassinada. A maioria dos “compradores em potencial” não passava de curiosos de mentalidade mórbida. Pior ainda, eram jornalistas/fotógrafos com um “novo ângulo” sobre a história dos Rampike. A Sra. Cuttlebone fez o possível e o impossível para arrancar essas ervas daninhas! A Sra. Cuttlebone era “amiga pessoal” dos Rampike e, sim, conhecera a linda garotinha, a Bliss Rampike, “patinadora-prodígio” que tinha sido assassinada em sua cama por um maníaco sexual/pedófilo/psicopata que vivia bem no coração de Fair Hills: um criminoso sexual em liberdade condicional, que tinha cumprido menos de dois anos de uma sentença de dez por abuso sexual de menores. Ah, os juízes superliberais desse estado corrupto de Nova Jersey, controlado pelos democratas! Chegava a dar vontade de chorar.

Às vezes, a Sra. Cuttlebone chorava mesmo. Os clientes assustados ficavam olhando, enquanto o belo rosto maquiado de quarenta anos encarquilhava-se feito uma máscara de papel e revelava o rosto tristonho de cinquenta e nove anos por baixo do pó de arroz.

— Nós não a chamamos de "Casa do Assassinato". É claro que não!

Os corretores anunciavam a casa 93 da alameda Ravens Crest como uma *belíssima residência colonial do século XVIII, parcialmente restaurada. Preço: a negociar.*

Skyler nunca mais viu a casa. Skyler viria a "esquecer" a casa. Viria a "esquecer" seu quarto. "Esqueceria" muito do que havia acontecido na casa. Porque a mamãe não falava da casa e o papai não falava da casa. Durante algum tempo, Skyler foi paciente externo do Centro de Tratamento Neuropsiquiátrico Infantil Cedar Hills, em Summit, Nova Jersey. E depois, quando disseram que seu estado vinha "progredindo", ele foi paciente interno do Centro de Tratamento Neuropsiquiátrico Infantil Cedar Hills, em Summit, Nova Jersey. E assim, o tempo passou.

Quando é que a casa 93 da alameda Ravens Crest foi finalmente vendida? Skyler nunca mais a viu.

A não ser, com muita frequência, em sonhos.

Taxidermia amadora

SERÁ QUE ALGUNS DE VOCÊS SORRIRAM, COM ALTIVO DESDÉM, da taxidermia amadora de Gunther Ruscha? Bichos desfigurados e disformes, pelo encaroçado, olhos de vidro mal ajustados e, mais vergonhoso que tudo, aquele cheiro. Apesar de todos os esforços taxidérmicos de Ruscha (drenagem do sangue, evisceração, "embalsamamento" e "mumificação"), seus animais empalhados não passavam de criaturas "reais" pouco convincentes, dispostas ao lado de bichos de pelúcia de brinquedo. Eram criaturas melancólicas que, na morte, eram privadas da dignidade da morte, porque seu taxidermista era amador.

Como eu gostaria que a minha irmã Bliss Rampike pudesse ser "imortalizada" por um Homero, um Dante, um Shakespeare, e não por *mim*. Mas o Skyler é tudo que a Bliss tem.

Você pode me ajudar, Skyler? *Nunca me deixe, Skyler*

Ontem à noite, ao escrever "A casa do assassinato" numa onda febril de inspiração e euforia, ocorreu-me que, a despeito de todas as minhas boas intenções e do meu fervor, *Minha irmã, meu amor: a história íntima de Bliss Rampike** é uma espécie de taxidermia, e grande parte dele é tão malfeita quanto a de Ruscha. As razões são:

– Tanto G. R. quanto S. R. são amadores, e os amadores se importam demais.

– Tanto G. R. quanto S. R. são confundidos pelo "real".

* Devo ter digitado isso por engano. Mas deixemos ficar.

– Tanto G. R. quanto S. R. "aproximaram-se demais da chama".*

E, na areia movediça do meu desespero, lá me apareceu o homem que pede para ser conhecido — sem a menor vergonha e sem ironia — por pastor Bob, a me exortar: *Filho, diga o que está no seu coração, você deve ser guiado pelo amor, não pelo ódio, saiba que a verdade é bela, filho, não se esforce para criar a mera beleza.* Como eu gostaria de acreditar no pastor Bob, da Igreja Evangélica Nova Canaã de Cristo Ressuscitado!

É da ironia que devo desistir. É à minha mágoa que devo renunciar. Ao cheiro de minhas feridas supuradas. O pastor Bob tem razão. E daí se este documento em que derramei minhas entranhas não for uma obra de arte, e sim uma espécie de taxidermia atamancada? É o melhor que eu posso fazer.

Assim como os espécimens patéticos do Gunther Ruscha foram o melhor que aquele pobre sacana pôde fazer.

Como no mais estiloso filme contemporâneo, façamos um corte rápido para uma cena pungente/enigmática numa sala da sisuda casa em estilo Tudor inglês da rica viúva Adelaide Metz, uma das componentes da irmandade cacarejante de velhinhas carolas que competiram entre si para ajudar os Rampike em sua hora de aflição, e que afirmaram ter amado a Bliss "como a uma neta". Irrompe a mamãe pela sala, com a cara radiante/pasma de quem acabou de ganhar a loteria de

* O que significa isso: algum tipo de lero-lero místico? No entanto, de que outra maneira exprimir o inexprimível? Porque a verdade é que G. R. e S. R. continuam a ser "suspeitos" na investigação policial ainda não solucionada sobre a morte da minha irmã. Embora seja comum acreditarem que o assassino foi o Ruscha, a polícia nunca achou nenhuma prova física que ligasse Ruscha ao crime, ou sequer ao interior da casa dos Rampike, e nenhuma testemunha jamais afirmou tê-lo visto na ou perto da casa no dia da morte da Bliss. Cresceu no ciberespaço um culto pequeno, mas estrídulo, como bolor venenoso em paredes úmidas, que insiste em que foi o irmão da Bliss, Skyler, que a matou; fico enojado ao registrar isso, mas tenho que registrá-lo, eu sei. (Na última vez que consultei o ciberespaço cloacal, há cerca de dois anos, eu estava dopado com dextrometorfano [um xarope vendido sem receita cujo efeito é parecido com o dos alucinógenos] e só fiz rir. Agora que estou longe das drogas e muito sensível, é como se me arrancassem a camada mais externa da pele. E a euforia da "onda febril de inspiração" de ontem à noite se esgotou por completo. E, pior ainda — bem, não. Vou guardar o "pior ainda" para outro capítulo.)

Nova Jersey com um bilhete de aposta roubado, levantando o Skyler com tanta força que as costelas dele chegam a estalar e, quando o menino menos espera, a mãe já o puxou para o chão ao lado dela e os dois rezam juntos pela alma de Gunther Ruscha, que — sem que o Skyler soubesse — tinha acabado de "cometer suicídio" no centro de detenção masculino, algumas horas antes, da maneira mais engenhosa que se poderia imaginar: enforcando-se de uma altura inferior a um metro.

Por que rezar justamente pela alma do homem que tinha ferido sua irmã?, quis saber Skyler, mas a mamãe insistiu.

— Jesus odeia o pecado, mas ama o pecador. Pense bem, se Jesus pode amar aquele homem terrível, quanto Jesus amará *a nós*.

E ASSIM, SKYLER SERIA ETERNAMENTE INFORMADO DE QUE O "homem mau" que ferira sua irmãzinha "nunca mais machucaria ninguém"; mas, perversamente, ao que parece, o Skyler pouco se consolou com esse fato, quem vai saber por quê?

Durante as semanas, meses e anos vindouros nos quais o Skyler seria medicado, "para seu próprio bem".

Em fevereiro de 1997, Skyler foi tratado de um DDP (Distúrbio Depressivo Precoce) e de uma SAC (Síndrome de Angústia Crônica). Nem é preciso dizer que continuou a ser tratado de outros problemas permanentes, como dislexia, transtorno do déficit de atenção e outros, mas, logo depois de seu décimo aniversário, em março, o moleque temperamental receberia do Dr. Vandeman o diagnóstico de um distúrbio tão novo, mas tão "epidêmico" nos Estados Unidos, que os especialistas em saúde mental infantil mal começavam a apreender o alcance e a abrangência de sua prevalência, e as empresas farmacêuticas mal começavam a fabricar o (caríssimo) psicotrópico inibidor de monoamina oxidase necessário para combatê-lo: o DEA.*

---

* "Distúrbio do Espectro do Autismo": definido pela Associação Norte-Americana de Neuropsicoterapeutas Infantis como um conjunto de "prejuízos significativos na interação e comunicação sociais, com a presença de condutas, padrões de linguagem e interesses perversos". Em 1997, um estudo nacional revelou que uma em cada trezentas crianças norte-americanas era afetada pelo DEA; agora, é uma em cada 150. Se o leitor perseverou até aqui na leitura deste livro flagrantemente "perverso", é muito provável que, tal como o autor, seja afetado pelo DEA e deva tomar — o que o autor já não faz — 500 miligramas de Claritan, três vezes por dia.

Abruptamente, Skyler foi retirado da escola.

O diretor Hannity concordou com os Rampike de que o "menino traumatizado" seria uma perturbação para seus colegas de classe e deveria evitar "situações estressantes" nos meses seguintes. (Em segredo, porém, Skyler usava seu blazer verde-caçador com seu precioso alfinetinho dourado de PILS na lapela, aquele de que ficara tão pateticamente orgulhoso. Em segredo, Skyler dava sorrisos débeis para sua imagem no espelho, relembrando as palavras emocionantes do diretor: "Skyler, parabéns, meu filho!" ... "Na meritocracia norte-americana, o Externato Fair Hills aposta em estudantes como você, Skyler, para irem até o fim e lograrem êxito por nós.")

(Constrangedor! Pede-se ao leitor que nunca sorriu para si mesmo diante de nenhum espelho, muito menos murmurou palavras de autoenaltecimento tão dignas de pena, que silencie ao ler estas revelações.)

Houve uma coisa boa em decorrência do assassinato da Bliss: todos os encontros lúdicos do Skyler acabaram. Para sempre.

Um único cartão, vindo de um ex-colega de brincadeiras, chegou a Skyler Rampike:

CARO SKYLER,

QUEIRA ACEITAR MINHAS CONDOLÊNCIAS PELO FALECIMENTO DA SUA IRMÃ. EU GOSTARIA DE REVÊ-LO, MAS SERIA TRISTE DEMAIS, COMO DIZ A SUA MÃE.

CORDIALMENTE,

E. Grubbe

ELYOT GRUBBE

Às vezes, Skyler se lembrava dos amigos do Externato Fair Hills com uma pontada de saudade. Garotos legais, como o Calvin Klaus e o Billy Durkee, que tinham sido seus amigos do peito, e aquela garota com uma cuca tremenda, a Mildred Marrow, que havia manifestado o desejo de que ele fosse seu irmão. Na maior parte do tempo, entretanto, em seu onírico estado medicado, o Skyler mal sentia saudade da irmã.

Ele entreouvira a mamãe conversando com as visitas na casa da Sra. Metz, de um patamar da escada: "Meu filho está se adaptando.

Meu filho sofreu um trauma terrível, como se aquele homem terrível tivesse posto *nele* as suas mãos maléficas. Nós nunca falamos disso."

Ao todo, a mamãe e o Skyler passaram várias semanas como hóspedes da Sra. Metz, devotamente religiosa, e a casa da alameda Ravens Crest permaneceu desocupada, apenas com "luzes-fantasma" acesas em cômodos dispersos, para desencorajar ladrões. Nunca ficou inteiramente claro para o Skyler onde estava o papai, já que muitas vezes o papai se hospedava num hotel — ou num prédio de apartamentos — em Quaker Heights, que ficava a uma distância pequena para ir e voltar da Univers Inc.; mas às vezes o papai também ficava em seu apartamento no Central Park South, onde, como foi prometido, o Skyler logo iria visitá-lo, e ele e o papai poderiam assistir a um jogo dos Knicks; melhor ainda, Skyler poderia "passar bons momentos com o papai" na cidade; por outro lado, como o papai e a mamãe concordaram, considerando o "estado psíquico fragilizado" em que se encontrava o menino, era muito mais sensato ele ficar em Fair Hills com a mãe; era muito mais sensato ele continuar o tratamento com o Vandeman, o Splint e seu novo fisiologista pediátrico especializado no manejo da dor, o Yu Kwon, que sempre se mostrava muito esperançoso e animado a respeito da "cura" do Skyler.

O papai ficara profundamente abalado com *aquilo*. Papai nunca falaria *daquilo* com o Skyler. (Será que falava com alguém?, Skyler se perguntou.) Embora a Univers Inc. houvesse concedido uma licença de emergência ao papai por ocasião da tragédia, ele tinha voltado a trabalhar na manhã seguinte ao funeral da Bliss, porque o papai precisava atirar-se imediatamente ao trabalho: "Quanto mais trabalho, melhor! *Cica transit mundi.*"

Naturalmente, o papai procurou passar os fins de semana em Fair Hills com o que restara de sua familinha. Como seus olhos ficavam marejados de calorosas lágrimas paternas quando ele cumprimentava a mamãe e o Skyler! Segurava o filho pelas costelas, levantava-o no colo e esfregava o nariz no rosto sensível do menino, à guisa de beijo. "Skyler! Amo você, meu filho." Mas a voz do papai era rouca feito coaxar de sapo e seu sorriso de papaizão tinha uma voltagem menor. Papai já nem sequer assomava nas alturas, porque seu ombro direito andava curvado como se ele tivesse segurado o peso de um objeto em queda. Nessas ocasiões, o Skyler estranhava que o papai escolhesse hospedar-se na casa de amigos seus em Fair Hills, em geral o Sr. Kruk, pois quase sempre havia "assuntos judiciais" a discutir com o Sr. Kruk, e não com a mamãe e o Skyler em seus quartos na mansão Tudor inglesa da Sra. Metz, na Great Road; mas o papai explicava que não podia correr o risco de pernoitar nessa casa, onde o cheiro de naftalina era tão forte que ele tinha medo de ser "embalsamado".

Será que esse "embalsamado" era uma piada do papai? A gente devia rir? Nessa época, já havia muito poucas piadas de papai. O Skyler tinha se esquecido de como reagir.*

* Que capitulozinho mais melancólico este! Acho que deve ser porque seu protagonista infantil, o Skyler, estava "embalsamado".

Seda vermelha

DE QUEM ERA A ECHARPE DE SEDA VERMELHA?

Enrolada nos pulsos da minha irmã, que estavam firmemente unidos por fita adesiva. E os braços finos tinham sido forçados para cima da cabeça, dispostos numa "pose sedutora".

E as pernas nuas, que não eram magras, mas esguias e de musculatura rija — uma visão inesperada numa criança tão pequena —, estavam abertas, com a camisolinha manchada de flanela enrolada abaixo dos quadris.

O leitor arguto há de se lembrar da echarpe de seda carmesim citada no meu inovador capítulo "Brinquedos sexuais?", espero. No entanto, como o Sr. Kruk informou aos investigadores, era provável que o intruso tivesse encontrado a echarpe dentro da casa, no intuito de usá-la para seus objetivos.

"Ele estava de luvas. Tinha ido preparado. O rolo de fita adesiva ele levou embora. Não deixou nenhum sinal de si mesmo."

O *New Jersey Sentinel*, o *Star Eye Weekly*, o *National Inquirer* e o *Up Close & Personal* publicaram inúmeras "entrevistas" com "fontes anônimas", íntimas dos Rampike, que alegaram que Bliss Rampike tinha sofrido abuso sexual, e que esse abuso sexual tinha sido a razão de a menina ser assassinada. (Se assim não fosse, por que alguém mataria uma menina de 6 anos?)

No entanto, Virgil Elyse, o médico-legista do condado de Morris, declarou em seu laudo que não encontrara nenhum sinal de trauma sexual no corpo da vítima infantil. E não havia sêmen no corpo nem na sala das caldeiras.

Portanto, o assassinato de Bliss Rampike não tinha sido um crime sexual, tinha?

No entanto: por que a Bliss fora colocada numa pose tão "sedutora", com os braços esticados acima da cabeça e as pernas provocantemente afastadas, com a camisolinha infantil manchada...?

Skyler! Me ajude *Skyler, tá muito escuro aqui*

Não me deixe *Skyler*

Nos tabloides, assim como no ciberespaço cloacal, fez-se a acusação de que Bliss Rampike, "quase com certeza", tinha sido vítima de incesto. É o que diriam "fontes anônimas com estreita ligação com a família Rampike". "Fontes anônimas" do Departamento de Polícia de Fair Hills, do escritório da promotoria do condado e do serviço do médico-legista do condado. Na maioria dos casos, o pai da Bliss é que era tido como o autor do abuso, mas, em alguns outros, era o irmão.

No *Up Close & Personal*, uma "ex-babá" que havia trabalhado para os Rampike afirmou que *Foi o irmão. Ele fazia coisas feias com aquele anjinho de menina desde que ela era um bebê.*

Num dos sites de culto da Bliss na Internet, um "ex-colega de turma" do irmão dela no Externato Fair Hills afirmou que *Ele era doido de pedra! Mostrou uns desenhos esquisitos pra gente, feito os do R. Crumb, com ele fazendo umas coisas piradérrimas com a irmã. Como se esperasse nos ouvir dizer: "Incrível, cara!"**

Leitor, não estou brincando com você! Só estou informando, desanimado, o que anda por aí no Inferno dos Tabloides, onde, diferentemente dos Rampike, você não circula. E futucando os pontos do meu rosto. Arrancando as crostas até elas sangrarem, e a sensação de umidade nas minhas unhas secas e rachadas é gostosa, e este papel bagunçado em que estou escrevendo outro capítulo malfeito — "Seda vermelha", que parecia promissor pra cacete! — vai ficando salpicado do meu sangue, como se fossem piolhos esmagados.

---

* Quem foi esse? O Tyler McGreety? Espalhando mentiras terríveis sobre seu antigo colega de brincadeiras, Skyler Rampike? Por quê?

“Inferno dos tabloides”: uma nota

SÓ PARA TRANQUILIZAR O LEITOR: NADA DISSO JAMAIS ACONTECERÁ com você. Você jamais saberá como “fontes anônimas”, inclusive os seus amigos, espalharão mentiras terríveis a seu respeito, como se soltassem morcegos pela boca, e, se lhes perguntarem por quê, por que mentir, por que magoar outra pessoa, a resposta será: *Porque sou anônimo, é por isso.*

"Pior ainda"

HOJE DE MANHÃ CHEGOU OUTRA CARTA PARA SKYLER RAMPIKE, enviada por Crunk, Swidell, Hamm & Silverstein, um escritório de advocacia de Pittsburgh: um envelope damasco-pálido cujo endereço do remetente era EMANAÇÕES DO CÉU.

Não! Não abra! Mas eu já o tinha aberto.

Uma única folha de papel damasco-pálido, levemente perfumado, com a inconfundível letra lilás, fazendo sua reivindicação...

> 14 de fevereiro de 2007
>
> Querido Skyler
>
> Meu querido <u>Por favor</u>
>
> Da mãe que o ama
>
> "Mamãe"

— Não vou. *Não vou.*

Dessa vez ela não tinha mencionado nenhuma cirurgia. Mas eu sabia.

Amassei a carta damasco-pálido, enfiei-a num bolso das calças militares e saí aos tropeços para um luminoso céu de inverno. Eu devia ter andado futucando o rosto, pelo jeito como as pessoas me olhavam, com o sangue escorrendo pela face esquerda. Eu era para ter voltado ao centro médico para tirar os pontos, mas não chegara a fazê-lo. Alguns quarteirões adiante, havia sinos de igreja tocando com um fervor lunático. Se eu pudesse acreditar em Deus, haveria um lugar para mim nessa igreja, mas eu não podia, logo, não havia. Desci a rua Pitts, capengando e xingando e enxugando o rosto. "Não vou, não vou." Mas veio aquele medo: *E se ela morrer? E se for câncer e ela morrer, e eu não tiver visto minha mãe pela última vez?* Mas eu não cederia àquela mulher, nunca mais.*

* O leitor curioso há de se perguntar: por que o Skyler tem tanto medo de uma mulher de meia-idade, que por acaso é ou foi sua "mãe" por aproximadamente 15 anos? Que "influência" poderosa exerce essa mulher sobre ele, reduzindo-o a um temor infantil e derretendo sua capacidade de ironizar como um micro-ondas derreteria um sincelo pesado? O que será que deixa o Skyler em pânico: que essa mulher tenha a chave da "sua" memória? Que essa mulher possua conhecimentos sobre ele, como um oráculo sabichão de tragédia grega, dos quais o próprio garoto inteligente não faz a menor ideia? Continue a ler.

MAMÃE TELEVISIVA — I

— A GRAÇA DE DEUS, AVIS. NÃO EXISTE OUTRA MANEIRA.

Na primeira vez que vira a Mamãe Televisiva, ele não se dera conta de quem era a mulher na tela da TV. Estava com a visão turva e os olhos lacrimejantes, por causa dos remédios, e em seus ouvidos havia uma campainha/zumbido de tom agudo e constante que interferia em suas ideias. Ele devia ter vagado por engano para a sala de espera das visitas em sabe-se lá que lugar era esse — Cedar Hills? Era uma área do "centro de tratamento" vedada aos pacientes. E por quê, ele não sabia. Não tinha a ingenuidade de esperar que pudesse haver visitas à sua espera, pois sua última "visita" tinha ocorrido semanas antes e, para sua decepção, fora apenas a vovó Rampike, velhíssima, acompanhada pela enfermeira/dama de companhia e em clima choroso, querendo beijar, afagar e abraçar o neto, que se enrijecera ao contato com a velha e se recusara a falar com ela. E agora, passou os olhos pelos rostos da sala de espera e não viu ninguém que estivesse ali para ele. E na televisão da sala havia um rosto familiar, com uma voz suplicante, calorosa e urgente:

— ... oração, Avis, e humildade diante do plano imperscrutável de Deus para nós. Sem amargura. Sem "remoer o passado". Minha fé me sustenta. Saber que a Bliss está sempre comigo, e que o seu espírito vive com todos nós que a amamos...

Seria a mamãe do Skyler? Aquela era a Betsey Rampike? Entrevistada por outra mulher num programa de entrevistas da televisão? Skyler ficou perplexo. Sua boca amolecida ficou ainda mais mole. Skyler enxugou os olhos, esfregou aqueles olhos que deixavam vazar lágrimas que o envergonhavam, porque os outros pacientes o ridicularizavam como um bebê chorão e, que diabo, o Skyler não era nenhum bebê chorão.

Na verdade, o Skyler nunca chorava. Como também nunca falava. E se recusava a "encarar" o olhar dos adultos.

Na televisão, uma voz de corneta a interrompeu:

— Mas, Betsey! Como é que uma mãe sobrevive a uma tragédia dessas? Eu sei, e o nosso público sabe, que você "entregou o coração a Jesus", mas, mesmo assim, como pode "perdoar" um monstro doentio como o pedófilo que assassinou a sua filha na própria cama dela? Como pode ter coração para isso, quando...

A entrevistadora era uma mulher de rosto magro e anguloso, olhos vorazes e dentes de tubarão que brilhavam em rápidos sorrisos selvagens. Chamava-se Avis Culpepper e era a apresentadora de *Íntimo e pessoal com Avis Culpepper*, que era um programa vespertino da TV, associado ao tabloide *Up Close & Personal*, ao qual muita gente da equipe do Cedar Hills assistia, porque os televisores ficavam continuamente ligados durante o dia no Centro de Tratamento Neuropsiquiátrico Infantil Cedar Hills, em Summit, Nova Jersey, onde o Skyler era paciente aos 11 anos. (Por que a mamãe e o papai o haviam "internado"? Porque havia alguma coisa "disfuncional" [termo do papai] no cérebro do menino, e porque "não se poupariam despesas" [promessa da mamãe] no esforço de consertar o que parecia ter se estragado.) E ali estava Betsey Rampike — a "mamãe" — na televisão, falando com a sua voz calorosa e urgente, que contrastava com a voz esganiçada da Avis Culpepper, porque a Avis Culpepper era admirada por seus muitos fãs justamente por sua voz estrídula, sua indignação, seu riso zombeteiro, que convidavam as audiências televisivas a tomarem o seu partido. Skyler ficou aliviado ao ver que a mulher de cara ossuda parecia gostar da mamãe e falava com ela em tom simpático. Ao lado da Avis Culpepper, Betsey Rampike tinha a voz suave de quem ansiava por ser benquista, e exibia uma cara infantil de lua cheia, só um bocadinho acabada na papada, vividamente maquiada para a televisão, com sombra nos olhos e batom cor-de-rosa brilhante, e com o cabelo castanho-avermelhado e encaracolado feito uma peruca, e não escorrido e cheio de fios grisalhos como tinha ficado nas semanas de pesadelo, confusas e inquietantes, que se seguiram *àquilo*. Ao falar, Betsey continuava a sorrir fervorosamente para Avis Culpepper, como se aquela mulher feroz fosse uma figura de autoridade a ser aplacada. Skyler viu que sua mãe estava muito atraente, com um vestido lilás de um tecido meio amarrotado, bem decotado na frente, para mostrar a ondulação cremosa dos seios; no pescoço ela usava um pequeno crucifixo de ouro numa corrente de ouro; as mãos gorduchas e cheias de anéis estavam cruzadas no colo; como foi intensa a ânsia de Skyler de correr para o televisor e assombrar as visitas da sala, subindo na imagem aos gritos de *Mamãe! Mamãe! Mamãe! É o Skyler, por que você não me vê, mamãe?* É que fazia nove semanas que ela não visitava o filho, embora fosse verdade que telefonava para ele ao menos uma vez por semana, assim como o papai; e sempre havia promessas de visitas futuras. Por que a mamãe andava tão ocupada? O que era essa "vida nova" da mamãe, da qual ela falava com uma esperança tão sonhadora? Avis Culpepper, cujo cabelo cor de bronze era um capacete cintilante como o de uma Valquíria, levantava um livro de capa rosa-carne e letras vermelhas para sua plateia — *Bliss: a história de uma mãe*, de Betsey Rampike* — e exortava o público a sair correndo para comprá-lo, ou, se não houvesse uma livraria por perto, a mandar um cheque de 26,95 dólares para Avis Culpepper, a/c Eagle News Network, Caixa Postal 229, Cincinnati, Ohio:

— Se ele não partir o seu coração e não deixar vocês fulos de raiva desses legisladores de esquerda e desses juízes liberais radicais, que dão sentenças superindulgentes aos criminosos sexuais depravados que proliferam no nosso meio, podem me pedir o seu dinheiro de volta.

Enquanto a feroz entrevistadora continuava a fazer perguntas a Betsey, a tela passou a mostrar uma menininha patinadora: uma criança loura, com ar de boneca, usando um traje rosa-pálido, com saia de filó e "asas de fada" presas aos ombros estreitos: seria a irmã do Skyler? Seria aquela a Bliss, que o Skyler não via já fazia tanto tempo, a não ser nos sonhos? Como a garotinha patinava lindamente! Skyler tinha esquecido as "asas de fada" e esquecido a música que a Bliss usara para patinar — *Over the Rainbow* —, mas se lembrou da noite do Campeonato de Patinação Mirim, a noite em que tudo havia começado, naquela arena de Meadowlands cheia de correntes de ar: a primeira vitória de Bliss Rampike, aos 4 anos de idade. Então a cena mudou para Bliss ligeiramente mais velha, dando um sorriso meigo para a câ-

* *Bliss: a história de uma mãe*, de Betsey Rampike, tal como narrada a Linda LeFerve (Simon & Schuster, 1998), 208 páginas, US$26.95. Embora eu tenha visto nas livrarias esse primeiro lugar da lista de mais vendidos do *New York Times*, não consegui me dispor a lê-lo.

mera, enquanto patinava com espantosa agilidade pelo gelo, em meio a uma onda crescente de música — a *Valsa da Bela Adormecida* —, com uma deslumbrante roupa branca com a saia armada de tule, calcinhas brancas aparecendo e meias arrastão brancas; e depois a tela mudou de novo, e lá estava a Bliss com o cabelo louro penteado para cima, no estilo Las Vegas, Bliss Rampike de menininha glamorosa, com um traje sensual de lamê bronze-alaranjado, patinando ao som das batidas de *Kiss of Fire*; em seguida, de novo o anjinho Bliss, com o cabelo enrolado em cachinhos, vestida de cetim e lantejoulas cor de morango, patinando ao som de discoteca de *Do What Feels Right*; e logo em seguida, diante de uma plateia que aplaudia animadamente, recebendo a coroa de Miss Princesinha do Gelo de Nova Jersey 1996 das mãos daquele mamute do Jeremiah Jericho, cujo smoking só faltava explodir, parecendo uma baleia em pé. Quando a tela voltou a mostrar Avis Culpepper e Betsey Rampike, a entrevistadora de cara ossuda fez que enxugava uma lágrima dos olhos ofuscantemente marejados, maravilhando-se com a "campeã-prodígio da patinação" cuja vida fora ceifada por "pura e hedionda maldade" aos 6 anos, mas que já tinha levado tanta alegria a todos os que a conheciam, e que viveria para sempre na memória de todos os norte-americanos. Betsey ficou muito comovida com as palavras de Avis Culpepper, secando cuidadosamente os olhos enquanto a entrevistadora, para concluir, irrompia numa saraivada do que pareciam ser frases feitas sobre a "epidemia de criminosos sexuais" que varria os Estados Unidos, na esteira do "ateísmo ímpio" desencadeado pelos democratas esquerdistas radicais que eram Willie, o Sonso, e sua mulher metida a feminista, a Hillary:

— Mas temos esperança, como mostram sistematicamente as nossas pesquisas da Eagle News, de que esse estado de coisas doentio chegue a um fim na nossa próxima eleição presidencial, em novembro de 2000. Betsey Rampike, obrigada por ter estado conosco no *Íntimo e pessoal* de hoje e por nos ter falado do fundo do coração. Quais são as palavras finais com que você gostaria de se despedir dos nossos telespectadores, Betsey? — e a Betsey piscou os olhos, como se sentisse um prazer assustado, e fitou a câmera, buscando o olhar do Skyler:

— Apenas "tenham fé em Deus". Como alguém que "andou pelo vale da sombra da morte", posso lhes dizer: *nunca se desesperem*, porque Deus nos ama a todos, e lembrem-se de rezar pela Bliss, que a Bliss rezará por vocês.

Corte rápido para um anúncio berrado, mostrando um molequinho alegre que enchia a boca de colheradas de cereal Nutty Nugget Krispies.

Durante a entrevista, todos na sala de espera tinham assistido ao programa. E nesse momento, no fundo da sala, Skyler ficou atônito ao ouvir uma mulher dar uma risada maldosa e dizer:

— Dá para acreditar nisso, nessa tal de Rampike, essa mulher terrível? Ela mesma assassinou aquela pobre filhinha dela, todo mundo sabe disso!

E uma companheira disse, num tom levemente intrigado:

— *Será* que todo mundo "sabe"? Eu sempre achei que um "maníaco sexual" tinha matado a Bliss Rampike.

Na mesma hora, todos os presentes na sala de espera desataram a falar. Eram predominantemente mulheres, mas também havia diversos homens de opiniões inflexíveis. Um deles disse, em tom de raiva:

— Ora, que vergonha! Essa pobre mulher *perdeu a filha*!

A primeira mulher que se manifestara disse então, com ar de troça:

— Os Rampike saíram impunes de um assassinato porque são ricos e bem relacionados. Eu tenho amigos em Fair Hills e isso é um segredo de polichinelo.

Enquanto as vozes enraivecidas soavam à sua volta, Skyler ficou paralisado, ouvindo o seu sobrenome — *Ram-pike! Ram-pike!* — enunciado com a rispidez de pregos disparados por uma pistola pneumática de pregar, e então alguém lhe puxou delicadamente o braço por trás: uma jovem atendente negra chamada Serena, que foi gentil com ele e cochichou:

— Skyler! Não era para você estar aqui! Venha comigo, está na hora dos seus remédios.

TRÊS DIAS DEPOIS, HOUVE UM "INCÊNDIO SUSPEITO" NUM DEPÓSITO no porão do Cedar Hills, que causou estragos consideráveis antes de ser apagado. A causa foi um "provável incêndio premeditado", mas não se identificou nenhum maníaco incendiário. De algum modo, porém, menos de 48 horas depois do incêndio, sucedeu ao Skyler receber alta da clínica, fosse porque seus pais quiseram retirá-lo de lá nesse momento, fosse porque as autoridades do Cedar Hills o expulsaram; Skyler jamais saberia, pois não lhe deram nenhuma explicação; apareceu um luxuoso sedã preto Lincoln com uma enfermeira particular, para levá-lo, num trajeto que nem chegou a uma hora, ao Centro de Tratamento Neuropsiquiátrico Infantil Robert Wood Johnson, em Nova Brunswick, onde seu recém-diagnosticado DEEI (Distúrbio do Espectro da Epilepsia Incipiente) receberia "a última palavra" em matéria de tratamento.

QUEREMOS QUE VOCÊ VOLTE A FICAR BOM, SKYLER, VOCÊ SABE disso, não sabe

Seu papai e sua mamãe, nada importa para nós a não ser você

Ah, como você era, Skyler! O poder está dentro de você, e nós vamos vencer

AVANÇO ACELERADO PARA UMA VISÃO POSTERIOR DA MAMÃE Televisiva, quando Skyler tinha 13 anos e cursava a chamada oitava série na Escola Hodge Hill, em Hodge Hill, na Pensilvânia: "Aninhada nas colinas do condado de Bucks e se orgulhando de um campus arborizado de 30 acres, perto do pitoresco rio Delaware, a Escola Hodge Hill (fundada em 1951) é uma instituição residencial privada de ensino, com 220 alunos matriculados. A Hodge Hill tem uma tradição de excelência acadêmica, combinada com o ensino para estudantes com 'necessidades especiais'. Sua equipe conta com professores, psicólogos e terapeutas eminentemente qualificados, além de um médico-residente em horário integral. Mantém-se uma enfermaria com todos os serviços. A escola fica a 12 minutos do Centro Médico de Doylestown e tem a aprovação da Associação Norte-Americana de Psiquiatras, Psicólogos e Fisioterapeutas Infantis. A Escola Hodge Hill proporciona um ambiente protegido, seguro e estimulante a crianças de 10-18 anos que tenham sido diagnosticadas com deficiências sociais, afetivas, psicológicas e acadêmicas. O pagamento completo e não reembolsável da anuidade escolar é exigido antecipadamente."

Nessa ocasião, outono do ano 2000, Skyler havia superado o "mutismo" e entrado na "fala como agressão". Seu cabelo de garoto, castanho-claro e macio, que caíra aos tufos após a morte de sua irmã, tinha voltado a crescer, só que grosso e com uma estranha cor de zinco. Nas axilas e na virilha havia faixas de pelos encaracolados cor de zinco, que tanto lhe eram repulsivos quanto fascinantes.

Skyler também já não era um tampinha. Apesar de esquelético e macilento, além de incapaz de correr sem mancar, ele havia chegado a 1,68m e era um dos garotos mais altos da oitava série, assim como era, na falta de outra opção, um dos mais inteligentes.

Numa sala de repouso do dormitório, lá estava a Mamãe Televisiva.

Uma sala vazia e a TV ligada num volume alto. Em toda Hodge Hill havia televisores, que durante o dia costumavam ficar ligados, de sorte que, ao chegar perto de um cômodo, era impossível dizer se eram vozes televisivas ou "de verdade" que conversavam do lado de dentro.

— ... uma peregrinação ao inferno, ida e volta. Aprender a lidar com uma tristeza que se apodera da gente como a mão de um demônio nos apertando a garganta. Mas agora eu me sinto abençoada, Zelda, e finalmente capaz de falar com os outros na hora da sua pior aflição...

Skyler ficou olhando fixo. Seu queixinho cético caiu. É que ali estava a Mamãe Televisiva, a menos de um metro e meio de distância.

A mãe do Skyler! Betsey Rampike! Ele não fora avisado de que a Betsey apareceria na televisão nesse dia — na última vez que tivera notícias dela, não tinha sido a Betsey, e sim sua nova assistente, que havia telefonado para dizer ao menino, com uma voz de sincero pesar, que a mãe dele não conseguiria ir à Escola Hodge Hill para o Fim de Semana dos Pais, afinal.

E Bix, inevitavelmente viajando a negócios para Seul, na Coreia do Sul, também não pudera comparecer ao Fim de Semana dos Pais na Hodge Hill.

Mas ali, tão de repente, estava Betsey Rampike sendo entrevistada pela entusiástica e peituda Zelda Zachiarias, que, todas as tardes dos dias de semana, apresentava na CBS um animado programa de entrevistas sobre questões femininas, o *Mulheres soltando o verbo*, alvo de muitas vaias e chacotas dos adolescentes da Hodge Hill. Skyler sentiu um gosto de pânico ao vê-la: a mãe parecia mais jovem e "radiante" do que ele se lembrava, com o cabelo visivelmente clareado descendo até os ombros, e com a pele cheia de vida, rosada/"orvalhada", de aspecto tão suave quanto massa de pão antes de assar, capaz de reter a impressão do dedo se a gente a pressionasse. Betsey usava um terninho fúcsia com decote em V, que mostrava a fenda empoada de seus seios fartos, e muitos anéis, colares e pulseiras chacoalhantes, os quais, como revelou uma Zelda Zachiarias cheia de admiração, tinham sido desenhados pela própria Betsey, como uma forma de "manter a tristeza afastada" após a trágica perda de sua filha, fazia três anos e oito meses. Com um sorriso corajoso, conquistando o coração da plateia de Zelda, no estúdio de TV, ao enxugar os olhos e falar com a voz entrecortada, Betsey respondia às perguntas incisivas da entrevistadora sobre a morte de sua filha de 6 anos, e sobre o esforço de sua família para seguir em frente e levar a vida adiante; Skyler estremeceu ao ouvir o nome de sua irmã evocado com tanta frequência, inclusive por Zelda Zachiarias, que falava com tanta familiaridade que dava a impressão de ter conhecido a menina.

Na Hodge Hill, Skyler presumia com incômodo que todos soubessem quem ele era ou tinha sido.

Havia outros alunos na escola com sobrenomes "conhecidos" de vários casos "famosos" ou "infames". Não era legal aludir a essas distinções, e menos ainda perguntar abruptamente: *Você é parente de fulano?*, ou *Como é ser...?* Pior ainda era pedir autógrafos.

Ei, Skyler, será que você não pode escrever seu nome neste papel? Não é pra mim, é para minha mãe.

— ... um livro de memórias ousado, intrépido, corajoso, uma verdadeira inspiração, Betsey. Tenho dado exemplares a todos os meus amigos e parentes, e agora começarei a dar a eles essas peças fabulosas da Emanações do Céu, desenhadas por você. Adoro os crucifixos de "esmeralda", e as pulseiras, meio engraçadas, tão de menina e barulhentas.

Betsey, profundamente comovida, estendeu os braços bem torneados para exibir as pulseiras que retiniam e tinham todas as cores do arco-íris, e Zelda Zachiarias, com aquela generosidade maternal/mamífera da melhor amiga que alguém já teve, levantou o novo livro da Betsey, com uma capa lustrosa multicor e letras douradas em relevo: *"Reze pela Mamãe": a peregrinação de uma mãe do luto à alegria*, de Betsey Rampike.*

Skyler olhou fixo, incrédulo. Seu rosto ardeu de vergonha. Se alguém entrasse na sala, como ele ficaria mortificado! Mesmo assim, não desligou a televisão nem saiu correndo.

* *"Reze pela Mamãe": a peregrinação de uma mãe do luto à alegria*, de Betsey Rampike, narrada a Brooke Swann (Basic Books, 2000), 192 páginas, US$21.95. Eu preferiria me ensopar de querosene e riscar um fósforo a ler esse aí.

— Mamãe. *Ah*.

A ironia era que Skyler já não chamava a mãe por esse nome bobo, quando conseguia deter-se a tempo.

Assim como nunca chamava o pai de "papai", não mais. Era só, com um risinho de mofa (que Bix não via, pois eram quase sempre conversas telefônicas), "pai".

Skyler tinha um horror especial a "mamãe" — um nome nascido de tamanha fraqueza, tamanha saudade pueril. Um tremor de repulsa percorreu seu corpo, arrepiando-lhe os pelos da nuca.

Agora ele não era nenhuma porcaria de criança: tinha 13 anos.

Não era o *homenzinho* da mamãe, e sim ele mesmo.

— ... o primeiro ano é o mais difícil, é claro; é realmente o "vale da sombra da morte": a tensão do luto é tão estafante quanto uma doença física. E as coisas terríveis que disseram na mídia sobre o meu marido e sobre mim, e até sobre o nosso filho de 9 anos. E no entanto, era sabido, sabia-se disso no mundo inteiro, que a minha pobre Bliss foi sequestrada e assassinada por um criminoso sexual condenado, que a perseguia havia anos, sem que nós soubéssemos... o homem confessou e se matou. Mas você sabe, Zelda, nos meios de comunicação, é o "efeito" mais sensacionalista que vende — e Betsey fez uma pausa, enxugando os olhos com um lenço de papel. Zelda, que estava folheando o livro da convidada, leu em voz alta um trecho sobre a "conclusão do processo" e pediu que Betsey comentasse, e ela disse, recuperando a compostura:

— Acho que foi Freud, Zelda... Sigmund Freud, o controvertido pioneiro do inconsciente, que disse que ficamos "melancólicos" no luto porque introduzimos a pessoa amada em nós e nos "transformamos" no ente querido perdido...

Como Betsey hesitasse, tendo ficado confusa, Zelda Zachiarias piscou para a plateia, numa indicação de que *Ela está me confundindo com essas ideias profundas!*, o que provocou risinhos abafados e bem-humorados, e assim Betsey pediu desculpas por ter-se perturbado:

— Zelda, eu tenho feito terapia. E isso acontece na terapia: a pessoa pensa demais! Pensa demais em como a vida a feriu, e isso pode ser "narcístico"... "narcisita"... porque a gente devorou o ente querido e precisa abrir mão do ente querido e entregá-lo a uma Força Superior, e seguir em frente. A meta é "concluir o processo". O meu livro de memórias termina na "Conclusão: Uma Emanação do Céu". É que a minha linha de produtos e serviços de beleza foi realmente "uma emanação do céu"... salvou a minha vida. Mas uma tensão como essa pode significar a morte de um casamento...

Nesse ponto, Betsey fez uma pausa, momentaneamente abalada; Zelda Zachiarias segurou-lhe a mão e a exortou com delicadeza:

— Quer dividir com a nossa plateia, Betsey, como você dividiu comigo antes do programa, o último desdobramento dos seus 15 anos de "vida conjugal"?

A princípio, Betsey pareceu impossibilitada de falar, mas depois se reanimou, com um sorrisinho trêmulo:

— Sim. Eu quero. Me-meu marido e eu estamos nos divorciando.

Divórcio! Skyler escutou com atenção, perplexo.

Enquanto consolava Betsey, Zelda não pôde resistir a indagar, ante os ouvidos atentos da plateia, de quem tinha sido a decisão; e Betsey, num momento de terna ligação, daquele jeito com que uma mulher é capaz de dividir impulsivamente seus segredos mais íntimos com outra mulher com quem estabeleceu um vínculo, respondeu:

— Ahhh, Zelda! Eu estou tão... desolada! Estou simplesmente arrasada. Você sabe como eu acredito fervorosamente que o casamento é para sempre, "na doença e até que a morte nos separe", de modo que isso foi um golpe terrível para mim. Desde que a Bliss foi tirada de nós, meu marido tornou-se o que chamam de "compulsivo" na busca de... outras mulheres. Mulheres mais jovens. A virilidade do homem é tão determinada pela fantasia, Zelda, que o mais leve golpe no ego masculino o leva a sofrer de... — embaraçada, Betsey baixou a voz, embora o microfone captasse cada sílaba — ... de impotência, e ele sempre culpa a esposa.

Nessa conjuntura dramática, a plateia do estúdio, exclusivamente composta de mulheres, prorrompeu em aplausos. Zelda Zachiarias também bateu palmas e se inclinou para Betsey Rampike para beijar sua face enrubescida, dizendo que estava na hora de um pequeno intervalo:

— Fiquem conosco, por favor, que já continuaremos esta conversa fantástica com Betsey Rampike, autora do novo best-seller instantâneo "*Reze pela Mamãe*"*: a peregrinação de uma mãe do luto à alegria*.

Veio então uma sucessão de comerciais e, durante esse tempo, Skyler sentou-se paralisado a poucos centímetros da tela da televisão, que exalava um calor terrível. Ele havia começado a coçar o rosto e o couro cabeludo, tirando sangue com as unhas. Como coçava a sua pele! Como ele gostaria de ter garras para arrancá-la! Em seus ouvidos havia um ronco feito o de um caminhão da limpeza urbana enchendo o bojo de lixo.

Terminando? O ca-casamento? Da mamãe e do papai? E ninguém dissera nada ao Skyler? Em pânico, veio-lhe a ideia de que *Nenhum dos dois vai querer ficar com a minha guarda.*

Ele sabia: devia desligar a televisão e se recolher depressa a seu quarto, antes que Betsey Rampike voltasse ou que alguém entrasse na sala de repouso. Pois onde é que havia, na Escola Hodge Hill ou em qualquer internato particular para o qual ele já tivesse sido ou viesse a ser mandado, mais segurança e sanidade do que no próprio quarto? Ao seu quarto no terceiro andar do prédio residencial Skyler se recolhia com frequência, até durante o horário das refeições, embora fosse um dos meninos mais altos da oitava série e os professores tivessem por ele uma estima cautelosa, porque, entre tantos desajustados, fracassados e "deficientes mentais", Skyler Rampike não podia deixar de brilhar; quase todas as suas notas eram A, e ele descobrira um jeito de não engolir os mais fortes dentre os seus remédios; e, apesar de não poder trancar a porta por dentro, sabia fazer uma barricada com móveis. No entanto, Skyler permaneceu na sala de repouso. Como um roedor hipnotizado por uma cobra balançando à sua frente, permaneceu diante do televisor até o programa recomeçar e Zelda Zachiarias reapresentar Betsey Rampike; dessa vez, Zelda quis evocar para seus espectadores a "trágica perda" sofrida por sua convidada, e assim, lá vieram para a tela os filmes de Bliss Rampike, a patinadora-prodígio; filmes conhecidos da irmã dele, de novo patinando no gelo: ali estava a famosa estreia de Bliss ao som de *Over the Rainbow*, no Campeonato de Patinação Mirim; ali, mais uma vez, Bliss em sua cintilante roupa branca de bailarina; e, com o cabelo glamorosamente levantado, num traje bronze-alaranjado e sensual, à moda de Las Vegas, patinando/dançando ao som saltitante de *Kiss of Fire*, porque *tudo isso já aconteceu, aconteceu muitas vezes e não tem saída*, porque o Skyler já tinha visto aquela gravação muitas vezes, porque, desde a morte da Bliss, ela era apresentada e reapresentada na televisão, podia-se topar com ela por acaso a qualquer hora do dia ou da noite, em qualquer canal de TV; por uma sinistra magia, sucede que, e quem sabe como sucedem essas coisas, a irmãzinha do Skyler tinha-se tornado, depois da morte, a mais famosa menina de 6 anos da história norte-americana, e o que significava sua irmã de 6 anos estar morta? Que significava ela ter sido morta? Mas Skyler não conseguiu dispor-se a desligar a televisão, nem mesmo nessa hora, nem conseguiu sair cambaleando da sala, porque sair cambaleando da sala seria deixar a Bliss e abandoná-la; mais uma vez, Skyler a abandonaria; iria abandoná-la com a mamãe; não a salvaria, apesar de ela ter chamado *Skyler me ajude me ajude, Skyler*, mas ele a abandonaria, esse era um fato irrevogável da sua vida.

— ... foi muito difícil, Zelda. Foi dificílimo. Nosso filho é uma criança "problemática". Faz terapia há anos, por problemas de "déficits" neurológicos e de "personalidade fronteiriça". Ele recebe os melhores cuidados profissionais, mas, acredite, não tem sido fácil! Tanto o meu marido, que no passado foi um típico meio-campista norte-americano e agora é um alto executivo, quanto o meu filho sofrem de "agressão deslocada". No caso do Skyler, eles acreditam que aquele pervertido horrendo e execrável que perseguiu e assassinou a minha Bliss também o teria perseguido... de um modo que ele se recusa a revelar, porque esse trauma está preso no interior do hipocampo, a "sede da memória", em estado de negação. Também há problemas "passivo-agressivos". Há um "abismo de comunicação" entre nós. Muitas pessoas da sua plateia, Zelda, podem ter tido uma experiência idêntica: há um trauma na família e a "dinâmica masculina" começa a se desintegrar, ao mesmo tempo que a "dinâmica feminina" se torna mais forte, por necessidade. Nesse caso, foi o Skyler, o nosso filho problemático, que levou ao "ponto de desequilíbrio". Nossos 15 anos de casamento, que talvez suportassem o trauma da nossa perda da Bliss, acabaram sendo destroçados pelo "masoquismo edipiano" de tensão pós-traumática do nosso filho...

Foi com relutância e tristeza, mas com bravura, que Betsey Rampike falou. Não é fácil desnudar a alma na televisão em rede nacional. Ainda mais a alma dos outros! Com ternura, a câmera se demorou no rosto roseamente enrubescido de Betsey. De repente, uma chama irrompeu no cérebro de Skyler. Talvez tenha sido um aneurisma no hipocampo, só que o pobre garoto não caiu morto, mas começou a arfar como um asmático e, em seguida, a gritar coisas ininteligíveis. E começou a bater, esmurrar e chutar o televisor, sentindo as mãos arderem. Machucando as mãos fracas. Gritou mais alto, como uma sirene crescente, e alguém entrou correndo na sala, um dos assistentes parrudos do diretor, que agarrou Skyler, praguejando:

— Que diabo, Ranpick! Deitado no chão!

Mas Skyler, como um esquilo em pânico, conseguiu enganar o homem truculento, porque a Mamãe Televisiva ainda estava falando, a Mamãe Televisiva jamais pararia de falar, e, apesar de ser superado por uns 23 quilos, o garoto conseguiu soltar-se da mão do assistente e se lançar de novo contra o televisor, dessa vez derrubando-o no chão e lhe dando pontapés selvagens, e por fim a tela se estilhaçou e pedaços do rosto da Mamãe Televisiva voaram em lascas e estilhaços cortantes pela sala, inclusive pelos cabelos de Skyler, por seus cílios, suas narinas e o interior de sua gola. Um guarda de segurança uniformizado então entrou correndo na sala, tão corpulento quanto o assistente do diretor, agarrou a cabeça do menino amotinado e por pouco não o decapitou, atirando-o no chão, e na briga derrubou cadeiras, um enorme abajur de pé e pilhas de anuários da Escola Hodge Hill, e ainda assim Skyler conseguiu se debater até se soltar, berrando feito um morcego demente, até ser dominado pela simples força bruta: um peso conjunto de mais de 450 quilos, achatando o seu rosto no tapete encardido, quebrando e ensanguentando seu nariz, partindo vários dos seus dentes na altura da gengiva, socando-o até deixá-lo sem fôlego, como quem golpeasse um tapete cheio de poeira pendurado num varal com um "batedor de tapete", e foi assim que durante anos se contou a história medonha de como foram necessários três atendentes robustos e dois guardas de segurança, munidos de cassetetes, para subjugar Skyler Rampike, de 45 quilos, que lutou com eles não apenas com os punhos, joelhos e pés, mas até com os dentes, "espumando" feito um animal raivoso, e que foi finalmente metido à força numa "camisa de força" inflável e carregado para fora numa maca, a fim de ser levado de ambulância, com uma sirene guinchante, ao Centro Médico de Doylestown, onde foi sedado e, na manhã seguinte, transportado para o Hospital Geral de Allentown, para uma avaliação psiquiátrica.*

O garoto Rampike? Aquele que talvez tenha matado a irmãzinha? Pirou. Finito!

---

* Ver "Irmão de Bliss Rampike, campeã de patinação assassinada, internado em hospital psiquiátrico da Pensilvânia", *Celebrity Watch Weekly*, 4 de outubro de 2000. Foi uma lúgubre matéria de capa, com fotos em close do Skyler amarrado numa maca, com o rosto distorcido de ódio a ponto de se tornar irreconhecível.

DESVENTURAS NA "SAÚDE MENTAL"

A BEM DE UMA REVELAÇÃO COMPLETA E SEM PUDOR, EM BENEFÍcio dos leitores com um mórbido interesse em psicoterapia, psiquiatria, psicofarmacologia psiquiátrica etc., forneço aqui uma lista parcial dos psis a que Skyler Rampike foi encaminhado nos anos que se seguiram ao assassinato de sua irmã: Splint, Murdstone, Qualls, Schiskein e Roll. E eis uma lista parcial dos diagnósticos afixados em Skyler Rampike por esses indivíduos: transtorno hiperativo da ansiedade/distúrbio narcísico da analidade/distúrbio obsessivo-compulsivo/dislexia (crônica, progressiva) /TDA + DEI (Distúrbio Explosivo Intermitente) /DCAA/ amnésia/ hiperamnésia/anorexia/agnosia/anosagnosia/afasia/analgesia/ DCAA + catatonia (intermitente)/ DEA/DDP/personalidade bipolar + "personalidade fronteiriça"/ecolalia/apotropismo/DEA + DAI (Distúrbio da Agressividade Infantil)/PMD + distúrbio da "dor fantasma"/ hebefrenia*/algolagnia/paranoia + TEE (Transtorno do Espectro Esquizoide)/histeria/anaclisia/hiperdependência + distúrbio regressivo/ Distúrbio da Agressividade Infantil/transtorno de Asperger — e muito mais!

Para cada diagnóstico houve uma receita médica, algumas das quais já foram listadas neste documento repleto de detalhes/fatos "observados com agudeza", como vermes num cadáver em decomposição.

Houve a Dra. Splint. Através de uma névoa sépia de dor, veio a Dra. Splint, um par de óculos gigantescos, elegantemente pousados num nariz bicudo:

* Surpreendeu-se? Não o censuro. Este documento não tem sido exatamente um festival de gargalhadas nem nada parecido com o que poderia sugerir a hebefrenia (significado literal: "risadaria aprisionante").

— Skyler? Fale comigo. Você pode falar comigo. Você não é mudo, Skyler. Do ponto de vista médico, não há nada de errado com as suas cordas vocais ou a sua garganta, Skyler. Você sabe disso. É um mutismo "histérico", Skyler. Não é "real". Você não fala com sua mãe nem com seu pai, Skyler, e eles estão muito preocupados com você, mas você pode falar comigo, quer falar, Skyler?

Seis sessões com a Dra. Splint. (Mulher, ossos grandes. Dentões cerrados em sorrisos. Ou será que essa era a Dra. Roll, que virá mais adiante?) Skyler recebeu massinha para "modelar suas ideias", na obstinada ausência da fala, e a maioria das modelagens emergiu na forma de cobras.

Menos a boneca-bebê. Surgiu enfim a boneca-bebê. Depois de oito cobras de comprimentos, calibres, ambição e autenticidade variáveis. A boneca-bebê era do tamanho de um rato e foi moldada com massa cor de carne, posta para secar e, em seguida — de maneira tão súbita que os grandes óculos de plástico da Dra. Splint quase despencaram do seu rosto —, *pou-pou-pou* na mesa. A cabeça da boneca-bebê fazendo *pou-pou-pou* na mesa. E a Dra. Splint perdeu sua pose profissional, encolheu-se visivelmente e recuou para trás da escrivaninha, como que assustada com seu irado paciente de 10 anos, e depois conseguiu se recompor e disse:

— Skyler, você não machucou a sua irmã. Não foi você quem machucou a sua irmã — e o Skyler deu uma gargalhada extravagante e continuou a estraçalhar o que restava da boneca-bebê, em pedacinhos do tamanho de grânulos, que se espalharam na mesa, no assoalho e no tampo da escrivaninha da Dra. Splint. Falando pela primeira vez com a terapeuta, o Skyler troçou:

— Machuquei, sim! Eu a matei! Quebrei a cabeça dela! Eu quis quebrar! E também amarrei os braços dela! Fui eu.

Foi a sexta e última sessão com a Dra. Splint.

— AQUELA MULHER! COM UM MERO DIPLOMA DA RUTGERS. EU devia ter sabido! Uma "especialista em traumas infantis" que não tem filhos. E cobrando um preço tão exagerado, que a gente poderia imaginar que era um *homem*.

* * *

AGORA AS IDEIAS OCORRIAM DEVAGAR AO SKYLER. O DR. MURDSTONE olhou-o de longe. Ao Dr. Murdstone o Skyler tinha confessado, de forma tímida, hesitante, gaguejante e emburrecida, que às vezes sua irmã se aproximava dele por trás e implicava com ele, e lhe pedia que a ajudasse, rindo por ele não poder vê-la, só ouvi-la; mas, quando escutava com atenção, ele não conseguia ouvi-la. Agora as ideias demoravam a ocorrer ao Skyler, na bruma sépia dos medicamentos, como aquelas pedrinhas que a pessoa tinha que fazer força e se espremer e grunhir e gemer para expelir pelos quartos traseiros ("bumbum" era a palavra da mamãe, uma palavra mais bonita que a expressão do papai, que era "olho do cu"), e o esforço doía muito! E às vezes, depois havia sangue para fazer escoar do vaso sanitário puxando a válvula, junto com as pedrinhas duras e detestáveis.

O Dr. Murdstone não era risonho como a Dra. Splint. O Dr. Murdstone zombava do Skyler, porque tinha visão de raios X para enxergar o interior do cérebro do pirralhinho ardiloso:

— Skyler, você sabe que a sua irmãzinha não está "presente". Você não está sendo "assombrado". Você sabe que "ela" é só uma alucinação auditiva, isto já lhe foi explicado muitas vezes.

Foi? Skyler ficava envergonhado, não conseguia se lembrar.

No espelho, um garotinho meio careca, com galos no couro cabeludo, olhos enormes e sombrios, pele descorada e cheia de manchas. Não conseguia parar de futucar a pele, a menos que sua medicação fosse aumentada a tal ponto que as mãos ficavam pesadas demais para subir até o rosto.

— Skyler! — será que era o Dr. Qualls? De algum modo, o menino estava no consultório do Dr. Qualls, para onde alguém o devia ter levado. Bigode úmido, cor de areia, um clarão derrisório de óculos. O Dr. Qualls avisou:

— Skyler, você está crescido demais para essas fabulações infantis. Você tem 10 anos e, nessa idade, as fantasias nas crianças praticamente acabaram e, com certeza, já esgotaram a paciência dos adultos da vizinhança.

E houve o pragmático e seco Dr. Schiskein (um psicofarmacologista psiquiátrico meio gordo), que descartou as histórias chorosas/lamurientas do Skyler sobre ser assombrado pela irmãzinha morta e receitou habilmente a nova droga milagrosa, o Zilich (um psicotrópico revolucionário para crianças afetadas por DEI + TEPE (Transtorno do Espectro

Paranoide Esquizoide, aprovado pela FDA), e o Skyler descobriu, como o leitor descobriria, que, uma vez medicada com trezentos miligramas de Zilich duas vezes ao dia, a pessoa não mais ouvia vozes-fantasma na cabeça, *Skyler! tem uma coisa ruim na minha cama*, e não ouvia os próprios pensamentos dentro da cabeça, pois tudo que conseguia ouvir era o tum, tum, tum da pulsação nas profundezas do tronco cerebral.

NO CENTRO DE TRATAMENTO VERHANGEN PARA CRIANÇAS E Adolescentes Desafortunados, em Bleek Springs, Nova York (a 80 quilômetros de Manhattan, com "paisagens deslumbrantes do Hudson"), houve Hedda Roll, médica com doutorado e TDRM (Terapeuta Diplomada em Recuperação da Memória), que insistiu energicamente, uma sessão atrás da outra, em que Skyler lhe revelasse a *dor secreta* que fora obrigado a suportar durante a infância prolongada e adiada — a rigor, sua infância interminável — naquela confusa estagnação do tempo que se seguira à saída de Skyler da Escola Hodge Hill, noticiada com grande sensacionalismo, pois foi um intervalo em que a mãe dele (que Skyler *se recusava* a chamar de mamãe!) estivera "viajando, em visita" a Palm Beach, na Flórida, com uma querida amiga idosa e rica, a Sra. Poindexter, que lá possuía um casarão de estilo espanhol à beira-mar; e o pai do Skyler (que o menino *se recusava* a chamar de papai!) estava "indisponível, não posso evitar, me sinto péssimo por deixá-lo na mão, filho", embora, pelo que Skyler podia determinar, Bix Rampike ainda fosse um "alto executivo" da Univers Inc., apesar de viver grande parte do tempo em Manhattan, no edifício do Central Park South que Skyler ainda estava por visitar, do mesmo modo que ainda estava por ser levado a um jogo dos Knicks no Madison Square Garden. Skyler não sabia ao certo de qual eu "abalado, precário e paranoide-esquizoide" era preciso manter as dimensões mais sombrias da Realidade a uma distância segura, nem sabia se seus pais estavam "divorciados" ou apenas "separados" a essa altura, ou "tentando desesperadamente resolver as coisas", porque, antes mesmo da Mamãe Televisiva de *Mulheres soltando o verbo*, o garoto tinha mais ou menos desistido de tentar telefonar para os pais esquivos, porque os números da Betsey que lhe tinham dado nunca atendiam, ou estavam "fora de serviço", e já não existia uma casa dos Rampike, porque o velho e amplo casarão colonial setecentista revestido de tábuas brancas, no número 93 da alameda Ravens Crest, fora esvaziado dos Rampike e, ao que Skyler soubesse, era habitado por estranhos que lá viviam felizes. Numa ocasião em que ele conseguira ser atendido por Bix Rampike na Univers Inc., o pai tinha sido franco ao lhe dizer que gostava dele "pra cacete", mas andava "enojado e desgostoso" com a medonha matéria de capa da *Celebrity Watch Weekly*, a qual, de uma forma inadmissível, tinha sido retomada por várias outras publicações, inclusive o *New York Post*, *The Star Spy* e três parágrafos curtos de uma página interna da seção metropolitana do *New York Times*. As sessões de Skyler com a Dra. Roll eram desgastantes e cansativas, porque o menino parecia estar sendo novamente vítima do seu velho mutismo (histérico, uma "formação reativa") na presença dessa mulher que se erguia diante dele, trêmula e com formas mutantes, qual uma lula gigante, a exortá-lo a lhe revelar a *mágoa secreta* que quase com certeza ele fora obrigado a suportar quando muito pequeno, possivelmente até quando bebê, porque o abuso sexual de crianças pode começar em idades muito tenras, numa época em que o Skyler teria sido pequeno demais para resistir e pequeno demais para se lembrar do trauma infligido pelo agressor ou agressores de quem não pudera se defender, e que era(m) — *quem? Diga-me, Skyler, quem foi que abusou de você, quem o molestou, quem interferiu no seu crescimento psíquico e com isso o bloqueou, de quem você está se escondendo, Skyler? Por que não olha para mim e me diz: QUEM VOCÊ ESTÁ PROTEGENDO?* Na mesa, diante do garoto de 14 anos que se contorcia de culpa, materializou-se um boneco-bebê sem roupa, mais ou menos do tamanho de uma ratazana adulta, e Skyler ficou olhando fixo para aquele objeto, com a boca seca e profundamente constrangido, porque ele já não era criança! Não deviam oferecer-lhe como isca esses objetos de apoio de terapeuta infantil! Skyler era um adolescente, por mais "subdesenvolvido" que fosse em termos físicos/sociais/afetivos; e no entanto, ali estava um boneco-bebê nu, um boneco-bebê masculino, que é muito diferente de uma boneca-bebê; e suas características anatômicas eram de uma franqueza e clareza incomuns, a rigor, deploráveis, diferentes de qualquer boneco que Skyler tivesse tido a infelicidade de ver; ali estava um boneco-bebê com um "pênis" do tamanho de uma lesma parcialmente devorada, acompanhado por "testículos" do tamanho de uvas Concord, e, o que era ainda mais alarmante, ali estava um traseiro realista, de um tipo que nunca se veria num boneco de verdade; em contraste, o rosto do boneco era insosso, inexpressivo e caucasiano; a boca podia ser aberta, porque as pequenas mandíbulas tinham dobradiças, e dentro havia uma cavidade rosada e até uma língua discernível; que coisa pavorosa aquilo parecera ao Skyler, que ficara olhando fixo; que coisa apavorante (e nesse momento Skyler se lembrou: uma névoa amnésica desfez-se de repente e veio a revelação de que, num ou noutro dos "centros de tratamento" aos quais ele fora sentenciado, quer dizer, enviado por seus pais "profundamente apreensivos", ele fora "alimentado à força", por meio de um tubo enfiado em sua boca, apesar de seus protestos, tubo este que lhe machucara lábios, língua, o interior da boca e a garganta), e a cabeça do boneco-bebê lembrava ironicamente a cabeça careca do Skyler de alguns anos antes, quando o trauma da morte da irmã fizera seu cabelo cair aos tufos, a tal ponto que, imprensado por outras crianças da sua idade, garotinhos de olhar contundente, ele era submetido a perguntas do tipo *Você está com câncer? Está fazendo quimio?* Para piorar, além do infausto boneco-bebê, materializaram-se então dois bonecos adultos, várias vezes maiores do que o bebê, com traços caucasianos inexpressivos e insossos e bocas similarmente articuladas, bonecos adultos nus, com uma pavorosa genitália adulta. Skyler tapou os olhos, sem querer ver, vislumbrando um par volumoso de seios femininos com mamilos e tudo, do tamanho de mirtilos, e vislumbrando um pênis rosado semiereto, e de um tamanho, em relação ao boneco, que os ex-colegas de classe do Skyler chamariam de incrível. Skyler fechou os olhos trêmulos diante desses bonecos adultos, o que instigou a Dra. Roll a encostá-los sugestivamente no boneco-bebê e em Skyler, dizendo, com a voz meiga e acariciante: *Skyler, não seja tímido! Leve o tempo que quiser, Skyler, e use esses bonecos para demonstrar o que fizeram com o seu corpo e que você reprimiu por anos. Skyler, quer olhar para mim, meu bem? Por que está protegendo as pessoas que o molestaram? Agora você está seguro comigo.* Skyler estremeceu. Skyler arrepiou-se. Como gostaria de agradar a Dra. Roll, porque a gente sempre quer agradar o adulto em posição de autoridade! Mas não conseguiu encontrar ânimo para falar, enquanto a Dra. Roll repetia sua ordem, chegando mais perto dele, trêmula e mudando de forma como uma lula gigante, e Skyler tinha pavor de que os tentáculos da mulher roçassem em sua pele nua. Tinha pavor do susto de ser espetado. Aflito, apertando os olhos com as duas mãos, o que mandava faíscas para dentro da sua cabeça, para o interior da sua cabeça triturada, ele mexeu a boca entorpecida, mexeu-a num resmungo, dizendo à Dra. Roll que achava não conseguir lembrar-se de ter sido machucado por ninguém quando era pequeno. Não conseguia lembrar-se de nenhum machucado. E nessa hora, em tom áspero, a Dra. Roll disse: *Skyler, por que você os está protegendo, por que se recusa a cooperar, você não vai começar a melhorar enquanto não cooperar com a sua terapeuta, vai ficar bloqueado pelo resto da vida, olhe para mim, Skyler!, e olhe para esses bonecos*, porque a Dra. Roll sabia que o seu jovem paciente remoído de culpa estava mentindo para ela, é claro que a Dra. Roll sabia, graças a anos de experiência com a recuperação da memória, que o que tinha diante de si era uma criança deploravelmente ferida/molestada/doente, mas, obstinado, Skyler sacudiu a cabeça, *não*, o obstinado Skyler recusou-se a tocar nos bonecos nus, e também não quis enfrentar a expressão fuzilante dos olhos de raios X da Dra. Roll, porque não podia dizer *sim, foi o meu pai, sim, foi a minha mãe.* Não podia dizer *Eles me mataram. Eles mataram a minha irmã e me mataram*. Não podia. Não podia. Não podia.

"ARS"

SÓ PARA DEIXAR REGISTRADO, CONVÉM ASSINALAR QUE, DEPOIS que a Dra. Roll, desgostosa, descartou Skyler Rampike como seu paciente, informando secamente aos pais que o filho deles estava "encravado num estado tão extremo de negação, equivalente a um câncer metastático em todos os ossos", que, "em sã consciência", ela não poderia continuar a tratá-lo, a mulher vingativa chapou-lhe no prontuário médico, para acompanhar o desgraçado do garoto pelo resto da vida, um novo e sinistro diagnóstico misterioso: "ARS."*

A conta da Dra. Roll, por menos de seis sessões, entregue por meio do venerável Centro de Tratamento Verhangen, chegou à assombrosa soma de 46.399 dólares.**

---

* "ARS"? Ficou pensando no que seria esse distúrbio? O Skyler também.

** Dos quais o astuto Bix Rampike, que a essa altura era chefe do setor (nacional) de pesquisa e desenvolvimento da Univers Inc., não pagou nem um centavo. O litigioso pai de Skyler processou Hedda Roll e o Centro de Tratamento Verhangen para Crianças Desafortunadas por "extrema negligência profissional" e por "difamação do caráter", pleiteando uma indenização de 13 milhões de dólares, acrescidos das custas judiciárias. (O processo acabou sendo resolvido fora dos tribunais, por quanto, Skyler nunca viria a saber.)

ADEUS, PRIMEIRO AMOR!*

Memorial adolescente de um amor perdido

* Este título inspirado eu acreditava ser um original meu, mas agora tenho a vaga lembrança de um livro assim intitulado, uma brochura de capa cor-de-rosa, exuberante e úmida como um palpitante órgão feminino; deve ter sido um daqueles romances da mamãe que ela tentava esconder do meu pai, que era propenso a implicar/fazer troça com uma superioridade arrogante de polímata: "Nossa, Betsey! Como é que você pode ler uma porcaria dessas?"

I

...amo você, eu acho.
Eu também.

• • •

Acha que eu não consigo?

Você acha que eu, Skyler Rampike, impregnado de ironia, *ressentimento* e *sand-frade* crônico como uma lula impregnada de tinta, não sou capaz de pôr de lado as estratégias pós-modernas da "narrativa", em prol das emoções ingênuas, brutas e palpitantes do mero contar histórias? Com ar presunçoso, você havia acreditado que eu não seria capaz de pressentir a morte da minha irmã nem as consequências confusas dessa morte, mas, apesar de severamente limitado por meu desconhecimento de tudo o que aconteceu, eu o fiz; e por isso, acho que posso contar a história "agridoce", "pungente" e "malfadada" do primeiro amor de Skyler, que chegou a um fim muito abrupto e melancólico.

Afinal, que há de mais desafiador para a calejada sensibilidade pós-moderna do que o amor? E, mais desafiador ainda, o amor entre dois adolescentes dolorosamente inexperientes, num ambiente de escola preparatória?

Continue lendo.

— LÁ VEM ELA. A "HEIDI HARKNESS".

Na escada de pedra do Edifício Babbitt, os garotos pararam. Suas vozes eram baixas e zombeteiras, e tinham a intenção de ser ouvidas pela garota alta, de membros desengonçados e roupa com ar amarrotado que passou às pressas por eles, desviando os olhos.

É que "Heidi Harkness" era o nome destinado a uma nova estudante transferida que havia chegado à Academia de Basking Ridge, Nova Jersey, e que se sabia ser filha de um recente assassino célebre, um ex-jogador da liga profissional de basquete que, na primavera anterior, após um julgamento longo e divulgado com espalhafato, fora inocentado do assassinato da mulher de quem estava separado, do suposto amante da mulher e dos queridos poodles da mulher, Yin e Yang; "Harkness" não era um sobrenome muito parecido com o original, mas "Heidi" não diferia muito do nome verdadeiro da filha.

Só que, para meus objetivos neste documento, fiz de "Heidi" e "Harkness" nomes inteiramente fictícios. Assim como alterei fatos e circunstâncias cruciais relativos ao notório pai e sobrenome de Heidi.

Skyler você não vai escrever sobre mim, não é? por favor.

Skyler não sei direito se posso prometer que não vou escrever sobre você.

Saindo do austero Edifício Babbitt, depois de austeros 90 minutos de aula no laboratório de química, lá veio Skyler Rampike, agora transformado num garoto esquelético de 16 anos, 1,78 m de altura, cara amarrada e ombros arriados, com um cabelo "esquisito de metal ondulado" que lhe subia da testa feito uma crista de galo raivoso, um Skyler adolescente que o leitor se assombraria ao ver: já não era um tampinha, e também não tinha a alma nanica, pois havia enfim aprendido as vantagens de ser um garoto de origem abastada com doenças profissionalmente diagnosticadas; entre os feridos ambulantes da Academia de Basking Ridge, Skyler se mantinha firme, com certa dose de desafio e dignidade; até sua própria coxeadura, que tanto o havia mortificado, ele começara a manejar como um porrete em certas circunstâncias, a seu critério: pisando duro, batendo com força em pisos e escadas rangentes, dando guinadas e arremetidas e obrigando os outros a lhe darem passagem. E nessa hora, ao sair meio cambaleante do Edifício Babbitt para a tarde úmida de final de setembro, Skyler passou provocadoramente perto das costas de dois garotos mais velhos, um par que podemos chamar de "Beav" e "Butt", por sua semelhança com dois cretinos de desenhos animados de TV cuja fama/infâmia tinha chegado ao auge e desaparecido durante a memória adolescente de Skyler; ele ouviu as vozes sarcásticas e viu a garota que era alvo de gozação virar o rosto e se afastar; sentiu uma onda de puro ódio, deu com a quina da mochila no garoto mais alto, Beav, como que sem querer, e Beav girou o corpo para cima dele — "Presta atenção, seu" —, e tanto ele quanto Butt investiram contra Skyler, e o socaram e empurraram e chutaram por metade da escada de pedra abaixo, fazendo-o perder o equilíbrio e cair com força sobre o joelho (diabo, o joelho direito do Skyler), e ele tentou não se encolher de dor enquanto os sujeitos casquinavam em triunfo: — "Como é que vão as coisas, 'Sly'? 'Ram-pole', 'Ram-pole". — E foram cantarolando o nome sintético de Skyler, enquanto ele ajustava a mochila e saía capengando.

E onde estava Heidi Harkness, que Skyler havia torcido para que visse seu ataque ousado a Beav e Butt por causa dela? Não era vista em parte alguma.

ENQUANTO SKYLER, HUMILHADO/DE CARA FECHADA, VAI CAPENgando pelo "relvado" — uma área de grama descaracterizada, mutilada e quase toda marrom sobre a qual pairavam carvalhos enormes e que circundava o Edifício Babbitt, a Capela Skudd, o Edifício McLeer e O Monumento —, vou congelar a ação, se é que ela existe, e explicar o "Sly Rampole".

Assim como "Heidi Harkness" é um nome fictício, inventado (por mim) como disfarce para um nome fictício "de verdade", e este um nome fictício para encobrir um nome "real" de uma celebridade leprosa, o nome de Skyler na Academia de Basking Ridge, em Nova Jersey, no outono de 2003, quando ele foi matriculado como um novo aluno da décima série, também era fictício: "Sylvester Rampole."

Após a derrocada da Escola Hodge Hill e a expulsão de Skyler, os Rampike seniores chegaram à conclusão de que era preciso fazer alguma tentativa de proteger seu filho conturbado da notoriedade "injusta, cruel, vingativa e ignorante" que se ligava ao sobrenome Rampike: "Pelo menos enquanto o Skyler ainda estiver na escola, e num estado mental tão frágil" (palavras da mamãe, com as quais papai concordou). Isso porque, desde a morte da Bliss, apesar de seu assassino, um pedófilo condenado, ter não apenas confessado o crime, mas também se matado, numa manifestação de culpa e remorso, a mídia insaciável, um "bando estrídulo" de hienas, chacais e abutres, continuava a perseguir os Rampike, e não se envergonhava de tentar se aproximar do pobre Skyler nem de atrair qualquer pessoa que se associasse a ele (professores, colegas de classe, terapeutas)* para dar entrevistas a respeito do garoto. A Academia de Basking Ridge, como assegurou aos Rampike o diretor Horace Shovell, havia adquirido uma "reputação nacional ímpar" por respeitar a privacidade de seus alunos "muito seletos, muito especiais": a não ser mediante convite, nenhum integrante do "núcleo da imprensa" era autorizado a entrar no campus, e todo o corpo docente e os funcionários assinavam contratos que os proibiam de conceder entrevistas e/ou de escrever sobre qualquer aluno da Basking Ridge, em qualquer época. ("'Em qualquer época?' E a lei dos prazos de *prescrevência*?", perguntara Bix Rampike, com ar de dúvida, mas o diretor Shovell lhe garantira: "Até hoje nunca fomos contestados, Sr. Rampike. Mas, se formos, nossa consultoria jurídica nos dará a certeza de prevalecermos.")

Situada em 40 acres arborizados das idílicas montanhas onduladas ao norte do Vilarejo de Basking Ridge, em Nova Jersey, a Academia de Basking Ridge era conhecida por seu alto padrão acadêmico e pela alta qualidade de sua equipe de orientadores e psicólogos; ao contrário da maioria das escolas particulares que davam formação a "estudantes com necessidades especiais" — os que tinham "deficiências mentais, afetivas e psicológicas" —, Basking Ridge também oferecia créditos acadêmicos antecipados em disciplinas como mandarim, suaíli e coreano; havia cursos introdutórios "de nível universitário" em economia, financiamento

* Por exemplo, a Dra. Roll. Violando a ética profissional, para fazer picuinha com seu jovem paciente que se recusara a cooperar, e por sabe-se lá quantos milhares de dólares, era quase certo que essa terapeuta do Centro de Tratamento Verhangen fosse a "fonte psiquiátrica anônima" de uma reportagem sensacionalista da *Up Close & Personal*, intitulada "Recuperação de lembrança recalcada. Terá Skyler Rampike confessado o assassinato de sua irmã Bliss?" (Não! Nunca leia isso.) (Bix Rampike moveu um processo de 10 milhões de dólares por difamação do nome de seu filho [menor]; alguns meses atrás, resolveu-se o processo fora dos tribunais, por quanto, como é que eu vou saber?)

de investimentos, sociologia da construção civil e "bioética e bioengenharia"; por um acréscimo mínimo nas mensalidades, a escola oferecia seminários intensivos de preparação dos alunos para as provas do TAC (Teste de Aptidão Acadêmica), e também sobre "Construção de Currículos: Engenho e Arte" e "A Arte da Entrevista Universitária". Garantiu-se aos Rampike que o filho deles, apesar de seu histórico de "dificuldades de adaptação", encontraria na Basking Ridge um "lar caloroso e acolhedor"; a não ser pelo diretor Shovell e seus assistentes imediatos, ninguém na escola conheceria a identidade dele.

— A escola foi originalmente fundada em 1891, como uma instituição presbiteriana para os "filhos rebeldes" de nativos ilustres de Nova Jersey — explicou o diretor Shovell, com um risinho bajulador —, e, nas últimas décadas, não perdeu de vista a sua missão original de proporcionar um "porto seguro" para os filhos, e agora, as filhas de pessoas cujos nomes são "conhecidos" de um modo que, em certos círculos, provoca aflição. Por favor, saibam que, no momento, há meia dúzia de jovens matriculados como incógnitos na escola, e muito satisfeitos assim.

O diretor Shovell fez uma pausa, como que para dar aos Rampike a oportunidade de indagarem, com toda a curiosidade inocente, quem eram esses jovens: filhos de políticos, financistas, *artistes* ou gente do show business, todos desonrados? Mas nem Bix nem Betsey morderam a isca, intuindo que sua pergunta seria recebida com um abanar afetado da cabeça do diretor. Shovell prosseguiu:

— O Skyler não deve ser exceção, Sr. e Sra. Rampike, desde que não fale de si mesmo de forma descuidada, porque, às vezes, as crianças nessas situações se revelam, quem há de saber por quê? "A adolescência é um país estrangeiro, onde as coisas são feitas de maneira diferente." Essa sábia observação do nosso fundador, o reverendo Elias Dingle, é tão válida hoje quanto foi há mais de um século. E qual foi o nome que os senhores escolheram para seu filho aqui na Basking Ridge, Sr. e Sra. Rampike?

Numerosos nomes tinham sido sugeridos pelos pais de Skyler, mas o jovem rejeitara todos. Confrontado com a perda de "Skyler Rampike" — nome que havia acreditado detestar —, ele experimentou uma sensação doentia de estar afundando, como sentiria quem olhasse para baixo na beira de um abismo. Como é que a Bliss poderia localizá-lo, se Skyler já não fosse o Skyler? Aquele vago apelo miado na madrugada, no escuro, em qualquer cama em que Skyler se achasse, zonzo, exausto e insone: *Skyler? me ajude, Skyler onde estamos, Skyler?*

Durante a entrevista no gabinete do diretor, os pais de Skyler tinham evitado se olhar; haviam chegado à escola em veículos separados e partiriam em veículos separados; Skyler ainda estava para ser informado de que seus pais tinham-se "divorciado", mas não queria fazer perguntas.* E então, Betsey Rampike disse, com uma olhadela de censura para o filho e, logo adiante dele, para o marido, que andara consultando disfarçadamente o majestoso Rolex que usava no pulso moreno, com o ar contido/irrequieto do homem que anseia por estar noutro lugar:

— "Sylvester Ram-pole"... isso não é meio... chamativo? Afetado?

Mas Bix respondeu, com seu sorriso de papai radiante, como se despertasse de um sono de vários anos:

— "Sylvester Rampole." Tem estilo. Tem bossa. Eu gosto. Viu, Sky-boy, você conserva as suas iniciais, "S.R.". "Rampike" tem eco em "Rampole", somado a "Rambo". Muito esperto, garoto.

E assim, Skyler teve de ficar com esse nome. Com o incógnito de brincadeira que ele tivera certeza de que seus pais não permitiriam. O diretor Shovell também não pareceu perturbar-se. É que recebera de Bix Rampike um cheque administrativo pelas mensalidades do ano inteiro, para pagamento adiantado e não reembolsável.

TINHA SIDO MINHA INTENÇÃO DE ESCRITOR "CONGELAR" O SKYLER no ato de capengar pelo relvado do campus à procura de Heidi

---

* O leitor (maduro, não neurótico) há de achar difícil acreditar que Skyler, aos 16 anos, ainda fosse tão imaturo. Que esse jovem, que assumia uma pose de indiferença carrancuda, futucando o rosto enquanto os adultos discutiam seu futuro, hesitasse tanto em reconhecer o que, àquela altura, já era um fato consumido: será que Skyler não tinha vislumbrado uma manchete sensacionalista na capa da revista *SleazeWatch Week*, que proclamava:

DIVORCIAM-SE PAIS DE CAMPEÃ DE PATINAÇÃO ASSASSINADA, BLISS RAMPIKE

Ao lhe indagarem se existe outra mulher, Bix diz: "Sem comentários"

Harkness, mas, na verdade, a esta altura ele já quase sumira de vista, tendo passado coxeando pelo Monumento, pelo Pavilhão do Morro Velho, pela "histórica" Residência dos Fundadores, construída em pedra de cantaria, pela trilha de aparas de madeira na descida do morro, toda encharcada, por Yelling Oeste e Yelling Leste, pelo Craghorne (dormitório masculino), pelo Clapp (refeitório), pelo Ginásio Clapp e o Estádio Clapp; pelo estacionamento de visitantes e a central de aquecimento e a central de "água gelada"; pelas quadras de tênis (ocupadas, barulhentas) e pelo campo de futebol (gritos e assobios, uma ruidosa partida em andamento) e pela Grande Campina (aqui o visual necessário é o seguinte: o leitor é orientado para paletas de cores exuberantes com flores outonais, em especial varas-de-ouro, cenoura hortense, almeirão de flores azuis; acrescente um cacho de bagos vermelho-escuros de nabo-da-índia, e, perto da borda pantanosa do campo, umas tifas e umas ervas secas não identificadas, tudo fácil de localizar no *Guia Audubon de flores silvestres norte-americanas*), no caminho para o Bosque; teimoso e indomável, lá foi ele mancando atrás da esquiva "Heidi Harkness", cuja condição de incógnita a protegera tão pouco dos risinhos e olhares e sorrisos condoídos dos estranhos quanto "Sylvester Rampole" havia protegido Skyler. *Eles nos conhecem. Os nossos inimigos. Só temos um ao outro.*

Seguiu pelo bosque atrás de Heidi. Pelo menos, achou que estava seguindo Heidi pelo bosque, porque, de outro modo, onde estava ela?

Skyler a avistara muitas vezes, andando sozinha pela vegetação mirrada da orla do campus. Por essa garota com quem nunca falara ele sentia uma pontada de desejo erótico; ou talvez fosse *Schadenfreude*, a deliciosa alegria perversa alemã.

Pensava: *Ela é mais famosa do que eu. Mais infeliz.*

Não havia alegria perversa mais refinada/voluptuosa/transbordante de sensualidade do que a germânica!

E podia ser que Skyler se ressentisse de Heidi Harkness. Não pela fama/infâmia/infelicidade dela, mas pelo incômodo fato de que, quando Skyler tentara falar com ela, no corredor barulhento do Edifício Babbitt, onde os dois tinham aulas, como alunos da décima série, a garota timidamente evasiva tinha conseguido esquivar-se dele: *dele!* De Skyler Rampike, que raramente se esforçava por falar com qualquer pessoa, menos ainda por sorrir para alguém. Heidi Harkness dera uma esnobada *nele.*

Dentro de todo paspalho desastrado, feito um sanduichão caindo de sua embalagem engordurada, existe um egoísta delirante. Especialmente aos 16 anos.

— "Heidi Harkness." Quero ser seu amigo.

Ou, em tom mais convincente:

— "Heidi Harkness." Meu nome é Skyler Rampike e talvez você tenha ouvido falar de mim, não? Quero ser seu amigo.

Com mais veemência ainda, na esperança de dar um tom grave e irresistível à voz, como num close-up de filme:

— "Heidi Harkness." Não tenha medo de mim. Sei como é a sua vida. Quero ser seu amigo. Meu nome é...

Mas *onde estava* Heidi Harkness? Skyler começava a transpirar por baixo da roupa. Os sapatos estavam quase completamente encharcados. Insetos minúsculos, do tamanho de sinais ortográficos de pontuação, que ele tinha a vaga ideia de se chamarem *mauruim*, zumbiam em nuvem ao redor do seu cabelo espetado e grudavam nos seus cílios. Se até agora o leitor não acompanhou Skyler em idílicos "cenários naturais", é porque ele parece ter passado a maior parte da vida em ambientes sem ar, geradores de claustrofobia e de tamanho minguante. Por alguma razão, a trilha de serragem que ele estivera seguindo desapareceu no solo lodoso. Alguma coisa correu pela grama úmida: uma cobra? *Duas* cobras? A uns 10 metros dali ficava um regato raso, correndo sobre pedras dispersas feito vértebras malformadas. Skyler não estava perdido, como poderia se perder? Nem mesmo um garoto desacostumado aos espaços ao ar livre poderia se perder tão depressa. Ele não caminhara mais que um quilômetro e meio desde a escada de pedra do Edifício Babbitt. Mas estava com aquela conhecida sensação sufocante de pânico,* como se a parte reptiliana do seu cérebro quisesse achar que ele estava perdido e correndo perigo.

(Morando na escola, Skyler se tornara relapso ao ficar "não supervisionado" e "por conta própria", e por isso tinha esquecido de tomar seus remédios matinais [Zilich + Soothix] e pulara de

---

* "Pânico": "De, relacionado com, ou semelhante ao estado mental ou emocional induzido pelo deus pagão Pã, que vive na floresta à espera dos incautos." Como nós!

propósito o da hora do almoço [Effexor], que lhe deixava a boca seca feito uma meia velha e com a visão embotada.)

Prometa que você vai tomar os seus remédios como foram receitados, Skyler, você sabe que vai voltar a adoecer se não fizer isso. Era o que pedira sua mãe.

E Skyler havia resmungado: *É claro que sim.*

E acrescentara educadamente: *Eu tomo, sim, mãe.*

Agora, diante dela, chamava-a de mãe. Já chegava de mamãe! Chegava de *homenzinho* da mamãe.

Devia ter sido o efeito cumulativo de tantos remédios, tantos anos de tantos remédios: não tinha sido frequente Skyler sentir os chamados *desejos sexuais*. Até recentemente.

Desde que fora entregue à Academia de Basking Ridge para fazer seu "novo começo", ele gostava de estar "não supervisionado" e "por conta própria".

Ali no bosque, por exemplo. Por que tinha ido lá? Esfregou o rosto na manga. Malditos *mauruins.*

Tanto quanto podia ver, estava sozinho. Mas a Heidi Harkness tinha que estar ali, em algum lugar. Será que o vira segui-la, estaria se escondendo dele?

Dele? De Skyler Rampike, seu único amigo?

Skyler ouviu um som, virou-se, assustado, e lá estava Heidi Harkness, a menos de 3 metros, fitando-o com olhos marejados e assustados. Seu rosto era assimétrico, como se alguém o tivesse distorcido sutilmente, e a tez pálida estava enrubescida como se ela viesse de uma corrida. Os dentes da frente, brancos e grandes, superpunham-se feito dedos cruzados. Skyler não saberia dizer se ela era feia ou bonita, ou uma estranha mistura das duas coisas. Estava agachada, arfante. Alguma coisa brilhava em sua mão trêmula: uma lâmina? Uma *faca*?

A voz assustada foi baixa, áspera que nem uma lixa esfregada em outra:

— Sai de perto de mim, para de me perseguir! Vai embora!

COMO VOCÊ PÔDE ACHAR QUE EU IA QUERER MACHUCÁ-LA?! AMEI você desde o primeiro minuto.

Eu não disse que você queria me machucar. Disse que estava me perseguindo.

Mas foi só por amor...

*Isso é o que os perseguidores dizem.**

DOS 243 ALUNOS DA BASKING RIDGE, O "SLY" NÃO TARDOU A ganhar fama de ser "uma espécie de gênio esquisito" em matérias difíceis como trigonometria, química e geociências. Sly escondia depressa as provas quando elas eram devolvidas em aula, mas dava para ver os AA rabiscados em vermelho: "O esquisitão sabe a porra das respostas todas." Ele era distante, desdenhoso, preocupado; na aula, olhava direto para o professor e o quadro-negro; era taciturno, relutante em falar, mas o professor podia contar com ele para dar respostas certas às perguntas, embora sua voz fosse rouca e vacilante, como que por ser pouco usada. Ele vestia a roupa da escola — blazer cor de lama, camisa de algodão branco de manga comprida, gravata escolar de presilha —, que tendia a estar amarrotada como se ele dormisse vestido. Sly nunca parecia olhar para onde ia, franzindo a cara para o chão ou espremendo os olhos para a distância, e a pessoa tinha que pular para sair da frente dele, ou então, se fosse um dos atletas escolares, dar-lhe um safanão para tirá-lo do caminho com um xingamento: "Cuidado aí, babaca!"

Por sorte, Sly era protegido por sua cobiçada prorrogação da DMP ("Dispensa Médica Perpétua"), que lhe permitia o luxo de evitar completamente o ginásio e os esportes, e por isso era poupado das atividades físicas combativas em que a ira virtuosa de seus colegas seria desencadeada contra ele: "Um cara sortudo pra cacete, porra!"

Sly chegava sozinho à sala e dela saía sozinho, exceto na aula de inglês, da qual costumava sair na companhia de seu único amigo; assim como, no estrondoso refeitório inspirado em algum mau-

* Avanço rápido para o futuro (próximo), a fim de acabar com o "suspense barato" — justo a moeda corrente da ficção meramente popular/campeã de vendas — e garantir ao leitor inquieto que a conduta do Skyler realmente não foi o que parece ter dado a impressão de ser para Heidi Harkness!

soléu fabuloso de Oxford, quando Sly chegava a aparecer, sentava-se com seu amigo* a uma mesa de panacas/solitários num canto remoto. O gregário Bix Rampike havia insistido em que seu filho macambúzio se instalasse numa "suíte" e assim desfrutasse da camaradagem dos "colegas de suíte", mas Betsey, de mentalidade mais pragmática, sabia ser muito mais sensato atender à veemente preferência do filho agitado por um quarto particular, já que os colegas de quarto/de suíte das instituições anteriores não haviam funcionado bem. E agora, aos 16 anos, assustadoramente alto e de modos cáusticos, e menos inclinado a tomar a medicação diária tal como receitada, Skyler certamente ficaria melhor num quarto particular. E foi assim que ele, ou melhor, "Sly", teve permissão para morar sozinho num quarto de solteiro no quarto andar, o mais alto do Velho Craghorne, um prédio rangente anexo ao (novo) Edifício Craghorne; enquanto o (novo) Craghorne era de tijolos cor de camurça, o Velho Craghorne, uma estrutura muito menor, era feito de uma pedra escura e farelenta que parecia ter passado séculos apanhando chuva. Enquanto o (novo) Craghorne era a residência dos garotos mais populares, o Velho Craghorne era conhecido como moradia de infelizes/solitários/piradões. O quarto de Skyler, do tamanho aproximado de dois boxes sanitários, ficava no alto de um lance de escada íngreme, que rangia sob o seu peso escasso (50 kg para 1,78 m: esquelético, hein?); apesar das correntes de ar, das janelas mal encaixadas e das tábuas inclinadas do assoalho, o quarto de Skyler logo passou a ser, para ele, um local de refúgio. É que os calorosos "atletas" do (novo) Craghorne não se dariam o trabalho de fazer uma subida tão vertical para atormentar "Sly Rampole", como teriam prazer em fazer em outras circunstâncias; e os garotos do Velho Craghorne não pareciam empenhados no espírito de perseguição, muito menos nos atos correspondentes. Para Skyler, eles pareciam ter formado um vínculo numa encarnação anterior, havendo frequentado Basking Ridge no passado, mas não eram nada ameaçadores e todos eram mais baixos do que Skyler, que poderia ser uma ameaça *para eles*, se quisesse.

* Quem seria capaz de adivinhar? O antigo companheiro de brincadeiras dos encontros lúdicos de Skyler, Elyot Grubbe! Mais uma vez, com muita esperteza, estou evitando o "suspense barato", reprovado pelos fornecedores de Literatura Séria.

E percebia como passava por seus olhares sombrios como um fantasma que mal se houvesse materializado, ouvindo atrás de si: *É ele, o Rampick!*

Ou então: *É ele? O cara que matou a...*

Com que despreocupação o diretor Shovell tinha garantido aos Rampike que ninguém na escola saberia da identidade de seu filho! No entanto, logo ficou claro para Skyler que todos na Basking Ridge sabiam quem ele era, ou que ele era "alguém" a quem se ligava certa dose de vergonha e escândalo, pois que olhares estranhos lhe davam, como o olhavam abertamente pelas costas, ou lhe sorriam com comiseração e logo desviavam o olhar! Até Ferrugem, o mais animado dos funcionários da cozinha do Refeitório Clapp, com sua pele morena oleosa e os dentes de ouro cintilantes; até a equipe de Shovell, quase toda formada por senhoras de expressão pudica, que por pouco não se benziam à passagem de Skyler, no estilo católico romano. (Do mesmo jeito que todos pareciam saber, dias depois de sua chegada, que a nova garota, a "Heidi Harkness", era a filha do infame "Leander Harkness".) Skyler aprendeu a suportar sua aflição como quem suportasse um rosto desfigurado ou um corpo deformado, com toda a dignidade que conseguia reunir. "Oi, como é que vai, 'Sly'?" era uma provocação frequente, ou uma pergunta; possivelmente, uma provocação amistosa, ou uma pergunta puramente inocente; "Sly", apesar do sentido de sonso, não era um nome tão ruim; havia o exemplo machão de "Sylvester Stallone"; podia-se dizer que "Sly" era um nome meio legal; e assim, "Sly" conseguia dar um sorriso de careta sofrida e responder: "Tudo legal, cara, e você?"

Dentre os professores, ele não tinha certeza absoluta de quem sabia ou não. O professor de química, Sr. Badian, às vezes o fitava com um olhar perplexo; a professora de francês, Madame Du Mont, parecia nutrir um interesse especial por ele, em meio a tantos estudantes entediados e irrequietos; mas havia, inconfundivelmente, o professor de inglês, Sr. Dunwoody, que o olhou como se decorasse suas feições e se fez de amistoso com "o novo aluno transferido entre nós". Dunwoody sorriu para seu cativo, a quem pusera sentado na primeira fileira (como viria a fazer com Heidi Harkness, que começou as aulas 12 dias depois de iniciado o período escolar); sorriu para Skyler com suas gengivas úmidas e rosadas e esfregou as mãos com vigor, como um louva-a-deus esfregaria as patas na expectativa de um banquete:

— "Sylvester Rampole". Você é novo na Basking Ridge, Sylvester? E qual era a sua escola anterior?

Em sua cadeira na primeira fila, Skyler teve vontade de se encolher e virar um objeto duro e denso, tão impenetrável ao exame quanto um pedaço de criptonita. Seu cabelo áspero, nascido de pouco, que se espetava desde o alto da testa e era impossível de pentear para baixo, dava-lhe uma aparência pouco natural, e, embora Skyler usasse o uniforme da escola (blazer "vermelho-arroxeado" com botões dourados, camisa de algodão branco, gravata escolar listrada [de presilha]), ele se destacava de um modo alarmante; não fosse o corpo esquelético, ninguém acharia que tinha 16 anos, e sim muito mais. Desde o incidente na Escola Hodge Hill, quando fora espancado pelos guardas de segurança, Skyler tinha sido submetido a cirurgias dentárias para consertar parte dos estragos feitos na boca, e o nariz tinha sarado com um calombinho ossudo que, a seu ver, quando ele se olhava de esguelha em qualquer superfície espelhada lisonjeira, dava-lhe aquele ar machão de um boxeador tarimbado. E nesse dia, tapando a boca com a mão, Skyler respondeu à pergunta provocadora do professor de inglês com um resmungo:

— ... Hodge Hell, Pensilvânia.

Com aquele jeito espevitado do babaca de meia-idade acostumado a provocar risadas em adolescente cretinos, Dunwoody inclinou-se para a frente, pondo a mão em concha no ouvido:

— Perdão, "Syl-vester"? Acho que não consigo decifrar resmungos grosseiros.

Risinhos nervosos. Nem as garotas mais legais, que costumavam sentir pena dos colegas que eram alvo de implicância, conseguiram deixar de dar risadinhas.

Skyler não teve alternativa senão falar um pouco mais alto, embora com ar carrancudo e sem sorrir.

— Hodge Hill, senhor. Escola.

— Ah, Hodge Hill! Não tem propriamente o calibre acadêmico/social da prestigiosa Academia de Basking Ridge, não é? Logo se vê por que você se transferiu para cá.

Dunwoody, um sujeito de papada meio gorda, ali pelo meio da casa dos 40, com um falso ar britânico, o cabelo ressecado, mais para ralo, e óculos escuros entre o "sexy" e o apatetado, com moldura de aviador, sorriu para Skyler como sorriria um dentista para um paciente aprisionado na cadeira:

— E onde é a sua casa, Sylvester? O seu sotaque de nariz entupido parece sugerir Nova Jersey, eu diria, não?

Sua casa! Onde era a casa de Skyler!

Era uma pergunta impossível de responder. É que Skyler não podia dizer *Eu sou de Fair Hills*. Não podia dizer *Minha casa é em Fair Hills*. Porque a verdade era que ele já não tinha casa em Fair Hills, no 93 da alameda Ravens Crest. Tudo aquilo havia acabado, para sempre. Porém o mais vergonhoso era que Skyler já não tinha casa. Será que Lionel Dunwoody sabia, e era por isso que estava perguntando? Skyler não passara mais de uns poucos dias ao acaso com sua mãe nos últimos anos, numa ou noutra "residência temporária" dela; havia esperado em vão ser convidado a morar com Bix no mítico apartamento do Central Park South, e ser levado a assistir a um mítico jogo dos Knicks; a última "casa" em que Skyler tinha ficado fora a velha mansão da vovó Rampike em Pittsburgh, para onde fora mandado por alguns dias confusos no Natal de 2002... A idosa vovó Rampike já não falava com sua nora "sem-vergonha", e também não andava "muito satisfeita" com a conduta de seu filho Bix; mas, como a maioria dos parentes adultos da família de Skyler, não havia explicado o que queria dizer. Sob o escrutínio de Dunwoody, ele sentiu o rosto ardendo. Seu rosto salpicado de manchas, seu rosto surrado, um rosto de garoto doente e culpado. Ele andara futucando um cravinho duro na parte inferior da narina esquerda e, nesse momento, suas unhas a fizeram sangrar e um filete lhe escorreu depressa até o queixo;* e, ao vê-lo sangrar, Dunwoody fez uma pantomima de preocupação com seu aluno abalado:

— Ora, ora, o que temos aqui! Pronto, "Sylvester", tome um lenço de papel.

---

* Para os poucos leitores de preferências literárias bizarras/mórbidas, talvez interesse saber que, assim como o rosto do Skyler de 16 anos começou a sangrar na aula do Dunwoody, o Skyler de 19 anos futucou e coçou tanto os pontos dados no rosto, que a pele começou a sangrar *bem aqui nesta página*.

Mas Sylvester, furioso, empurrou a mão do professor, levantou--se aos tropeços e saiu correndo da sala...*

FILHOS DO INFERNO DOS TABLOIDES: UM POEMA EM PROSA

Numa extremidade do refeitório revestido de nogueira, que tinha por modelo algum mítico mausoléu de Oxford, indiferente ao burburinho, à algazarra e à hilaridade dos colegas, o trio de exilados sentava-se abaixo de uma enorme janela mainelada: Harkness, Grubbe e Rampole. Jovens tão desfigurados pela infâmia dos pais quanto pela deformidade física.

Atraídos uns para os outros por temperamento, e não, como declarariam em tom apaixonado, por meros acidentes vulgares da história, eles eram Filhos do Inferno dos Tabloides.

Leitores, essa tinha sido minha abertura original de "Adeus, primeiro amor!". Leitores, envergonha-me confessar que eu gostava muito dela!

Mas alguns de vocês antipatizam por princípio com essas afetações artísticas. Seu olhar sensível, há muito acostumado às afabili-

---

* Leitor. Me desculpe! Não posso continuar com isso.

Nem sei por que estou escrevendo sobre Lionel Dunwoody!

Minha intenção era escrever sobre a Heidi Harkness e, de algum modo, aqui estou eu escrevendo sobre Lionel Dunwoody. Como o leitor deve saber por um capítulo que passou há muito tempo, foi Dunwoody que mandou nossa turma ler a infame "Estética da composição", de E. A. Pym, onde se afirma que *A morte de uma linda menina é o assunto mais poético do mundo.* Foi por puro sadismo com "Sylvester Rampole" que Dunwoody deu esse dever de casa, sabendo quanto ele perturbaria seu aluno. Esse foi o indivíduo que viria a consentir numa entrevista (em julho de 2004) a um repórter do *Sem Restrições,* como "fonte anônima", comentando com detalhes dolorosos o "perfil psicológico" de Skyler Rampike; quando o repórter lhe perguntou se ele acreditava que o "rapazinho perturbado" teria sido capaz de assassinar a irmã de 6 anos, ele respondeu: "Quando fitei aqueles olhos frios de aço, contemplei um abismo. Sem maiores comentários!"

dades insípidas e às normalidades previsíveis de fontes tipográficas como Baskerville, Century, Bodoni e similares, reage negativamente a tipos "distintivos" e "chamativos" como o Lucinda Blackletter Bold, do qual o trecho anterior é uma amostra; sem dúvida, vocês o veem como "exibido", "rebuscado", "adolescente". Sei que vocês têm razão, mas, ainda assim, toda vez que leio esse parágrafo, fico encantado com suas possibilidades, que me parecem duplas:

Pós-moderno: ele é consciente/autoirônico/"esquisito".

Tradicional: direto/declarativo/"linear".

No entanto, a pomposidade da prosa, a solenidade murmurante com que se entoa o texto "Filhos do Inferno dos Tabloides", isso seria muito difícil de sustentar, até para o mais virtuoso dos estilistas — o que eu não sou.

Mas se poderia argumentar: *Na verdade, o Skyler Rampike é um adolescente.*

Durante grande parte deste documento, Skyler foi uma criança pequena: um menino *púbere*. Nos últimos tempos, passou para a *adolescência*. Mas, em seu coraçãozinho confuso, ele continua a ser *púbere*. Talvez o leitor esteja a par das mais recentes descobertas neurofisiológicas, que dizem que, no cérebro adolescente, o córtex frontal não está plenamente desenvolvido, em particular o córtex frontal do adolescente do sexo masculino. (E quanto dura a adolescência em nossos dias? Até os vinte e tantos anos, no rapaz? Os trinta, talvez? Mais do que isso?) O hábito do leitor de condescender com o Skyler de 16 anos, e com o "rebuscado" poema em prosa que tão bem expressa seus sentimentos, é mera consequência de o leitor ser mais velho que o Skyler — décadas mais velho, muito provavelmente — e, portanto, que valor tem o seu julgamento austeramente afetado?

Ei, desculpe, eu não quis dizer isso.

Quer dizer, não pretendi ser agressivo.

Sei ser agressivo como o diabo, uma perfeita e purulenta placa de *perti* de agressões fervilhantes/inflamadas, mas, leitor, não quero ser agressivo; e, se ofendi alguns pudicos leitores de meia-idade, sinto muito!

Cuidado, Skyler! Há um demônio dentro de você, Skyler, que não anseia por outra coisa senão se soltar.

II

— SAI DE PERTO DE MIM, PARA DE ME PERSEGUIR! VAI EMBORA!

Inesperadamente, lá estava Heidi Harkness a confrontá-lo. Skyler tivera a ingenuidade de acreditar que chegaria de mansinho por trás dela, mas, em vez disso, foi Heidi Harkness que apareceu de mansinho às suas costas.

Trazendo na mão trêmula, o quê? Skyler não conseguiu determinar se era uma tira de papel-alumínio que ela havia apanhado do chão ou uma faca.

Protestou:

— Eu não estava pe-perseguindo você. Eu... eu que-queria ajudar. Eu vi...

— "Ajudar"? Como é que você poderia me "ajudar"? Você não pode me ajudar.

Era uma afirmação categórica, sem rodeios, desafiadora. *Ninguém pode me ajudar*, parecia gabar-se essa garota aflita.

Skyler enxugou os olhos. O nervosismo fazia seus olhos lacrimejarem. Seria uma faquinha o que a Heidi Harkness segurava, com ar ameaçador, ou uma tira inofensiva de papel-alumínio? As narinas da garota estavam dilatadas, os olhos exibiam uma borda branca acima da íris. Ela estava assustada, e era inflamável. Skyler intuiu sua agitação, assim como a dele próprio. Mas se atreveu a chegar mais perto, como que para acalmá-la. E viu que seus olhos eram de um castanho-claro dourado, feito pequenos sóis giratórios. Olhos com uma teia delicada de filetes de sangue, capilares rompidos por noites insones ou pelo choro. Skyler compreendia. Mas os olhos dela eram lindos, não suportou fitá-los. E na têmpora esquerda pulsava uma delicada veia azul. E junto à linha anterior do cabelo havia uma área feito uma cicatriz, do tamanho de uma moedinha, no ponto em que Heidi andara puxando fios individuais do cabelo, como o próprio Skyler já fizera em certa época. Ele viria a amar o cabelo despenteado de Heidi Harkness, o cabelo castanho-claro encaracolado e grosso que parecia uma vassoura, de cor idêntica à que tivera o cabelo de Skyler, antes de ele ficar careca aos 10 anos.

Furiosa, Heidi disse:

— Você! Você andou me seguindo! Você e os seus amigos detestáveis! Me deixe em paz!

Skyler apressou-se a dizer:

— Eu não! Nem meus "amigos"... eu não tenho nenhum amigo.

E então, num impulso, tentou pegar o objeto reluzente na mão de Heidi Harkness. Pode ser que, naquele momento confuso, Skyler tenha achado que a acalmaria, protegeria e consolaria se a desarmasse. Em vez disso, seus dedos fecharam-se sobre uma coisa tão afiada que, no começo, ele não teve certeza de a haver realmente sentido. A surpresa provocou um tremor em seu braço. Por entre seus dedos perplexos pareceu passar rapidamente algo como um arame muito fino e pelando. Ele sentiu algo úmido e oleoso na mão. O que era aquilo? Sangue? Sangue *dele*? Ele se cortara? Como uma vingativa figura feminina de filme de ação asiático, parte humana, parte desenho animado, Heidi deu um salto para trás, arrancando o canivete dos dedos afrouxados de Skyler — era um canivete, com uma robusta lâmina de dez centímetros — e o atirando na direção do riacho.

Ela gaguejou:

— Você é ma-maluco? O que... o que foi que fez? Eu-eu podia te-ter matado você...

Skyler olhou para a mão ensanguentada. Ele se cortara?

— Está tudo bem, não é um corte profundo. Não dói, quase.

— Mas você está sangrando! Deve doer.

— Na verdade, não. Está tudo bem.

— Desculpe! Mas você me-me obrigou a...

Com a magnanimidade de um herói de ação, e não de um guri inexperiente, perplexo e bloqueado diante do que acontecera com sua mão, Skyler tentou sorrir. Garantiu à menina assustada que o ferimento na mão era culpa dele:

— Eu provoquei. Você só estava se defendendo.

Examinou a mão, notando que vários cortes superficiais atravessavam horizontalmente a largura de quatro dedos, além de um talho feio na carne macia da base do polegar, e disse:

— Ei, olhe, não está ruim. Meu polegar podia ter sido *decapitado*, mas não foi.

Sentiu-se estranho e aturdido e arrebatado por uma descarga poderosa de adrenalina no coração, e pela adrenalina que lhe corria nas veias, de um jeito que não sentia — fazia quanto tempo? — desde o acesso de fúria na sala da televisão de Hodge Hill, quando tinham sido necessários 450 quilos de força bruta de macho para subjugar um simples menino magrelo.

O instinto feminino levou Heidi Harkness a tirar de um bolso, meio atrapalhada, um rolinho cor-de-rosa de lenços de papel que parecia já terem sido usados. Com ar contrito, ela disse:

— É só isso que eu tenho. Tome.

— Ei, está tudo bem. Eu vivo me machucando mais do que isso.

— Por favor. Olhe como você está sangrando. Não... não enxugue na manga do blazer. Tome.

Zonzo, Skyler estava meio sem coordenação, atrapalhou-se com o lenço e Heidi foi obrigada a lhe segurar a mão ferida e trêmula, comprimindo os cortes com o lenço cor-de-rosa. Skyler ficou muito quieto, sem resistir. Excetuando os médicos, enfermeiros e fisioterapeutas, e um rápido aperto de mão com seu ex-colega de brincadeiras, Elyot Grubbe, que se aproximara dele no primeiro dia de aula na Basking Ridge, fazia muito tempo que Skyler não era tocado. Veio a sensação de estar parado à beira de um precipício, olhando para baixo, para um abismo muito mais profundo do que ele havia imaginado...

Baixando a cabeça em sua concentração, resmungando consigo mesma numa mistura de susto, solidariedade e exasperação, Heidi foi obrigada a ficar perto de Skyler. Era quase da altura dele, mas, olhando para baixo nesse momento, tinha a testa crispada de preocupação. De perto, Skyler viu com mais clareza o ponto calvo do tamanho de uma moeda junto à linha do cabelo. Viu que quase todos os cílios dela também tinham sido arrancados. Autoflageladora, autopunidora. As unhas prediletas são as mais cortantes. *Ela é igual a mim. É como eu. Ela deve saber disso.*

Aos 16 anos, Skyler Rampike – "Sly", em seu novo disfarce – tinha um ar tão amargo e truculento, que parecia anos mais velho. Ali estava um indivíduo de quem os outros não tendiam a se aproximar. Ao redor dele, como um campo magnético às avessas, havia um espaço que não podia ser invadido sem que ele fosse consideravelmente perturbado, mas nesse momento, totalmente alheia a esse espaço magnético invertido, ali estava uma garota, Heidi Harkness, subitamente próxima. E comprimindo com tanta ternura a mão ensanguentada de Skyler... A hostilidade em seu rosto ruborizado e furioso parecia ter desaparecido. Ela dizia, assombrada, pesarosa:

– Ai, meu Deus, eu não devia ter pegado aquele canivete! "As ações têm consequências", eu sei. Aquele canivete suíço... foi meu pai que me deu. Mas não devia ter dado, não para eu trazer para cá. A "Academia de Basking Ridge"... eu sou aluna daqui "em regime probatório". Canivete é "contrabando" e eu posso ser expulsa. Se alguém de-descobrir isso...

Skyler apressou-se a garantir a Heidi Harkness que ninguém descobriria. Ele, com certeza, não ia contar a ninguém. Ela não seria expulsa. Se alguém fizesse perguntas sobre sua mão, Skyler diria ter tido um acidente, ter se machucado.

– Eu sou "propenso a acidentes" como o diabo. "DEPA: Distúrbio do Espectro da Propensão a Acidentes", está no prontuário médico do meu arquivo. Eles têm nossa anamnese completa aqui neste lugar, a "Academia de Basking Ridge" é uma mistura de escola preparatória e clínica, e somos todos pacientes. Todos temos seguros, para o caso de "acontecer alguma coisa".

Skyler ficou profundamente comovido ao ver que Heidi Harkness arranjou outro lenço de papel para ele, para improvisar um curativo tosco em sua mão, preso com um elástico. Sentiu um impulso de beijar a calva tamanho moeda junto à linha do cabelo de Heidi, mas, em vez disso, riu, de um jeito meio maluco.

Com ar reprovador, Heidi disse:

– E se o canivete tivesse entrado no seu... coração? Você não estaria rindo agora.

Skyler riu, inundado de ternura.

– Talvez devesse ter acontecido assim. *Cup de grace.*

– Você é doido! Por que diz essas coisas... terríveis?!

O tom com que Heidi falou, exasperada, confusa, pareceu familiar a Skyler: era o tom da desaprovação parental. Mais uma vez, ele pensou: *Ela deve saber, ela é igual a mim.* E ouviu sua própria voz dizer, como um mágico que tirasse do ar um cintilante lenço carmesim:

– Umas coisas são mero "destino". Uns encontros. Sabe, a nossa vida é "contingente". Quer dizer, não é "predeterminada". Se a gente pudesse fazer o tempo retroceder, voltar ao começo da "vida orgânica", das primeiras formas unicelulares de vida – e ele foi improvisando, agora com as cadências da voz e algumas das expressões faciais de rapaz judeu inteligente do professor Rob Feldman –, o *Homo sapiens* nunca surgiria pela segunda vez. É isso mesmo! É o que dizem os cientistas! Há fatores demais envolvidos na evolução de uma espécie com um desenvolvimento tão esquisito, e todos são "contingentes", como a era glacial ou asteroides se chocando com a Terra. Tudo que se pode dizer com certeza é que o que acontece *é*. A vida é um *acte gratuí*.

Heidi Harkness deu um sorriso inseguro.

– *Acte gratuí*... isso é como "*acte gratuit*", uma coisa que acontece sem nenhum objetivo? Tipo assim, por puro acaso?

– Isso também. Justamente!

Com ar desconfiado, Heidi Harkness olhou para Skyler Rampike como se nunca tivesse visto ninguém parecido com ele na vida. Em sua pálpebra esquerda havia um espasmo que, por puro acaso, imitava um tique crônico da pálpebra direita de Skyler. Como Heidi era bonita! Aqueles olhos castanho-sol, olhos tão lindos que Skyler não conseguia olhar para outro lugar. Nesse estado estranhíssimo, com um vago ronco nos ouvidos e os latejos da mão machucada, ele só tinha uma vaga ideia de onde estava. De algum ponto próximo vinha o rumorejo do riacho por pedras dispersas e de aparência ressequida. Um riacho sem nome, que fluía ao longo de uma borda da propriedade da escola Basking Ridge. Lá em cima, nas copas das árvores altas – de uma altura anormal, pareceu a Skyler, com troncos retos e lisos, ele não fazia ideia do nome dessas árvores –, uns pássaros desajeitados, de asas escuras, batiam na folhagem, emitindo gritos curtos e agudos, como num drama de enigmática intensidade. Skyler não sabia nenhum nome de pássaro, era um estranho nessas cenas florestais. E então pensou, atônito e com certo medo: *Será que isso em que eu topei é uma cena natural? Uma cena de amor na natureza?*

Ele não fora fadado ao amor. Ninguém o havia amado, desde a Bliss. E, desde que ele abandonara a Bliss, ninguém mais o amara. Havia justiça nisso, e lógica.

Durante todo esse tempo, Heidi Harkness ficou olhando para Skyler com uma expressão intrigada. Cruzara os braços de leve no peito, o que dava a impressão de que estava se abraçando, a ponto de chegar a doer. Era uma postura, um maneirismo inconsciente, desconcertante, como sua testa franzida e seu jeito de morder o lábio inferior. Tal como Skyler, Heidi estava usando a roupa do regimento escolar: blazer, blusa branca de manga comprida, gravata. O blazer tinha uma tonalidade "vermelho-arroxeada", a gravata escolar era "vermelho-arroxeada" com listas "púrpura-real". Tal como a roupa de Skyler, a de Heidi parecia ter sido vestida de qualquer jeito, sem o benefício de um espelho. Tão logo saíra do Edifício Babbitt, Skyler havia tirado a maldita gravata e desabotoado o colarinho; Heidi também.

— Está bem. Agora eu vou indo — disse Heidi, abruptamente. — Até logo.

Skyler apressou-se a dizer:

— Eu... eu vou com você.

E Heidi retrucou com rispidez:

— Eu venho aqui para ficar sozinha. Preciso ficar sozinha.

E Skyler disse:

— Bem... eu também.

E Heidi disse:

— Eu... eu preciso ficar sozinha, para conseguir suportar este lugar terrível.

E Skyler pensou: Este lugar? Terrível? Comparado a quê? Mas falou:

— Eu sei. Eu também.

E Heidi disse:

— Não é nada pessoal, eu só preciso estar sozinha. Passar muito tempo com outras pessoas confunde a minha cabeça.

E Skyler concordou:

— Certo! É exatamente isso!

E Heidi rebateu, irritada:

— Preciso ficar sem falar com ninguém. Fico nervosa quando falam comigo.

Skyler concordou, porque concordaria com qualquer coisa dita por essa garota fascinante. E pensou: *Você não pode me deter agora, mamãe! Chega de homenzinho.*

Heidi disse, cedendo:

— Se você quiser andar do meu lado sem falar, isso nós podemos fazer.

E Skyler retrucou, ansioso:

— Ótimo. Vamos.

Mas Heidi acrescentou, com um tremor nervoso nas pálpebras:

— Só que não posso voltar por ali.

— Não pode? Por quê? — indagou Skyler, perplexo, porque ela havia apontado o lugar por onde eles tinham vindo, diretamente do campus. Com ar evasivo, Heidi respondeu:

— Eu só não posso. Até logo.

O tremor da pálpebra esquerda tinha ficado mais visível.

Então, Skyler compreendeu: só podia ser uma das manias de Heidi Harkness.

Quando o sujeito tinha DOCR — Distúrbio Obsessivo-Compulsivo Relacional, ou mesmo apenas DOC — Distúrbio Obsessivo-Compulsivo, ele tinha suas manias.

As manias eram rituais. Rituais de comportamento. Abrir caminho pelo labirinto traiçoeiro de cada dia de vigília sem tropeçar numa mina terrestre. O caminho para contorná-la podia ser longo pra diabo, mas era o caminho do sujeito. Sua mania.

Como ser obrigado a lavar as mãos — vigorosamente! — três vezes. Como escovar os dentes — vigorosamente! — até as gengivas sangrarem, minutos depois de ter comido (e, quando Skyler era impedido de escovar os dentes nesse prazo crucial, lá estava ele prestes a pirar). Com a Bliss ele havia adquirido o hábito de andar exclusivamente no tapete de qualquer piso ou escada acarpetados; assim como havia um caminho perfeito para entrar no gelo, que possibilitaria uma apresentação perfeita, embora não se pudesse garanti-la, havia um caminho perfeito para entrar em qualquer lugar, e para sair também. Ao contrário da Bliss, Skyler tinha aprendido a cuidar da sua cama e da roupa de cama. Desafiadoramente relaxado noutros aspectos, ele nunca deixava de fazer a cama —

vigorosamente! –, com os lençóis bem esticados e as fronhas bem batidas, poucos segundos depois de se levantar: porque era vergonhosa e desastrosa uma cama por fazer. Ao contrário da Bliss, Skyler tinha aprendido a preparar com cuidado suas lições da escola: leituras a serem feitas não menos de três vezes, os deveres de casa sempre verificados três vezes, as longas listas decoradas que eram a especialidade de Skyler. E as orações a Deus, em quem ele não acreditava, murmuradas entre dentes uma dúzia de vezes por dia, em qualquer lugar, a qualquer hora, por qualquer futilidade que fosse: *Ajude-me ajude-me ajude-me e ajude a minha irmã Bliss por favor nos ajude em nome do Seu Filho em quem também não acredito AMÉM.*

Skyler encolheu-se ante a perspectiva arriscada de pegar uma rota diferente de volta ao campus, porque a mania do DOC do Skyler assumia a forma, para ele sumamente lógica, de uma compulsão a regressar de um lugar pela rota idêntica à tomada para chegar lá: seguindo essa lógica, como é que alguém poderia se perder? (Não podia se perder!) (Não como o Skyler se perdera, com aquelas consequências lamentáveis, nos corredores labirínticos da Univers Inc.). A bem de acompanhar Heidi Harkness, porém, Skyler cedeu.

Com relutância, ou talvez tenha sido com timidez, ela estendeu a mão (direita), apertou a de Skyler e a soltou praticamente no mesmo instante. Espremeu os olhos e disse, sem modulação na voz:

– E eu sou... "Heidi Harkness".

Houve uma pausa desajeitada. É que "Heidi Harkness" não era o nome dessa garota, e Skyler sentiu que tinha de reconhecer esse fato sem ofendê-la, porque, como um cervo irrequieto, ela estava pronta para fugir pelo bosque à menor provocação, e Skyler teria de mancar atrás dela. Tentando fazer um ar confiante, ele disse:

– "Sylvester Rampole" é o nome oficial, esquisitérrimo, que eles me dão aqui. Mas "Skyler Rampike" é o meu nome verdadeiro. Talvez você tenha ouvido o sobrenome... Rampike?

Sua voz se alteou de pavor no final.

Heidi Harkness franziu o cenho.

– "Ram-pike"? Não.

No entanto, minutos depois, quando eles andavam com certa dificuldade por uma trilha coberta de vegetação junto ao riacho, passando por capim alto e juncos fedorentos e arbustos cruéis e espinhosos, que rasgavam a roupa de Skyler, de repente Heidi disse, com voz neutra:

— "Ram-pike." É, pode ser que eu tenha ouvido.

BATTA! COMO EXCLAMARIA O PAPAIZÃO BIX.

Eu sei, leitor: você ficou desolado com essa cena, pela falta de ironia que há nela. Tudo que foi registrado aqui ocorreu exatamente dessa maneira naquela tarde de início de outono, na pitoresca zona rural montanhosa ao norte de Basking Ridge, Nova Jersey. Dois adolescentes — melosos, sentimentais, tristes/bobos e dolorosamente reais. Como Skyler antevira, nervoso, ele e Heidi Harkness de fato se perderam no caminho de volta para o campus; como ele poderia ter previsto, sua mão machucada logo começou a latejar de dor. (Para a qual sua nova amiga teve a bondade de presenteá-lo com seus "medicamentos de emergência" — duas cápsulas de cem miligramas do analgésico Oxy-Contin —, que ela guardava cuidadosamente embrulhadas em papel-alumínio num bolso. "Eu adoro os Oxis, mas é um amor perigoso. Os Oxis são para as minhas horas de aperto.") Skyler, cujos analgésicos anteriores (Dopex, Dremzil) tinham sido não opiáceos, engoliu as cápsulas de Oxy a seco, agradecido, e imaginou que em poucos minutos a dor de sua mão começaria a diminuir.

Dor saindo aos poucos, amor entrando gradativamente.

Chegaram tarde ao campus. Perderam o jantar no refeitório e foram obrigados a vasculhar as máquinas automáticas em busca de uma refeição. Já então se revelara a Skyler que, na parte interna dos braços magros de sua nova amiga, havia um mapa de ferimentos antigos/curados e de ferimentos novos/parcialmente curados, cortes de canivete não muito diferentes dos que ele tinha nos dedos, como um estranho Braille em que Skyler tinha vontade de deslizar os dedos para ler.

E para beijar. Algumas noites depois.

POR QUE ELA HAVIA DE QUERER SE MACHUCAR — CORTAR-SE —, não só nos braços, mas (como Skyler descobriria) na barriga, nos seios e na parte interna das coxas? Ele teve de perguntar, mesmo sabendo por quê, pois acaso não quisera se machucar, numa fúria não quisera se machucar, e de fato se machucara, e se machucaria de novo? *É só uma coisa que parece certa. É bom.*

FIQUE COMIGO! MAS NÃO FALE.

NÃO OLHE PARA MIM! EU SOU FEIO.

Eu é que sou feia. Você não.

Você? Você não é feia. Você é linda.

Isso é ridículo. Você se torna ridículo, dizendo coisas ridículas. Quer parar, por favor?

Não é ridículo dizer que você é linda e que eu a amo.

Bem. Eu amo você... eu acho.

ODEIO AQUILO, OS OLHOS DELES. O JEITO DE ELES ME SEGUIREM com os olhos. Cochichando entre si: É ela! Essa é a filha do Leander Harkness.

... o jeito de eles me olharem, pensando É ele! O irmão da Bliss Rampike.

Você quer falar disso?

Você quer?

Não.

MAS UM DIA, DESATANDO A CHORAR NOS BRAÇOS DE SKYLER, lágrimas quentes e ardidas que respingaram em Skyler, agarrando o pescoço dele como um afogado agarraria o pescoço do salva-vidas, Heidi disse, com uma voz de mágoa e tristeza infantis: *Ele não fez! Isso que todo mundo diz que ele fez, ele não fez! Nunca acreditarei que foi ele.*

(ENTÃO, HEIDI HARKNESS ACREDITAVA QUE O PAI ERA INOCENTE! Skyler sentiu uma pontada de inveja, porque ele era capaz de acreditar em qualquer coisa sobre qualquer um da família Rampike, inclusive o Skyler.)

DURANTE TODO AQUELE OUTONO E INVERNO DE 2003, NA ACAdemia de Basking Ridge, observou-se o jovem casal, "Sylvester Rampole" e "Heidi Harkness", sentando junto às refeições com seu amigo e companheiro de exílio Elyot Grubbe; lado a lado nas assembleias, programas e filmes da escola; passeando como que numa desafiadora indiferença ao meio que os cercava, dedos entrelaçados, quadris/cotovelos/ombros tocando-se de leve, beijando-se com frequência, conversando em vozes baixas e urgentes. Mas era fato, como nenhum de seus observadores acreditaria, que "Sylvester" e "Heidi" raramente falavam de suas desgraças familiares.

Murmuravam *amo você*. Uma dúzia de vezes por dia, proferido como uma fórmula encantatória, *amo você*.*

Skyler era protetor com Heidi e jamais a perturbaria dizendo a coisa errada. Os assuntos tabus eram muitos, como se percebia pelo enrijecimento do queixo de Heidi, pelos espasmos feito uma pequena pulsação frenética na pálpebra de Heidi, pelo cerrar dos punhos de Heidi. E Skyler também não queria levantar o assunto tabu de sua própria família, os já mal-afamados Rampike de Fair Hills, Nova Jersey. (Por vagas observações feitas por Heidi, Skyler compreendeu que ela sabia que algo perturbador tinha acontecido em seu passado, quando ele era pequeno, mas não parecia saber nem se lembrar da irmã dele. Como o próprio Skyler, Heidi tivera apenas 9 anos na época da morte da Bliss.) Em contraste, os (supostos) assassinatos da mãe de Heidi, de seu (suposto) amante e de seus pobres cãezinhos Yin e Yang (supostamente praticado) pelo pai de Heidi, e o propaladíssimo julgamento no condado de Nassau, em Long Island, mal haviam acontecido na primavera anterior, e ainda estavam *ô curante* na mídia, como os chamaria Bix Rampike.

Na verdade, Skyler sabia muito pouco sobre o caso Harkness. Não tinha sido fã de beisebol quando garoto, como sabemos. Aos

* Será que o leitor lascivo presume que Skyler e Heidi — na rude linguagem vernácula — "transavam"? Talvez sim, talvez não. Por mim você não saberá.

11 anos, havia adquirido o instinto de evitar até mesmo olhar de relance para manchetes de jornais; nas lojas que vendiam tabloides, ele desviava depressa os olhos, como Heidi aprendera mais recentemente a fazer, de qualquer material exposto dessas publicações, como fotos de página inteira e manchetes garrafais. De óculos escuros e expressão sombria no rosto, lá vinha a mamãe puxando o braço do Skyler: *Não olhe! Não olhe! É a vingança de Satanás contra nós.*

Em algumas ocasiões ele havia olhado. Isso já fazia anos. Sim, tinha-se arrependido.

Era difícil pensar em Skyler Rampike como um "adolescente norte-americano" — difícil para mim, pelo menos! —, mas isso era mais ou menos o que ele era, e com pouco interesse nessa matéria vital das conversas adultas: as Notícias. Aos 16 anos, seu conhecimento sobre o chamado "Conflito do Oriente Médio" não passava do vago mal-estar que um camponês europeu da Idade Média sentiria por algo chamado Peste Negra, ou Guerra dos Cem Anos, ou um desvario de perseguição a bruxas que os boatos diziam estar tomando a direção de sua aldeia. "Iraque", "Irã", "Israel", "Madagascar", tudo isso podia ser espremido no mesmo espaço geográfico do norte da África, ou da Ásia ocidental, ou das estepes do Tibete, pelo tanto que Skyler sabia ou se importava. Nas escolas em que estivera matriculado, e particularmente na Basking Ridge, os professores de história evitavam discretamente as referências à história, à política externa e aos políticos norte-americanos contemporâneos, já que era provável haver parentes dos alunos mais abastados envolvidos no governo, clandestinamente ou não; entre os colegas de Skyler havia filhos de várias pessoas caídas em desgraça: políticos e advogados, empresários, lobistas, corruptores passivos ou ativos. Quem eram esses jovens, Skyler não sabia nem tinha interesse em saber, tal como o proverbial avestruz com a cabeça enterrada na areia evita todos os outros avestruzes de cabeça enterrada na areia.

Heidi tinha medo e fascínio pela televisão, na qual, para reprovação de Skyler, parecia ser viciada. É claro que nunca assistia aos "noticiários ao vivo": a possibilidade de ver um rosto ou rostos familiares — inclusive o dela própria — era grande demais. Heidi tinha uma queda pelos programas vespertinos de entrevistas, com o som emudecido; seus programas favoritos eram reprises, seriados como *The Young and the Restless, Only One Life to Live, St. Elsewhere* e *Sorrows of the Rich and Damned*; ao contrário de Skyler, que evitava a TV, especialmente a de fim de tarde, do mesmo modo que quem se intoxicou violentamente por comer em restaurantes evita o restaurante em que adoeceu, Heidi era capaz de matar aula, entupir-se sonhadoramente de Diet Pepsi e assistir a reprises de TV o dia inteiro:

— Não brigue comigo, Skyler! Esses eram programas que a minha mãe via. E se eu ficasse doente, quando era pequena, podia faltar à escola e assistir aos programas com ela, e foi uma época feliz, e era muito bom ficar doente! E agora, é muito reconfortante ver como as histórias terminam. Desta vez.

Skyler beijava a namorada. Heidi tendia a levantar os braços para chamá-lo para si, num emaranhado acolhedor de colcha, travesseiros, pijama de flanela e meias grossas, felpudas e resistentes como chinelos de quarto nos seus pés compridos e angulosos, para ser beijada; e muitas vezes. Na fase "para baixo" de sua garota — que se alternava com a fase "para cima", animada, descolada, de alta voltagem —, Skyler tinha que ser protetor em relação a ela, e era. Mas não quis confidenciar-lhe que sua mãe também costumava assistir a novelas vespertinas, numa época remota de júbilo antes da Bliss, quando o Skyler era o *homenzinho* da mamãe e o que o papai não ficasse sabendo não faria mal a eles.

DO *TRIO DE EXILADOS* QUE COMPARTILHAVA AS REFEIÇÕES NUM canto remoto do Refeitório Clapp, Elyot Grubbe era o que, com muita valentia, ou talvez caradurismo, tinha-se matriculado na Academia de Basking Ridge com seu próprio nome, o "real", e não um pseudônimo. Com ar grave, Elyot explicou:

— "Grubbe" não é famoso o bastante para ser disfarçado. Pouca gente fora de Fair Hills conhece "Grubbe" do jeito que conhece "Rampike" ou "Harkness".* Vocês veem como as pessoas daqui olham através de mim, como faziam em Fair Hills quando eu estava na escola primária. E, afinal, por que eu havia de me incomodar?

* É claro que Elyot não disse "Harkness", e sim o sobrenome verdadeiro da Heidi.

Só o mais obsessivamente observador dos leitores, tão morbidamente anal-retentivo quanto o autor, tenderá a se lembrar do amigo de encontros lúdicos do Skyler que este havia imaginado sonhadoramente como irmão. (Ver o remoto capítulo "Aventuras em encontros lúdicos — II".) Fora um choque considerável para Skyler quando, na noite do dia desgraçadamente interminável de sua chegada à Basking Ridge, disfarçado de "Sylvester Rampole", um garoto enérgico e compacto, de óculos de fundo de garrafa e olhos ampliados de peixe, tinha-se aproximado dele no refeitório e dito, *sotto vice*: "É Skyler, não é? Rampike? Lembra-se de mim? Elyot Grubbe."

Fora um choque para Skyler, mas um choque feliz. "Sylvester Rampole" quase se desmanchara em lágrimas.

Implícita no primeiro aperto de mão entre essas duas baixas infantis de Fair Hills ficara a promessa: *Ninguém saberá quem somos* ou *um dia fomos.*

Era costume de Elyot, sem dúvida um costume afetado britânico, mas que Skyler passou a achar reconfortante, apertar a mão do amigo quando os dois se encontravam na hora das refeições. Quando havia outras pessoas por perto que pudessem ouvi-los, Elyot nunca deixava de chamar Skyler de "Sly"; noutras ocasiões, chamava-o de "Sky", para que, mesmo que eles fossem entreouvidos pelos gozadores que os cercavam, a privacidade de "Sly"/"Sky" pudesse ser preservada.

Fazia sete anos desde a última vez que Skyler vira Elyot Grubbe! Sete anos desde que recebera do amigo uma carta de pêsames concisa, mas tocante:

CARO SKYLER,

QUEIRA ACEITAR MINHAS CONDOLÊNCIAS PELO FALECIMENTO DA SUA IRMÃ. EU GOSTARIA DE VOLTAR A SER SEU IRMÃO, MAS SERIA TRISTE DEMAIS, DISSE A SUA MÃE.

CORDIALMENTE,

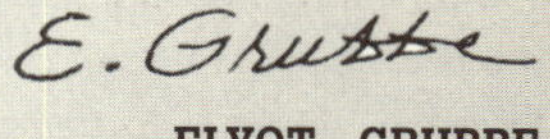

ELYOT GRUBBE

A catástrofe doméstica que se abatera sobre Elyot, cinco anos antes, era apenas vagamente conhecida por Skyler, que (muito provavelmente) estivera sedado na ocasião e já não morava em Fair Hills, mas ele entendia o esqueleto sinistro da história: Imogene, a mãe-herdeira de Elyot, fora misteriosamente assassinada, "morta a porretadas" em seu quarto na mansão dos Grubbe, na Great Road; o pai de Elyot estivera envolvido de algum modo; ou talvez, já que fora inocentado de todas as acusações relacionadas com o homicídio, o Sr. Grubbe não se houvesse envolvido... será? Skyler certamente não perguntaria ao Elyot onde estava seu pai nem quais eram suas relações com ele, assim como Elyot não tenderia a perguntar a Skyler onde estavam seus pais e quais eram suas relações com eles. *Ninguém saberá quem somos ou fomos*, isso fora selado com um aperto de mão.

(Skyler lembrou-se: a mamãe tinha começado a lhe falar "daquela coisa terrível" que tinha acontecido com a mãe do Elyot, Imogene, como que para sugerir ao guri contemplativo que havia um bocado de miséria por aí, e nós éramos cristãos que deviam saber que não podiam se render à tristeza, mas Skyler havia tapado os ouvidos, gritado "Cala a boca, mamãe!" e corrido do quarto feito um elefantinho enlouquecido.)*

Esse era o segundo ano de Elyot na Basking Ridge. Tal como Skyler, Elyot tinha perdido longos trechos dos anos letivos e, como Skyler viria a saber, tinha sido "encarcerado por um breve período" no Centro de Tratamento Verhangen; apesar disso, estava um ano à frente de Skyler e parecia acomodado, em certa medida. Na lapela de seu blazer da Basking Ridge havia uma reluzente cobrinha prateada, erguendo-se ereta sobre a cauda, para expressar a honrosa condição de TPAC (aluno Terceiranista do Programa de Antecipação de Créditos Universitários); suas duas disciplinas principais eram ciências (ou seja, "preparatório para medicina") e música ("antiquário"). Em retrospectiva, Skyler achou que, quando pequeno, Elyot Grubbe tinha sido maciçamente medicado, pois lhe

* Uma lembrança inquietante, "recuperada" (acho), emergindo na consciência ao se soltar da maré lamacenta do Recalcado, como a chamava Freud, desdenhosamente. Skyler devia ter pelo menos 12 anos na época, já que, claramente, seu "mutismo histérico" havia sumido.

parecia invariavelmente sonolento, com um jeito de falar lento e arrastado e um sorriso sonhador; agora, na adolescência, aos dezessete anos, era mais animado e com certeza falava mais depressa; o jeito de sua boca estremecer na antecipação de um sorriso sugeria a Skyler a presença de "bolinhas" na sua corrente sanguínea, frequentemente receitadas a ele próprio no seu período "bipolar"; às vezes, nas refeições, Skyler via seu excêntrico amigo engolir disfarçadamente uns comprimidos, uma baita quantidade de comprimidos, e, apesar de alguns lhe parecerem familiares (Prizzil? Xaxil? Vivil?), entendia que Elyot não receberia bem nenhum comentário seu, do mesmo jeito que, quando ele próprio vasculhava os bolsos à procura da porcaria dos remédios, xingando baixinho quando só conseguia achar lenços de papel usados e fiapos de linha, o Elyot fingia não notar, ou então, todo alvoroçado com a verificação dos deveres de casa, ou ouvindo seu Walkman, não notava. Apesar de se sentarem juntos no Refeitório Clapp, era frequente os garotos passarem refeições inteiras sem trocar mais do que algumas palavras murmuradas: *Oi. Olá. Como vai? Legal, e você?*

Mas Skyler sentia uma afeição (oblíqua, não declarada) por seu velho companheiro de brincadeiras. É que tinha poucos amigos — na verdade, não tinha amigo nenhum, e com certeza nenhum "velho" amigo. Nos anos decorridos desde aquela época, Skyler ficara alto, anguloso, desengonçado, meio torto e, não havia outra palavra, esquisito; já Elyot tinha crescido com cautela, até uma altura de 1,60 m, mas era de compleição compacta, com a postura rígida e as faces lisas de um manequim; mais parecia ter 12 que 17 anos, um pré-púbere animado, de olhos levemente inteligentes e rosto esquecível, feito um borrão. Como o Elyot seria vulnerável aos Beavs e Butts da Basking Ridge, se não parecesse intimidá-los com um certo hábito de postura! E também com o fato de que, embora "Grubbe" não parecesse ser um sobrenome conhecido na escola, sugeria uma aura de riqueza, relações familiares e litígio.

E A. J. Grubbe tinha respondido às acusações com contra-acusações! Contrapusera uma flotilha de processos judiciais, exigindo indenizações financeiras de publicações, jornalistas e indivíduos particulares que haviam "difamado" seu nome.

Elyot não se parecia em nada com o bombástico e fogoso A. J. Grubbe, de quem Skyler tivera apenas um vislumbre distante num coquetel na casa dos Rampike; o pobre Elyot era parecido com a mãe, Imogene, a herdeira infeliz, que tinha sido uma daquelas mulheres-molusco, de ossos moles, que estremecem de emoções que ninguém quer compartilhar, uma esposa/mãe de sorriso ansioso, que intuía que seria destroçada pela vida, por mais gentil, generosa, "maternal", "amorosa" e "boa" que fosse, porque ela era uma herdeira rica que havia sentido uma atração fatal pelo tipo errado de marido.

— E você tem uma irmã que é o mais adorável dos anjinhos, Skyler. Que *sorte* tem a sua mãe!

Numa tarde chuvosa de encontro para brincar na mansão dos Grubbe, na Great Road, lá viera a Sra. Grubbe descendo a escada aos tropeços, enfiada no que parecia ser um quimono japonês que disfarçava suas dobras macias de gordura, e, em tom exclamativo, interrompera a partida de xadrez dos meninos, segurando o rostinho de criança de Skyler entre os dedos gorduchos e pegajosos, como uma águia que retivesse uma pequena presa mamífera entre as garras. A Sra. Grubbe exalara um hálito adocicado de Chardonnay no rosto de Skyler, soltando exclamações sobre a irmã dele e se deslumbrando com a sorte da mãe dele. Mais tarde, meio sem jeito, Elyot tinha dito:

— Por favor, desculpe a minha mãe. Ela foi diagnosticada como "tripolar", e está medicada, mas às vezes a medicação não funciona e ela fica agitada. Acho que o que minha mãe quis dizer há pouco foi que, se viesse a me perder, ela ficaria sem filhos, ao passo que a sua mãe, se perdesse você, ainda teria a sua irmã; e é por isso que a sua mãe tem "sorte" e a minha não. Mas eu duvido que minha mãe seja capaz de articular plenamente essa ideia, nem que seja para ela mesma.

(É! Desde pequeno o Elyot Grubbe já falava com essas frasezinhas gramaticalmente corretas e pedantes.)

Na Basking Ridge, os garotos reataram sua amizade meio teórica. Ficaram ambos gratos pela companhia um do outro, embora não em excesso. Raras vezes se encontravam fora das refeições no clamoroso Refeitório Clapp, onde se sentavam à ponta de uma mesa desocupada de infelizes/exilados, fazendo as refeições quase inteiras em silêncio. A prática usual de Elyot na hora das refeições era comer devagar e com ar distraído, ouvindo música no

Walkman e franzindo o cenho sobre páginas de notações musicais complexas; quando Skyler juntou-se a ele pela primeira vez, Elyot estava abrindo caminho pela música sacra de Josquin des Prez; depois passou para as *Seis Suítes para Violoncelo Solo*, de Bach, na interpretação de Yo-Yo Ma: "O mais requintado dos compositores, junto com o mais requintado dos violoncelistas." Skyler lembrou-se de que Elyot tivera aulas de violoncelo em Fair Hills, mas, quando lhe perguntou sobre as aulas de música, o amigo ficou tenso: "Não mais. Não." Skyler viu que ele não queria se estender, mas não pôde resistir a indagar por que ele havia parado com as aulas, e Elyot respondeu, com ar tristonho:

— Minha mãe acreditava que eu era uma espécie de prodígio do violoncelo. Eu não era. Mas era "promissor". E por isso, a música tornou-se importante demais para mim. Especialmente depois... você sabe. Eu praticava, praticava, praticava, mas... não era perfeito. Ao tocar para meu professor, era invariável eu tocar uma nota errada. Às vezes chegava até o final de uma aula, e aí meu arco escorregava e eu cometia um erro, e tinha que recomeçar tudo. E a mesma coisa voltava a acontecer e, quando meu professor não me deixava recomeçar no mesmo instante, eu ficava "agitado". Tentamos neutralizar essa situação, levando-me a cometer erros propositais logo no começo, para tirar isso do caminho, mas...

Enquanto Elyot falava, no seu tom desapegado e abatido, com espasmos de sorriso brincando nos cantos da boca, Skyler ouvia num silêncio solidário, pensando: *Pior do que eu, coitado!*

Enquanto Elyot mergulhava na música refinada, Skyler mergulhava nas Coisas Maçantes. Não era de admirar — você se surpreendeu? — que o esquisito "Sylvester Rampole" se tornasse um aluno nota dez na Basking Ridge, pois suas disciplinas proporcionavam uma cornucópia de Coisas Maçantes para decorar, para que, com a precisão de um relógio e como poucos outros na escola, ele pudesse regurgitá-las nas provas e sabatinas. Por exemplo, Skyler tornou-se excelente no curso de história norte-americana, decorando longas colunas de datas: guerras, batalhas, tratados de paz; exploradores, conquistadores, territórios; estados e as datas em que eles foram aceitos na União; datas das eleições, posses, falecimentos de Grandes Homens; liberais, federalistas, democratas, republicanos, republicanos do Partido do Solo Livre, abolicionistas,

Copperheads, a canção *Tippecanoe and Tyler Too*, da campanha presidencial de 1840, o escândalo político do Bule de Chá, na década de 1920, o discurso em que Roosevelt disse que "Estamos no Armagedom", e "A Eleição Roubada" (1876).* Mais reconfortantes ainda eram a Tabela Periódica, para as aulas de química; as listas de vocabulário e declinações verbais, para as aulas de francês; os longos trechos decorados de *Macbeth* e *Julio Cesar*, para atordoar o Sr. Dunwoody, que vivia fazendo "testes-surpresa" com os alunos, para mantê-los em perpétuo estado de tensão, e que era impossível dissuadir da ideia de que, de algum modo, "Sylvester Rampole" só podia estar colando.

Depois que Skyler conheceu Heidi Harkness e se apaixonou por ela, seu ardor pelas Coisas Maçantes diminuiu rapidamente.

— Elyot? Quero que você conheça a...

Passou então a haver um trio de exilados à mesa remota abaixo da janela de mainel. Skyler pensou: *Somos tudo de que precisamos.*

Mas as relações entre Heidi e Elyot pareciam estar sempre em negociação, inquietas como uma biruta. No começo, quando Heidi se juntava a Skyler nas refeições (o que era imprevisível, porque ela "detestava comida, por princípio"), Elyot não sorria e sua receptividade era seca; ficou claramente deslumbrado com Heidi, com a mera realidade dela; que choque vê-la com seu amigo mais antigo/mais íntimo, que Elyot certamente havia presumido ser tão pouco atraente para as garotas e tão pouco atraído por elas quanto ele próprio! Por sua vez, Heidi desconfiava de Elyot Grubbe, que Skyler havia descrito como seu amigo mais antigo/mais íntimo de Fair Hills, com quem acontecera "uma coisa terrível" — na verdade, acontecera com a mãe dele — da qual nunca se podia falar, e que era "uma espécie de gênio esquisito". Skyler queria muito que seus dois amigos gostassem um do outro, pois não suportava a ideia de evitar Elyot, agora que tinha a Heidi; e, dadas as oscilações de humor e a conduta imprevisível de Heidi (que Skyler estava apenas começando a conhecer), ele tinha medo de desfeiteá-la...

---

* É ou não é muito reconfortante saber que, na cloaca fervilhante da história das campanhas políticas norte-americanas, pelo menos uma eleição anterior, a de Rutherford Hayes (republicano), na disputa com Samuel Tilden (democrata), foi roubada?

— O Elyot gosta de você — disse a Heidi, que mordeu a unha do polegar até sangrar —, ele só é tímido, e não está acostumado com garotas.

— Tenho a sensação de que ele me julga. É aquele "Olho que Vê", e fica me julgando.

Skyler assustou-se com as palavras da namorada, que davam uma impressão de improviso, arrancadas pela pá descuidada de suas emoções.

— "Olho que Vê"... o que você quer dizer?

— Bom, dois olhos. É o jeito de ele me olhar.

— Mas por que você disse "Olho que Vê"? De onde saiu isso?

— Eu... eu sei lá, Skyler. As coisas simplesmente pintam na minha cabeça.

— Sim, mas, vindo de onde? "As coisas pintam na minha cabeça", vindas de onde?

— Não sei, Skyler! Você está me machucando.

Heidi afastou-se. Sem se dar conta do que fazia, Skyler havia segurado com força o seu pulso fino, e talvez o estivesse virando... torcendo? Mas não de propósito.

INVESTIGAR *SKYLER RAMPIKE* NA CLOACA DO CIBERESPAÇO. SERÁ que ela fizera isso?

QUE VERGONHA!

Pois lá estava Skyler, de camiseta preta surrada, calça cáqui, tênis Nike pútridos e um boné imundo de beisebol, disfarçado de garoto local do curso médio, vadiando perto de uma loja 7-Eleven nos arredores do Vilarejo Histórico de Basking Ridge. Bebericando uma Coca e espiando inocentemente o mostruário dos tabloides, como sabia que não devia, não podia fazer, porque era como engolir um comprimido sem identificação, podia ser o pior erro da vida do sujeito, *não faça isso*. Mas Skyler folheou uns tabloides de papel vagabundo, *Star Watch*, *Star Weekly*, *US Spy*, nos quais, em outubro de 2003, mais de seis anos depois da morte de sua irmã, não era absurdo ele presumir — ou era? — que não toparia mais uma vez com uma fotografia de Bliss Rampike, aquela menininha patinadora de cortar o coração, captada num gracioso movimento deslizante no gelo, que a fadinha-criança glamorosamente maquiada, com uma tiara cintilante no cabelo louro ondulado, a Miss Princesinha do Gelo de Jersey de 1996, não lhe saltaria aos olhos mais uma vez, nem ele tornaria a ser surpreendido por uma fotografia de seus odiosos pais sorridentes saindo da Igreja Episcopal da Trindade, ladeados por seus ferrenhos defensores cristãos, o reverendo Higley e sua esposa, identificados numa enorme manchete vermelha: BETSEY & BIX RAMPIKE: MAMÃE E PAPAI ASSASSINOS OU PAIS ENLUTADOS? Com certeza ele não toparia mais uma vez com a sinistra imagem risonha de si mesmo quando criança — SKYLER RAMPIKE: O SEGREDO QUE ELE NUNCA REVELOU — nem com aquelas fotos timidamente justapostas de GUNTHER RUSCHA, PEDÓFILO-ASSASSINO CONFESSO e SKYLER RAMPIKE: PRIMEIRA VÍTIMA SEXUAL DE RUSCHA? Com parte da mente vigiando o funcionário indiano da caixa na frente da loja, ele foi folheando a sórdida *US Spy*, procurando prender a respiração para evitar o fedor de esgoto que subia do Inferno dos Tabloides para suas narinas, com uma sensação nauseante de perda, tristeza, derrota, futilidade de todo o desejo humano, profundo desamparo, do tipo que a biruta sempre açoitada pelo vento devia sentir, ou a aflita banda de Moebius, girando, girando sem parar com a Terra que girava em torno do seu Sol, numa galáxia remota prestes a desabar sobre si mesma e ficar do tamanho de uma cabeça de alfinete, e se atrapalhou ao virar uma página da *US Spy* e descobrir o que estava procurando: HARKNESS. Não RAMPIKE, mas HARKNESS. E pensou com imenso alívio: *Coitada da Heidi! Mas não de mim*, porque ali estava uma reportagem de seis páginas, quase toda de fotografias, sob a manchete vermelha O SENSUAL EX-YANKEE LEANDER & A SUPERMODELO STEFFIE: BEBÊ A CAMINHO? Skyler estudou as fotos do atraente Leander Harkness: no monte do lançador, preparando-se para lançar a bola, na decisão do campeonato de 1988; em outra, Harkness aparecia de cabeça raspada, olhos escuros, boca zombeteira; numa terceira foto, com o uniforme dos Yankees, ele se curvava para cuspir. Havia fotos de Harkness e sua atraente e loura esposa, Alina, e da filhinha de Harkness, Heidi; Harkness, Alina e Heidi em seu sobrado da rua 86 Leste, na cidade de Nova York; outra de Harkness com a filha Heidi na casa de praia, na baía de Oyster: com que ternura esse papaizão segurava a mãozinha de Heidi! Como era confiante o olhar da garotinha para o papaizão, com um sorriso adorador. Skyler impressionou-se com o eu de menina de sua namorada, tão diferente de seu eu anguloso, tenso e pensativo; aos 16 anos, Heidi mais se parecia com a mãe assassinada do que com a menininha dessas fotos. E, numa outra página, uma foto pouco lisonjeira de Alina Harkness, aparentemente ignorando a presença de um *paparazzo* por perto, na qual, com ar aborrecido, e decididamente deselegante, ela descia canhestramente de um carro, revelando uma nesga de perna encaroçada pela celulite: ALINA HARKNESS, 35 ANOS. Cruelmente próxima aparecia a SUPERMODELO STEFFIE, 23: uma Steffie deslumbrante, fazendo biquinho, com seios espantosos, cintura e quadris estreitos, seminua e se ajeitando para a câmera, com um vestido de seda preta tipo lingerie, desenhado por Armani. Steffie tinha o cabelo liso e louro acetinado, lábios carnudos e olhos tímidos/francos — uma irmã mais jovem e mais bonita da assassinada Sra. Harkness.

A matéria terminava com uma foto desoladora dos poodles Yin e Yang fitando a câmera com uma expressão de perplexidade canina, sob a legenda *Não, amo!*

Skyler teve de rir. Como nos movimentos de uma agulha de bússola, que indicam à mente atenta a presença de uma Autoridade misteriosa, se bem que invisível e imperscrutável, além do mundo das meras aparências, também se pode discernir, para além do lodo e do esgoto do Inferno dos Tabloides, a presença de um Editor invisível, imperscrutável e maléfico.

Skyler soube pela *US Spy* que Leander Harkness, ainda quando jogador da liga principal do beisebol pelo time dos Yankees, fora detido várias vezes pela polícia na cidade de Nova York, na baía de Oyster e em St. Bart's; na época da morte de sua mulher, havia uma medida cautelar de afastamento expedida contra ele por um juiz do condado de Nassau, proibindo-o de chegar a menos de trinta metros de distância de sua mulher e filha, ou de assediá-las por qualquer meio; Harkness tinha sido julgado por homicídio qualificado no condado de Nassau, não uma, porém duas vezes: o primeiro julgamento, no fim de 2002, terminara sem que o júri chegasse a um veredito; o segundo, na primavera de 2003, terminara na absolvição. Nenhum outro suspeito dos assassinatos jamais fora investigado, e parecia haver uma convicção geral de que, apesar das decisões dos jurados, Leander Harkness, agindo sozinho, era o indivíduo que matara sua mulher a facadas (14 golpes no tronco, pescoço e rosto), na residência de 5 milhões de dólares dos Harkness, no litoral norte de Long Island; Harkness também havia matado a facadas o suposto amante de sua mulher (11 facadas, no peito, barriga e virilha); e, num derramamento machista de ira, do tipo frequentemente exibido durante a badalada carreira de Harkness no beisebol, ele matara a facadas os adoráveis poodles Yin (pelagem encaracolada branca) e Yang (pelagem encaracolada preta). Durante os assassinatos, ocorridos num cômodo envidraçado do térreo que dava para o estreito de Long Island, a filha de 15 anos dos Harkness, Heidi, estava em seu quarto no segundo andar e viria a alegar que "tinha dormido" durante todo o episódio, embora os assassinatos houvessem ocorrido aproximadamente às oito horas de uma noite de julho, quando mal havia escurecido. Heidi Harkness viria a dizer que não tinha visto nem ouvido seu pai em casa nem em qualquer lugar das imediações da casa; também não o vira ir embora dirigindo o que os vizinhos da baía de Oyster descreveram como o "inconfundível" cupê Rolls-Royce cor de bronze dos Harkness. Em nenhum dos julgamentos do pai Heidi Harkness havia prestado depoimento, por "motivos de saúde". Durante 15 semanas, Heidi ficara internada como paciente do Centro de Tratamento Verhangen, em Bleek Springs, Nova York.

Trêmulo, Skyler repôs a *US Spy* no mostruário das revistas. E saiu cambaleando da loja, às cegas.

Pensando: *Coitada da Heidi! Mas não do Skyler, não desta vez.*

III

— AMO VOCÊ.

— Amo você.

Como espelhos gêmeos, refletindo um ao outro até o infinito.

ELE PROTEGERIA HEIDI HARKNESS, JUROU SKYLER. O QUE HAVIA descoberto na *US Spy*, aquilo ele jamais revelaria à Heidi. Nem em seus momentos mais íntimos Skyler sugeriria *Você viu seu pai naquela noite, não viu? Pode me contar, Heidi, eu jamais contarei a vivalma,* porque era responsabilidade do Skyler, se ele amava Heidi Harkness, protegê-la do sofrimento. Ele era forte o bastante, acreditava. Dessa vez.

NA ACADEMIA DE BASKING RIDGE, COM SUA POPULAÇÃO DE ESTUDANTES com "deficiências" variadas, não era incomum aparecerem no campus carros de aluguel com janelas traseiras escuras, para levar e trazer indivíduos de volta, a intervalos regulares; e assim, toda quinta-feira, à uma da tarde, um luxuoso sedã Lincoln preto entrava na alameda de cascalho do campus panorâmico, era liberado pelo guarda uniformizado do quiosque, serpeava pela trilha até a Toll House, a residência das meninas, conhecida por seus quartos particulares do tamanho de suítes, com banheiro privado, e de lá saía aos tropeços Heidi Harkness, com gigantescos óculos escuros que lhe escondiam quase todo o rosto pálido e tenso, e com um lenço enrolado às pressas sobre o cabelo emaranhado, e era conduzida para Nova York, duas horas a leste, para sua sessão semanal com um psicofarmacologista cuja especialidade, nas palavras dela, eram "adolescentes fodidas"; e às vezes Heidi era devolvida à Basking Ridge às oito horas da noite, e encontrava Skyler à sua espera, mas, noutras ocasiões imprevisíveis, ela não voltava, passava a noite na cidade e era evasiva sobre onde estivera, dizendo ao Skyler que tinha sido com parentes, amigos da família, mas ele achava que ela passava a noite no sobrado do pai na rua 86 Leste, com certeza Heidi passava a noite com o pai, se ele estivesse na cidade; mas Heidi nunca admitia a Skyler essas visitas feitas a Leander Harkness, como aliás nunca reconhecia a própria existência de Leander Harkness e sua ligação com ele para ninguém da Basking Ridge. Para Skyler, isso parecia uma traição, pois como podia a namorada guardar tais segredos dele, se dizia amá-lo? Em tom débil, Heidi dizia:

— Mas você esconde segredos de mim, Skyler. Não podemos saber tudo um sobre o outro.

Ele pensava: *Você não pode saber tudo a meu respeito. Mas eu preciso saber tudo sobre você.*

O que o ofendia era que Heidi não fazia distinção entre ele e os outros. Se ela o amava, ele tinha de ser especial, de um jeito que ninguém mais era.

Heidi pedia:

— Não, Skyler. Não me force. Apenas goste de mim.

E começava a chorar. Lágrimas quentes, que manchavam o rosto pálido e anguloso.

E assim, Skyler cedia. Quando Heidi chorava, sentia-se desamparado, carregado de culpa e daquele curioso prazer da culpa. Gostava de como a garota — a filha de Leander Harkness, que havia mentido por ele — encostava o corpo trêmulo no seu e lhe passava os braços em volta do pescoço, num gesto de humildade, de carência; mas também de possessividade feminina, que o excitava.

— Ei, não chore. Você sabe que vou cuidar de você.

Porque era verdade: Skyler protegeria Heidi Harkness de qualquer perigo, inclusive do que lhe fosse infligido pelo próprio Skyler Rampike.

O QUE VOCÊ MAIS DETESTAVA NAQUELA ÉPOCA?

Nunca poder dizer nada verdadeiro. E você?

Nunca poder dizer nada verdadeiro.

DIAGNÓSTICOS EM COMUM: DISLEXIA/TRANSTORNO DO DÉFICIT de Atenção/Síndrome de Angústia Crônica/DCAA/DOCR/ARS. (— "ARS", que diabo é isso, Heidi? — perguntou Skyler, porque nunca tinham-lhe dito; e Heidi estremeceu e se aninhou nos braços dele, e beijou seu lábio inferior, e por isso Skyler não pôde ver os olhos dela, e disse: — Nossa. Também não sei.)

Q.I. em comum: no teste mais recente de Skyler, 139; o de Heidi, no teste mais recente, 141.

Remédios em comum: do Skyler, Zilich, Dumix e o "antidepressivo juvenil" Upixl (recém-receitado), e o Oxycodone e o OxyContin da Heidi. Roupas em comum: a japona do Skyler com capuz de zíper, luvas de couro sem as pontas dos dedos, botas Outbound impermeáveis, de amarrar; da Heidi, luvas de tricô da L. L. Bean e o cachecol de caxemira vermelha. Comidas em comum: se o Skyler descascasse uma laranja, de maneira lenta e sensual, e comesse metade dos gomos, a Heidi podia consentir em comer (muito devagar) a outra metade. O mesmo em relação às toranjas e às maçãs. E às barras de granola de alto teor proteico do Skyler. (Para cada dentada que Heidi conseguia engolir, um beijo de irmão mais velho do Skyler.) (Porventura ele não tinha insistido tanto com a Bliss para que ela comesse, anos antes? Quando a mamãe não estava vigiando.) (Mas, será que o Skyler podia confiar em que a Heidi não saísse de mansinho, enfiasse um dedo na garganta e vomitasse tudo que tinha comido a pedido dele? A Bliss nunca fizera isso.) Baseados em comum: a maconha de segunda do Skyler, coisa de metaleiro, arranjada com um terceiranista da Basking Ridge cuja fonte era um garoto local do curso médio que tinha "ligações em Newark"; a classuda Ouro de Acapulco, da Heidi, contrabandeada para a Basking Ridge em suas misteriosas idas das quintas-feiras a Manhattan. Beijos compartilhados. (Beijos sonhadores/chapados! *Amo amo amo você*, deitados enroscados feito jiboias preguiçosas, beijando-se/murmurando/rindo baixinho/resvalando para os sonhos um do outro/escondidos no quarto de Heidi, muito maior e mais privado que o de Skyler, com banheiro privativo.)

Música em comum: as bandas heavy-metal de rock-punk de Skyler – Shank, Whack, Futt, Dream Bone – e o esotérico "minimalista estoniano" de Heidi, Arvo Pärt. (– "Minimalista estoniano"? Você só pode estar brincando. – Skyler não se deixou convencer pela música de Pärt, que era muito lenta, escassa, parada, quase não se conseguia ouvi-la; Skyler suava, tentando escutar, decidido a ouvir o que a Heidi achava tão "lindo", tão "místico" naquelas notinhas frugais, que o faziam lembrar-se de minúsculos cocôs de rato, do tipo encontrado com frequência em seu quarto no alto do Velho Craghorne; se o valor da música está em seu poder de abafar as vozes demoníacas que se tem no cérebro, Arvo Pärt não era alto, violento nem enlouquecido o bastante para essa tarefa, e por isso Skyler se impacientava com a tentativa de sua namorada de conquistá-lo para a música minimalista; imagine a mortificação de Skyler quando, uma noite, em meio às animadas cacofonias do refeitório Clapp, sua garota, Heidi Harkness, e seu amigo Elyot Grubbe compartilharam um par de fones de ouvido para ouvir com ar grave a *Alina* de Arvo Pärt, enquanto Skyler emburrava a cara, devorava o que estava empilhado em seu prato, sem sentir o gosto, e por fim se levantou da cadeira e foi embora sem olhar para trás.)

– Skyler, você está zangado comigo? Por quê, Skyler?

E:

– Não seja ridículo, não há nada entre o Elyot e eu! Você sabe que não há nada entre o Elyot e eu. Ele é uma gracinha, e é muito triste.

E ainda:

– Skyler, eu não faço de novo. O que quer que tenha sido, não faço. Apenas me ame...

ELE AMARIA. AMOU. AQUILO EXSUDAVA DELE EM LENTAS E DOLOrosas gotas, feito sangue espremido de um dedo machucado. *Eu posso. Eu vou. Sou forte o bastante para os dois.*

– O QUE ESPERO FAZER DA MINHA VIDA? ESPERO ME FORMAR EM saúde pública, espero trabalhar como voluntária num hospital de aidéticos em, sei lá, no Quênia, ou na Nigéria... é, sim! Quero redimir o meu nome, que foi contaminado, e vou conseguir.

Skyler ficou muito comovido com essas palavras, hesitantes palavras infantis que voejaram no ar como borboletas em volta da cabeça deles, borboletinhas de asas frágeis de uma espécie que vive apenas um dia; quando Heidi lhe perguntou o que ele esperava fazer da vida, Skyler não conseguiu pensar no que responder, sua mente deu um branco, ele não tinha ideia do que responder, a não ser por saber que não podia dizer *Minha vida acabou, eu estou ferrado, é isso que eu estou*, nem *A minha vida é uma banda de Moebius, você sabe o que é isso? Nunca poderá ser outra coisa senão o que é, e nunca chega a lugar nenhum.* Num alvoroço de menina, Heidi inclinou-se para a frente e beijou Skyler na boca, um daqueles beijos rápidos e ansiosos da Heidi, e tornou a lhe perguntar o que ele esperava fazer de sua vida, e ele se ouviu dizer:

— ... seminário. Talvez a União Teológica, em Nova York. Quero estudar num seminário.

E Heidi disse, empolgada:

— É mesmo, Skyler? Você quer ser pastor, Skyler? Eu não sabia que você era religioso, mas isso é maravilhoso, Skyler.

Ele se apressou a emendar que não queria ser ministro, não conseguia se ver pregando para congregação alguma nem servindo de modelo para ninguém:

— Só quero saber *por quê*.

É que isso era mesmo verdade, era um fato tão simples que talvez passasse despercebido: Skyler queria saber por quê, assim como Heidi Harkness queria saber por quê, e Elyot Grubbe: *por quê*.

Heidi disse:

— Podemos procurar o "porquê" juntos, Skyler! Você pode ir comigo para a África. Pode ser um "homem de Deus" na África, Skyler. Mesmo que não tenha fé.

E ENTÃO, NO DIA DE AÇÃO DE GRAÇAS, ELA FOI EMBORA E O DEIXOU. Por cinco dias.*

---

* Quer saber onde o Skyler foi no Dia de Ação de Graças? Não foi a parte alguma no Dia de Ação de Graças. E também não ficou tudo solitário na Basking Ridge, porque havia um número considerável de colegas dele que não tinham para onde ir nesse feriado familiar glutão norte-americano, inclusive Elyot Grubbe; e o diretor Shovell

E na volta, estava tensa e dispersiva e ria com mais frequência, um riso nervoso e casquinado que irritou Skyler como uma unha arranhando o quadro-negro. Ela foi vaga sobre onde ficara hospedada e aonde tinha ido no jantar de Ação de Graças:

– Skyler, foi só com parentes, amigos da família: mulheres tentando me fazer comer, e eu tentando fugir delas.

E Skyler se ressentiu de que Heidi Harkness, que era para ser sua namorada, agisse como uma estranha com ele; sua lealdade mais profunda estava noutro lugar, como uma parte do seu ardiloso corpo feminino que ele não conseguia alcançar. E fechou os olhos, recordando o desenho fantástico dos órgãos reprodutores femininos que havia contemplado, talvez tivesse sido no quarto do seu colega de brincadeiras Tyler McGreety, num texto de medicina que se abria nessa página, *corpo do útero, ureter, oviduto, ovário, canal cervical, colo do útero, monte de Vênus, hímen*, o que, aos olhos de um menino, parecia um desenho sumamente detalhado de um extraterrestre com braços de oviduto feito gavinhas. Nenhum mero pênis de menino seria realmente capaz de penetrar num labirinto daqueles, Skyler parecera saber de antemão.

– Viu o que eu trouxe para você, Skyler? Para nós.

Num saquinho plástico Ziploc, o que ele supôs que devia ser um novo tipo classudo de droga revelou não passar de comprimidos de OxyContin (pulverizados).

QUEM A ENSINARA A DERRETER O PÓ, QUEM LHE DERA OS CAchimbos brilhantes de vidro?, Skyler perguntou, mas nunca ficou inteiramente convencido de que Heidi lhe tivesse dito a verdade, entre risadas e beijos, dizendo:

– Ah, meu bem, que importância tem isso? Não tem.

***

---

e sua animada esposa Gwendolyn nos convidaram a todos para o jantar de Ação de Graças na casa do diretor. Como sou desajeitado em matéria de ocasiões calorosas, amistosas e "agradáveis", assim como de expressões de gratidão, silenciarei sobre o Dia de Ação de Graças do Skyler.

— VAMOS, HEIDI, POR FAVOR!

Eram dias seguidos em que Heidi só queria comer banana amassada com iogurte natural sem açúcar, feito comida de bebê. Regada a latas e mais latas de Diet Pepsi com um toque de cafeína, o que a deixava zonza, bêbada e inchada — sentindo-se, dizia, como se estivesse grávida.

Skyler se preocupava com sua garota, às vezes tão fraca de fome que mal conseguia subir um lance de escada, e que o empurrava quando ele tentava firmá-la:

— Tire a mão, Skyler. Não quero ninguém olhando para nós e inventando boatos ridículos.

As notas de Heidi eram imprevisíveis, porque era muito comum ela cochilar na aula, no meio de uma prova, baixando a cabeça no papel da prova e babando-o; à parte a fama/infâmia de sua identidade, Heidi Harkness adquiriu prontamente uma aura lendária, a "garota brilhante" que era capaz de dormir em pé enquanto apresentava um trabalho oral na sala de aula, diante do professor que olhava, atônito. (Ela acordava depressa, antes de cair e rachar a cabeça no chão.) Nas refeições no refeitório Clapp, Skyler detestava o jeito como ele e Elyot competiam entre si, na tentativa de adulá-la para que ela comesse, oferecendo-lhe comida dos próprios pratos, tal como se empurraria comida numa criança rebelde. Skyler sabia que aquilo não era boa ideia — aquela "ativação" —, mas, como Elyot, compenetrado, tentava Heidi com colheradas/garfadas de comida que às vezes ela comia, como um passarinho implume abrindo o bico, Skyler sentia ondas de ciúme. *Tome! Coma o que eu estou lhe oferecendo, pombas, o seu namorado sou eu, não ele.* Além da comida de bebê feita de banana amassada com iogurte, Heidi (às vezes) consentia em comer algumas garfadas de arroz insosso, couve-flor e abobrinha pastosas e também insossas, e meio copo de leite desnatado. Ingênua e cheia de si, Heidi defendia a pureza dos alimentos brancos:

— Se a gente tiver que comer alguma coisa.

Skyler ria. Skyler fechava a cara. Pensava: *O seu cocô é da mesma cor do de todo o mundo, fede do mesmo jeito, não dá para purificar isso.* Essa sacação grosseira/esperta, à la Bix, Skyler sabia que não convinha compartilhar com seus amigos, que o olhariam com ar desolado.

Ei, eu não sou um cara bonzinho. Sou o cara que matou a irmãzinha. Que talvez a tenha estuprado. Por que estão tão surpresos? Eu sou Skyler Rampike.

Nervosamente atenta a Skyler, de algum modo Heidi soube. Conhecia as oscilações de humor dele. Enquanto Elyot a repreendia com delicadeza, no seu estilo afetado de faculdade de medicina (— A "anorexia nervosa" é um problema que vicia, uma compulsão que se torna uma doença e é prejudicial ao cérebro, aos rins, ao coração, ao fígado, é como um ascetismo mal orientado numa religião em que não existe Deus...), Heidi encarou Skyler, que a olhava com estranho desapego, quase hostilidade, embora lhe afagasse o pulso fino que se projetava da manga frouxa de um enorme moletom da Basking Ridge. Aqueles olhos castanho-dourados feito pequenos sóis giratórios, o lábio superior atrevido, a superposição dos dois incisivos feito dedos cruzados... Skyler sentiu alguma coisa apertar-lhe as têmporas como um fórceps: quem era essa garota, e por que o olhava com tanta intensidade?

De repente, Heidi afastou-se da mesa, atrapalhou-se para apanhar a mochila, pesada e volumosa como algo que devesse ser carregado por uma mula e, sem um olhar para trás, para Skyler ou para o boquiaberto Elyot, retirou-se do refeitório.

— COMO É QUE VOCÊ PODE ME MAGOAR? PRECISO QUE VOCÊ ME ame.

— Eu preciso que você ame *a mim*.

— ... PRECISO QUE VOCÊ CONFIE EM MIM.

— ... preciso que você confie em *mim*.

HEIDI COMEÇOU A LHE DEIXAR PRESENTES. ULTRAFRENÉTICA EM seu desejo de surpreendê-lo com presentinhos inúteis e indesejados, timidamente deixados na caixa de correio de Sylvester Rampole no Velho Craghorne. "Oi, Sly. A Heidi passou aqui", dizia um dos colegas residentes de Sly, com uma piscadela.

Sly franzia o cenho, não querendo enrubescer de vergonha.

É claro que ficava comovido, era um gesto meigo por parte de Heidi, mas o que ele havia de fazer, por exemplo, com um buquezinho de flores minúsculas que pareciam feitas de papel sanitário e cuspe, miniaturas de rosas, margaridas e lírios que deviam ter sido feitas com uma pinça, e Skyler imaginava Heidi trabalhando até tarde da noite, naquela bruma de indiferença à passagem do tempo que era um dos duvidosos benefícios do OxyContin. E uma noite, no lugar costumeiro de Skyler à mesa do refeitório Clapp, havia um envelope com as letras *S.R.* em grafia rebuscada, e dentro havia um cartão de saudações, SÓ POR VOCÊ SER VOCÊ, e desenhos de cartum de uma figura de pernas compridas, braços compridos e cabelo cor de zinco espetado, e olhos de zinco feitos com uma coisa cintilante feito mica, e Skyler ficou impressionado: eram desenhos surpreendentemente habilidosos e profissionais, à maneira de um R. Crumb mais benigno. (Mas algum dia Skyler contara a Heidi sobre sua paixão infantil por R. Crumb? Achava que não.) E apareceram outros mementos de amor em lugares inesperados: num bolso do paletó de Skyler (um pequeno medalhão de ouro que tinha dentro uma foto da Heidi quando bebê e um cacho de cabelo, e renda branca esgarçada, supostamente de uma das calcinhas da Heidi); na mochila de Skyler apareceu uma caixinha azul da Tiffany, dentro da qual havia um par de abotoaduras de prata de aparência dispendiosa, gravadas com as letras *S.R.* (abotoaduras! Para um garoto de 16 anos que usava camisas que mal tinham punhos). (Esse presente inútil, mas que era lisonjeiro, como Skyler gostaria de se gabar dele com Bix Rampike: *Está vendo estas abotoaduras? Meio chiques, não é? Adivinhe da filha de quem eu as ganhei. Daquele ex-lançador dos Yankees que vive no noticiário. É, você deve conhecê-lo, ele é mais ou menos da sua idade.*) E, num dia de dezembro, na caixa postal do prédio em que ele morava, havia um potinho de vidro lapidado e, dentro dele, minúsculos corações de canela vermelhos; ao se derramarem na palma da mão de Skyler, esses coraçõezinhos vermelhos começaram a derreter no mesmo instante e a manchar sua pele, e alguma coisa deu uma guinada na cabeça dele, como um embrulho malfeito que continha um peso parecido com uma cunha, *Skyler você faz um coraçãozinho vermelho para mim, Skyler? Faz pra mim um coraçãozinho vermelho igual ao seu Por favor, Skyler.* E foi muito claro esse pedido choroso que ele não ouvira em meses, mas nessa hora ele ficou parado, olhando para os coraçõezinhos vermelhos que lhe manchavam a palma da mão, com uma expressão que deve ter sido mais esquisita do que o habitual, porque um colega residente do Velho Craghorne lhe perguntou com ar cauteloso, mas não sem generosidade, se havia alguma coisa errada. E o chamou de Sly como se "Sly" fosse seu verdadeiro nome, perguntando se ele se havia machucado, se sua mão estava sangrando. Mas Sly afastou-se de um salto, feito um grande pássaro em pânico, e fugiu sem responder, sem saber para onde diabos estava indo nem por quê.

Skyler! Não me deixe, Skyler

Skyler, eu estou muito sozinha aqui

Andara descuidando dos remédios. Malditos remédios, que ele queria achar que poderia tomar quando bem entendesse. E nessa hora vasculhou os bolsos à procura de cápsulas de Zilich. Da porra do Dumix, do Upixl, de um dos Oxis da Heidi, qualquer coisa em que pudesse pôr as mãos.

Faz um coraçãozinho vermelho pra mim, Skyler   igual ao seu, e ele o tinha feito. Tinha. Fizera o coração e, no entanto, aquilo não a salvara. Skyler não a tinha salvo.

Nessa noite, perguntou à Heidi por que corações vermelhos.

Heidi deu um sorriso cansado, ao ver que o namorado temperamental estava trincando os molares, dava quase para sentir o cheiro dos dentes fumegando. Rindo, achando que só podia ser brincadeira, Heidi disse:

— Corações vermelhos? Coraçõezinhos de canela? Skyler, você não está zangado comigo, não é? Diga que não está zangado comigo, se não essa porra é esquisita demais.

Skyler insistiu em que não estava zangado, apenas curioso para saber por que Heidi havia deixado coraçõezinhos vermelhos na sua caixa de correio, um daqueles presentinhos lindos e bobos dela, não que ele não ficasse agradecido (vamos ser francos: ele não estava agradecido), mas é que era constrangedor para ele a Heidi Harkness deixar coisinhas misteriosas para "Sylvester Rampole" na caixa do correio, porque as pessoas viam e falavam; e Heidi respondeu friamente que, se Skyler não queria a porcaria das balas, que simplesmente as jogasse fora, qual era o grande drama, por que tudo era tão complicado com ele? E Skyler tornou a dizer que não estava zangado com ela, aquilo era um assunto banal, não valia a pena zangar-se por isso, só que ele ficara intrigado: por que corações vermelhos? Heidi retrucou que ele com certeza parecia zangado, e não estava disposta a lidar com as oscilações bipolares dele, tinha suas próprias oscilações bipolares para enfrentar, e se virou para ir embora e Skyler a seguiu, ficou aborrecido por Heidi virar-lhe as costas e sair andando, e Heidi soltou a mão que a segurava, disse estar cansada de amar alguém que não queria o amor dela, alguém que claramente a detestava, e Skyler protestou que não a detestava! Ele a amava. E Heidi disse, com as lágrimas quentes a lhe marcar o rosto, inflamada, indignada, via-se que aquela era a filha de Leander Harkness, empertigando todo o seu metro e 75 de altura, xingando Skyler pelo raio do egoísmo dele, que não a tinha beijado nem tocado e muito menos agradecido pelas balinhas, só fizera atacá-la feito uma ave de rapina louca por sangue, e ela estava ficando com medo dele, das coisas estranhas que ele às vezes lhe dizia e das quais depois não se lembrava, e do ciúme dele quando ela dormia em Nova York nas suas visitas, e do ciúme que ele tinha do coitado do Elyot, que era muito solitário e muito infeliz, e o Skyler estava muito longe de ser um amigo atencioso, daria na mesma se ele fosse cego; Heidi não queria mais vê-lo, para ela estava tudo acabado, sua mãe lhe avisara, basta o garoto pôr as mãos na gente uma vez, basta o garoto nos intimidar só uma vez, e Heidi foi se afastando depressa, quase correndo, e eles estavam numa trilha lamacenta de serragem atrás do Monumento, e Skyler não teve escolha senão correr atrás dela, segurá-la pelo braço, pelo pulso fino que ele seria capaz de quebrar feito uma asa de pardal, e segurou a garota que se debatia até fazê-la ficar quieta, tentando consolá-la, caramba, ele sentia muito, ele a amava, nunca tivera a intenção de magoá-la, nunca, mas às vezes ela o perturbava, parecia querer perturbá-lo, como quem jogasse um fósforo aceso numa coisa inflamável, e Heidi protestou que não, que nunca fazia isso, e Skyler abriu o zíper de sua jaqueta e a parca da Heidi, para eles poderem se estreitar, e os dois se beijaram freneticamente: Skyler segurou a cabeça da Heidi entre as mãos para beijá-la, forçando-a a abrir a boca, sua língua beijando a dela, ambos sussurrando, e Skyler enxugou-lhe as lágrimas com beijos, as mãos frias da Heidi puseram-se embaixo da roupa do Skyler, as palmas das mãos nas costas dele, que haviam estourado em espinhas que ele torceu para Heidi não sentir, e as mãos dele entraram nas roupas da namorada, por dentro de sua blusa toda engomadinha da Basking Ridge, e alisaram a pele quente de suas costas lisas, e seus seios, seios macios e pequenos que deixaram Skyler sem fôlego, que tinham leves cicatrizes de velhos cortes, feito uma escrita Braille, e ele queria acreditar que eram cortes antigos e não recentes, porque Heidi lhe prometera que nunca mais se cortaria, assim como lhe prometera que ia comer e engordar, ia recuperar os 7 quilos que havia perdido; sob a proteção de um enorme carvalho de raízes expostas, raízes gigantescas e deformadas que lembravam pernas, eles se abraçaram feito náufragos por um tempo imenso, pressionados um contra o outro sob o abrigo do carvalho maciço, enquanto caía uma neve levinha que se derretia em seus rostos, e num delírio de sensações seus joelhos começaram a fraquejar, por pouco eles não pegaram no sono, um habitando os sonhos do outro, ambos de pé, agarrados, *amo amo amo você* por toda a eternidade.*

SKYLER, VOCÊ NÃO VAI ME TRAIR, VAI, SKYLER?
Não vai falar de mim   escrever sobre mim, nunca, Skyler
Promete, Skyler?   nunca

MAS A TELEVISÃO NO QUARTO DE HEIDI INQUIETAVA SKYLER. A TV sempre ligada à tarde, muda. Era para lhe fazer companhia, dizia Heidi, como que a se desculpar. Mesmo que ela não a assistisse, era para fazer companhia. Naquelas tardes, depois de encerradas as aulas do dia, em que Skyler se infiltrava na Toll House por uma entrada traseira/proibida, uma porta pesada que todas as garotas usavam para esse fim, e de mãos dadas era puxado por Heidi, arfante, pela escada dos fundos, até o quarto no terceiro andar, onde o primeiro ato de Skyler era pegar o controle remoto e desligar a maldita televisão.

* Eu sei, o leitor se ofende com essa ironia pesada. Mas o pior é que *não tenho a menor intenção de ironizar*. Skyler e Heidi sentiam-se exatamente assim.

E as revistas de dança da Heidi, expostas no quarto, também elas o perturbavam, por alguma razão. Fixação na dança, pensava ele. Como a fixação da Bliss na patinação no gelo. Era o aplauso que elas queriam, exibindo-se para ser amadas e aplaudidas. E Skyler sabia por quê. E só queria proteger Heidi. Caprichosamente arrumados nos parapeitos das janelas ficavam exemplares de revistas em papel cuchê: *Dancer, Dance Spirit, Young Dancer, Pointe*. E nas paredes, fotografias de jovens bailarinas em tutus de tule branco, cintura fina e peito achatado, os braços nus erguidos e lindos rostos de máscara oferecidos ao espectador. *Ame-me, senão eu morro.* Embora Heidi fosse evasiva sobre sua infância, falou com Skyler sobre suas aulas de dança na Escola de Dança de Manhattan, na rua 85 Oeste, na qual a mãe a havia matriculado quando ela contava três anos, e desde então até os 15 anos ela tivera aulas, e dançara todos os anos em recitais da escola, e diziam que ela era "promissora", "muito promissora"..., mas então, quando sua vida se modificara no ano anterior, ela havia parado: "Perdi meu corpo." E Skyler compreendeu que não devia lhe fazer mais perguntas, compreendeu que Heidi queria apenas ser consolada, envolvida em seus braços. E assim, Skyler a abraçou.

Ame-me, senão eu morro.

Que jeito mais bizarro de arrumar as roupas no closet, pela cor! Skyler teve de rir, que coisa típica de *menina*! Mas não sorriu ao ver que Heidi também havia arrumado os livros pela cor, não em ordem alfabética nem por assunto, como ele fazia e como era necessário fazer. Ao ver tamanha desordem, começou a se sentir incomodado, irritado. — Heidi, o que é isso? Você está falando sério? Arrumar livros pela cor puramente arbitrária da lombada? Steinbeck perto de Brontë... Poe ao lado de Shakespeare... — Heidi explicou que não conseguia suportar contrastes visuais — "a junção de cores erradas" — porque eles a deixavam nervosa. Skyler riu da sua expressão de aflição real, e foi tirando livros das prateleiras para rearrumá-los com destreza, em ordem alfabética, e Heidi tentou detê-lo, rindo, e de repente eles já não riam, porque Skyler foi ficando irritado com a conduta infantil de Heidi, e também não gostou que ela tentasse deter suas mãos, elevando a voz: — Skyler! O vermelho não pode ficar do lado do verde, e essas linhas em zigue-zague vão me deixar maluca, isso é uma barbaridade. — E Skyler retrucou, em tom reprovador: — Heidi, barbaridade é arrumar os livros por um esquema grosseiro como a cor. — E Heidi disse: — Caramba! Nem acredito, você está tentando rearrumar os meus livros, eu adoro os meus livros! — E Skyler, zombeteiro: — São quase todos livros de menina para "adultos jovens", como é que você pode ler essas porcarias? — E Heidi protestou: — São me-meus livros! Este é o meu qu-quarto! Você não tem esse direito! — Skyler ficou pasmo ao ver a sinceridade da perturbação de Heidi. E ao ver como essa garota palidamente atraente se parecia com Leander Harkness fechando a cara e cuspindo. Heidi voltou-se para ele com uma expressão de fúria — Vá se foder! — e Skyler riu — Vá *você* se foder! — e Heidi gritou: — Eu o-odeio você! — e Skyler retrucou: — Sua vaca, eu odeio você. — Skyler só estava brincando, mas, ainda assim, uma chama pareceu passar por seu cérebro e, num impulso de fúria, ele varreu com o braço uma fileira dos livros de Heidi coordenados pela cor e os derrubou no chão. Heidi o xingou e partiu para o rosto dele, que atingiu com uma unha afiada abaixo do olho direito, e Skyler a xingou, agarrando seus braços que se debatiam, prendendo juntos os pulsos finos, surpreso com a força maníaca daquela garota que mal chegava a pesar 45 quilos — era a força da pura teimosia e da oposição a ele que a fazia estremecer. Mas Skyler era mais forte, e Skyler prendeu Heidi na cama dela. Era a cama em que muitas vezes os dois se esparramavam, dividindo um baseado, trocando beijos sonhadores e sussurros, enroscados feito grandes cobras apaixonadas, só que nesse momento não havia nada de amoroso neles. Heidi arreganhou os dentes para Skyler como se fosse mordê-lo — Eu ode-deio você! Cretino! — e ele riu, mantendo-a presa, arfando e grunhindo e torcendo feito o diabo para que nenhum dos ARs (assessores residentes) da Toll House tivesse ouvido a comoção no terceiro andar e subisse a escada correndo, e batesse na porta trancada de Heidi Harkness, desconfiado, e a mandasse abri-la.

Mas eram seis horas da tarde. Estavam todos jantando. Ele adorava o jeito ▬▬▬ e ela ▬▬▬ ai, meu Deus, tão doce ▬▬▬ e dormiram enroscados na ▬▬▬ cama amarfanhada durante todo o jantar, e acordaram zonzos às 20h20 da noite, e teriam de comer nas máquinas vendedoras automáticas, de novo.

LEITOR: ATENÇÃO

Recomenda-se ao leitor sensível, se é que ele existe, que pule a próxima lembrança de Skyler, ainda mais horripilante. Embora eu tenha reconhecido que este documento é carente de encontros eróticos, assim como de muitas outras coisas, a cena que se segue me é tão desagradável que só a incluo com relutância, porque ela aconteceu com o Skyler. A bem da exatidão, sou obrigado a incluí-la, mas o leitor não é obrigado a lê-la.

LEMBRANÇA HORRIPILANTE

— S-SKYLER? EU PRE-PRECISO DE VOCÊ.

Uma ligação no celular de Skyler. Ele foi rapidamente ao encontro de Heidi. Subiu a escada dos fundos para o quarto dela, onde a porta estava destrancada para que ele entrasse. Na penumbra do quarto não havia ninguém, na penumbra do banheiro a garota semidespida estava deitada sobre uma grande toalha de banho listrada, na qual tinha-se cortado — abaixo do seio esquerdo, num quadriculado leve que parecia uma caligrafia bizarra sobre a barriga chata — com uma gilete.

— Ah, Heidi. Ai, meu Deus.

Skyler ajoelhou-se ao lado da garota semiconsciente que lhe dava um sorriso pálido; à luz tênue, seu sangue parecia preto feito tinta, ou um batom roxo borrado, que Skyler beijou e lambeu, enquanto Heidi lhe agarrava o cabelo como se fossem penas de metal em sua mão.

— Ah, Skyler. Ah, *ah*.

Skyler pegou a gilete e cortou de leve o seu braço, com golpes leves feito pluma, porque queria apenas tirar um pouquinho de sangue para misturar com o sangue quente da sua garota, e encostou o braço na pele quente dela, abaixo dos seios pequenos, na curva de seu ventre. Grudou a boca na boca de Heidi, seus dentes contra os dentes dela. Skyler não aguentou ▬▬▬ Heidi pegou sua mão e a guiou entre suas ▬▬▬ perseguidos pelo resto de suas vidas mortais.

IV

ABRUPTAMENTE, ACABOU.

Como o leitor sabe que tinha de acabar esse choroso *memorial adolescente de um amor perdido.*

No entanto, ironicamente, Skyler saiu da vida de Heidi Harkness, ou do que restava dessa vida, apenas três dias antes das férias de Natal, numa ocasião em que vinha planejando acompanhar a namorada numa visita a parentes da assassinada mãe dela, em sua casa no golfo do México, em Naples, na Flórida. ("A tia Edie está doida para conhecê-lo, Skyler! Contei tudo a ela sobre você... bem, quase tudo.")

Primeira visita de Skyler Rampike à família de uma namorada, em toda a sua vida.

E Skyler pensou, exultante e ansioso: *Isto é a vida normal. É o que as pessoas fazem. É isso que o Skyler vai fazer. Tomara que eu consiga!*

— SKYLER? ENTRE, JÁ VOU FALAR COM VOCÊ.

Skyler gostou do jeito descontraído de Heidi lhe fazer sinal para entrar, com a porta do banheiro entreaberta e o vapor perfumado escapando. *Normal!*

Ele estava passando pelo quarto da Heidi antes do jantar, para ajudá-la no dever de química. Fechou a porta do corredor ao entrar, violando as regras da escola.

(Será que aqueles dois estão dormindo juntos? Em geral, supõe-se que *sim.*)

A primeira coisa que Skyler fez ao entrar no quarto de Heidi Harkness foi pegar o controle remoto para *desligar* a televisão (muda, mas perturbadora), só que, dessa vez, ficou olhando fixo para a tela, vendo uma patinadora muito novinha, com asas de fada presas nos braços esguios; hipnotizado, Skyler *aumentou* o volume. Corte rápido para a patinadora, um pouquinho mais velha, de roupa de bailarina em tule branco, patinando em longos e graciosos volteios deslizantes e giros ao som da sonhadora *Valsa dos patinadores*; corte rápido para a patinadora num traje cintilante de lantejoulas vermelhas, saiote muito curto, vislumbre das calcinhas de renda branca, cabelo louro penteado para o alto, reluzindo com purpurina, patinando/dançando ao som das batidas quentes do *Bolero*. Extasiado, Skyler viu a admirável patinadora deslizar sem esforço para trás, no gelo azul faiscante, e executar saltos, volteios e rodopios muito graciosos, e Skyler sentiu-se atordoado, como quem chegasse perigosamente perto da borda de um grande precipício... Tinha quase esquecido a patinadora assombrosa que fora sua irmãzinha, como as plateias a aplaudiam, enlouquecidas... Um close-up repentino do rosto da Bliss, o sorriso meigo e tristonho por baixo da pátina brilhosa da boquinha habilmente pintada de batom, e, por baixo da sombra, do delineador e do rímel, aqueles olhos azul-cobalto fixados nele.

Skyler? *Sky-ler, onde você está* *me ajude* O barulho na cabeça do Skyler foi como se o Shank, o Whack, o Futt, o Dream Bone e Arvo Pärt berrassem simultaneamente em seus ouvidos, no volume máximo em que seu Walkman era capaz de suportar o som. Mas, ao longe, ele ouviu o que devia ser um locutor em off na televisão, e Heidi o chamou do banheiro, onde parecia estar com as torneiras abertas, lavando a cabeça, enquanto Skyler se agachou diante da televisão que comumente desdenhava, vendo a linda lourinha patinadora deslizar, saltar, fazer piruetas, dando o seu sorriso tímido; corte para a plateia em aplausos delirantes, corte para Bliss Rampike num vestido de patinação de cetim e lantejoulas, cor de morango, com uma sainha atrevida de tule, meias arrastão e um vislumbre das calcinhas brancas de renda, patinando/dançando ao som sensual/animado do sucesso de discoteca *Do What Feels Right*, e lá estava a mamãe abraçando a Bliss, beijando/abraçando/chorando em extasiado triunfo, as lágrimas rolando pelas faces ruborizadas da jovem mamãe, um choque para Skyler, que não via a jovem mamãe fazia alguns anos, assim como não via a mãe mais madura, Betsey, fazia vários meses. E então, a menina de 6 anos, Bliss Rampike, de Fair Hills, Nova Jersey, foi delirantemente aplaudida por um público quase todo de mulheres, e então estava sendo coroada por... será que era aquele paquiderme do Jeremiah Jericho, o famigerado/queridíssimo mestre de cerimônias das competições amadoras de patinação feminina no gelo em Nova Jersey e imediações, que fora encontrado morto "em circunstâncias misteriosas" em Atlantic City, no ano anterior?, mas na tela Jeremiah Jericho estava agressivamente vivo, praticamente estourando em seu sórdido smoking de cetim com uma faixa cheia de coraçõezinhos, o sorriso largo, pondo a cintilante tiara "de prata" na cabeça loura da patinadorinha, proclamando "Miss Princesinha do Gelo de Jersey de 1996" — "Pessoal, vocês podem de-li-rar com a Bliss Rampike!" Corte para Randy Riley, apresentador do programa *Cristãos falando com franqueza*, do canal Hawk News, que cumprimentou a plateia do estúdio e os telespectadores com a magnanimidade belicosa de um general, o rosto irlandês corado, nariz bulboso e olhos bisbilhoteiros, que pareciam fichas de mica, porte militar, alfinete com a bandeira norte-americana na lapela, Randy Riley, o apresentador mais popular de noticiários/programas de entrevistas da TV a cabo nos Estados Unidos. Skyler ficou chocado ao ver que a convidada de Randy Riley nessa tarde era Betsey Rampike; foi ingenuidade do Skyler chocar-se, mas ele ficou chocado, zonzo e aturdido, como se alguém lhe houvesse chapado uma esponja embebida em éter.

Seria de se esperar que o Skyler soubesse (ele sabia) que não convinha continuar a assistir a essa entrevista, era proibido o Skyler assistir à Mamãe Televisiva, e no entanto... Skyler assistiria à Mamãe Televisiva, tal como uma grande mariposa de asas cheias de pó se deixa atrair pela chama viva até se extinguir. O musculoso Randy Riley foi surpreendentemente caloroso com Betsey Rampike — "a heroica Betsey Rampike", "a mulher mais valente que eu conheço, Betsey Rampike" —, e de fato Betsey Rampike dava sorrisos valentes para a plateia do estúdio, que a aplaudia ruidosamente, e dava sorrisos valentes pela câmera para a vasta região central norte-americana; Skyler viu que a mãe parecia quase imperceptivelmente mais velha, mas ainda jovial e atraente, com um novo penteado que favorecia sua cara de lua cheia, com uma leve papada, e o cabelo fora "clareado" para um tom acobreado, como uma moedinha recém-cunhada; suas sobrancelhas tinham sido habilmente redesenhadas e exibiam um arco mais delicado; como sempre, os exuberantes lábios vermelhos de Betsey reluziam, carnudos e beijáveis; Betsey inteira era reluzente, carnuda e beijável, a glamorosa/maternal Betsey Rampike, num revelador vestido de malha em zigue-zagues roxos, com um decote cavado que exibia a fenda rósea entre seus seios. Randy Riley dava os parabéns a Betsey Rampike por seu "novo livro, brilhante e ousado", "uma prosa destemida e dilacerante", e ergueu para a câmera um livro verde e vermelho com jeito natalino, *Do inferno ao paraíso: 11 passos para os que têm fé*. Randy Riley conversou com Betsey Rampike sobre seu novo livro de memórias, "reminiscências íntimas" de sua filha campeã de patinação no gelo, que tivera uma morte "tão hedionda", "vítima de um maníaco sexual em liberdade condicional, depois de receber uma sentença escandalosamente branda dos democratas seculares progressistas de Nova Jersey". Enquanto Betsey Rampike falava, com seu jeito entrecortado e hesitante, Randy Riley balançava a cabeça com veemência. Pura verdade! Pura verdade! Tudo o que Betsey Rampike dizia era a pura verdade! Betsey falou de sua fé cristã, que nunca lhe havia faltado, nem mesmo nas horas mais sombrias, quando sua inocente e amada filhinha de 6 anos fora arrancada de sua cama, agredida e assassinada na própria casa dos Rampike, enquanto a família dormia no andar de cima, sem saber de nada.

— "Ainda que eu caminhe pelo Vale das Sombras da Morte", essa expressão ressoou nos meus ouvidos por muitos anos, passando pela destruição do meu casamento e a separação do meu filho conturbado... todos temos que atravessar esse vale, Randy, e todos temos que emergir dele. Esse é o plano de Deus para nós: que nós sobrevivamos.

Como era trêmula a voz de Betsey! Uma lágrima lustrosa e solitária vazou do seu brilhante olho esquerdo, escorreu por sua face pintada de blush e sumiu numa ruga no canto da boca. Randy Riley, visivelmente emocionado, surpreendeu sua convidada, chamando-a de "Heroína Cristã da Semana"; Betsey escondeu o rosto nas mãos, feito uma garotinha, e o público aplaudiu. Corte rápido para Betsey Rampike numa cerimônia na Casa Branca — escritores recebendo o "Prêmio Espírito da América de 2003", a mão de Betsey apertada por um sorridente presidente Bush e uma sorridente Sra. Bush; pesados medalhões com a Águia Norte-Americana sendo oferecidos a diversos memorialistas "inspiradores", campeões de vendagem, ao pastor californiano que escrevera *A vida guiada por Deus* e ao escritor de ficção científica Michael Crichton. Novo corte para Randy Riley, que deslocou o assunto para a política: é que Randy Riley estava enfurecido com a "proliferação" de criminosos sexuais nos Estados Unidos, contumazes bandidos sentenciados que obtinham a liberdade condicional e ficavam livres para vaguear por nossas cidades e perseguir nossas crianças inocentes, e o que eram esses pervertidos senão sintomas da podridão moral? Os verdadeiros agentes de Satanás eram esses juízes esquerdistas do país inteiro, esses educadores e meios de comunicação esquerdistas — o "fulcro" ficava no nordeste, na cidade de Nova York, a "capital liberal dos psicopatas", "esquerdistas ateus", "escarnecedores dos valores da família", "fanáticos defensores do aborto", os "lunáticos da Ivy League", os "marxistas da Ivy League"; havia uma necessidade crucial de uma legislação para "endurecer com o crime": "reincidiu duas vezes, na terceira você está *morto*". Randy Riley exaltou-se, num frenesi de indignação patriótica, agradecendo a Betsey Rampike por ser "um modelo tão luminoso" para as moças e mulheres norte-americanas, cumprimentando-a pelo "sucesso espetacular" de seus produtos da Cia. Emanações do Céu — "Das cinzas da tragédia tira-se uma colheita, esse é o jeito norte-americano".

Betsey foi solicitada a explicar aos telespectadores como havia inaugurado a Cia. Emanações do Céu em 1998, como uma forma de "ajudar a cicatrizar as feridas ulcerativas" de sua tragédia pessoal. Exibiram-se alguns produtos da Emanações do Céu: estojo de cosméticos Emanações do Céu, perfumes Emanações do Céu, espuma de banho Emanações do Céu, chocolates natalinos Emanações do Céu, acessórios Emanações do Céu (lenços de cabeça, cintos, pulseiras etc.), e a Receita Especial Emanações do Céu de Bolo Natalino de Frutas da Betsey, todos disponíveis para entrega imediata. Ouviu-se em seguida um burburinho de admiração na plateia do estúdio, quando Betsey exibiu orgulhosamente uma Boneca Bliss

Rampike da Emanações do Céu: uma réplica em miniatura, espantosamente parecida com Bliss Rampike, com vívidos olhos azuis de cristal que abriam e fechavam, uma boquinha meiga de botão de rosa, pele ultrarrealista, cabelos louros e finos na altura dos ombros, braços e pernas móveis e patins destacáveis, tamanho boneca, para os pezinhos minúsculos. A Boneca Bliss Rampike da Emanações do Céu estava à venda com uma seleção de perucas, tiaras e trajes de patinação (tule de bailarina, seda pregueada, gaze de seda, cetim e lantejoulas, Cinderela, Branca de Neve, vaqueira, corista de Las Vegas, roupa de baile, de discoteca, de flamenco etc.).

— A "Bliss" está sendo oferecida antes do Natal pelo preço básico de apenas $99,99, e o guarda-roupa completo, mais os patins, pode ser adquirido pelo mero custo adicional de $49,99.

Betsey falava em tom compenetrado, enxugando os olhos e segurando no colo a boneca que era a cópia exata da Bliss, quando Heidi entrou no quarto, secando na toalha o cabelo comprido e molhado:

— Ai, essa mulher! Quem é essa mulher horrorosa? Ela é tão... tão completamente... absolutamente... *grotesca*! — Heidi riu, aquela risada nervosa e aguda que tanto irritava Skyler. Ele continuou com os olhos fixos na tela, e Heidi postou-se a seu lado, zombando: — Essa mulher, eu já a vi antes, ela era mãe de uma garotinha igual a essa boneca, uma menininha que patinava no gelo, e ela vestia a menina de piranha, e aí apareceu um maníaco sexual e matou a garotinha... ela não é *um horror*? E ele, esse tal de "Riley", esse homem horroroso com focinho de porco... por que diabo você está assistindo a essa gente horrível, Skyler? — Ele se levantou aos tropeços, com um rugido nos ouvidos, e saiu andando feito um zumbi para a porta da Heidi, sem conseguir respirar, engasgado e sem conseguir respirar, tinha que sair dali, e Heidi o chamou: — Skyler? O que foi? Você está tão... — e se aproximou para tocá-lo, mas Skyler não suportou ser tocado. Heidi Harkness usava uma camiseta térmica azul, calças de pijama de flanela, as meias grossas e surradas de lã, estava com o cabelo molhado e seus olhos machucavam, petulantes, impertinentes, e seus dentes incisivos estranhamente cruzados brilhavam como que de gozação; Skyler empurrou a mão dela, murmurou alguma coisa como "... erro", saiu porta afora, e Heidi o seguiu, indignada e incrédula: — Skyler? O que foi...? Por que... — e Skyler se ouviu dizer, com a voz fria e sem modulação: — ... não amo você, nunca amei você, foi um erro, adeus. — Heidi ficou tão perplexa que Skyler pôde ouvi-la respirar fundo. Não se virou para ela, mas se afastou mancando. Ele a havia magoado, ótimo! Ela precisava ser castigada, como o Skyler. Às cegas, abriu a porta da escada dos fundos do prédio residencial, às cegas desceu a escada e saiu capengando para o vento feroz.

Sem a menor ideia de onde estava. No Vale das Sombras da Morte, talvez.

DEPOIS DA BLISS, ELE NÃO PODIA AMAR. NINGUÉM. NUNCA.

O punhado suarento de pílulas, cápsulas e comprimidos, esse o Skyler conseguiu engolir com vários copos de água morna, até começar a vomitar, vertendo água pelo nariz e, num delírio de esgotamento, desabando na cama feito lixo jogado no esgoto, enquanto, como num filme de arte dos anos 1970, com a tela dividida, a 400 metros de distância, do outro lado do campus anoitecido, Heidi Harkness conseguia engolir nove comprimidos grandes de OxyContin e mergulhava num sono pesado descoberta em coma no seu quarto, levada às pressas de ambulância para o hospital mais próximo, em Summit, Nova Jersey, onde foi declarada em estado crítico, enquanto Skyler dormia nos lençóis suados, amarfanhados e, pouco depois, encharcados de urina, sem conseguir despertar, e dormiu a manhã inteira no seu quartinho apertado no alto do Velho Craghorne, até finalmente acordar no começo da tarde, com a boca seca e atordoado, como se tivesse levado uma pancada violenta na cabeça, pensando: *Ainda estou aqui? Ai, meu Deus.*

Skyler acabaria tendo notícias de Heidi Harkness. E viria a saber o significado de ARS.*

* O leitor arguto já terá decifrado "ARS" no capítulo anterior, mas, para aqueles que, tal como Skyler, estão inteiramente por fora, a sigla significa "Alto Risco de Suicídio".

V

1º de janeiro de 2004

Caro Skyler,

Esta é uma carta de condolências pela morte da nossa amizade. É minha decisão, depois de muito refletir, que nunca mais quero tornar a falar com você, ou sequer vê-lo. Não o estou acusando de ter provocado a Heidi a praticar o ato de desespero que ela praticou, porque não quero conhecer a extensão da sua culpa. Não quero odiá-lo, porque não sou adepto do ódio, que é a maldição da nossa espécie.

Adeus, Skyler.

Do seu ex-amigo,

E. Grubbe

Epílogo: adeus, primeiro amor!*

* Ei, aqui embaixo! O Skyler está aqui embaixo. Durante muito tempo, então, Skyler ficou morando nas notas de rodapé no pé das páginas. Depois que Heidi Harkness desapareceu da Basking Ridge para nunca mais voltar — num "estado" sobre o qual até os ávidos escrevinhadores do Inferno dos Tabloides discordaram, não sabendo nem mesmo onde ela estava, se hospitalizada ou em algum local "privado" com parentes, ou com cuidadores —, até mesmo depois da Heidi Harkness, Skyler Rampike pôde permanecer na Academia de Basking Ridge, embora já não assistisse à maioria das aulas e apesar de as notas surrealmente altas do brilhante "Sylvester Rampole" terem despencado para as profundezas habitadas por seus colegas mais severamente incapazes/"deficientes"/puramente bizarros. Nem é preciso informar ao leitor que, enquanto habitava essas regiões tenebrosas, Skyler usou uma porção de drogas. Você também usaria. Mas, ao contrário dos outros usuários da Basking Ridge, que ansiavam pela companhia uns dos outros feito pulgões, Skyler Rampike evitava a companhia alheia. Nunca mais teve notícias de Heidi Harkness, é claro. (Talvez achasse que ela havia morrido. Não se mantinha em dia com as notícias.) Ele perdera seu único amigo, Elyot Grubbe. (Não fez nenhuma tentativa de se reconciliar com Elyot, por considerar justo o juízo que o amigo fazia dele.) (De qualquer modo, Elyot não tardou a fazer amizade com outro garoto solitário, talentoso como ele e com inclinações musicais; Skyler às vezes os vislumbrava de longe, ouvindo música em fones de ouvido gêmeos e franzindo o cenho para uma partitura musical comum.) É razoável o leitor se perguntar por que a Academia de Basking Ridge não se apressou a expulsar Skyler Rampike, e a razão é simples: Bix Rampike tinha pagado o valor considerável da anuidade e da hospedagem e alimentação do filho até 12 de junho de 2004, e não tinha nenhuma intenção de deixar que ele saísse antes da hora; ameaçou mover uma ação judicial pleiteando uma indenização enorme, e o diretor Shovell aquiesceu prontamente. (É que nem Betsey nem Bix Rampike queriam criar um lar para um adolescente cronicamente perturbado de 1,78m de altura, com tendências sociopáticas e possivelmente suicidas, e quem poderia censurá-los?) Posteriormente, Skyler seria reciclado para mais uma escola preparatória. Ou talvez tenha sido um centro de tratamento. Nessa ocasião, vasculhando as lojas em que tais publicações são vendidas, Skyler foi recompensado por fuçar no esgoto ao descobrir, numa edição de outubro de 2004 da revista *SleezeWatch Week*, uma fotografia instigantemente borrada, tida como tirada na Academia de Basking Ridge, da filha de Leander Harkness, Heidi, parada sob a proteção de um imenso carvalho de raízes expostas, nos braços apaixonados de um "homem não identificado", que se acreditava ser um dos professores dessa "exclusiva" escola preparatória, famosa por "servir" aos filhos e filhas dos ricaços caídos em desgraça. A foto era de Skyler e Heidi — provavelmente tirada às escondidas por um paparazzo audacioso, enquanto o casal adolescente, sem desconfiar de nada, se abraçava, beijava e trocava sussurros sob a neve suave que caía. Sem a menor vergonha, Skyler arrancou a página da *SleezeWatch Week*, sem pagar pela revista, e acalentou essa única fotografia dele e de Heidi Harkness por algum tempo, embora tenha acabado por perdê-la, como perdia a maioria das coisas.

VI

Peregrinação ao Inferno.
ida e volta

A CONVOCAÇÃO

VENHA, POR FAVOR!   REZO HÁ TANTO TEMPO
para nos reconciliarmos   querido
logo farei uma cirurgia   rezo para vê-lo antes disso
a mãe amorosa teve boas intenções   Skyler

Ele não tinha ido. Semanas antes, quando convocado por ela. E, mais recentemente, ela o convocara. Ele não tinha ido a seu encontro. Não tinha. Mas agora iria. Iria. Havia despertado de um sono pesado feito a morte, e agora: iria procurá-la.

E se fosse tarde demais, e se ela tivesse morrido? Ela dissera *cirurgia*. Essa palavra, e mais nada, e como uma faca ela o havia cortado, porque sua primeira ideia fora *câncer*.

Câncer tinha sido a ideia. E *morte*.

ELE TINHA PROMETIDO AO PASTOR BOB QUE IRIA AO ENCONTRO da mulher, ia procurá-la. Não a perdoaria, mas iria encontrá-la. E o pastor Bob lhe dissera: A força do homem se mede pelo grau em que ele é capaz de perdoar os que o feriram. O homem é fraco na medida em que não consegue perdoar. Com rudeza, Skyler tinha rido. Em pânico, Skyler ria. Tinha o hábito nervoso de enfiar a unha do polegar entre os dois dentes inferiores da frente, como que para separá-los. E disse: pastor Bob, dane-se o *perdão*, tá legal? Só estou tentando compreender o que seria preciso para perdoar. Minha busca é epistemológica,* mais do que

* Palavra classuda! Diz respeito ao "estudo ou teoria da natureza e das bases do conhecimento, especialmente com referência a seus limites e sua validade" (*Webster's Ninth New Collegiate Dictionary*). Mas o Skyler está certo em usá-la, pois não existe

moral. Minha busca é saber por que, aos 19 anos, eu estou tão ferrado de confuso que terei de ouvir daquela que me destruiu o que é que eu sei.

ELE NÃO HAVIA MOSTRADO AO PASTOR BOB NENHUMA DAS CARtas que a mãe lhe mandara. Não mostrara a carta recebida semanas antes, em janeiro, assinada *Da mãe que o ama, Mamãe.* Nem a segunda carta, datada do Dia dos Namorados. (E por que Dia dos Namorados? Nós sabemos, mamãe e Skyler!) Essas cartas, escritas em papel perfumado cor de pêssego, Skyler as tinha embrulhado em folhas de jornal, para impedir que o aroma penetrante chegasse a suas narinas sensíveis, e escondido numa prateleira do armário. Cartas em que ele mal dera uma olhada desde que as recebera, mas que não conseguia destruir. Como o pobre leitor poderá atestar, ele estivera empenhado em pôr os bofes para fora nestas páginas. Páginas cada vez mais horripilantes. Esgoto sem-vergonha de tabloide, estas páginas. É que Heidi Harkness tinha-lhe implorado que não escrevesse sobre ela e, no desespero de se livrar do veneno que havia em suas entranhas, ele a traiu. É que, ao escrever desse jeito sobre Heidi, Skyler descobriu que a ama. Que a traiu, que a ama. Que está doente de culpa por tê-la traído, e que a ama. *Heidi, se você estiver viva e ler estas palavras, me perdoe, Heidi.*

Debruçado sobre sua mesa de trabalho, sobre estas páginas dispersas, feito um pé deformado.

ESTA ÚLTIMA SEÇÃO DO MEU DOCUMENTO ARDUAMENTE CONquistado, que narra a quixotesca peregrinação de Skyler a Spring Hollow, no estado de Nova York, com certeza será muito mais curta do que as seções anteriores e levará ao fim a "épica" jornada do Skyler. Para os leitores que insistem em acreditar que a arte trágica traz a *katharsis* (gr.) — pelo menos a grande arte trágica —, acenarei para vocês com a esperança de que a *katharsis* seja alcançada nas páginas finais de *Minha irmã, meu amor.* Senão...

Leitor, não consigo encontrar ânimo para contemplar o *Senão.*

---

outra palavra tão apropriada quanto essa, do mesmo modo que, quando o Skyler diz que está tão ferrado que será preciso sua mãe lhe dizer o que ele já sabe, está essencialmente certo.

A ARCA

AGORA SKYLER TINHA DE SE APRESSAR! AGORA, CADA PULSAÇÃO de seu corpo latejava de exultação e pavor.

Ele correu/mancou uns 400 metros até A Arca, na avenida Hurtle. "A Arca" — a casa/reitoria do tamanho de um galpão em que o pastor Bob Fluchaus morava com uma equipe sempre mutável de ajudantes, voluntários da igreja, "familiares".

Skyler Rampike fora informado: *Você é da minha família, meu filho.*

Da rua, A Arca parecia um veleiro antigo, largado num terreno urbano. Era uma velha mansão dilapidada de três andares e inúmeros quartos, com telhados pontudos de ardósia, torrinhas vitorianas e uma fachada emoldurada por colunas, como um templo grego. A avenida Hurtle era um local de casas amplas e vistosas, agora com venezianas fechadas, abandonadas ou convertidas em apartamentos e pequenas empresas. Antes de Skyler conhecer o pastor Bob, alguns voluntários bem-intencionados da Nova Canaã tinham começado a pintar a reitoria, num gesto de boa vontade para com seu querido pastor, mas, ao secar, a tinta amarelo-narciso escolhida por eles para a casa assumira um tom mostarda, e por isso apenas a fachada fora pintada, enquanto as laterais e os fundos continuaram com o tom cinza-escuro original. Do púlpito, o pastor Bob havia declarado, com o seu jeito cômico/impassível: "Jesus se sentiria perfeitamente à vontade na Arca. 'A vida vale mais que o sustento, e o corpo, mais do que o traje.'"

Seu ministério, dizia o pastor Bob, era para todos os que precisavam de cura. "É assim que espero curar a mim mesmo."

O pastor Bob estava ao telefone, de pé em seu escritório, quando Skyler chegou, arfante, agitado e ansioso, para pedir emprestado um dos veículos da igreja para ir a Spring Hollow, Nova York. A primeira coisa que o pastor Bob disse foi:

— Talvez lhe convenha ter uma companhia na viagem, filho.

Era o jeito de o pastor da Igreja Evangélica Nova Canaã de Cristo Ressuscitado confrontar indivíduos agitados com a calma. Porque ali estava o seu jovem amigo Skyler Rampike, com ar de motorista apavorado num trampolim alto, prestes a se catapultar no espaço.

Skyler abanou a cabeça depressa, não. Não queria companhia.

Seu rosto ainda estava machucado, estranhamente inchado e descolorido. Dos pontos na sobrancelha esquerda e perto da boca brotava sangue. Fazia algum tempo que ele não tomava banho e seu corpo cheirava mal. Ele fizera a barba pela primeira vez em semanas e tinha o queixo ralado e salpicado de minúsculas gotas de sangue. Usava uma japona imunda, calças jeans e botas de combate. Seu cabelo prematuramente grisalho, espetado feito tufos de penas, ele havia umedecido e puxado para trás, prendendo-o de qualquer jeito na nuca num rabo de rato de quinze centímetros.

Procurando não gaguejar, Skyler começou:

— Eu tenho 19 anos, pastor Bob. Vou fazer 20 no mês que vem. Diabos, *não sou criança.*

O pastor Bob não era dado a sorrisos fáceis. Distribuía seus sorrisos com cuidado. E, quando o pastor Bob sorria de um certo jeito enviesado, um jeito de quem calculava, meditava, o tecido cicatricial de queimaduras do lado esquerdo do seu rosto brilhava feito escamas. Seus olhos grandes, límpidos e perpetuamente marejados brilhavam com algo parecido com simpatia, mas não credulidade. Por profissão, ele era um sujeito do tipo Cristo generoso renascido, mas, por natureza (diziam que Bob Fluchaus tinha sido sargento do exército dos Estados Unidos na década de 1980, depois guarda da Prisão Estadual de Rahway), estava fadado a rir de conversa mole. Como Skyler Rampike à sua frente, dizendo não ser criança.

— Filho, todos precisamos de companhia. Nas nossas horas de perigo.

Skyler mordeu o lábio inferior. *Filho porra nenhuma. Quem é que é filho?*

— Eu não estou em pe-perigo! São só algumas horas de estrada. O senhor sabe que pode confiar em mim, pastor Bob. O senhor disse que confia em mim.

Skyler fez uma pausa, ouvindo essas palavras: seriam verdadeiras?

— Eu tenho carteira e já dirigi a caminhonete. Posso dirigi-la agora.

Era fato. Por improvável que pareça ao leitor cético, que presumiu que, em New Brunswick, Skyler passava a maior parte do tempo enfurnado no seu pavoroso quarto de aluguel, compondo este documento errático e imprevisível, na verdade ele tinha tirado sua carteira de habilitação do estado de Nova Jersey, com a ajuda do pastor Bob, no verão anterior. Havia ajudado o pastor Bob de vez em quando. É que na Arca sempre havia trabalho por fazer, e eram quase sempre voluntários que o faziam. Skyler não tinha sido inteiramente de confiança, porque era dado a aparecer e desaparecer. Na vida do pastor Bob Fluchaus, como orientador voluntário da Clínica de Reabilitação Middlesex e como ministro da Igreja Evangélica Nova Canaã de Cristo Ressuscitado, esses aparecimentos e desaparecimentos abruptos não eram incomuns.

Às vezes, os desaparecimentos eram permanentes. De um dia para o outro, nunca se sabia.

Se (por exemplo), em desespero, Skyler Rampike se houvesse encharcado de fluido de isqueiro e riscado um fósforo, não fazia muito tempo, no parque gelado da cidade que dava para o rio Raritan. Um manequim em chamas, era isso que teria parecido para os espectadores atônitos, inflamado e espetacular, mas de curta duração, e os policiais de New Brunswick teriam entrado em contato com Bob Fluchaus, na Nova Canaã: *Lamento, pastor: parece que é mais um dos seus.*

Mais um dos fracassados ex-viciados do bom pastor, perdido.

Se! Mas não tinha acontecido, e agora o Skyler se sentia bem pra cacete por isso. *ARS* significa que você tem sempre o desafio de resistir ao seu destino por mais algum tempo.

Na reabilitação, Skyler falara com o pastor Bob sobre o seu diagnóstico de ARS, e muitos outros. Tinha confiado no pastor Bob num grau que não acreditaria possível, e às vezes se perguntava se dera demais com a língua nos dentes.

(Com a língua demais nos dentes? Tanto faz.)

(Mas o leitor sabe tanto sobre Skyler Rampike quanto fora dado a conhecer ao pastor Bob. E a falácia é que, quanto mais se conhece um indivíduo, menos se o conhece. Do mesmo jeito que, com o tanto que você sabe de si, leitor, menor é a sua certeza na hora de se resumir. Não é?)

Sem jeito, Skyler tentou fazer piada:

— O senhor reza por mim, pastor Bob? Para eu não chegar ta-ta-tarde demais na casa da mi-minha mãe.

Skyler deu um sorriso nauseado/gozador, num sinal para o homem mais velho e carrancudo de que com certeza não estava falando sério, não levava fé em rezar, pois *O que era a oração* senão indivíduos solenes e iludidos, falando com eles mesmos e esperando uma resposta?

O Skyler, não! O Skyler fazia sermões para si mesmo praticamente sem parar, mas não esperava resposta alguma.

Só que o pastor Bob não sorriu. Nunca sorria quando faziam essas piadas angustiadas, pois quem foi escolhido para seguir o caminho traçado por Jesus Cristo sabe que não se pode ajudar os feridos ambulantes, rindo com eles da possibilidade de que seus ferimentos sejam incuráveis. Especialmente os feridos que sabem disso e testam o sujeito continuamente.

— Não quer ligar primeiro para a sua mãe, Skyler? Eu o recomendaria.

O pastor Bob vasculhou uma gaveta, à procura das chaves da caminhonete. Skyler animou-se:

— Eu não sei o telefone da... — hesitou, sem saber como chamar a mulher que era ou fora, um dia, sua mãe: mãe? Betsey? — ... dela.

O pastor Bob praguejou de leve, remexendo a gaveta que continha numerosas chaves. Sua mesa de trabalho ficava no centro de um cômodo cavernoso que, em certa época, a julgar por um lustre cheio de manchas no teto, poderia ter sido uma sala de jantar formal de certas pretensões. O papel de parede recebera uma demão de tinta por cima, mas o teto era de estuque branco, com sancas lindas e intricadas. Uma janela saliente de três faces, que dava para a barulhenta avenida Hurtle, era composta por vitrais. No chão, o assoalho arranhado era de madeira de lei, sentindo falta de um tapete. O saguão de entrada era grande como tinha sido o da casa dos Grubbe, ou o da casa dos McGreety, só que sua mobília era utilitária e não havia espelho para nos cumprimentar.

— Pronto, filho — disse o pastor Bob, pondo as chaves na mesa, mas de um jeito tão provisório que Skyler compreendeu que elas seriam acompanhadas por alguma instrução. Bastava uma olhadela no pastor Bob Fluchaus para entender que ali estava um homem fadado a pregar o Evangelho. E o que era o Evangelho de Jesus Cristo senão a *boa-nova*? Até Skyler, que não conseguia acreditar em muita coisa além de 2 + 2 = 4, tinha que admitir que *Tudo é possível para aquele que crê.*

Pois Skyler vivia implorando ao pastor Bob, com olhares ansiosos: *Eu creio, Senhor! Ajuda a minha incredulidade.*

O pastor Bob explicou a Skyler que, como ele tinha procrastinado sua visita à mãe, era possível que, ao chegar lá, ela já houvesse feito a cirurgia e ainda estivesse no hospital; ou então, e Skyler deveria estar preparado para isto — Talvez a cirurgia não tenha corrido bem.

Skyler não escutou. Havia um zumbido em sua cabeça e ele não estava ouvindo muito do que o pastor Bob lhe dizia, exceto a reiteração *filho/Skyler*, que era a um tempo um irritante e um consolo para quem andara passando tanto tempo sozinho.

— Ou talvez as circunstâncias tenham mudado... e sua mãe não esteja em casa. É minha impressão que a Betsey Rampike é uma personalidade "pública" muito atarefada, que viaja bastante.

Skyler teve vontade de protestar: *Mas ela me convocou! Estará esperando por mim.*

Com obstinação infantil, ele disse:

— A última carta que a minha mãe me escreveu foi no dia 14 de fevereiro. Hoje é dia 20, então não faz tanto tempo.

— Filho, hoje são 27.

Vinte e sete! Skyler engoliu em seco.

— Como vê, você procrastinou. Ficou com medo.

Que droga, Skyler gostaria de surrupiar as chaves do carro de baixo da mão do mais velho, feito um filho adolescente audacioso, implicando/brincando com o papai carrancudo, mas Skyler tinha juízo. O pastor Bob podia brincar com a gente, mas a gente não podia brincar com o pastor Bob, exceto por ordem dele. O pastor Bob não hesitaria em achatar a mão do Skyler na mesa com um soco.

O pastor Bob era um homem grande e intimidante de 1,96m, peito largo e fornido e idade misteriosa — quarenta e tantos? cinquenta e poucos? mais que isso? —, com um jeito de respirar com força pela boca, como se as passagens nasais estivessem bloqueadas, e, aliás, seu nariz parecia meio achatado, castigado. Ele exalava um ar contrito e distinto. Sua cabeça, que parecia esculpida, fazia Skyler lembrar-se dos bustos romanos que vira num museu. O cabelo cinza grisalho era espetado feito cerdas de escova. A boca era marcante, cinzelada. Os olhos eram o que se chamaria de "penetrantes" — alertas, vorazes. A voz era um barítono grave e vibrante que mal precisava de amplificação no púlpito da igreja Nova Canaã, onde, em cadeiras dobráveis lotadas nos serviços de domingo, era comum se reunirem mais de oitocentas pessoas. Todo o lado esquerdo do seu rosto era coberto por camadas de um tecido cicatricial de queimaduras que lembrava escamas. A gente olhava fixo, fascinada. Não conseguia desviar os olhos. Na primeira vez que Skyler vira o pastor Bob, quando estava muito doente, havia fitado o homem devastado como faria uma criança, com rude ingenuidade, e o pastor Bob dera um risinho, dizendo: "Parece uma abóbora de Dia das Bruxas que pegou fogo, hein, filho? Quer passar a mão?"

De fato, Skyler tivera vontade de tocar a cara do homenzarrão, que parecia ter sido fervida. O pastor pegara a mão dele e a deslizara lentamente pelas escamas retorcidas/lisas e mornas, como se esse gesto fosse a coisa mais natural do mundo.

Tempos depois, Skyler viria a compreender que esse era um gesto que o pastor Bob fazia com frequência. Toda vez que alguém grudava os olhos nele. Havia nisso um quê de doce vaidade, uma certa presunção. Na clínica de reabilitação do condado, todo mundo tinha querido tocar a pele inflamada do pastor evangélico. Todos queriam ser "salvos" pelo pastor Bob. Ele era franco ao lhes confiar que certamente tivera vontade de morrer, durante muito tempo depois do acidente — embora tivesse havido outros motoristas envolvidos, o acidente na autoestrada de Nova Jersey era "dele" —, mas tinha acabado conseguindo aceitar a sua aparência. Fizera oito operações só no rosto, porque havia sofrido queimaduras de segundo e terceiro graus em trinta por cento do corpo, e o que lhe tinha restado, duas décadas depois, fora a sabedoria do Pavilhão de Queimados:

— "Um pouco de pele é muito melhor do que nenhuma." Assim como, nos assuntos da alma, um pouco de "alma" é muito melhor do que nenhuma.

Skyler se arrepiara. Essas palavras tinham mexido profundamente com ele. Na época, ele estava enfraquecido demais para dúvidas e ceticismo. Essas complexidades do espírito eram estafantes, numa ocasião como aquela. Quando você é um nadador quase afogado, afundado sob a superfície da água, e alguém lhe oferece um canudo para respirar — fininho, torto, prestes a se romper —, você respira.

E fica agradecido pra cacete. Não reclama da qualidade inferior do canudo de papel.

Ninguém se queixa do seu salvador. O sujeito adora seu salvador.

O pastor Bob estava dizendo que não era com a caminhonete Dodge que se preocupava; era Skyler que ele achava que não deveria dirigir sozinho naquele momento:

— Eu mesmo iria com você, só que há uma crise familiar com que tenho de lidar aqui, mas, se você puder esperar uma hora, talvez, acho que posso arrumar alguém para acompanhá-lo...

— O senhor acha que eu estou chapado, pastor Bob? Não confia em mim?

Havia uma expressão febril no rosto de Skyler, alguma coisa meio descasada nos olhos. Mas ele não estava usando drogas. O pastor Bob devia saber.

Entrou uma mulher chamada Miriam, para servir xícaras de café ao Skyler e ao pastor Bob, mas Skyler hesitou em levar o líquido fumegante à boca, quente demais, forte demais. A cafeína o deixaria ainda mais maluco do que ele já estava.

Skyler sentiu a boca seca, andara engolindo compulsivamente.

Deu uma olhada nas chaves da caminhonete, em cima da mesa. Queria muito agarrá-las e sair correndo.

Dezenove anos. Em poucas semanas, 20. E sua vida se reduzira a isto: um ex-viciado ferrado, implorando.

O pastor Bob estava falando:

— ... seu rosto, Skyler? Isso são pontos? Alguém o agrediu? Chutaram você? Esses ferimentos não parecem estar cicatrizando, filho. Se continuar a futucá-los com as unhas...

Skyler tocou o rosto, mortificado. Os dedos saíram úmidos: sangue?

— Deixe a Miriam dar uma olhada em você, Skyler. A Miriam é enfermeira.

— Pastor Bob, eu preciso ver a minha mãe. Tenho que vê-la já.

— Eu sei, filho. Mas não vai querer se colocar em perigo, nem a ela.

Nem a ela: o que queria dizer isso?

Será que o pastor Bob achava que o Skyler estava tão perturbado que poderia tentar ferir a mãe?

Que estranha eletricidade havia na Arca! Parecia a eletricidade da Igreja Nova Canaã (antes uma fábrica de comida enlatada, reformada como um imenso salão de reuniões), quando o pastor Bob vagueava irrequieto pela plataforma feericamente iluminada, falando em tom solene e urgente e fitando cada indivíduo em cada cadeira dobrável com seu olhar ardoroso e sombrio. Skyler nunca era páreo para aquilo. Tinha um medo danado daquilo. Mesmo tendo tomado pau na Basking Ridge — quer dizer, o malfadado "Sylvester Rampole" tinha levado pau —, ele havia aprendido na aula de química que, se a pessoa não estivesse suficientemente aterrada — ou era se estivesse aterrada? —, a eletricidade poderia atravessá-la e fazer seu coração parar num instante.

Carisma, é. O papaizão Bix Rampike também irradiava carisma, feito gotas de suor sacudidas da sua bela cabeça de papaizão.

O pastor Bob pôs a mão no ombro de Skyler. Para consolar, ou para cercear.

— "O vento sopra onde quer." Tudo bem. Mas deixe a Miriam cuidar de você, filho. E tome um banho antes de sair, e ponha uma roupa limpa. Podemos lhe arranjar roupa limpa. Você não pode ir ter com a sua mãe, na hora da aflição dela, com a aparência que está, filho. Você está com uma cara arrasada, e cheirando mal. Não pode mesmo fazer isso, filho.

Numa demonstração de confiança repentina, embora, muito provavelmente, o astuto pastor evangélico sentisse profunda desconfiança da situação e de sua cumplicidade nela, empurrou as chaves da caminhonete Dodge na direção de Skyler. Havia um telefone tocando e o pastor se virou para atender.

— Sim? Estou aqui.

Sua voz traiu uma leve exasperação, temperada por esperança. Skyler fez um sinal de *Obrigado!* Ao pegar as chaves, foi forçoso achar que saíra ganhando, apesar de ter tido que rastejar e implorar como qualquer filho suplicante.

Foi levado pela enfermeira Miriam, que o repreendeu por ter cutucado os pontos. Skyler e Miriam deviam se conhecer: ele não tinha prestado muita atenção à mulher nessa cena, do mesmo modo que eu, ao reescrever agora o diálogo, omiti de propósito outras pessoas que foram entrando e saindo ao fundo, como num filme muito amador ou de muitas veleidades artísticas; é que na Arca sempre havia gente, rostos familiares e rostos totalmente desconhecidos; havia até um cachorro que latia, nervoso, em algum lugar nos fundos da casa; telefones tocando, passos na escada, gritos de "Pastor Bob, o senhor tem um minuto?" — tudo coisas de que Skyler Rampike, que queria a atenção exclusivamente para si, ficava tão ressentido, que elas foram praticamente excluídas e desapareceram da minha memória.

Exceto a Miriam. Ali estava a Miriam, um dos membros da família "interna" do pastor Bob que morava na Arca, enquanto Skyler pertencia à família "externa". Muitas vezes, desde que saíra da reabilitação, Skyler tinha comido refeições preparadas pela Miriam e por outras, e havia ajudado na cozinha, sentindo-se grato por ser incluído. Apesar de toda a sua autoridade, Miriam também tinha jeito de ex-usuária de drogas. Aquele ar reservado no olhar, a ânsia de estar inteiramente presente *no momento*. Miriam era mais jovem do que Betsey Rampike, mas tinha o rosto mole e envelhecido como o de Betsey Rampike, e um corpo macio-deslizante-voluptuoso como o de Betsey Rampike, só que a Miriam, de calças de trabalho manchadas, camisa masculina de flanela por cima da camiseta e lenço amarrado na cabeça, de jeito nenhum era glamorosa como a sensual mamãe Betsey Rampike. Mesmo assim, seus olhos grudaram-se no garoto desengonçado, em final de adolescência, com uma intimidade de bronca materna:

— Olhe só para esses pontos! Foi sorte não terem infeccionado, do jeito que você andou futucando tudo com as unhas sujas.

Em sua carreira de garoto amalucado/doente, Skyler tinha passado a acreditar que a maioria das doenças era de causa psíquica: psicossomática. O que *era* exatamente uma infecção? Uma coisa no sangue, como uma invasão? Uma infecção podia ser fatal?

Envergonhado, foi obrigado a se sentar junto de uma pia. Com gestos hábeis, Miriam tirou os pontos pavorosos com uma tesourinha. Foi um tormento de coceiras violentas, e Skyler teria cravado as unhas em tudo, só que Miriam segurou suas mãos:

— Não! Pode parar.

Miriam lavou-lhe o rosto, que latejava como se estivesse febril, com água morna; aplicou nos ferimentos *Antisséptico Estéril de Álcool Isopropílico a 70% para Primeiros Socorros*, depois os cobriu com *band-aids* de formatos estranhos e de um branco chamativo. Num espelho, Skyler espantou-se consigo mesmo, chocado: esse era *ele*?

— Reze para o seu rosto sarar sem cicatrizes. Procure ficar com as mãos *longe* dele.

Em seguida, Skyler tomou banho. Era a primeira vez em muitos dias, vergonhoso de admitir. Sem desfazer o rabo de rato, conseguiu passar xampu no cabelo desgrenhado. Como era bom se lavar, ficar embaixo do jato forte do chuveiro de olhos fechados, zonzo de gratidão. Ele adorava o pastor Bob, que o havia tratado com enorme bondade. Chegava quase a adorar a Miriam, que lavara seus ferimentos com tanta ternura. Dentre os grandes arquétipos de que parece se compor a nossa vida espiritual, o do Pai-Filho/Mãe-Filho estava em toda parte. Ao irromper pela Arca nessa manhã, com a sua habitual falta de visão, como um nadador ingênuo mergulhando numa onda de três metros, Skyler não poderia ter previsto um final feliz.

Eis o que aprendi com o esforço de redigir este documento: nem todas as ocasiões "simbólicas" são inventadas. Algumas brotam naturalmente da "vida".

À espera de Skyler depois do banho estavam peças de roupa recém-lavadas: uma camiseta de algodão largona, cuecas, calças marrons que ficavam largas demais na cintura e curtas demais nas pernas, uma camisa de flanela de lã do pastor Bob e meias grossas de lã branca.

Na cozinha, Miriam insistiu em prover o Skyler de um lanche leve para a viagem, já que ele não tinha querido tomar o café da manhã na Arca; empurrou-lhe uma garrafa térmica cheia de suco de laranja fresquinho. Como se o Skyler fosse dirigir mil e seiscentos quilômetros, e não menos de cento e sessenta. Ele gaguejou um agradecimento. Veio-lhe uma ânsia repentina de pegar e beijar a mão da mulher.

Miriam não sabia quem ele era. Só o pastor Bob sabia. O segredo de Skyler estava seguro com o pastor Bob. Ele acreditava nisso.

Amo amo amo vocês todos! Um dia saberei como demonstrá-lo.

Mas onde estava o pastor Bob? Não estava no escritório? Skyler havia esperado que o ministro ainda estivesse por ali para se despedir dele e alertá-lo a dirigir com cuidado, mas o pastor tinha partido para a sua crise matinal. Miriam levou Skyler pela reitoria até uma porta nos fundos, que dava para a garagem onde fora estacionada a velha e surrada caminhonete Dodge 2001. Nas laterais, grafados à mão em tinta cor de bronze, os dizeres: IGREJA EVANGÉLICA NOVA CANAÃ DE CRISTO RESSUSCITADO.

— Skyler, nós amamos você. Que Jesus o acompanhe.

QUEDA LIVRE

— EU CREIO, SENHOR! AJUDA A MINHA INCREDULIDADE!

Skyler dirigiu. Pela I-95, ele dirigiu. Segurando o volante da velha e surrada caminhonete Dodge, ele dirigiu. Pela faixa da direita, na trovejante autoestrada, ele dirigiu. Dirigiu a não mais que o limite de velocidade, enquanto caminhões de 18 pneus ultrapassavam seu veículo e o deixavam para trás, em nuvens desdenhosas de fumaça tóxica do cano de descarga. Ele estava dirigindo! Dirigiu bravamente, com os dentes trincados. Dirigiu empertigado ao volante, como o motorista de um veículo militar carregado de explosivos. Mas dirigiu sem medo! Com determinação e concentração. Dirigiu pelo luminoso dia de vento e inverno adentro. Dirigiu para um luminoso dia de inverno e vento de um mês/ano que seria incapaz de precisar. *Filho, hoje são 27. Filho, você não vai querer se colocar em perigo, nem a ela*. Skyler dirigiu para o ofuscante sol de inverno que se refletia no cromo dos veículos em disparada. Dirigiu sob um céu fantástico de brancas nuvens altas e deslizantes, mais lindas que qualquer outra que ele já tivesse visto, exceto na parte interna das próprias pálpebras, enquanto Heidi Harkness dava risinhos e se remexia em seus musculosos braços de garoto, depois de ingerir uns grãos granulosos de uma coisa de nome esquisito, o alucinógeno *foxy methoxy*, que sua garota tinha contrabandeado de uma quinta-feira em Manhattan, mas para que pensar nisso agora, agora era tarde demais. Com ar lúgubre, ele dirigiu. Imperturbável, dirigiu. Não pensar em Heidi Harkness e não pensar em Elyot Grubbe exigiu uma enorme concentração enquanto ele dirigia. Aos 19 anos, 11 meses e 3 semanas de idade, Skyler dirigiu. Dirigiu sem esperança de viver até o vigésimo aniversário. Dirigiu sem esperança de algum dia compreender sua vida. Dirigiu, já então ligeiramente curvado para a frente, como quem se agarrasse ao volante. Dirigiu apertando com força o volante da caminhonete Dodge do pastor Bob, com as duas mãos, mãos com grandes nós dos dedos, como se esperasse que o volante desse uma guinada súbita e catapultasse a caminhonete desajeitada e chacoalhante, decorada com os dizeres IGREJA EVANGÉLICA NOVA CANAÃ DE CRISTO RESSUSCITADO, por cima da mureta divisória de concreto, jogando-a no sentido inverso do tráfego e num vazio envolto em chamas. Skyler dirigiu, pensando: *Podia ser muito rápido.* Dirigiu pensando: *Com a sorte do Skyler, não seria rápido.* Dirigiu ouvindo a voz ríspida da avó Rampike: *Vai ficar aleijado? Vai mancar pelo resto da vida?* Dirigiu com lentidão exasperante, na faixa da direita, porque não era um motorista seguro. Dirigiu a menos de 100 quilômetros por hora, porque acima dessa velocidade a caminhonete começava a sacudir e estremecer. Passou pela saída para EDISON, e na mesma hora seu cérebro (hipocampo?) começou a lançar faíscas de Lembrança Recalcada,* bloqueada num instante. Passou por EDISON e passou por METUCHEN. Passou por saídas líricas de Nova Jersey, como RAHWAY,** ELIZABETH, NEWARK, AEROPORTO DE NEWARK, UNION CITY, WEEHAWKEN e HACKENSACK. Dirigiu com uma angústia crescente, sem saber por quê. Dirigiu recordando a primeira vez que havia comparecido ao ofício religioso da Igreja Evangélica Nova Canaã de Cristo Ressuscitado, a convite do pastor Bob, e como ficara hipnotizado pelo sermão do pastor para a congregação de raças e idades mistas sobre "a eterna boa-nova" do Evangelho. Dirigiu lembrando o rosto do pastor Bob, cheio de cicatrizes de queimadura e escamas esquisitas, e sua voz grave de barítono. Admirado com os olhos argutos/bondosos do homem, que pareciam destacar cada indivíduo no salão, Skyler dirigiu. Dirigiu relembrando sua convicção: *É isto, meu lugar é aqui.* Dirigiu tornando a ouvir a voz do pastor, que ecoava como depois de um sonho poderoso: "Eu, que sou a luz, vim ao mundo para que todo aquele que crê em mim não permaneça nas trevas." Dirigiu enxugando as lágrimas dos olhos. Dirigiu sem esperança e no entanto

---

* Lembra-se? Skyler não quis recordar quanto tempo fazia que Bix Rampike lhe prometera, com ar displicente, levá-lo para visitar o Museu Thomas Edison que ficava lá.
** *EDISON* tinha suscitado vagas sensações de mágoa, perda, abandono; *RAHWAY* o fez lembrar de Gunther Ruscha, que cumprira uma breve sentença de prisão na Unidade de Criminosos Sexuais do Presídio Estadual Masculino de Rahway. (Não admira que, logo depois, Skyler tenha errado o caminho de uma saída crucial da autoestrada.)

— com quanta esperança! Viu a placa PONTE GEORGE WASHINGTON 3 KM e dirigiu, começando a transpirar nas roupas de caimento esquisito. Dirigiu começando a pensar: sim, provavelmente esta viagem tinha sido um erro. Viajar sem ter primeiro ligado para a mãe, como o pastor Bob havia sugerido. Mas dirigiu meio convencido de que a veria, não poderiam impedi-lo de vê-la, pois ela chamara *a ele*. Ouviu sua voz atrapalhada: "M-mãe, lembra-se de mim? Eu sou o Sk-Skyler", e dirigiu. Ensaiando as palavras que diria se um estranho o recebesse à porta da ladeira das Magnólias nº 9, em Spring Hollow, Nova York: "Eu sou Sk-Skyler Rampike. Sou o fi-filho de B-Betsey Rampike." Dirigiu sem conseguir lembrar-se da última vez que vira a mãe. Não a Mamãe Televisiva, mas a da vida real. Fazia dois anos? Três? Na vida de um adolescente, três anos são muito tempo, porque a adolescência em si é infinita. Depois da Mamãe Televisiva e do rompimento com Heidi Harkness, Skyler não suportava pensar em sua mãe e se recusara a receber qualquer telefonema dela; mesmo ao ser chamado ao gabinete do diretor Shovell para receber esse telefonema, ele se recusara, *Não! Não posso, nunca, eu a odeio!*, e agora ia dirigindo e recordando com vergonha essas palavras raivosas, pois então o pastor Bob não o alertara? *Devemos perdoar aqueles que nos feriram, Skyler, para que o nosso ódio não se transforme em veneno em nossas entranhas.*

Distraído com essas ideias, ele se perdeu no caminho. Por um momento confuso, perdeu-se no caminho. Ao vislumbrar uma placa de saída para a PONTE GEORGE WASHINGTON, ele saíra impulsivamente e, tarde demais, descobriu que havia cometido um erro; não tinha ideia do que fizera de errado, mas fora um erro, porque agora ele se dirigia não à ponte, mas a FORT LEE, Nova Jersey. E então, abruptamente, no trânsito lento e engarrafado, movendo-se com o peristaltismo arrastado de um cólon obstruído, sua velocidade reduziu-se a 8 quilômetros por hora. No alto, o céu estava engasgado com nuvens semelhantes a tumores distendidos/descoloridos. Pilhas pesadas de cúmulos, nuvens de chuva, nuvens de merda em formato de explosões de bomba de hidrogênio. Como é que tinha acontecido que Skyler, tão ansioso para chegar a Spring Hollow, Nova York, perdesse a entrada da Ponte George Washington? Como era possível "perder" uma estrutura tão gigantesca/magistral como a Ponte George Washington? No entanto, nem do "nível superior" nem do "nível inferior" ele podia aproximar-se, porque estava perdido em Fort Lee, Nova Jersey: um labirinto/sumidouro de rato, feito de ruas estreitas, de mão única, sem saída e em obras. Ele nunca chegaria a Spring Hollow! Nunca chegaria a seu destino! Começou a chorar em roucos soluços guturais, como que engasgado. Começou a xingar — "Porra! Porra! *Porra!*" — porque não havia ninguém a quem culpar, exceto o próprio Skyler, sua própria estupidez e azar, que não passa de uma forma de estupidez, mas ele não tinha alternativa senão prosseguir, tinha? Assim como a banda de Moebius não tinha alternativa senão girar sem parar, não é? Num lento rastejar de trânsito cheio da fumaça dos canos de descarga, na rua North Syke, em Fort Lee, Nova Jersey...

POBRE SKYLER! FRUSTRADO A MEIO CAMINHO EM SUA VIAGEM para Spring Hollow, Nova York, e, pelo que nos consta, talvez nunca chegasse lá. Enquanto Skyler está perdido no meio do trajeto em Fort Lee, Nova Jersey, podemos usar essa parada na narrativa para apresentar uma miscelânea de dados de manejo difícil demais para serem "inseridos" nos capítulos anteriores.

Por exemplo, ao longo de todo este documento aparentemente sincero, Skyler foi propositalmente reticente a respeito de suas relações com os pais. O leitor desavisado pensaria, a julgar por "Adeus, primeiro amor!", que Bix e Betsey raramente faziam alguma tentativa de entrar em contato com seu filho problemático, a quem teriam mais ou menos abandonado em instalações psiquiátricas e escolas preparatórias "de segurança máxima"; a verdade é que Betsey telefonava para Skyler de vez em quando na Academia de Basking Ridge, se não a Betsey em pessoa, uma de suas assistentes animadas da Emanações do Céu, deixando recados para que Skyler por favor ligasse de volta. (O que ele nunca fazia.) Pouco antes de Betsey aparecer no programa de Randy Riley, primeira etapa da turnê de Betsey Rampike por vinte cidades para promover seu novo livro de memórias, *Do inferno ao paraíso: 11 passos para os que têm fé*, o sócio na Emanações do Céu/assessor financeiro/parceiro romântico de Betsey, Nathan Kissler, deu vários telefonemas urgentes para Skyler, na esperança de se apresentar por telefone ao filho da Betsey, sobre quem ouvira numerosas coisas perturbadoras, mas é claro que Skyler não havia retribuído esses telefonemas. O Sr. Kissler tinha lhe mandado um e-mail extenso e cuidadosamente escrito, para lhe explicar seu papel na vida da mãe do Skyler como o "amigo e assessor mais íntimo" dela; esse e-mail fora efetivamente recebido por Skyler, lido superficialmente e com sarcasmo e apagado em segundos, como quem apagasse uma propaganda obscena da tela do computador. O pobre Sr. Kissler, profundamente apaixonado por Betsey Rampike e decidido a ser "uma espécie de pai" para o filho problemático da amada, enviou a Skyler uma cópia impressa desse e-mail, como carta registrada; ele a aceitou, imaginando que o envelope contivesse um cheque de Betsey, e, ao ver que não o continha, rasgou a carta sincera, numa típica *escolha* adolescente.

O que eu podia fazer, leitor? Creia-me, se eu houvesse introduzido esse material inquietante na melancólica história de amor de Skyler Rampike e Heidi Harkness, exilados adolescentes do Inferno dos Tabloides que, por um breve e encantado período, "encontraram um ao outro" na Academia de Basking Ridge, o resultado seria tão chocante, digamos, quanto uma súbita irrupção de John Philip Sousa nas etéreas meditações musicais do estoniano Arvo Pärt. Todos vocês o detestariam, e os revisores censurariam selvagemente uma mudança de tom tão flagrante, em completa violação da unidade aristotélica.

Outra omissão de "Adeus, primeiro amor!" foi o silêncio do Skyler sobre a questão das finanças: quem pagava escolas particulares tão exorbitantemente caras quanto a Academia de Basking Ridge* para o arredio Skyler; quem pagava pelos remédios exorbitantemente caros do Skyler, a maioria dos quais, desrespeitando as ordens médicas, ele se recusava a tomar, ou — será que isso choca os leitores? — vendia para colegas residentes no Velho Claghorne que sentiam necessidade de se automedicar em qualquer oportunidade. (O leitor se chocará ao saber que Skyler vendia regularmente o potente antidepressivo Zilich a um garoto do seu andar, um garoto tão debilitado em termos físicos e psíquicos, que o diagnóstico de ARS poderia estar marcado a ferro em sua testa; desse "filho colateral" — como eram chamados os descendentes de figuras públicas desonradas, tanto por eles mesmos quanto por outras pessoas da Basking Ridge — Skyler chegava a tirar até cem dólares

---

* A anuidade, hospedagem e alimentação e outras taxas da Basking Ridge, na época em que Skyler esteve encarcerado lá, eram de aproximadamente 65 mil dólares pelo ano letivo completo. Compare-se esse valor com os 40-45 mil de veneráveis universidades da Ivy League, como Princeton, Harvard e Yale, e de prestigiosas faculdades de ciências humanas, como Swarthmore, Williams e outras.

por semana, e sentia pouca ou nenhuma culpa quando o guri tomava uma superdose, de propósito ou por acidente, e era retirado da escola às pressas, tal como Heidi Harkness viria a ser retirada, algumas semanas depois. Mas você não ouviu do Skyler a menor sugestão desse episódio vergonhoso, certo?)

Apesar de raras vezes Skyler se vestir senão com desleixo na Basking Ridge, de só tomar banhos esporádicos e de usar as mesmas roupas ensebadas por dias a fio, o leitor deve ficar sabendo que seus pais, especialmente Betsey, forneciam-lhe uma generosa "mesada para roupas e despesas"; nem ela nem Bix jamais se esqueciam do aniversário de Skyler, em março, e mandavam seus assistentes comprarem para ele cartões adequados de *feliz aniversário, filho*, os quais assinavam *com amor*, para acompanhar os presentes: de Betsey, em geral um suéter caro de tricô, e de Bix, alguma coisa relacionada com o esporte, como, por exemplo, uma fabulosa luva de beisebol de couro genuíno, ou um bastão de hóquei do Canuck Red-Eye, com as iniciais de Skyler entalhadas na madeira. Quando Skyler se afastou das aulas na Basking Ridge, como vimos, Bix insistiu em que ele continuasse na escola, na esperança de que pudesse "deixar aquilo para lá" e se "recuperar"; quando o filho não se recuperou, e talvez tenha até piorado, Bix ligou várias vezes, pessoalmente, e deixou recados para Skyler com a voz grave: "Skyler, o diretor Shovell andou me dizendo umas coisas muito inquietantes sobre o seu comportamento aí, e quero deixar registrada a minha profunda decepção por você me desapontar mais uma vez, filho. Ele disse que você se envolveu com uma garota aí, a filha do Leander Harkness!... e que essa garota 'gravemente perturbada' tentou se matar, e que parece ter havido drogas nessa história. A sua terapeuta daí disse que você parou de ir às consultas, mas eu continuo a receber a conta. É melhor você responder a este telefonema, Skyler. Talvez você possa manipular a sua mãe, que é crédula, mas não vai dar para pregar as suas peças de garoto doente da cabeça no seu pai, entendeu? *Quid pro quod*!"

Outra omissão no relato do Skyler sobre o seu ano na Basking Ridge teve a ver com a natureza exata de sua relação com Elyot Grubbe, ou melhor, da relação de Elyot Grubbe com ele. É que, com o correr das semanas, deve ter ficado dolorosamente claro que, enquanto Skyler pensava em Elyot, com ar condescendente, como um simples amigo, Elyot pensava em Skyler como algo mais que um amigo; só um homofóbico pedante poderia ter deixado de entender os sorrisos tímidos e o ar apaixonado de Elyot, que ele tentava disfarçar, de maneira não muito convincente, ouvindo música obsessivamente nos fones de ouvido. Por isso, foi um gesto rude e cruel de Skyler introduzir Heidi Harkness no cenário, como que para exibir a namorada ao pobre Elyot e exibir também o fato de que, ao contrário deste, Skyler Rampike, por trás de sua esquisitice, era *um cara normal*.

Pobre Elyot Grubbe, com seu QI de 159 e destinado à faculdade de medicina de Harvard, transformado em observador infeliz dos dois adolescentes enamorados — Skyler e Heidi, tão visivelmente de mãos dadas, trocando cochichos e beijos, o casal mais insolentemente sem graça de todos, e os dois, para tristeza de Elyot, muito altos —, bem no meio do que o leitor de cuca fresca e com um pendor para o galicismo terá reconhecido imediatamente como uma *folie a deus*!* Pior que isso, como vimos, o Elyot também parecia ter se apaixonado pela Heidi Harkness. (Por sorte, não se desenvolveu uma *folie atrás*. O Skyler cuidou disso.) Não é de admirar que, finalmente, depois do colapso da Heidi, Elyot tenha reagido contra seu amigo egoísta e insuportável — que, embora fosse seu mais antigo companheiro dos idílicos tempos de Fair Hills antes do trauma, frequentemente cheirava mal e tinha mau hálito —, e que lhe tenha escrito um bilhetinho frio, com o qual pôs fim à amizade.

Como me orgulhei do Elyot Grubbe naquele momento! Eu não tinha previsto aquilo, mas caiu como uma luva. Atormentado pela culpa, Skyler teve exatamente o que merecia naquela resposta sucinta.

E tudo isso escapou até mesmo à atenção dos leitores argutos, não foi? Sabe por quê?

Por exemplo, nenhum de vocês teve perspicácia suficiente para notar que, num momento bobo de ternura, coisa típica de adolescentes, Heidi Harkness divertiu Skyler Rampike desengatando de brincadeira uma "coroa" perolada dos seus incisivos encantadoramente tortos: "Viu? A minha mãe queria que o meu sorriso fosse 'perfeito'... e então, ele é?"

Skyler riu e caiu em cima dela para beijá-la.**

---

* *Folie a deus*, uma dessas misteriosas expressões francesas que se aplicam com perfeita precisão a outras pessoas, mas nunca ao próprio sujeito. Por quê?

** Na verdade, naquele momento Skyler ficou tão mexido com uma lembrança recalcada, que se apressou a beijar a namorada, para disfarçar a emoção. E ele também não

Mas nenhum leitor reparou nesse incidentezinho bobo e meigo porque Skyler não o narrou. Na verdade, a maior parte do que Skyler vivenciou e continua a vivenciar desde dezembro de 1991, a começar pelo capítulo "No começo" ("No começo — faz muito tempo! — não havia Bliss"), ficou fora deste documento. A maior parte da vida do Skyler não foi registrada e se perdeu, como se perde a vida de todos nós. E muito pior é a situação quando, como o pobre Skyler, o narrador parece trancado numa consciência permanentemente sitiada pelo que S. Freud chamou, com muita propriedade, de o *in*consciente.

Pois o Skyler não sabe tudo o que os seus neurônios sabem, e vocês, que são leitores do Skyler, só podem saber o que ele opta por lhes contar. Embora eu, presumivelmente, seja o "autor", também eu só sei o que o Skyler consegue me contar.

Por exemplo, ele deixou repetidamente de registrar a miríade de consequências — jurídicas, pessoais — da morte de sua irmã. Em sua maior parte, as complicações legais não o envolveram diretamente porque, é claro, Skyler era menor na época. Ele aludiu de forma arisca à cobertura grosseira do Inferno dos Tabloides, que manteve a imagem glamorosa/desamparada de Bliss Rampike sob os olhos do público, assim como manteve Bix e Betsey Rampike na berlinda, mas as publicações e veículos de comunicação decentes/convencionais também voltaram sua atenção esporádica para o caso Bliss Rampike, como ele veio a ser conhecido. Não um, mas dois júris de acusação foram convocados no condado de Morris para investigar todos os aspectos do controvertido caso, que havia chegado a uma espécie de impasse prematuro quando da morte repentina do principal suspeito, Gunther Ruscha, e se arrastaram na jurisdição do antigo promotor público Howard O'Stryker, conhecido no meio jurídico por sua relutância em levar processos penais a julgamento, a menos que tivesse absoluta certeza de vencer. Sucumbindo à pressão do público e do procurador-geral do estado de Nova Jersey, o Sr. O'Stryker finalmente convocou um segundo júri de acusação, no outono de 2002, o qual se reuniu durante

---

vai registrar esse incidente neste documento, já que, ao espelhar tão estranhamente um gesto parecido, feito anos antes pela Bliss Rampike, o gesto da Heidi poderia afigurar-se, aos olhos do teórico literário mais *ô curante*, muito transparentemente "simbólico" para ser convincente. (Nem todos os eventos que de fato acontecem podem ser levados a parecer "reais" na prosa.)

três meses, a intervalos regulares e em absoluto sigilo; uma sucessão de testemunhas foi chamada a depor — policiais de Fair Hills; os detetives Sledge e Slugg (já aposentado), responsáveis pela investigação original; peritos criminais locais/estaduais/do FBI; peritos em crimes sexuais e de pedofilia; o sepulcral Dr. Elyse ("De todas as vítimas infantis de homicídio na minha carreira de médico-legista, é Bliss Rampike que continua a me obcecar. Meu medo é que eu morra antes que se encontre o assassino daquela pobre criança"); numerosos indivíduos associados a Gunther Ruscha (terapeutas, guardas presidiários, outros prisioneiros de Rahway, o agente da condicional, parentes, vizinhos etc.); vizinhos, conhecidos, amigos e ex-empregados dos Rampike em Fair Hills, bem como seus companheiros da Igreja da Trindade e muitos outros —, mas não, ironicamente, Bix e Betsey Rampike, pois o Sr. Kruk, seu advogado sempre atento, conseguiu barrar todas as solicitações de entrevistas com seus clientes, os quais, àquela altura, tinham se mudado de Nova Jersey. Como nenhum indício físico nem qualquer testemunha jamais colocou nenhum dos Rampike adultos na cena efetiva do crime, era impossível expedir citações judiciais para forçar o casal a cooperar com o júri de acusação; e tampouco se entregou uma intimação a Skyler Rampike, representado por um advogado de sobrenome Crampf, que era sócio do escritório de advocacia de Kruk. É possível que a maioria dos jurados tenha acreditado que Gunther Ruscha, que havia confessado o crime, dissera a verdade em sua confissão, mas, como afirmaram os peritos criminais, não havia nenhuma prova física que ligasse Ruscha à cena do crime, ou sequer ao interior da casa dos Rampike, e não houve testemunhas que atestassem tê-lo visto naquela noite. E assim, em dezembro de 2002, o segundo júri de acusação do já famigerado caso Bliss Rampike foi dispensado pelo promotor do condado de Morris, sem formular uma única denúncia formal e sem estabelecer que Gunther Ruscha fora o assassino.*

* Os leitores talvez fiquem intrigados ou enojados ao saberem que pelo menos mais um indivíduo, também um "criminoso sexual condenado" que residia em Nova Jersey, havia confessado o assassinato de Bliss Rampike àquela altura. Quem era ele, com que seriedade a polícia de Fair Hills tratou a afirmação desse psicopata, ou se outras teorias sobre "intrusos" foram investigadas pela polícia, de nada disso Skyler soube nem quis saber.

Na mídia, particularmente nos tabloides e na televisão, essa segunda impossibilidade de um júri de acusação chegar a qualquer conclusão no caso Bliss Rampike foi recebida com mal disfarçada zombaria, ou, como no *New York Post*, com franco achincalhe, como nesta manchete de primeira página:

DO JÚRI DE ACUSAÇÃO DE N.J. PARA BLISS: "NÃO PODEMOS AJUDÁ-LA"

Em sua defesa, convém dizer que o Skyler teve apenas vaga consciência do júri de acusação, visto que, internado num ou noutro centro de tratamento na época, ele mal tinha consciência do mundo das "notícias".

Mais misteriosamente, Skyler não incluiu em "Adeus, primeiro amor!" o seguinte episódio enigmático:

Numa tarde de novembro de 2003, no meio da aula de matemática do quinto período, chegou um chamado para que ele comparecesse imediatamente ao gabinete do diretor Shovell, onde, para sua surpresa, um homem de meia-idade que lhe parecia vagamente familiar, talvez um dos amigos das partidas de golfe, tênis ou squash de Bix Rampike, cumprimentou-o com um sorriso e um vigoroso aperto de mão:

— Skyler! Estou vendo que você cresceu. Já faz algum tempo... seis anos e quatro meses, para ser exato, mas espero que você se lembre de mim: seu advogado, Craig Crampf.

O advogado de Skyler! O adolescente não pensara uma só vez em Crampf nos anos decorridos desde então. Para ele, foi um choque que Crampf ainda parecesse estar trabalhando sob contrato para Bix Rampike, no papel de "advogado do Skyler".

Antes que Skyler pudesse perguntar por que Crampf estava na Basking Ridge, outro homem deu um passo à frente e se apresentou:

— Hal Ransom, detetive-chefe do Departamento de Polícia de Fair Hills.

O Sr. Ransom explicou ter sido designado em data recente para o caso Bliss Rampike, que estava sendo reaberto mais uma vez, e tinha umas perguntas para fazer a Skyler, o que não lhe tomaria muito tempo. Skyler, começando a se amedrontar, murmurou algo parecido com *está bem, eu acho*, e deu uma olhadela em Crampf, que lhe respondeu com um sorriso consolador. Shovell desapareceu discretamente e Skyler e os dois homens sentaram-se a uma mesa de mogno polido. Na febril vida adolescente de Skyler, essa era uma época em que ele estava deslumbrado com Heidi Harkness, sua primeira namorada, mas todos os pensamentos ligados a ela sumiram de sua cabeça feito água escoando por um ralo. Skyler lembrou-se da advertência da mãe: *Nunca fale disso, nunca, com ninguém, nem mesmo Jesus. Não fale.* A entrevista durou uns 40 minutos, talvez, durante os quais Random lhe fez uma sucessão de perguntas ("O que você recorda da noite da morte de sua irmã?", "Quando foi a última vez que você viu sua irmã viva?", "Qual foi a última coisa que a sua irmã lhe disse?") e, quando Skyler ia abrindo a boca para falar, quem sabe para gaguejar *na-na ve-verdade, eu na-não me lembro de mu-muita coisa*, o astuto Sr. Crampf dizia "Detetive, o meu cliente abstém-se de responder". Por diversas vezes, Skyler sentiu aguda ânsia de falar, como a ânsia de dar um espirro, mas o astuto Crampf interveio prontamente, com a desenvoltura de um jogador de pingue-pongue que sempre supera o adversário, por mais rápido que este seja, dizendo: "Detetive, o meu cliente abstém-se de responder." Um vago rubor de indignação surgiu no rosto do detetive, embora ele não se mostrasse muito surpreso. Ao final de 40 minutos, ele entregou a Skyler seu cartão, o qual, num gesto que talvez parecesse grosseiro num indivíduo menos distinto, Crampf retirou da mão de Skyler, com o comentário "Obrigado, detetive. Até logo". Apesar de quase não ter falado durante a entrevista, Skyler mal conseguiu levantar-se da cadeira, de tão esgotado. Foi como forçar-se a levantar de uma esteira com estampa de couro de cobra em que se houvesse caído na academia, com força. Muita força.

— Filho — disse Crampf, agora em clima gentil, pondo a mão no ombro de Skyler, num gesto que deveria ter-lhe recordado o pai, só que a lembrança se desviou e se perdeu —, ... lembre-se: ninguém pode tocá-lo. "Você tem o direito de permanecer calado", essa é a pedra angular da justiça neste país.

E o que acha o leitor desse interlúdio? Estaria Skyler, aos 16 anos, sendo investigado como suspeito do assassinato da irmã? Ou será que a intenção era que ele depusesse como testemunha, uma testemunha capaz de apontar o assassino?

Tanto faz. O melhor remédio era tirar isso da memória. Quando ele se encontrou com Heidi Harkness naquela noite, na Toll House, já tinha esquecido inteiramente o episódio.

* * *

NESSA NOITE, DEBATENDO-SE E GEMENDO ENTRE OS LENÇÓIS suados/malcheirosos/manchados de sêmen, que não eram trocados já fazia uma semana, Skyler sentiu o afago reconfortante da mãe e ouviu sua advertência delicada, mas urgente, como a letra de um hino secreto: *Nunca fale disso, nunca, com ninguém, nem mesmo Jesus. Não fale.*

E ONDE ESTÁ O SKYLER? NÃO MAIS EM FORT LEE, NOVA JERSEY, mas... aproximando-se de Spring Hollow, em Nova York? Leitor, por essa eu não esperava!

Enquanto eu me preocupava, todo atarefado, em lhe fornecer informações (cruciais) como pano de fundo, parece que meu intrépido herói adolescente sumiu do primeiro plano desta narrativa, sem que eu notasse.

— Meu no-nome é Sk-Skyler Rampike. Vim ver minha...

De algum modo, francamente não imagino como, Skyler conseguiu descobrir em poucos minutos um saída da rua N. Syke, em Fort Lee, reencontrar o caminho para a trovejante I-95 e, no "nível superior", atravessar a ponte George Washington como motorista pela primeira vez na vida. (Coisa da qual, como um garoto inseguro, Skyler deveria ter imenso orgulho, só que, em seu tenso estado de nervos, com a boca seca feito cinza e o coração apertado como um punho, o orgulho ficava fora do seu alcance.) (Além disso, enquanto fazia a travessia na faixa da direita, ele não se atreveu a olhar para um lado nem para outro, e teve tão pouca consciência de estar cruzando o majestoso rio Hudson quanto teria de atravessar um vale de lixo.) De maneira igualmente inesperada, Skyler conseguiu, no lado nova-iorquino do rio, não estragar tudo de novo e pegar a saída errada, como você esperaria, mas vencer uma troca insidiosamente complicada de pistas e pegar a via expressa para o norte, a Henry Hudson; de lá, sentindo uma pequena dose de confiança, não teve dificuldade para sair na Rota 9 Norte; mal precisando consultar o mapa que desenhara à mão, dirigiu a uma velocidade regular pelas comunidades suburbanas de Irvington, Tarrytown e (com sua estranha denominação, que evocava o Cavaleiro Sem Cabeça e abóboras demoníacas) Sleepy Hollow; e por último, entrou em Spring Hollow, população de 2.800 habitantes, onde, num estado de crescente agitação, ou pânico com a boca seca, parou num posto de abastecimento para comprar 12 dólares de gasolina e entrar aos tropeços no banheiro masculino, zonzo e com um zumbido na cabeça, procurando não aspirar os odores fétidos da infinidade de seus predecessores e dizendo ao rosto pálido e doentio no espelho cheio de manchas, acima do mictório: *Ei, olhe aqui, você ainda pode voltar, tá bem? Ela não sabe que você está aqui.* Mas depois, Skyler voltou para o Dodge emprestado na bomba de gasolina, que parecia um veículo de ferro-velho que houvesse recebido uma nova carga de vida, com seu reluzente letreiro cor de bronze, IGREJA EVANGÉLICA NOVA CANAÃ DE CRISTO RESSUSCITADO, e então se ouviu pedindo instruções ao frentista sobre como chegar à ladeira das Magnólias, e ouviu, num inglês de sotaque carregado, o que pareceu ser *Dois sinais à esquerda, vire na rua do rio.*

O PARQUE DAS MAGNÓLIAS ERA UM CONDOMÍNIO RESIDENCIAL muito novo e claramente muito caro, que se destacava de forma ostensiva de um bairro de casas menores e mais antigas: PARQUE DAS MAGNÓLIAS, RESIDÊNCIAS LUXUOSAS DE 3 & 4 QUARTOS, PROJETOS PERSONALIZADOS; AINDA RESTAM ALGUNS LOTES À MARGEM DO RIO. Ali havia ruas estreitas e cheias de curvas — alameda das Magnólias, Alto das Magnólias, ladeira das Magnólias —, semelhantes às que Skyler recordava de Fair Hills, Nova Jersey; no nº 9 da ladeira das Magnólias ficava uma casa de fazenda no estilo neoclássico sulista, com adornos rebuscados em ferro batido branco e um pórtico frontal ao longo de uma colunata, tudo cor de pêssego, como um bolo de confeiteiro. No nº 11 da ladeira das Magnólias havia uma residência colonial creme e cereja, e no nº 7, um exemplo de revivescência grega em tons pistache e framboesa. As casas do Parque das Magnólias eram menores do que pareciam quando vistas da rua, porque suas aparatosas fachadas de dois andares disfarçavam estruturas térreas; apesar de seus terrenos parecerem compridos, vistos da rua, a maior parte das propriedades ficava na parte frontal, enquanto, nos fundos, as áreas eram curtas, com pouco mais de alguns metros; como numa sequência onírica de filme, Skyler teve a sensação de dimensões que se encolhiam. Tentou não entrar em pânico. Coçou o rosto. Estava zonzo de fome, mas não tivera apetite para comer o almoço que a Miriam tivera a gentileza de lhe preparar, e agora se atrapalhava vasculhando os bolsos do casaco à procura... de quê? De comprimidos perdidos de Zilich, ou de um OxyContin da Heidi, coberto de fiapos. E pensou: *Mas eu ainda posso voltar! Ela não me viu.*

Durante todo esse tempo, Skyler não quisera reconhecer que havia algo muito estranho no Parque das Magnólias. Não eram só as casas sintéticas espalhafatosas, algumas das quais pareciam vazias, com placas de VENDE-SE RESIDÊNCIA DE LUXO nos jardins, mas o fato de que ele estava vendo gente demais, e gente do tipo errado para aquele cenário, onde, comumente, não haveria nenhum pedestre, já que não existiam calçadas. E havia um excesso de trânsito, não dos reluzentes carros de luxo preferidos pelas matronas ricas dos subúrbios residenciais, mas uma preponderância sinistra de minivans. Na rua em frente à casa de fazenda cor de pêssego havia uma aglomeração confusa e irrequieta de umas trinta pessoas: equipes de filmagem de televisão, fotógrafos e jornalistas e "curiosos". O que tinha acontecido? Por que aquela gente estava olhando para ele? Por que o chamava? Em pânico, Skyler baixou a cabeça para esconder o rosto. Chocantemente coberto de curativos, e com o cabelo cor de aço preso num rabo de rato, ele não poderia ser identificado como Skyler Rampike, poderia? Mas os fotógrafos, ávidos, miravam nele as suas câmeras, uma equipe de filmagem da WSRY-TV gravava ansiosamente, e repórteres gritavam para a caminhonete Dodge, agitados:

— Espere! Você é o "Skyler"? Você é... o filho?

Skyler viu que a polícia levantara barricadas na rua para impedir que esses indivíduos agressivos invadissem o gramado do nº 9 da ladeira das Magnólias e corressem para a casa cor de pêssego. Dois policiais uniformizados de Spring Hollow orientavam o trânsito. No início da entrada asfaltada de automóveis, dois guardas de segurança particulares — ambos negros e de expressão austera — postavam-se ao lado de uma barricada na qual fora presa uma placa: PARTICULAR — SOMENTE CONVIDADOS. Diversos veículos, inclusive um furgão com a identificação WCBS-TV, tinham sido autorizados a passar pelos guardas e estacionar na entrada da garagem; com sua voz mais compenetrada, Skyler explicou aos guardas que era filho de Betsey Rampike e que ela o estava esperando.

— Você? Filho da d. Ranpick? É você?

— S-sim. Sou eu. Filho da dona Ranpick.

— Você é algum tipo de... o quê: pastor dessa "Igreja Nova Canaã"?

— Não. Quer dizer, s-sim. Eu pertenço a...

— Você está vindo para algum ofício, filho?

— Sim — disse Skyler. Mostrou aos guardas carrancudos a sua carteira de motorista de Nova Jersey. Pela primeira vez na vida, ansiou por ser identificado como Skyler Rampike.

PELA EXPRESSÃO NO ROSTO DA MULHER, UMA MARIA DE TEZ negra e uniforme branco engomado de empregada doméstica, Skyler compreendeu que havia chegado tarde demais.

— Você é quem? "Skee-ler..."

— Onde está a minha mãe? Onde está a Betsey?

Skyler entrara aos tropeços num vestíbulo feericamente iluminado, todo de espelhos e papel de parede cintilante e alegre como enfeites de Natal. A empregada afastou-se dele rapidamente, os olhos negros carregados de pena.

— Com licença, eu vou chamar o Sr. Kissler.

Às cegas, Skyler seguiu a mulher até uma sala de estar suntuosamente mobiliada com o que deviam ser móveis "de época". Muito tempo antes, em terras muito longínquas e improváveis de romance entre a mamãe e o *homenzinho*, a jovem mãe de Skyler procurava "peças de época", "antiguidades" para a vasta e antiga mansão colonial da alameda Ravens Crest. Ali, num ambiente menor, porém mais vistoso, como uma decoração de vitrine de loja, havia suntuosos sofás de veludo, cadeiras estofadas de um chintz brilhante como asas de papagaio, abajures de pé de formas curiosas e tapeçarias de brocado nas paredes. Nos sofás de veludo havia almofadas suficientemente grandes para asfixiar um elefante. No piso ficava um tapete oriental da grossura das esteiras com estampa de couro de cobra da Academia Medalha de Ouro, decorado com rosas centifólias e debruado em tom mostarda vivo. Como era perfumado o ar! Skyler mal conseguia recobrar o fôlego.

Na parede acima de uma lareira branca de mármore havia um grande retrato de Betsey Rampike, no auge da beleza da juventude, com a Bliss aninhada num dos braços, a Bliss com uns 5 anos, muito meiga, muito loura e muito bonita, usando uma de suas tiaras de prata no cabelo louro ondulado e frisado. Embora Betsey fosse uma morena exuberante, de olhos escuros, e Bliss, uma loura de tez alva e olhos azuis, o pintor, à maneira de um Renoir kitsch-glamoroso-pop, fizera mãe e filha insolitamente parecidas.

Skyler recuou, tapando os olhos. Nããããão.

Tudo o que ele conseguira ingerir naquela manhã, nas longas e tensas horas da manhã iniciada no lusco-fusco ventoso de antes do alvorecer, no quarto alugado de um terceiro andar da rua Pitts, fazia tanto tempo que ele mal se lembrava, tinham sido alguns goles do suco de laranja feito na hora que a Miriam tivera a bondade de lhe oferecer, e que havia entornado no banco do carona do Dodge, respingando o sumo pegajoso. E por isso, Skyler estava zonzo, Skyler não se sentia muito bem.

Onde estava a Betsey? A essa hora, a tal mulher, Maria, já devia ter-lhe dito que o Skyler estava lá, não é?

Passando por um arco formado por uma sanca esculpida — uma frisa inteiramente branca de ninfas, cisnes e patinadoras —, chegava-se a outra sala ligeiramente menor, na qual, sob lâmpadas de brilho ofuscante e supervisionada por uma equipe de meia dúzia de indivíduos, uma entrevista para a televisão parecia estar em andamento. Um sofá fora afastado da parede, formando um ângulo com ela, e outras peças do mobiliário tinham sido habilmente dispostas como num cenário de programa de entrevistas; uma mulher glamorosamente maquiada, de voz cadenciada e exclamativa, cujo rosto parecia familiar a Skyler, estava entrevistando um homem de meia-idade, de cabelo preto de aparência envernizada e rosto profundamente abatido, mas de um bronzeado saudável. Ao ver Skyler avançar trôpego, como um menino bêbado, o homem levantou-se depressa para se aproximar dele, interrompendo a entrevista.

— Você é... o Skyler? O filho da Betsey?

— Sou. Cadê minha mãe? Quero ver a minha mãe.

— Não lhe disseram, meu filho? A sua mãe... a nossa querida Betsey... partiu.

— Partiu? Para onde?

A voz de Skyler era jovem e tinha um som rude, com um toque de desprezo. Preocupava-o que esse estranho, um homem de 50 e poucos anos que ele não conhecia, lhe estendesse as duas mãos, e Skyler não queria que o tocassem.

— Skyler, eu sou o Nathan Kissler. Acho que a Betsey deve ter lhe falado de mim...

Kissler era sócio de Betsey na Emanações do Céu. Assessor financeiro, "companheiro". Surgido de algum lugar, de alguma olhadela sub-reptícia e inconsciente para o Inferno dos Tabloides, pareceu vir o conhecimento de que Kissler era o noivo de Betsey Rampike.

— Skyler? Filho? Por que não se senta aqui? Vamos mandar trazer alguma coisa para você tomar, você está com um ar muito pálido. É claro que isto é um choque terrível para você. Um choque terrível, terrível para todos nós que amamos... amávamos a nossa querida Betsey...

— Moço, dá para o senhor não falar *tanto*? Eu quero ver a minha mãe.

Skyler fitou Nathan Kissler com o olhar másculo e zombeteiro de Bix Rampike. Esse homenzinho todo chique, que nem chegava a 1,70m, ora, o Bix Rampike se ergueria diante dele como uma torre. Noivo da mãe do Skyler? E o que significava isso: noivo? Skyler horrorizou-se à ideia de que pudesse haver algo de sexual entre Kissler e sua mãe, recusou-se a pensar numa coisa tão obscena. Kissler vestia uma camisa de seda preta, plastrão de seda preta e jeans pretos Armani, que se ajustavam à sua cintura e quadris finos como os jeans de um modelo masculino trinta anos mais moço. Especialmente ofensivo para o senso de decoro de Skyler era o cinto preto de couro, com fivela em forma de medalhão dourado. E o rosto do homem não estava bronzeado, mas fora habilmente maquiado para as câmeras de televisão: um *pancake* de base laranja, cílios escurecidos por rímel. Boquinha de peixe com ar de sucção, avermelhada.

Kissler insistiu em que Skyler se sentasse, e a mulher de uniforme branco engomado retirou-se às pressas para buscar um copo de água gelada, mas Skyler afastou-se, não quis sentar, havia um excesso de olhares vorazes grudados nele. O câmera da televisão tinha voltado o aparelho na direção de Skyler, com a luzinha verde acessa. Kissler dizia, em tom grave:

— ... faleceu, Skyler, ainda hoje de manhã. De complicações decorrentes da cirurgia. A notícia acabou de ser divulgada e já houve um dilúvio de...

— Mas onde ela está? Eu quero vê-la.

Skyler prendia-se à ideia de que, apesar de ter "partido", Betsey também estava em algum lugar próximo, em outro cômodo dessa casa, preparando-se para uma entrevista de televisão. Lá estavam as luzes brilhantes, lá estavam as câmeras. Com dois operadores. E a entrevistadora cujo rosto parecia conhecido. Por que uma das assistentes da Betsey não ia dizer-lhe que *o Skyler está aqui*?

— ... depois da cirurgia, o coração não resistiu à tensão... Ela queria que a operação fosse mantida em absoluto sigilo, nada de "vazamentos" para os tabloides! O funeral será dentro de dois dias, aqui em Spring Hollow.

— Mas eu quero vê-la. Quero vê-la agora. Eu tenho o direito de vê-la. Sou filho dela e ela me chamou aqui.

Pacientemente, Kissler explicou:

— Os "restos mortais" da Betsey ainda estão no hospital, Skyler. Haverá um velório privado na funerária...

Skyler o interrompeu:

— Ela deixou uma coisa para mim, não foi? Onde está?

A entrevistadora da televisão intercedeu prontamente, dando um abraço caloroso em Skyler, que estava atordoado demais para resistir; a mulher tinha ossos grandes, era gorducha; apesar de glamorosa, era um tipo de mulher maternal, com músculos que Skyler podia sentir e seios duros e esponjosos, do tamanho de calotas. Nesse momento, Skyler a reconheceu: era Zelda Zachiarias, do *Mulheres soltando o verbo.*

— Skyler! Por favor, aceite as minhas condolências pela sua perda. Que mulher valente era a sua mãe, Skyler! Estamos preparando uma homenagem especial para a Betsey Rampike, que vai ao ar na sexta-feira, e significaria muito para nós, assim como significaria muito para a Betsey, se você se juntasse a nós, Skyler. Sabe, a Betsey falava muito de você. Ela dizia: "Em todas as horas da minha vida, eu rezo a Deus e a Jesus, e peço: Cuidem do meu filho." A Betsey confiava, sem a menor dúvida, em que um dia você e ela se reconciliariam, Skyler. Essa era a grande esperança dela, e a Betsey tinha fé. Ah, Skyler, nem posso acreditar que Betsey Rampike nunca mais irá ao meu programa, como um modelo para as mulheres, as mães que sofreram a mais dolorosa das perdas, e que sobreviveram. Pois é, e triunfaram. A Betsey não quis que se dissesse uma só palavra sobre a sua provação... você sabe que pessoa reservada, "estoica" era a Betsey... nem uma palavra sobre a luta dela com...

A voz rouca baixou, com ar solene, como se Zelda tentasse não prorromper em lágrimas, e Skyler teve de se esforçar para ouvir o que pareceu ser *câncer de serviço.*

Câncer de serviço? Ele estremeceu.

Zelda Zachiarias prosseguiu em tom apaixonado, parada bem junto do Skyler:

— Pouco antes da cirurgia, a Betsey disse: "Reze por mim, Zelda. Deus fará o resto." Como era valente! Para os nossos telespectadores, Skyler, você não gostaria de dizer apenas algumas...

Skyler soltou-se da mão de Zelda Zachiarias. Tentou esconder o rosto dos vorazes operadores de câmera que avançavam na sua direção. Com aquelas odiosas luzinhas verdes acesas. Skyler sabia o que aquilo prenunciava: Skyler Rampike ficaria exposto.

Ali perto, Nathan Kissler estivera falando num telefone celular. Agora parecia ressabiado com Skyler, não tão amistoso. O ar de calorosa acolhida paterna fora substituído por uma frieza levemente irônica. Skyler voltou ao assunto do que a mãe lhe deixara e Kissler disse, com um sorriso sofrido:

— Skyler, a sua mãe deixou um testamento. Com certeza, a Betsey deixou um testamento. Na verdade, é possível que tenha deixado mais de um... Ela vivia alterando e "atualizando" o testamento, à medida que novos amigos entravam na sua vida e os mais antigos saíam, invariavelmente... Haverá uma leitura formal do testamento de Betsey Rampike no escritório do advogado dela, no momento oportuno. Mas, até lá...

Skyler interrompeu em voz alta:

— Onde está o que a mamãe me deixou? Está em algum lugar daqui?

E Kissler retrucou:

— Por favor, Skyler, fale baixo. A última coisa que queremos é que aquelas hienas e chacais lá na rua nos ouçam. Isto é um choque terrível para todos nós, não só para você. O nosso grande lançamento da primavera está marcado para daqui a três semanas, e temos mais de 6 milhões de dólares investidos nos produtos de primavera da Emanações do Céu. Se ao menos você tivesse telefonado antes de vir, alguém poderia tê-lo preparado...

Mas Skyler interrompeu:

— Onde está? Minha mãe deixou uma coisa para mim. Uma carta, ou um videoteipe... Foi por isso que ela me pediu para vir aqui. O que você fez com...

E Kissler disse:

— Skyler, você não precisa gritar. Nós podemos ouvi-lo.

E Skyler rebateu:

— Você não está me ouvindo! Eu estou perguntando: cadê a minha mãe? E onde está o que ela deixou para mim? Desgraçado, eu mesmo posso procurar...

Tentou passar com um empurrão por Nathan Kissler, que, apesar de vários centímetros mais baixo do que Skyler e umas três décadas mais velho, foi surpreendentemente ágil e forte; mas Skyler conseguiu soltar um dos punhos e investir, atingindo o outro no dorso do nariz, que se quebrou; houve um *craque* gratificante, junto com um esguicho quente de sangue. Mas um dos guardas particulares havia surgido, um negro corpulento e carrancudo que chamou Skyler de "filho" e o conteve gentilmente, mas com muita firmeza. Skyler começou a ser levado para algum lugar, rapidamente. Com o guarda a segurá-lo pelos braços, o jovem andou depressa, sentindo os joelhos se vergarem, feito um personagem de desenho animado cujos pés mal tocassem o chão. De repente, eles estavam do lado de fora, no ar hibernal. Skyler lutou com o guarda, mas suas forças se esgotavam; não foram as mãos do negro, e sim algo como uma pinça, um torno, que se fechou no peito de Skyler, apertando-o; seus pulmões se abriram para o ar frio como se tivessem sido esfaqueados, mas a fenda era muito estreita; Skyler não conseguiu aspirar oxigênio suficiente; no alto, o céu era uma massa de nuvens tumorosas, e embaixo, de repente o chão gelado se abriu e Skyler afundou.*

---

* Exatamente assim! Eu teria caído e rachado a cabeça, só que Evander Franklin (o guarda de segurança) teve a bondade de me segurar. Franklin levou-me *de volta para o interior* da casa de fazenda tamanho boneca e cor de pêssego, enquanto as câmeras do outro lado da rua rodavam. Em poucos minutos, recobrei os sentidos. Sem querer chamar uma ambulância para mim e, com isso, "atiçar as chamas" dos chacais dos tabloides, Kissler telefonou para Bix Rampike, pela segunda vez nesse dia.

Entfremdungsgefühl*

— FILHO, HOUVE UMA HISTÓRIA TRÁGICA ENTRE NÓS. MAS AGORA, talvez isso mude.

Que palavras! Skyler engoliu em seco. *Agora* só podia significar *agora que a sua mãe morreu.*

Eles estavam num compartimento reservado de madeira na Velha Taberna Holandesa, na antiga e histórica Pousada Washington Irving, em Sleepy Hollow, Nova York, onde Skyler pernoitaria depois do enterro da mãe, à custa de Bix. Desde que haviam entrado na taberna, Bix vinha falando devagar e deliberadamente, com o que parecia, aos ouvidos hiperaguçados de Skyler, a voz levemente arrastada, como a claudicação praticamente imperceptível que um atleta ou ex-atleta tenta disfarçar. Para o olho normal, a coxeadura é imperceptível. Mas o olho de Skyler, ou seu ouvido, eram tão pouco normais quanto sua perna direita (fêmur, fíbula e joelho).

O choque da morte da ex-mulher parecia ter abalado Bix Rampike, que, para Skyler, parecia menos majestosamente alto e imponente do que ele se lembrava. No movimentado *après-funeral* oferecido por Nathan Kissler no Sleepy Hollow Country Club, Skyler tinha notado seu pai bebendo. Havia um ar de bisão ferido e desgrenhado no homem mais velho, um quê de grisalho em suas sobrancelhas, certa adiposidade perplexa na parte inferior do rosto. Seria, pensou Skyler, por ele ainda amar a Betsey?

*Um homem nunca deixa de amar a mãe dos seus filhos, filho. Esse é o resumo da história.***

---

* Prática palavra alemã para *fodidamente irreal.*

** Arrepio fugaz de uma lembrança infantil de quando, já se ia muito tempo, Skyler era transportado pelo papai no utilitário esportivo Rogue Warrior '97 para uma ou

— Filho? Você está ouvindo, eu espero.

Skyler assegurou prontamente ao pai de cenho franzido que sim, com certeza estava escutando:

— "Agora, talvez isso mude", você disse.

Como sempre acontecia na presença desse homem, Skyler falou com um otimismo pueril. Mesmo nesse momento de luto compartilhado, estar em estreita proximidade desse homem era, para Skyler, sentir certos músculos faciais havia muito adormecidos mexerem-se para voltar à vida: *Sorria!* E era sentir uma certa ansiedade amedrontada nos ombros, inclinados para a frente: *Sim, papai?*

Skyler notara que Bix tinha levado consigo para a taberna uma maleta de couro italiano escuro e macio e, nesse momento, ele a levantou e a pôs na mesa entre os dois, com um gesto lento e cerimonioso; pareceu prestes a abri-la, mas não o fez. Quão comovedoramente franzida estava a testa de Bix Rampike, e como brilhavam seus olhos emotivos, com uma espécie de pesar melancólico, mas com determinação! Era doloroso o bater do coração de Skyler. Ele pensou: *Aí dentro? Será que há alguma coisa para mim?* Não se atrevia a ter esperança.

Bix deu um enorme suspiro. Ergueu o copo pesado de uísque e bebeu.

— É claro, filho: isso não pode trazê-la de volta.

Aturdido, Skyler concordou.*

SKYLER TINHA SE PREPARADO PARA NÃO SE COMOVER COM *FILHO*. Para dar de ombros para *filho*. Mas, quando seu pai disse *filho*, a capa de gelo de seu coração crispado de menino começou a se derreter.

E a ternura de alguns gestos de Bix, o abraço desajeitado/caloroso de papai, que por pouco não quebrou as costelas de Skyler, o beijo bruto de papai, borrando de cuspe a bochecha inflamada de Skyler, o aperto no pequeno bíceps duro de Skyler, tudo isso o pegou desprevenido. O papai de respiração arfante, olhos marejados:

---

outra sessão de fisioterapia em Fair Hills. Provavelmente, o papai só estava divagando em voz alta, sem a intenção de que o Skyler respondesse.

* Mas Skyler concordou com quê? Será que com esse "ela" o Bix pretendia referir-se à Betsey ou à Bliss?

— Esta é uma hora triste, filho. "*Requiescat* a coitada da Betsey em paz."

Perdoe-me, leitor: isto é sentimental pra diabo. Em todas estas inúmeras páginas, o Skyler andou bronqueando com os pais, e agora se espera que você se solidarize com o Bix, até com a Betsey, e isto é pedir mais do que demais. E não espero que você me atenda. Mas, para ser escrupulosamente honesto, como tenho tentado ser neste documento, foi assim que o Skyler se sentiu quando Bix Rampike acorreu imediatamente ao número 9 da ladeira das Magnólias, em Sleepy Hollow, ao ser chamado pelo aflito Nathan Kissler, que não tinha a menor ideia do que fazer com o filho de 19 anos de sua sócia/noiva falecida, que não só tinha aparecido inesperadamente na casa, menos de seis horas depois da morte de Betsey, como havia desmaiado bem ao lado da porta, na saída.

— É UMA HORA TRISTE, FILHO. MAS, APESAR DISSO: ESTAMOS juntos.

(E quanto tempo fazia desde que Skyler vira o pai pela última vez? Dois anos? Dois anos e meio? E, ainda por cima, em circunstâncias constrangedoras. Depois de Skyler ter "ido embora" de um centro de tratamento de drogados em East Orange, Nova Jersey, e de a polícia estadual de Nova Jersey ser alertada, e de Bix aparecer, trêmulo de aversão: "Porra, Skyler! Como é que você pôde fazer isso? De novo!")

Agora, Bix parecia mais velho. E parecia abalado, arrependido. Havia algo de encurvado e cabisbaixo no rosto do homem, como se a morte de sua ex-mulher tivesse sido um golpe pessoal que ele ainda não havia absorvido plenamente. E disse a Skyler:

— Filho. Vamos providenciar um lugar para você ficar aqui. E vamos lhe arranjar um corte de cabelo e umas roupas decentes. Você vai comparecer ao enterro da sua mãe, filho. Comigo.

Skyler fez um débil protesto. Iria ao enterro da mãe, mas... não queria cortar o cabelo nem usar terno. E Bix cravou os dedos nos ombros enrijecidos de Skyler e disse:

— Você não vai envergonhar os Rampike, filho. Não mais do que já envergonhou.

O lugar para ficar, duas noites por conta do cartão de crédito de Bix Rampike, era a antiga, inusitada e histórica Pousada Washington Irving, a uns 3 quilômetros da ladeira das Magnólias nº 9. O corte de cabelo foi caro e fez Skyler parecer quase normal, visto por certos ângulos. As roupas, compradas no cartão de crédito de Bix Rampike numa única visita pragmática à loja Hugo Boss no Shopping Tarrytown, foram: terno cinza-escuro em mescla de lã com seda, sobretudo cintado, calças estreitas como um lápis e com o vinco bem marcado (ajustadas pelo alfaiate-residente para acolher a estrutura desproporcional de Skyler), camisa social de algodão egípcio branco, do tipo que Bix Rampike preferia, e gravata de seda de listras escuras. Roupa de funeral para o filho enlutado! Num espelho de três lâminas, Skyler contemplou, divertido, o seu eu transformado por Hollywood:

— Eu? Negativo.

Por trás, Bix segurou os ombros arriados de Skyler, forçando-os um pouquinho para trás e para cima:

— Cabeça erguida, filho. Chega dessa titica de garoto esquisito. Você é um Rampike, levante a cabeça como tal.

BIX TAMBÉM DEU A SKYLER ÓCULOS ESCUROS. MUITO ESCUROS.

— Olhe direto para a frente, filho. Nem um relance para os chacais. E não sorria, pelo amor de Deus. Quando chamarem o seu nome, não escute. Quando acenarem para você, não veja. Só ande bem perto de mim, procure não mancar e lembre que você é um Rampike: comporte-se como tal.

A "ESTREIA" DE SKYLER NUM VELÓRIO

Com sua roupa nova (calça apertada na virilha, colarinho branco e engomado arranhando o pescoço), Skyler caminhou, como um homem num sonho que não lhe pertencesse, até o reluzente caixão branco e dourado ao fundo da sala fria, passando por estranhos que o encaravam abertamente, passando por baldes de lírios, preparando-se para o que o esperava e pensando, confusamente aliviado, *Não é a mamãe no caixão! Não é a mamãe*, porque aquela mulher não era ninguém que Skyler conhecesse. Pensou *Houve um engano, agora posso ir embora*, mas, ao enxugar os olhos úmidos, pareceu-lhe que sim, aquele cadáver feminino no caixão, em meio a camadas de chiffon cor-de-rosa, com grossas cordas de pérolas no pescoço e brincos de pérola do tamanho de uma concha de ostra nas orelhas, tinha mesmo certa semelhança com a Betsey Rampike que ele vira pela última vez na televisão do quarto de Heidi Harkness. Só que o cabelo não parecia de verdade, era um castanho-avermelhado brilhoso e sintético, parecido com uma das elegantes perucas Glamour Emanações do Céu (US$359,95). Ninguém acreditaria que aquele era o rosto de uma mulher de 44 anos! — testa sem rugas, faces roliças e coloridas por blush, nenhuma flacidez visível abaixo do queixo. Serenos olhos fechados, habilmente maquiados com diversos tons de sombra (cinza-claro, verde metálico, azul metálico) e rímel preto feito breu, estilo Cleópatra. Os lábios carnudos de batom vermelho, que pareciam prestes a sorrir, Skyler teve de admitir que pareciam familiares. E, se essa era a mamãe, seria Skyler o *homenzinho*? Uma sensação de medo abjeto apoderou-se dele e o deixou fraco, zonzo. O horror era que o *homenzinho* da mamãe tinha que dar um beijo de despedida na mamãe! Ou será que era despertar a mamãe daquele sono antinatural, beijando-a nos lábios de batom vermelho? Do mesmo jeito, fazia muito tempo, ele vislumbrara sua irmã Bliss caída num emaranhado de membros desajeitados, no piso da sala de casa, os braços jogados para cima da cabeça, os pulsos atados, olhos fechados e a boquinha machucada e frouxa, e ficara assustado demais e fora covarde demais para correr até ela e salvá-la: esse fora o menino Skyler. Agora, para remediar as coisas, ele devia debruçar-se sobre o caixão reluzente em ouro e branco, equilibrar-se com cuidado, para não escorregar e cair dentro do caixão feito um personagem de desenho animado da TV a quem se assemelhava (ele sabia, reconhecia isso), com seu novo traje sensual de Hugo Boss, e Skyler tinha que beijar a mamãe naqueles lábios, *já*. No entanto — que coisa estranha! —, não pôde mexer-se, como se estivesse paralisado, e em desamparo ficou olhando fixo, à espera de que os olhos de Cleópatra se abrissem e o chamassem. Agora a respiração de Skyler vinha rápida e ofegante e, em outro ponto do salão suntuosamente decorado do velório, um agitado Nathan Kissler não conseguia pensar no que fazer com Skyler Rampike, que se balançava sobre o caixão em que jazia Betsey Rampike, "como que adormecida", Kissler não conseguia pensar no que fazer com o filho claramente psicótico de sua falecida noiva, e por fim ousou se aproximar do ex-marido de Betsey, Bix Rampike, que havia parado meio ao lado do caixão, e fitava com melancólico fascínio a figura feminina voluptuosa, sem chegar mais perto, e em voz baixa Kissler lhe disse:

— Sr. Rampike, o seu filho.

E Bix retrucou:

— O que tem o meu filho?

E Kissler respondeu:

— Ele não parece bem, Sr. Rampike. Por favor, faça alguma coisa com ele.

Bix rebateu, empinando o queixo à maneira de um típico ex--zagueiro norte-americano — e, apesar de estar no meio da casa dos quarenta e ficando flácido na cintura, ninguém ia querer levar um carrinho desse exemplar de *Homo sapiens* que era um macho alfa de 1,93m e mais de 90 quilos:

— O meu filho está chorando a perda da droga da mãe dele, "Nathan". Isso é problema para você?

E Kissler, abalado, o homenzinho chiquérrimo em seu cerimonioso traje de luto de manequim, todo em tons de cinza-escuro e preto, com um brilhoso cachecol de seda roxo-escuro para disfarçar a papada embaixo do queixo, disse, procurando não ameaçar nem implorar:

— Sr. Rampike, por favor, estou lhe pedindo, por favor, afaste o seu filho da Betsey, faz seis minutos ou mais que ele está parado ali, oscilando, e não parece bem.

Bix deve ter cedido. Aproximou-se de Skyler em silêncio e, com dedos gentis e firmes de papai, segurou-o pelo bíceps do braço direito e o despertou do estranho transe com a mamãe, no qual o pobre Skyler poderia ter cometido um ato de esquisitice tão inominável e irreversível que, até este momento, seria divulgado nos sites da Internet por galáxias conhecidas e desconhecidas, até o absoluto fim dos tempos.

— Filho. Venha comigo.

UM DESDOBRAMENTO INESPERADO, LEITOR! EU REALMENTE NÃO tinha previsto, e tampouco o previra Skyler, que ele se "reconciliasse" tão prontamente com o pai há muito afastado, de quem ele sabia pouquíssimo nessa ocasião, exceto que Bix Rampike tornara a se casar e era "o orgulhoso novo pai" de uma criança muito pequena (de sexo não conhecido pelo [enciumado? amargurado?] Skyler); agora, Bix Rampike era o CEO ("executivo-chefe" — tamanha grandiosidade merece pleno reconhecimento) da New Genesis BioTech Inc., uma subsidiária da Univers Inc. com sede em New Harmony, Nova Jersey, uma saída depois da Univers na direção leste, na I-80. (Ainda assim, pelo que Skyler podia determinar, Bix parecia passar grande parte do tempo na cidade de Nova York.) Numa obra de arte clássica, que celebrasse a reconciliação, o perdão e uma animadora reafirmação do espírito humano imensamente testado pela adversidade, Skyler e o pai seriam mais do que apenas temporariamente reunidos pela ocasião da morte de Betsey Rampike, e assim, verei o que posso fazer para chegar a isso. É que, na verdade, apesar de todo o meu ceticismo modernista, quero que este documento se revele "animador", "uma verdadeira inspiração!", e não "a porcaria do bilhete suicida mais comprido da história da língua inglesa".*

— FILHO. AGUENTE FIRME, COMO HOMEM.

Uma ova se ele não era homem! Skyler tinha certeza.

Depois viria a cerimônia fúnebre. Na manhã seguinte, às onze horas.

E nisso veio a primeira surpresa. A cerimônia fúnebre de Betsey Rampike não seria um ofício religioso episcopal sóbrio/solene/"lindo, mas de uma chatice mortal", e sim um funeral da Assembleia de Deus, fervoroso/apaixonado/"sorrindo por entre as lágrimas". É que a mãe de Skyler parecia ter se desfeito do vetusto formalismo episcopal que havia aceitado ao se casar com Bix Rampike, trocando-o pelo cristianismo muito mais exuberante, "extrovertido" e "alegre" celebrado pelos fiéis da Assembleia de Deus. (Bix continuava obstinadamente episcopaliano, é claro. Era sua "herança". O Deus episcopal não era de interferir nos assuntos da humanidade, tal como, idealmente, o Estado "inchado" não deveria interferir nos assuntos da comunidade empresarial. Em tom desaprovador, Bix comentou com Skyler: — Como é que a sua mãe pode ter se "convertido" à Assembleia de Deus, depois do apoio que os Higley nos deram na nossa hora de maior aflição? Isso é um egoísmo danado.) Skyler não pôde deixar de se impressionar, mesmo ficando meio boquiaberto, com a vistosa megaigreja, que tinha várias vezes o tamanho da singela e antiquada Igreja Episcopal da Trindade, em Fair Hills, com uma suposta capacidade de acolher 2.100 fiéis sentados; depois do Wal-Mart, depois do Home Depot e da Big Savings

* O "mais longo bilhete suicida de que se tem registro" é *Will & Testement [sic]*, de um poeta menor norte-americano, V. Westgaard (1841-1873), com espantosas 999 páginas manuscritas. Leitor, não sou capaz de igualar isso.

Bonanza, no cruzamento engarrafado da Rota 9 com a I-87, ficava essa estrutura moderna e elegantemente luzidia, de concreto branco feito bala puxa-puxa, vidros cintilantes e aço, num fantástico projeto arquitetônico que combinava a beatice à moda antiga com a elevação de disco voador da Nova Era. Disse Bix, aprovando a contragosto:

— Doze milhões, resumo da história. Isso é que são "cristãos renascidos" para você.

Por dentro, a Assembleia de Deus parecia ainda maior. Do tamanho de um campo de futebol, pelo menos — dois campos? Skyler só tinha uma vaga ideia dessas proporções épicas. O altar era imenso, como um palco de espetáculos de rock, e acima dele, aparentemente flutuando no ar, sobrenatural e maravilhosa, ficava uma enorme cruz de cobre de quase 4 metros de altura. Boa parte da cerimônia fúnebre de Betsey Rampike se comporia de música: órgão/sintetizador elétrico e dois "corais do tabernáculo", vestidos de mantos brancos, cantando com grande largueza de emoções, da tristeza à alegria, do lamento ao rock pop, os hinos favoritos da falecida: *Nearer My God to Thee*, *Christ Our Redeemer Cometh*, *What a Friend We Have in Jesus*, *Beyond the Sunset*, *A Mighty Fortress is Our Lord* e *Onward, Christian Soldiers!* Ao contrário do canto na igreja Nova Canaã, que tendia a ser roto e desafinado, um esforço conjunto de amadores esperançosos, o dessa deslumbrante megaigreja era suave como xarope, e talentoso. (No programa havia a anotação de que esses hinos tinham sido incluídos num CD recém-lançado pela Emanações do Céu, intitulado *Os hinos cristãos mais inspiradores de Betsey Rampike*, disponível por US$26,95.)

Embora o funeral de Betsey fosse uma cerimônia particular, restrita aos "amigos e parceiros mais íntimos" da falecida, quase todos os lugares do vasto interior, incluindo até o altíssimo balcão, estavam ocupados. (Mas não havia nenhum Sckulhorne, o pai de Skyler lhe informou. E dos Rampike, apenas Bix e Skyler, sentados na primeira fila, perto do garboso noivinho de Betsey, Nathan Kissler.) O pastor da Assembleia de Deus era o reverendo Alphonse Sked, um homem de cabeça leonina e portentosa voz de baixo, capaz de rivalizar com a do pastor Bob Fluchaus, e de gestos solenes/desenvoltos como um ator de televisão. De braços firmemente cruzados no peito, feito uma camisa de força, em seu dispendioso terno de Hugo Boss para o funeral, Skyler tentou concentrar-se no pregador de rosto rosado — que enaltecia a "minha querida amiga Betsey Rampike, que partiu deste mundo cedo demais", "uma das cristãs mais corajosas de nossa época", que "triunfou sobre o mal e sobre o 'progressivismo laico', "confirmando os valores da família norte-americana e da liberdade" —, em vez de grudar os olhos no caixão que reluzia em branco e ouro, agora fechado, e que fora posto no altar como uma gigantesca caixa de joias. Numa confluência de refletores, o caixão parecia ainda maior do que na sala do velório.

— Filho? De pé. Cante.

Bix cutucou Skyler, tirando-o de seu transe. Skyler levantou-se e tentou cantar com os outros: "Avante, soldados cristãos!" Seus lábios se mexiam insensivelmente. Ele não saberia dizer se o hino "tão querido" era dolorosamente bobo, ou uma canção de beleza arrebatadora. Pensou em como não tivera permissão para comparecer ao funeral da irmã. Nunca o tinham levado para visitar o túmulo da Bliss, que só podia ficar no cemitério atrás da Igreja da Trindade. *Skyler, eu fico muito sozinha neste lugar   Tenho muito medo   Skyler, me ajude*

— Filho, tome um lenço de papel. Controle-se, pelo amor de Deus.

O *APRÈS-FUNERAL*, COMO FOI CHAMADA NOS CONVITES A RECEPção que se seguiu ao enterro, realizou-se no antigo e prestigioso Sleepy Hollow Country Club, numa colina de onde se avistava o rio Hudson. A essa altura, Skyler sentia-se exausto e esvaziado de emoções, mas seu pai havia insistido em que ele o acompanhasse: "*Nobles oblige* significa que, se você é um aristocrata, não descuida dos seus deveres para com os seus súditos." E assim, com óculos escuros que lhe davam a aparência de um besouro rabugento e com o terno de funeral já então amarrotado, Skyler deixou-se levar para o meio de uma clamorosa reunião de estranhos, todos ansiosos por se compadecer dele: "Oh, é o... Skee-ler? A Betsey falava de você de maneira muito calorosa em suas memórias, e na televisão! Por favor, aceite meus pêsames sinceros!" "Filho, a sua mãe foi uma mulher rara. 'Eu confio na felicidade', ela dizia no nosso grupo de leitura, 'porque o meu anjo especial já está no céu, chamando-me para ele'." "Scooter, não é? Pobrezinho, você andou chorando, deixe a tia Madeleine lhe dar um *abraço*." Logo, logo, Skyler percebeu que o astuto Bix Rampike parecia ter saído de fininho, de copo na mão.

Quase todos os pesarosos convidados eram mulheres, de meia-idade ou mais, com uma jovem aqui e ali, em geral acima do peso ou francamente obesa; havia um punhado disperso de homens de meia-idade e mais velhos, a maioria dos quais, se Skyler não estava imaginando coisas, em seu estado de leve perturbação, parecia-se com o garboso e miúdo Nathan Kissler. Era surpreendente o apetite com que essas pessoas comiam e bebiam, dada a solenidade da ocasião. Skyler viu um grupinho de adolescentes cristãos se empanturrando de comida na mesa de bufê de seis metros disposta no salão de jantar: croquetes de lagosta, asas de frango à mexicana, *vol-au-vents* de batata-doce e marshmallow, empanados de banana e amanteigados de morango e creme (receitas disponíveis no *Manual da Betsey Rampike para a dona de casa em lua de mel*, encontrado na Cia. Emanações do Céu por US$22,95). Skyler não viu nenhuma outra pessoa que se assemelhasse remotamente a ele mesmo. Ninguém remotamente parecido com Heidi Harkness. Em telas de televisão penduradas nas paredes eram exibidas fotomontagens da vida de Betsey Rampike, como numa instalação de museu de artes plásticas em que os visitantes se arrastam gravemente de uma tela para outra. Skyler ergueu os olhos para imagens fugazes de seu passado em Fair Hills: fotos da família Rampike, tiradas em frente à árvore de Natal de quase 4 metros, nas quais, em miniatura, muito pequeno, o próprio Skyler aparecia com meiga inocência, sorrindo. (Seria possível? Skyler mal podia acreditar que aquela criança pequena tivesse sido ele, ou que um dia ele tivesse sido aquela criança pequena.) Numa das fotos, a jovem e bonita mamãe abraçava Skyler, que segurava um animal empalhado; em outra, o papai jovem e bonitão parecia guiar Skyler num velocípede. Skyler tinha uma vaga lembrança do velocípede, mas nenhuma daquela criança... E havia o bebê no colo da mamãe: Edna Louise.

Hinos religiosos flutuavam no ar, saindo de caixas de som instaladas no alto. Em meio aos aromas da comida, havia um perfume ativo de copos-de-leite. Skyler vagou de um cômodo para outro, fitando as telas de televisão. Por uma brochura que lhe foi entregue por um funcionário da Emanações do Céu, ele soube que o "funeral dos sonhos" de Betsey Rampike tinha sido criado por ela mesma; na primavera de 2007, a Emanações do Céu lançaria seu novo Serviço de Bufê Emanações do Céu para Cerimônias da Vida, cujo lema era *Nunca é cedo demais para planejar as ocasiões especiais da vida. Deixe-nos ajudar você a celebrar aquela cerimônia especial de casamento, bodas de prata, ouro ou diamante, batizado, bat mitzvah ou bar mitzvah, formatura ou funeral.*

Skyler fitou uma tela de TV na parede, na qual, graciosa e aparentemente sem peso como uma borboleta, sua irmã Bliss, muito pequena, patinava no gelo. Ele vira essa gravação inúmeras vezes, mas não se atreveu a desviar os olhos. A meiga e pequena Bliss, aos quatro anos, com seu traje de patinação de cetim branco, com asas de fada nos ombros...

— Ora... é o "Sky-ler"? O filho da Betsey? Ah, por favor, podemos tirar só umas fotos de você e da Bliss? Se você ficar aqui perto da tela...

Casal de meia-idade, rostos pálidos e animados, olhar encantado, com uma espécie de câmera nas mãos levantadas do homem, e Skyler se ouviu dizer, numa voz reptiliana:

— Se você não desligar essa porra, eu estrangulo todos dois.

Exclamações estrídulas, como de aves aquáticas assustadas. Uma certa comoção, como de um rojão que se soltasse sem cuidado. E lá veio Bix Rampike, carrancudo, resgatar o filho psicótico, agarrando-o pelo braço e conduzindo-o para fora da sala:

— Por aqui, filho. Pelos fundos. E não *manque*, porra.

E ASSIM SE APROFUNDOU A *ENTFREMDUNGSGEFÜHL*.

— É CLARO, FILHO: ISSO NÃO PODE TRAZÊ-LA DE VOLTA.

Pela falta de modulação na voz de Bix Rampike, pela expressão abatida que assomou fugazmente no rosto franco, de ossos salientes, Skyler não teve dúvida, nesse momento, de que era à Bliss que seu pai se referia.

O rapaz meneou a cabeça, com ar tristonho. Estava segurando um copo de água mineral gelada encostado no rosto aquecido e ligeiramente inchado.

Era o começo da noite. Os dois sentavam-se frente a frente na antiquada/romântica Velha Taberna Holandesa, na Pousada Washington Irving, onde Skyler passara a noite. Bix estava no segundo ou, possivelmente, terceiro scotch. E nessa hora, sedento, tomou um gole grande do precioso líquido âmbar. Skyler quase pôde sentir o gosto do uísque descendo, a adorável sensação reconfortante de fogo. Quase desejou ser um beberrão, não um usuário de drogas. O álcool era legal, bastava ter idade suficiente para comprá-lo. Mas agora que ele tinha jurado sobriedade ao pastor Bob, era tarde demais.

Em cima, no quarto, Skyler dormira um sono estuporoso por várias horas. Bix o levara de volta ao hotel, conduzira-o até o quarto, deitara-o ternamente na cama, tirara parte de sua roupa e o deixara "curar-se com uma noite de sono", como se Skyler, e não Bix Rampike, tivesse bebido na recepção. Agora, a cabeça do rapaz latejava com uma dor obscura e sinistra. Ele havia descido à Velha Taberna Holandesa para se encontrar com o pai, que tinha "uma coisa crucial" a lhe dizer e (ao que parecia) para lhe dar. Nessa noite, Skyler deveria jantar com Bix e a "nova" esposa dele, Danielle, a quem não conhecia e tinha pouco desejo de conhecer, mas que, como dissera Bix sem rodeios, estava "muito ansiosa" por conhecer Skyler, que, "afinal, era seu enteado".

Enteado! Skyler estremeceu. Estranhamente sedento, ele havia terminado sua segunda garrafa de água mineral.

O acabrunhado Bix inclinou-se para a frente, cotovelos na mesa de tábuas. Skyler viu que as sobrancelhas do pai tinham ficado espessas e cheias de tufos, como as marcas vestigiais de um animal. Havia um brilho de afeição paterna nos emotivos olhos castanho-claros, a não ser que o brilho fosse de malícia de papai.

— Filho, você não bebe, não é? Nunca?

Skyler deu de ombros.

— Eu lhe disse que não.

— Claro, você "me disse"... mas, francamente, filho, acho meio difícil de acreditar. A demografia nessa matéria é epidêmica: o seu grupo etário bebe. E um garoto com os seus antecedentes, "usuário de drogas", "viciado em fase de recuperação", diabos, Skyler, vamos falar sem rodeios, este foi um dia existencial desgraçado.

Ao ver a expressão alarmada no rosto de Skyler, Bix abrandou-se, exibiu os dentes no tranquilizador sorriso de papai, pôs a mão pesada e quente sobre a gélida mão do filho e disse:

— Só quero que você saiba que pode falar comigo, filho. Com seu pai.

Skyler resmungou *Está bem, papai.*

Durante muito tempo Skyler se determinara a chamar o pai de *pai*, e não de *paizinho* ou sequer *papai*, e, no entanto, na presença do homem, era *papai* que lhe vinha à boca, de uma forma irresistível.

Bix estava dizendo, daquele jeito lento e arrastado que parecia novo a Skyler, que ele também tinha um problema com o "abuso de drogas" — no seu caso, o álcool — e que também estivera "em recuperação" nos últimos dez anos.

— Filho, quando um homem ama o que mais perdeu... — fez uma pausa e recomeçou: — Quando um homem perde o que mais amou, sua alma fica dilacerada para sempre.

Skyler ficou chocado com essas palavras. Desde a morte da Bliss, seu pai nunca lhe falara desse jeito. Ele mal conseguia recordar o pai falando com ele com qualquer intimidade.

— Você pensa muito nela, filho? Na sua linda irmãzinha?

Skyler abanou a cabeça depressa, em sinal de *sim*. Ou talvez tenha sido *não*. Contorceu-se feito um verme gigantesco, empalado num gancho, abanando a cabeça (baixa, carregada de culpa) para dizer que *não*, não queria entrar nesse assunto nesse momento.

Bix pusera a maleta de couro italiano de lado, como se a tivesse esquecido. Falando com tanta compenetração, ele parecia estar fazendo um apelo humilde a Skyler. Tirou de um bolso uma carteira recheada de cartões de crédito e, da carteira, várias fotografias pequenas, que espalhou no tampo da mesa com ternura e orgulho, para que Skyler as visse: seriam fotografias da Bliss? Ou fotos da "nova" família? Os olhos de Skyler se encheram de uma ardida umidade e ele só pôde discernir vagamente uma figura feminina curvilínea, de cabelos louros e que claramente não era a Betsey, e havia uma criança pequena, possivelmente uma menininha, também loura, sorrindo para a câmera... Skyler não fazia ideia do que o pai estava dizendo. Lá do outro lado da Velha Taberna Holandesa na penumbra, talvez da área da enorme lareira de pedra bruta onde ardiam alegremente toras natalinas acesas a gás, Skyler ouviu as palavras do pai, uma onda de palavras urgentes do papai, do papai suplicante, do papai honrado, e, através de uma tela de dor de cabeça, viu a boca do pai se mexer e um sorriso repentino de peixe.

— ... espero que você se sinta feliz por mim, filho. Pode ser que essa também seja a sua "nova" família.

* * *

— ... ANOS VOCÊ TEM, FILHO?

— Vinte, daqui a umas semanas.

Skyler falou com a voz monocórdia e apavorada de quem antevê um desastre sem poder impedi-lo. É que ele sabia que, em seguida, o pai diria: *O que você tem feito da sua vida?*

Em vez disso, Bix fez sinal para a garçonete, pedindo outro drinque. E disse, com um enorme suspiro de bisão:

— Você continua a mancar, estou vendo. Como vai a sua "recuperação"?

Skyler riu, constrangido:

— Você está se referindo à minha perna ou...?

— Filho, à sua recuperação. À "recuperação" da sua vida.

Bix projetou-se para a frente feito uma avalanche súbita. Estava usando um terno caríssimo, de corte elegante, de um cinza tão escuro que parecia preto à luz tênue da Velha Taberna Holandesa; havia tirado o paletó, deitado no fundo do reservado; tirara a gravata e desabotoara o colarinho da camisa social branca. Ocorreu a Skyler que talvez seu pai houvesse bebido durante boa parte do tempo em que ele estivera dormindo no andar de cima.

Disse ao pai que sua "recuperação" ia muito bem. Agora ele raramente usava bengala. Conseguia "correr" — se não fosse por uma distância grande, e não muito depressa. Realmente "sentia dor", porém nada com que não pudesse conviver. Estava sem analgésicos e sem todos os "remédios", e fazia 49 dias que estava "sóbrio".

— Filho, isso parece bom. Parece promissor pra danar. Você tem jeito de "sóbrio". Mas ouvi dizer que há um alto grau de "redivicismo" depois da reabilitação das drogas.

— "Recidivismo", papai.

— Se eu lhe tivesse ensinado a beber. Talvez você não tivesse essa fraqueza. Drogas!

De repente, Bix pôs-se a grunhir, num desprezo de papai que acha graça. Skyler lembrou-se do quanto o pai fizera troça da infinidade de tranquilizantes e estimulantes de Betsey.

— Eu estou sóbrio, já disse. E pretendo continuar assim.

Skyler falou com mais agressividade do que sentia. Pela tela da dor de cabeça, viu o pai remexer os ombros de um jeito ameaçador.

E então chegou a garçonete, trazendo outra bebida para Bix. E mais uma água mineral com uma rodela de lima, que Skyler não se lembrava de ter pedido. Para combinar com a decoração de época da Velha Taberna Holandesa, a garçonete usava o que pretendia ser um traje sexy de taberneira: saia de estopa até os tornozelos, cintura apertada com uma tira de couro preta, corpete branco amarrado na frente com cordões, exibindo a parte superior dos seios volumosos. Era uma mulher atraente, de nariz arrebitado, ali pelos trinta e tantos anos, com um glamoroso corte de cabelo à joãozinho e algum conhecimento prévio do pai de Skyler, pois o chamou de "Sr. Rampike", com um piscar coquete/reverente das pálpebras. Skyler sentiu uma pontada de ressentimento sexual pelo fato de a garçonete lhe dar tão pouca atenção, reservando-a só para seu pai. Entre os dois adultos houve um rápido fogo cruzado de palavras e olhares, do tipo que dois cachorros enamorados trocariam ao serem puxados em direções opostas pelos donos.

Assim que a garçonete-taberneira se afastou, o sorriso de Bix desapareceu. Adivinhando os pensamentos amotinados do filho, ele perguntou:

— E essa garota com quem você "se envolveu" na Basking Ridge, a filha do Leander Harkness? Em que pé ficou isso?

Skyler apressou-se a dizer que não queria falar de Heidi Harkness. Nunca.

— Você mantém contato com ela, filho?

— Não.

— Quando saiu da escola, a garota não estava grávida, estava?

Skyler enrubesceu.

— Caramba, papai! Você é mesmo curto e grosso, não é?

— Bem, ela estava?

— Não.

— E você saberia disso com certeza?

Skyler mordeu o lábio inferior, mortificado. Mal conseguia acreditar nessa conversa, mas, ainda assim, não parecia capaz de sair do reservado e fugir. Uma espécie de mão-cheia de sangue se precipitara para seu rosto.

— Sim, eu saberia. Não estava. E não qu-quero fa-falar nisso, papai. Eu lhe disse.

Na verdade, será que Skyler *tinha* certeza? Algum dia Skyler tivera certeza de alguma coisa? Era muito provável que houvesse maneiras de uma garota engravidar sem que o ingênuo/inocente/estabanado/

descoordenado Skyler Rampike tivesse o menor conhecimento, aos dezesseis anos, já que tivera pouca experiência.

Por alguns minutos, Bix falou de Leander Harkness. Maravilhou-se com o lançador de "braço demoníaco" e "nervos de aço", e falou de como era "injusto" que Leander Harkness nunca pudesse ser incluído no Hall da Fama do Beisebol, com o que a própria grande tradição norte-americana do Hall da Fama ficava "comprometida", porque Harkness tinha uma habilidade ímpar como lançador e, "afinal", nunca fora condenado em nenhum tribunal pelos crimes de que era acusado.

Durante esse discurso passional, Skyler encolheu-se diante do pai, que avultava acima dele como um dirigível mortífero. Fazia muito tempo que Bix Rampike era fã dos Yankees e admirador particular de Leander Harkness, e por isso Skyler esperou que o pai lhe perguntasse se algum dia ele chegara efetivamente a conhecer Leander Harkness e (quem sabe) a apertar a mão do jogador; e Skyler, trêmulo, preparou-se para dizer, no tom frio e irônico de um jovem ator de cinema soltando uma bomba para um homem mais velho: *Que diabo, não, papai, um assassino na vida basta para mim.*

Em vez disso, seguindo uma misteriosa corrente de associações, Bix levantou o assunto da sua própria vida, sobre a qual Skyler não lhe fizera uma única pergunta: não só sobre a nova família de Bix, mas também sobre seu novo emprego "fantástico" como executivo-chefe da New Genesis BioTech Inc.

Skyler pensou: *Ele está magoado! Quer que eu me importe com ele.*

Dando graças por ser poupado do assunto sinistro de Leander Harkness, Skyler fez a vontade do pai e lhe perguntou sobre a New Genesis BioTech Inc.

Então, por alguns minutos, com um pouco de sua antiga animação, Bix falou das pesquisas "empolgantes", "revolucionárias" e "de ponta" que vinham sendo conduzidas por uma equipe de cientistas internacionais no laboratório da empresa, em New Harmony, Nova Jersey. Com um orgulho pueril, Bix disse a Skyler que, dentre as subsidiárias numerosas e muito lucrativas da Univers Inc., a New Genesis era a "mais maciçamente capitalizada", e que ele fora convidado a dirigir a nova empresa pelo próprio CEO da Univers Inc:

— Aquele telefonema do Hank à meia-noite me pegou inteiramente de surpresa, Skyler. Essa foi, com certeza, a *piece-resistance* da minha vida profissional.

— Que bacana, papai!

(Será que "bacana" ainda fazia parte da língua? Na infância propriamente dita, Skyler nunca tinha enunciado esse expletivo infantil, mas fazia uma ideia de que, nas tirinhas e quadrinhos de que Bix Rampike gostava, "bacana" continuava a ser um favorito norte-americano.)

— ... "milagres da engenharia genética"... "espécimens de doadores escolhidos a dedo para fazer crescer um rim novo!"... "transplantes de órgãos que logo se tornarão tão comuns quanto dentaduras ou meias-perucas"... "regeneração de órgãos à moda dos lagartos anfíbios autorreplicativos do gênero *Caudata* (o lagarto comum)"... "PEV: Projeto de Espécimens Voluntários"...

Alguma coisa nesse último item despertou a curiosidade insolente/adolescente de Skyler:

— "Projeto de Espécimens Voluntários"? Que diabo é isso, papai?

Numa voz baixa de papai mal-humorado, como se a Velha Taberna Holandesa, com seus fregueses dispersos e sem importância, pudesse estar ansiosa por entreouvir os segredos da América empresarial, Bix explicou a Skyler que o "Projeto EV" era uma ideia original sua. Em "meios restritos" dos Estados Unidos e do exterior, os indivíduos eram "convidados a ser voluntários" dos experimentos da New Genesis, e eram "muito bem pagos" por isso.

Franzindo o cenho, Skyler perguntou que tipo de "meios restritos" eram esses. Havia começado a notar que as palavras do pai estavam um pouquinho engroladas e que um sorriso mais parecido com um tique se esboçava na boca de peixe dos Rampike.

— Prisões, centros de tratamento e clínicas psiquiátricas, hospitais do Estado e hospitais de veteranos de guerra, e alguns asilos ligados a igrejas, que estão isentos de normas federais e estaduais fanaticamente rigorosas. Como eu disse, o "PEV" foi minha invenção pessoal, filho, e, nos nossos primeiros doze meses de implementação, só no Texas, na Louisiana, na Geórgia e na Flórida...

— Espere aí, papai. O que você quer dizer com "espécimens voluntários"? Essas pessoas têm alguma alternativa quanto a serem "voluntárias"? Vocês dizem a elas que os experimentos podem ser perigosos?

Pausa dramática. No bar, uma freguesa meio alta ria como um zíper que houvesse corrido. Bix recurvou seus ombros de zagueiro e disse, com o ar imperial de um executivo-chefe que recita um texto decorado para uma vasta plateia:

— Os voluntários da New Genesis são devidamente informados de qualquer risco envolvido nos nossos projetos. Eles assinam um documento de renúncia aos direitos, e esse documento foi minuciosamente verificado pela nossa equipe jurídica, em rigoroso acordo com as normas federais e estaduais, quando aplicáveis. No governo atual, houve uma "reforma" muito necessária da legislação reguladora, que tinha um excesso de zelo, fadado a criar obstáculos e impor ônus financeiros desnecessários ao empresariado. É claro que os países estrangeiros são uma outra história. E é frequente haver efeitos colaterais benéficos dos nossos experimentos, é claro, como a "regeneração" de neurônios destruídos ou de um fígado doente, e muitos outros exemplos... isso somado aos pagamentos generosos que os voluntários da New Genesis recebem por sua participação no progresso científico.

— Caramba, papai! Isso são pessoas desamparadas, encarceradas? Prisioneiros, pacientes psiquiátricos? Gente retardada? "Espécimens" em asilos, no leito de morte?

A voz rouca de Skyler elevou-se, alarmada. Fazia muito tempo que ele não se agitava tanto, e não tinha ideia do que estava acontecendo, exceto por ver que tinha derramado água mineral nas tábuas da mesa e molhado as mangas da camisa.

Bix retrucou, furioso:

— Fale baixo, filho. Você já é uma vergonha suficiente para o nome dos Rampike.

O rosto de Bix Rampike ficou carregado como uma abóbora podre. Em seu desagrado com o filho, ele baixou a palma da mão pesada sobre os dedos esticados de Skyler, feito um malho.

SKYLER SAIU TROPEÇANDO PARA O BANHEIRO MASCULINO. PENsou em se enforcar num dos boxes sanitários, só que (1) com a sua sorte, alguém entraria assobiando no banheiro para urinar num mictório e o descobriria, e (2) na Hugo Boss, ele tinha esquecido seu cinto de couro sexy e recém-comprado, de modo que não dispunha de meios com que se enforcar, de qualquer jeito.

E pensou: *Depois de ir tão longe na minha viagem épica, não posso desistir agora. Posso?*

* * *

— ... MUNDO PODIA PENSAR, INCLUSIVE VOCÊ, SKY-BOY TODO certinho, com essa sua cabeça de Ivy League que não sabe de nada, que a sua mãe e eu não nos dávamos muito bem, por causa do divórcio e da baboseira dos tabloides, mas nada disso!...

Skyler teve muita vontade de dar uma empurradinha na maleta de couro italiano na direção do pai, que não parava com a ladainha, ou então, com a audácia infantil que nunca tivera quando menino, de se apropriar dela e abri-la, ele mesmo.

— ... embora me magoasse, isso eu sou obrigado a admitir, quando a Betsey ia àquelas porcarias de programas de televisão, para promover as suas malditas "memórias", e falava de mim, o seu ex, como se eu fosse a *beste noar* dela... como se o fim do nosso casamento tivesse sido só culpa minha. Diabos, filho, dizem que você tem um QI alto, mesmo sendo ferrado pra cacete, logo, você sabe que as coisas nunca são simples assim. A *Navalha de Onan*, sabe o que é isso? Significa que as coisas têm causas múltiplas. É como na história, tipo por que travamos a Guerra da Secessão, ou lutamos na Segunda Guerra Mundial, ou qual é a diferença entre asbesto e *asbesteose*, é tudo "sobredeterminado". Você sabe o que o Freud quer dizer com "sobredeterminado"...

Impaciente, Skyler balançou a cabeça em sinal afirmativo, sim! Sim, ele sabia o que S. Freud queria dizer com "sobredeterminado".

— ... enfim, não é verdade. A Betsey e eu nos mantivemos em contato até esse fim pavoroso. Tínhamos que lidar com o nosso filho "problemático", tínhamos processos judiciais em comum, como aquele escândalo do "KILL BLISS!",* processos por "violação de direitos autorais" em relação ao nome "Bliss Rampike" e à imagem dela. (O mais repulsivo foi um fabricante de tênis que usou a imagem da Bliss numa porcaria de *sapatos* para meninas.) Os nossos advogados estão gerando híbridos, os filhos deles estão se casando uns com os outros! Naturalmente, a Betsey entrou em contato comigo antes de se internar no hospital, na semana passada. "Bix, eu tornei a escrever para o Skyler,

* Videogame popular, lançado em 2000. A jogadora é uma Bliss lourinha de desenho animado, que patina habilmente/desesperadamente para fugir de seus assassinos em potencial, que incluem GUNNAR e GUTHER (pervertidos sexuais), MAMÃE, PAPAI e SNIVELER (o irmão mais velho). Bix e Betsey Rampike uniram forças para mover um processo por calúnia e difamação e retirar o produto insultuoso das lojas, mas as vendas continuam na Internet e dizem que estão "na casa dos milhões". (Não, o "Sniveler" nunca viu esse jogo enojante.)

implorei ao Skyler para vir me ver, ou pelo menos para falar comigo, mas ele *não me atendeu.*" Eu disse à sua mãe para não chorar, para não julgar você com muita severidade, porque há razões para não julgá-lo como um garoto americano normal, ou mesmo como um garoto ferrado americano normal. Enfim, a sua mãe e eu tínhamos relações estreitas e não éramos nada desses monstros que esses chacais e hienas pintaram de nós na imprensa marrom. Ninguém é capaz de entender como éramos apegados, unidos no coração... quando se tem filhos com uma mulher, e quando se perde um filho.

De repente, Bix parou de falar. Uma película de transpiração havia surgido em sua testa de rugas profundas, que ele enxugou com a manga da camisa. Quando a garçonete lhe trouxe a bebida, Bix a decepcionou, mal registrando sua presença, porque olhava com ar macambúzio para Skyler.

— Esse "noivo", o "Nathan Kissler" — disse —, a Betsey não quis dar ouvidos ao meu investigador, que descobriu uns indícios claros de que esse sacana teria sido preso por desfalque, não uma nem duas, mas três vezes, num golpe de angariação de fundos que ele armou lá em Darien, no Connecticut, e descobriu também uma história de falsificação de cheques, só que foi com viúvas idosas que ele andou tendo romances, e elas não eram do tipo que "dá queixa". Enfim, a Betsey me procurou para me dizer que estava me mandando um "documento precioso" por carta registrada, e que eu podia lê-lo, "se quisesse", mas não era para eu falar com ela sobre o assunto, será que eu prometia? E aí, que diabo, eu prometi. A Betsey disse que o "documento precioso" era uma carta para o Skyler, que ela queria escrever para você fazia anos. E com a carta havia também um vídeo: "Você se lembra, Bix."

Vídeo! Skyler se lembrava vagamente de um vídeo. Engoliu em seco, pensando: *Talvez eu não queira isso, afinal. Talvez eu esteja cometendo um erro.*

— ... sabe, filho, essa cirurgia da Betsey, ela teve um "pressentimento". A Betsey era dada a "pressentimentos", a maioria dos quais nunca se realizava, mas dessa vez ela acertou. Ela já tinha feito meia dúzia de "procedimentos cirúrgicos", ao que eu soubesse, sempre mantidos em segredo. Aquela editora famosa de Nova York que foi procurá-la, depois que aquele pervertido sexual do Roosha se matou, ofereceu à Betsey uma "soma não revelada" para ela escrever suas memórias — não que a Betsey tivesse que "escrevê-las", eles contratam gente para cuidar da redação propriamente dita, como esses redatores de discursos, mas o teste crucial é se o sujeito pode aparecer na televisão, se ele passa no teste da televisão, e, dito e feito, a Betsey Rampike foi aprovada. Mas, para a televisão, e para aquelas "aparições promocionais", a Betsey precisava de cirurgias, cuja conta a editora pagou.

— Cirurgias? Tipo... para câncer?

— Não, Skyler. Não para câncer.

— Mas foi câncer do... — Skyler relutou, com medo da palavra *serviço* — ... foi disso que a Betsey morreu, não foi?

Bix ergueu o copo e bebeu. Por um longo momento, com ar pasmo, contemplou o rosto ansioso do filho. E então disse, como quem falasse com uma criança muito pequena:

— Não, Sky-boy. Não foi "câncer cervical" nem câncer de coisa nenhuma. Todas as cirurgias da sua mãe foram estéticas. Lá nos tempos de Fair Hills, a Betsey começou com uma "puxadinha nas pálpebras". E com aquelas injeções... "botox", "colágeno", "remoção de rugas com laser". O primeiro lifting, nós já estávamos separados, deve ter sido em 1999. A cirurgia que a matou, filho, foi a pior de todas: "lipoaspiração".

— "Lipo..." o quê?

— É claro que o que se vazou para a imprensa foi "câncer". A equipe de relações públicas da Betsey é muito hábil em matéria de deixar "vazarem" supostos segredos, e a imprensa devora tudo. Sabe, quando a imprensa engole um factoide errado, ela pode "corrigi-lo" na edição seguinte, ou na televisão. É tudo conversa fiada, mas é uma conversa fiada lucrativa, e cá entre nós, filho, andei investindo em alguns desses "tabloides marrons" e eles dão lucro mesmo, esse é que é o resumo da história. Mas a tragédia foi que a Betsey morreu da "lipoaspiração", e não de câncer, e a Emanações do Céu está desatinada para manter isso em segredo. Porque a Betsey Rampike foi um tremendo "modelo" para a comunidade consumidora cristã. A pobre da Betsey andava dizendo que não conseguia tirar com a dieta os pneus da cintura e dos quadris. Deus sabe que a coitada tentou, era um inferno viver com a Betsey quando ela estava "de dieta"... e, quando ela perdia 5, 7 quilos, era A Noite Negra da Alma, porque a droga da pele despencava toda. Eu sentia pena dela, pombas. Parecia um balão meio esvaziado em forma de elefante, com aquelas pelancas penduradas. O traseiro da coitada, que antes tinha sido tão liso e empinadinho, você não ia querer ver aquilo, Skyler. Há certas visões, como a de peitos caídos que um dia foram beldades arrebitadas, que é melhor não ter, filho. O seu pai vai protegê-lo desse conhecimento precoce. Enfim, a cirurgia correu mal. Deu para saber que foi um desastre, porque o tal do Kissler me ligou. Esse sacana conivente telefonou *para mim*: "A lipoaspiração correu mal. Partes do estômago da Betsey foram sugadas pelo aspirador. E parte dos intestinos..." O infeliz abriu o berreiro. Vai ver que a amava mesmo. Vai ver que ainda não tinha conseguido fazê-la mudar o testamento. "Bix, ela não vai resistir. O médico disse que o esforço para o coração..." Ela passou três dias ligada aos aparelhos. O sujeito se dizia sócio e noivo dela, mas não tinha nenhuma procuração, e eu falei: "Olhe aqui, eu não sou mais o 'parente mais próximo', faz anos que a Betsey e eu nos divorciamos." O babaca estava enrolado até o pescoço. Desfalcadorzinho de merda, ele sabia que tinha metido os pés pelas mãos. Eu fico doente quando penso nela na cama com ele, e por isso nem penso no assunto, e é o que eu também lhe recomendo. Sabe, filho...

A voz de Bix embargou-se. Seus olhos se encheram de lágrimas, que escorreram pelas faces ruborizadas. Skyler estava tentando compreender esse fato: sua mãe não morrera de câncer, mas de "lipoaspiração" — uma cirurgia estética. Sua mãe havia morrido, e era por isso que ele estava ali.

— Filho, isto é seu.

Finalmente, o pai de Skyler abriu a maleta. Com mãos surpreendentemente firmes, retirou dela um envelope cor de pêssego e o que parecia ser um videoteipe maltratado e manchado de água.

— Esse material é seu, Skyler. Sua mãe o preparou para você, "para o caso de Deus me chamar", e era desejo dela que você fizesse com ele o que quisesse, e isso, filho, inclui destruí-lo, que é o que o seu pai recomenda *tute suíte*. A Betsey me confiou essas coisas, segundo disse, na minha condição de "grande amor da vida dela"... ou talvez tenha sido "o grande amor trágico da vida dela". Sabe, a sua mãe e eu concordamos em nunca revelar o que se passou entre nós. Quer dizer, o que aconteceu com a sua irmã naquela noite terrível. Apesar de eu não ter estado presente, fui responsável, como você vai ver. Eu posso estar bêbado neste momento e posso ser um filho da puta desalmado, mas reconheço de estalo uma verdade existencial: que eu sou responsável pela tragédia da nossa família, porque eu confio na verdade sem pestanejar. A verdade, filho, é o alicerce do método científico. E o método científico é o alicerce da civilização ocidental. Aquele controvertido pioneiro do inconsciente, o S. Freud, disse que a fêmea da espécie não é tão "moralmente evoluída" quanto o macho, e é por isso, filho, que nós, homens, temos de assumir a responsabilidade pelos atos femininos, às vezes. Apesar de sua mãe e eu estarmos divorciados e nunca aparecermos juntos em público, nós continuamos "amistosos" ao longo dos anos, como nações com armas nucleares, prontas para se destruir mutuamente. Agora que a coitada da Betsey se foi, posso lhe dar essas coisas, na esperança de que você, Skyler, tire um novo tropeço, digo, um novo começo do que descobrir nelas. Não li todas as palavras da carta emocionada que a sua mãe lhe escreveu, Skyler: era doloroso demais. Também não voltei a assistir a esse maldito vídeo, que eu tinha visto anos atrás e que tanto me induziu ao erro a seu respeito, filho. Não há necessidade de reabrir feridas purulentas! Eu espero, Skyler, que depois de examinar esses documentos, você me telefone e me perdoe, filho, por tê-lo julgado mal em todos esses anos, e espero que possamos voltar a ser pai e filho, como fomos em Fair Hills, em dias mais felizes. Eu pagarei a anuidade de qualquer universidade ou faculdade em que você conseguir entrar, se continuar sóbrio!, e você é livre para estudar o que quiser, mas sempre tendo em mente o desafio do futuro: "Sempre em evolução", que é o lema da New Genesis Inc. Como o seu pai ficaria orgulhoso, filho, se você fizesse um curso de biologia molecular, por exemplo, ou de engenharia genética, e pudesse trabalhar com a nossa equipe da New Genesis. E eu vou lhe dar um carro novo; francamente, fiquei chocado ao ver aquela merda que você está dirigindo estacionada na garagem da Betsey, quando cheguei lá. A minha "nova família" o receberá de braços abertos, Skyler, mesmo sendo provável que você não queira morar conosco, o que seria uma fonte de tensão injusta para a Danielle, mas você é bem-vindo para nos visitar com frequência, no apartamento do Central Park ou na "Fazenda Harmonia", que é a nossa propriedade rural de 200 acres lá em Jersey. Filho?

Skyler foi saindo do reservado de madeira. Tinha que ir embora! Agora que estava com o que fora buscar, com as duas coisas na mão, sentia muito decepcionar o pai, lamentava não conhecer a "nova esposa" dele, gaguejou um obrigado, obrigado, papai, apertando a férrea mão paterna, e, quando o papai bêbado e desajeitado arrastou-se parcialmente para fora do reservado, para lhe dar um abraço e lhe deixar uma trilha de cuspe feito gosma de caracol na bochecha esquerda,

Skyler trincou os dentes para se deixar beijar, e se deixou abraçar pela última vez:

— Filho, lembre-se de que o seu velho pai ama você pra cacete.

— Eu sei disso, pai. E também amo você.

NO SAGUÃO ESCURO E PARCIALMENTE REVESTIDO DE MADEIRA da Pousada Washington Irving, quando trotava mancando em direção ao hall dos elevadores, Skyler distraiu-se com a visão de... seria a Sra. Klaus? A beldade loura e fria que era mãe do melhor amigo dele, Calvin Klaus? Só que uma olhadela mais atenta para a mulher de casaco de marta-zibelina até os tornozelos o fez mudar de ideia, porque a Morgan Klaus era da idade da mãe dele, ali pela metade da casa dos 40, e essa mulher era consideravelmente mais moça. Estava a caminho da Velha Taberna Holandesa, e seu olhar — azul metálico, opaco — atravessou Skyler como um raio laser. No elevador, subindo para seu quarto no quinto andar, apertando no peito o envelope perfumado cor de pêssego e o videoteipe com manchas de água, ele pensou: *Deve ser a Danielle.*

"Da mãe que o ama, Mamãe"

"Da mãe que o ama, Mamãe"

21 de fevereiro de 2007

Querido Skyler —

A intenção não era a sua irmã morrer. No entanto — a culpa é minha.

Que coisa terrível é a ira de Deus & a ~~mizeri~~ — misericórdia dele — é uma verdadeira "Piada de Deus" a pessoa que amava a Bliss mais do que tudo no mundo — a mãe dela — ter sido o veículo indezejado da morte dela.

Skyler , por favor me perdoe, eu estava com mêdo de "confessar" o que eu tinha feito — a ignomia da vergonha da Humanidade — o julgamento da Mãe Rampike — eu não podia suportar.

Foi indicado ao seu pai que você — um menino de 9 anos — era o responsável — e por isso o seu pai conspirou comigo, para protejer você. Foi amor por você — que o seu pai tinha no coração. Ele acreditou — "O que o Skyler fez foi um ato de criança e ele tem que ser protejido." Eu fiz o seu pai acreditar que você e a Bliss estavam brincando de esconder e de uma brincadeira "de amarrar" e por acaso, você bateu a cabeça da Bliss naquela parede dura. Mas a verdade é que a sua mãe foi o instrumento da Morte e por Vaidade — para fazer o seu pai me amar — como já tinha amado — foi por essa razão que a minha fraqueza deixou um demônio entrar na minha alma — esse demônio do Ciúme — Jesus me avisou "Deixe o seu marido ir embora que um dia ele volta das prostitutas dele, mas se você o segurar e tentar prender, ele não voltará". Mas, na minha segueira embriagada eu não pude escutar. O "bilete de resgate" eu escrevi de brincadeira — eu acho — ele ia estar esperando o seu pai quando ele fosse buscar a Bliss de manhã pra levar pra Nova York e ele ia ficar muito aborrecido e ia procurar por ela e a encontraria na sala das caudeiras onde ela ia estar escondida — com os braços e os pulsos amarrados, como numa brincadeira — e ele ia aprender que a Bliss era a sua filha querida e que ele não devia abandonar sua família. Nessa ocasião eu estava "medicada" e também tinha bebido e não conseguia pensar com clareza — eu acho — porque não antivi que a Bliss já não era tão garotinha, tinha 6 anos, e ia resistir ao plano da mãe de uma "brincadeira de esconder" — com muito sono no começo, e ela estava nervosa porque tinha sujado os lençóis e pensou em esconder eles de mim, e então eu disse a ela que "íamos pregar uma peça engraçada no papai" e aí na sala das caudeiras ela se revoltou, e ficou brigando comigo e disse "mamãe eu não quero ficar aqui" e disse uma coisa que me magoou — "Mamãe, você está bêbada" — e aí, de algum jeito, o demônio tomou conta de mim e eu agarrei os ombros dela e baixou uma escuridão em mim, Skyler — estava feita a maldade que não podia ser desfeita — e aí eu fui atrás de você — e plantei a semente — de que *você* tinha machucado a sua irmãzinha — e liguei para o seu pai para chamá-lo da vagabunda da ocasião, ela era tão sem vergonha que mandou flores e um cartão de condolência e me olhou no olho no funeral da Bliss — ela é que eu nunca vou perdoar —

Aí o seu pai *viu* o que tinha acontecido — que não dava para desfazer — e o vídeo que eu tinha feito de você, Skyler, e eu *sinto muito* por ele, porque aí o seu pai ia sempre acreditar que *você* tinha matado a sua irmã — apesar que, quando apareceu aquele "prevertido sexual" do Ruscha, ficou parecendo que ele podia ser o assassino — porque ele confessou — o que foi uma grande surpresa para mim, mas ficou parecendo — e o seu pai também pensou assim — que o Ruscha era uma "dádiva de Deus" para os Rampike na sua aflissão, e muita gente acreditou que era verdade — que aquele homem tinha machucado a Bliss, as pessoas queriam *acreditar* porque na verdade, o G.R. era um prevertido sexual, como ele mesmo admitiu, e o seu pai disse: "Isso vai salvar o Skyler."

Eu rezei para Jesus me perdoar — eu ia deixar um "homem inocente" ser defamado no meu lugar — e Jesus disse: "Comigo também foi assim, Betsey, um homem inocente para ser crucificado", e tempos depois Jesus disse "E agora você sabe, Betsey — você também está crucificada — você perdeu o seu anjo querido até vocês se juntarem no Paraíso."

Skyler, tomara que você tenha no coração a possibilidade de me perdoar — você só vai ler isto se tiver "acontecido alguma coisa" comigo, e aí eu lhe peço que reze pela sua mãe que só queria manter a nossa linda família unida e que nunca deixou de amar você.

Da mãe que o ama,
"Mamãe"

Quanto ao misterioso videoteipe — amassado, cheio de manchas de água, quase destruído —, ele se revelaria a fita "perdida" dos turvos 72 segundos em que a mãe do Skyler o gravara, logo depois da morte da Bliss, e que depois havia projetado para ele ver, assim como a mostraria ao pai do menino, que a retiraria da casa dos Rampike antes de a polícia ser chamada.

Que choque para Skyler ver essa antiga fita de pesadelo, que ele presumira ter sido destruída pelo pai fazia muito tempo! Ver de novo, com um fascínio doentio, a imagem borrada do menino "Skyler", com seu rostinho pálido e zonzo de sono, o inocente cabelo castanho-claro despenteado e o pijaminha de flanela; ouvir de novo a voz aflita, acusadora e quase inaudível, longe da câmera — *Skyler, diga* *onde* *irmã* *será que você* —, enquanto o rosto abalado do menino começava a se desfazer em partículas, assim como a voz da mamãe se desfazia — *Skyler* *por favor* *diga* *nesta casa?* *esconde-esconde?* *onde está* *não será castigado* *a mamãe promete* — e, na gravação cheia de granulações, que parecia feita embaixo d'água, o menino culpado chorava como se seu coraçãozinho demoníaco estivesse arrasado.

A revelação

Inocente! No fluxo de faróis cintilantes que cruzavam a enorme ponte acima do rio Hudson, enganosamente plácido, quase invisível na escuridão abaixo, a caminho de Nova Jersey, enxugando as lágrimas quentes e ardidas que rolavam dos olhos. E pensava *Não fui eu. Não fui.* Perplexo e aturdido como se lhe tivessem golpeado a cabeça com um malho, mas sorrindo para indicar que não se machucara, que, na verdade, estava muito feliz. E era abençoado. Só podia ser abençoado. Porque sua vida miserável e arrevesada lhe fora devolvida, transformada. Ele foi tomando a esquerda em meio à confusão do trânsito, entrando na pista que indicava a AUTOESTRADA NOVA JERSEY SUL. Agora dirigia com mais confiança. Pensando *Não fui eu! Nunca fui eu.* Aproximou-se das guirlandas de luzes do Aeroporto Internacional de Newark, vendo aeronaves que desciam do céu, seguras na descida e no pouso em pistas invisíveis atrás dos terminais gigantescos, e Skyler engoliu em seco ao pensar *Mas podia ser diferente, aquele avião poderia se espatifar num instante.* Pensou *Qualquer desses aviões, a qualquer momento.* Mesmo assim, ele fora poupado. Por muito tempo se acreditara maldito, mas tinha sido poupado. Não havia machucado sua irmã. Não dera com a cabeça da irmã numa parede de concreto e a largara morrendo na escuridão abafada da sala das caldeiras. *Eu não! Eu nunca!* E sorria, sacudindo a cabeça ao dirigir, a visão noturna embotada pelas lágrimas. Tivera que sair daquele hotel. Não havia suportado ficar naquele quarto nem mais um minuto. Sabendo que o pai bêbado quereria vê-lo, bateria em sua porta. E ele não suportaria ver Bix Rampike. Nem suportaria ser apresentado à "nova" mulher/"madrasta", inquietantemente parecida com uma irmã mais nova da mãe de Calvin Klaus. Não poderia correr o risco de que a trêmula chama de sua nova felicidade fosse ameaçada pela presença de terceiros. Pois ninguém tinha como saber com que força pulsavam nele as frases *Inocente! Não sou o assassino da minha irmã!*

Na impaciência, apertou com força o pedal do acelerador. Sem atentar para o fato de que a caminhonete começava a chacoalhar a 100 quilômetros por hora, porque estava desesperado para voltar a New Brunswick, à família que tinha lá. Porque era do pastor Bob que Skyler gostava, não de Bix Rampike. Era no pastor Bob que Skyler confiava, não em Bix Rampike. Como é que seu pai podia ter acreditado, durante esses longos anos do exílio de Skyler, dez longos anos banido da família, que ele, Skyler, era um assassino? Da própria irmã a quem amava, um assassino! Jamais perdoaria Bix Rampike. Jamais tornaria a ver Bix Rampike, se pudesse evitá-lo. Agora tinha uma nova família, a antiga maldição dos Rampike se desfizera. Por que Bix Rampike tinha acreditado *na mulher*, e não no filho? Por que havia confiado *nela*, e não no filho? O alívio sentido por Skyler foi como se tivesse conseguido soltar-se do aperto mortal das serpentes gigantescas que se ergueram do mar da Grécia, com uma lógica de pesadelo, para prender em seus volteios o sacerdote Laocoonte e seus jovens filhos inocentes, *Ó Deus, socorrei-nos, socorrei-nos*, era esse o grito terrível que irrompia da garganta nessas horas, mas não havia socorro, não havia esperança de socorro, porque era por desígnio divino que as gigantescas serpentes atacavam. No dia em que Skyler partira em sua peregrinação ao inferno, tinha rezado em voz alta: "*Eu creio, Senhor! Ajuda a minha incredulidade!*", e essa prece fora atendida. Embora ele não acreditasse num Deus que atendesse a orações, sim, pareceu-lhe que sua prece fora atendida. A vida miserável, estropiada, apequenada de Skyler lhe fora devolvida, inteira e transformada. *Inocente*, ele fora designado. *Inocente* era o que tinha sido, o tempo todo.

Passou por ELIZABETH, num miasma fantasmagórico de odores químicos pungentes como ovo podre. Fora da caminhonete, uma paisagem industrial noturna de luzes furiosamente piscantes e colunas de fumaça, debruadas de intensas chamas vermelhas que lembravam línguas. As narinas de Skyler se contraíram e ele sentiu um toque de náusea. E na saída para RAHWAY, foi levado a pensar *Mas o* "prevertido" *morreu, morreu pela mão dela*, e nesse instante por pouco Skyler não perdeu o controle do veículo em alta velocidade, descambou para fora da faixa da direita, quase atingido por trás por um caminhão de 18 rodas que avançou sobre ele, em pânico virou o volante e reconduziu a caminhonete à pista da direita, humilhado por uma buzina zombeteira, e engoliu em seco, pensando *Mas não posso ser injustamente privado da minha felicidade, esperei muito tempo.* Num lampejo visualizou o rosto de menino em prantos no vídeo estragado, os ombros magros, o peito estreito, o profundo desamparo daquele corpo — mas ela não tivera pena dele, tivera? Sacrificara o menino para se salvar: a mãe dele. Uma sensação de chumbo começou a perpassá-lo. Uma bota pesada calcando sua nuca, pois a verdade era que *Dez anos da minha vida foram tirados de mim, e a minha irmã foi tirada de mim.*

Pouco antes da saída para New Brunswick, o trânsito foi canalizado para uma única faixa muito lenta. Perto da mureta divisória ocorrera um acidente espetacular, envolvendo vários veículos, e lá estavam luzes de iluminação e veículos de emergência, radiopatrulhas com lâmpadas vermelhas faiscantes, vidro partido espalhado pela pista, pelo qual Skyler teve de passar, encolhendo-se como se estivesse descalço. Tentou não olhar para o lado porque não queria ver os feridos, se houvesse feridos. Não queria ver corpos mutilados. Viu um veículo grotescamente amassado e virado de borco, não muito diferente de um dos utilitários esportivos supermilitares de Bix Rampike, e por um momento delirante teve a preocupação de que talvez seu pai estivesse dirigindo aquele veículo. E ao tomar a saída para NEW BRUNSWICK sentiu uma convicção mais forte, a de que deixara alguém em falta, não tinha ajudado alguém que precisava da sua ajuda. Pensando *Mas nesse tempo todo eu estive vivo, e a Bliss estava morta.* Não era uma percepção nova, porque Skyler era propenso a ter essas ideias a todo e qualquer momento, mas ela o atingiu nesse instante com um horror renovado. Já então, a euforia sentida na primeira metade do trajeto havia desaparecido. Como água suja escorrendo de uma banheira, a felicidade de Skyler tinha escoado para longe. Ele já não conseguia compreender por que tinha ficado tão feliz... Vangloriando-se com a descoberta de não ter matado a irmã, quando não fizera nada para impedir que ela fosse morta pela mãe bêbada. Uma peregrinação ao inferno, isso é que fora essa viagem, e Skyler havia acreditado estar escapando do inferno, sem entender que o inferno seria arrastado atrás dele, porque o inferno era o habitat natural de Skyler Rampike. *O desespero demoníaco é a mais intensa forma de desespero: no desespero, a vontade de ser ele mesmo... No ódio pela vida, o desespero quer ser ele mesmo, quer ser ele mesmo de acordo com sua miséria.*

Com a voz rouca, Skyler falou alto dentro do veículo chacoalhante e (quem sabe? na autoestrada Nova Jersey, poucos tinham sido os mortos em engavetamentos "espetaculares" que, ao tirarem o seu tíquete na cabine de pedágio, haviam esperado ser esse o seu destino) possivelmente fadado à morte: "Não tenho força suficiente para a felicidade. Minha única força é o desespero."

— Filho? acorde.

EMBORA ESGOTADO POR SUA PROVAÇÃO, TINHA QUE DEVOLVER A caminhonete à garagem da reitoria. E na garagem, teve que posicionar o veículo no lugar exato em que ele estivera quando da saída de ré, no outro dia. Um torno o apertava com força, *tinha que fazê-lo.*

Dentro da Arca, disse-lhes — interrompeu o que eles acreditavam estar fazendo para lhes dizer — que tinha de falar com o pastor Bob nessa noite. E quando tentaram dissuadi-lo, repetiu que tinha de falar com o pastor Bob nessa noite.

Tinha.

(E se não falasse?)

Tinha obliterava *se não.*

Na Arca, tentaram dissuadir o jovem de rosto esfogueado, boca retorcida e olhos ensandecidos, como era frequente dissuadirem indivíduos desesperados, atraídos pelos mistérios evangélicos da igreja Nova Canaã, convencidos de terem que ver o reverendo Bob Fluchaus naquele exato momento para a salvação de suas almas; tentaram explicar que o pastor Bob passara a primeira parte do dia visitando uma mulher transtornada, detida no Centro de Detenção Feminina de Middlesex sob a acusação de assassinato, e fazendo negociações entre ela e seus vários filhos pequenos, e na segunda parte do dia estivera junto ao leito de um amigo, um moribundo de um asilo local, só voltaria tarde à reitoria e estaria exausto ao chegar, e Skyler escutou ou pareceu escutar e, em seguida, disse que esperaria o pastor Bob na igreja, não na reitoria, mas na igreja, onde poderia ficar sozinho com seus pensamentos; e de novo tentaram dissuadir Skyler Rampike, que exsudava um calor irradiante e impetuoso como uma artéria pulsante: eram quase onze horas da noite, e por que o Skyler não ia para casa, onde quer que fosse a sua casa, e voltava de manhã, e Skyler explicou com impaciência que tinha de ver o pastor Bob nessa noite, sua vida dependia disso. E nesse momento lá veio a Miriam, de calças de ginástica, suéter da Rutgers e sandálias de dedo nos pés esqueléticos, seu traje das horas de folga, Miriam de cara fechada e alvoroçada, que acompanhou Skyler à igreja escura, abriu uma porta dos fundos e acendeu algumas luzes para Skyler, que entrou aos tropeços, tão perturbado que mal se lembrou de agradecer.

— Me ajude, Jesus. Ou... alguém.

Que austero, que feio o interior da igreja Nova Canaã nesse horário! Um espaço com tão pouco romance ou mistério quanto o interior de um depósito. A não ser pelo altar modesto e a cruz posicionada acima dele na parede, e as muitas fileiras, que sumiam a perder de vista na sombra opaca, de cadeiras dobráveis tristemente vazias, nas quais um observador neutro poderia dizer que *Ninguém de qualquer peso ou importância jamais se sentará*. Num gesto de automortificação, Skyler ajoelhou-se no piso de concreto. Ajoelhou-se apesar do joelho dolorido, com a intenção de permanecer ajoelhado até o pastor Bob entrar às pressas: ele se castigaria com sutileza ainda maior, castigaria o pastor Bob se o pastor Bob não corresse ao seu encontro. No entanto, que mal-estar começou a sentir na igreja deserta! Invadiu-o a sensação a que S. Freud afixara o termo *estranheza*. É que, em toda a sua vida, Skyler nunca vira igreja alguma a não ser quando havia gente — "fiéis" — dentro; nunca vira a igreja Nova Canaã senão apinhada de gente e de vida, porque a congregação da igreja Nova Canaã era o que se poderia chamar de esperançosa e expectante, uma congregação de indivíduos que chegavam preparados para ouvir a boa-nova. E Skyler nunca estivera nesse interior sem ver lá na frente, como uma chama erecta que tremesse de calor e energia, o pastor Bob Fluchaus. Só que agora não havia ninguém. Excetuando Skyler, ninguém. Um calafrio de medo o invadiu, ao olhar para as fileiras de cadeiras dobráveis vazias que sumiam aos poucos na sombra opaca dos fundos do salão: *E se isto for o Além? Isto!* Pois viu que o simples crucifixo de madeira acima do altar era consideravelmente menor que o majestoso crucifixo de cobre que flutuava acima do altar da Assembleia de Deus. Porque ali estava uma cruz, como dizia o pastor Bob, do tamanho aproximado da cruz "original" em que Jesus Cristo fora crucificado; como dizia o pastor Bob à sua congregação, "O nosso ministério é de dimensões humanas, falho e imperfeito, pois não passamos de criaturas de Deus, não podemos ser deuses".

O pastor Bob nunca falava dos milagres de Jesus, em seus sermões ou noutros momentos. O pastor Bob não acreditava na probabilidade de ocorrerem "milagres" nas imediações de New Brunswick, Nova Jersey.

Passados apenas alguns minutos, Skyler não aguentou o piso de concreto brigando com seus joelhos. A dor óssea de ajoelhar num piso tão inflexível ia além da sua capacidade de automortificação e humildade, e por isso ele arriou o corpo numa cadeira dobrável, esgotado mas decidido a não se deixar pegar no sono antes que o pastor Bob chegasse. Não tinha dúvida de que o ministro iria a seu encontro em sua hora de aflição. Cruzou os braços no peito, bem apertado, para não tremer convulsivamente e para conter a agitação, tão perto de transbordar, feito uma crepitação elétrica. Não suportava aquilo, esse súbito conhecimento de que *não era* culpado; *não fora ele*; durante todos esses anos, sem que o soubesse, *Skyler Rampike não tinha matado a irmã.* Esse fato assombroso inflou-se feito um balão, foi inchando, inchando a ponto de estourar, enquanto Skyler falava depressa, gesticulava à maneira ansiosa/agressiva de Rob Feldman, o antigo professor particular da Bliss — tentando convencer uma vasta plateia de estranhos sinistramente calados que o encaravam sem simpatia. Sem nenhum pudor, Skyler esperava convencer essa plateia, aplacá-la e seduzi-la, com uma combinação da lógica de Rob Feldman com os sorrisos pueris/contraídos com que ele havia enfrentado o pai na Velha Taberna Holandesa, que nessa hora lhe foi revelada, com a subitaneidade de um trovão, como tendo sido mais uma antecâmara do inferno.

— Filho? Acorde.

MÃO DE HOMEM NO SEU OMBRO, MAIS UM CUTUCÃO QUE UM afago.

Ali estava o pastor Bob, sem fôlego e sem paciência, erguendo-se de cenho franzido sobre Skyler zonzo de sono.

— O que há, Skyler? Disseram-me na reitoria que você tinha algo para me dizer que não podia esperar até amanhã.

Essa censura nem tão sutil, *não podia esperar até amanhã*, Skyler optou por não ouvi-la.

Diabos, ficou sem graça! Queria que o pastor Bob o tivesse descoberto de joelhos, rezando, não arriado numa cadeira, tão ferrado no sono que agora era como se seu coração lhe houvesse caído parcialmente do peito. Pescoço duro, cabeça a meio caminho dos fundilhos e um filete de baba atravessando o queixo.

Skyler começou a contar ao pastor Bob o que havia acontecido em Spring Hollow.

Algo do que havia acontecido em Spring Hollow.

Sua mãe morrera poucas horas antes de sua chegada. Ele tinha ido ao funeral. A carta que o pai lhe dera da mãe, e o videoteipe que Skyler não via já se iam dez anos, e que presumira ter sido destruído... Skyler gaguejava tanto que o pastor Bob lhe pediu para falar mais devagar e mais claro. Skyler atrapalhou-se para lhe mostrar a carta manuscrita por Betsey Rampike em cinco páginas de papel perfumado, mas o pastor Bob recuou, de cenho franzido, e disse:

— Espere, filho. Acho que isso não é boa ideia. A carta da sua mãe foi destinada só a você.

— Mas eu pr-preciso que o senhor me oriente, pastor Bob. Como fez quando eu estava doente, na reabilitação. Quando eu queria morrer, na reabilitação. E o senhor disse: "Skyler, é mais desafiador viver do que morrer. Você precisa ser um guerreiro da sua vida." Mas agora, é como se eu estivesse de novo na reabilitação, pastor Bob, todos os meus pensamentos estão partidos. A minha pele toda coça. Não consigo pensar adiante do que está na minha frente, não consigo imaginar a semana que vem nem amanhã, nem daqui a uma hora. Por favor, me ajude, pastor Bob.

E o pastor Bob surpreendeu Skyler, porque não estava sorrindo de um jeito que o incentivasse, mas de um jeito que o desanimava, como quem repele um filhotinho ansioso de cachorro que lhe pule nas pernas; e o pastor Bob disse: — Ajudá-lo agora, Skyler? Você não é criança, tem quase 20 anos, o que espera que eu lhe diga? — E Skyler teve vontade de protestar, magoado, *Mas eu sou criança! Sou um pigmeu!*, só que disse em voz alta, com mais sensatez: — O que fazer com a carta e com o videoteipe. Me diga, pastor Bob. — E o pastor Bob disse: — Examine a sua consciência, Skyler. — E Skyler retrucou: — Eu... eu acho que não tenho consciência, pastor Bob. Não tenho al-alma. — E o pastor Bob disse, pacientemente: — Nesse caso, você precisa adquirir uma consciência, Skyler. Precisa adquirir uma alma, porque ninguém pode lhe dar uma. — Skyler perguntou: — Pastor Bob, eu devo te-tentar pensar no que Je-Je-Jesus faria? No meu lugar? — E o pastor Bob respondeu: — Por que meter Jesus nisso, Skyler? Você pensa que Jesus é uma muleta? — E Skyler observou: — Isto é uma prova, é uma confissão num processo penal; eu devo entregar essa "prova" à polícia, ou devo de-destruí-la, para que ninguém jamais a veja? — E o pastor Bob respondeu: — Essa é uma decisão que você terá de tomar sozinho, Skyler — e tirou de um bolso do paletó encardido de poliéster um lenço de papel amarfanhado no qual assoou o nariz vermelho, enquanto Skyler insistia, agora em tom mais desafiador: — ... não posso perdoá-la pelo que ela fez com a Bliss, tudo que ela fez com a Bliss ao longo dos anos, e nunca a perdoarei pelo que ela fez comigo. — Quando o pastor Bob não reagiu, Skyler disse: — Caramba, eu queria que existisse o infe-ferno, que a "Betsey Rampike" sofresse o que merece — a voz se elevando, furiosa e resoluta —, ... o-odeio todos dois, ele e ela. O "Bix" e a "Betsey"; queria que existisse uma porra de um inferno pra eles sofrerem do jeito que nos fizeram so-so-sofrer. — E quando Bob, procurando outro lenço no bolso, continuou sem reagir, Skyler disse: — ... entregar essa "prova" à polícia de Fair Hills, ou ao FBI, pra ela ser desmascarada, ca-castigada — e o pastor Bob continuou a não reagir, e a voz de Skyler se elevou muito — ... ou, quem sabe, vender essa merda. A "Carta de Confissão de Betsey Rampike", o videoteipe que tentou provar que Skyler, de 9 anos, era um assassino psicótico... Os tabloides vão ficar doidos por essa merda, vão pagar milhões, e eu ainda incluo uma entrevista co-comigo... — Assim foi esbravejando Skyler no interior desolado da igreja, e o pastor Bob escutou, ou pareceu escutar, com simpatia forçada, e se sentou numa cadeira dobrável que rangeu sob o seu peso, e aos poucos, através das lágrimas de fúria nos olhos, Skyler não pôde deixar de ver que o ministro, um homem de meia-idade de aparência pouco saudável, estava claramente exausto. Linhas de fadiga na ruína de seu rosto, como erosão na fachada de uma pedra. À luz avara e amarelada, as cicatrizes de queimadura de Fluchaus piscavam feito escamas, seus olhos injetados e lacrimosos, e mesmo em seu frenesi de autocomiseração, Skyler foi levado a compreender que, no mar raso em que o ministro chapinhava bravamente, havia cardumes de piranhas velozes (como Skyler Rampike) ansiosas por devorá-lo, para aplacar sua fome terrível e insaciável. Águas rasas, um mero homem e uma fome infinita: e ali estava Bob Fluchaus, incapaz de abafar um bocejo, um bocejo tão imenso que forçou seu rosto a assumir contornos de borracha de desenho animado, e o homem esfregou os olhos com os grandes punhos fechados; Skyler sentiu o cheiro — de quê: de álcool? — no hálito do pastor Bob, e Skyler pôde sentir, além do cheiro de pânico do seu próprio corpo, o cheiro do corpo do sujeito mais velho, porque o pastor Bob era um homem pesado, que transpirava rapidamente até em lugares frios, e o pastor Bob não havia tomado um banho desde as primeiras horas da manhã, e era possível que o pastor Bob nem tivesse tido tempo de tomar banho algum nesse dia; seu queixo pesado estava coberto por ásperos tocos de barba grisalha, e o cabelo, embaraçado, cheio de tufos e encanecido, como as sobrancelhas; o paletó de poliéster roxo-escuro, do tipo que usaria um treinador de esportes numa escola secundária, tinha manchas de gordura, e as calças estavam muito amarrotadas; as unhas eram lascadas e com uma borda de sujeira, como se Bob Fluchaus não fosse um ministro, um "homem de Deus", mas um trabalhador braçal ao fim de uma longa jornada. E o pastor Bob disse: — Seja qual for a decisão que você tomar, Skyler, ela tem que ser sua. Tem que vir de um lugar no seu coração que seja puramente você. — E Skyler rebateu, furioso: — "Coração", "consciência", "alma", que porras são essas? Preciso que o senhor me diga o que *fazer*, cacete, a minha pele está coçando tanto que vou arrancá-la fora — e coçou o rosto, o pescoço, as mãos, até que o pastor Bob não teve alternativa senão segurar-lhe as mãos para acalmar o rapaz; e Skyler disse: — A carta é uma "prova" de que eu sou inocente. Eu devia mostrar essa carta ao mundo, não devia, pastor Bob? — E o pastor Bob respondeu: — Mas você sempre deve ter sabido que era inocente, Skyler, não sabia? — e Skyler disse, arrasado: — Não, pastor Bob, eu não sabia — e o pastor Bob retrucou com um riso sem alegria, como um treinador de escola secundária que visse um de seus jogadores se atrapalhar numa jogada fácil: — Pelo amor de Deus, é claro que você sabia. Você não é assassino, como podia achar que era? — e Skyler respondeu, confuso: — Eu-eu-eu na-não sabia. É diferente "pensar" e "saber" — e o pastor Bob disse: — Você precisava acreditar que podia ter sido o assassino da sua irmã, para se poupar de saber quem foi? — e Skyler retrucou depressa: — Na-não — e de novo, mais enfático, ante a expressão de incredulidade divertida no rosto do homem mais velho: — Não. — E o pastor Bob observou: — Mas agora você se pergunta se deve revelar essa "prova" ao mundo, para "provar" que é inocente. — E Skyler disse: — Mas não é esse o meu dever? A minha "consciência"? O Gunther Ruscha, o "prevertido sexual", o homem que "confessou" e "se matou" na prisão, também devia ter a sua inocência comprovada. Mesmo que o coitado do sacana esteja morto há dez anos.

— E o pastor Bob disse: — Seja qual for a "prova" que você tem, essa carta da sua mãe, o meu palpite é que ela não constituirá uma prova judicial de coisa alguma. — E Skyler retrucou, implorando: — Pastor Bob, me diga o que fazer. Isto é infernal. — E o pastor Bob confirmou: — Sim, é infernal. Deixe que eu lhe explique, filho: o meu ministério é um ministério para os que vivem no inferno. É um ministério falho, assim como meu rosto e meu corpo são cobertos de cicatrizes, para que eu me apresente falho diante da minha congregação e do mundo, e não me apresente como um homem "perfeito". Tenho enorme simpatia por Pilatos, que perguntou "O que é a verdade?", e raios me partam se eu sei. Talvez você tenha ouvido boatos de que vou levar meu ministério a um público de TV a cabo; são boatos falsos, porque eu disse aos pretensos produtores que sou apenas um ministro de carne e osso, que prega para indivíduos de carne e osso na mesma sala que eu. Para aparecer na televisão, o sujeito tem que usar maquiagem, para ter a aparência "dele mesmo", tudo conversa fiada. Tudo que não seja carne e osso, olho no olho, é conversa mole. Você ouviu rumores de que eu fui guarda presidiário antes de me tornar pastor, e esses são rumores que eu procuro corrigir: eu não era guarda em Rahway, era presidiário. O "Bob Fluchaus" cumpriu três anos e meio de uma sentença de sete anos por homicídio doloso no trânsito, filho. Dirigindo bêbado, aos 29 anos, com minha jovem esposa e meu filho de 3 anos. Quando dirigia bêbado na autoestrada, em alta velocidade, ultrapassei uma carreta à direita e lhe dei uma fechada ao voltar para a faixa e, quando dei por mim, o carro estava derrapando para a mureta central, e rodou e bateu em outro carro, e foi atingido por outro caminhão, que estraçalhou o meu "carro econômico" como quem amassa uma lata com uma marreta. E o meu filho morreu lá mesmo, no local, e a minha mulher de 26 anos, que eu conhecia desde o secundário, morreu a caminho do hospital. E morreu um outro motorista, no outro carro. E o "Bob Fluchaus" sobreviveu. Ligado a aparelhos por duas semanas, com queimaduras em mais de trinta por cento do corpo, fratura craniana e 11 ossos quebrados, e eu devia ter morrido e queria morrer, mas não morri. Por que diabos, quem vai saber? Assim, eu me declarei culpado de todas as acusações que conseguiram jogar em cima de mim e fui posto em cana, para pensar bem nas coisas. E não se passa uma hora do dia sem que eu pense na minha jovem mulher e no meu garotinho, que hoje teria a idade dela, se tivesse podido viver. E procuro pensar em por que Deus me poupou, se foi de propósito, ou se foi só mais um acidente esquisito na autoestrada. Porque a minha vida com certeza me parece um acidente esquisito. Porque eu perguntei a mim mesmo no hospital: "Por que eu fui poupado?" E Deus disse: "Você foi poupado para viver o resto da sua vida desgraçada na desgraça", e não questionei isso, vi a lógica da coisa, mas depois Deus disse: "Você foi poupado para levar o perdão ao mundo, um perdão que você próprio jamais poderia receber de fonte alguma." E eu disse: "Não acredito em você, Deus. 'Deus' é um monte de merda, e o 'Bob Fluchaus' foi criado à imagem disso" — e Deus riu, dizendo: — O que eu sou não depende da sua crença, seu babaca. — Eu devia estar com a cuca cheia de Demerol no hospital, nunca mais ouviria Deus tão alto e claro quanto nesse dia. E assim, na penitenciária de Rahway eu tive muito tempo para pensar, e havia lá um capelão e nós conversávamos muito, e líamos a Bíblia juntos, líamos os Evangelhos em voz alta, e me pareceu que o Jesus Cristo dos Evangelhos era um visionário enlouquecido pela sua visão, que cometeu o erro de se deixar levar por seus próprios milagres, vendo as "multidões" como criancinhas que ansiavam por toda sorte de babaquice para poder "ter fé"; mas ele era um visionário de verdade, que tinha qualquer coisa de selvagem e não temia a tortura nem a morte, e um dia, no meu segundo ano de encarceramento, tomei a decisão de que eu tentaria levar a mensagem dos Evangelhos para a maior parte do mundo que eu conseguisse. Isso porque, embora não acredite em muita coisa, eu "acredito" na humanidade e na nossa necessidade de "acreditar", que é uma necessidade como a fome. E, apesar de eu não ser o que se poderia chamar de um homem feliz, fui abençoado com o poder de fazer outras pessoas felizes. E um pouco disso eu vejo em você, Skyler. Na clínica de reabilitação, no ano passado. Se você disser o que tem no coração. Filho, você não precisa "acreditar" em Cristo quando Cristo está em você. Quando a agonia da crucificação está em você. E você é isso, Skyler. Ou, pelo menos, foi o que me pareceu. Quase nunca erro nos juízos que faço sobre as pessoas, Skyler, deixe eu me gabar um pouco, filho, e eu digo que vejo em você algo de meu, quando eu era mais jovem, só que em você é mais refinado, ou pode vir a ser, um dia. Estou errado?

A essa altura, eram duas e vinte da madrugada. Skyler retornou à Arca com Bob Fluchaus e, num quarto sobressalente, veio a dormir 12 horas, e quando acordou foi com uma sensação de imensa felicidade e calma, por perceber que *Nada foi decidido. Ainda.*

CONDOLÊNCIAS

ENVIADA AO SKYLER NO ENDEREÇO DA RUA PITTS, EM NEW Brunswick, chegou uma carta com o carimbo de Cambridge, no Massachusetts:

2 DE MARÇO DE 2007

CARO SKYLER,

QUEIRA ACEITAR MINHAS CONDOLÊNCIAS PELA MORTE DA SUA MÃE. BETSEY RAMPIKE ERA UMA PESSOA TERRÍVEL (NA MINHA OPINIÃO), MAS ERA SUA MÃE.

CORDIALMENTE,

E. Grubbe

P.S. AGORA SOU CALOURO EM HARVARD (CADEIRAS DE ESPECIALIZAÇÃO: MUSICOLOGIA E BIOLOGIA MOLECULAR). MEU ENDEREÇO DO CORREIO ELETRÔNICO É EGRUBBE@HARVARD.EDU

Epilogo

ELE PERDOOU. NÃO PELA BLISS, PELA BLISS NÃO PODIA PERDOAR, mas por ele mesmo; perdoou-os.

Queimou as cartas. E o maldito vídeo.

Cinco páginas de papel perfumado e finíssimo, cor de pêssego, ele as queimou, e queimou as duas cartas anteriores que ela lhe mandara, e que havia escondido no armário embrulhadas em jornal. E o desgraçado do vídeo, esse foi mais difícil de queimar e soltou um fedor enjoativo.

No parque de vegetação mirrada à margem do rio Raritan, foi lá que os queimou. Numa manhã de vento e reluzindo de orvalho, em março. O céu cintilando feito vidro lavado, o sol um carvão vermelho-opaco em brasa, atrás de retalhos da nuvem favorita de Skyler — "alto-cúmulo". Era um prazer reconhecer o tipo de nuvem e dizer seu nome em voz alta.

Houvera época em que ele tinha sido um estudante promissor. Logo voltaria àquela vida, acreditava.

A sua irmã morreu. Você está vivo. Então, e agora?

Assim dissera o pastor Bob.

Skyler havia comprado o material para a queima na loja 7-Eleven do bairro. Na qual, tão logo entrou, foi invadido por uma onda de déjà vu que o deixou sem fôlego. *De novo não! Aqui não! Eu não.* Por um momento, sentiu-se atordoado, incapaz de pensamento ou volição.

Por que estava tão assustado? Havia jurado ao pastor Bob, tinha tomado sua decisão.

Lá estava o relógio, acima da entrada da frente. Chato como um disco, expressão mal-humorada. O ponteiro preto comprido no oito, o preto curto no onze. Na era digital, os "mostradores de relógios" logo desapareceriam, tinha previsto Bix Rampike. Mas Skyler sabia: dessa vez, era de manhã.

Déjà vu! Um vago odor como de folhas queimando, com um toque de sépia, que fez coçarem as narinas de Skyler e arderem seus olhos.

Atrás da caixa, o balconista indiano. Jovial, mas não jovem, gentil, cauteloso. O homem estava registrando as compras de um freguês. Skyler viu seus óculos de aro de arame faiscarem na sua direção. Parou para lhe abrir um sorriso e cumprimentá-lo, com uma das mãos informalmente levantada, porque na Arca se aprendia a cumprimentar os outros com um sorriso e a mão erguida, expondo a palma e esticando os dedos. Em Skyler, o gesto era ligeiramente canhestro, mas bem-intencionado.

— Olá!

— Olá, senhor.

Senhor. Seria ironia? Ou simples gentileza? Atrás dos óculos de aro de arame, os olhos do balconista foram escondidos pelo brilho da luz refletida e seu sorriso crispou-se em algo parecido com uma carranca.

Dessa vez, Skyler sabia exatamente qual era o corredor. E qual prateleira. Apenas dois artigos: um recipiente com 30ml de fluido de isqueiro Hercules e uma só caixa de fósforos (pequenos) Five Star Kitchen.

Na caixa registradora, o balconista registrou com agilidade as compras de Skyler. Depois hesitou, como um ator que lembrasse sua fala, mas tivesse passado a duvidar dela:

— O senhor quer mais alguma coisa? Cigarros?

Educadamente, Skyler respondeu:

— Não, obrigado.

Poças de déjà vu a seus pés. Brumas tóxicas, agora um toque de borracha queimando. Skyler esfregou os olhos, aborrecido. Agradeceu ao balconista indiano de maneira mais brusca do que havia pretendido, esquecendo-se de sorrir, na pressa de dar o fora de lá.

Caminhada de 400 metros até o parque. Skyler conhecia atalhos: vielas, terrenos baldios. Devia ser um de seus bons dias, porque ele andava sem mancar; só que qualquer colega coxo de olhar arguto saberia discernir que havia algo de encolhido em sua postura.

Ainda assim, era um dos bons dias de Skyler. Que se alegrasse com isso. E dias antes, ele tinha recebido a carta de Elyot Grubbe, o que significava que Grubbe o perdoara.

Doía pensar em Elyot Grubbe, porque Skyler era obrigado a pensar em Heidi Harkness. E não queria pensar em Heidi Harkness nessa ocasião.*

Dali a 11 dias, Skyler Rampike faria 20 anos. Na Arca, esse acontecimento, de importância duvidosa para ele, seria comemorado. Como disse secamente o pastor Bob: Comemore o que você tem. Pode ser que demore um pouco até ter outra oportunidade.

Skyler já estava andando pelo parque. Direto para a trilha acima do rio. *Tomara, tomara que eu consiga*, foi o que lhe veio feito um fragmento de lixo carregado pelo vento e soprado contra seu rosto. Ou talvez fosse um verso de uma canção. *Tomara! Tomara que eu consiga.* Ao sol violentamente luminoso de março, o Raritan estava encapelado e cintilante como um rio de pequenas chamas. O vento era cortante e inclemente, vindo do noroeste, e por isso não tinha o cheiro tóxico/químico de Nova Jersey. No solo, o gelo se derretia em riachinhos brilhantes. Cintilavam tanto que se podia confundi-los com tiras de celofane ou papel-alumínio do lixo, das quais havia muitas no parque. Pelas beiradas das coisas e pelas frestas ensombrecidas do barranco havia espirais de neve suja, feito entranhas que se derretiam devagar, encolhidas. Skyler se lembrou daqueles primeiros dias de falsa primavera da sua infância em Nova Jersey. Um sabor balsâmico no ar: o sabor da (falsa?) esperança. Havia outras pessoas no parque devastado pelo inverno: jovens mães empurrando carrinhos de bebê, crianças gritando, meninos adolescentes, vagabundos que se aqueciam ao sol pelos bancos. E, no que restara da quadra de basquete, garotos negros altos e robustos, de calças folgadas e camisetas com as mangas arrancadas, jogavam a bola uns para os outros e contra a tabela acima do aro torto, sem a rede da cesta — "Ei, cara!", "Porra, cara!" Skyler estremeceu, lembrando a surra que tinha levado; era muito provável que entre os exuberantes jogadores de basquete houvesse garotos que tinham chutado a cara do sacana branco e lhe deixado cicatrizes, mas não havia como ter certeza e ele não tinha nenhuma intenção de se certificar. Nem o pastor Bob aconselharia Skyler a procurar seus agressores para perdoá-los.

Como diria o papai, *Batta!*

---

* A verdade é que Skyler tinha começado a redigir cartas para Heidi Harkness, mas nunca ia além de *Heidi, será que você pode me perdoar, eu a amo*, mas aí desistia, desolado e enojado.

Da passarela de concreto Skyler subiu para o abrigo de um imenso pedregulho de granito, disforme e coberto de pichações. Ali, ao ver que não havia ninguém por perto, ninguém parecia observá-lo, agachou-se e tirou do bolso as cartas amarrotadas e o videoteipe da mãe, colocou-os entre duas pedras, embebeu-os no fluido de isqueiro e, depressa, antes que tivesse tempo para reconsiderar não só a barbaridade do que estava prestes a fazer, mas também o fato de que a ação seria irrevogável, riscou um fósforo, com os dedos trêmulos riscou um fósforo. Desgraçado de fósforo de madeira, que não acendeu e estalou em seus dedos, e por isso ele tentou de novo, e do segundo fósforo subiu uma chama amarelo-azulada, e esse fósforo Skyler jogou nas páginas perfumadas cor de pêssego e no videoteipe e, com um pequeno *puf!* espantado, as cartas viraram labaredas e, aparentemente com mais relutância, o videoteipe começou a queimar. Em poucos segundos o papel finíssimo se inflamou e ficou reduzido a cinzas — *A mãe que o ama, Mamãe* reduzida a cinzas plumosas; e enquanto a fita de vídeo queimava, mais preguiçosa, uma fumaça malcheirosa subiu até as narinas de Skyler e fez seus olhos arderem.

Veio então um grito repentino, uma voz masculina elevada:

— Você aí! Que diabo está fazendo aí em cima?

Skyler despertou do transe e viu um jovem policial furioso, gesticulando do outro lado do barranco. Gaguejou depressa:

— Na-nada — e emendou, célere, com aquele instinto do aluno de escola preparatória de rastejar perante a autoridade: — Na-nada, não, senhor.

Como um personagem num seriado policial de televisão, levantou as mãos para mostrar que estavam vazias, sem arma: ele era inofensivo. O policial não podia ser mais que cinco ou seis anos mais velho que Skyler, porém exsudava um ar de segurança brusca, sem meias palavras; no ar hibernal, seu rosto franco e rude parecia brilhar como uma bota. Revoltado, mandou Skyler apagar o fogo:

— Está pensando que isto aqui é o quê: uma lixeira?

Skyler obedeceu depressa, pisoteando as chamas e prendendo a respiração contra o fedor de plástico derretido que empestava o ar. Sua presteza em obedecer às ordens policiais pareceu aplacar o jovem guarda, que, irritado mas sem disposição de dar toda a volta pelo barranco para confrontar Skyler de perto, afastou-se com um aceno desdenhoso da mão, daquele tipo que em qualquer língua significa *babaca*.

Skyler sentiu uma pontada de vergonha, de mortificação. Era típico de Skyler Rampike meter os pés pelas mãos no gesto mais lindamente "simbólico" da sua jovem vida.

Em poucos minutos, o vento soprou longe quase todas as cinzas plumosas, e o que restava do videoteipe incriminador Skyler chutou para o fundo do barranco, onde se misturaria com detritos de séculos. Agora ninguém saberia com certeza quem tinha matado sua irmã. Agora, a identidade do assassino seria desconhecida para sempre. Ninguém saberia qual fora o segredo da família Rampike que tanto a havia unido, e que nunca deveria ser proferido em voz alta, nem mesmo para Jesus.

— Porra, eu "perdoo" vocês. Todos dois: "mamãe" e "papai". Mas não pela Bliss, pela Bliss eu não os perdoo, só a Bliss pode perdoar vocês por ela. Pela Bliss, vocês dois podem apodrecer no inferno.

Então ocorreu a Skyler que, desde sua mudança para A Arca, ele parara de ouvir a voz chorosa da irmã à noite *Skyler me ajude me ajude, Skyler*

Skyler não estava chorando. Raios, não estava chorando.

Debruçou-se na grade acima do rio. Ondas plúmbeas encapeladas, um cheiro de detergente, de misteriosas substâncias químicas. O pastor Bob tinha muitas esperanças para Skyler Rampike: via em Skyler alguém que o próprio Skyler não conseguia ver e em quem não podia acreditar. Ele voltaria aos estudos, retomaria parte da sua antiga vida descarrilada. Não aceitaria um centavo de Bix Rampike, nenhum. Se Betsey Rampike tivesse lembrado dele em seu testamento, como era muito provável que tivesse, carregada de culpa, Skyler não aceitaria um centavo daquele dinheiro sangrento, diabos, *não aceitaria*.

Entraria em contato com Elyot Grubbe. Iria a Harvard visitar Elyot na primavera. Retomaria a amizade entre os dois, pois tencionava resgatar o que houvera de mais valioso em sua antiga vida.

— Mo-moço? Você pode ajudar a mamãe?

Uma criança de uns 4 anos aproximou-se cautelosamente de Skyler, chupando um dos indicadores. O rostinho brilhava de lágrimas e muco. Sua parca de nylon cor-de-rosa estava suja, o cabelo cor de pardal, despenteado e embaraçado. Pernas de fora, tênis e meinhas soquete brancas, usava uma roupa leve demais para o dia. Não muito longe, uma moça que devia ser a mãe da menina estava desabada num banco do parque, com ar aturdido. Ao entrar no parque, Skyler tinha notado essa jovem oscilando sobre os pés, puxando a filha pequena pela mão, com um comportamento estranho, como se estivesse bêbada ou drogada. Sacudia um telefone celular, perplexa e com raiva por ele parecer que não funcionava; o aparelho caíra de sua mão e ela lhe dera um chute. Também estava impropriamente vestida: casaco justo e curto de um tipo qualquer de tecido felpudo roxo, uma espécie de saia drapeada, meias ou malha de um verde vivo, sapatos anabela de plástico vermelho e tirinhas. O cabelo mechado esvoaçava ao vento de qualquer jeito. Os lábios inchados se mexiam, ela estava murmurando alguma coisa para si mesma. Devia ter vinte e tantos, trinta e poucos anos. Skyler acreditava tê-la visto recentemente em algum lugar: na congregação do pastor Bob, na livraria Segunda Chance, por onde Skyler às vezes zanzava, possivelmente na clínica de reabilitação. Muito provavelmente, na clínica de reabilitação. A moça tinha aquele jeito de pós-reabilitação que Skyler reconhecia. Ele nunca lhe dirigira a palavra e a moça nunca falara com ele, e Skyler duvidava que algum dia ela o tivesse notado, e mesmo nesse momento, com a filha parada diante dele, choramingando e pedindo, a jovem ainda não o tinha notado. Todos os impulsos de Skyler o exortavam: *Caia fora daqui. Corra!* Ele imaginou que a menininha já teria abordado outras pessoas naquele parque de vegetação mirrada, as quais teriam dado as costas. E, vendo que Skyler não o fez, a garotinha pediu:

— Moço? A mamãe está fazendo coisas esquisitas, a mamãe não está passando bem...

Exatamente o que havia de errado com essa mamãe, Skyler supôs que logo descobriria.

Tomara   *Tomara que eu consiga*

Este livro foi impresso
pela Lis Gráfica para a
Editora Objetiva em
agosto de 2011.